Ces extravagantes sœurs Mitford

ANNICK LE FLOC'HMOAN

Ces extravagantes sœurs Mitford

J'AI LU

Cahier hors-texte réalisé par Josseline Rivière

À la mémoire de mon père,
Jean Le Floc'hmoan.

Prologue

Le froid cingle. Gifle, transperce. Puis engourdit. La température descend si bas que la Seine pâlit et s'immobilise. Dans le Nord, les canaux sont gelés, les péniches paralysées. Le charbon, déjà rationné, n'arrive plus à Paris. Les coupures d'électricité se succèdent et, dans les appartements, les mains s'ankylosent, les pieds bleuissent, les pensées s'atrophient. Il y a à peine deux ans que la guerre est terminée et l'inquiétude demeure de manquer, souffrir. Tickets de pain, tickets de charbon, tickets de beurre : il faut arracher ces bouts de papier aux carnets de rationnement pour pouvoir manger, se chauffer un peu. Et la terrible vague de froid de l'hiver 1947 plonge la capitale dans un sentiment de précarité et de vulnérabilité. Pourtant, au 20 de la rue Bonaparte, dans un grand appartement en fer à cheval, une femme encore jeune ne semble ressentir ni le froid ni l'inconfort. Ses doigts transis lui importent peu. Ni l'absence de café ou de marmelade. Elle est heureuse. De ce bonheur qui rend extraordinairement léger et fait tout voir en rose. Elle se trouve près de l'homme qu'elle aime, admire, adore, et l'air glacé ne la pénètre pas. Il habite tout près, au bout de la rue, près du fleuve, elle l'appelle Colonel, ou encore Fabrice. Elle l'a rencontré pendant la guerre, à Londres. Car elle est Anglaise, issue d'une famille de l'aristocratie terrienne. Il y a un an à peine, Nancy Mitford s'arrachait définitivement à son pays pour venir près de son Colonel et c'était, raconte-t-elle, comme si elle quittait soudain les profondeurs d'une mine de charbon pour contempler enfin le soleil. Derrière elle, elle laisse non seulement le gris de la Tamise, mais des années de déceptions. En France, tout lui paraît magnifique, infiniment plus brillant et plus chaleureux qu'à Londres. Il faut dire que, en même temps qu'elle arrivait à Paris, elle reprenait confiance en elle. Car, pour la première fois de sa vie, elle connaissait un grand succès : son roman *À la poursuite de l'amour* se vendait en quelques mois à plusieurs centaines de milliers d'exemplaires, en Angleterre seulement. Nancy a désormais de l'argent. Et dans des robes de Christian Dior, elle se rend aux réceptions de l'ambassade de Grande-Bretagne, aux bals des Bourbon-Parme ou des Noailles. Si la France, dans sa grande majorité, vit dans la pénurie, à Paris une élite relance la vie mondaine. Gaston Palewski, l'homme qu'elle aime et appelle Colonel, fréquente assidûment les dîners et les bals de la bonne société. Cet homme qui a combattu pour la France libre s'est trouvé, au sortir de la guerre, au sommet de l'État : il est le conseiller, l'éminence grise du général de Gaulle. C'est à lui que Nancy a dédié *À la poursuite de l'amour*.

Le 19 février 1947, le bonheur insolent de Nancy s'assombrit soudain. « Un coup dur vient de m'arriver, écrit-elle à sa sœur Diana. Je dois dire que je m'y attendais depuis un moment. Un odieux hebdomadaire vient de paraître avec, sur sa première page, cet énorme titre : "La sœur de la maîtresse de Hitler dédie un livre osé à M. Palewski". Je n'ai pas vu le journal et le Colonel ne tient pas à ce que je le voie car il est apparemment trop révoltant. Mais, bien entendu, le Colonel est très inquiet et je pense qu'il va me falloir quitter Paris pour un moment. Il est si ambitieux que, comme tu le sais, la seule chose qu'il ne me pardonnerait jamais est de me mettre en travers de sa carrière politique. Bien sûr, c'était une folie que de publier cette dédicace mais c'était entièrement de son fait. Je lui ai demandé : Est-ce que j'écris "Au Colonel" ou plutôt "À G.P." ? Il a absolument insisté pour que j'écrive son nom en entier. J'ai pensé qu'il se sentait suffisamment puissant pour que ce point ne lui importe pas. Mais maintenant il se trouve dans une position délicate, et les communistes en profitent pour le déstabiliser. Il dit que le général [de Gaulle, *NdA*] va être furieux contre lui...[1] »

Deux jours plus tard, Nancy écrit une nouvelle lettre à Diana : « Il y a eu deux nouveaux articles absolument affreux et il est clair qu'il me faut détaler au plus vite. Tu me verras donc très probablement arriver chez toi la semaine prochaine. Le Colonel pense qu'il vaut mieux que je parte loin de Paris pour deux mois, le temps que tout ce scandale se dégonfle. Maintenant, il rit de cette affaire et, par bonheur, ne me fait aucun reproche...[2] »

Peu après, Nancy Mitford débarque en effet chez sa sœur, à Londres. Le froid sibérien a également traversé la Manche, et l'air coupant, glacial, lui semble désormais insupportable, plus insinuant qu'à Paris, pétrifiant, détestable. À Londres, elle se sent désormais exilée. Coupée de sa patrie de cœur.

Les « affreux » articles qui la forcent à la fuite n'ont pourtant pas existé. En tout cas, ils n'ont pas été publiés. Le *Canard enchaîné*, l'« odieux hebdomadaire » auquel Nancy fait allusion dans sa lettre, n'a pas paru entre le 13 février et le 13 mars 1947. Une grève des ouvriers du livre, la plus importante depuis 1919, a en effet paralysé ateliers de composition, linotypes et rotatives. Naïve, Nancy n'a pas cherché à lire ces journaux puisque son Colonel l'enjoignait de n'en rien faire. Perdue dans ses rêves, elle n'a pas écouté la radio ni su qu'il y avait grève des journaux. Elle a quitté la France persuadée d'échapper à une meute de journalistes acharnés à salir la réputation de son Colonel, et à des

1. *Love from Nancy, the letters of Nancy Mitford*, Charlotte Mosley ed., Hodder and Stoughton, Londres, 1993. Traduction de l'auteur.
2. *Love from Nancy, op. cit.*

communistes de mauvaise foi résolus à établir un lien, si ténu soit-il, entre Gaston Palewski, l'homme qui a combattu l'Allemagne dès 1940, et Hitler.

Car Nancy Mitford est bien la sœur de celle que des journaux français appellent la « maîtresse de Hitler ». Unity, une de ses cinq sœurs, a vécu en Allemagne de 1933 à 1939, et passé de longs moments en compagnie du dictateur. Grande, blonde, les yeux bleus, elle le vénérait et se comportait envers lui comme une groupie le ferait aujourd'hui envers une rock star. Elle partageait son antisémitisme, tout comme sa conviction de la supériorité de la race aryenne. Unity, en cette année 1947, se trouve en Angleterre, soignée par sa mère, réduite à l'état d'enfant. Une partie de son cerveau a été irrémédiablement détruite par une balle.

Dans l'article qui n'a pas paru, l'« odieux hebdomadaire » signalait-il qu'une autre des sœurs de Nancy Mitford, Diana, la beauté de la famille, a également été proche de Hitler ? Ses amitiés nazies lui ont valu de passer la guerre enfermée dans une cellule de la prison de Holloway, à Londres.

En ce début 1947, les journalistes français ignorent que Jessica, une autre sœur de Nancy, vient d'adhérer, en Californie, au Parti communiste américain. Elle l'a fait au moment où la guerre froide se dessine, alors qu'il ne fait pas bon être communiste aux États-Unis. Gaston Palewski, lié à la sœur d'une militante communiste ? Cela aurait également pu faire un titre accrocheur. Car ce proche de de Gaulle est foncièrement anticommuniste.

Les deux autres sœurs de Nancy sont trop anglaises et trop conformes à leur milieu pour intéresser vraiment la presse française. Pamela partage la vie d'un brillant physicien, et s'occupe de leurs chiens et chevaux. Deborah, la plus jeune des sœurs Mitford, a épousé Andrew Cavendish, fils cadet du duc de Devonshire, dont elle a deux enfants.

Pourtant, bien des années plus tard, à la fin des

années 1990, des journaux hexagonaux s'intéresseront à la petite-fille de Deborah. Ce sera dans ce bref moment où, à court d'icônes, les médias transformeront les mannequins en stars. Stella Tennant, top model, égérie d'Yves Saint Laurent, fera la couverture de journaux féminins et d'hebdomadaires à potins. Personne en France ne songera pourtant à évoquer ses extravagantes grands-tantes, Nancy la romancière amoureuse, Unity la groupie de Hitler, Diana la beauté scandaleuse, et Jessica la militante révolutionnaire.

« Ma femme est normale, je suis normal et nos filles sont toutes plus folles les unes que les autres ! » s'étonnait lord Redesdale, leur père, au cours des années trente. Par ce mot de « normal », il voulait sans doute dire que lui et sa femme cherchaient à se montrer le plus conformes, les plus obéissants possible à leur classe sociale. Ils en respectaient les rites et les règles. Ils s'étaient mariés à l'église Saint Margaret de Westminster, là où se célèbrent les mariages de la bonne société. Très convenablement, neuf mois et trois semaines plus tard, naissait leur premier enfant. Six suivront. La vie de cette famille aurait dû s'écouler tranquille et patriarcale. Pourtant, la poussée démocratique était en train de changer la face de l'Angleterre et bousculait les calmes certitudes de l'aristocratie. Les sept enfants Mitford seront les produits de ce bouleversement. Tout comme ils seront façonnés par des siècles de supériorité aristocratique, par leurs gènes, par leurs propres rêves et leurs rencontres, par le hasard et leur énergie. Leurs destins seront, en tout cas, hors du commun, pendant ce XXe siècle où l'horreur atteint des abîmes, où cependant, dans les pays développés, les plus faibles font, pour la première fois, entendre leur voix.

I

Il y a eu erreur. La bonne fée s'est trompée. Le jour de sa naissance, d'un geste malencontreux, elle l'a laissé tomber dans la mauvaise cheminée. Ses parents ne sont pas ses vrais parents. Car elle est une princesse, Mary ou Anastasia, fille du roi d'Angleterre ou du tsar de toutes les Russies. L'une des deux, elle ne sait trop laquelle. Mais il est sûr qu'il y a eu maldonne. N'est-elle pas brune, alors que ses frère et sœurs sont blonds comme l'orge, n'a-t-elle pas les yeux verts alors que tous ont le regard bleu azur ? Un superbe palais aurait dû la voir grandir, et elle se morfond dans la nursery, en haut de la maison. Dans son château, on l'aurait entourée, admirée, on aurait obéi à sa moindre humeur. Ici, elle se sent abandonnée. Trop grande pour que la nounou s'occupe d'elle. Trop petite pour être admise en bas, au salon, dans le monde de ses parents. Trop jalouse de ses cadets pour les aimer. Trop arrogante pour qu'ils l'aiment. Alors, elle s'évade dans ses songes.

Ses parents désiraient un garçon. Un aîné qui soit leur héritier. Dans la grande chambre de leur maison londonienne, Nancy voit le jour le 28 novembre 1904. C'est une journée froide et grise que dissimulent de lourds rideaux clairs. Son père – fait exceptionnel à l'époque – assiste à l'accouchement. Mais réprime difficilement une moue de mécontentement quand le bébé paraît. Une fille. À peine ouvre-t-elle ses poumons au monde que Nancy déçoit. La jeune nurse, Lily Kersey, emporte vite le bébé au dernier étage. Non pour ôter prestement cette déconvenue à la vue de ses parents. Mais, parce que, de temps immémoriaux, c'est ainsi que l'on fait dans l'aristocratie anglaise. D'ailleurs, la vie de Nancy, jusqu'à son mariage, semble déjà dessinée : chaque journée, chaque semaine, chaque année seront scandées par des rites immuables.

Élevée par la nounou, l'enfant est portée vers ses parents deux fois par jour. À huit heures et demie précises, chaque matin, alors qu'ils finissent leur petit-déjeuner. Puis l'après-midi, à cinq heures, au moment du thé : Nancy, après avoir été soigneusement baignée, est habillée de ses plus belles robes. Pour la petite fille, sa mère est une figure évanescente, au visage indifférent et impassible, dont les yeux bleus, comme noyés de brume, semblent toujours regarder ailleurs. Elle ne se sent pas aimée de cette femme lointaine. Sydney Mitford chérit pourtant sa fille, à sa façon. L'amertume de ne pas mettre au monde un fils s'est vite dissipée et elle est ravie d'avoir ce vigoureux bébé aux joues rondes. Mais en ce début du XXe siècle, on ne dévoile pas ses sentiments, on embrasse son enfant du bout des lèvres, on ne le serre pas contre soi, on ne la cajole pas. Sydney se conforme aux usages. Elle se contente de poser Nancy sur ses genoux et de lui parler avec tendresse, certes, mais le visage figé, comme immobilisé par une réserve toute britannique. À vingt-quatre ans, Sydney est une jolie femme, longue et mince. Est-ce sa bouche tombante ou la courbe convexe de ses paupières qui lui donnent cet air sévère et vague ? Loin d'être une rêveuse, pourtant, elle aime gérer, diriger, et endosse avec autorité son rôle de maîtresse de maison. Avec un goût très sûr, elle a fait entièrement tapisser le salon de blanc, avec seulement, sous la corniche, une longue frise verte. Cette netteté lui plaît. Chaque matin, elle donne sans hésiter les ordres à la cuisinière, puis aux domestiques. Uniquement des femmes, elle l'a exigé. Le soir, elle s'assoit à son bureau et tient avec minutie les comptes de la journée qu'elle réunit dans un petit carnet relié de cuir. Sydney Mitford est une femme méthodique. Respectueuse de la tradition. La tradition veut qu'au moment du thé les enfants passent une heure avec leur mère. Quand les soixante minutes se sont écoulées, la nounou reprend prestement la petite fille. Nancy ne reverra sa mère que le lendemain, au petit-déjeuner.

Tout son amour, Nancy le donne à sa nounou. Qui la berce et l'endort. Qui la regarde quand elle s'éveille. Cette nounou à qui elle dit ses premiers mots. Sous le regard de qui elle fait ses premiers pas. Pour la défier, Nancy pique parfois d'énormes colères, avant de vite se rasséréner. Nancy est une enfant impérieuse. Heureuse de sortir deux fois par jour, selon la coutume, pour aller jouer dans le jardin d'Eaton Square ou, plus loin, à Hyde Park : des nuées de nounous, en petits chapeaux noirs et satinés, surgissent aux mêmes heures des maisons à colonnades. Elles poussent de lourds landaus ou tiennent par la main des enfants parfaitement habillés. Puis elles se groupent, papotent. C'est joyeux, simple et léger, et pour Nancy cette habitude semble immuable.

Un jour de novembre, pourtant, une petite chose chauve et rouge balaie cette félicité. Pamela vient de naître. Sa sœur. Nancy va fêter son troisième anniversaire dans trois jours. Lily Kersey tient le bébé dans ses bras, s'attendrit, sourit. Nancy n'existe plus, trois ans de bonheur et de certitude s'évanouissent. Ses colères n'y font rien, ses entreprises de séduction non plus. Elle n'est plus le centre de l'attention. « Oh, Ninny, comme je voudrais que tu m'aimes encore ! Pourquoi ne m'aimes-tu plus ? » répète-t-elle. Elle dramatise sans doute, accentue sa tristesse. Dans l'enfance, les émotions sont paroxystiques. Et Nancy a un tempérament entier et autoritaire. Sydney Mitford, moins indifférente que Nancy ne le pense, remarque la tristesse de son aînée. Elle ordonne à la nurse de descendre au salon et lui demande une explication : son devoir n'est-il pas d'accorder la même importance à tous les enfants ? Lily Kersey bredouille, confuse, empêtrée dans ses excuses et ses sentiments. Sydney Mitford finira par lui signifier son congé.

Nancy a perdu Ninny. Par sa faute. Elle a mal. Pour ne plus souffrir, elle se blinde d'une carapace d'indifférence. Désormais, elle témoigne d'un parfait détachement à l'encontre des nounous qui se succèdent. Et toise de son arrogance les bébés qui naissent. Car un peu plus d'un an après Pamela, Thomas voit le jour. Un garçon – enfin. On l'appellera toujours Tom. Les parents sont aux anges. Le superbe blondinet est chéri, choyé, fêté. Et Nancy, écartée de l'attention familiale, se raconte qu'elle est la princesse Mary ou la grande-duchesse Anastasia.

Seize mois après Tom, une nouvelle sœur, Diana, tout aussi blonde et les yeux tout aussi bleus, fait une entrée discrète dans le monde. Ses parents espéraient un autre garçon. « Elle est trop belle, elle ne vivra pas longtemps », lance devant le berceau celle que la légende familiale appellera plus tard la « méchante nounou ». Diana a aujourd'hui quatre-vingt-onze ans[1]. Cette méchante nounou ne reste pas longtemps chez les Mitford : Sydney la surprend, peu après la naissance de Diana, en train de frapper la tête de Nancy contre les montants d'un lit. David, le père, monte à la nursery et signifie son renvoi à cette nurse irascible dont Nancy observe le départ avec indolence. Elle se plonge dans *Ivanhoé*, le roman de Walter Scott. Elle va sur ses six ans.

1. Au moment où nous écrivons. Elle est née le 10 juin 1910.

Elle a appris à lire très tôt, et l'univers qui s'est soudain ouvert à elle a changé sa vie. Les livres constituent le plus magnifique des remparts contre les désappointements. Quand Laura Dicks, la nouvelle nurse, arrive, Nancy refuse de lever les yeux de sa lecture. Elle finit *Ivanhoé*. Et le roman l'impressionne tellement que, des années plus tard, elle pourra en réciter des pages entières.

Sa mémoire, par contre, ne retient pas les quelques mois qu'elle passe à l'école, à l'autre bout de la rue, cette Francis Holland School qui appartient à l'Église anglicane. S'y ennuie-t-elle ? Y préfère-t-elle ses livres et ses songes ? De toute façon, la famille va déménager, et dès lors il ne sera plus question d'école.

Nancy aura une gouvernante et étudiera à la maison : les jeunes filles bien nées ne vont pas à l'école. Les domestiques se font de plus en plus nombreux chez les Mitford. Une bonne d'enfants seconde désormais la nurse, une aide-cuisinière la cuisinière, et la maison de Graham Street[1] ne suffit plus à abriter tout ce monde. David Mitford la vend rapidement et trouve une belle demeure au 49, Victoria Road, rue calme et bordée d'arbres, à deux pas des jardins de Kensington. Spacieuse, la nouvelle maison paraît pourtant bien modeste à côté de l'imposante demeure voisine de lord Redesdale, le père de David. Nancy passe tous les jours devant en suivant la nounou jusqu'au parc. Elle est encore trop petite pour saisir la grandeur de cet hôtel particulier victorien, percé de multiples fenêtres, couvert de carreaux de terre cuite, bâti au coin de Kensington Court et de Kensington High Street[2]. Mais le maître de cette maison, grand-père Redesdale, l'impressionne. Il a l'œil bleu cobalt des Mitford, leur haute taille et leur air impérieux. Ancien diplomate, il a voyagé dans le monde entier.

1. Aujourd'hui Graham Terrace.
2. Aujourd'hui le Milestone Hotel.

Fin lettré, parfait connaisseur de la Chine et surtout du Japon, il a traduit des ouvrages du japonais et écrit, il y a maintenant longtemps, en 1873, un ouvrage, *Tales of Old Japan*, que l'écrivain Robert Louis Stevenson adorait et que Dante Gabriel Rossetti, le peintre et poète, gardait à son chevet. De ses voyages en Orient, grand-père Redesdale a rapporté une multitude de mystérieux objets exotiques qui emplissent Nancy à la fois d'admiration et de crainte. Son grand-père est un lord, et il appartient à cette aristocratie britannique parfaitement sûre d'elle et de ses droits, qui exerce, depuis des siècles, un pouvoir absolu sur son pays et, depuis plus de cent ans, sur le monde. Pair du royaume, il siège à la Chambre des lords, ce noyau héréditaire du pouvoir anglais, et règne sur d'immenses terres. À soixante-treize ans, il jouit d'une santé parfaite, à l'exception d'une surdité qui semble s'accentuer. Et quelques soucis d'argent troublent parfois son sommeil. La mort dans l'âme, il vient d'être obligé, pour éponger ses dettes, de louer son château de Batsford, bâti à flanc de colline comme pour mieux dominer le plateau des Cotswolds, qui compte cinq escaliers, des cheminées gigantesques, des tableaux anciens plein les murs. Nancy y est souvent allée, les fins de semaine, en compagnie de ses parents, et l'immense bibliothèque l'a éblouie avec ses murs tapissés de livres, comme autant de promesses de rêves.

Le jour de ses six ans, Nancy acquiert le droit de prendre ses repas avec les adultes. Enfin, elle est un peu distinguée. Chaque soir, le dîner est solennel : c'est une tradition de l'aristocratie britannique. Même quand ils ne reçoivent pas, ses parents revêtent pour cette occasion leurs habits de soirée : son père porte, inévitablement, une cravate noire, et Nancy, dans ses plus beaux atours, fait très attention de manger proprement. David Mitford ne supporte pas de voir des miettes s'égarer sur la nappe ou, pire, de la nourriture glisser de la bouche. Si l'incident se produit, il hurle : il est sujet à de violentes et soudaines explosions de rage. Nancy s'en émeut, mais les oublie vite. Car, plus forte que les réprimandes, une complicité pleine d'humour la lie à son père. David Mitford adore plaisanter, taquiner. Ils se ressemblent. Elle le surnomme « Crapaud » ; il s'en amuse, et lui répond en l'appelant « Koko ». Elle a décidé de ne pas l'appeler « père » mais « Farve », et ce surnom sera bientôt adopté par la famille entière. Pour toujours. Sa mère devient « Muv », et tout un code familial se met en place, inintelligible pour l'extérieur. David Mitford aime la fantaisie de sa fille. Qui adore les extravagances de son père. S'il se croit, sans le moindre doute, l'homme le plus normal du monde, le jeune patricien aux yeux pervenche et au mètre quatre-vingt-dix altier fait montre de quelque originalité. À son bureau du journal *The Lady*, il s'ennuie et s'agace : est-ce pour se distraire qu'il achète un jour une mangouste dans l'unique magasin qu'il fréquente, l'Army and Navy Store ? Le vieil immeuble où il travaille est infesté de rats. Pour l'en débarrasser, David Mitford préfère, à la mort-aux-rats, ce petit mammifère carnassier et, depuis son bureau empli de paperasses, se divertit de le voir chasser les rongeurs. Une bizarrerie ? Mais non, se persuade-t-il, le goût de la chasse est le fondement même de sa classe sociale, un rituel transmis par l'antique caste des guerriers. Les chiens, les chevaux, la poursuite du renard : ce sont les privilèges de la noblesse et sa raison d'être. David Mitford finit d'ailleurs par installer une vraie ménagerie dans la maison de Victoria Road, pour le plus grand plaisir des enfants et le sien. Il y a la mangouste, bien sûr, mais aussi les deux chiens de chasse, le teckel, une ribambelle d'oiseaux et enfin Brownie, le poney. Il l'a acheté sur un coup de cœur, un matin, sous le pont de Blackfriars, alors qu'il se rendait à son travail. Ce sera pour les enfants, afin que, même à Londres, ils puissent monter. Les animaux deviennent si nombreux que David Mitford embauche un valet pour en prendre soin. C'est une excentricité. Mais aussi une attitude de grand seigneur que rien ne désarçonne. Le voici à la gare de Paddington, très droit, sûr de lui, les jambes serrées dans des guêtres, entouré de ses enfants, de ses domestiques et de tous les animaux. Tout ce petit monde doit embarquer pour Oxford. Mais, le contrôleur s'en affirme désolé, il est contraire au règlement de faire monter le poney dans le wagon à bagages. Qu'importe, s'écrie l'honorable David Mitford, nous irons tous en troisième classe, puisqu'aucun règlement n'interdit à un poney d'y prendre place. Toute la maisonnée s'entasse sur les bancs de bois, chiens et cages à oiseaux au milieu des bébés, on hisse Pamela dans le filet à bagages et Brownie le poney semble à peine étonné lorsque le train démarre. C'est la première fois que les passagers de troisième classe côtoient, dans un train, une famille d'aristocrates. Cela les étonne plus encore que la présence des animaux.

Tout enfant, Nancy est consciente de son rang. Quand, à sept ans, elle adresse ses premières lettres à ses parents, elle a la main encore maladroite mais prend soin de tracer, sur l'enveloppe, les longs mots : « Honorables David et Mrs Mitford ». C'est l'étiquette : l'adjectif honorable précède le nom de tout enfant de lord. Nancy apprend également très tôt que son père n'aura jamais accès aux plus hautes fonctions ni aux plus grands honneurs : deuxième garçon d'une famille de neuf enfants, il n'héritera de rien. C'est à son fils aîné que tout pair du royaume transmet à la fois son titre de lord, ses pouvoirs ainsi que l'ensemble de ses terres et de ses biens. Ce principe de primogéniture, dont les filles sont exclues, a permis à l'aristocratie anglaise de conserver intacts, depuis des siècles, ses immenses domaines, son pouvoir, son prestige. Pour David Mitford, ce n'est pas une injustice : c'est un fait, devant lequel il s'incline. Il aime et admire son aîné, Clement, l'héritier, le favori, celui qui est allé à Eton, la meilleure public school anglaise – l'école privée, comme son nom ne l'indique pas, dont le dessein, depuis des siècles, est de former l'élite du pays. David, lui, a été envoyé à Radley, une *public school* moins prestigieuse, et cela lui a causé une profonde blessure d'amour-propre : il a détesté cette école. Adolescent, il ne rêve que de grandes courses dans les bois et de vie militaire. La carrière des armes est, avec la diplomatie, l'Église ou les colonies, une voie toute tracée pour les cadets des grandes familles. Mais il échoue au concours d'entrée à l'académie militaire de Sandhurst. C'est son premier désespoir. Son père l'envoie travailler dans une plantation de thé à Ceylan. Les tropiques ne l'envoûtent pas. Au contraire. Le spectacle des colons imbibés d'alcool l'écœure au point qu'il ne boira jamais ni vin ni spiritueux. Sous la chaleur, dans cette atmosphère qu'il trouve délétère, il rêve toujours de faits d'armes. Il a un peu plus de vingt ans quand éclate, en 1899, la guerre des Boers. Il saisit sa chance, s'engage dans le Royal Northumberland Fusiliers et part pour l'Afrique du Sud défendre l'Empire britannique. Il ne manque pas de bravoure. Prisonnier, il parvient à s'enfuir, et son escapade se transforme en épopée. Il reprend le combat, est blessé, gravement, à la poitrine. Il vivra désormais avec un seul poumon. En 1902, il se trouve réformé. C'est son deuxième grand drame. Toute sa vie, il gardera la nostalgie de la vie militaire, des levers matinaux, des journées ordonnées et de la discipline.

David Mitford est aussi, en ce début du XXᵉ siècle, un jeune homme amoureux. Il a rencontré il y a huit ans Sydney Bowles : il avait dix-sept ans, elle quatorze. Jamais il n'a oublié son apparition, un soir d'hiver, dans la bibliothèque du château de Batsford. Elle suivait son père, les joues rosies par le froid, la démarche à la fois audacieuse et tranquille : l'ourlet de sa robe ondulait autour de ses bottines. Négligemment appuyé contre le manteau de la cheminée, habillé d'une vieille veste de velours, il l'observait. Leurs regards se sont croisés, brièvement. Ce soir-là, le père de Sydney, Thomas Gibson-Bowles, était invité à dîner par lord Redesdale. Il était arrivé avec ses quatre enfants : ce veuf excentrique ne sortait jamais sans ses deux filles et ses deux fils, ce qui choquait la bonne société britannique, habituée à ne pas mélanger les générations. Très sûr de lui, Thomas Gibson-Bowles s'en moquait parfaitement. Né sans pedigree – il était le fils illégitime d'un hobereau du Suffolk et d'une certaine Susan Bowles, disparue alors qu'il avait quatre ans –, il n'avait pu accéder aux *public schools* anglaises. Éduqué en France, il était devenu journaliste puis avait fondé deux magazines, *Vanity Fair* et *The Lady*, qui l'avaient rendu riche. Pour couronner sa carrière, ce self-made man s'était fait élire député du parti conservateur et, sur les bancs du Parlement, s'était lié avec le futur lord Redesdale : tous deux défendaient avec conviction les mêmes causes et bataillaient contre la moindre velléité de réforme. À la fois extravagant et respectueux de l'ordre victorien, Thomas Gibson-Bowles élevait seul ses enfants depuis la mort de son épouse. À quatorze ans, Sydney, l'aînée, dirigeait déjà la maisonnée, commandait aux domestiques et faisait les comptes. Cela lui donnait cet air d'indépendance et d'autorité qui avait immédiatement séduit David Mitford. Elle était de plus très jolie, avec ses yeux pervenche un peu rêveurs et ses cheveux auburn. Et, bien qu'élevée par un père excentrique, elle avait des manières parfaites. Après le dîner, elle s'était mise au piano et, avec son frère Geoffrey, avait chanté : elle brûlait de se faire remarquer, notamment du long garçon en veste de velours qui, à la dérobée, la dévorait des yeux. Ce soir-là, tout, à Batsford, éblouissait l'adolescente : les valets en livrée, les immenses pièces, le parfum qui flottait dans la demeure : un mélange de cire, de feu de bois et d'épices. Pourtant, de retour à Londres, elle avait vite oublié David Mitford. Cette jeune citadine à l'âme romantique était bientôt tombée amoureuse d'un champion suédois de patinage artistique, puis d'un don juan, enfin d'un garçon qui était mort à la guerre contre les Boers. David Mitford, lui, était parti pour Ceylan, puis l'Afrique du Sud. Ils s'étaient à peine revus. À vingt-quatre ans, Sydney Bowles désespérait de se marier, quand il lui demanda sa main. Le parfum qui flottait dans les grandes pièces du château de Batsford lui était immédiatement revenu en mémoire. Ils se marièrent le 6 février 1904 à l'église St Margaret de Westminster. Neuf mois et quelques jours plus tard, Nancy voyait le jour.

Après leur mariage, les jeunes époux Mitford se trouvent de nombreux traits communs : ils éprouvent le même attachement pour les traditions, prisent peu les mondanités et se révèlent parfaitement casaniers. Leurs sorties se limitent aux réunions de famille, qui ont désormais lieu dans la maison londonienne de grand-père Redesdale. La salle à manger est immense. Quand elle obtient enfin la permission de prendre le thé avec les adultes, Nancy s'émerveille de la longue table autour de laquelle sont rassemblés ses si nombreux oncles et tantes. Il y a là l'oncle Clement, l'aîné, l'héritier, son oncle préféré, qui vient d'épouser une jolie jeune femme, Helen. Il y a les tantes, Frances, Iris, Joan. Les autres oncles, Tommy et Jack. Et puis les petits derniers de ses oncles et tantes, des jumeaux, Rupert et Daphné, qui n'ont que neuf ans de plus que Nancy. C'est là, autour de cette table, qu'elle acquiert, encore flou mais infrangible, le sentiment d'être le dernier maillon d'une longue lignée de gens qui comptent. Au milieu du cliquetis des tasses de porcelaine, elle glane des bouts de phrases qui lui font comprendre que son grand-père paternel descend d'une des plus vieilles familles saxonnes d'Angleterre, les Ashburnam. C'est du moins ce qu'a affirmé un fin connaisseur, sir Bernard Burke, l'auteur de l'irremplaçable almanach nobiliaire qui porte son nom et que compulse régulièrement l'aristocratie anglaise. Un Ashburnam aurait combattu auprès du roi Harold contre Guillaume le Conquérant. C'est un titre de gloire, comprend Nancy, un signe de très valeureuse noblesse. Les visages des ancêtres, immobiles dans les tableaux sombres accrochés aux murs, s'animent et deviennent des héros d'*Ivanhoé*. Peu importent les anachronismes : Nancy plonge de nouveau dans les rêves et les livres.

Plus tard, elle apprendra un secret qui jettera sur l'histoire de sa famille paternelle un éclairage moins conventionnel et beaucoup plus romanesque. Son arrière-grand-mère, Georgina Ashburnam, la mère de grand-père Redesdale, s'est enfuie avec son jeune amant alors qu'elle était déjà mère de trois garçons. Grand-père avait à peine trois ans. Cela se passait en 1841. Le scandale fut d'autant plus retentissant qu'elle demanda et obtint le divorce pour épouser l'élu de son cœur. Jamais grand-père Redesdale ne revit sa mère, jamais plus il ne prononça son nom. Est-ce par réaction à cette honte qui s'était abattue sur lui, alors qu'il était enfant ? Lord Redesdale est devenu un monsieur très attaché au respect des règles sociales, qui n'évoque jamais sans une moue de réprobation son cousin germain, Algernon Charles Swinburne, grand poète certes, reconnaît-il, mais qui toute sa vie s'est battu contre les conventions victoriennes, s'est même proclamé athée et républicain. Un excentrique, martèle grand-père. Et son maintien raide, son visage sec derrière l'épaisse moustache blanche imposent à Nancy un silence craintif.

Grand-mère Redesdale l'effraie moins avec ses joues très roses, son double menton, son embonpoint impressionnant et ses insistantes questions sur la santé de ses petits-enfants. Cette grand-mère possède elle aussi un pedigree parfait : son père, le comte d'Arlie, a épousé une Stanley d'Alderley, vieille lignée dont Nancy écrira plus tard qu'elle descendait « probablement » de Charlemagne. Une famille ancrée dans les règles et les traditions ? Pas tout à fait. Un grand-oncle, Henry Stanley, était tellement passionné par l'Orient qu'il s'habillait en « Turc » et finit par se convertir à l'islam : cela provoqua un grand émoi parmi les siens. Comme pour suivre la voie tracée par cet extravagant parent, un cousin germain de grand-mère, Bertrand Russell[1], se proclame maintenant pacifiste, et socialiste. Le double menton de grand-mère Redesdale tremble de réprobation quand elle évoque son cousin. Mais que veut dire pacifiste ? se demande Nancy. Et socialiste, ce mot étrange ?

Si elle passe régulièrement l'été au bord de la mer, dans la maison de Thomas Gibson-Bowles, son grand-père maternel, Nancy ne le voit jamais à l'heure du thé. Elle s'en étonne : c'est le moment par excellence où l'on se réunit après avoir pris un bon bain. Mais grand-père Bowles considère, apprendra-t-elle, le rite anglais comme parfaitement néfaste à la santé. Il refuse d'absorber quoi que ce soit entre le déjeuner, qu'il fait servir à onze heures trente tapantes, et le dîner : il a adopté, affirme-t-il, les heures françaises. Et ce n'est là que l'une des originalités de ce monsieur au front dégarni, toujours affairé, souvent sarcastique. À sa table, lapin, lièvre, porc et fruits de mer sont proscrits : il suit les préceptes de la tradition mosaïque. Les juifs ne jouissent-ils pas d'une solide santé ? argu-

1. Brillant mathématicien et grand philosophe, il recevra le prix Nobel de littérature en 1950.

mente-t-il. Pour lui, les médecins sont parfaitement inutiles, voire dangereux : il suffit de bien se nourrir et de laisser faire la nature.

La mort de son épouse, Jessica, alors qu'elle attendait son cinquième enfant, l'a plus encore persuadé de la justesse de ses idées. Un médecin qu'elle avait appelé en urgence provoqua un avortement pour lui sauver la vie. Thomas Gibson-Bowles, prévenu à son bureau, accourut aussitôt et jeta le médecin dehors. Quelques jours plus tard, Jessica décédait. La petite Sydney avait sept ans. Jamais Thomas Gibson-Bowles n'admit que sa femme aurait peut-être survécu si le médecin était resté à ses côtés.

Il ne s'est pas remarié. Même si – Nancy surprend ces paroles – il collectionne les conquêtes féminines. Et des hochements de tête entendus accompagnent ces mots. Elle apprendra beaucoup plus tard que son grand-père maternel mène une double vie. Une ancienne gouvernante, Tello, est devenue sa maîtresse. Il l'a nommée rédactrice en chef de *The Lady* et installée dans un appartement. De leur très discrète liaison, trois garçons sont nés. Trois demi-frères dont jamais Sydney ne parle. Il est vrai qu'ils portent le nom de leur mère.

Conservateur excentrique, traditionaliste à la double morale, Thomas Gibson-Bowles a longtemps eu pour ami un certain Charles Dodgson, plus connu sous son pseudonyme de Lewis Carroll. Le génial créateur d'*Alice au pays des merveilles* est un personnage tout autant pétri de contradictions que Thomas Gibson-Bowles. Réactionnaire en politique et révolutionnaire en littérature, ce célibataire à qui l'on ne connaît pas de liaisons féminines collectionne les rencontres avec des fillettes qu'il aime photographier, parfois à demi dévêtues. Quand il voit pour la première fois Sydney Bowles, en 1891, il a abandonné la photographie. Mais il continue de guetter de nouvelles « petites amies ». Elle a alors onze ans, l'âge qu'il préfère, juste au bord de la puberté, et, avec ses yeux d'un bleu profond, l'ovale parfait de son visage et sa bouche boudeuse, c'est une beauté. Selon son habitude, Lewis Carroll, qui a cinquante-neuf ans, lui envoie, aussitôt après leur rencontre, un exemplaire manuscrit des *Aventures d'Alice sous terre* accompagné d'une lettre laudative. Rêveuse, souvent plongée dans les livres, Sydney a dû lire et relire cette missive. Mais son père ne semble pas avoir cherché à prolonger le lien entre sa fille et Lewis Carroll : ressentait-il un trouble impossible à nommer devant l'intérêt appuyé que l'écrivain portait à l'enfant ?

L'éblouissante enfant est devenue une jeune mère à l'air distant, qu'aucune émotion ne semble troubler. Pourtant, un matin, Nancy découvre avec étonnement des larmes sur son visage. Son père pleure aussi. Sur la table du petit-déjeuner, il y a un exemplaire du *Times* bordé de noir. Le roi Edouard VII vient de mourir. On est en mai 1910. Sydney Mitford sent-elle intuitivement que la mort du souverain marque la fin de la Belle Époque, cette ère édouardienne dont longtemps l'Angleterre nantie gardera la nostalgie ? Ce fut une décennie légère, frivole, après le long règne rigoureux de la reine Victoria, la dernière décennie tranquille que vivait l'aristocratie terrienne. Car le Premier ministre, Lloyd George, est décidé à mettre fin à sa puissance : il veut amputer les pouvoirs, immenses, de la Chambre des lords. À la Chambre des communes, les parlementaires discutent d'un acte du Parlement qui interdirait désormais aux lords, dont les sièges sont héréditaires, d'opposer leur veto et même d'amender toute loi de finances. C'est une révolution. Lord Redesdale, comme la majorité des pairs, s'insurge. Cet acte du Parlement sera pourtant adopté le 10 août 1911, et l'aristocratie saura dès lors que son déclin a commencé. La société anglaise se démocratise inéluctablement. Déjà, en 1885, une réforme électorale a grandement élargi le nombre des électeurs. Avant cette réforme, seuls 30 % des hommes adultes – ceux qui possédaient suffisamment de terres et de biens – pouvaient voter. Après la réforme, ils sont 60 %. Ce n'est pas encore le suffrage universel : l'ensemble des hommes et des femmes ne pourra voter qu'à partir de 1928. Mais l'aristocratie qui, jusque dans ces années 1880, s'est octroyé tous les pouvoirs, sent son autorité lui échapper. « Nos ancêtres, se lamente alors le duc de Northumberland, plaçaient le pouvoir politique dans les mains de ceux qui possédaient. Hélas, leurs successeurs ont détruit ce système et donné le pouvoir à la multitude, et il nous faut en tirer les conséquences. » Comme lui, le vieux lord Redesdale est persuadé qu'en amputant les pouvoirs de l'aristocratie, c'est au prestige même de l'Angleterre que l'on attente. Une Angleterre qui, en ce mois de mai 1910, est encore la maîtresse incontestée du monde. Elle contrôle les trois quarts de la planète : n'aime-t-on pas répéter que, sur l'Empire britannique, le soleil ne se couche jamais ? Les funérailles d'Edouard VII, roi de Grande-Bretagne et des dominions d'au-delà des mers, empereur des Indes, sont à l'image de la puissance anglaise : grandioses. Du balcon de la demeure de grand-père Redesdale, les enfants Mitford contemplent la longue procession des têtes couronnées et des hommes en grand uniforme qui vont rendre un dernier hommage au souverain. Nancy est impressionnée. Éblouie par les ors et la pompe de ce qui est, pour elle, avant tout un spectacle.

Quand commence l'année 1911, David Mitford comprend qu'il ne peut plus joindre les deux bouts : avec mille livres de revenu annuel, les Mitford sont pauvres – selon les critères de leur classe sociale bien sûr. Une femme de chambre obtient des gages d'à peine dix-huit livres par an. Pourtant, pour honorer ses factures, David Mitford travaille : juste après son mariage, son beau-père lui a offert un poste de directeur dans son journal *The Lady*. Le guerrier s'est retrouvé, par obligation, dans un magazine féminin. À son salaire s'ajoutent la pension que lui verse son père et celle que Sydney reçoit de Thomas Gibson-Bowles. Mais cela ne suffit pas. Il faut louer la maison de Victoria Road l'été : la « saison » bat son plein à Londres, et nombreux sont les petits nobles de province dont les filles viennent faire leurs débuts dans la capitale. Ils sont en quête de demeures, avec une pièce suffisamment vaste pour y donner des bals et attirer les meilleurs partis. La famille Mitford se replie, avec tous ses animaux, dans un cottage, un ancien moulin, à High Wycombe, au nord de Londres, et passe l'été à la campagne. Pourtant, l'argent manque encore. Bientôt, Farve, comme l'appellent maintenant tous ses enfants, pense avoir trouvé un moyen de faire fortune. Il achète une concession au Canada, dans le nord de l'Ontario : on dit que des mines d'or s'y cachent. À l'automne 1913, il part prospecter et emmène Sydney. Tels deux aventuriers, ils habitent une cabane de rondins, se nourrissent des animaux que chasse David et se réchauffent grâce au bois qu'ils ramassent. L'endroit s'appelle Swastika. La vie est rude, mais David Mitford se trouve dans son élément : effort physique, vie en plein air, lever avec le soleil.

Restée à Londres, Nancy, neuf ans, s'imagine être devenue le chef de famille. Et son caractère autoritaire s'en réjouit. Un jour, elle s'enquiert auprès de Blor (c'est le surnom de Laura Dicks, la nounou qui restera, elle, de longues années au service des Mitford) : « Dis, le Titanic était grand comment ? – Il était long comme d'ici à Kensington High Street », répond négligemment Blor. Nancy s'envole aussitôt dans une rêverie. Si le bateau sur lequel ses parents ont pris place pour revenir du Canada faisait naufrage lui aussi, elle prendrait définitivement les rênes de la maison. Comme dans ce livre qu'elle a dévoré, où l'héroïne, orpheline, devient le chef de famille. C'est à elle qu'obéiraient désormais les bébés. Chaque matin, elle scrute fiévreusement l'exemplaire du *Daily News* que lit Blor. Si jamais on y parlait d'un nouveau naufrage… Mais ses parents reviennent bel et bien. Sydney a même la taille un peu plus épaisse. Elle attend un autre enfant. Le cinquième. « [Mes parents] vivaient dans un état de perpétuelle surprise en voyant se remplir tant de berceaux, et ne semblaient avoir aucune idée de l'avenir de leurs occupants », écrira Nancy bien plus tard dans *À la poursuite de l'amour*. Déjà, en cette année 1914, les rondeurs de sa mère suscitent en elle du dépit.

Presque aussitôt après le retour de ses parents, des rumeurs de guerre parviennent en haut de la maison de Victoria Road. Dans la nursery, Blor demande aux enfants de prier pour la paix. Nancy n'en fait rien. Car elle veut se transformer en un nouveau Robin des Bois et s'employer à repousser l'envahisseur, non plus normand, mais allemand. Nancy a un tempérament chevaleresque. Un imaginaire de garçon. À la fin de sa vie, elle dira que, si elle pouvait tout recommencer de zéro, elle se transformerait en un joli général qui galoperait à travers toute l'Europe à la suite de Frédéric le Grand. Il faut dire qu'en août 1914, l'aristocratie anglaise s'engage dans le conflit avec enthousiasme, comme s'il s'agissait d'une bataille des siècles passés. C'est la première guerre à laquelle elle est confrontée en Europe depuis un siècle, depuis qu'elle a défait Napoléon. La caste des guerriers veut prendre sa revanche sur une société qui la désavoue. Prouver sa valeur et sa bravoure. Justifier son existence. C'est à l'enfer et à la boucherie qu'elle va faire face.

David Mitford s'engage immédiatement. Peu importe qu'il n'ait plus qu'un seul poumon. Il rejoint son régiment, le Royal Northumberland Fusiliers, et traverse la Manche. Son frère aîné Clement se bat également en première ligne. Pendant ce temps, en Angleterre, quelques jours à peine après la déclaration de guerre, le 8 août, l'enfant conçu à Swastika voit le jour. C'est une fille, encore. La quatrième. Sydney la baptise de noms de circonstance: Unity, le prénom d'une actrice qu'elle apprécie, et Walkyrie, un nom suggéré par grand-père Redesdale, celui de la déesse nordique de la guerre. Nancy, à son habitude, prête une attention distraite à ce nouveau bébé. Il faut dire qu'elle est occupée à essayer de tricoter. Pas une brassière. Mais des moufles pour les soldats. En Angleterre, tout le monde sans exception participe à l'effort de guerre. Même le petit Tom, six ans, croise maladroitement de longues aiguilles: le tricot, en Angleterre, et notamment au sein de l'aristocratie, n'est pas un domaine réservé au sexe féminin.

En France, posté derrière la ligne de front, David Mitford a pour mission de ravitailler son régiment en munitions. Il conduit un tombereau empli d'obus et de cartouches. C'est périlleux. Plusieurs fois, son courage lui vaut d'être cité. Mais les actes de bravoure se perdent dans un horrible carnage. En mai 1915, Clement est tué, comme tant d'autres héritiers de la plus haute aristocratie. David Mitford se trouve en permission en Angleterre lorsqu'il apprend la nouvelle. Il est choqué. Il aimait ce frère qui, pourtant, lui avait toujours été préféré. Lord Redesdale reste prostré plusieurs jours. Ce fils qu'il préparait à prendre sa succession n'est plus. Tué en même temps que des milliers d'autres. Ignominieusement. Dans la boue. Lord Redesdale ne supporte plus Londres. Un arrangement est trouvé avec le locataire de son château et il retourne à Batsford en grand seigneur blessé. Comme pour réaffirmer, malgré le malheur, son rang. David, le fils un peu falot, est désormais son héritier. Nancy, dans sa robe grise de deuil, se sent horriblement coupable : elle a refusé de prier pour la paix et, si son oncle préféré est mort, c'est sans doute sa faute.

Accablée, la famille Mitford doit de plus, pendant cette guerre, faire face à des difficultés financières accrues. La solde de David Mitford est beaucoup moins importante que ne l'était son salaire à *The Lady*. Et c'est ce moment que choisit Thomas Gibson-Bowles pour réduire le montant de la pension qu'il verse à sa fille, sous prétexte que les impôts ne cessent d'augmenter. Sydney essaie dès lors de rogner sur tout. Elle rapporte de Paris, où elle a rendu visite à son mari lors d'une permission, des mètres de drap bleu horizon : ce tissu où sont coupés les uniformes des officiers français est bon marché et de bonne qualité. Dans ce drap, elle fait confectionner des manteaux pour tous les enfants. Cette économie est pourtant de peu de conséquence : l'argent manque toujours. Se passer de domestiques ? C'est impensable. L'unique solution consiste à louer à la fois Victoria Road et Old Mill Cottage, et aller habiter une petite maison à l'entrée du château de Batsford. Grand-père Redesdale la prête gracieusement.

Les étés à Batsford sont, pour les enfants, chauds et lumineux. Le tumulte qui secoue l'Europe semble très loin. Nancy se plonge dans les livres empruntés à la bibliothèque de son grand-père, et monte des pièces de théâtre où elle dirige ses frère et sœurs. Dans le parc du château, on organise de grandes fêtes de charité dont les bénéfices vont aux blessés de guerre, et Nancy ne manque jamais d'idées pour les animer. Et pour commander les plus petits des Mitford, qui ne se laissent pas toujours faire. Tom, un jour, passe un petit bout de papier plein de fautes d'orthographe à ses sœurs : « On ce lige contre Nancy. Chef : Tom. » Mais Nancy la despote est aussi la grande sœur qui les fait tordre de rire et leur raconte, près de la cheminée, de longues histoires passionnantes glanées dans ses livres. Elle est celle qui adore les déguisements et les bals costumés, et prépare les saynètes les plus drôles pour Noël. Ces Noëls où toute la famille, avec les si nombreux oncles, tantes et cousins, se trouve réunie. La coutume veut que le dîner, d'habitude si solennel, soit ce soir-là costumé. Pendant la journée, les enfants ont puisé dans une énorme malle les étonnants habits dont ils se parent. Après le dîner, on joue et on chante en chœur autour de Muv au piano.

Au petit-déjeuner, les enfants s'amusent à rêver de tranches croustillantes de bacon qui accompagneraient leurs œufs, de moelleuses saucisses, des côtes de porc dorées à point. Tous aliments dont le fumet leur parvient, chaque matin, mais qu'ils ont interdiction de manger. Car Sydney impose à toute la maisonnée, sauf à son mari qui refuse de s'y plier, les préceptes alimentaires de son père : il ne faut avaler ni porc, ni lapin, ni fruits de mer, si l'on veut demeurer en bonne santé. Pour faire tiquer ses sœurs, Tom, six ans, s'exclame dans une des premières lettres qu'il envoie de sa pension : « Nous avons des socises [*sic*] tous les dimanches ! » Sydney, si désireuse de se conformer aux traditions, a cependant des côtés excentriques. Elle est persuadée, comme son père, que le corps est une machine foncièrement bonne et qu'il faut lui faire confiance : les médecins sont en conséquence inutiles et elle ne fait appel à eux qu'en cas d'extrême urgence. Elle jette tout médicament prescrit et refuse que ses enfants soient vaccinés. Quand Pam contracte la poliomyélite, maladie dont de nombreux enfants meurent alors, Sydney fait appel à l'ostéopathe de son père, un certain « docteur » Kellgren, qui masse la petite fille et lui fait faire des exercices. Si ce n'est un léger boitement, Pam se remet entièrement de cette terrible maladie. Si l'un des enfants se casse le bras, Sydney brise le plâtre qu'a pu poser un médecin. Diana, lorsqu'elle souffre d'une appendicite aiguë, n'est pas transportée à l'hôpital le plus proche : elle est opérée à Batsford, dans une des chambres d'amis du château, dans une atmosphère si peu stérile qu'elle ferait aujourd'hui dresser les cheveux sur la tête des médecins. Diana se souvient seulement s'être éveillée dans un magnifique lit à baldaquin couvert de brocart : l'opération s'est parfaitement passée, et n'aura aucune séquelle fâcheuse.

Une journée resplendissante de l'été 1916, grand-mère Redesdale croise Pam et Diana dans le parc du château. Les fillettes, très blondes, aux yeux très bleus, ont onze et six ans. « Venez, les enfants, je vous emmène rendre visite à votre grand-père ! » Lord Redesdale, soixante-dix-neuf ans, garde le lit depuis plusieurs jours : il a pris froid en pêchant sur ses terres de Swinbrook. Les deux enfants emboîtent le pas de leur imposante aïeule, montent un escalier, suivent un long couloir et entrent dans une vaste chambre. Les rideaux sont tirés. Dans la pénombre, Diana reconnaît à peine le visage maigre et jaune enfoncé dans les oreillers, une touffe de cheveux blancs dressée sur la tête. C'est la dernière fois qu'elle voit son grand-père. Il meurt quelques jours plus tard d'une jaunisse. Un autre radieux jour d'août 1916, il est enterré dans le petit cimetière, à côté de l'église, à l'entrée du château.

Grand-mère Redesdale emplit aussitôt ses malles et se prépare au départ. Car, dans l'aristocratie anglaise, la coutume veut que la veuve laisse au plus vite sa place à son fils aîné. Un usage que Diana[1] comparera plus

---

1. Dans son autobiographie, *A life of contrasts*, Hamish Hamilton, Londres, 1977.

tard au sati indien qui contraint la veuve à s'immoler sur le bûcher de son mari. Désormais, les enfants ne verront plus leur grand-mère que sous de grands voiles noirs, retirée dans une maison du village de Redesdale, tout près de l'Écosse. Plus jeune que son mari de seize ans, elle vivra jusqu'en 1932. Mais rien, si ce n'est son titre de lady Redesdale, ne lui appartient plus. Le château, les terres, les maisons, les tableaux, les objets d'art, tout est désormais propriété de David Mitford, le nouveau lord Redesdale. Batsford, avec son immense jardin planté d'essences rares et son imposante bâtisse de pierre dorée, devient l'inépuisable terrain de jeux des enfants.

Nancy pioche désormais les livres qui lui plaisent dans la bibliothèque sans en référer à personne. Son père est reparti à la guerre. Elle s'enfouit au creux des larges fauteuils, dévore *Anna Karénine*, rêve de bals, d'opéras et de théâtres, de tous ces lieux où, dans les romans, se déroulent les jeux de l'amour. La grand-mère, massive présence autoritaire, n'est plus là pour empêcher les petits de jouer à cache-cache dans les cinq immenses escaliers du château. Batsford, c'est l'apprentissage de la liberté. Et la découverte du non-conformisme. Car l'extravagante tante Nattie habite maintenant le village, où le nouveau lord Redesdale lui a prêté une maison. Sœur de grand-mère Redesdale, lady Blanche Hozier, dite Nattie, vivait à Dieppe avant la guerre : la France était bon marché et, surtout, il y avait là un casino. Le jeu est sa passion. Mais, en 1914, la belle-mère de Winston Churchill (il a épousé sa fille, Clementine) a dû se replier en Angleterre. Elle a habité chez les uns, chez les autres, et en a vite eu assez. Tante Nattie a le caractère indépendant. La maison du village de Batsford la ravit. Peu lui importe que sa personnalité détonne dans cet environnement traditionnel : elle se désintéresse totalement du qu'en-dira-t-on. Elle porte un ruban de couleur dans les cheveux, ce qu'aucune veuve n'oserait faire. Ne s'habille jamais avant midi : il lui arrive, au milieu de la matinée, de traverser le village avec une simple cape jetée sur sa chemise de nuit – cela surprend. Chez elle, elle va et vient jambes nues, sans bas, et les enfants Mitford ouvrent des yeux tout ronds : jamais ils n'ont vu ne serait-ce qu'une cheville découverte. Les mollets de tante Nattie les ravissent. D'autant que cette tante ne cesse de raconter des histoires qu'ils écoutent bouche bée. Celle-ci, par exemple, qu'ils retiennent tout particulièrement : elle n'a pas hésité à enfreindre la loi de quarantaine pour faire passer son scottish-terrier en Angleterre. Le chien était caché sous son large manteau. « Madame, ne serait-ce pas un animal que vous portez sous votre bras ? » lui demande le douanier anglais. « Certainement pas », réplique tante Nattie avec autorité. « Madame, qu'est-ce que je vois donc bouger ? » Elle ouvre l'autre côté de son manteau et s'écrie : « Ne pouvez-vous croire la parole d'une Anglaise ? » Elle se met en marche, buste cambré, fière et arrogante, et traverse la frontière. Les enfants sont éperdus d'admiration. Dans les yeux verts de Nancy brille une lueur de reconnaissance.

Le château est un terrain d'aventures d'autant plus fascinant qu'une grande partie des pièces est inutilisée et que les meubles y sont cachés sous des housses blanches : son nouveau propriétaire n'a pas assez d'argent pour le chauffer. Ni assez de domestiques pour s'en occuper. Toujours mobilisé, il vient cependant d'être rapatrié en Angleterre en raison de sa fatigue et d'une santé défaillante. Logé dans l'enceinte du collège de Christ Church à Oxford, non loin de Batsford, il entraîne désormais un bataillon de réservistes. Et ne cesse de se poser la question : pourra-t-il garder le château ? En attendant, il a trouvé une solution : partager l'immense demeure avec une famille de Londres, les Norman, d'anciens voisins de Victoria Road devenus des amis. Les comptes ne sortent pourtant pas du rouge.

Car le nouveau lord Redesdale doit payer des droits de succession importants et régler les lourdes dettes que son père lui a léguées en même temps que ses terres. Les droits de succession n'existent en Angleterre que depuis peu, depuis 1894 : les deux grands-pères, Redesdale et Gibson-Bowles, ont en vain bataillé au Parlement contre leur introduction. Auparavant, l'aristocratie n'avait de comptes à rendre qu'à Dieu. D'abord fixés à 8 % sur les patrimoines de plus d'un million de livres, ils ont ensuite grimpé à 15 %. De 1919 à 1930, ils montent à 40 %, puis 50 %, et 60 % dans les années 1960. Tout autant que l'amputation des pouvoirs des lords, cet impôt bouleverse les bases mêmes de l'aristocratie terrienne. Pour le payer, les héritiers vendent des terres, des maisons, des œuvres d'art, démantèlent un patrimoine que leur famille avait précieusement maintenu, voire agrandi, depuis des siècles. Le nouveau lord Redesdale devra, tôt ou tard, mettre en vente Batsford, ce château pour lequel son père a ruiné la famille. Le défunt lord Redesdale a en effet, à la fin des années 1880, fait démolir la vaste demeure du XVIIIe siècle dont il venait d'hériter. Il la trouvait démodée et incommode. Il a fait construire à sa place le château actuel, de style Tudor victorien. Le coût en a été exorbitant. Habitué à ne pas compter, il a ensuite dessiné un jardin somptueux, fait venir du Japon des arbres rares, des bambous inconnus en Europe. Dans le jardin, se sont peu à peu élevés un pavillon japonais, un grand bouddha de bronze et des sculptures qui ponctuent les promenades. Des dizaines de jardiniers ont été embauchés pour entretenir cette merveille. Et lord Redesdale a emprunté. Beaucoup. D'autant plus que, depuis 1880, la crise agricole a fait spectaculairement chuter les revenus de l'aristocratie terrienne. Le prix des terres s'est effondré, tout comme celui des produits agricoles. D'où ces dettes, dont l'échéance n'a cessé d'être repoussée, et dont hérite David Mitford. Au côté de son mari, Sydney cherche à retarder le plus possible la vente du château. Dans son petit carnet recouvert de cuir, elle calcule qu'avec uniquement le produit de la vente des œufs du poulailler, elle peut payer le salaire annuel de la gouvernante. Il y a aussi, additionne-t-elle, le miel des ruches. Et le lait des chèvres. Mais ces économies demeurent dérisoires face au coût d'entretien du château.

En septembre 1917, à Batsford, Sydney met au monde un nouvel enfant – une fille, la cinquième de la famille. Sydney la baptise Jessica, en mémoire de sa mère. Deux mois à peine après cette naissance, alors que la guerre continue de faire rage sur le continent, un événement inouï se produit en Russie. La révolution bolchevique bouleverse un ordre que les Mitford pensaient immuable. Non seulement le tsar et sa famille sont, depuis mars, assignés à résidence à Tsarskoïe Selo, mais, dans cet empire où régnait l'aristocratie terrienne, les nobles sont maintenant chassés de leurs domaines. Ils partent sans rien, soudain déracinés et humiliés. C'est un cataclysme, selon le mot de Vladimir Nabokov. Son onde de choc parvient jusqu'en Angleterre où, au sein de la noblesse, naît une crainte infinie : celle du bolchevisme. Elle se conjugue aux soucis financiers croissants, à la perte, encore discrète mais fortement ressentie, des immenses privilèges d'autrefois. Pour la première fois de son histoire, la classe qui a si longtemps dirigé l'Angleterre se trouve sur la défensive. Pendant l'été 1918, Nancy apprend l'assassinat des quatre princesses russes. Parmi elles, Anastasia. Celle qu'elle rêvait d'être. Croyait être, même. La Russie est loin, certes, et l'Europe est toujours un sanglant champ de bataille. Mais le long frisson d'horreur qui saisit alors la famille Mitford la marquera à jamais.

La petite Jessica a un peu plus d'un an quand l'armistice est signé, le 11 novembre 1918. La longue guerre est enfin terminée et Farve, comme l'appelleront toujours ses enfants, est de retour à Batsford. C'est à la fois un immense bonheur que de retrouver ce père aux immenses colères, à l'humour dévastateur, et une tristesse. Car il va falloir quitter le domaine. L'argent manque toujours. Farve s'empresse de faire paraître une annonce dans le magazine *Country House* et, en 1919, le château, ainsi que les terres qui l'entourent, est vendu. Farve se sépare également de nombreux tableaux, de sculptures, de trésors rapportés d'Asie par son père et d'une partie des livres de la bibliothèque. C'est à Tom, dix ans, l'héritier, le seul garçon, que son père demande quels volumes il faut absolument garder. Nancy enrage dans son coin.

Tom a tous les privilèges, et notamment celui d'aller à l'école. Les filles n'y ont pas droit, car cela ne se fait pas. Pour Nancy, il s'agit d'une injustice. Elle réclame à cor et à cri d'aller en classe. Devant ses colères, sa mère reste calme, et inflexible. Car elle comprend que Nancy cherche avant tout à échapper à sa famille. À sortir de l'étroit cercle familial, à connaître d'autres visages. Elle a quatorze ans et, à cet âge critique, il est hors de question de la laisser s'en aller. D'autant que son éducation est assurée. Miss Mirams, la gouvernante, est là, qui lui enseigne les matières principales de neuf heures du matin jusqu'à l'heure du déjeuner. En juillet et août, une demoiselle française lui apprend la langue de Molière. « Il n'y a rien de plus bas qu'une femme qui ne connaît pas le français », s'est un jour exclamée devant toute la famille la formidable arrière-grand-mère lady Airlie. David et Sydney Mitford n'ont pas oublié son avertissement : toutes leurs filles apprendront notre langue. Et, l'été, il sera toujours d'usage, à table, de ne communiquer qu'en français. David et Sydney parlent un français châtié : ils l'ont tout deux appris grâce à des précepteurs. Le but de l'éducation de Nancy est d'en faire une jeune femme conforme aux canons de l'aristocratie, ayant suivi tous ses rites d'initiation et dotée de ce qu'il faut de culture pour épouser un bon parti, c'est-à-dire un jeune homme qui ait à la fois des revenus confortables et un titre. Mais, en cette année 1918, Nancy, plongée dans *Guerre et Paix*, songe seulement à l'amour. Comme beaucoup de jeunes filles de son âge, elle rêve au jeune, blond et si charmant prince de Galles[1], dont toute l'Angleterre parle. Si jamais un jour, imagine-t-elle, il frappait à la porte du château de Batsford... Elle s'évade toujours dans les rêves. Et dans les livres. Elle avale les biographies et les ouvrages historiques. Bravant les interdits formulés par son père – lire un roman avant le déjeuner est un des pires péchés que puisse commettre une jeune fille de la bonne société –, elle se réfugie dès le matin dans les ouvrages reliés. Elle lit même dans son bain. Son père ne comprend rien à cette manie. Selon la légende familiale, lord Redesdale n'a jamais lu qu'un seul roman, *Croc-Blanc*. Un récit qu'il aurait trouvé si parfait qu'il n'aurait plus eu envie d'en découvrir aucun autre.

Batsford vendu, il lui reste tout de même de vastes terres dans l'Oxfordshire, des forêts, des fermes. À proximité de l'une d'entre elles, Farve achète un manoir. Construit au creux d'une vallée où coule la rivière Windrush, Asthall Manor jouxte une église au clocher carré et un cimetière. Cette demeure vaste mais discrète, bâtie avec les pierres mordorées des Cotswolds, se fond dans le village. Avant que la famille y emménage, lord Redesdale fait effectuer quelques travaux. Un bâtiment de ferme est transformé en biblio-

1. Le futur Edouard VIII.

thèque et relié au reste de la maison par un passage couvert. Nancy y retrouve les livres qui ont échappé à la vente et aussi les fauteuils doux et profonds : cette pièce devient son antre. Elle la partage avec la silencieuse Diana, neuf ans, tout aussi férue de lecture qu'elle. Et avec Tom qui joue des sonates de Bach sur le grand piano. C'est dans cette bibliothèque, qui restera en leur mémoire comme un lieu enchanté, que les trois frère et sœurs connaissent leurs premiers grands moments de complicité. Pam, elle, lit peu. Elle préfère marcher dans les bois, seule le plus souvent, mais heureuse. Elle adore la nature et les animaux. Et joue parfois à être un cheval. Elle galope, hennit, se cabre. Rit. Nancy se moque d'elle, méchamment parfois. Elle n'a jamais oublié son ressentiment contre cette sœur qui a assombri sa petite enfance triomphante, et ne manque aucune occasion de la ridiculiser. Nancy peut se révéler cruelle. Pam n'en est ni vexée ni blessée. Elle mène sa jeune vie avec une étonnante assurance et une grande indépendance. Pendant ce temps, dédaignés par leurs aînées, les deux bébés, Unity et Jessica, sont confinés à la nursery, en haut de la demeure.

Pour la première fois de sa vie, Nancy fait face à un père qui se trouve continuellement à la maison. Auparavant, Farve était une présence intermittente. À Londres, il partait au milieu de la matinée pour revenir tard le soir de son bureau. Puis la guerre l'a tenu quatre ans éloigné de sa famille. Désormais propriétaire terrien et pair du royaume, il dérogerait s'il avait un emploi salarié. D'ailleurs, il n'en aurait pas le temps. Car en héritant du titre de lord et des terres, il est devenu automatiquement un magistrat, un maire et le maître de l'Église. Il choisit le pasteur, juge et décide des affaires communales. C'est un potentat local, comme le sont encore les aristocrates anglais. Ce père aux opinions tranchées, très conservateur, ultra-chauvin, qui déteste « Boches », « Macaronis »,

« Youpins », bref, tous ceux qui ne sont pas purement anglais, Nancy l'aime, l'admire, tout en le taquinant. Mais entre l'adolescente au caractère affirmé et le père au tempérament colérique, les heurts sont fréquents. Les éclats de Nancy sont d'autant plus vifs qu'elle s'ennuie à la campagne. Du moins l'affirme-t-elle avec véhémence. Car, en fait, elle participe aux chasses avec plaisir, montée sur sa jument, l'œil en alerte. L'automne dans la forêt, les feuilles mortes sous les pas du cheval et l'odeur des feux de branchages allumés un peu partout, ou encore le printemps, avec ses violettes et ses primevères accrochés aux talus, la grisent. Elle s'amuse aussi à aller à bicyclette jusqu'à la petite ville voisine de Burford, et savoure le respect dont sa famille est entourée lorsque, le dimanche, elle se rend à la messe. Certes, ces hobereaux sont excentriques, ils arrivent à l'office avec leurs chiens, leurs chèvres et brebis domestiques, et n'attachent qu'au dernier moment ces animaux aux grilles du cimetière. Mais la population considère ces extravagances avec une déférence qui plaît à Nancy. Ce qui lui manque, ce sont des amis de son âge, avec qui parler et rire. Au manoir d'Asthall, la famille vit en vase clos. Et les visites des cousins ou de quelques châtelains voisins, aux grosses vestes de tweed et aux joues rouges, paraissent à Nancy parfaitement assommantes.

Mais Tom vient d'entrer à Eton, le très élitiste collège, et ses amis de classe débarquent au manoir lors des fins de semaine. Ces jeunes garçons, instruits et bien élevés, apportent à Nancy l'écho d'une joyeuse camaraderie et d'un monde masculin ouvert sur l'extérieur. C'est là ce qu'elle cherche : cette complicité dans les rires, cette communion d'esprit, ces expériences partagées. Nancy se rapproche de Tom, ce frère qui possède une parfaite assurance. Est-ce l'amour inconditionnel de ses parents qui lui donne une telle confiance en soi ? Et l'amour tout aussi absolu de sa nounou, Blor ? Ou encore la conscience de sa supériorité sociale ? Toujours est-il que Tom est parfaitement à l'aise à Eton, alors que l'école a la réputation d'être rude à ceux qui y entrent. À la fois musicien et sportif, il ne dédaigne ni les matches de cricket ni les discussions feutrées avec les plus artistes des élèves. Et il sait ménager les uns et les autres. La petite jalousie que, plus jeune, Nancy ressentait à son égard laisse place à l'admiration et à une envie sans méchanceté : elle aimerait tant pénétrer son univers d'amitiés viriles.

En attendant, dans le huis clos du manoir d'Asthall, elle finit par former avec ses sœurs une sorte de clan joyeux, avec son propre langage et ses signes de reconnaissance. Elles possèdent des surnoms aussi variés qu'inintelligibles à qui ne fait pas partie du clan. Nancy devient Naunce, parfois Naunceling. Pam est Woman, Diana se fait appeler Bodley par Nancy, et Nard ou Nardy par Pam et Tom. Unity, de Baby, devient Bobo, et ce surnom lui restera toute sa vie. Mais Jessica l'appellera ma Boud. Jessica qui devient Decca, ou Little D., Petite D., pour sa mère, ou encore Susan pour Nancy. Les sœurs Mitford ont aussi leur accent, très affecté, une sorte de caricature de la voix de gorge des aristocrates. Elles ont leurs tics de langage, faits d'emphase, d'adjectifs redondants, de longues circonlocutions. « Oh, ce serait tellement, tellement chou de votre part si cela ne vous ennuyait pas, vraiment pas, de bien vouloir être gentille et de me passer le sel, s'il vous plaît ! » Cette pompe est leur code, moqueur mais en même temps signe de leur distinction. Ces demoiselles ne sont-elles pas les honorables sœurs Mitford, puisque cet adjectif précède leur nom depuis que leur père est devenu lord ?

Un nouvel honorable bébé, le dernier, se joint bientôt à la famille. Et Farve fait une ultime fois la moue en découvrant que c'est une fille. La sixième. Deborah naît le 31 mars 1920. Tout le monde l'appellera Debo, mais elle sera Miss pour Nancy, et Henderson pour Jessica. Juste avant sa naissance, Nancy, quinze ans, s'était écriée, avec son emphase habituelle : « Ce serait affreusement écœurant si ce pauvre bébé chéri était une fille ! » Répète-t-elle, en les exagérant, les propos de ses parents ? Ou ne sait-elle que trop qu'il vaut mieux être un garçon qu'une fille ?

Car elle n'a pas mis fin à ses récriminations : elle veut aller à l'école, comme Tom, comme les garçons. Ses parents finissent par céder. Mais ce n'est pas tout à fait dans une école qu'elle se rend en 1921. Les propriétaires du château de Hatherop, proche d'Asthall, ont plusieurs filles et ils ont décidé d'inviter les filles des voisins à les rejoindre pour une année d'études. Une pension s'improvise. La nounou du château supervise tout ce petit monde. Les élèves dorment dans les chambres de bonne avant de se voir dispenser des cours par des gouvernantes. Nancy aime cette vie de groupe, avec des filles de son âge, même si le froid, sous les toits, est à la limite du supportable : le chauffage marche mal et il faut souvent casser la glace dans les bassines avant de pouvoir se laver. C'est au château de Hatherop qu'elle découvre les délices du scoutisme. Rien ne la ravit plus que de ramasser du bois, dormir sous la tente ou à la belle étoile, porter l'uniforme et obéir à une rude discipline. Nancy est ainsi. Partagée entre un désir éperdu de liberté, de rejet des convenances, et le besoin d'un encadrement rassurant. Toute sa vie, elle oscillera entre ces deux pôles.

C'est au château de Hatherop que se forme le projet d'emmener les élèves en Europe. Le voyage sur le continent : il s'agit d'un des rites de passage qu'observe l'aristocratie anglaise depuis le XVIIe siècle. Tout jeune garçon se devait, avant son mariage, de faire le

Grand Tour : aller à Paris, puis en Italie, avant de revenir par Munich. Il lui fallait élargir son horizon et acquérir une culture européenne avant de se fixer sur ses terres. Désormais les filles, avant leurs débuts dans le monde, effectuent également leur Tour, abrégé, accompagnées, bien sûr, d'un chaperon. Ce sera la première initiation de Nancy. En avril 1922, elle embarque à Douvres sur un bateau pour la France. Elle a dix-sept ans. Quatre amies de son âge l'accompagnent. « Jamais je n'ai été si heureuse de ma vie », écrit-elle quelques jours plus tard à ses parents.

II

Le ciel est d'un bleu acidulé et le printemps semble chanter. À Paris, il y a du bonheur dans l'air. Les femmes affichent une émancipation inouïe. Finies les longues robes aux ceintures étroites qui entravaient les pas et la respiration. Elles dévoilent leurs jambes, dansent le charleston, laissent leur taille libre. Nancy découvre cela avec exaltation. D'autant plus qu'elle échappe enfin à la routine et à sa famille. Le simple fait de ne pas aller au lit juste après le dîner, mais de se promener dans les rues de Paris jusqu'à vingt-deux heures trente lui semble une délicieuse transgression. Tout comme prendre son petit-déjeuner à neuf heures, et non à huit heures tapantes comme à Asthall. « Pourquoi ne vit-on pas toujours dans des hôtels ? » soupire-t-elle. Elle est logée au Grand Hôtel du Louvre, et ses fenêtres – « d'immenses portes-fenêtres », s'enthousiasme-t-elle – donnent sur l'ancien palais. Tout lui semble délicieusement luxueux, l'ascenseur de l'hôtel, le téléphone dans la chambre, l'eau chaude à volonté. Quand on a dix-sept ans en 1922 et qu'on est une jeune fille de bonne famille, il n'est pourtant pas question de folles découvertes. Miss Spalding, directrice d'une école de Queen's Gate à Londres, veille sur les cinq jeunes filles. Mais elle leur laisse suffisamment de lest pour qu'elles aient l'impression de s'enivrer de liberté. Visiter le Louvre, découvrir la Joconde et contempler la place de la Concorde paraît à Nancy la plus superbe des aventures. Certes, avec son tailleur de gros tweed et sa jupe trop longue, elle a vraiment l'air d'une provinciale anglaise mal fagotée. Pour la première fois de sa vie, elle est blessée par cette horrible sensation d'être habillée d'un « tas de guenilles ». Nancy en éprouve une honte qu'elle masque vite : pour rien au monde, elle ne laisserait apercevoir ses faiblesses à ses amies. D'instinct, elle aime la mode, la coquetterie. Où a-t-elle pris ce goût ? se demande souvent sa mère. Nancy noue toujours le plus joli des rubans dans ses cheveux et se montre d'une exigence extrême envers Gladys, la couturière de la maison. Mais à Paris, ces vêtements coupés à Asthall semblent sortir d'un autre âge. Son amie Marjorie Murray revêt, elle, des robes à la mode, qui s'arrêtent juste sous les genoux et semblent danser autour des jambes. Marjorie se poudre le nez sans façon vingt fois par jour. Au début, Nancy n'ose pas en faire autant : cela reste un énorme tabou à braver. Ses parents lui ont formellement interdit tout maquillage qui déconsidère une jeune fille. Mais elle a si chaud sous le soleil printanier, elle transpire dans sa lourde veste, et son nez brille, ses pommettes luisent. Elle finit par demander à Marjorie de lui prêter son poudrier, oh, juste une fois, s'il te plaît. Avec son nez et ses joues poudrées, Nancy marche dans le jardin des Tuileries. Dans le kiosque à musique, un petit orchestre joue un air de jazz et des hommes se retournent sur les jeunes Anglaises. Nancy rougit. Mais vole sur un petit nuage de félicité. « Jamais je n'ai été si heureuse », se répète-t-elle.

Ensuite, c'est le départ pour l'Italie. En train. Les wagons sont surchauffés, Nancy est malade. Elle étouffe, défaille. Miss Spalding la soigne en lui faisant boire du cognac. Nancy déteste cette chaleur qui l'opprime : elle s'en souviendra des années plus tard quand, devenue frileuse, elle se sentira revivre dès qu'elle arrivera sur les bords de la Méditerranée et s'étendra sous le soleil par trente degrés à l'ombre. À Pise, il fait encore plus chaud mais, devant les volutes de marbre du Duomo, elle oublie ses malaises. Jamais encore elle n'avait été sensible à la beauté d'une architecture. Et c'est l'éblouissement. À Florence, elle est fascinée par les tableaux de Botticelli et de Raphaël ; elle se laisse bercer par leur délicatesse, par la douceur des visages. Nancy a envie d'être belle, elle aussi, et ne peut résister à l'achat d'un long collier de corail qui descend jusqu'à la taille et possède cette délicieuse qualité d'être tout à fait à la mode. À Venise, c'est un grand peigne espagnol en écaille qui l'attire. En l'achetant, elle dépense ce qui lui reste d'argent de poche, mais qu'importe. Elle pourra relever ses cheveux et ne plus les laisser tomber sur les épaules comme une gamine. « N'ai-je pas ainsi l'air d'une femme du monde ? » demande-t-elle à Marjorie. Et toutes deux, dans leur chambre, jouent aux dames qui paradent devant leurs chevaliers servants : elles s'enfouissent dans une fourrure, s'y prélassent. Jamais Nancy ne s'est tant amusée.

Le retour en Angleterre est d'autant plus éprouvant. À Asthall, plus de poudre sur les joues, pas de peigne. Isolée dans le manoir, elle retrouve une vie plus insipide que jamais, avec le petit-déjeuner à huit heures pile : son père ne tolère aucun retard. Impossible de paresser un peu au lit. Heureusement Nancy a un public, ses sœurs. Elle leur raconte d'incroyables récits. Puis s'amuse à créer un journal, *The Boiler*, dont elle rédige les articles et le feuilleton policier. Elle parodie tout ce qu'elle a pu lire, et c'est enivrant comme de jouer des rôles dans une pièce de théâtre. Le feuilleton est un étonnant pastiche de roman gothique qu'elle signe du nom de W.R. Grue. Tandis qu'elle en écrit les dernières lignes, elle éclate de rire et Jessica, cinq ans, contemple cette grande sœur dont les yeux verts brillent de malice, dont la plume court le long des lignes d'un cahier d'écolier et dont les gloussements résonnent dans le salon.

Nancy ne rêve pas de devenir écrivain ni même journaliste. Elle écrit pour passer le temps. Son destin, elle le sait, est de se marier. Les soirs glacés d'automne, elle se glisse tôt dans son lit, se cale sous les couvertures et rêve. Bientôt, elle aura dix-huit ans, et sera continuellement invitée à des bals. Les grandes salles seront emplies de fleurs, la musique résonnera, et les noms se chevaucheront sur son carnet de bal. Comment le reconnaîtra-t-elle ? Sera-t-il le plus beau ? Le plus drôle ? Celui dont elle portera le nom, pour toujours.

De temps immémorial, les jeunes aristocrates anglaises attendent le jour de leurs dix-huit ans avec une appréhension mêlée d'une énorme curiosité. Ce jour-là, elles passent brusquement de l'état d'enfant à celui de jeune fille à marier. Pour se montrer aux prétendants, elles participent à la « saison », à Londres. Entre-temps, elles sont présentées à la Cour, au palais de Buckingham, et leur statut de débutante devient officiel. Bien sûr, ces jeunes filles restent sous le strict contrôle de leurs parents, et ne rencontrent des jeunes garçons que chaperonnées.

Le matin du 28 novembre 1922, Nancy se réveille ravie : le monde va soudain changer d'un coup de baguette magique. Ce soir, il y a bal à la maison, *son* bal. Toute la maisonnée s'affaire déjà. Son père a fait venir des poêles pour chauffer la bibliothèque. Des brassées de fleurs, des caisses de champagne arrivent de Londres. Sydney, un pli au creux des sourcils, en perd presque son calme olympien. Car il lui faut orchestrer le travail des domestiques, auxquels s'ajoutent des villageois appelés en renfort. Sous leurs mains, la grande bibliothèque se transforme en salle de bal. Les cuisiniers ne quittent plus la cuisine. Les bonnes époussettent les tableaux. Nancy fait retoucher une dernière fois sa robe de taffetas argenté à la ceinture brodée de perles. Enfin, l'orchestre arrive. La nuit tombe. Le grand moment va commencer. C'est comme un rêve. Mais pas un joli rêve, dira-t-elle plus tard. Ce grand bal n'a rien à voir avec ceux des romans de Tolstoï. Pas de jeunes princes beaux et élégants qui virevoltent merveilleusement et parlent avec brio. Les invités, des châtelains voisins, des cousins éloignés, sont petits, vieux et laids avec leurs grosses joues rouges. Mariés, de surcroît. Et ils dansent mal. Nancy, qui a appris à danser à Londres, enfant, a oublié les pas, et les pieds se cognent lamentablement. Les conversations ne sont guère plus brillantes, et les poêles émettent une odeur nauséabonde sans pour autant chauffer la grande pièce. Malgré le champagne, elle a froid dans sa robe de bal. Avant minuit, les voisins s'éclipsent. Bientôt, la bibliothèque est déserte. Nancy a dix-huit ans et rien n'a changé. Elle monte se jeter sous ses couvertures, glisse ses pieds gelés contre la bouillotte et oublie son désenchantement en imaginant celui qui sera son prince charmant. N'y aura-t-il pas d'autres bals, bien plus beaux ?

Car elle peut désormais se rendre à tous ceux qui se donnent dans la région – des bals qui, en général, clôturent de grandes chasses au renard. Mais ils ressemblent fort au premier bal de Nancy, avec les mêmes châtelains au teint bistre, les mêmes danses maladroites. Pourtant, c'est à l'un d'entre eux qu'elle rencontre un garçon de son âge, Mark Ogilvie-Grant, qui s'apprête à entrer à l'université d'Oxford. Cultivé, un rien précieux, ce jeune homme brun au drôle d'accent traînant rit immédiatement à ses plaisanteries et y réplique avec esprit. Elle a trouvé un alter ego. L'homme de sa vie ? Elle y pense. « C'est la plus amusante créature que j'aie rencontrée depuis des siècles, écrit-elle à son frère[1], avec son emphase habituelle. Il a le visage d'un chérubin et un sourire absolument désarmant. » Dans la famille, on évoque déjà la possibilité d'un mariage.

1. *Love from Nancy, op. cit.*

Mais, Nancy le comprend d'instinct, Mark n'est pas pour elle. Il préfère les garçons. « Qu'est-il donc arrivé à Oscar Wilde pour qu'on le mette en prison ? » demandait-elle, enfant, à la nounou puis, plus tard, à la gouvernante, après avoir lu ce nom dans les livres qu'elle dévorait. Leurs réponses, des bredouillements incompréhensibles, aiguisaient sa curiosité. Tom, un jour qu'il revenait d'Eton, le lui expliqua. Tom dont la première expérience sexuelle, dans cette école, a eu lieu avec un garçon. En fait, l'homosexualité de Mark permet à Nancy de nouer avec lui une relation qui la satisfait pleinement : leur amitié, qui se développe au long de conversations sans fin et de confidences très intimes, devient d'autant plus forte qu'elle ne met en jeu aucune implication sexuelle. Cette amitié sera si solide que seule la mort de Mark, des décennies plus tard, y mettra fin.

Un jour gris et frais de juin 1923, Nancy subit le plus important de ses rites de passage : sa présentation à la Cour. Sur le Mall, devant le palais de Buckingham, une cohue de Daimler, Bentley et Rolls Royce attend d'accéder aux grilles de la demeure royale. Nancy frissonne dans sa robe de satin blanc que réchauffent à peine les obligatoires plumes d'autruche, et s'ennuie. Elle se souviendra de la foule des jeunes filles dont les robes se frôlent, des longs corridors et des laquais en livrée, de l'attente encore, et du pot de chambre caché par un paravent pour se soulager discrètement. Soudain, derrière le double battant d'une porte, apparaissent, au fond d'une salle gigantesque, deux figures presque floues assises sur de pompeux fauteuils : le roi et la reine, George V et son épouse Mary. Nancy s'avance, fait la révérence, les deux figures hochent la tête, elle se retire à reculons – il ne faut pas tourner le dos aux monarques. Tout son corps tremble de crainte que ses pieds ne se prennent dans sa traîne. Et ce sont de nouveau les couloirs et les corridors. Lasse et épuisée, Nancy ressent à peine l'immense soulagement : enfin, c'est officiel, elle est *débutante*.

La présentation à la Cour ouvre la saison à Londres. Les bals se succèdent dans toutes les maisons des beaux quartiers où il y a des enfants à marier. À midi, les jeunes filles se rencontrent pour le déjeuner et se racontent, en gloussant, les petits événements du bal de la veille. Les parents Redesdale ont loué une maison, Gloucester Square, avec une salle suffisamment grande pour recevoir et organiser des bals. Nancy retrouve la ville où elle est née. Elle aime les rues bordées de platanes, le claquement des sabots des chevaux sur les pavés, la foule qui se presse aux abords de Harrod's. Mais jamais elle ne se rend seule au grand magasin : une jeune fille de bonne famille doit toujours être accompagnée de la nurse ou de la gouvernante. Aux bals, sa mère lui sert de chaperon. Après minuit, les yeux de lady Redesdale pleurent de fatigue et se ferment malgré eux : elle a toujours eu l'habitude de se coucher tôt, et c'est un supplice pour elle de rester assise sur une chaise pendant que sa fille danse. Mais il s'agit de son devoir. Alors, patiemment, elle attend. Nancy a le tempérament jovial et essaie de s'amuser. Mais, très vite, elle comprend qu'il est des bals compassés où, de toute façon, elle s'ennuie : les jeunes garçons, d'une platitude affligeante, ne comprennent pas son humour. Ils ont beau avoir un titre ou de l'argent, comment pourrait-elle épouser l'un d'entre eux ? Puis il y a des soirées, plus rares, où Nancy découvre une jeunesse dorée qui pétille et s'acharne à briser les tabous de ce début de siècle. Les Bright Young People ou Bright Young Things[1], comme on commence à les appeler, refusent la morale de leurs parents et s'emploient à les choquer. Ils boi-

1. Les Jeunes Gens, ou les Jeunes Choses, éclatantes.

vent beaucoup, dansent le charleston, jouent du ukulélé, adorent le saxophone, se fiancent un jour et se séparent le lendemain. Cette génération rebelle effraie la société traditionnelle : jamais on n'avait vu une telle insolence. Immédiatement Nancy trouve des échos de son propre langage dans leur manière de parler, volontairement affectée. « C'est trop chou », aiment-ils dire. Ou bien : « C'est trop, trop écœurant. » Avec eux, elle peut bavarder des heures, et il n'y a rien qu'elle aime plus qu'une longue conversation parsemée de rires. Elle se sent en plein accord avec leur légèreté et leur effronterie. Ses nouvelles amies font partie de cette jeunesse privilégiée et turbulente. La plus proche d'entre elles, Evelyn Gardner, fille de lord Burghclere et nièce de lord Carnavon – le découvreur de Toutankhamon –, se coupe les cheveux très court, à la garçonne. Son autre complice, Nina Seafield, une cousine de Mark Ogilvie-Grant, donne des fêtes aussi somptueuses que décadentes : orpheline, elle vient d'hériter d'une immense fortune et du très rare titre de pairesse, et possède, à dix-neuf ans, plusieurs châteaux. Nancy est éblouie.

La saison prend fin. Le retour au manoir d'Asthall se révèle moins sinistre qu'elle ne le craignait. Car la débutante a désormais la permission d'inviter des amis à la maison. Mark Ogilvie-Grant vient, tout comme Henry Weymouth, un jeune vicomte, héritier du marquis de Bath, qui étudie à Oxford. Ce grand garçon blond, parfaitement éduqué, est le premier qui fait battre son cœur. Mais, Nancy le comprend vite, il est amoureux d'une autre jeune fille qu'il épousera bientôt. De sa déception, Nancy ne parle à personne. Lorsqu'elle évoque Henry, c'est sur le ton de la moquerie. Elle s'est forgé un masque de légèreté et d'ironie. Henry lui présente ses amis étudiants. Parmi eux, Brian Howard, poète flamboyant et provocateur, fils de riches Américains. Son humour, vif et maniéré, s'accorde parfaitement avec celui de Nancy. Dès son retour à Oxford, Brian annonce à son ami Harold Acton, un ancien comparse d'Eton : « J'ai rencontré une délicieuse créature, un vrai feu d'artifice, mon cher, et qui montre parfois une certaine profondeur. Mais, le croirais-tu, elle est cachée au milieu des choux des Cotswolds. » Brian Howard ne fait pas mystère de son peu d'estime pour l'intelligence des femmes ni de son homosexualité : son compliment étonne d'autant Harold Acton. Tous deux ont à peine vingt ans et affichent une élégance surannée. Long et mince, Brian Howard porte invariablement des costumes chocolat aux larges rayures blanches, un nœud papillon et des gants jaune citron. Harold Acton, qui a grandi en France et en Italie et affecte de parler anglais avec un accent français, ne sort jamais sans un désuet chapeau melon gris et revêt des pantalons incroyablement larges pour l'époque, toujours soigneusement marqués d'un pli. Tous deux ont déjà publié des poèmes, s'intéressent infiniment plus aux arts qu'aux sports, et se moquent de leurs études universitaires. À Oxford, ils tiennent avant tout à passer du bon temps, et à exprimer une révolte encore vague : leur époque ne leur convient pas, et ils cherchent dans le passé la clef d'un hypothétique mieux-être. Ils organisent des soirées costumées au club des Hypocrites. Ou vivent une journée à l'envers, en la commençant par le digestif, suivi des desserts et ainsi de suite. À leur duo se sont joints deux autres garçons, Evelyn Waugh, petit, roux, un peu timide, qui dessine des caricatures désopilantes, et Robert Byron, qui arrive aux soirées habillé comme son célèbre homonyme, ou bien encore déguisé en reine Victoria, à qui il ressemble étonnamment. Ils boivent beaucoup. Rient. Dansent entre garçons. L'homosexualité est un autre de leurs points communs. Ils se font remarquer en affichant une admiration aussi démesurée qu'ironique pour les objets et les meubles surannés de l'époque victorienne. La modernité leur déplaît, ils n'aiment pas le groupe de Bloomsbury[1], ces artistes et écrivains de dix à vingt ans plus âgés qu'eux qu'ils trouvent ternes et affreusement bourgeois. Car, bien qu'appartenant à ce qu'en Angleterre on appelle alors la classe moyenne – et que nous appellerions la haute bourgeoisie –, ces jeunes gens d'Oxford vouent une admiration sans bornes aux demeures de la noblesse et à ses mœurs. La rencontre avec Nancy arrive à point nommé. Elle appartient à cette vieille aristocratie terrienne dont ils proclament leur nostalgie. Et elle a un humour fou.

Nancy les trouve irrésistibles. La férocité de leurs invectives ne la désarçonne pas : elle a l'esprit suffisamment acéré pour leur répliquer et sait transformer une conversation en ping-pong verbal. Leur extravagance la séduit, leur intelligence la conquiert. Nancy a un faible pour Robert Byron, son regard bleu pâle et son long nez aigu. Son mauvais caractère l'amuse, tout comme son air sans cesse exaspéré de tout. De nombreuses années plus tard, elle dira : « J'aurais tant aimé l'épouser, mais il était cent pour cent pédéraste. »

Ces jeunes garçons viennent de familles très aisées, mais indéniablement bourgeoises. Robert Byron est le fils d'un ingénieur civil. Evelyn Waugh, celui d'un éditeur. La mère de Harold Acton est une riche Américaine, et son père descend d'une vieille famille anglaise qui a choisi de vivre à Florence depuis le XVIIIe siècle. Brian Howard dont le nom, si commun, était un affreux handicap à Eton, s'est protégé du ridicule en arborant un dédain savamment cultivé envers ses condisciples titrés.

Mais pour lord Redesdale, l'aristocrate à cheval sur les principes, amoureux de la discipline militaire et

---

1. Auquel appartiennent Virginia Woolf, Vanessa Bell, Lytton Strachey et le peintre Roger Fry, notamment.

conformiste en diable, ces garçons efféminés, provocants et *middle class*, qui débarquent au manoir d'Asthall, sont un véritable affront. Autant il apprécie Mark Ogilvie-Grant, autant il déteste ces freluquets-là. Quand il se laisse aller à la rage, il les traite d'« égouts », les chasse de la maison en pleine pluie et ne veut plus entendre parler d'eux.

Les heurts entre Nancy et son père se multiplient. Elle boude des jours durant. Les repas se déroulent dans un long silence glacial. Quand elle n'a plus le droit d'inviter ses nouveaux amis à la maison, Nancy utilise une ruse. Elle saisit le prétexte d'aller rendre visite à Tom à Eton, et se dirige vers Oxford. Son amie Mary Gaskell-Milnes, rencontrée à l'école du château de Hatherop, est la complice de ces escapades sans chaperon. En chemin, elles se dépêchent de se poudrer le nez et de se peindre les lèvres. Oxford est encore une toute petite ville, entourée de prés et de hameaux, où l'on circule à pied, à bicyclette ou à cheval. Les voitures y sont rares. Mais les cafés pullulent, que fréquentent assidûment les étudiants – des garçons, dans leur immense majorité. Les filles ne sont admises que depuis peu, et au compte-gouttes, dans cette ville universitaire. Elles sont à peine une poignée, reléguées dans un collège éloigné, séparé bien sûr de ceux des garçons. L'atmosphère largement masculine sied tout à fait à Nancy : elle y devient androgyne. Elle est à la fois le fils qu'elle aurait dû être pour combler ses parents, et la fille qui se rebelle avec son rouge à lèvres et sa poudre sur le nez.

Lors de ces joyeuses réunions, elle rencontre bientôt d'autres étudiants, parmi lesquels John Sutro[1], fils d'une richissime famille juive, qui fait rire tout le monde par ses imitations et vient de créer le Railway Club dont le but est d'organiser des soirées en train. On dîne dans

1. Il deviendra un producteur de cinéma très renommé.

le wagon-restaurant de l'express Oxford-Leicester et on boit les digestifs dans le salon du Leicester-Oxford. Nancy fait aussi la connaissance de Cyril Connolly[1], un garçon un peu ombrageux, d'Oliver Messel[2], qui étudie au Slade, à Londres, et rend souvent visite à ses complices d'Oxford. Nés entre 1903 et 1905, tous ces nouveaux amis ont l'âge de Nancy. Adolescents à la fin de la Première Guerre mondiale, ils appartiennent à une génération qui ne connaîtra jamais le sentiment d'infinie sécurité dont a longtemps joui l'élite britannique. La guerre a brisé la confiance aveugle dans les valeurs des aînés. Alors, se disent ces jeunes gens, puisque rien n'est plus solide, jouons à être futiles. Et goûtons l'instant. Ils dînent au champagne, boivent plus que de raison, dépensent plus qu'ils ne possèdent, refusent de penser à l'avenir. Nancy partage leur parti pris de futilité mais, en tant que jeune femme, ne peut se permettre leurs excès : n'est-elle pas toujours considérée comme une mineure ? Sa liberté est mesurée. Il lui faut regarder l'heure, vite rentrer à la maison, inventer un motif à son retard, s'accorder avec Mary sur leurs mensonges.

Un jour, Mrs Cadogan, la châtelaine qui avait improvisé une école dans son domaine de Hatherop, les aperçoit alors qu'elles sortent d'une salle de cinéma et se rendent dans un café en compagnie d'un Brian Howard plus extravagant que jamais. Les parents de Nancy sont aussitôt prévenus par lettre. « Farve vous intime d'aller immédiatement dans son bureau », annonce lady Redesdale à Nancy, le lendemain matin. « Vous rendez-vous compte, gronde son père, que, si vous étiez mariée, votre conduite fournirait à votre époux un motif de divorce ! » Nancy doit promettre de ne plus retourner à Oxford.

1. Critique et écrivain, il fondera la revue littéraire *Horizon*.
2. Il deviendra le plus célèbre des décorateurs et scénographes britanniques.

Cloîtrée à Asthall, elle écrit. Beaucoup. Des lettres, surtout. Elle a commencé à tenir un journal, ce qui l'a vite ennuyée. Elle a besoin d'un interlocuteur avec qui plaisanter, dont elle attend les répliques. Seule face à elle-même, elle sent son humour se tarir : l'introspection n'est pas son fort. Presque chaque jour elle envoie une lettre à son frère Tom, toujours élève à Eton. Elle lui raconte ses différends avec ses parents et il a l'élégance de n'en parler à personne. Tom si beau, intelligent, sûr de lui. C'est un homme comme lui qu'il lui faudrait épouser. Un homme riche, de surcroît ? Peu importe à Nancy. Elle cherche l'amour, pas la fortune. Son but dans la vie : s'amuser, rire. La pauvreté ? Elle s'en moque.

La pauvreté dont affirment alors souffrir les Mitford est toute relative. Lord Redesdale n'a pas assez d'argent pour assurer à sa famille le train de vie d'un noble de très haut lignage. Mais il en a suffisamment pour demeurer à la campagne un vrai hobereau. Il y a, à Asthall, treize domestiques, toutes habillées du même uniforme bleu, le bleu Redesdale : la gouvernante, la nurse, la bonne d'enfants, trois femmes de chambre, trois bonnes à tout faire, une cuisinière, deux aides de cuisine, et Gladys la couturière. Plus les jardiniers.

Lord Redesdale s'inquiète, pourtant. Il a six filles à marier, chaque mariage coûte une petite fortune. Il faut, pour trouver des gendres, donner des bals et des dîners, louer une maison à Londres. Comment y arrivera-t-il ? Cette épineuse question d'argent est parfois soulevée au cours du déjeuner. « J'espère, les enfants, que vous vous rendez compte qu'il vous faudra gagner votre vie, affirme abruptement Farve. Vous n'hériterez rien, absolument rien de moi : je n'ai rien à vous laisser. » Ces phrases font venir les larmes aux yeux de Diana, treize ans, qui a grandi aussi discrètement qu'elle est née, dans l'ombre de Tom, son frère chéri, son jumeau presque. Quelques années plus tard, elle chassera ces pleurs et ces angoisses en épousant le fils d'une des plus riches familles de Grande-Bretagne. En attendant, lord Redesdale tente de trouver des investissements miracles. Naïf en affaires, il se fait escroquer par des hommes qui avaient pourtant l'air tout ce qu'il y a de bien. Un jour, il décide de se lancer, avec un marquis sud-américain, dans la fabrication et le commerce de cache-TSF en papier mâché. Les grosses radios de l'époque sont, au goût de l'époque, peu esthétiques. Alors pourquoi ne pas les dissimuler ? Le projet ne voit pourtant pas le jour. Et l'associé poursuit lord Redesdale en justice pour diffamation : il aurait affirmé qu'il n'était pas un vrai marquis. Les finances de la maison en pâtissent. L'argent de poche que son père donne à Nancy est réduit au strict minimum. « J'ai plein de courses à faire et comme d'habitude, pas d'argent, écrit-elle à Tom[1]. Je demande à tout le monde de l'argent, en vain. Bobo [le surnom de Unity] commence sa liste de cadeaux pour son anniversaire et pour Noël ainsi : Deux livres ; Une guinée… Ne le dis surtout pas à Muv, elle serait furieuse. » Nancy reçoit chaque année une somme de cent vingt-cinq livres (c'est le salaire annuel d'une gouvernante), avec laquelle elle doit acheter ses vêtements, payer ses voyages et donner des pourboires aux domestiques des maisons où elle est invitée. Nancy aime glisser de gros pourboires. Ce geste ravit son tempérament chevaleresque.

En mai 1926, la haute société anglaise panique : le pays est soudain paralysé par une grève générale. N'est-ce pas le prélude à une révolution semblable – ou pire – à celle de 1917 en Russie ? Tout a commencé par la grève des mineurs qui refusent catégoriquement de travailler plus pour un salaire moindre, comme le leur demandent leurs patrons. Pour les soutenir, les

1. *Love from Nancy*, *op. cit.*

travailleurs de l'Angleterre entière cessent toute activité. Jamais cela ne s'était produit. L'effroi des plus privilégiés se transforme vite, grâce à leur formidable esprit d'organisation, en plan de bataille. L'aristocratie anglaise n'est pas prête à se laisser balayer sans combattre. Tous ses membres remplacent au pied levé les ouvriers en grève et assurent les services vitaux du pays C'est ainsi que l'on voit des ducs conduire des rames de métro, des marquis aux commandes des autobus. Diana Cooper, fille du duc de Rutland, répond au standard du *Daily Express* puis plie des centaines d'exemplaires du *Times* au sortir des rotatives jusqu'à quatre heures du matin. À Asthall, la famille Mitford se mobilise elle aussi. Sur la grand-route qui mène à Oxford, elle met en place une cantine qui propose thé, soupe et sandwiches aux volontaires qui conduisent les camions. Pam, dix-huit ans, est la cheville ouvrière de cette cantine : elle s'est procuré des réchauds, des jerricans d'eau et du pain. Discrète mais toujours efficace, la seconde des sœurs Mitford est la seule à savoir ébouillanter une théière, griller des toasts : elle a une immense curiosité pour les aspects pratiques de la vie et connaît le moindre détail de ce qui se passe dans une cuisine. Un endroit où Nancy, elle, n'a quasiment jamais mis les pieds : toute sa vie, elle sera incapable ne serait-ce que de réchauffer un plat ou cuire un œuf. En pleine nuit, Pam, pleine d'énergie, maintient le feu sous le grand chaudron de la cantine improvisée.

Soudain, un homme au visage sale surgit, un vagabond, qui exige une tasse de thé. Pam s'exécute, mais l'homme s'approche d'elle et la saisit par les épaules. « Un baiser, mademoiselle ! » Elle se débat. Une perruque tombe. Puis une fausse moustache. Nancy apparaît, les joues couvertes de suie et plissées de rire. Pam, bonne fille, hurle de rire à son tour : elle a un caractère solaire, ouvert, et semble ne tenir grief de rien à personne, pas même à Nancy.

Le lendemain, on apprend que la grève générale est terminée : elle n'aura duré que neuf jours. La révolution n'a eu pas lieu et les ducs retournent dans leurs châteaux, Diana Cooper devient vedette de théâtre et Pam replie sa cantine. Pourtant la famille Mitford va bientôt vivre un bouleversement. Les rapports de classe n'y sont cependant pour rien. Lord Redesdale, au grand dam de ses filles, décide de vendre le manoir d'Asthall.

Il ne s'agit pas, cette fois, d'échapper à des dettes. D'ailleurs le moment de vendre est mal venu : le marché immobilier est au plus bas. Mais lord Redesdale n'a jamais aimé cette bâtisse de style élisabéthain enfoncée dans sa vallée, trop proche de l'église et du cimetière. Il a besoin d'espace, d'une vue. La demeure d'un maître se doit d'être haut perchée, au sommet d'une colline. Sur ses terres, au lieu-dit South Lawn, il a trouvé l'endroit idéal : à l'écart du village de Swinbrook, en haut d'une butte, dans un superbe isolement. Et c'est là qu'il commence à bâtir une maison qu'il veut moderne, pratique, équipée du meilleur chauffage central et où chacune de ses filles aura sa propre chambre. Il y aura seize chambres en tout, en comptant celles des domestiques. Comme son père, David Mitford se sent l'âme d'un bâtisseur. Nancy ironise. « Il commençait à s'ennuyer. Alors il s'est mis à construire. »

Le manoir d'Asthall est vendu à l'automne 1926 et le cœur de Nancy se serre : jamais plus elle n'ira se blottir au creux des fauteuils de la grande bibliothèque. Cette maison à laquelle elle a tant voulu échapper exhale maintenant un enivrant et mélancolique parfum de nostalgie.

La tristesse de Nancy se dissipe vite, pourtant. Car, enfin, la famille aura sa propre maison à Londres. Lady Redesdale a convaincu son mari d'en acheter une, puisqu'il faut se rendre tous les étés dans la capitale pour la saison et bientôt pour les débuts de leurs autres filles. Une grande demeure blanche de sept étages est dénichée tout près de Hyde Park, au 26, Rutland Gate. Mais, intervient Muv, il faut absolument tout repeindre et décorer avant qu'elle ne soit habitable. Asthall est déjà vendu, la demeure de Swinbrook n'est pas terminée : où se loger en attendant ? Louer une maison à Londres ? Trop cher. Pour des raisons d'économie – la France est bien meilleur marché que l'Angleterre –, lord Redesdale décide que Muv va emmener toutes ses filles à Paris pour trois mois, le temps que la maison de Rutland Gate devienne habitable. Lui restera en Angleterre où il surveillera l'ensemble des travaux, tout comme Tom, bientôt dix-huit ans, qui vient d'entrer à Oxford.

Nancy est aux anges. Il lui reste de Paris un entêtant souvenir de bonheur et de liberté. La famille s'installe dans un hôtel bon marché de l'avenue Victor-Hugo, que le peintre Paul Helleu a recommandé. Ce portraitiste qui peint les visages de la bonne société est un ami de longue date de lady Redesdale. Elle l'a connu quand, jeune fille, elle accompagnait son père sur son voilier. Thomas Gibson-Bowles avait l'habitude de l'amarrer à Trouville, à côté de celui du peintre. La première fois qu'il vit Sydney, Helleu demeura quelques secondes stupéfait devant sa beauté. Puis il lui demanda de poser pour lui. « Ses compliments me rendaient parfaitement vaine », dira plus tard lady Redesdale à ses filles en ajoutant : « Je hais la vanité et l'autosatisfaction. » Toujours est-il que, entourée de ses filles, elle s'empresse de rendre visite à son vieil admirateur. L'appartement de l'artiste étonne et ravit les sœurs Mitford : tout y est blanc, les murs, les canapés, les fauteuils Louis XVI. Et les grands cadres dorés sont vides. « Quand on n'est pas assez riche pour acheter les tableaux dont on rêve, il faut utiliser son imagination », explique le peintre à la longue barbe poivre et sel. Elles n'oublieront pas cette phrase.

Grande mais effacée, Diana est très vite remarquée par le peintre. Elle a seize ans et vient de sortir de l'enfance comme d'une chrysalide. Sa beauté est saisissante, son visage d'un ovale parfait, son nez droit et ses immenses yeux d'un bleu volontaire. Helleu demande aussitôt à la peindre et tandis qu'elle pose, il ne cesse de la complimenter. Diana découvre soudain un étrange et grisant sentiment : celui d'être admirée. Jusqu'à présent, enfermée à Batsford puis à Asthall, peu désireuse d'aller à l'école se frotter à d'autres enfants, elle n'a vécu qu'au contact de sa famille, d'une mère et de sœurs plus promptes aux rebuffades qu'aux flatteries. Les gouvernantes n'accordaient aucune importance à l'aspect extérieur et Diana ignorait qu'elle était belle. Cette révélation la transforme. La petite fille réservée, plongée dans les livres, devient à Paris une adolescente sûre d'elle et de son pouvoir. Et elle apprend à se distinguer. Seule parmi ses sœurs – les autres sont ou trop grandes ou trop petites –, elle est envoyée à l'école, au cours Fénelon, rue de la Pompe, où des élèves arrivent accompagnées de leur valet. Diana, elle, s'y rend seule, à pied. Des regards la frôlent. C'est la première fois qu'elle goûte la liberté et le plaisir de plaire.

À Paris, Nancy prend des cours de dessin et de peinture matin et soir : elle a découvert sa vocation, pense-t-elle, et son ambition est de s'inscrire au Slade, la grande école des arts à Londres. Mais il lui arrive de sécher. Sans doute parce que, la veille, elle a un peu trop fait la fête. Car elle est souvent invitée à dîner et les soirées se prolongent. « Tous les jeunes gens français étaient si gentils et drôles, tu ne peux t'imaginer à quel point je me suis amusée », écrit-elle à Tom après un dîner chez le baron Robert de Rothschild. Elle se rend régulièrement à l'ambassade d'Angleterre, rue du Faubourg-Saint-Honoré, car Middie O'Neill, une amie d'enfance, se trouve être la petite-fille de l'ambassadeur. Nancy contemple chaque fois avec la même passion la parfaite façade classique de cet hôtel particulier du XVIIIe siècle, qui a été la demeure de Pauline Borghese. Mais qui était cette sœur de Napoléon ? Nancy se plonge dans des livres d'histoire et, de Bonaparte, remonte à Marie-Antoinette. La visite de Versailles l'éblouit. C'est le début d'une longue passion.

Pendant les trois mois qu'elle passe en France, Nancy conquiert des libertés auxquelles elle n'est pas prête à renoncer. Elle a fait couper ses cheveux, contre l'avis de sa mère qui persifle : « Avant, vous étiez quelconque, maintenant vous êtes franchement laide et personne ne vous regardera deux fois. » Ces piques entament à peine la bonne humeur de Nancy. « En fait, écrit-elle à Tom[1], tout le monde dit que je suis beaucoup mieux ainsi. » Elle arrache également la permission de revenir seule en Angleterre par le train et le bateau, et c'est une aventure exaltante. D'autant que, par un étonnant hasard, elle se trouve dans le même compartiment que son ami le turbulent Brian Howard. Elle lui parle de ses cours de dessin, il lui conseille de très vite peindre vingt à trente grands tableaux : il trouvera une galerie à Paris où les exposer. Et elle deviendra riche. Nancy rêve. À peine le train pénètre-t-il dans la gare Victoria, Brian Howard s'éclipse de peur de se trouver face à lord Redesdale. Lequel rugit de colère dès qu'il aperçoit les cheveux courts de sa fille. À la maison, les portes claquent, les voix montent. Nancy ne cède pas : elle tient à mener sa vie comme elle l'entend, à devenir parfaitement indépendante. Mais, pour cela, il lui faut de l'argent. Elle se place face à une grande toile blanche.

---

1. *Love from Nancy, op. cit.*

L'inspiration ne vient pas. Si elle parvenait à vendre quelques tableaux, ne gagnerait-elle pas sa liberté ? Mais la toile demeure désespérément vide. Peut-être suffit-il de prendre des cours au Slade pour que les couleurs éclatent enfin ?

Son père finit par s'avouer vaincu, et elle s'inscrit à cette école des beaux-arts. Conquête inouïe, elle obtient même de louer une chambre meublée à Kensington. Pourtant, quelques semaines plus tard, Nancy revient à la maison, sa valise sous le bras. « Ce n'était plus possible, annonce-t-elle à ses sœurs. Mes petites culottes et mes vêtements jonchaient le sol : il n'y avait personne pour les ramasser et les envoyer à la blanchisserie. » Au même moment, au Slade, son professeur n'y va pas par quatre chemins : « Vous n'avez absolument aucun talent artistique, lance-t-il en jetant un œil méprisant sur l'une de ses esquisses. Avez-vous déjà tenu un crayon ? » Nancy ravale son orgueil, tente un dernier effort – déclare forfait. Hélas, elle n'est pas faite pour devenir peintre. Ses rêves d'indépendance et de liberté se brisent.

Au chagrin de ces brèves illusions perdues s'ajoute l'amertume d'avoir à demeurer maintenant à Swinbrook, la nouvelle maison, cette « vraie caserne » éloignée de tout, perdue en pleine campagne, où il n'y a même plus de bibliothèque où s'évader dans les livres. Nancy y puise une colère mordante. « Cette maison est d'une hideur impossible à décrire et sa pathétique recherche de pureté esthétique la rend encore pire selon moi, écrit-elle à Tom[1]. Je préférerais qu'elle soit franchement laide, d'un vieux style victorien parce que, au moins, elle aurait une certaine atmosphère, alors qu'à présent c'est juste une grosse grange mal conver-

1. *Love from Nancy*, *op. cit.*

tie en logis temporaire. Les meubles qui la remplissent sont extrêmement beaux mais totalement déplacés... Pourtant nous devons être reconnaissants d'avoir un toit sur la tête. » La grande maison de Swinbrook, avec son alignement de fenêtres parfaitement semblables, a surtout le tort d'être neuve. Aujourd'hui, plus de soixante-dix ans après, avec le passage du temps et le lierre qui couvre la pierre grise des Cotswolds, ce gros manoir est moins repoussant que Nancy ne le voit alors. Mais lord Redesdale, en père de famille autocrate, a eu le tort de le faire construire sans consulter ni sa femme ni ses enfants. Pourquoi a-t-il bâti une salle de squash, jeu auquel personne ne joue, pourquoi n'a-t-il pas prévu une bibliothèque ? Les vieux livres de famille ont échoué dans son bureau, interdit d'accès aux enfants. Même s'ils réussissent à y prendre un ouvrage, où le lire désormais ? Dans le salon ? Mais c'est un vrai hall de gare, s'insurge Nancy, où l'on ne cesse d'entrer et de sortir. Il y a là les domestiques, les fermiers qui rendent visite à lord Redesdale, ainsi que les turbulentes Unity, douze ans, et Jessica, neuf ans. Le grand piano de Tom s'allonge dans ce salon, mais le jeune garçon n'a plus envie d'en jouer : il n'y trouve ni le calme ni la concentration nécessaires. Diana, quand elle rentre de Paris où elle continue d'aller au cours Fénelon, remarque avec effroi la cheminée du salon, laide, faussement rustique, en pierre brute des Costwolds. La maison lui semble monstrueuse : elle veut s'en échapper au plus vite. Il lui faut aussi fuir l'ennui de la campagne et l'autorité de ses parents.

Elle n'a pas dix-sept ans, un âge où, selon la tradition, on est encore une enfant, mais elle ne supporte plus le strict contrôle sur ses moindres faits et gestes. D'autant qu'à Paris elle a, comme Nancy, goûté à l'indépendance. Logée, après le départ de sa mère et de ses sœurs, chez deux Françaises âgées, au rez-de-chaussée d'un immeuble bourgeois du XVIe arrondissement, elle a appris à inventer de légers mensonges, à affirmer qu'elle allait poser chez Helleu alors qu'elle allait au cinéma en compagnie d'un garçon. Ces sorties étaient fort innocentes, elles se déroulaient l'après-midi et Diana était toujours rentrée à l'heure du dîner. Mais ces transgressions n'en étaient pas moins enivrantes, au point qu'elle les raconte en détail dans son journal intime.

De retour à Londres, à Pâques, elle laisse par distraction ce cahier traîner sur le secrétaire de sa mère, dans le salon. Peu après, la femme de chambre l'interpelle : « Madame vous attend dans le salon. » Lady Redesdale est scandalisée. Seule avec un garçon ! À dix-sept ans ! Il lui est interdit de retourner à Paris où elle devait suivre les cours Fénelon pendant encore un trimestre, et pas question qu'elle sorte de la maison. Diana, coupée du monde extérieur où on l'admire et où les conversations pétillent, fait alors l'expérience de l'ennui, « cette agonie de l'ennui, écrira-t-elle[1], l'horrible, mortelle essence même de l'ennui ». Les cris de Nancy qui s'oppose violemment à Muv et Farve brisent sinistrement le silence.

À force de hurlements suivis de mutismes glaciaux, de visage renfrogné et de commentaires acerbes, Nancy conquiert de plus en plus de libertés. Malgré l'opposition de sa mère, qui trouve Nina Seafield trop riche et trop indépendante, elle parvient à aller, seule, séjourner chez son amie, dans un de ses châteaux. « Cela fera déjà une quinzaine de jours en moins à passer à Swinbrook, ce qui n'est pas une mince considération », écrit-elle à son frère Tom[2]. Puis elle s'échappe en Écosse, chez les Milnes-Gaskell, les parents de son amie Mary. Mais c'est l'époque de la chasse, et Nancy, comme les Bright Young People, déteste désormais cette atmo-

1. *A Life of Contrasts, op. cit.*
2. *Love from Nancy, op. cit.*

sphère tissée de traditions, de sport et de mises à mort où se complaisent ses aînés. Ce qu'elle aime, ce sont les conversations autour d'un feu de cheminée où l'on joue sur les mots, énonçant de jolis aphorismes.

Son séjour en Écosse n'aurait été qu'ennui dégoûté s'il n'y avait eu la présence d'un jeune garçon, Archer Clive, officier des grenadiers de la garde. Il est beau, bien né et de plus il se range au côté de Nancy dans la guerre qu'elle déclare aux athlètes, opposés aux esthètes. Un flirt naît, leurs regards s'épient, leurs mains se frôlent. Nancy pense avoir trouvé l'homme de sa vie. Mais le bel officier quitte bientôt, sans mot dire, le domaine des Milnes-Gaskell. La langue acerbe de l'aînée des Mitford, ses idées peu ordinaires et l'évocation de ses décadents amis d'Oxford ont refroidi les ardeurs du jeune homme. Il attend d'une épouse plus de retenue et moins d'extravagance.

À Swinbrook, dans le manoir moderne et glacial – le tout nouveau chauffage central marche horriblement mal – Diana se rebelle en lisant les auteurs qui lui paraissent les plus irrévérencieux : le cousin Bertrand Russell, Aldous Huxley, Lytton Strachey. Mais au bout d'une heure, elle sent le froid la pénétrer jusqu'aux os et, lorsqu'elle s'en plaint, Muv lui rétorque invariablement : « Mais si vous vous bougiez un peu au lieu de rester immobile à lire toute la journée, vous ne seriez pas gelée. » Nancy, elle, trompe son désappointement dans une suite de fêtes. Il faut dire que ses parents lui laissent désormais la bride sur le cou. Elle a vingt-trois ans : ils commencent à désespérer de la marier un jour.

1928 est l'année de l'apogée des Bright Young People. À Londres, ce ne sont plus que bals masqués, soirées costumées et provocations de l'ordre établi. Il y a la soirée Mozart où tout le monde arrive perruqué et engoncé dans des costumes du XVIIIe siècle alors qu'un orchestre joue la symphonie *Jupiter*. Il y a la soirée « piscine » où l'on danse en maillot de bain, serviette sur les épaules. Il y a la soirée « seconde enfance » où les invités, en barboteuse, arrivent poussés dans des landaus. Il y a la soirée « cow-boy » où, au son d'un saxophone, des milliers de pieds frappent le parquet. En fait on noie dans le champagne et les rires un indicible désespoir. Evelyn Waugh, l'étudiant d'Oxford qui dessinait des caricatures, écrit maintenant. Brillamment. Il vient de publier une biographie du peintre et poète préraphaélite Dante Gabriel Rossetti. Bientôt il immortalisera le mal-être bruyant de sa génération dans son roman *Les Corps vils*. Ce garçon aux petits yeux perçants et trop écartés, à l'esprit scintillant, qui a fait un bref passage dans l'enseignement, vient de se fiancer à Evelyn Gardner, la grande amie de Nancy. Tout le monde les surnomme « Evelyn-fille » et « Evelyn-garçon ». Avec ses cheveux très courts, Evelyn-fille a une silhouette gracile de jeune garçon. Son indépendance – elle partage un appartement avec une amie, Pansy Pakenham – est absolument inédite pour une fille de lord. Elle représente le parfait symbole de la jeune femme moderne selon les Bright Young People. Elle s'est fiancée à de nombreuses reprises, car elle s'amourache du premier venu, fait des serments pour la vie dont elle s'effraie quelques jours plus tard. Sa mère, lady Burghclere, l'a envoyée en Australie dans l'espoir de la guérir de ces coups de cœur. Sur le bateau, Evelyn-fille est tombée amoureuse du commissaire de bord. Pour quelques jours. À Londres, c'est Evelyn-garçon qui tombe follement amoureux d'elle, ce « ravissant garçon, ce page », selon les mots de Nancy. Le fait qu'il ait vécu à Oxford une grande passion homosexuelle n'est sans doute pas étranger à ce coup de foudre pour un être androgyne. Le 12 décembre 1927, il la demande en mariage, dans un des salons du Ritz. Elle ne lui donne pas de réponse. Il faut dire que, conformément à l'esprit de l'époque, il a pris soin de ne pas montrer la profondeur de ses sentiments : le mariage et l'amour ne doivent pas être choses sérieuses, rien d'ailleurs n'est sérieux. Le lendemain matin, Evelyn-fille l'appelle : d'accord, elle l'épousera. Elle le dit de la façon la plus désinvolte. « On verra bien si cela marche, ajoute-t-elle. Et si cela ne marche pas, ce n'est pas grave, personne n'en souffrira. » Lady Burghclere est furieuse. Le nouveau fiancé de sa fille semble pire encore que les autres. Il a la réputation d'avoir les poches percées, il est sorti d'Oxford avec des résultats médiocres et c'est un bourgeois. Sans avoir obtenu son consentement, Evelyn Gardner et Evelyn Waugh se marient, sur un coup de tête, un après-midi de mai où la séance de cinéma est ennuyeuse et où ils cherchent quelque chose qui les divertisse. Ils achètent une licence de mariage chez le vicaire général et, cinq jours plus tard, deviennent mari et femme à l'église évangélique de St Paul, une triste petite bâtisse de Portman Square. Les amis Harold Acton et Robert Byron sont là, flamboyants garçons d'honneur, Pansy Packenham est le témoin de la mariée : fille du comte de Longford, elle s'apprête elle aussi à conclure un mariage contre l'avis de sa famille. Elle épousera le peintre Henry Lamb dès qu'il aura obtenu le divorce de sa première femme.

Nancy a un pincement au cœur. Ses meilleures amies convolent et elle est toujours seule, le cœur en friche. Archer Clive est parti pour l'étranger, elle n'a plus aucun espoir de le reconquérir. « Comment trouver l'homme parfait ? écrit-elle à Tom[1]. Ou bien ils sont idiots ou bien ce sont des abîmes de vice ou encore ils sont délibérément sales... C'est si difficile ! »

Logée à Londres dans la maison de ses parents, elle tente de se distraire de ses idées moroses en com-

---

1. *Love from Nancy, op. cit.*

pagnie de son groupe d'amis, Nina Seafield, Brian Howard, Harold Acton, Mark Ogilvie-Grant, Robert Byron, Oliver Messel, auxquels s'ajoute Stephen Tennant, jeune noble excentrique et ouvertement homosexuel. Harold l'esthète est devenu un poète célébré, Oliver commence à dessiner des costumes et des décors de théâtre, Brian ne fait rien, il gâche son talent à traîner dans Londres en dépensant sans compter: sa mère paie toutes ses dettes. Mark s'apprête à commencer une carrière diplomatique, Robert évoque la grande traversée de l'Europe qu'il veut faire en voiture: ce sera le premier des périples d'un très grand écrivain voyageur[1]. Ensemble, les jeunes gens accourent aux soirées, boivent des cocktails, vont au théâtre, rient fort au cinéma. Les fêtes deviennent, miraculeusement, une source de revenus pour Nancy: elle a récemment commencé à envoyer des potins à *Vogue*. Ce magazine, tout comme le *Tatler*, fait appel à de jeunes aristocrates désargentés pour qu'ils lui transmettent les derniers cancans du beau monde. À cette époque, les journaux britanniques s'intéressent peu à la vie privée des stars de cinéma, mais leurs lecteurs suivent avec ferveur les moindres faits et gestes des débutantes et des personnes titrées. Nancy découvre soudain qu'elle peut gagner de l'argent avec sa plume. Un argent précieux, synonyme d'indépendance.

En compagnie de ses amis, une douce nuit de fin de printemps, Nancy rencontre un jeune garçon mince et brun, à la fois drôle et rebelle. Elle le trouve beau et plus que charmant. C'est son premier grand coup de foudre. Hamish Saint-Clair Erskine, fils du comte de Rosslyn, a cinq ans de moins qu'elle et vient

---

1. Les récits de voyage de Robert Byron, notamment ceux qu'il fera en Asie centrale, sont aujourd'hui de grands classiques. Son chef-d'œuvre, *La Route d'Oxiane*, est publié aux éditions Payot.

tout juste d'entrer à Oxford. Elle l'invite à Swinbrook. Puis en Écosse, dans un des châteaux de Nina. Les yeux de Nancy ne voient plus que Hamish. Toutes ses pensées tournent autour de lui. Elle sait qu'il boit beaucoup, trop, mais l'amour, pense-t-elle, le remettra dans le bon chemin. Tom lui a appris qu'il était homosexuel : n'a-t-il pas eu lui-même une aventure avec lui, alors qu'ils se trouvaient à Eton ? Il connaît bien ce garçon et avertit sa sœur : c'est un bon à rien, d'un égoïsme grossier, rien d'autre que lui ne compte. Nancy se récrie, se met en colère. Tom n'en démord pas : Hamish ne peut que lui apporter tristesse et malheur. Nancy refuse de l'écouter. Elle n'écrira plus à son frère ni ne se confiera à lui. Son nouveau correspondant devient Mark Ogilvie-Grant, qui connaît à peine Hamish et se montre en conséquence plus conciliant envers lui.

Nancy est désormais hébergée chez les Waugh, dans leur petit appartement d'Islington. Evelyn-garçon vient de terminer son premier roman, *Grandeur et Décadence*, qu'il a dédié à Harold Acton. Un livre vif, drôle et pertinent : tout ce que Nancy aime. Elle fait partager son enthousiasme à une autre dévoreuse de livres, sa sœur Diana, qui vient de faire ses débuts dans le monde et vit sa première saison à Londres.

Diana se révèle aussi rebelle que Nancy. Lors des bals, elle fausse compagnie à sa mère dès que l'attention de celle-ci se relâche, et se rend, avec d'autres Bright Young People, dans des night-clubs. « Leur charme venait de ce qu'ils étaient interdits, se rappellera-t-elle[1], nous y restions juste un moment avant de revenir au bal. » Très vite, un joli garçon blond, doux et rêveur lui demande de l'épouser. C'est un ami d'Evelyn Waugh,

1. *A Life of Contrasts*, *op. cit.*

de Brian Howard, de Robert Byron, de Harold Acton, qu'il a connus à Oxford, et il écrit des poèmes. Bryan Guinness, vingt-deux ans, fils du propriétaire des brasseries du même nom, est également immensément riche. Diana se laisse séduire. « Mais vous êtes trop jeune ! » s'écrie lady Redesdale quand Diana lui annonce qu'elle a été demandée en mariage. « Il vous faut attendre deux ans. » Diana proteste, puis se réfugie dans un silence glacial, dans une immense et résolue bouderie. L'excentrique mère de Bryan se range aux côtés des jeunes amoureux et téléphone régulièrement aux Redesdale pour leur demander de revenir sur leur opposition. Muv a alors un autre argument : « Ils sont trop riches ! » Ce prétexte est rapidement balayé. La résistance des Redesdale s'émousse. Ils plient. Quatre mois après la demande en mariage, les fiançailles de Diana Mitford et Bryan Guinness sont annoncées dans le *Times*. « Maintenant, c'est trop amusant, nous pouvons aller nous promener seuls ! » se réjouit Diana, étonnée de cette liberté qui lui est soudain accordée. Les lettres de félicitations pleuvent à la maison, les cadeaux, souvent plus vilains les uns que les autres, arrivent par dizaines. Nancy aide sa sœur à choisir sa robe de mariée, à décider entre le tulle, le satin ou la soie. Il lui faut, l'avise-t-elle, soigneusement éviter l'aspect tristement victorien que peut donner une jupe trop longue et mal coupée. Puis c'est le choix du trousseau, des petites culottes, pyjamas, robes du soir, du manteau de soirée, des ensembles de tweed pour la campagne et des pulls qui vont avec, des chapeaux, chaussures, gants et écharpes assortis. Toute la maison bruit des préparatifs du mariage. L'ensemble des domestiques, dans leurs uniformes bleus, est mobilisé et ce ne sont qu'allées et venues dans la maison de Rutland Gate.

Les « petites » Jessica et Debo, onze et huit ans, raffolent de cette excitation qui rompt la routine, elles ouvrent un peu plus grand leurs immenses yeux bleus pour tout observer, elles essaient en gloussant de plaisir leurs robes de demoiselles d'honneur, étudient les menus du mariage. Seule Unity, quinze ans, ne se mêle pas au doux affolement général. Infiniment rebelle, elle essaie en renâclant son immense robe de demoiselle d'honneur – elle mesure presque un mètre quatre-vingts – et affecte un dédain certain pour toute cette agitation. De l'avis de ses sœurs aînées, Unity souffre à son tour des affres de l'adolescence.

Le matin du grand jour, le 30 janvier 1929, Debo et Jessica ne peuvent se lever : elles ont quarante degrés de fièvre. La rougeole. Muv, toujours persuadée que la nature et le corps sont fondamentalement bons, propose de les sortir tout de même de leur lit pour les emmener à la cérémonie. Mais la famille du marié s'y oppose fermement : elle redoute une contamination. Diana craint que les visages cramoisis de ses petites sœurs ne nuisent à son mariage. Du fond de leur lit, Debo et Jessica découvriront le lendemain, dans les journaux, étalées sur plusieurs pages, les photos des mariés à la sortie de l'église St Margaret, à Westminster. Car journalistes et photographes se bousculent devant le porche : il ne faut manquer pour rien au monde le mariage de l'année. Les quotidiens reproduisent minutieusement la liste des cadeaux, et celle des invités. La présence de Winston Churchill, descendant du duc de Marlborough et parent de la mariée, est dûment soulignée. On en profite pour raconter, entre autres anecdotes, que Diana, enfant, passait de nombreux week-ends chez son cousin Winston, dont les enfants, Randolph et Diana, ont à peu près le même âge qu'elle. Ces derniers assistaient, bien sûr, au mariage.

Au lendemain de la cérémonie, Nancy se sent des bleus à l'âme. N'était-ce pas elle qui, la première de la famille, aurait dû se marier ? Elle imagine Hamish à la place de Bryan. Elle se voit dans la robe de satin crème avec sa longue traîne souple. Diana était si belle, si fêtée. Diana partie en voyage de noces à Paris, avec sa femme de chambre qui trottine derrière elle. Si riche désormais. Et elle, Nancy, seule dans sa chambre, avec son visage trop rond, son nez trop pointu, ses yeux trop verts, follement amoureuse d'un Hamish qui un jour lui sourit et le lendemain la rejette. Fauchée, de plus. Pour gagner quelques malheureuses livres, il lui faut travailler. Impossible de paresser un peu, de rester au lit, au chaud, toute la journée. Elle doit écrire un article pour *Vogue*. Son premier long article. Elle a émis cette idée : raconter les coulisses d'un grand mariage, celui de sa sœur, bien sûr. Sa plume commence à courir sur les feuilles de papier. Et les lettres qui se forment effacent le chagrin. Elle se croque dans le rôle de la confidente de la mariée, lance quelques pointes pour se moquer des mariages traditionnels. Quelques jours plus tard, son article est envoyé à l'imprimerie. « Je gagne plein d'argent avec mes articles, écrira-t-elle à Mark. J'économise pour mon mariage, mais Evelyn Waugh me dit : ne garde pas cet argent, habille-toi mieux et trouve-toi un fiancé plus convenable. Evelyn est toujours plein de bon sens[1]. »

Mais ce bon sens est de peu de secours face à l'amour. Elle aime Hamish follement, désespérément.

1. *Love from Nancy*, *op. cit.*

III

Il est son fiancé, elle le proclame. Les fiançailles n'ont pas été annoncées dans le *Times*, selon la coutume, mais qu'importe. Pour Nancy, seul l'amour compte. Cette émotion l'exalte et efface la banalité du quotidien. Ses parents désapprouvent sa liaison, mais que ne désapprouveraient-ils pas ? Ils sont horriblement vieux jeu et ne peuvent pas comprendre. Son père gronde et rage, comme d'habitude. Nancy, une fois de plus, lui tient tête. Le père de Hamish lui-même s'oppose à son amour, ce comte de Rosslyn, séducteur invétéré, joueur maladif. Il a osé consulter Farve pour qu'à deux ils bâtissent un rempart plus solide contre les sentiments de Nancy. Elle n'en est que plus déterminée. Pour être au plus près de l'homme qu'elle aime, elle demeure de plus en plus souvent à Swinbrook. La maison a le grand avantage d'être proche d'Oxford, à un court trajet de voiture. Elle y part le cœur battant, vêtue de ses plus jolies robes, grisée de déjouer les interdits de son père.

Pourtant, à Oxford, ses déconvenues sont nombreuses. Souvent, à une heure de l'après-midi, Hamish vient tout juste de se lever, son humeur est massacrante, son visage livide après une nuit d'alcool et de jeu. Car l'étudiant, à l'instar de son père, joue l'argent qui lui passe entre les mains. Il raffole du bridge, des paris sur les courses, du poker aussi. Parfois, dans sa chambre, viennent des jeunes femmes, des « poupées peintes », gronde Nancy, auxquelles il fait ostensiblement la cour. Parfois des garçons sont là qui semblent intéresser Hamish beaucoup plus que ne le fait Nancy. Elle a beau affronter ces situations avec sa causticité habituelle, elle est souvent brisée. Et les disputes éclatent, humiliantes. Pourtant Hamish sait aussi se montrer charmant, enjôleur et il affirme alors qu'il va l'épouser. Aussitôt Nancy s'envole dans ses rêves de bonheur. Elle refuse de voir que ce jeune homme vaniteux raffole surtout de l'attention qu'elle lui prodigue. Hamish est un amour, se rassure-t-elle. Et la voilà aux petits soins pour lui. Au point que des amis plaisantent : serait-elle sa nounou ? Elle s'en vexe à peine. Personne ne la comprend, elle s'en rend bien compte. Seules ses petites sœurs, celles qu'elle appelle encore les « bébés », se rangent résolument de son côté, du côté de l'amour, comme elles le susurrent.

Les « bébés » ont grandi. Unity a quinze ans, Jessica douze, et Debo dix. Elles sont « trop inconfortablement proches en âge pour devenir des amies, dira Jessica[1]. Boud [Unity] détestait être rangée avec moi parmi les "petites" et moi je détestais être reléguée avec Debo dans la catégorie des "bébés". Toutes trois ont d'immenses yeux bleus, semblables au premier abord, aux nuances pourtant différentes. Ceux de Debo, la petite dernière, sont comme de grands lacs profonds, tranquilles et transparents. Jessica a le regard cobalt, fulgurant, prêt à se mesurer au monde. Les yeux de Unity, la plus grande, sont d'un bleu effronté.

Parmi elles trois, Debo est la seule à adorer la campagne où elles ont toujours vécu. Elle monte avec passion son poney, aime l'excitation de la chasse, adore nourrir les poules et rien ne lui semble moins ennuyeux que le passage des saisons autour du manoir. Le printemps pointu inonde les sous-bois des grandes flaques

1. Dans son premier livre autobiographique, *Hons and Rebels*, Victor Gollanz, Londres, 1960.

bleues des jacinthes sauvages. Puis arrive l'été opulent, avec les hautes herbes ocre au bord des champs. L'automne apporte le parfum mouillé des immenses feux de feuilles mortes. Et puis c'est l'hiver revigorant qui met du rose aux joues et permet d'aller glisser sur la patinoire d'Oxford. Debo ne s'en lasse pas. Elle est trop occupée à promener son chien, à rendre visite aux chevaux, à caresser les poneys et à observer les poules pour songer à désirer autre chose. Jessica, par contre, hait la campagne, elle tombe de cheval, se casse le bras, elle déteste la boue et surtout la solitude qui lui semble infinie. Swinbrook lui semble si isolé, si hors du monde, après ces jours « fascinants », selon son adjectif favori, pleins de bousculades et de cris qui, à Londres, ont précédé le mariage de Diana. « Rien, jamais, ne survenait, écrira-t-elle en évoquant la maison familiale[1]. Nous vivions dans un monde imperméable au temps. »

Jessica, avec ses joues rondes et sa moue déterminée, possède à la fois une immense curiosité et un goût certain pour l'irrévérence. C'est elle qui baptise son père le « pauvre vieux mâle » et sa mère la « pauvre vieille femelle », ou encore, en abrégé, « LPVM » et « LPVF ». Nancy adore les nouveaux sobriquets inventés par sa petite sœur, et désormais ses lettres sont ponctuées de ces acronymes vengeurs. Jessica en est ravie. À douze ans, elle est aussi sûre d'elle qu'insolente. Et cette insolence n'est pas une réaction à un manque d'amour. Muv, qui a trente-sept ans lorsque naît Jessica et quarante à la naissance de Debo, se montre beaucoup plus proche de ses dernières filles qu'elle ne l'a été de Nancy, Pam ou Diana. Sans doute a-t-elle assoupli, au fil des ans, son rigide respect des convenances et a-t-elle réussi à pouvoir enfin montrer son affection. C'est elle qui a appris à ses plus jeunes filles à lire et écrire, à compter et à réciter la table de multiplication, avant que, à l'âge

1. *Ibid.*

de neuf ans, elles soient confiées à une gouvernante. Farve aussi s'est adouci, ses colères sont moins explosives. Est-ce parce qu'il est souvent absent? Il passe de plus en plus de temps à son club à Londres, sous le prétexte de sessions à la Chambre des lords. Mais c'est comme si Swinbrook ne l'intéressait plus. Son éloignement rend l'éducation des plus jeunes Mitford moins stricte. Jessica a des audaces que Nancy, à son âge, n'aurait pu se permettre. Elle traîne dans le salon pour dévorer des yeux les amis de sa grande sœur, ces esthètes d'Oxford qui rient beaucoup et sont habillés si différemment de son père et des rares hommes qu'elle côtoie. Elle les observe jusqu'à ce que Nancy remarque sa présence et la chasse vers la salle de classe en la transperçant de ses yeux émeraude. Un autre de ses passe-temps consiste à épier les rencontres entre son père et les candidats au poste de vicaire de Swinbrook (c'est un des devoirs ancestraux des lords que de recruter les pasteurs de leur paroisse). À l'affût dans un coin de la grande maison, en haut de l'escalier ou derrière un fauteuil, Jessica saisit avec avidité toute bribe du monde extérieur. Mais ces petits morceaux d'un univers si attirant sont trop insuffisants. L'impatience de Jessica s'aiguise au fil des mois.

À douze ans, elle comprend que, pour échapper à l'ennui et à sa famille, il n'y qu'une solution: la fugue. Comme son esprit est aussi pratique qu'aventureux, elle ouvre aussitôt un compte en banque, et commence à très sérieusement économiser son argent de poche. Ainsi, elle se pourra se loger le jour où elle s'enfuira, elle trouvera un minuscule et « fascinant » studio, un de ceux qui abritent des artistes et des écrivains, elle approchera enfin ce monde tellement plus intéressant que le manoir de Swinbrook. Son compte-fugue n'est pas un secret. Jessica est trop bavarde et spontanée pour cacher quoi que ce soit à sa famille. Et tout le monde s'amuse de son projet. « Mais, ma chérie, il va falloir que vous économisiez une énorme somme, lui dit sa mère. Vous n'imaginez pas à quel point Londres est affreusement cher de nos jours. »

En attendant, comme Nancy et Diana l'ont fait avant elle, Jessica trouve dans les livres un exutoire à sa curiosité. Sur les conseils de Tom, ce grand frère qu'elle admire, elle lit Balzac, Milton, la *Vie de Johnson* de Boswell. Mais c'est sans doute dans un autre ouvrage qu'elle découvre un jour une information capitale: comment naissent les bébés. Et elle se fait un devoir de transmettre au plus vite ce savoir à ses condisciples du cours de danse, des filles des châteaux voisins. Justement, ce jour-là, le professeur est en retard, elle a dû manquer son autobus et Jessica profite de son absence pour vite expliquer les « faits de la vie » à ses petites camarades avant de leur faire jurer le secret le plus absolu. Quelques jours plus tard, une mère affolée appelle lady Redesdale: sa fille ne cesse de faire des cauchemars et, rompant son serment, elle vient enfin d'expliquer la cause de ses insomnies. Les révélations de Jessica l'ont affreusement perturbée. La fautive est convoquée au salon. Il lui est désormais interdit de se rendre aux cours de danse. Terrible punition, car ce cours était le seul où elle pouvait côtoyer des filles de son âge, ce qui était pour elle un plaisir immense. Car elle raffole des foules d'enfants et son grand rêve est de pouvoir aller à l'école, au pensionnat même. Les dortoirs et leurs lits de fer, les réfectoires avec leur odeur de chou bouilli et la cacophonie des cuillères qui s'entrechoquent enflamment son imagination, ils deviennent pour elle les lieux les plus attrayants du monde. Elle imagine qu'elle y apprendrait des choses « absolument fascinantes » que les gouvernantes sont bien incapables de lui enseigner. La compétition entre élèves lui semble un jeu excitant, tellement plus intéressant que la vie dans le manoir avec la seule compagnie ses deux sœurs. Pourtant sa mère refuse obstinément de l'envoyer à l'école. « Mais je veux aller à l'université quand je serai plus grande, s'insurge Jessica. Chérie, quand vous serez plus grande, vous ferez ce que vous voulez, lui réplique Muv, la voix posée. – Mais je ne pourrai pas aller à l'université si je n'ai pas obtenu de diplômes, et comment les obtenir avec juste une stupide et vieille gouvernante ? insiste Jessica. – Vous parlez de façon grossière, la coupe Muv sans se départir de son calme. D'ailleurs, si vous alliez à l'école, vous la détesteriez à coup sûr. Les enfants veulent toujours autre chose que ce qu'ils ont. L'enfance est une période très malheureuse : je le sais, je me sentais toujours misérable quand j'étais enfant. Tout ira beaucoup mieux quand vous aurez dix-huit ans. »

Certes, Jessica exagère en affirmant que la vie à Swinbrook n'est qu'ennui. Car, avec ses sœurs, elle s'est créé un univers d'autant plus enthousiasmant qu'il est secret. En explorant la grande demeure mal chauffée, Decca et Debo ont découvert la lingerie, l'unique lieu de la maison qui jouisse constamment d'une température agréable en raison des gros tuyaux de chauffage central qui le traversent. Cette pièce étroite, chaude, rassurante, devient leur cachette. Elles la baptisent le *Hons' Cupboard*, littéralement le « placard des honorables », puisqu'elles sont les honorables Jessica et Deborah Mitford. Pourtant, selon Jessica, aucun snobisme n'est à l'origine de ce nom : *Hons* est juste une déformation du mot *hens*[1], car il s'agissait au départ du placard des poules *(Hens' Cupboard)*, animaux auxquelles elles s'identifient parfois. Les poules jouent en effet un rôle très important dans leur vie : elles s'occupent chacune d'un poulailler dont elles vendent les œufs pour obtenir leur argent de poche. Et l'un des jeux favoris de Debo est d'imiter

1. « Poules », en anglais.

l'expression d'une poule en train de pondre. Entourées d'animaux, les jeunes sœurs Mitford les prennent pour modèles ou pour confidents. Jessica a recueilli une brebis qui est devenue sa compagne préférée : Miranda la suit partout, notamment le dimanche jusqu'au porche de l'église, et Jessica lui est si attachée qu'elle tente, en vain, de l'emmener à Londres. « Mais cela lui ferait tellement plaisir de découvrir la capitale ! Elle ne l'a pas encore vue », plaide-t-elle devant ses parents. À force de larmes, Debo a réussi à obtenir, avant l'âge établi par lord Redesdale, un teckel. Elle l'adore, et sanglote dès que ses sœurs, pour la mettre en boîte, commencent à lui raconter l'histoire, inventée par Unity, d'un pauvre petit teckel mort de faim et de chagrin sur la tombe de sa maîtresse. Unity possède une ménagerie encore plus disparate : une chèvre, qui la suit tout aussi docilement que Miranda suit Jessica ; Ratular, le rat apprivoisé ; Enid, le serpent, ainsi que Sally, la salamandre. Ces trois derniers ont été achetés chez Harrod's dont le rayon animaux est toujours parfaitement approvisionné, et où les sœurs, quand elles se trouvent à Londres, se précipitent. Ne suivent-elles pas en cela l'exemple de leur extravagant père ?

Son rat et son serpent en sont un indice : Unity a besoin, au sein de cette famille excentrique, de se distinguer encore plus. Elle aime choquer. Dans sa chambre d'Asthall, elle a peint, à l'âge de douze ans, un diable cornu, parce que l'Église l'ennuie et qu'elle ne veut pas penser comme les autres. Elle adore les tableaux de Jérôme Bosch, les poèmes et les gravures de William Blake, les récits d'Allan Edgar Poe : ils échappent au bon goût traditionnel et possèdent ce ton à la fois étrange et lyrique qui trouve un écho en elle. Unity est souvent seule, et muette. On la croit timide. Elle est révoltée. Souvent elle se trouve une alliée en la personne de Jessica, toujours prête à se jeter dans une aventure qui bouleverse la monotonie quotidienne de Swinbrook. Toutes deux ont inventé un langage, le « boudledidge ». Elles intervertissent des consonnes (par exemple, le *ch* devient *j*, le *t* devient *d*), allongent et déforment des voyelles, et adoptent un accent qui est un mélange de parler paysan et de cette affectation si propre aux Mitford. Leur grand jeu est de traduire des chansons polissonnes en boudledidge et de les réciter comme si de rien n'était, les lèvres très aristocratiquement pincées. Unity raffole de ce genre d'espiègleries et elle aime particulièrement taquiner les gouvernantes. La discipline qu'elles tentent de lui imposer lui fait horreur et Unity, avec une obstination arrogante, refuse de leur obéir. Très vite, les gouvernantes baissent les bras, accablées, et finissent par donner leur démission : leurs séjours à Swinbrook sont de plus en plus courts.

En septembre 1929, en désespoir de cause, ses parents envoient Unity en pension, à St Margaret. Peine perdue. La rebelle se moque de la religiosité de l'école, se proclame athée et refuse d'être confirmée. Pendant les cours, elle dessine ostensiblement des nus sur ses cahiers. Après trois mois de bras de fer, elle est renvoyée. Étonnamment, c'est pour elle un choc, une punition : pour la première fois, on lui a résisté, et elle n'a pas imposé sa loi. Car, à la maison, elle gagne toujours. À table, elle s'amuse à faire plier son père. Elle avale en silence d'énormes quantités de purée tout en le fixant. Ses yeux ne cillent pas. Il la fixe en retour de longues minutes, puis finit par déclarer forfait en tapant du poing sur la table : « Cessez de me regarder ainsi, nom d'un chien ! » Ravie de la victoire de sa grande sœur, Jessica, de sa voix fluette, chantonne : « Pauvre Farve, il ressemble à un lion, il ne peut pas supporter d'être regardé par l'œil humain. »

De retour à Swinbrook, Unity s'y ennuie à périr et attend ses débuts dans le monde comme l'occasion, enfin, de se produire sur une grande scène. Elle a besoin d'un public. Ne rêve-t-elle pas, parfois, de devenir actrice ? Dans le calme banal de Swinbrook, se produit pourtant parfois un frémissement, et on a le sentiment grisant que tout peut changer. C'est lorsqu'on déménage. Cela ressemble, comme le dira Jessica, à l'évacuation d'une petite armée. On sent de la tension dans l'air, les valises s'amoncellent, les malles s'accumulent, les domestiques s'affolent, les parents semblent au bord de la crise de nerfs. Unity comme Jessica aiment ces moments de trouble. Or les déménagements se produisent de plus en souvent. Car lord Redesdale loue de plus en plus fréquemment à la fois la maison de Rutland Gate et celle de Swinbrook. Les finances de la famille sont toujours précaires. On se retrouve alors à Old Mill Cottage, cette ancienne ferme de High Wycombe qui jouxte un moulin – une maison charmante, confortable, mais à laquelle manque la grandeur aristocratique qu'aime Farve. Il a dû se séparer de Gladys la couturière, puis de Turner le chauffeur. Il conduit lui-même, désormais, la grande et rutilante Daimler qu'il renouvelle chaque année. Ne faut-il pas malgré tout garder son rang ? On a également conservé les sports d'hiver à Pontresina, près de Saint-Moritz, pour les trois plus jeunes filles. Et les voyages en Suède ou aux Pays-Bas pour former leur esprit. Les factures s'empilent. Les intérêts des prêts s'accumulent. Lord Redesdale retourne au Canada chercher de l'or. En vain. Il parie sur les chevaux. Gagne de temps en temps. Une fois, il trouve tous les numéros gagnants du Grand National. Mais il dépense ses gains dans l'achat de nouveaux prie-Dieu pour l'église : ne doit-il pas assumer ses devoirs de lord ? Il ne lui reste qu'à louer ses maisons : c'est l'unique façon d'échapper à la ruine.

Diana n'a plus ces soucis. L'enfant réfractaire est devenue, à dix-huit ans, une grande dame infiniment riche. Juste avant son mariage, sa mère lui a remis un petit carnet relié de cuir pour qu'elle y tienne les comptes de son ménage. Pendant les premiers jours de son mariage, Diana y gribouille quelques chiffres. Sa belle-mère, l'excentrique lady Evelyn, la surprend devant une addition et lui demande avec étonnement ce qu'elle est en train de faire. Diana, soulagée, n'utilisera plus jamais ce carnet : elle n'a pas besoin de compter. Bryan, son époux, reçoit une pension annuelle équivalente à quelque 760 000 euros. Les jeunes mariés se sont en outre vu offrir une maison de cinq étages, au 10, Buckingham Street. Une dizaine de domestiques s'y affairent, dont Turner, l'ancien chauffeur de lord Redesdale, embauché par Diana. Elle ne fait jamais un voyage, si court soit-il, sans être suivie de sa femme de chambre. Son unique souci est, chaque matin, d'établir les menus de la journée. Au tout début, telle une gamine enfin laissée à elle-même, elle ordonne du crabe en timbale à chaque repas. Elle raffole des crustacés que sa mère ne lui a jamais permis de manger. Outre le crabe, ce qu'elle peut désormais obtenir, c'est « une éternité de conversations, de livres, de tableaux, de musique et de voyages[1]. » Si elle avait vécu en France au XVIIIe siècle, Diana aurait très vite tenu un salon où se seraient bousculés les philosophes. En Angleterre, à la fin des années 20, elle s'ingénie à recevoir splendidement une partie des intellectuels de l'époque. Chez elle se retrouvent les amis de son mari et de sa sœur Nancy, cette fameuse bande d'esthètes qui se sont rencontrés à Oxford : Brian Howard, Harold Acton, Evelyn Waugh, Robert Byron, Mark Ogilvie-Grant, Oliver Messel. Les fêtes sont joyeuses, les dialogues brillants. Il y a là aussi John Betjeman, un poète féru d'architecture ancienne, fils d'un industriel d'origine hollandaise, et Edward James, un autre poète d'origine américaine qu'on dit apparenté à Henry James.

1. *A Life of Contrasts*, *op. cit.*

Nancy vient très souvent chez sa jeune sœur: elle aime l'atmosphère de sa maison, ce mélange de luxe et d'esprit bohème. Diana devient peu à peu sa confidente, celle qui l'écoute et la conseille. Car Nancy, incapable de se détacher de Hamish, n'est pas heureuse. Un matin, la jeune Mrs Guinness reçoit une longue lettre de sa mère: elle doit tout faire pour empêcher Nancy d'épouser le jeune garçon. « Il faut qu'il ait au moins un travail, écrit Muv. S'ils se marient sans notre consentement, Farve ne versera plus de pension à Nancy. Encore, si ce mariage devait être heureux, l'argent importerait peu, mais je ne vois pas qu'il puisse se terminer autrement que dans le chagrin et les ennuis, étant donné la personnalité de ce garçon. Je n'ai jamais entendu quiconque formuler une bonne opinion de lui, à part bien sûr Nancy. » Mais que peut faire Diana face à l'aveuglement de sa sœur? Une sœur à l'intelligence si vive, mais dont la raison semble s'éclipser dès que Hamish pointe le bout du nez. Nancy donne le moindre argent qu'elle possède à ce garçon incapable de lui en être reconnaissant, et se retrouve sans un sou. Souvent, elle n'a plus même de quoi payer l'autobus. Diana la dépanne. Nancy envoie de plus en plus fréquemment des articles à *Vogue* ou *Tatler* pour gagner quelques livres, des articles où elle glisse de précieux potins glanés chez Diana.

Car les moindres faits et gestes des époux Guinness continuent d'alimenter les colonnes des journaux britanniques. Le « couple de l'année » est désormais invité dans toutes les maisons qui se targuent de recevoir le beau monde. Chez lady Emerald Cunard, par exemple, qui tient à réunir autour d'elle tout ce que Londres compte comme artistes et célébrités. Cette femme aux cheveux teints en jaune, aux joues rehaussées de rouge et à la petite voix d'oiseau s'est inventé un prénom (elle trouvait le sien, Maud, trop terne) et un destin: née dans une famille modeste de San Francisco, elle a épousé l'héritier de la ligne de paquebots et règne maintenant sur la capitale britannique. Son salon du 7, Grosvenor Place est devenu un lieu incontournable. Lors d'un dîner qu'Emerald Cunard donne après une soirée à l'opéra, Diana se trouve placée à côté de Lytton Strachey. Elle a dévoré tous les livres de ce brillant écrivain qui appartient au groupe artistique de Bloomsbury, mais ne dédaigne pas de côtoyer une société plus mondaine et frivole. Son ouvrage, *Victoriens éminents*[1], lui a valu la consécration littéraire et il promène sa gloire avec nonchalance. Sa longue barbe auburn, ses petites lunettes cerclées et sa diction traînante font de Lytton Strachey un personnage pittoresque que Diana contemple, écoute avec fascination. « J'avais ardemment désiré le rencontrer et maintenant que c'était fait, je m'accrochais à lui avec ténacité, je l'invitais à dîner, à déjeuner, à venir bavarder l'après-midi, près de la cheminée[2]. » Il répond à ses invitations : la beauté de Diana, alliée à une culture rare chez une aussi jeune femme, séduisent l'écrivain. Leur admiration réciproque est purement cérébrale. Non seulement Lytton Strachey a le double de l'âge de la jeune femme, mais il ne cache pas qu'il préfère les garçons. Et Diana dira de lui : « Il était presque beau, d'une beauté étrange, dépourvue de tout attrait sexuel[3]. » Elle le fait venir en Irlande, dans une des grandes demeures des Guinness, où l'écrivain arrive vêtu d'un étrange costume couleur marmelade d'orange. Parmi le beau monde, il détonne. Et sa singularité divertit Diana.

Bientôt, il invite les jeunes Guinness à passer une fin de semaine à Ham Spray, une maison de campagne qu'il partage avec Dora Carrington, sa grande amie, une artiste timide, presque sauvage, qui marche la tête

---

1. Traduit en français aux éditions Gallimard.
2. Diana Mosley, *Loved Ones, Pen Portraits*, Sidgwick and Jackson, Londres, 1985.
3. *Ibid.*

baissée et les pieds en dedans, et arbore une coupe de cheveux au carré très courte. Ce jour-là, Carrington, qui n'a pas de domestiques, prépare le dîner dont le plat principal est une tourte de lapin. Diana n'en a jamais mangé : même après son mariage, elle n'a pas bravé l'interdit de sa mère. À la fin du repas, elle est violemment malade. Elle s'évanouit, il faut appeler un médecin. Carrington, silencieuse et réservée, veille sur elle. C'est ainsi que commence, selon Diana, une grande amitié. Pour Carrington, cependant, cette jeune femme si riche, si parfaitement vêtue, entourée de tant de domestiques et à l'accent si aristocratique, doit sembler appartenir à un monde parfaitement étranger. Carrington n'oublie pas qu'en 1919 une dame très fortunée lui a demandé de décorer une malle, une création à laquelle, perfectionniste, elle a consacré plus d'un mois et demi. Mais l'artiste a été moins bien traitée qu'une servante, à peine nourrie, obligée de travailler dans un grenier glacé et finalement payée au lance-pierres. Carrington en a gardé un ressentiment certain envers les riches[1]. Jamais elle n'est invitée, comme l'est le plus mondain Lytton Strachey, chez les célèbres hôtesses de Londres telles que lady Cunard ou lady Colefax. Jamais Diana Guinness ne l'invitera à Londres, à l'une des si nombreuses réceptions qu'elle organise. Il est vrai qu'avec ses socquettes, ses robes de gros coton, son air renfrogné et mal à l'aise, l'artiste-peintre aurait détonné dans ce petit monde si élégant, si sûr de soi.

Bryan Guinness aime moins que son épouse les dîners, les bals et les conversations sans fin. Ce garçon rêveur qui écrit des poèmes voudrait passer des vacances sur une lande solitaire, en Écosse. Diana, elle,

1. Gretchen Holbrook Gerzino, *Carrington, une vie*, Flammarion. De ce livre a été tiré le film *Carrington*, dont le rôle titre est joué par Emma Thompson.

veut aller à Venise où se retrouve, l'été, toute la bonne société londonienne. C'est à Venise qu'ils vont. Il voudrait vivre une vie parfaitement ordinaire : son argent lui fait honte. Diana aime dépenser et déteste la banalité : elle se cherche un destin hors du commun et ses réceptions luxueuses, où sa beauté scintille, font partie de cette quête. Au début, ces différences paraissent de peu d'importance. Certes, Diana vit dans un flot de fêtes, de bals costumés, de longs déjeuners, tandis que Bryan avec une discrète ténacité étudie pour devenir avocat. Mais souvent leurs intérêts convergent. Par exemple lorsque leur ami Brian Howard décide, avec leur complicité, de monter le canular de l'année. Il peint vingt toiles dans un style qui tient à la fois de Miró et de Picasso et les signe du nom de Bruno Hat. Bientôt, tout ce que Londres possède de critiques et amateurs d'art est invité à découvrir, lors d'une exposition privée dans la demeure des jeunes Guinness, les œuvres d'un génie méconnu, un artiste allemand handicapé découvert au fin fond du Sussex, Bruno Hat. Evelyn Waugh a écrit la préface du catalogue de l'exposition et, affublé d'une perruque brune et d'une moustache, muet dans sa chaise roulante, Tom Mitford joue le rôle de l'artiste. Certains critiques s'y laissent prendre et crient au miracle, à la découverte d'un immense talent. Avant d'être détrompés. Le lendemain matin, les journaux ne parlent que de cette facétie. C'est, en juillet 1929, la dernière grande espièglerie des Bright Young People.

Peu après, Diana apprend qu'elle est enceinte. Son médecin lui conseille de rester allongée le plus possible. Alors, telle une princesse, elle reçoit depuis son lit. Parmi ses courtisans, Evelyn Waugh est le plus assidu. Il lui rend visite tous les jours et reste de longues heures auprès d'elle. Il va mal, mais n'en montre rien. Son épouse, Evelyn Gardner, vient de le quitter abruptement pour un autre homme. C'est un banal revirement pour cette jeune femme qui revendique la légèreté des sentiments. Mais, pour Evelyn Waugh, c'est un drame et Nancy, émue, prend son parti. Elle se fâche avec sa vieille amie Evelyn-fille, qu'elle ne reverra plus. Au bar du Ritz, Nancy et Evelyn-garçon se confient leurs désillusions respectives. Il est abattu, dépité, son orgueil affreusement blessé et, à Nancy dont le cœur est également en berne, il entrouvre le fond de son âme. Devant Diana, par contre, il porte un masque, rit et ironise. Cette amitié légère mais exclusive avec une jeune femme belle, riche et célébrée ravit l'écrivain. Il tombe amoureux d'elle. D'un amour chaste, éthéré. Pour lui, une femme enceinte est « comme asexuée », il l'expliquera à plusieurs reprises, des années plus tard, dans son roman inachevé *La Fin d'une époque*[1]. Pas question d'évincer Bryan. Il veut simplement être le premier, le favori parmi les amis de Diana. C'est d'ailleurs au couple, et non à Diana seule, qu'il dédie le roman qu'il commence à écrire. *Ces corps vils* dépeints d'une plume trempée dans l'ironie et le vitriol, les tragiques errances des Bright Young People. Le livre est composé au moment précis où ces enfants fêtards et déboussolés voient leur étoile pâlir en même temps que s'achève une brève époque de prospérité. Car le krach de la Bourse de New York, le 24 octobre 1929, fait tressaillir le monde entier. C'est la première secousse d'une longue et dramatique crise qui changera le visage de l'Europe. En ce mois d'octobre, Evelyn Waugh est à Paris, dans l'appartement de la famille Guinness. Il y accompagne Diana, Bryan et Nancy. Leurs journées sont studieuses. Bryan, Nancy et Evelyn écrivent chacun leur livre. Evelyn met le point final à *Ces corps vils*, Nancy commence son tout premier roman *Highland Fling* et Bryan écrit les pre-

1. En anglais : *Work Suspended*. Traduit dans le recueil intitulé *La Fin d'une époque*, éditions Quai Voltaire, 1989.

mières pages d'un ouvrage qui sera publié quelques années plus tard. Pendant qu'ils travaillent, Diana lit, allongée dans la vaste chambre de cet appartement de la rue de Poitiers, dans le VIIe arrondissement. Ses beaux-parents n'y viennent quasiment jamais, mais un majordome et un cuisinier, payés à l'année, sont en permanence prêts à accueillir quiconque arrive à l'improviste. En cet automne, ce sont des jours gais et fructueux, encore parfaitement insouciants. Même Nancy, sans Hamish, est presque heureuse.

Certes, Hamish est loin, de l'autre côté de la Manche, et il lui manque. Mais dès qu'elle s'assoit devant son grand cahier d'écolier et commence à écrire une phrase, Nancy se rapproche de lui. Car ce roman, elle l'écrit avec lui, pour lui. Son héros ressemble comme deux gouttes d'eau à Hamish, et Nancy lui a donné un nom en forme de calembour : « Albert Memorial Gates[1] ». C'est un jeune esthète frondeur, perdu dans un château en Écosse où l'on s'habille de tweed et ne parle que de chasse à la grouse. Nancy se peint sous le nom de Jane Diacre, une jeune fille charmante et intelligente, au sens de l'humour aigu, et dont le caractère, « à l'exception d'une certaine acidité envers son père et sa mère », est celui d'un ange. Jane, bien sûr, est amoureuse d'Albert. Tous deux affrontent un colérique général Murgatroyd aux jambes serrées dans des guêtres, passionné de chasse, qui partage de nombreuses caractéristiques avec lord Redesdale. Chaque dialogue, Nancy le cisèle pour Hamish. Pour qu'il hurle de rire. Pour qu'il l'admire, et qu'il l'aime un peu plus. Car il va se corriger. Cesser de boire et de jouer. Ils se

1. L'Albert Memorial est un des grands monuments victoriens de Londres, situé tout près de la maison des Mitford, Rutland Gate ; l'une des portes qui donnent accès à Hyde Park s'appelle Albert Gate.

marieront, auront plein d'enfants et il se transformera en parfait père de famille. Nancy, à vingt-cinq ans, rêve toujours.

De retour à Londres, Evelyn Waugh devient ce qu'il souhaitait si passionnément être : l'ami exclusif de Diana. Bryan est pris toute la journée par ses études de droit et la jeune femme de dix-neuf ans est ravie d'avoir un compagnon à la fois plein d'esprit et entièrement disponible qui l'invite à prendre le thé chez ses parents, l'emmène au zoo, la divertit l'après-midi quand elle doit garder la chambre. Après la naissance du bébé, un garçon dont Evelyn Waugh devient, en même tant que Randolph Churchill, le parrain, Diana reprend vite l'habitude de s'entourer d'une foule d'amis, d'organiser de grandes fêtes, d'aller danser et rire. L'écrivain se sent soudain évincé. Il est jaloux, horriblement. Au début, son ressentiment se manifeste par des querelles incessantes lors des dîners où elle l'invite. Il se montre de plus en plus odieux. Au point qu'ils ne se verront plus et ne se réconcilieront que quelques mois avant la mort d'Evelyn Waugh, en 1966, quand il enverra à Diana une lettre où il expliquera, selon ses mots, « la triste et sordide vérité » : « Je me sentais placé plus bas que Harold Acton ou Robert Byron dans vos amitiés, et je ne pouvais ni rivaliser avec eux, ni accepter cette humble place...[1] »

Après les rêveries de Paris, c'est à une rude réalité que Nancy fait face. Plus infatué de lui-même que jamais, Hamish l'aime un jour, l'ignore le lendemain. Il promet de ne plus boire pour mieux s'enivrer ensuite. Elle oscille entre joie et déception, entre espérance et pleurs. Elle va mal. À la fin du mois de décembre, ses

1. *The Letters of Evelyn Waugh*, Mark Amorie ed., Weidenfeld and Nicolson, Londres, 1980.

parents l'envoient chez sa grand-mère Redesdale, dans le Northumberland, tout au nord de l'Angleterre, où elle se languit de celui qui la fait souffrir. « On m'a bannie, loin de Hamish, pendant trois semaines… », écrit-elle à son ami Mark Ogilvie-Grant[1]. Elle profite cependant de cette retraite forcée pour finir d'écrire *Highland Fling* et, une fois de plus, loin de celui qu'elle aime, elle commence à rêver. Hamish, elle en est plus certaine que jamais, est l'homme de sa vie, quoi qu'en pense Tom, quoi qu'en pensent ses parents. Elle ne cédera pas. Elle ne renoncera jamais à lui.

De retour à High Wycombe, où toute la famille Mitford s'est réfugiée car Swinbrook est de nouveau loué, Nancy profite de son premier jour de liberté pour se rendre à Oxford. Le regard brillant, pétillant, elle tend à Hamish son manuscrit. Il commence à le parcourir. Le lendemain, avec une moue dédaigneuse, il laisse tomber : « Mauvais. » Au-delà de la déception, c'est une honte atroce qui saisit Nancy. Elle était si fière, si contente d'elle. Au point qu'elle a osé envoyer son manuscrit à des agents littéraires.

Les larmes lui montent aux yeux mais elle les refoule vite. Pas question, en plus, de perdre la face. Heureusement, au même moment, *The Lady*, le journal fondé par son grand-père Gibson-Bowles, lui demande de rédiger régulièrement un article. Cela, elle sait faire. Elle aura donc un revenu régulier. Des espèces sonnantes et trébuchantes, qu'elle dépensera pour Hamish. Pour qu'il l'aime, enfin.

Début mars, arrive une lettre à la maison. Sur l'enveloppe, une écriture inconnue. Nancy l'ouvre distraitement. Et c'est l'effarement : un agent littéraire lui annonce qu'il accepte son livre et se charge de lui trouver un éditeur. « Je ne sais pas ce que cela signi-

1. *Love from Nancy, op cit.*

fie vraiment, écrit-elle à Mark[1], sa belle assurance encore piétinée par le dédain de Hamish, mais je suppose qu'ils ne prendraient quand même pas un manuscrit totalement invendable. » Le livre, illustré de dessins de Mark Ogilvie-Grant, est publié un an plus tard, en mars 1931, par l'éditeur Thornton Butterworth. *Highland Fling* se vend bien, il est même réédité. Nancy gagne quatre-vingt-dix livres. Ce n'est pas la fortune, mais la reconnaissance de son travail. La blessure ouverte par Hamish se cicatrise. Elle reprend espoir, rit de nouveau. Elle a même envie d'écrire un autre livre.

Dire qu'il y a quelques mois, elle a failli mourir. Se tuer. À cause de Hamish, bien sûr. Elle était désespérée. Il venait de partir en Amérique, dépêché par son père après qu'il eut été renvoyé d'Oxford en raison de sa vie trop dissolue. Ce départ claque comme une porte définitivement fermée, elle s'y cogne, s'affole, pense qu'elle ne le reverra jamais. Elle a beau toujours essayer de rire des pires situations, là, elle ne peut plus plaisanter. Hamish disparu, plus rien ne la rattache à la vie. Toutes ses meilleures amies, Nina, Mary, Pansy, sont mariées. Sa sœur Diana attend un nouveau bébé. Pam, son autre sœur, après des fiançailles ratées avec le fils d'un voisin, est maintenant courtisée par l'ami Paul Betjeman, épris de sa simplicité et de son bonheur tranquille. Toutes sont casées. Heureuses. Sauf elle. Elle n'a même plus l'oreille attentive et affectueuse de son frère Tom. Et Mark, son unique confident, son réconfort, son alter ego, se trouve loin, en Égypte. À vingt-six ans, elle se sent intolérablement seule, vieille déjà, sans avoir rien vécu.

Alors, un soir interminable de la fin janvier où tout semble sans issue, elle tente de se suicider. Par le gaz,

1. *Love from Nancy, op. cit.*

chez des amis qui l'hébergent. Elle plonge la tête dans le four de la cuisinière. « C'est une sensation agréable, écrira-t-elle à Mark[1], comme lorsqu'on prend des anesthésiques, aussi je ne me sentirai plus désolée pour les maîtresses d'école qui meurent ainsi. Mais soudain, j'ai pensé que Romie [la jeune femme qui l'héberge à Londres] pourrait faire une fausse couche en découvrant mon cadavre le lendemain matin, alors je suis retournée au lit, malade comme un chien. Et puis j'ai pensé que c'était trop idiot de mourir : finalement Hamish et moi nous nous aimons tant l'un l'autre. Tout se terminera bien. » Toujours cette alternance de lueurs d'espoir et d'extrême abattement. Nancy a beau plaisanter de son suicide raté, elle est déprimée. Pour la première fois de sa vie. « Je ne supporte plus d'être seule, écrit-elle peu après à Mark[2]. Mais dès que je suis avec des gens, j'ai envie de m'enfuir. Heureusement, mon livre va sortir, et il y aura enfin quelque chose d'amusant dans ma vie. »

La parution de son livre est d'autant plus agréable qu'elle coïncide avec le retour de Hamish des États-Unis. Il n'a pas supporté d'avoir un travail régulier et de mener une vie saine. Ils se retrouvent, et tout recommence. Le flirt, puis les disputes, plus violentes encore. « Je crois que ce sera finalement le four à gaz », confesse-t-elle. « En fait, c'est moi que j'aime, ricane Hamish. D'ailleurs je m'épouserais si je n'étais pas si mauvais au lit avec moi-même. » Nancy blêmit. Mais ils se réconcilient. Pour mieux rompre. « Cette fois, c'est fini pour de bon », annonce Nancy. Ils se revoient pourtant. Ses parents accusent Nancy de s'être mise à boire. « Il est vrai que je vais à des fêtes plutôt effroyables, mais, si on n'arrive pas

1. *Ibid.*
2. *Ibid.*

à être heureux, ne faut-il pas s'amuser ? », écrit-elle à Mark[1].

Les soirées sont de moins en moins somptueuses, de plus en plus glauques. La crise économique est là, qui frappe surtout les plus pauvres – deux millions de personnes se retrouvent sans travail – mais les classes aisées commencent à en souffrir aussi. Lord Redesdale réduit de moitié la pension de Nancy. « Je ne peux même plus me permettre de prendre le train pour aller à Londres, écrit-elle à son ami Robert Byron[2]. De toute façon, à quoi bon y aller : je n'ai plus rien à me mettre sur le dos. »

C'est à ce moment, au début de l'année 1932, qu'un grand jeune homme blond, officier chez les prestigieux grenadiers de la garde, demande Nancy en mariage. Sir Hugh Smiley a le même âge qu'elle et dispose de revenus très confortables. Il y a longtemps qu'il observe Nancy, qu'il l'admire en secret. Mais elle était fiancée à Hamish – du moins le proclamait-elle. Puisqu'elle ne l'a toujours pas épousé après toutes ces années, sir Hugh tente sa chance. En homme raisonnable et respectable, il lui énumère ses atouts : il est riche, possède un grand manoir et a l'intention d'entrer au Parlement. Nancy, prise de court, ne sait que répondre. Cette perspective d'une vie tranquille, sans plus jamais d'angoisses d'argent, la tente. Elle s'imagine entourée de blondinets dans une superbe maison. Habillée des robes des meilleurs couturiers. Et couverte de bijoux. Sa mère, mise au courant de cette proposition de mariage, l'avertit immédiatement : « Si vous n'épousez pas sir Hugh, vous finirez vieille fille, n'allez-vous pas sur vos vingt-huit ans ? » Le couteau est retourné dans la plaie. Nancy est sur le point d'accepter. Par lassitude. Mais elle n'arrive pas à dire oui. « Attendez que j'aie fini mon nouveau livre et je vous donnerai ma réponse », finit-elle

1. *Ibid.*
2. *Ibid.*

par murmurer à sir Hugh. À Swinbrook, les « bébés » Jessica et Debo dansent autour de Nancy « Épouse-le, épouse-le ! » scandent-elles. « Ce garçon est effroyablement gentil, et sympathique, écrit-elle alors à Mark[1]. Pourtant, m'imagines-tu avec des enfants blonds, mais stupides ? Certes je pourrais m'habiller très élégamment, et ensuite prendre des amants. Mais ne vaut-il pas mieux garder sa fierté et vivre dignement dans la pauvreté ? » Sir Hugh l'inonde de lettres. La presse de compliments. Nancy choisit de revoir Hamish. Il a eu vent de cette proposition de mariage et se révèle piqué au vif. Exceptionnellement, il fait un cadeau à Nancy, une bague de chez Cartier. Elle est aux anges, pense qu'il s'est enfin amendé. Alors peu lui importe que sir Hugh Smiley lui propose une nouvelle fois de la rencontrer au Café de Paris. Elle s'y rend en ayant pris soin d'en avertir Hamish. Tandis que l'officier demande une nouvelle fois à Nancy de l'épouser, le jeune vaniteux, assis à quelques tables d'eux, se met à ricaner bruyamment. Le grenadier se lève immédiatement, furieux, et lance à l'adresse de Nancy : « Vous finirez vieille fille. » « Alors je suis partie avec Hamish au Slipskin, un nouveau night-club plutôt horrible », raconte Nancy à Mark. La belle maison, la vie tranquille, le mariage, elle a finalement tout rejeté. Sa vie chaotique auprès de Hamish recommence, tout comme les voyages en troisième classe, les boîtes de nuit sordides, l'argent qui disparaît dans des paris, le cœur qui fait mal et chavire, en perdition sur ces montagnes russes émotionnelles.

Sir Hugh Smiley épousera, un an plus tard, une autre Nancy : Nancy Beaton, la sœur de Cecil Beaton, le célèbre photographe.

Au moment où Nancy se perd en compagnie de Hamish, Diana vit ses premières tragédies. Lytton Stra-

1. *Ibid.*

chey est mort d'un cancer en janvier 1932, dans sa maison de Ham Spray, et elle en a été vivement touchée. Dora Carrington n'a pu supporter ce décès. Elle aimait Lytton d'un amour aussi absolu qu'impossible, et sa passion transcendait tout : son goût à lui pour les garçons, son mariage à elle avec l'écrivain Ralph Partridge. Dépressive, Carrington est surveillée, réconfortée en permanence par le groupe de Bloomsbury. Virginia et Leonard Woolf viennent la voir régulièrement et demeurent longuement avec elle, tout comme Vanessa Bell, la sœur de Virginia. Ralph Partridge la protège du mieux qu'il peut. Parfois la jeune artiste sort de sa prostration et se rend à Biddesden House, le manoir tout proche qui sert de maison de campagne aux époux Guinness. Elle y a peint récemment, à la demande de Bryan, un superbe trompe-l'œil sur l'un des murs de brique. C'est une des rares œuvres qu'aime cette artiste tourmentée, si peu sûre d'elle. Ce trompe-l'œil, où une servante épluche une pomme devant un chat attentif, est un cadeau de Bryan à Diana, au moment où elle met au monde, à Londres, leur second fils, Desmond.

Un jour de mars 1932, alors que tous ses amis pensent qu'elle va mieux et commence enfin à surmonter son deuil, Carrington demande à Bryan de lui prêter un fusil : les lapins envahissent son jardin, affirme-t-elle, et elle n'arrive plus à les chasser pacifiquement. Le lendemain, elle est retrouvée morte à Ham Spray, une balle dans la tête. Diana est atterrée. La toute dernière photographie de Carrington la montre en compagnie de Pamela Mitford, de Ralph Partridge et d'autres amis, au cours d'une promenade dans le parc de Biddesden. Pam, avec son esprit pratique, son indépendance naturelle et son goût pour les animaux, gère en effet la ferme qui appartient aux Guinness, sur le domaine de Biddesden. Elle loge dans un cottage. Dévouée comme toujours, elle console tant bien que mal Diana qui répète : « Ma vie me semble absolument inutile et vide. »

Mais ce ne sont pas uniquement les décès de Lytton Strachey et de Carrington qui la dépriment. Sa vie avec Bryan ne semble plus avoir de sens. Il y manque quelque chose qu'elle n'arrive pas à définir. Une chose que ni l'argent ni la célébrité ne peuvent procurer. Elle n'a pas vingt-deux ans.

En ce même mois de mars, lors d'un grand dîner que donnent des amis, les St John Hutchinson, pour le vingt et unième anniversaire de leur fille, Diana se trouve assise à côté d'un grand homme très brun, célèbre dans les cercles de la politique anglaise. Il s'appelle sir Oswald Mosley. Il l'a déjà remarquée à Venise, lui dit-il, et aussi à un bal à Londres. Elle n'a pas fait attention à lui, lui répond-elle. Mais ce soir-là, elle l'écoute. Attentivement. Bientôt envoûtée. « Il était si sûr de lui et de ses idées, écrira-t-elle dans son autobiographie[1]. Il savait exactement que faire pour en finir avec le désastre économique que nous traversions. Lui seul pouvait mettre fin au chômage massif. Lucide, logique, plein de force et persuasif, il m'a vite convaincue, comme il avait convaincu des milliers d'autres personnes avant moi. Il était la personne qui possédait la réponse. »

Oswald Mosley s'est lancé très jeune en politique. À vingt-deux ans, il briguait son premier siège de député. Quand Diana le rencontre, il est, à trente-six ans, un vieil habitué des coulisses du pouvoir. Mais c'est un homme politique hors du commun. Issu de la vieille noblesse, ce baron a quitté les rangs du parti conservateur pour rejoindre, au milieu des années vingt, ceux des travaillistes. Depuis, l'aristocratie le considère comme un traître. Mais il a ensuite rompu de façon éclatante avec le Labour pour fonder son propre parti – le Nouveau Parti. Il y reprenait à son compte les théo-

1. *A Life of Contrasts*, *op. cit.*

ries de son contemporain, l'économiste John Maynard Keynes : pour en finir avec la crise économique et le chômage, l'État doit entreprendre de vastes chantiers publics et relancer le marché intérieur. Des intellectuels rebelles l'ont alors rejoint, tel John Strachey (un cousin de Lytton Strachey), qui devient son conseiller le plus proche. Mais ce dernier remarque que les meetings du Nouveau Parti sont de plus en plus sous-tendus de violence. Mosley a recruté, pour maintenir l'ordre, des gros bras qui, lors des meetings, font taire par la force tout contradicteur.

En juillet 1931, John Strachey quitte le Nouveau Parti qui, dit-il, « tend à subordonner l'intelligence aux muscles ». Harold Nicolson, grand diplomate et mari de Vita Sackville-West, s'éloigne aussi d'Oswald Mosley : « Ce qui ne va pas avec lui, expliquera-t-il, c'est que son énergie est plus physique que mentale. » Toujours est-il que, malgré les dons d'orateur de sir Oswald Mosley, le Nouveau Parti échoue aux élections de l'automne 1931, organisées alors que la crise économique bat son plein. Humilié, Mosley n'en rebondit que mieux. Quand Diana le rencontre, il vient de dissoudre le Nouveau Parti et s'apprête à fonder l'Union britannique des fascistes. Benito Mussolini, pense-t-il, a parfaitement réussi en Italie et l'Angleterre doit suivre son exemple, se trouver un homme fort, faire redémarrer l'économie à coups de grands projets centralisés et en finir avec l'horrible anarchie à laquelle aboutit la démocratie. Oswald Mosley, qui se plaque les cheveux en arrière à la Rudolph Valentino, n'en doute pas : il est l'homme fort dont la Grande-Bretagne a besoin. Après ce dîner, Diana en est tout aussi persuadée.

Elle n'a jamais, affirme-t-elle, aimé les conservateurs – pour lesquels ses parents ont toujours voté. Ce sont, selon elle, des hypocrites. Pourquoi laissent-ils depuis si longtemps persister la misère des mineurs, des ouvriers ? Lors de la grève de 1926, Diana avait seize ans et le cœur aux côtés des travailleurs, et elle ne comprenait pas que les conservateurs cherchent à briser ce mouvement plutôt que d'essayer d'améliorer le sort des plus démunis. Aujourd'hui, Diana sait que, dans les zones industrielles sinistrées, des millions de personnes sont au chômage et les allocations dérisoires qui leur sont versées ne leur permettent pas de manger à leur faim. Encore moins de se loger correctement. Les taudis ont peu changé depuis l'époque de Charles Dickens. Diana s'en émeut, même si elle n'en a qu'une connaissance livresque. Jamais elle ne sort des beaux quartiers et continue, pendant ces années de crise, de donner des bals somptueux, d'aller à l'opéra et au concert. « Rien ne peut empêcher des jeunes gens de s'amuser », explique-t-elle dans son autobiographie. A-t-elle cependant le cœur qui penche du côté des travaillistes ? Non. Leur dirigeant, Ramsay MacDonald, lui semble pitoyable, et dérisoire son alliance avec les conservateurs dans un cabinet d'union nationale. Diana n'a d'ailleurs pas voté en 1931, lors de ces toutes premières élections où les femmes étaient autorisées à le faire. Aucune candidat ne l'intéressait, affirme-t-elle. C'est, ajoute-t-elle, quelqu'un comme le libéral Lloyd George qui aurait pu recueillir son suffrage. Ce Gallois aux idées radicales avait mené avant guerre une lutte acharnée contre les privilèges des aristocrates, et obtenu de leur faire payer des impôts. En ces années de crise économique, Lloyd George s'inspire lui aussi des théories de l'économiste Keynes et propose un *New Deal*, une intervention massive de l'État pour mettre fin à la récession. Ses propositions restent sans réponse. Quelques années plus tard, il se rendra en Allemagne où il dialoguera aimablement avec Hitler. Et ce dernier caressera l'idée d'en faire un Pétain britannique, une marionnette entre ses mains une fois l'Angleterre envahie. Mais, en cette année 1932, on n'en est pas encore là. L'Allemagne est encore un pays démocratique même si la crise économique et morale s'y ressent plus durement encore qu'ailleurs.

Diana et sir Oswald Mosley ne cessent de se voir. Ils déjeunent ensemble, passent des après-midi entiers dans la garçonnière du politicien. Pour lui, Diana est une conquête parmi d'autres: marié, il jongle avec les aventures. Son épouse, lady Cynthia, fille du célèbre lord Curzon, ex-vice-roi des Indes, fait semblant de ne rien voir. Cette femme douce et persuasive demeure obstinément au côté de son mari, elle l'épaule dans toutes ses campagnes électorales, prend la parole, ravit les foules. Chaleureuse et profondément humaine, lady Cynthia apporte aux meetings de son époux la sensibilité qui lui manque. Mosley, lui, possède l'autorité. Leur couple, très médiatique, fonctionne sur cette complémentarité. Et l'homme politique ne veut absolument pas briser ce mariage. Ses infidélités ont lieu avec des femmes bien nées, riches et mariées, qui n'ont aucune envie ni aucune raison de divorcer. Diana aurait pu n'être que l'une d'entre elles. Mais elle ne cherche pas une simple aventure. Elle vient de trouver l'homme de sa vie. Un homme de conviction. Un homme d'action. Un aristocrate infiniment sûr de lui. À côté de qui Bryan n'apparaît que trop fragile, rêveur, pas assez brillant ni dominateur.

Pendant ce temps, à Swinbrook, Muv et Farve préparent les débuts dans le monde de Unity. La jeune fille est toujours aussi massive – et aussi rétive. Il faut trouver une maison à Londres pour y donner des bals, puisque Rutland Gate est loué. Par chance, une vieille amie de Lady Redesdale, Mrs Hammersley, prête la sienne, au 31, Tite Street, à Chelsea. Pour son premier bal, habillée d'une immense robe de brocart, la tête coiffée d'une tiare aux pierres aussi fausses que rutilantes, Unity se fait remarquer. Et cela lui plaît. Lors de sa présentation à la Cour, elle se distingue en volant du papier à lettres à en-tête du palais de Buckingham, sur lequel elle s'empresse d'écrire à tous ses amis. Pour encore mieux se moquer des conventions, Unity joue du yo-yo en dansant, de la main censée se poser le dos de son cavalier. À un autre bal, elle se produit avec son rat, Ratular, confortablement installé sur son épaule. La sensation est grande et les maîtres de maison, froissés, se promettent de ne plus inviter une jeune personne si singulière. Unity s'en moque. D'autres fois, elle quitte le bal pour se précipiter, en robe de soirée, à des matches de catch – sa nouvelle passion – dans les quartiers populaires de l'East End d'où elle revient, les yeux brillants, dans la grande maison de Belgravia où se tient la soirée. Unity adore s'encanailler pour mieux se distinguer. Bientôt, le plus beau bal de la saison va avoir lieu en son honneur: sa sœur Diana s'en chargera, et Unity en est très flattée. Ces derniers temps, elle s'est beaucoup rapprochée de Diana, qui n'a, après tout, que quatre ans de plus qu'elle. Unity admire cette sœur beaucoup plus rebelle, pressent-elle, que beaucoup ne le pensent.

En ce soir de bal, le 7 juillet 1932, Diana est une maîtresse de maison parfaite, et une grande dame du monde. « Les trois cents invités danseront dans le grand salon blanc, annonce l'*Evening Standard*, et le souper sera servi à de longues tables dans les deux salles à manger, aux murs sobrement tapissés de blanc… Les servantes porteront, comme uniforme, de jolies robes à fleurs vertes et blanches que l'hôtesse a choisies elle-même. » Alertée, une foule de badauds se réunit devant la demeure londonienne des Guinness: certains sont là pour contempler les invités, mais beaucoup pour protester. Quelques jours auparavant, des mineurs au chômage, le visage hâve, ont marché sur la capitale britannique pour crier leur désespoir. Alors, l'insouciant étalage de richesse et de supériorité des jeunes héritiers semble odieux à certains Londoniens. Ils lancent des quolibets aux invités en habit de soirée qui s'extraient de leurs voitures, ils leur crient même des invectives. Mais, à l'intérieur de la maison, la musique résonne, joyeuse, et les cris des passants se perdent dans l'heureux brouhaha.

Le champagne fait briller les yeux, pétiller les conversations, il aiguise les rires. Dans le jardin, les arbres sont illuminés et la voix de Winston Churchill résonne parmi les éclats de rire. Unity, dans sa grande robe blanche et argent (« le lait et l'eau », se plaît-elle à expliquer), est la reine d'un soir. Elle rayonne. Le bal dure jusqu'à l'aube, au moment où le ciel d'été s'entrouvre au-dessus de la Tamise. Unity remarque-t-elle que Diana, couverte de tous ses diamants, danse presque toute la soirée avec le même homme, un grand homme brun qui se tient très droit, le buste en avant ? Nancy, elle, se rappelle ce qu'elle écrivait à son frère Tom, deux ans auparavant : « Plus je vois Bryan, plus je m'étonne que Diana soit amoureuse de lui. Mais je le trouve étonnamment gentil. » Que sa sœur lui préfère désormais un homme plus mûr, plus mâle ne la surprend pas. Ce qui l'abasourdit, c'est que Diana ait l'audace de s'afficher avec lui. Sous les yeux de trois cents invités.

À Venise, cet été-là, les apparences sont sauvegardées. Bryan y rejoint Diana. Dispersée dans quelques palais, une foule d'amis et de proches s'amuse dans la cité sérénissime. Il y a là le frère tant aimé, Tom Mitford, et le cousin Randolph Churchill. Emerald Cunard tente, avec son amant le chef d'orchestre sir Thomas Beecham, de recréer son salon londonien au bord du Grand Canal. Edward James est venu avec sa fiancée l'actrice Tilly Losch, dont Tom Mitford est amoureux. Les intrigues sentimentales bouillonnent sous les bonnes manières. Oswald Mosley et son épouse Cynthia se trouvent également à Venise. Personne ne manque de remarquer que souvent, l'après-midi, Diana et Mosley disparaissent. On soupire, on utilise des litotes, on fait des allusions très voilées. Dans cette atmosphère qui se veut de fête et de plaisir, les conjoints malheureux dissimulent tant bien que mal leur humiliation. Hypersensible, Bryan Guinness souffre beaucoup plus qu'il ne le laisse deviner. Et lady Cynthia, à peine remise d'une grossesse difficile qui s'est terminée par une césarienne, passe ses journées allongée sur un transat, pâle et le regard ailleurs.

Deux mois plus tard, en octobre 1932, lady Cynthia, habillée en bergère, est pourtant à Biddesden, dans le fief de sa rivale, invitée à sa grande « fête champêtre ». Nancy s'est déguisée en bergère à la Marie-Antoinette – un nouveau signe de sa future passion pour le XVIIIe siècle français –, et elle ne quitte pas d'une semelle Hamish dont elle a soigneusement choisi le costume « absolument divin ». Tandis qu'un immense feu de joie brûle dans le jardin, Diana, toute de blanc vêtue, ne danse qu'avec Mosley. La romancière Rosamond Lehman l'observe, le regard aigu. Elle ne mâchera pas ses mots. « Diana, dira-t-elle, était habillée d'une tunique grecque, elle paraissait très belle, mais sinistre, avec son grand visage blanc. Elle dansait toutes les danses avec Tom [un prénom couramment donné à Mosley], et on aurait dit qu'ils s'étaient hypnotisés l'un l'autre. Elle ne cessait de rire la bouche grande ouverte. Bryan, lui, était totalement muet. Il a dansé avec moi mais ne m'a pas dit un seul mot. C'était une soirée effroyable, avec Tom qui triomphait au côté de cette incroyable beauté, et Bryan, notre hôte, qui ressemblait à un lapin écorché. Affreux[1]. »

Dans l'aristocratie anglaise, les aventures extraconjugales sont tolérées tant qu'elles restent discrètes, ne menacent ni le mariage ni la tradition, et tant que

1. Cité par Jan Dalley dans *Diana Mosley, a life*, Faber and Faber, 1999.

les bonnes manières sont respectées. L'important, c'est d'avoir un héritier mâle et légitime. Après on peut faire ce que l'on souhaite. La belle Diana Cooper, célébrissime jeune aristocrate, est née à un moment où sa mère, la duchesse de Rutland, avait une liaison avec un jeune homme, Harry Cust, et l'on a beaucoup murmuré que Diana n'était pas la fille du duc. Cette rumeur alimentait tous les ragots mais choquait à peine : le duc et la duchesse de Rutland restaient mari et femme et sauvegardaient les apparences. De même, Mrs Keppel, aristocrate écossaise, était la maîtresse du roi Edouard VII quand sa fille Violet[1] est née, et cette dernière a toujours été persuadée que du sang royal coulait dans ses veines. La règle implicite est qu'on peut folâtrer tant qu'on veut, mais divorcer reste une tare qui ferme les portes à jamais. Lady Georgina, l'arrière-grand-mère de Diana, en a fait l'expérience. Cette dernière pense-t-elle à son aïeule en ces jours de novembre 1932 ? Son exemple, pourtant, ne l'effraie pas. Elle veut aimer Mosley au grand jour. Un Mosley qui, elle le sait, se refusera toujours à divorcer. Mais peu lui importe. Elle veut quitter son mari. Elle se sent prête à affronter le scandale.

« Oh, ma chérie, lui écrit Nancy de Swinbrook[2], j'espère que tu prends une bonne décision, tu es si jeune pour te mettre le monde entier à dos… Mais c'est ton affaire et quoi qu'il se passe, je serai toujours à ton côté, comme tu le sais… » Lord et lady Redesdale sont atterrés. Comment réussiront-ils à bien marier

---

1. Violet Keppel, qui deviendra Violet Trefusis, aura une liaison scandaleuse dans les années 1910 avec l'écrivain et aristocrate Vita Sackville-West. Elle s'installera ensuite en France. Sa mère, Mrs Keppel, est également l'arrière-grand-mère d'une autre aristocrate par qui le scandale est arrivé : Camilla Parker-Bowles, la maîtresse de l'actuel prince de Galles.
2. *Love from Nancy…*, *op cit.*

les cinq filles qui leur restent alors qu'une telle honte éclabousse la famille ? Qui voudra épouser la sœur d'une divorcée ? Farve prend les choses en main comme il l'aurait fait d'un plan de bataille. Avec lord Moyne, le père de Bryan, il va trouver Mosley et lui intime de renoncer à Diana. Mosley refuse : il n'est pas du genre à se laisser intimider. Farve est éberlué. D'autant que Mosley n'a aucune intention d'épouser sa fille. « Je savais, expliquera Diana plus tard[1], que de longues années solitaires m'attendaient, et que je verrais mon cher Mosley uniquement lorsque ses lourdes tâches politiques et sa famille, à laquelle il était très attaché, lui en laisseraient le temps. » Au tout début des années 30, il faut du courage à une femme pour agir ainsi. En même temps que sa respectabilité, Diana envoie promener une vie riche et facile. Mais seule sa passion lui importe. Elle balaie même les objections de Tom, son frère, son double, qui est horrifié. « Il dit que toutes les portes vont se fermer devant ton nez si tu fais cela[2] », lui écrit Nancy. Diana n'en maintient pas moins sa décision.

En janvier 1933, elle quitte Bryan pour emménager dans une maison d'Eaton Square, à Belgravia. La garçonnière de Mosley n'est pas loin. Muv et Farve ordonnent immédiatement à leurs trois dernières filles de ne jamais mettre les pieds chez Diana, dans ce lieu de débauche qu'ils baptisent l'« Eatonry ». Unity s'empresse de braver l'interdit : rien ne lui paraît plus attirant que ce lieu où Diana défie les conventions. Pam et Nancy apportent également leur soutien à Diana. Pam, vingt-six ans, vient de rejeter les propositions de mariage de John Betjeman (« je n'étais pas amoureuse de lui »), et, libre et indépendante, rend régulièrement visite à sa sœur. Nancy, le cœur

1. *A Life of Contrasts, op cit.*
2. *Love from Nancy, op. cit.*

toujours fêlé, se rapproche un peu plus de Diana qui lui propose une chambre dans son appartement. Elle a enfin un endroit à elle, à Londres. Les quatre sœurs se retrouvent fréquemment et passent de longues heures à se parler, à rire, à se confier. Nancy s'apaise, Hamish vient d'obtenir un poste chez un agent de change de la City, et elle espère, une fois encore, le voir s'assagir. Son deuxième roman, *Christmas Pudding*, a été publié et elle l'a dédié non plus à Hamish, mais à cet ami de longue date qu'est le voyageur Robert Byron. Hamish n'est pourtant pas absent de ce roman, bien au contraire. Nancy l'a peint sous les traits de Bobby, jeune collégien d'Eton, « qui enlève son masque de vieux roué pour revêtir celui du petit-enfant-à-sa-première-pantomime, un autre rôle favori de ce garçon dénaturé ». Hamish, cette fois, raffole du livre. Et de son double : il signe désormais ses lettres « Bobby ». Nancy plane. Le bonheur semble, enfin, à portée de main.

Un matin, alors qu'un soleil doux et cristallin annonce le printemps, Unity s'arrête, comme elle en a pris l'habitude, chez Diana. Elle sort de son cours de dessin, à l'école d'art du comté de Londres. Les deux sœurs s'installent sur le balcon. Diana, nerveuse, guette Mosley qui tarde à venir. Unity est fébrile : elle va enfin voir cet homme que ses parents ont déclaré *persona non grata*. Il apparaît, la silhouette impérieuse. Grimpe quatre à quatre les marches du perron. Diana se détend, Unity est sous le charme. Le Leader, comme il se fait appeler par ses troupes en une traduction littérale du mot *Duce*, est aussi impressionnant qu'elle l'espérait. Il a lancé l'Union britannique des fascistes à l'automne précédent et tous ses partisans portent, comme en Italie, la chemise noire, d'où leur surnom de *Blackshirts*. Très vite le mouvement prend un aspect paramilitaire et Mosley n'entend pas l'avertissement de son ancien ami Harold Nicolson : « En Italie, il y a une longue histoire de sociétés secrètes. En Allemagne il y a une longue tradition militariste. Ni l'un ni l'autre pays n'ont le sens de l'humour. En Angleterre, le fascisme est voué au ridicule. » Unity, elle, trouve que c'est un fabuleux moyen de choquer ses parents que de se proclamer fasciste et de porter une chemise noire. Depuis un moment, à la maison, elle se plaît à évoquer avec enthousiasme le Leader, contournant ainsi l'interdiction qui est faite de prononcer le nom de Mosley. Le rencontrer chez Diana, en chair et en os, est un défi encore plus excitant. Pour Unity, le fascisme est d'abord une provocation.

Peu après sa première entrevue avec Mosley, alors qu'au début du mois de juin 1933, elle est de passage à Oxford, Unity croise un *Blackshirt* qui vend le journal du mouvement fasciste. Elle en achète un exemplaire et ne peut s'empêcher d'apprendre au garçon qu'elle connaît personnellement Mosley. C'est le côté à la fois snob et « groupie » de Unity. Le militant, tout à sa dévotion du Leader, est impressionné. « Et vous, pourquoi ne vous joignez-vous pas à nous ? » demande-il à Unity. Il ajoute : « Demandez au Leader son avis. » C'est la saison des courses de chevaux, prétextes aux grands déploiements de mondanités et Unity, toujours débutante, toujours supposée chercher un mari, doit se rendre à Ascot. Les casaques des jockeys l'intéressent à peine. Les jeunes célibataires pas plus. Elle a décidé de devenir membre des *Blackshirts* et cela seul occupe son esprit.

Bientôt, Diana peut de nouveau se rendre chez ses parents. Son bannissement n'a pas duré longtemps : un an à peine. Les colères de lord Redesdale sont spectaculaires, mais elles s'éteignent tout aussi brutalement qu'elles ont éclaté. Et une tragédie vient de renouer, inopinément, les relations entre la fille scandaleuse et sa famille. Le 8 mai, alors que Mosley et son épouse rentrent de Rome où ils ont rendu visite à Mussolini, lady Cynthia est transportée d'urgence à l'hôpital. Une péritonite est diagnostiquée. Les médecins s'affolent, s'affairent. En vain. À l'époque, la pénicilline n'existe pas. Lady Cynthia sombre dans un demi-coma. Les médecins remarquent qu'elle ne lutte pas, qu'elle se laisse glisser vers la mort. L'épouse fidèle qui avait loyalement soutenu son mari tout au long de sa carrière politique se désintéresse désormais de tout. Elle meurt une semaine après son admission à l'hôpital. Le dernier de ses trois enfants n'a pas un an.

Oswald Mosley est abasourdi. Diana effondrée. Pendant plusieurs semaines, ils se voient à peine. Pour sauvegarder les apparences, mais aussi en raison d'une sourde culpabilité. C'est à ce moment que Diana est de nouveau admise chez ses parents. À Swinbrook, Diana murmure à Unity que Mosley serait ravi de l'accueillir dans ses rangs. La plus extravagante des sœurs Mitford exulte.

Diana attend avec impatience que son divorce soit prononcé. Le divorce par consentement mutuel n'existe pas : un des deux époux doit être reconnu coupable. Diana refuse de porter les torts : elle pourrait y perdre la garde de ses enfants et son train de vie. Les négociations entre lord Redesdale et lord Moyne sont très longues. Longtemps infructueuses. Mais Bryan Guinness finit, avec grandeur, par accepter d'endosser tous les torts. Dès lors des accords précisent les modalités de la garde des enfants, le montant de la confortable pension dévolue à Diana et le nombre des domestiques qu'elle garde. Un scénario est également concocté de toutes pièces : Bryan a commis un adultère dans une chambre d'hôtel d'une station balnéaire.

Le 15 juin 1933, le procès a lieu et Diana doit se présenter devant le tribunal : une horde de journalistes l'y attend. Pour la soutenir dans l'épreuve, Nancy, Pam et Unity se réunissent chez elle, la veille, à l'heure du thé. Cette rencontre qui devait être légère et chaleureuse va devenir le théâtre de tous les bouleversements.

Mosley arrive inopinément et, dès qu'il aperçoit Unity, il lui fait le salut fasciste, ôte l'insigne de son Union du revers de son veston pour le lui donner. Unity est ébahie, ravie, transportée : elle fait maintenant partie des fascistes. Désormais, partout où elle ira, elle ne cessera de faire le salut fasciste et d'arborer l'insigne tel un gri-gri.

Mosley s'esquive et les sœurs reprennent leur conversation faite de rires et de potins. Le maître d'hôtel les interrompt pour annoncer que M. Erskine est en ligne et veut parler à Mrs Guinness. Nancy lance un regard muet à Diana, et court s'emparer du récepteur.

C'était pourtant bien à Diana que Hamish tenait à s'adresser. Pour qu'elle amortisse le choc, prépare Nancy à la nouvelle. Mais, puisque Nancy est au bout du fil, il lui annonce sans ambages que leurs fiançailles sont rompues. Irrévocablement. Il épouse une certaine Kit Dunn. Nancy pâlit, lance des injures. Hamish raccroche. Elle garde la main sur le récepteur, choquée. Puis monte lentement vers sa chambre. Là, immédiatement, elle lui écrit, pour tenter une ultime réconciliation. « Je suis désolée et misérable : j'ai été si injuste envers toi tout à l'heure... Mais, chéri, tu arrives et tu me dis que tu vas partager ta vie avec Kit Dunn, toi que j'avais toujours cru si raisonnable, toi qui voyais le mariage comme un idéal, toi qui aimeras tant tes enfants. C'est terriblement difficile pour moi de supporter l'idée que tu la préfères à moi. Tu vois, je savais que tu n'étais pas amoureux de moi. Mais comme tu tombes amoureux aussi souvent que brièvement, je me disais qu'au fond de ton âme tu m'aimais et qu'à la fin nous aurions des enfants et que nous vieillirions ensemble. Je pensais que notre relation signifiait quelque chose d'important pour toi et que, si jamais tu la rompais, tu la remplacerais par une autre aussi importante et valable. Mais il n'en est pas ainsi, et pour moi, c'est intolérable[1]... »

Hamish n'a en fait aucune intention d'épouser Kit Dunn, une jeune femme très excentrique. Il a forgé ce prétexte pour rompre avec Nancy. La triste lettre empêtrée qu'elle vient de lui écrire est la toute dernière qu'elle lui envoie. Hamish va très vite être banni de ses pensées. À peine un mois après cette rupture, le *Daily Telegraph* annonce les fiançailles de Nancy avec Peter Rodd, fils d'un diplomate renommé.

---

1. *Love from Nancy, op. cit.*

IV

Elle le connaissait vaguement. Ils s'étaient croisés chez des amis communs. Mais, tout occupée de Hamish, Nancy avait à peine remarqué le beau Peter Rodd. Il faut dire qu'il était souvent absent de Londres, parti à l'étranger. Une semaine après l'abrupte rupture, elle se rend à une soirée. Juste pour ne pas être seule, pour s'accrocher un peu à la vie. Il est là, blond, le regard conquérant, les cheveux en bataille et la veste élimée. Le mélange d'arrogance et de négligence bohème la séduit. Il lui parle longuement et son érudition l'éblouit. Sait-elle qu'Evelyn Waugh, fasciné par cet étudiant qu'il a rencontré à Oxford, s'est inspiré de lui pour créer le héros de son dernier roman, *Diablerie* ? Ce personnage, Basil Seal, traversera très régulièrement l'œuvre de l'écrivain[1], brillant et toujours fauché, sans foi ni loi, sale mais charmant, égocentrique mais rayonnant, sans pitié. Les femmes raffolent de lui, et Basil Seal le sait. Peter Rodd aussi. Nancy est sous le charme et il le sent. Soudain, au détour de la conversation, Peter lui demande si elle veut l'épouser. Tout à trac. Un coup de foudre ? Non, un de ses gags favoris. Il propose le mariage à toutes les filles qu'il rencontre. Nancy comprend-elle qu'il plaisante ? Sans aucun doute. Elle a trop d'humour pour ne pas y être sensible. Mais ce soir-là, elle n'a rien

1. Outre des apparitions rapides dans de nombreux romans, il sera le héros de *Hissez le grand pavois*.

à perdre. Peter est beau, intelligent, amusant. C'est un pari fou qu'elle fait. Elle va sur ses vingt-neuf ans et l'idée de rester vieille fille la terrifie. Alors pourquoi pas lui ? Ce fils d'un diplomate célèbre a le même âge qu'elle. N'est-il pas le partenaire idéal ? Sa réputation de grande instabilité ? Elle se fait fort de le changer en fondant une famille avec lui. Alors elle accepte. Tout aussi abruptement qu'il le lui a demandé. Il semble à peine surpris.

Bien sûr, elle fait les choses à l'envers. Après avoir prononcé son oui, elle découvre qui est son fiancé. Il a reçu une éducation hors du commun car sa mère, l'excentrique lady Rodd qui se prétend artiste et passe de longues heures devant son chevalet, l'a envoyé, enfant, étudier chaque trimestre dans un pays d'Europe différent. Il y a acquis une aptitude prodigieuse à apprendre les langues, une grande maturité en même temps qu'une arrogance certaine. À Oxford, au collège de Bailliol, il ne cherche pas à cacher son sentiment de supériorité et se rend insupportable aux autres étudiants. D'autant plus qu'il ne fait preuve d'aucun scrupule, et s'enorgueillit d'avoir un succès fou auprès des femmes : avec son assurance et son visage d'ange, il les séduit sans effort. Il est bientôt renvoyé de Bailliol pour avoir fait la fête dans sa chambre avec des femmes en dehors des heures autorisées. Son père le dépêche alors au Brésil – il doit y travailler dans une banque. Il s'ennuie et s'enivre dès que sa journée est terminée. Bientôt il ne se rend même plus à son poste. La police brésilienne finit par l'arrêter alors qu'il n'a plus un sou et ressemble à un clochard.

Son frère aîné Francis, qui occupe un poste important au ministère des Affaires étrangères, parvient non sans mal à le faire rapatrier. Puis il lui trouve un emploi à la City. Quelques mois plus tard, Peter se fait licencier pour mauvaise conduite. Il part comme journaliste en Allemagne, mais on le confine au desk : il s'ennuie, se comporte de façon insupportable et doit partir. Francis l'envoie faire une expédition de deux ans au Sahara et, là, Peter se sent bien. Libre. Au grand air. Sans horaires. Mais il faut bien rentrer.

Quand il rencontre Nancy, il travaille pour une banque américaine installée à Londres, emploi qu'il déteste. L'argent qu'il gagne, il le boit ou le joue. Peter Rodd sait qu'il est en train de rater sa vie. Il est, à vingt-neuf ans, le mouton noir de sa famille. Alors quand Nancy, inopinément, accepte sa proposition de mariage, Peter saisit immédiatement cette occasion. Marié, il sera enfin respectable. Il aura enfin réussi quelque chose.

Pourtant, il ne peut s'empêcher de faire un pied de nez à ses parents. C'est en lisant le *Daily Telegraph* qu'ils apprennent les fiançailles de leur fils avec l'honorable Nancy Mitford. Lord Rennel of Rodd (il vient juste d'être anobli) s'inquiète de ce coup de théâtre, et son épouse croit à une nouvelle plaisanterie. Bientôt, pourtant, lord Redesdale les invite à Swinbrook. Ils sont soulagés : Nancy a fait les choses dans les règles et demandé à son père de recevoir Peter. Un déjeuner entre les deux hommes est organisé à la maison de Rutland Gate pendant lequel Peter Rodd ne cesse de parler et d'expliquer, dans les moindres détails, l'ancien système d'octroi en Angleterre et au Pays de Galles. Farve n'apprécie pas ce garçon pédant et ennuyeux. Mais il n'a rien contre son mariage avec Nancy. Il faut bien qu'à son âge elle s'établisse enfin. Et quiconque est préférable à ce voyou de Hamish St Clair Erskine dont elle s'était entichée.

« Je suis parfaitement heureuse pour la première fois de ma vie », écrit Nancy à son ami l'économiste Roy Harrod[1]. « Voilà, le bonheur, enfin, répète-t-elle à Mark[2]. Oh, que je suis heureuse. Tu dois te marier toi

1. *Love from Nancy, op cit.*
2. *Ibid.*

aussi, tout le monde devrait se marier à cette minute même : c'est la recette pour la félicité absolue. Bien sûr, je sais qu'il n'y a pas de nombreux Peter à portée de la main, mais je suppose que chacun doit trouver le sien. Trouve le tien, pour le meilleur et pour le pire. Et rappelle-toi : le véritable amour ne peut être acheté… Mais pourquoi personne ne m'avait parlé de Peter auparavant ? Si j'avais su, je serais partie le chercher à Berlin, ou n'importe où dans le monde. »

Hamish est oublié, tout comme sir Hugh Smiley. Les cinq années douloureuses que Nancy vient de vivre s'effacent à jamais. Peter lui envoie des lettres d'amour qu'elle lit et relit, il l'appelle Pauline, le plus doux des prénoms. « Ma chérie, ma très, très chère Pauline, je suis si content que tout cela ait commencé par une plaisanterie. J'aimerais tellement voir ta tête reposer sur ton oreiller… Je t'aime, je t'aime, ma chérie. » Evelyn Waugh, qui a trop observé Peter pour se faire quelque illusion à son propos, envoie à Nancy des félicitations teintées d'un humour cinglant : « J'espère que vous aurez beaucoup d'enfants et que M. Erskine disparaîtra de tes romans. Mais, écoute, n'écris surtout pas des livres sur Rodd, cela je ne pourrais pas non plus le supporter. »

Le mariage doit avoir lieu à la fin de l'automne et les cadeaux commencent à s'accumuler, souvent laids et inutiles. Les lettres de félicitations affluent. Le temps ne semble pas suffisant pour tout faire. Nancy se presse, il lui faut choisir sa robe de mariée, préparer son trousseau, penser aux costumes des garçons d'honneur, trouver une maison, la faire décorer. Cette agitation lui plaît, car elle a, enfin, le sentiment d'être au cœur des préoccupations de sa famille. Entre les essayages et les ordres à donner, elle n'a plus un moment à elle. Le temps file, le grand jour accourt.

Elle a à peine dormi, la veille de ce 4 décembre 1933. Ensuite, la journée passe comme dans un rêve. Un joli rêve cette fois, avec la longue robe en tulle blanc et la couronne de gardénias qui retient l'immense traîne. Devant l'église St John, onze petits garçons d'honneur l'entourent. Puis c'est le retour à la maison de Rutland Gate où lady et lord Redesdale reçoivent deux cents invités. Parmi eux, il y a le comte et la comtesse Rosslyn, les parents de Hamish. Et aussi le grenadier Hugh Smiley et son épouse. Les douleurs du passé sont effacées. Nancy rayonne, lance quelques taquineries, comme toujours. Une toute nouvelle vie commence.

« Pourquoi certaines personnes affirment-elles qu'elles ont détesté leur lune de miel ? J'adore la mienne », écrit-elle de Rome[1] Le couple loge dans le somptueux appartement des parents de Peter : lord Rennel of Rodd a longtemps été ambassadeur en Italie, où il garde de nombreuses attaches. Peter parle parfaitement italien, connaît la ville par cœur et emmène Nancy visiter la moindre petite église baroque. Elle boit ses paroles, l'admire. À peine remarque-t-elle les slogans fascistes dans les rues, les portraits de Mussolini omniprésents dans la ville. Elle veut être heureuse. Ne pas réfléchir.

Pourtant une note discordante vient parfois déranger sa félicité. Peter dépense sans compter. Et Nancy s'inquiète, elle qui fait attention et compte les shillings, qui prend le bus et ne se permet pas de voyager en première classe. Peter, lui, choisit les plats les plus chers au restaurant et saute d'un taxi à l'autre. Elle le gronde, le sermonne. Peter s'irrite. Une dispute éclate. Nancy l'apaise vite. Mais elle sait trop bien qu'ils ont peu d'argent. À lui seul le salaire de Peter n'est pas suffisant pour leur faire mener un grand train de vie.

---

1. *Love from Nancy, op. cit.*

La pension que verse lord Redesdale à Nancy est minime : son père traverse toujours la même longue crise financière. Et Peter ne reçoit quasiment rien de ses parents. Sa mère tient très serrés les cordons de la bourse familiale et, quand il lui demande de l'argent – ce qu'il fait souvent –, elle lui rétorque que, s'il n'avait pas les moyens d'entretenir Nancy, il n'avait qu'à ne pas l'épouser.

La maison où ils emménagent, à Chiswick, loin des beaux quartiers de Belgravia ou de Kensington, est minuscule. Une maison de poupée baptisée Rose Cottage. Mais ses fenêtres donnent sur la Tamise et Nancy la trouve la plus belle du monde. D'autant qu'avec l'aide de Mark Ogilvie-Grant, de passage en Angleterre, elle l'a très élégamment décorée. Elle a presque tout acheté en solde, obtenu le grand canapé pour deux livres, le manteau de cheminée pour une livre. Dans le salon, devant la fenêtre, elle a installé son bonheur-du-jour, ce petit secrétaire à tiroirs qui la suivra partout, toute sa vie. « Je suis tout occupée à apprendre comment devenir une merveilleuse femme d'intérieur, écrit-elle à Mark[1]. Mon mariage contracté à l'étonnement de tous si tard dans ma vie me procure un très large échantillon de nouveaux intérêts et aussi un sentiment de sécurité que je n'avais jamais connu jusqu'à présent. Je me sens enfin à l'abri. » Elle passe ses journées chez elle, en compagnie de Millie et Lottie, les deux bouledogues français qu'elle a récemment achetés et qu'elle promène le long du fleuve. « Je vais de moins en moins à Londres, écrit-elle à Unity[2], je me sens si bien ici. »

Pourtant, sur ce bonheur parfait, des ombres se profilent. Peter est de nouveau sans emploi. Il a démissionné de la banque américaine sur une promesse

1. *Ibid.*
2. *Ibid.*

qu'on lui avait faite d'un poste plus intéressant et plus rémunérateur. Ce poste vient de lui échapper. Les finances du couple sont plus précaires que jamais. Pourtant, avec leurs cinq cents livres de revenu annuel, ils pourraient vivre confortablement, employer une bonne et avoir une petite voiture. Mais Peter a besoin de grandeur, il se rend dans les night-clubs à la mode et y commande des bouteilles de champagne, donne des pourboires somptueux, ne se déplace qu'en taxi. En quelques jours, il dépense ce qui devrait lui permettre de vivre six mois : l'argent n'a aucun sens pour lui. Parfois des huissiers viennent frapper à la porte de Rose Cottage et Nancy leur propose de prendre le thé avec elle : grâce à son humour, elle arrondit les angles et sauve les meubles. Mais sans les dons discrets que lui fait lord Rennell, son beau-père, Rose Cottage serait depuis longtemps vide, et l'expulsion guetterait le jeune couple.

Pour renflouer le budget, la « parfaite femme d'intérieur » continue d'écrire des articles et, au printemps 1934, commence un roman. Bien que deux de ses livres aient été publiés, Nancy n'ose pas se proclamer écrivain. L'écriture est juste une activité rémunératrice, loin d'elle l'idée de créer une grande œuvre. Elle a cette fois envie de se moquer de la conversion au fascisme, et maintenant au nazisme de Unity et Diana. Car ses deux sœurs sont revenues d'un voyage en Allemagne acquises à l'idéologie hitlérienne. Unity a même accroché dans sa chambre des portraits de Hitler, qu'elle salue chaque matin. Pour Nancy, c'est une bizarrerie, une excentricité de plus dans sa famille. Un bon sujet de plaisanterie et de persiflage.

En cet été 1933, Diana se retrouve seule dans sa maison d'Eaton Square. Ses deux fils Jonathan et Desmond sont chez leur père. La plupart de ses amis se trouvent en voyage, à Venise ou en Grèce, et Mosley est parti dans le sud de la France, accompagné d'Alexandra Metcalfe, surnommée « Baba », la sœur de lady Cynthia. Très intime avec Mosley, cette belle-sœur, épouse d'un des grands amis du prince de Galles, est décidée à éloigner à tout prix Diana du Leader.

Diana enrage, mais, si peu de temps après la mort de Cynthia, que peut-elle faire sinon ronger son frein ? Sa solitude est d'autant plus grande qu'à Londres de nombreuses portes lui restent fermées. Cet isolement, bien qu'elle l'ait choisi, lui pèse. Pendant quatre ans, elle a vécu dans un tourbillon de dîners, de longues conversations et de fêtes et elle se retrouve soudain face à elle-même. Il lui faut partir, bouger, s'étourdir. Pourquoi pas avec Unity qui se morfond à Swinbrook ? « Si on allait en France et en Italie ? » propose Unity. Diana repousse cette idée : elle ne veut surtout pas croiser « Baba », sa rivale. Pourquoi n'iraient-elles pas en Allemagne ? suggère-t-elle. Unity renâcle. Diana lui affirme qu'elles rencontreront Hitler, et l'idée vainc immédiatement la résistance de sa sœur. Désor-mais vêtue de sa chemise noire, l'insigne fasciste bien en vue, Unity est prête à se pâmer devant l'homme à la petite moustache. La rébellion de son adolescence s'est transformée en soumission aux pouvoirs absolus.

Au début de cette année 1933, Hitler s'est vu confier le poste de chancelier par le maréchal Hindenburg. Très vite, il a obtenu du Parlement les pleins pouvoirs, et a aussitôt promulgué des lois antijuives. Diana et Unity le savent parfaitement, elles lisent les journaux et appartiennent à la frange de la population anglaise la plus éduquée. Mais l'antisémitisme violent sur lequel s'appuie le pouvoir nazi ne les choque pas. N'est-ce pas un sentiment presque naturel dans leur milieu ? Longtemps maîtres du monde, les aristocrates britanniques regardent de haut ceux qui ne leur ressemblent pas et n'appartiennent pas à leur clan. Pour eux, les juifs sont ou bien des miséreux qui s'entassent dans l'East End, ou bien des ploutocrates occupés à amasser de l'argent, qu'ils méprisent d'autant plus qu'ils menacent chaque jour un peu plus leur pouvoir déclinant. Chez les Mitford, l'antisémitisme va presque de soi. Lord Redesdale, chauvin et coléreux, rejette toute personne qui n'est pas anglaise et n'a pas le teint rose. *A fortiori* les juifs.

À l'été 1933, Diana et Unity ne sont pas, loin de là, les uniques Britanniques à faire un voyage dans l'Allemagne nazie. Il y a, entre l'Allemagne et l'Angleterre, d'antiques et puissants liens, fondés notamment sur la certitude d'appartenir à la même race nordique. Avant la guerre de 1914-1918, l'Angleterre s'est toujours alliée à l'Allemagne. La royauté anglaise n'a-t-elle pas des origines allemandes ? L'empereur d'Allemagne Guillaume II était le petit-fils de la reine Victoria, et la grande famille Mountbatten s'appelait Battenberg avant d'angliciser son très germanique nom. La guerre de 1914-1918, cette tuerie, ce massacre à une échelle jamais atteinte jusqu'alors, ce premier conflit où l'Angleterre et l'Allemagne se sont combattues, s'est conclue par le traité de Versailles qui, selon l'opinion de nombreux Britanniques, n'a réussi qu'à humilier l'Allemagne. À Londres, on ressent plus de sympathie envers la nation humiliée qu'envers la France et son arrogance. De plus, à cette aristocratie britannique qui perd ses repères dans un monde en constant changement, l'arrivée au pouvoir de Hitler à Berlin procure un soulagement. Enfin il y a de l'ordre en Europe.

L'anticommunisme du dirigeant nazi, aussi virulent que son antisémitisme, rassure des nobles qui tremblent depuis 1917. Le premier geste de Hitler, une fois au pouvoir, n'a-t-il pas été d'envoyer au camp d'Auschwitz plusieurs milliers de communistes et d'opposants ? « Plutôt Hitler que le Front populaire », entend-on dire en France. Pour de nombreux aristocrates anglais, Hitler est, de la même façon, l'unique rempart contre le bolchevisme. Car ils n'ont plus confiance dans leurs propres institutions. Cela explique les nombreuses allées et venues des plus grands noms du royaume entre Berlin et Londres. Et Hitler, qui rêve alors d'une association entre une Allemagne maîtresse absolue de l'Europe continentale et un Empire britannique contrôlant ses dominions outre-mer, envoie des émissaires à Londres.

C'est ainsi que Diana a récemment rencontré chez des cousins un proche de Hitler, un certain Putzi Hanfstaengl. Ce géant parle parfaitement anglais et aime jouer du piano dans les salons où il est reçu. « Vos journaux ne disent que des mensonges sur l'Allemagne, a-t-il lancé après avoir joué une sonate de Brahms. Venez donc voir de vos propres yeux. » Et il propose à Diana, si jamais elle se rend à Munich, de l'avertir. Il lui fera rencontrer Hitler.

La jeune femme connaît déjà l'Allemagne. À la suggestion de son frère Tom, fasciné par la musique et la culture germaniques, elle s'est rendue avec Bryan à Berlin, en 1929. La ville était alors la proie d'une inflation phénoménale et d'un chômage dramatique : la république de Weimar s'enfonçait dans l'horreur économique. Diana a vu les boîtes de nuit où dansent les travestis et les a trouvées sinistres. De retour dans la capitale allemande un an plus tard, elle y retrouve Tom qui étudie le droit. À l'université, lui raconte Tom, ce ne sont que bagarres entre communistes et nationaux-socialistes. « Et toi, quel parti prends-tu ? lui demande-t-elle. – Oh, ce n'est pas mon affaire, répond Tom. Mais si j'étais Allemand, je serais nazi. – Vraiment ? s'interpose Bryan, surpris. – Oui, sans hésitation, réplique Tom. Car ce sera ou les nazis ou les communistes. »

Trois ans plus tard, accompagnée de Unity, Diana retourne dans une Allemagne où l'ordre désormais règne et où les boîtes de travestis ont disparu. Au début, les deux sœurs jouent les parfaites touristes. À Munich, elles visitent les églises baroques, se rendent à l'opéra, font des excursions vers les châteaux bavarois. C'est encore un voyage banal. Tom leur a donné des adresses d'amis qu'elles s'empressent d'aller voir. Mais Unity finit par traîner les pieds. Les musées l'ennuient, les visites guidées aussi. Elle veut voir Hitler. Mais Putzi Hanfstaengl n'a pas donné ses coordonnées : à Londres, il affirmait que, dans l'Allemagne nouvelle, tout le monde savait où le trouver. À Munich, personne ne semble le connaître. Unity s'impatiente, marmonne, boude. Diana laisse un message au siège du parti nazi. Et un matin, enfin, Putzi appelle. « Vous arrivez au bon moment, s'exclame-t-il. Le grand rassemblement du parti, le *Parteitag*, commence demain à Nuremberg et je vais vous faire établir des laissez-passer ainsi qu'une réservation d'hôtel. »

Sanglé dans des culottes de cheval et de hautes bottes, Putzi les attend à la gare de Nuremberg. La veille ville est submergée par des centaines de milliers de militants en uniforme nazi. Des drapeaux aux croix gammées flottent à toutes les fenêtres. La foule compacte, les rues où l'on se fraie difficilement un chemin n'effraient ni Diana ni Unity. Elles voulaient être émerveillées, transportées d'enthousiasme, elles cherchaient toutes deux à remplir un vide dans leur vie. Les immenses parades nazies les éblouissent et les comblent. Quand Hitler paraît, un long frisson parcourt la foule et les deux Anglaises en tremblent. Les discours de celui qui se fait appeler le *Führer*, le guide, les charment.

Pourtant elles n'y comprennent rien : ni l'une ni l'autre ne connaît plus de vingt mots d'allemand. Si elles les avaient compris, elles auraient entendu le Führer scander ses idées sur la race supérieure que sont les Aryens : déjà, le 1er avril, il a ordonné le boycott des boutiques tenues par les juifs puis, en juin, il leur a interdit l'accès à certaines professions. Le lendemain, quand Diana et Unity lisent dans les journaux anglais que les parades nazies avaient un côté sinistre et militariste, elles s'insurgent. Pour elles, c'était une superbe fête révolutionnaire. Et ce mot de révolution prend dans leur bouche un délicieux parfum de provocation. Il est vrai que c'est une révolution bien rangée. Les défilés, affirme Diana[1], rassemblaient en réalité un peuple entier et uni, heureux de fêter la fin des années sombres.

Unity n'est cependant pas entièrement satisfaite. « Mais quand est-ce que nous allons enfin rencontrer Hitler ? » répète-t-elle à longueur de journée. Putzi a toujours cette excuse toute prête : « Le Führer est trop occupé. » Et il leur murmure un conseil : « Cessez de porter du rouge à lèvres, le Führer déteste cela ». Unity aussitôt se dresse, prête à l'affrontement. « Je ne peux absolument pas sortir sans maquillage », articule-t-elle d'une voix sans réplique. Si fascinée par le nazisme qu'elle soit, elle refuse de se laisser imposer des règles. Pendant tout leur séjour en Allemagne, les deux sœurs garderont le rouge sur leurs lèvres et la poudre sur leurs joues. Si elles adoptent très vite l'ensemble de l'idéologie nazie, elles restent rétives à un seul point : l'absolu naturel dont doivent faire preuve les Aryennes. Ce n'est pourtant pas la raison pour laquelle elles ne rencontrent pas Hitler. Putzi est un hâbleur et son influence est moindre qu'il ne le proclame. Mais, si désappointée soit-elle, Unity a désormais trouvé un but à sa vie : approcher Hitler. Cela deviendra très vite une idée fixe.

Dans l'adhésion immédiate de Diana et Unity Mitford au nazisme et à ses fastes, il y a une part de pose : l'affectation cultivée au sein de leur famille les porte à s'extasier devant tout ce qui est excessif. Et il leur

---

1. *A Life of Contrasts*, *op. cit.*

plaît de provoquer. De plus, l'idée qu'il existe une race supérieure semble évidente à ces deux aristocrates persuadées d'être, par la naissance, des élues. La démocratisation de l'Angleterre les effraie, l'idéologie nazie selon laquelle la démocratie ne conduit qu'au chaos les séduit. Pour elles, il est normal que Hitler, dès son arrivée au pouvoir, ait supprimé partis politiques et syndicats. Et proclamé des lois antijuives. De retour à Swinbrook, Unity s'emploie désormais à faire le salut nazi en clamant « Heil Hitler ! » à chaque personne qu'elle rencontre. La demoiselle des postes en reste tout éberluée. Lord et lady Redesdale s'agacent de la nouvelle manie de leur fille, comme ils s'agaçaient de la voir jouer au yo-yo pendant les grands bals de la saison. C'est inconvenant. Mais leur désapprobation ne fait que multiplier les provocations de Unity.

Seule Jessica, seize ans et la parole alerte, tient tête à sa sœur. Leurs provocations se répondent. Récemment, l'adolescente aux joues rondes s'est convertie aux idées de gauche et s'est acheté, en puisant dans son compte-fugue, un petit buste de Lénine. Elle avait quatorze ans quand, parmi ses lectures désordonnées, elle a découvert *Cry Havoc* de Beverley Nichols, un vibrant plaidoyer contre la guerre de 1914-1918. Le livre décrit les horreurs des bombardements et plaide pour un désarmement total et mondial. Jessica a dévoré l'ouvrage comme des milliers d'autres jeunes gens : *Cry Havoc* est un best-seller. « Un monde nouveau s'ouvrait devant moi, écrira Jessica[1]. La littérature pacifiste m'amena directement aux journaux de gauche dont je devins une avide lectrice. À contrecœur, je puisais de nouveau dans mon compte pour me faire envoyer des livres et des pamphlets qui expliquaient le

1. *Hons and Rebels*, *op. cit.*

socialisme. » La classe ouvrière, dont elle devient l'ardente avocate, n'est pourtant, pour elle, qu'une abstraction. Jamais elle n'est allée dans l'East End de Londres. Tout au plus côtoie-t-elle les domestiques de la maison, mais, il est vrai, ce ne sont pas d'authentiques prolétaires. Au sein de sa famille, Jessica rencontre peu de sympathie pour ses idées nouvelles. Un jour, elle lance à sa mère: « Muv, vous rendez-vous compte que vous êtes une ennemie de la classe ouvrière ? » À quoi lady Redesdale, une légère pointe de colère dans sa voix étale, répond: « Mais je ne suis pas ennemie de la classe ouvrière Je trouve même que certains de ses membres sont parfaitement charmants. » Peu après, Unity, toujours vêtue de sa chemise noire, tente de convertir Jessica au fascisme : « Rejoins l'Union britannique des fascistes ! Tu verras, c'est si amusant ! – Impossible, je hais les ignobles fascistes. Si tu en es une, alors moi, je suis communiste. » Le mot sonne bien. Excessif. Choquant. Jessica s'abonne immédiatement au *Daily Worker*, le quotidien du Parti communiste britannique, et vide un peu plus son compte-fugue pour acheter des ouvrages marxistes. Encore néophyte, elle lit pêle-mêle des opuscules signés Lénine et Staline mais aussi des ouvrages d'auteurs qu'elle a toujours entendu qualifier de bolcheviques: le cousin Bertrand Russell, Bernard Shaw, Beatrice Webb. Elle confond Lytton et John Strachey: le premier, l'ami de Diana, a écrit des biographies d'hommes du XIXe siècle et n'a jamais approché quelque parti de gauche que ce soit; le second, ancien conseiller de Mosley, a ensuite adhéré au parti communiste et il est devenu un auteur engagé. « En fin de compte, commentera Jessica[1], j'ai énormément accru ma connaissance de la littérature anglaise en même temps que celle des idées progressistes, et plus je lisais,

1. *Ibid.*

plus j'étais fascinée par les immenses et nouvelles perspectives qui s'ouvraient devant moi. »

En ces années 1933 et 1934, Jessica et Unity sont, malgré leurs proclamations politiques divergentes, plus proches l'une de l'autre que jamais. Elles se liguent pour éviter les adultes, se cachent dans la pièce où, avant de recevoir son congé, Gladys la couturière confectionnait les vêtements de toute la maisonnée. Cette chambre vide devient leur repaire, dont elles se partagent l'espace. Unity décore son côté de photos solennelles de Mussolini, Hitler et Mosley, elle y épingle des faisceaux fascistes et des croix gammées. Jessica, elle, exhibe les œuvres complètes de Lénine, le buste du père de la révolution de 1917 et sa collection de *Daily Worker*. Parfois les deux sœurs dressent une barricade au milieu de la pièce et s'amusent à recréer les bagarres qui au même moment éclatent dans l'East End de Londres entre les partisans de Mosley et les communistes. C'est pour elles un jeu. Et elles savent mettre fin à leurs combats pour présenter un front uni face à l'adversaire commun : leurs parents. Ou pour demander en chœur à leur plus jeune sœur, Debo, treize ans, ce qu'elle veut faire plus tard. « Oh, j'épouserai un duc et je deviendrai duchesse », réplique sans ciller la cadette. Très jolie avec ses cheveux blonds coupés au carré et ses immenses yeux bleus, Debo se passionne toujours autant pour les chevaux et le patinage. La politique lui est parfaitement indifférente, et les nouvelles passions qui dévorent ses deux sœurs lui demeurent étrangères.

Unity ne pense qu'à retourner en Allemagne. Vingt fois par jour, elle demande à ses parents de l'envoyer étudier l'allemand à Munich. Au début, Muv et Farve résistent. Et, dans un accès de colère, lord Redesdale envoie une lettre cinglante à Diana qu'il tient pour responsable de la nouvelle manie de Unity. « Je suppose que vous savez, sans que j'aie besoin de vous le dire, à quel point Muv et moi sommes horrifiés que vous et Bobo [surnom de Unity] ayez accepté l'hospitalité de gens que nous considérons comme un ramassis meurtrier d'animaux nuisibles. Que vous vous associiez avec de telles personnes est pour nous une source d'absolue souffrance, mais bien sûr, outre vous le dire, nous ne pouvons rien faire. Mais ce que nous pouvons faire, et ce que nous avons l'intention de faire, c'est tenir Bobo à l'écart de tout cela. » Pourtant, quelques mois plus tard, devant la détermination de Unity, il finit, une fois de plus, par céder. Elle a repéré, dans la capitale bavaroise, un pensionnat tenu par la baronne Laroche, aristocrate désargentée, où vont toutes les jeunes filles de bonne famille, notamment anglaises. Lord et lady Redesdale sont rassurés. C'est là qu'elle débarque au printemps 1934, en pleine année scolaire, au moment même où Jessica, dix-sept ans, commence, avant ses débuts dans le monde, son rituel séjour à l'étranger : elle se rend à Paris.

Unity décide une fois de plus de n'en faire qu'à sa tête. Elle sèche tous les cours qui ne sont pas d'allemand. L'unique chose qui l'intéresse et la motive, c'est de parvenir à parler cette langue pour pouvoir dialoguer avec son idole le jour où elle la rencontrera. Le reste du temps, au lieu d'apprendre le piano, le chant ou le dessin comme les autres jeunes filles, elle parcourt Munich à la recherche du moindre signe de la présence de Hitler. Un policier devant son immeuble, sur la Prinzregentenplatz ? Elle sait qu'il est là. Une procession de longues Mercedes ? C'est peut-être lui. La lecture des journaux l'informe sur ses déplacements. Et, grâce à des conversations avec les sentinelles qui gardent la Maison brune, le quartier général du parti nazi couvert de drapeaux aux croix gammées et d'aigles de bronze, elle apprend quelques détails supplémentaires sur les faits et gestes du dictateur. Elle l'entrevoit parfois. Le guette sans cesse. Bientôt Fraulein Baum, professeur d'allemand du pensionnat Laroche, admiratrice de Hitler aussi inconditionnelle que Unity, lui transmet à voix basse une information capitale : quand il se trouve à Munich, le Führer déjeune presque toujours, vers les deux heures de l'après-midi, à l'Osteria Bavaria, une auberge pas très éloignée de la Maison brune.

Dès lors, chaque jour, Unity se rend en début d'après-midi dans cette auberge, et attend en rêvant qu'un jour il l'invitera à sa table. Un rêve qu'elle ne garde pas pour elle : bientôt le patron de l'auberge tout comme les serveuses savent parfaitement ce qu'elle vient faire à l'Osteria Bavaria. Elle se place toujours au bord de l'allée, de façon que Hitler passe à côté d'elle. Lorsqu'il paraît, elle fait tout pour attirer son attention, son livre tombe, le ton de sa voix monte. En vain. Le Führer ne semble pas s'intéresser à cette grande blonde très maquillée.

Unity ne déclare pas forfait pour autant. Un jour, elle reçoit un appel téléphonique d'un ami de Diana, Derek Hill, qui étudie la scénographie à Munich. Comme tous les proches des deux sœurs, il connaît la passion de Unity pour Hitler et s'en amuse. Il se trouve, avec sa mère, au salon de thé Carlton et le Führer vient de s'asseoir juste à côté d'eux : Derek appelle Unity pour l'en informer. Elle arrive haletante, ses mains tremblent au point qu'elle ne peut boire son chocolat : jamais elle ne s'était trouvée si proche de l'homme de ses songes. Mais il ne lui fait aucun de signe de reconnaissance. Unity ne s'en obstine pas moins, elle retourne chaque jour à l'Osteria Bavaria et emmène désormais avec elle une de ses condisciples du pensionnat Laroche : elle ne veut plus être seule à attendre. Elle se trouve toujours à Munich le 30 juin 1934, date de la Nuit des longs couteaux. Au cours de cette sanglante et atroce purge, Hitler fait abattre Ernst Röhm, le chef des Sections d'assaut, ainsi que des opposants au sein du parti nazi.

Deux cents personnes sont assassinées. Le 1er juillet, Unity écrit à Diana : « Je suis si affreusement désolée pour le Führer – tu sais que Röhm était son meilleur ami, le seul à le tutoyer en public… Ça a dû être si affreux pour Hitler quand il a dû arrêter Röhm et lui arracher toutes ses décorations. Ensuite, il est allé arrêter Heines et l'a trouvé au lit avec un garçon. Est-ce que ce détail a été publié par les journaux anglais ? Pauvre Hitler. » Unity aura toujours, pour parler du régime nazi, ce ton enfantin et cancanier, qu'on ne peut aujourd'hui trouver qu'horripilant et révoltant.

Nancy, elle, continue l'écriture de son roman dont l'héroïne, Eugenia Malmains, ressemble exactement à Unity : même frange, même cheveux raides, mêmes grands yeux clairs, même traits classiques et même fanatisme. Un autre personnage du nom de « Notre capitaine » est une copie presque parfaite de sir Oswald Mosley : Nancy a le ton primesautier, mais sa caricature est féroce. Elle n'aime pas beaucoup Mosley qu'elle surnomme le Pauvre Vieux Leader, comme elle appelait son père le Pauvre Vieux Mâle, mais cela ne fait pas du tout rire le chef des fascistes anglais. Avec son livre, Nancy affirme seulement vouloir lancer une innocente boutade à l'intention de sa famille. Une plaisanterie, répète-t-elle, juste pour faire rire. Personne n'est dupe. Nancy n'a jamais été angélique. Pas plus qu'elle n'apprécie Mosley, elle n'aime ses idées. Instinctivement.

En novembre 1933, un mois avant son mariage, elle s'est rendue à un meeting des Blackshirts à Oxford, en compagnie, bien sûr, de Unity, et, si elle est y partie sans *a priori*, son compte rendu n'est que sarcasmes : « Il y a eu quelques merveilleuses bagarres, écrit-elle à Diana[1], car [Mosley] avait amené quelques hommes de Nean-

1. *Love from Nancy, op. cit.*

dertal qui tombaient à bras raccourcis sur quiconque bougeait sa chaise ou toussait... Bobo [surnom de Unity] était formidable : elle ne cessait d'applaudir... » Pourtant, peu après elle se laisse entraîner par Peter, qui s'intéresse alors à Mosley, à d'autres meetings fascistes. Elle est amoureuse, et suit son mari. Elle va alors jusqu'à écrire, dans une langue de bois qui lui ressemble peu, un éloge de Mosley : « Bientôt les rues résonneront des pas des noirs bataillons, bientôt nous montrerons au monde que l'esprit de nos aïeux est toujours vivant en nous, bientôt, unis par la croyance sacrée, nous nous lèverons comme un seul homme pour la plus Grande-Bretagne. » *La Plus Grande-Bretagne* est le titre du livre qu'a publié Mosley en 1932 au moment où il créait l'Union britannique des fascistes et Nancy semble avoir repris des phrases entendues de-ci, de-là pour rédiger un salmigondis auquel elle-même ne comprend pas grand-chose. Il lui faut faire plaisir à Peter. Pour elle, l'amour est plus important que la politique.

Elle suit encore son mari, en juin 1934, au meeting géant que tient Mosley au grand auditorium d'Olympia, au sud-ouest de Londres. Les communistes ont décidé de troubler autant que possible le rassemblement : le fascisme ne doit pas passer. Le service d'ordre, en uniforme noir, se tient prêt à l'affrontement, mains sur les hanches. À peine Mosley a-t-il pénétré dans la salle entre deux rangées de bras tendus que, dans le silence glacé, s'élève la même clameur : « Mosley et Hitler, c'est la faim et la guerre ! » Le slogan est répété plusieurs fois jusqu'à ce que le service d'ordre fonce sur les perturbateurs. Dans l'immense salle, ce ne sont plus que coups et cris. Sonnés, le visage en sang, les militants communistes sont violemment expulsés de l'auditorium. Est-ce cette démonstration très paramilitaire de force purement physique qui soudain refroidit les ardeurs fascistes de Peter Rodd ? Quelques semaines après le meeting d'Olympia, il condamne Mosley avec autant d'assurance qu'il le louait auparavant. Et Nancy lui emboîte le pas. Avec soulagement, elle reprend l'écriture de son roman satirique, y incluant, bien sûr, une bagarre entre pacifistes et ceux qu'elle appelle *Jackshirts*. Mais elle observe un double jeu envers Diana. Nancy sait très bien que son livre est une mise en boîte de Mosley en même temps que des exaltations fascistes de ses sœurs. Pourtant, elle tente maladroitement de se concilier Diana. En novembre 1934, elle lui écrit[1] : « Je te ferai lire mon livre afin que tu le corriges avant publication car, bien qu'il soit très profasciste, il y a une ou deux plaisanteries qui peuvent, mais tu me le diras – offenser le Leader. Ces plaisanteries sont contrebalancées par le fait que 1) le seul personnage sympathique est une fasciste et 2) le seul conservateur est un lord dément. Mais je ne veux pas offenser le Leader car le pauvre homme ne pourrait même pas me faire condamner pour diffamation[2]… » La publication du roman, *Wigs on the Green*, en 1935, offensera tant Mosley et Diana que les deux sœurs ne se verront ni ne se parleront pendant plusieurs années. Nancy n'osera jamais le faire rééditer.

C'est en vain que « Baba » Metcalfe a tenté d'éloigner Diana de Mosley. Elle a retrouvé son amant à l'automne 1933, à son retour d'Allemagne. Sa liaison avec cet homme récemment veuf est un défi qu'elle assume. Elle l'aime : c'est sa seule défense. Ils partent ensemble en Provence pour Noël et elle se rend parfois, pour un jour ou deux, dans sa maison familiale de Denham. Elle y affronte les regards furieux du personnel, encore choqué de la mort de lady Cynthia. « C'est à cause de cette femme que ta mère est morte », affirme la nounou à Nicholas Mosley, onze ans. Mais peu importe à Diana.

1. *Ibid.*
2. Mosley intente de nombreux procès en diffamation qu'il gagne souvent, mais Nancy est tellement à court d'argent que, pense-t-elle, elle serait déclarée insolvable.

Les quelques moments d'intimité qu'elle arrache à l'emploi du temps frénétique de Mosley sont tout ce qui compte pour elle. En septembre 1934, après deux semaines passées avec le Leader dans le Sud de la France, puis une escapade en Italie avec ses amis Edward James et Oliver Messel, elle se rend de nouveau à Munich. Elle ne veut pas manquer le nouveau rassemblement du parti nazi à Nuremberg. Unity l'accompagne. Ce *Parteitag* est devenu une curiosité que la bonne société anglaise se plaît à aller observer. Hitler invite d'ailleurs les personnalités les plus éminentes et les plus respectées d'Angleterre aux grands banquets donnés à Nuremberg. La plupart en sortent pleines d'éloges et d'admiration pour leur hôte.

Il y a encore plus de monde que l'année précédente dans les rues de la petite ville bavaroise. Et ce sont d'interminables défilés au pas de l'oie, des centaines de milliers de bras tendus vers le Führer. Unity exulte. Diana s'extasie. Des discours, elle ne retiendra dans son autobiographie que les aspects flatteurs : le chômage régresse en Allemagne, l'industrie et l'agriculture sont désormais florissantes, des maisons, des routes ne cessent de se construire. Du nationalisme exacerbé, elle ne dira pas un mot. De l'opposition piétinée non plus. Ni de l'antisémitisme virulent. Elle revient en Angleterre si enthousiaste qu'elle souhaite retourner à Munich au plus vite pour apprendre, elle aussi, l'allemand. Mais il lui faut, avant toute décision, consulter Mosley.

Le chef des fascistes anglais ne s'est jamais rendu en Allemagne : son modèle demeure Mussolini auquel il rend régulièrement visite. Le Duce, il est vrai, finance discrètement et généreusement l'Union britannique des fascistes. À l'instar de Mussolini, Mosley n'a pas fondé son parti sur l'antisémitisme, mais sur une exaltation nationaliste, sur une glorification de l'autorité et de la force, sur des promesses d'en finir avec la crise économique. Pourtant, des appels à la haine contre les juifs se font de plus en plus insistants au sein de l'Union et Mosley ne résiste pas longtemps à cet antisémitisme qui flatte les préjugés de sa base. Le fameux meeting d'Olympia, le 7 juin 1934, marque à cet égard un tournant. De nombreux antifascistes venus manifester contre Mosley étant juifs, le Leader s'en prend à « la race juive », sous prétexte qu'elle organise des attaques contre lui. C'est la première fois. Ce ne sera pas la dernière. Mosley perd alors l'appui des plus modérés de ses partisans, effrayés par la violence de ce racisme. Il n'a plus qu'un pas à franchir vers sa conversion au national-socialisme à l'allemande.

À l'automne 1934, Mosley voit d'un œil intéressé Diana partir à Munich : Mussolini va bientôt cesser de financer son Union. L'Allemagne nazie pourrait devenir un généreux donateur.

Sans cesser de guetter Hitler, Unity trouve le temps de chercher un appartement pour sa sœur. Elle a du goût et en trouve un, fort élégant, meublé en style Bidermeyer, situé sur la Ludwigstrasse. Diana, qui arrive accompagnée, comme toujours, de sa femme de chambre, est très sensible à son raffinement et découvre à son grand soulagement que la cuisinière est excellente. Même dans cette Allemagne qu'elle appelle révolutionnaire, Diana ne perd pas ses réflexes de femme du monde. Elle s'inscrit à l'université pour suivre le matin un cours d'allemand destiné aux étrangers. Et ses après-midi sont rituellement ponctuées par le déjeuner tardif à l'Osteria Bavaria en compagnie de sa sœur. Cette dernière connaît désormais chaque habitué de l'auberge, elle a goûté à chaque plat, elle connaît chaque geste, chaque intonation des serveuses. Et elle distingue, du plus loin qu'il résonne, le ronronnement des moteurs des deux Mercedes grises qui annoncent l'arrivée du Führer.

Un jour, l'une des serveuses, Ella, est venue trouver Unity: « Le Führer m'a demandé qui vous êtes. – Vraiment ? Vous lui avez dit, j'espère, que je suis une fasciste anglaise, pas seulement une étudiante anglaise. » Mais la curiosité de Hitler s'arrête là. Pour le moment.

Bientôt, Muv, accompagnée des cadettes Jessica et Debo, arrive à Munich. Elle vient rendre visite à Unity et tenter de calmer ses ardeurs nazies. Mais rien n'y fait. Unity, plus enthousiaste que jamais, veut obliger sa mère à faire chaque jour le salut nazi devant le Feldhernhalle, le monument dédié aux morts du putsch raté de 1923. Muv s'y refuse. Dépitée, Unity s'acharne alors à lui faire perdre son chemin dans cette ville qu'elle ne connaît pas. Jessica, qui vient de fêter ses dix-sept ans, suit sa famille d'un air boudeur. « Je m'opposais à tout ce que ma famille tenait pour certain, écrira-t-elle[1], et cette opposition me faisait sentir extrêmement seule. » Des nombreux voyages qu'elle fait avec sa mère et ses sœurs, Jessica ne retient qu'un long sentiment d'isolement. « C'était comme si des barrières invisibles me tenaient éloignée de la vraie vie, des vraies gens autour de moi. »

Au retour de ce voyage en Allemagne, elle commande, parmi les livres de gauche qu'elle dévore, *Le Livre brun de la terreur hitlérienne*. Son opposition au nazisme en est renforcée. Pourtant cela n'entame pas sa profonde affection pour Unity, sa Boud comme elle l'appelle. « Je l'aimais toujours, expliquera-t-elle[2], à cause de son immense et scintillante personnalité, de son excentricité rare, de cette loyauté qu'elle me témoignait toujours en dépit de nos très profondes divergences. » Mais Jessica, avec une pointe d'amertume, observe que Unity ne jure plus que par Diana. Elle se sent presque abandonnée.

---

1. *Hons and Rebels*, *op. cit.*
2. *Ibid.*

Début février 1935, Diana, revenue en Angleterre, reçoit une lettre triomphale de Unity. « Rejoins-moi immédiatement à Munich ! Tu vas toi aussi rencontrer le Führer. Je viens de vivre le plus beau, le plus merveilleux jour de ma vie. » Le 9 février, raconte-t-elle dans une autre lettre à son père, elle est allée déjeuner à l'Osteria Bavaria, pâle et épuisée, de grands cernes sous les yeux : elle s'était couchée aux petites heures du matin après un bal costumé. « Vers trois heures, je venais de finir mon déjeuner quand le Führer est arrivé et s'est assis à sa table habituelle en compagnie de deux autres hommes... Dix minutes plus tard, le patron de l'auberge venait vers moi et me disait : "Le Führer veut vous parler". Je suis allée vers lui, il s'est levé, m'a serré la main, m'a présentée aux autres et m'a demandé de m'asseoir à côté de lui. » Rayonnante, Unity se trouve une demi-heure face à Hitler. Le dictateur se repaît de l'admiration qu'il voit dans les yeux de la jeune Anglaise et pérore. Longtemps, comme toujours. Unity l'écoute religieusement. Éblouie, elle finit par lui dire qu'il doit venir en Angleterre. « Mais il y aurait une révolution si je le faisais », répond Hitler. Ils évoquent alors le film préféré du Führer, *Cavalcade*, de Noel Coward, les constructions de routes en Allemagne, le festival de Bayreuth (« Y êtes-vous allée ? demande Hitler. Non ? Il faut vous y rendre la prochaine fois. ») Après ces banalités, Hitler affirme au débotté que jamais plus la juiverie internationale ne doit pousser deux races nordiques à se battre l'une contre l'autre. « Non, réplique Unity, la prochaine fois, nous combattrons ensemble. »

Dès lors, Unity suit Hitler pas à pas. Quelques jours après leur conversation à l'Osteria Bavaria, elle se trouve à quelques mètres de lui au salon de thé Carlton. Il la convoque à sa table. « Il est si, si charmant, s'extasie-t-elle. N'est-ce pas qu'il a des yeux merveilleux ? » Le 2 mars, il lui présente Goebbels, son ministre de la Propagande. Le 11 mars, Diana répond à l'appel de sa sœur: elle débarque à Munich dans sa petite voiture, une Voisin, que lui a offerte Mosley. Dès le lendemain elles se trouvent à l'heure habituelle à l'Osteria Bavaria. Les Mercedes grises arrivent, Hitler surgit. Il a du temps, comme souvent. Pendant une heure et demie, il bavarde avec les deux sœurs.

Le dictateur ne passe pas ses journées le nez plongé dans d'ardus dossiers. Dilettante, Hitler se lève tard, traîne, reçoit des visiteurs, déjeune à plus de deux heures, monologue, passe ses nuits à regarder des films et se couche aux petites heures du matin. Comment dirige-t-il l'Allemagne? De temps en temps, il donne quelques directives. Et fait de longs discours. Il a bâti son pouvoir sur la puissance de sa parole, sur ses évocations visionnaires, il a utilisé le nationalisme allemand pour rassurer un peuple apeuré, il lui a présenté un bouc émissaire, les juifs, et s'est concilié les industriels et la haute bourgeoisie par ses diatribes antibolcheviques. En séduisant une Allemagne désorientée, ce mégalomane a trouvé l'admiration éperdue dont il avait besoin. Une admiration que Unity et Diana ne manquent pas de lui prodiguer. De cette première rencontre avec le dirigeant nazi, Diana, en parfaite femme du monde, conclut qu'il est extrêmement courtois et poli: ne s'incline-t-il pas devant les femmes avant de leur faire un baisemain? Craignait-elle que ce parvenu ne se révèle grossier? Hitler, élevé au sein de la petite bourgeoisie autrichienne, a appris les bonnes manières. Il sait se montrer déférent envers les femmes. Cette attitude a déjà séduit la bonne société allemande.

Pourquoi Hitler, chef incontesté du Troisième Reich, invite-t-il à sa table ces deux jeunes Anglaises? La raison la plus évidente est qu'il aime s'afficher entouré de jolies femmes: n'est-ce pas un attribut, et un signe extérieur de pouvoir? Les blondes Unity et Diana ont des traits si classiques que des sculpteurs nazis pourraient s'en inspirer pour leur statuaire. Mais ce n'est pas pour ce seul motif que Hitler les convie à bavarder longuement avec lui. Il est certain qu'avant d'inviter Unity à sa table, en février 1935, il a appris que son père siège à la Chambre des lords et qu'elle est une adepte des fascistes anglais, ce qui le rassure. Hitler apprend en outre que son grand-père, lord Redesdale, était un proche ami de Houston Stewart Chamberlain, Anglais naturalisé allemand qui, en 1899, a jeté les bases de l'idéologie nazie. Cela le conforte. Hitler est un fervent lecteur de son livre, *Fondations du XIXe siècle*, où Chamberlain développe sa grande théorie : la race « aryenne », conduite par les peuples germaniques, sauvera la civilisation européenne et chrétienne de l'ennemi, le judaïsme. L'ouvrage a également enthousiasmé Algernon Bertram Mitford, le grand-père, au point qu'il a écrit la préface de sa traduction anglaise. Et c'est grâce à Houston Stewart Chamberlain, époux d'Eva, la fille de Wagner, que grand père Redesdale est devenu un proche de la famille du compositeur. Très régulièrement, il se rendait au festival de Bayreuth, invité à Haus Wahnfried, la maison des Wagner. Et c'est ce grand-père qui, en 1914, à la veille de la Première Guerre mondiale, a insisté pour que la petite fille qui venait de naître porte, à côté de Unity, le nom de Walkyrie. Toutes ces informations intéressent Hitler au plus haut point. Car il peaufine ses projets d'expansion en Europe et cherche plus que jamais à se concilier l'Angleterre, pour que les deux puissances nordiques se partagent le monde. À cette fin, il compte sur l'aristocratie britannique, et sur le germanophile prince de Galles : celui-ci parle parfaitement allemand, il a passé, enfant, toutes ses vacances chez son oncle l'empereur d'Allemagne Guillaume, et montre un penchant certain pour le régime nazi. Hitler n'est pas non plus sans savoir que Wallis Simpson, l'Américaine dont le prince est amoureux, est au mieux avec son émissaire Joachim von Ribbentrop, ce Ribbentrop que Hitler va bientôt nommer ambassadeur d'Allemagne à Londres et qui fréquente déjà la meilleure société anglaise. L'adoration que Hitler lit dans les yeux de Unity et Diana, filles d'un pair du royaume d'Angleterre, non seulement flatte son ego, à lui, fils d'un modeste fonctionnaire des douanes, mais confirme le grand destin qu'il pense être le sien.

Dès sa première rencontre avec Hitler, Unity entoure systématiquement d'un trait rouge, dans son agenda, les jours où elle le voit. Cent quarante marques rouges seront retrouvées dans ses carnets jusqu'à la date du 3 septembre 1939, jour de la déclaration de guerre de l'Angleterre à l'Allemagne. Tous les matins, elle attend, près de son téléphone, l'appel de l'aide de camp de Hitler. Quand la voix désormais familière lui demande: « Voulez-vous prendre le thé avec le Führer ? », elle exulte. Une voiture l'attend qui la conduit à l'appartement du dictateur, Prinzregentenstrasse. Les rideaux sont le plus souvent tirés et les pièces plongées dans la pénombre. Seuls de nombreux bouquets de fleurs apportent un peu de couleur. Dans un coin du salon, un grand globe terrestre témoigne des préoccupations du maître de maison. Il a commandé des gâteaux à la crème que Unity dévore tout en marmonnant, en allemand: « Je vais prendre encore un kilo. » Si ses yeux brillent toujours autant quand elle le rencontre, elle a perdu toute sa nervosité face à lui. Bavarde, elle lui rapporte les potins de Munich et d'Angleterre. Il lui demande ce qu'elle pense de Lloyd George. Elle répond, très sûre d'elle: à son avis, le seul homme politique valable en Angleterre est Mosley. Et puis elle formule des critiques, des reproches qu'aucun Allemand ne se hasarderait à prononcer. Il s'en amuse. Un jour elle ose lui dire que Ribbentrop n'est pas à sa place à l'ambassade d'Allemagne en Angleterre. Hitler rit. Ribbentrop reste ambassadeur et devient même ministre des Affaires étrangères: l'avis de Unity ne compte pas autant qu'elle le pense ou le souhaite. Hitler, au fond, se moque de l'opinion des femmes. Elles sont là pour l'aduler, le rassurer, le distraire. Comme des animaux familiers. Et Unity, si elle risque quelques remarques peu orthodoxes, ne cesse pourtant, transie d'admiration, de l'appeler « Mein Führer ».

Parfois Hitler se montre très bavard devant Unity, et ses lieutenants s'en alarment. Comment une étrangère peut-elle recevoir du Führer des détails si précis sur la politique du Reich ? Étrangère qui, de plus, a la langue bien pendue et s'empresse de répéter ce qu'elle a entendu. Comment se fait-il que Hitler ne se méfie pas ? Le témoignage de l'architecte Albert Speer, qui fait partie des intimes du Führer, apportera plus tard une explication. En fait, confiera-t-il, le franc-parler de Hitler était calculé. Il révélait des décisions secrètes à Unity en sachant pertinemment qu'elles allaient être largement divulguées. Les fuites sont savamment organisées, et Hitler, par l'intermédiaire de Unity, joue à désinformer.

Elle ne s'en rend pas compte. Il lui faut adorer son grand homme et le présenter à sa famille. En 1935 presque tous les Mitford se rendent en Allemagne. Après Diana, c'est lady Redesdale qui rencontre Hitler, puis Tom le germanophile, ensuite lord Redesdale et enfin Pamela qui lui trouve l'air tout à fait ordinaire, « un vrai paysan avec son complet kaki ». Lord Redesdale oublie soudain qu'il considérait tous les Allemands comme de sales Boches. Lady Redesdale en perd presque sa réserve. Traités avec les plus grands égards par le Führer, promenés dans une vaste Mercedes avec chauffeur, ils se laissent enjôler. L'ordre qui règne sous le Troisième Reich plaît au militaire que reste Farve. Muv, à cinquante-cinq ans, s'angoisse de voir menacées sa vieille Angleterre et ses traditions. L'image d'une Allemagne parfaitement hiérarchisée la rassure. Les Redesdale ignorent pourtant que Hitler commet alors une grosse erreur : il les cajole car il les pense beaucoup plus influents qu'ils ne le sont en réalité. Certes, Farve siège à la Chambre des lords. Mais ce n'est plus là que se prennent les grandes décisions politiques. En attendant, Unity triomphe. Elle a réussi à rallier ses parents, longtemps rétifs, à sa cause.

Seules Nancy, avec son humour, et Jessica, avec sa fougue, ne se laissent pas entraîner dans le club familial des adorateurs de Hitler. Jessica imagine même, en relisant *Le Livre brun de la terreur hitlérienne*, qu'elle va suivre Unity en Allemagne, se laisser présenter Hitler et, à ce moment précis, sortir un revolver de sa poche et le tuer. « Hélas, écrira-t-elle[1], mon désir de vivre était trop fort et cette idée est restée lettre morte. Dommage car elle aurait changé la face du monde. Des années plus tard, quand la terrifiante histoire de Hitler et celle de son régime ont été entièrement dévoilées, j'ai parfois amèrement regretté mon manque de courage. »

Toute à sa passion nazie, Unity obtient une autre victoire en juillet 1935. La presse britannique parle d'elle en première page sous un titre énorme. La voici, à son tour, une vedette. La cause de sa soudaine notoriété est pourtant sinistre. Unity est devenue très proche de Julius Streicher, petit homme bedonnant et chauve au parler ordurier, amateur libidineux de jeunes filles, furieusement antisémite. Homme sans aucun scrupule, ce Gauleiter de Franconie est devenu en 1933 chef du Comité central de la défense contre l'atrocité juive et pour le Boycott. En 1940, il tombera en disgrâce pour avoir empoché trop voracement et trop visiblement l'argent et les biens des juifs : même certains nazis s'en plaindront. Unity, qui le dépasse de deux têtes, est régulièrement invitée chez lui. En juin 1935, elle le suit au Hesselberg où a lieu une grande fête pseudo-païenne

1. *Hons and Rebels*, *op. cit.*

qui célèbre le solstice d'été. Julius Streicher profite de ce rassemblement pour marteler son délire antisémite : « C'est le juif qui a divisé notre peuple en partis politiques... », affirme-t-il, entre autres diatribes. À la fin de ce discours, il appelle Unity à la tribune. Vêtue de son éternelle chemise noire, les mains cachées dans de larges gants de cuir – des gants de fauconnier –, Unity fait face à la foule. Elle affirme sa solidarité avec le peuple allemand et avec la lutte de Julius Streicher. Quelques semaines plus tard, pour mieux appuyer cette solidarité, elle envoie une lettre au *Stürmer*, la feuille antisémite que dirige Streicher. « Les gens ordinaires, en Angleterre, ne se rendent pas compte du danger juif, écrit-elle. Les juifs anglais se présentent comme tout à fait convenables, mais sans doute sont-ils plus malins que dans d'autres pays... » À côté de sa signature, elle précise : « Imprimez mon nom en toutes lettres, que tout le monde sache que Unity Mitford hait les juifs. » Cet article est aussitôt repris dans la presse anglaise. Le *Daily Mirror* titre : « La fille d'un lord proclame sa haine des juifs ». L'*Evening Standard* y consacre une large place. Unity est ravie. Elle a enfin conquis cette notoriété qu'elle cherchait depuis son adolescence rétive où elle rêvait du monde des vedettes de cinéma. Mais, en cet été 1935, ce n'est pas de fiction qu'il s'agit. Un génocide se prépare et Unity participe à son prélude.

Au même moment, Diana se trouve à Londres. Elle aussi apparaît à la une des journaux. Elle a été victime d'un grave accident de voiture alors qu'elle allait rejoindre Mosley, à un carrefour dangereux du quartier de Belgravia. Le visage ouvert, le nez et la mâchoire cassés, elle est emmenée d'urgence à l'hôpital où le chirurgien de garde la recoud grossièrement. Elle est défigurée. Les journaux titrent aussitôt sur sa beauté fracassée. Elle aurait pu rester enlaidie à vie si, grand seigneur, le père de Bryan Guinness ne l'avait vite envoyée chez le meilleur chirurgien esthétique du royaume. Au prix de deux opérations, Diana retrouve son visage parfait.

En septembre, après des vacances en Italie avec Mosley, elle se rend de nouveau en Bavière pour la troisième édition du *Parteitag*, le déploiement désormais rituel d'orgueil nazi à Nuremberg. Tom, son frère, est à ses côtés, tout comme Unity, bien sûr. De plus en plus nombreux, les Britanniques bien nés accourent à ce spectacle. Parmi eux, se trouvent la belle Diana Cooper et son mari Duff, un homme politique conservateur. Ils n'aiment pas ce qu'ils voient. Présentée à Hitler, Diana Cooper demeure parfaitement insensible à ses bonnes manières. « Le fameux regard hypnotiseur, racontera-t-elle dans ses mémoires[1], rencontra le mien, mais il me sembla glacé et sans vie – un regard mort et sans couleur. J'étais préparée à sa mèche de cheveux folle. Mais je ne m'attendais pas à un si petit occiput. Son physique, dans l'ensemble, était ignoble. » Diana et Duff Cooper se rallient à un groupe influent mais minoritaire, qui s'oppose résolument à l'Allemagne nazie et réclame un réarmement urgent de l'Angleterre.

De ce même congrès du parti nazi à Nuremberg, Diana se rappellera, dans son autobiographie, le plaisir qu'elle a eu à écouter une symphonie de Bruckner jouée juste avant le discours de clôture de Hitler. Car, précisera-t-elle, le Führer avait une grande passion pour la musique. Elle omet de signaler que, précédent la symphonie de Bruckner, les lois de Nuremberg ont été proclamées : elles déchoient les juifs de leur citoyenneté allemande et leur interdisent de se marier ou d'avoir des relations sexuelles avec des personnes « de sang allemand ». Un pas de plus vient d'être franchi pour humilier les juifs. Mais, Diana tient à le signaler, Hitler est très sensible à Bruckner.

1. *In* Philip Ziegler, *Diana Cooper*, Hamish Hamilton, Londres, 1981.

L'antisémitisme que professent ses sœurs avec autant de certitude que de frivolité provoque chez Nancy de nouveaux sarcasmes. En novembre 1935, elle écrit à Mark Ogilvie-Grant[1] : « Au fait, j'ai découvert que nous avons une arrière-grand-mère juive du nom de Miriam Schiff – une adorable vieille dame dont les quatorze frères sont tous rabbins. Decca [Jessica] et Debo ont pris le nom de deux de leurs épouses. N'oublie pas de répéter ceci à quiconque pourrait être intéressé – je suis en train d'écrire à Hitler pour le lui dévoiler car vraiment il faut qu'il sache. » Au même moment, de passage en Angleterre, Unity est invitée un week-end chez des connaissances. Elle profite d'une heure creuse pour s'entraîner au tir avec son pistolet. « Pourquoi faites-vous cela ? » lui demande son hôte, sir Arthur Willart, une grande figure de la pensée libérale anglaise. « Je m'entraîne à tuer des juifs », rétorque Unity. Sir Arthur Willart lui tourne le dos.

Diana est plus subtile que Unity, plus intelligente. Elle ne prononce pas de ces phrases provocantes et sait ménager son auditoire. Mais ses convictions n'en sont pas moins tranchantes, et parfois ostentatoires. Le 28 octobre 1935, elle tombe, dans Hyde Park, sur un rassemblement organisé par le Conseil britannique non-sectaire et antinazi. Clement Atlee, le dirigeant travailliste, prend la parole. Au milieu de son discours, il demande qui est partisan du boycott des marchandises allemandes. Des centaines de mains se lèvent. Qui est contre ? demande ensuite Atlee. Une seule main se dresse. Le *News Chronicle* expliquera le lendemain qu'il s'agissait de celle de Mrs Guinness, fille de lord Redesdale. « Quelques-uns, rapporte le journal, l'ont huée, d'autres ont éclaté de rire. “Je voulais simplement donner mon opinion, comme tout un chacun”, a expliqué

1. *Love from Nancy*, *op. cit.*

Mrs Guinness. Puis, pendant que la foule entamait, tête nue, *God save the King*, Mrs Guinness a tendu son bras dans le salut fasciste. »

C'est l'unique fois où Diana s'est ainsi exhibée. Parce qu'elle admire plus que jamais l'Allemagne nazie ? Parce qu'elle est toujours plus amoureuse de Mosley ? En tout cas, elle cherche désormais à faire rimer ces deux passions, et veut rapprocher l'homme qu'elle aime du Führer. Mosley a bien rencontré Hitler une première fois en avril 1935, mais il se trouvait au milieu d'un petit groupe de Britanniques et ne parlait pas allemand. Ce jour-là, pourtant, Hitler a jaugé Mosley : avait-il la carrure nécessaire pour devenir le chef d'un gouvernement fantoche dans une Angleterre acquise à l'Allemagne ? Le dictateur en doute. Mosley n'a pas assez de poids politique. Il lui préfère Lloyd George, beaucoup plus expérimenté et qui, à la suite de trois heures d'entretien avec le Führer, s'est dit impressionné et convaincu que Hitler est « un grand homme ». Mosley a pourtant adopté, pour plaire à l'Allemagne, une phraséologie si résolument antisémite qu'il reçoit, en mai 1935, les compliments appuyés de Julius Streicher. Mais son Union britannique des fascistes a peu d'influence en Grande-Bretagne, où elle reste un mouvement marginal. Pourtant Diana réussira à obtenir de Goebbels (elle est devenue une proche amie de son épouse Magda) des fonds pour les Blackshirts. Selon le journal du ministre de la Propagande[1] ce sont 10 000 livres de l'époque, environ 380 000 euros d'aujourd'hui, qui ont été versées au mouvement de Mosley. Il en a bien besoin : Mussolini a cessé de le financer, et le Leader a beau investir une partie de sa fortune personnelle dans son parti, cela ne suffit pas. Est-ce l'effet de ces fonds allemands ? En 1936, son mouvement devient l'Union britannique des fascistes et des natio-

1. Les historiens occidentaux ont pu prendre connaissance de ce journal, longtemps conservé à Moscou, à partir de 1990.

naux-socialistes. Et Mosley fait adopter à ses ouailles un nouvel uniforme : hautes bottes étroites, culottes de cheval et casquette militaire. Une copie presque conforme de l'uniforme SS.

Bientôt, pour gagner plus d'argent encore, et l'insuffler dans l'Union, Diana, Mosley et un ami, Bill Allen, mettent au point un plan qui, s'il réussit, leur apportera une petite fortune. La BBC est l'unique radio autorisée à émettre sur le territoire de la Grande-Bretagne et la publicité y est interdite. Pourquoi ne pas créer une chaîne de radio privée, qui émettrait de l'Allemagne vers l'Angleterre et engendrerait de grosses recettes grâce à la publicité ? Avec sa Radio-Normandie, qui émet de France, un certain capitaine Leonard Plugge s'est considérablement enrichi. L'idée enthousiasme Diana. Aussitôt, elle se fait fort d'obtenir des autorités allemandes l'autorisation d'émettre. Grâce à ses amitiés haut placées, ce ne devrait être qu'une formalité. Dès l'été 1936, elle fait de très fréquents aller-retour entre l'Angleterre et Berlin, le siège du pouvoir nazi. Mais Goebbels, le maître de la propagande, se montre opposé au projet : il ne peut tolérer sur son territoire une radio dont il ne contrôle pas le contenu. Goering s'en agace aussi. Hitler, lui, ne s'intéresse pas à pareille peccadille. Il invite régulièrement Diana dans son appartement berlinois, car la présence de cette belle femme le flatte. Ils se parlent jusqu'à une heure avancée de la nuit, autour d'un feu de bois. Diana se garde d'aborder le sujet de l'émetteur, de crainte d'ennuyer son Führer. Le projet n'avance pas. Elle ne s'avoue pas pourtant pas vaincue et se contente d'affirmer à ses proches à propos de Hitler : « Il est trop, trop divin. » Et Unity renchérit : « Il est si charmant, c'est un ange. »

L'« ange » se plaît à des facéties. Il a le cœur allègre car il triomphe en ce début d'automne 1936 : les jeux Olympiques de Berlin se sont déroulés en août de façon impeccable et ont pu laisser croire au monde entier que les nazis étaient finalement des gens civilisés. Pendant le déroulement des jeux, les rafles ont été soigneusement évitées et les grands convois publics de prisonniers dissimulés. Heureux, Hitler s'amuse. Au Parteitag, toujours à Nuremberg, il fait asseoir Unity dans la tribune à côté d'Eva Braun, sa maîtresse. L'ancienne petite vendeuse que Hitler a rencontrée chez son ami, le photographe Hoffman, est furieuse : elle a un tempérament très jaloux. Il faut dire que Hitler la tient à l'écart, prend soin de ne jamais paraître en public en sa compagnie, alors qu'elle a soif de reconnaissance. Il l'a installée au Berghof, sa grande résidence de montagne près de Berchtesgaden : elle passe son temps à l'y attendre tout en s'agaçant de le voir entouré de nuées de jeunes filles en adoration devant lui. Par deux fois, elle a tenté de se suicider : c'étaient des appels au secours maladroits plus qu'une véritable envie de mourir. Son rêve est d'épouser le Führer. Mais Hitler tient à demeurer, aux yeux des Allemands, un célibataire entièrement dévoué à sa nation. Et le mariage l'intéresse peu : il est resté, selon toutes les probabilités, puceau jusqu'à l'âge de vingt-quatre ans, et n'aime pas le contact physique avec les femmes. Selon l'historien Ian Kershaw[1], le sexe n'aurait eu qu'une importance relative, peut-être nulle, dans sa relation avec Eva Braun. Mais la jeune femme, peu intelligente et docile, ne lui apporte jamais la contradiction et représente pour lui une présence sans complication. Cela suffit à Hitler, si profondément narcissique. Des journaux, notamment français, affirmeront plus tard que Unity était la « maîtresse de Hitler ». Ils se tromperont ou exagéreront à dessein, pour obtenir un titre sensationnel. Unity aurait eu, par contre, des petits amis parmi les adjudants de Hitler,

1. Ian Kershaw, *Hitler*, deux volumes, Flammarion, 1999 et 2000.

notamment un certain Erik Wideman. Mais cet Erik en compagnie de qui, en effet, elle se montre souvent, n'est-il pas surtout chargé de la surveiller ?

Toujours est-il que le maître incontesté du Troisième Reich s'amuse à provoquer de petites jalousies féminines. Eva Braun, placée dans la tribune à côté de l'honorable Unity Mitford, est piquée au vif. C'est Unity qui, mal à l'aise, part au plus vite s'installer dans la salle, au troisième rang. Eva Braun ne sera plus jamais inquiétée par l'aristocrate anglaise. Unity, si elle se rend parfois à Berchtesgaden où elle prend le thé avec son Führer, ne sera jamais invitée à passer la nuit au Berghof. Là, le futile règne d'Eva demeurera indiscuté.

Tandis qu'on badine à Nuremberg, la guerre fait rage en Espagne. Elle a éclaté un mois et demi plus tôt, le 17 juillet 1936, quand des généraux se sont soulevés contre la jeune République espagnole. Appuyés par l'aviation italienne et par la légion Condor allemande, les putschistes, partis de la côte andalouse, avancent jusqu'à Madrid. L'Espagne est coupée en deux. Bientôt la Russie soviétique envoie du matériel militaire au gouvernement républicain, et la guerre civile devient le premier affrontement direct entre fascisme et communisme. Jessica dévore les comptes rendus des combats dans les journaux. Quand ils parlent de Grenade, elle se rappelle, le cœur brisé, sa visite en Espagne, au printemps. Sa mère, pour dissiper sa continuelle morosité, l'a emmenée faire une croisière en Méditerranée, avec Unity et Debo. À l'escale de Malaga, les sœurs montent dans une voiture qui les emmène à Grenade. Unity insiste pour arborer, comme toujours, sa croix gammée en or que Hitler en personne lui a donnée.

Dans la ville de Garcia Lorca, des Andalous observent à distance ce groupe de touristes si blonds, si roses, si riches qui viennent visiter l'Alhambra. Soudain, plusieurs d'entre eux remarquent la croix gammée. Ils entourent Unity, hostiles. Des cris jaillissent, furieux, des mains tentent d'arracher l'insigne. Les guides de la croisière interviennent et obligent les touristes à s'engouffrer précipitamment dans les grandes voitures. Unity est sauve. Mais Jessica l'apostrophe : pourquoi portait-elle cet insigne ? La querelle s'envenime. Les deux sœurs en viennent aux mains. De retour à Malaga, reléguée dans sa cabine, Jessica regrette de ne pas s'être enfuie, là-bas, à Grenade. N'était-ce pas l'occasion idéale ? Ne rêve-t-elle pas de s'échapper enfin ? Elle se sent lâche, et plus isolée que jamais : ses batailles avec sa Boud ne sont plus du jeu.

Jessica pourrait se rapprocher de Nancy qui s'affirme prorépublicaine, mais cette opinion n'est-elle pas surtout destinée à faire plaisir à son mari ? Car Peter Rodd discourt interminablement sur son projet de rejoindre les Brigades internationales, il a déjà, il l'affirme, organisé plusieurs révolutions en Amérique latine. Mais cet homme est un hâbleur. Peut-on compter sur lui ? Jessica en doute. Elle est en tout cas certaine d'une chose. Elle va bientôt prendre son courage à deux mains, et fuguer. Pour de bon. Car maintenant elle sait où aller : en Espagne, pour se battre contre les fascistes. Avec les républicains.

V

À quel moment le bonheur parfait a-t-il commencé à se ternir ? Nancy ne le sait plus très bien. Était-ce, comme elle l'affirmera plus tard en plaisantant, le jour où soudain le prince charmant s'est révélé un horrible raseur ? Ou bien, plus vraisemblablement, le rêve s'est-il déchiré lentement, égratigné par les huissiers, éraflé par l'ennui naissant et finalement lacéré par les petites humiliations quotidiennes ? Ce dont Nancy, en cette année 1936, est pleinement consciente, c'est qu'elle n'a plus guère d'illusions sur Peter Rodd. L'homme qu'elle adorait, celui qui lui procurait enfin un sentiment d'infinie sécurité, est un instable. Il ne la rassure plus. Nancy cherche dans ses amours un parfum d'aventure, et ce qu'elle a aimé en Peter, c'était sa flamboyance, son petit grain de folie, son anticonformisme. Mais, en même temps, elle veut une vie de famille stable et un amour aussi durable que tranquille. Cela, ce sont des hommes ternes sans doute, mais fiables, tel sir Hugh Smiley, qui le procurent. Pas Peter Rodd. Nancy ne parvient pas encore à comprendre que, si Peter ne suit pas la carrière qui lui était tracée, à lui, le brillant rejeton d'une famille tout ce qu'il y a de bien, il est également incapable de se couler dans le moule d'un mariage traditionnel. Écartelée entre deux désirs contradictoires, Nancy se retrouve le cœur brisé.

Ce qu'elle ne supporte plus, c'est la suffisance de son mari, son empressement à se faire valoir en assenant des connaissances parfaitement inintéressantes. Quand elle l'a rencontré, il ponctuait cette pédanterie d'éclats de rire et d'une certaine autodérision. Maintenant il ne sourit même plus. Les plaisanteries de Nancy – et il n'y a rien qu'elle aime tant que taquiner – le laissent de marbre. « Tu es trop affectée, lui reproche-t-il, deviens adulte. » Tôt le matin, il prend son air important et part vaquer à elle ne sait quelles graves occupations. Elle l'attend, morose, et Millie le bouledogue est pendant de longues heures sa seule compagnie. Souvent Peter ne revient qu'au milieu de la nuit, vers quatre heures du matin, et la réveille pour qu'elle paie le taxi. Il a bu. Parfois un acolyte l'accompagne. Nancy retourne se coucher, la mort dans l'âme. Certes, quand elle le regarde, elle le trouve toujours aussi beau, mais il y a désormais quelque chose de sinistre dans ses traits parfaits. Comme une indolence mêlée de cruauté. Pourtant, elle ne peut s'empêcher de l'aimer encore un peu, malgré tout. Assez pour se sentir horriblement blessée lorsqu'elle apprend ses aventures extraconjugales. Car Peter Rodd a besoin de séduire. Et il ne s'en cache plus.

En cet été 1936, espère-t-elle encore l'aimer mieux, et le reconquérir ? Ils doivent partir en vacances en France, à Saint-Briac près de Dinard. Mais, au dernier moment, Peter insiste pour qu'un couple ami, les Sewell, les accompagne. Nancy pâlit : elle n'a que trop remarqué les œillades que Peter lance à l'épouse, Mary, lorsque les Sewell viennent jouer au bridge à la maison. Elle refuse. En vain : Peter a toujours le dernier mot. Heureusement un autre ami, Patrick Balfour, se joint au voyage : les deux couples ne se retrouveront pas dans un embarrassant face-à-face. Nancy invite aussi sa jeune sœur Jessica, ravie de partir avec les deux seuls prorépublicains de la famille. Le voyage intime, la tentative de réconciliation sont compromis. De plus, Peter ne prend pas le ferry avec son épouse. Pour se distinguer, il arrive en voilier, seul, tel un flibustier, quelques jours après Nancy, et aussitôt les vacances tournent au cauchemar. Peter ne dissimule pas que c'est uniquement Mary qui l'intéresse. Nancy les surprend qui se font des signes, elle sait qu'ils se rejoignent le soir sur la plage. Mais il ne faut rien laisser paraître de son calvaire. Cependant, pour ne pas participer entièrement à la mascarade, elle refuse de sortir dans les night-clubs avec le reste du groupe. Elle ne veut pas assister, mortifiée, au triomphe de sa rivale avec qui Peter ne cesse de danser. « Nancy trouve [les boîtes de nuit] assommantes », écrit Jessica à Debo. L'adolescente s'amuse, elle, et découvre un pan inédit de cette « vraie vie » qui la fascine : les boîtes, et Popo, ancienne égérie des Folies-Bergère, qui y danse presque nue. « N'est-ce pas étonnant ? » s'émerveille-t-elle. Encore naïve et plus sensible aux grandes causes qu'aux petites tragédies, elle aperçoit à peine la détresse de sa grande sœur. Pourtant, une photo prise à Saint-Briac dévoile tout le désarroi de Nancy. Une main crispée sur la poitrine, elle a le regard noyé et les lèvres pincées comme pour étouffer un sanglot. À côté d'elle, Peter, dominateur, fixe l'objectif, l'œil dur et la moue arrogante. Il se tient à distance et, s'il a glissé sa main derrière le dos de Nancy, ce n'est pas par tendresse. Le photographe le lui a demandé.

Cependant, durant ces mois cruels, le couple échappe temporairement aux difficultés financières. Peter Rodd, pour une fois, n'est pas désargenté. A-t-il réussi à soutirer quelque argent à son père en exerçant sur lui le chantage dont il est coutumier ? Sir Rennell Rodd a été, dans ses années de jeunesse à Oxford, un ami d'Oscar Wilde, à qui il a dédié un livre de poèmes. « À mon ami de cœur », a-t-il fait imprimer. Peu après, Oscar Wilde se retrouvait à la prison de Reading, condamné pour homosexualité, et l'ambitieux Rennell Rodd se mordait les doigts. Certes, son ouvrage était publié à peu d'exemplaires, mais quiconque en ouvrirait un par hasard pourrait menacer sa réputation. Bien des années plus tard, son fils Peter découvrait le secret et se mettait en quête des rares copies du livre, qu'il revendait très cher à son père. Celui-ci les cachait aussitôt dans un coffre ou les brûlait. Peter aurait-t-il trouvé un ultime exemplaire et obtenu ainsi une coquette somme d'argent ? Toujours est-il que Nancy profite de cette embellie financière pour vendre Rose Cottage, la maison des bords de la Tamise, et en acheter une autre à Londres. Car le nid d'amour de Strand-on-the-Green est devenu une étroite prison. Non seulement Nancy, désabusée, s'y morfond, mais ses amis ne viennent plus la voir : Chiswick est éloigné du centre de Londres. Et ils craignent tous d'avoir à subir les péroraisons de Peter Rodd sur le système d'octroi en Angleterre. « C'est si agréable de se trouver vraiment à Londres, écrit-elle à Simon Elwes[1], son beau-frère, juste après son déménagement. Rodd peut aller rejoindre sa copine [Mary Elwes], quand il le souhaite et moi je peux aller dormir tôt. Cela nous convient parfaitement à l'un comme à l'autre. Je peux aussi sortir avec Raymond Mortimer[2] ou Somerset Maugham qui aiment entendre le son de leurs voix ponctué de mes gloussements, mais détestent écouter Rodd pontifier sur l'origine du système d'octroi. C'était beaucoup plus difficile à Rose Cottage. »

La nouvelle maison, située sur Blomfield Road, dans le quartier de la petite Venise, longe le Regent's Canal et, de ses fenêtres, Nancy de nouveau contemple l'eau. Derrière, un joli jardin l'aide à supporter les foulures de

1. *Love from Nancy, op. cit.*
2. Célèbre critique littéraire, il demeurera longtemps un ami de Nancy.

son cœur. Se rend-elle compte, dans ses moments de solitude et peut-être d'introspection, qu'elle a choisi pour mari un autre Hamish Erskine ? Peter Rodd pourrait être le double du jeune vaniteux, aussi buveur, joueur, dépensier, aussi peu fidèle que l'autre. Tout aussi imbu de lui-même. Et dominateur. Il rabroue Nancy pour un rien. L'unique différence entre Peter et Hamish tient au fait que le second préférait les garçons. Pour Nancy, c'est d'ailleurs de peu d'importance. L'amour physique l'intéresse peu. Elle préfère les jeux de l'esprit, les joutes oratoires, le pétillement des conversations et des taquineries.

Elle n'a pas trente-deux ans et le constat de l'échec de son mariage aurait pu la pousser à chercher à divorcer, au moins à se séparer de Peter Rodd. Mais Nancy est un étrange mélange de rébellion et d'infini respect de la tradition. Et puis il y a ce fil ténu, mais résistant, d'un attachement presque masochiste, qui la lie à son mari. Alors plutôt que se retrouver seule, effondrée et rejetée par la bonne société, elle préfère sauvegarder les apparences, ne pas désespérer ses parents. Elle demeure Mrs Peter Rodd, pour ne pas devenir la ratée de la famille, celle qui loupe toutes ses histoires d'amour, au moment même où deux de ses sœurs irradient le bonheur.

Car Diana, elle, triomphe. Elle vient de quitter Londres et sa maison d'Eaton Square pour s'installer avec Mosley dans un château près de Manchester, Wooton Lodge. Situé au bout d'une longue allée bordée de hêtres, c'est selon Diana une demeure superbe et magique, bâtie au XVIIe siècle, percée d'immenses fenêtres. Finies les rencontres à la sauvette chez l'un ou chez l'autre. Diana et Mosley officialisent leur liaison. Dans ce cadre de luxe et de beauté, Diana tient soigneusement Nancy à l'écart de sa félicité. Elle ne lui pardonne pas la parution de *Wigs on the Green*. Jamais elle ne l'invitera à Wooton Lodge. Et Nancy n'appartiendra pas au cercle des quelques initiés qui bientôt connaîtront la nouvelle : Diana va épouser dans le plus grand secret l'homme de sa vie, à Berlin.

La capitale du Troisième Reich lui est désormais familière. Elle ne cesse d'y séjourner pour promouvoir le projet de radio. En août, invitée de Hitler, elle a vu, aux Jeux Olympiques, l'athlète noir Jessie Owens brandir ses médailles d'or sur les podiums. La maison de campagne des Goebbels l'accueillait chaque soir, une grande demeure au bord du lac Swansee qui avait appartenu à une famille juive chassée d'Allemagne. Chaque matin, une voiture l'amenait au stade olympique. Mais Diana, peu sensible aux exploits sportifs, s'y ennuyait vite et entraînait Unity loin des dieux du stade. Les jeux étaient à peine terminés qu'elles se précipitaient à Bayreuth pour le festival, une nouvelle fois invitées du dictateur nazi. Lors des entractes, celui-ci les conviait à sa table et leur présentait sa grande amie Winifred Wagner. Unity et Diana évoquaient leur grand-père, grand ami du compositeur. Les mondanités nazies battaient leur plein.

Le 6 octobre 1936 au matin, après un nouvel aller-retour entre l'Angleterre et l'Allemagne, Diana, vêtue d'une tunique de soie jaune, attend. Dans la maison des Goebbels, celle qui se trouve au cœur de Berlin rue Hermann-Goering, elle guette derrière la fenêtre d'une pièce au dernier étage, Unity à ses côtés. Les feuilles tombent, dorées, sur les pelouses du grand parc qui sépare la Chancellerie du Reich de la maison. Soudain, elle le voit. Hitler traverse le parc à grandes enjambées et derrière lui un adjudant trottine, les bras encombrés d'un gros paquet et d'un bouquet de fleurs. Au rez-de-chaussée, Mosley attend lui aussi, très calme. Il est arrivé à Berlin dans la nuit. Tiré à quatre épingles, il ne laisse pas deviner qu'il vient de vivre deux jours clés de son destin politique.

Le 4 octobre, il organisait à Londres, dans l'East End populaire, une marche qu'il voulait spectaculaire, le long de Cable Street. « L'est de Londres choisira entre nous et les partis de la juiverie », proclamait-il. Les antifascistes érigent des barricades sur le parcours prévu tout en scandant le mot d'ordre des Républicains espagnols : « *No pasaràn* », « Ils ne passeront pas ». Au même moment, l'uniforme impeccable, les bottes parfaitement cirées, en ordre militaire, trois mille fascistes se rassemblent en silence tandis qu'autour d'eux une foule disparate se rassemble et les siffle. Six mille policiers s'interposent. Soudain Mosley apparaît, debout dans une Bentley découverte, sanglé dans son uniforme, le bras tendu. La voiture se fraie un chemin dans la foule et Mosley finit par en descendre pour aller inspecter ses troupes. La foule s'énerve. Les fascistes ne bougent pas. La police est sur le pied de guerre et c'est elle qui soudain charge pour dégager les barricades. Briques, pierres et bouteilles commencent à voler, venues des rangs antifascistes. La bataille commence, elle dure deux heures et ne met aux prises que la police et les protestataires. Les troupes de Mosley, elles, se contentent de regarder sans bouger un seul muscle : le piège a parfaitement fonctionné. Le chef des fascistes donne alors l'ordre à sa formation de se replier vers l'ouest, vers des quartiers plus cossus. Dans leur uniforme semblable à celui des SS, les trois mille militants d'extrême droite défilent dans Victoria Street jusqu'à Charing Cross. Aussitôt assailli par les journalistes, Mosley est persuadé d'avoir gagné une manche et réussi son coup. Pourtant, la bataille de Cable Street marque le début de son inexorable marginalisation. Le lendemain soir, après avoir donné de multiples interviews, il s'envole discrètement pour Berlin.

C'est par souci de sécurité, affirment-ils, que Mosley et Diana ont décidé de ne pas se marier en Angleterre. Pour éviter la presse et toute publicité. La période politique est trop troublée, la tension trop vive, Diana, pense Mosley, pourrait en faire les frais, elle qui se trouve souvent seule dans cette demeure isolée qu'est Wooton Lodge. Ils avaient pensé un moment se marier à Paris, mais les bans devaient être publiés au consulat d'Angleterre et les journalistes en auraient vite été informés. Lors d'un de ses nombreux voyages en Allemagne, Diana y découvre qu'on peut s'y marier très simplement, devant un officier d'état civil. Et bien sûr, forte de son amitié avec Hitler, elle lui demande de faire tout son possible pour que le mariage demeure secret. Les ordres sont donnés : l'officier d'état civil ne parlera pas.

La cérémonie dure à peine quelques minutes. Dans le salon des Goebbels, Mosley et Diana signent le registre et échangent leurs anneaux. Témoins de la mariée, Unity et Magda Goebbels signent ensuite. Puis c'est au tour de Bill Allen, l'associé dans le projet de radio commerciale, et celui d'un ancien officier des hussards, le capitaine Gordon-Canning, témoins de Mosley. Les deux seuls autres invités de ce mariage sont Goebbels et Hitler. Ce dernier offre le bouquet de fleurs et tend le gros paquet : son cadeau. Sous l'emballage, il y a une grande photo de lui-même dans un cadre argenté orné de l'aigle à deux têtes et gravé des initiales AH. Diana chérira tant ce présent que la photo de Hitler trônera dans les salons de ses maisons successives jusqu'au milieu des années 1950.

Les invités se rendent ensuite, dans d'imposantes Mercedes, jusqu'à la maison de campagne des Goebbels où Magda a fait préparer un déjeuner. Et le soir, pour se distraire un peu, les nouveaux époux se rendent au Palais des sports de la ville : Hitler et Goebbels y parrainent le lancement de la campagne d'aide hivernale, une collecte annuelle destinée à aider les plus démunis pendant les mois d'hiver. Le régime nazi avait de ces démagogiques attentions – réservées, bien sûr, aux seuls Aryens. Deux mille personnes sont rassemblées. Hitler profite de l'occasion pour fustiger, dans un discours halluciné, les démocraties européennes et le bolchevisme. Mosley ne comprend pas l'allemand, mais se montre fort intéressé, affirme Diana[1], par la « technique de ses discours ».

En Angleterre, de très rares personnes sont mises dans le secret du mariage. Diana dévoile l'événement à ses parents, et à son frère Tom, qui est bientôt assailli de questions par son cousin, Randolph Churchill, devenu un journaliste pugnace et réputé. Car toute la presse anglaise soupçonne que le mariage a eu lieu. Mais il manque une preuve, un témoignage. Tom, comme les parents Redesdale mais aussi Unity d'habitude si bavarde, gardent le silence le plus absolu. Pour brouiller les pistes, Diana continue de se faire appeler Mrs Guinness.

Avide de publier des informations à tonalité scandaleuse, la presse anglaise observe pourtant un étrange mutisme sur une autre liaison dont le monde entier parle. Celle du roi Edouard VIII, monté sur le trône cette même année 1936, et d'une Américaine déjà deux fois mariée, Wallis Simpson. Les puissants patrons de journaux anglais ont en effet passé un pacte avec le souverain : ils n'en diront pas un mot. Hitler et Goebbels, en Allemagne, contraignent au même silence la presse germanique : il s'agit d'une attention toute particulière à l'égard d'Edouard VIII ; ces censures n'empêchent pas le monde entier, dont bien sûr l'Angleterre, de chuchoter des heures durant les conjectures les plus extravagantes sur cette Wallis au prénom étrange. « Les enfants ! Vous ne devez

1. *A Life of Contrasts, op. cit.*

pas mentionner le nom de cette horrible femme devant les domestiques, gronde Muv à l'intention de Jessica et Debo. Et je vous interdis de rapporter à la maison un de ces magazines américains. » En effet, si les quotidiens anglais font comme si de rien n'était, la presse américaine, et en premier lieu le magazine *Time*, publient tous les détails des amours royales. Les sujets britanniques cherchent à se procurer par tous les moyens des exemplaires non censurés de l'hebdomadaire d'outre-Atlantique. Plus curieuse que jamais, Jessica ne manque aucun épisode du feuilleton de la Couronne, grâce à un jeune homme aux idées radicales qu'elle a rencontré récemment, Peter Neville, passionné par tout ce qui se passe États-Unis. Il est abonné à l'hebdomadaire et le lui prête. Jessica oublierait presque la guerre d'Espagne quand elle apprend que Wallis Simpson va pouvoir divorcer de son second mari. Et que le Premier ministre conservateur Stanley Baldwin, tout comme l'archevêque de Canterbury, placent le roi devant un choix cornélien : ou Wallis, ou le trône. Peter Neville décide alors qu'il faut aller manifester devant le palais de Buckingham. « Nous crierons "À bas Baldwin !" s'enthousiasme-t-il, et demain les journaux seront emplis d'articles sur la foule que nous aurons rassemblée. La nouvelle se répandra comme une traînée de poudre en province ! » Malgré leurs banderoles et leurs pancartes qui proclament « Vive Edouard », Jessica et Peter Neville, entourés de débutantes et de poètes ratés, n'attirent pas la foule qu'ils espéraient. Leur minuscule cortège finit par se perdre dans Londres. Et Jessica, peu après, se demande ce qu'elle est allée faire dans cette galère : n'a-t-elle pas manifesté en faveur d'un roi aux sympathies nazies ? Pourtant ce sont aussi bien les travaillistes que les fascistes de Mosley qui, en une étrange alliance, organisent alors des rassemblements de soutien au souverain. Winston Churchill l'appuie aussi, au grand dam des conservateurs qui coupent ses discours au Parlement de cris : « Honte à toi ! »

Le 10 décembre 1936, à dix heures du soir, l'Angleterre entière, celle des salons cossus et des grands manoirs comme celle des étroites maisons des faubourgs ouvriers, est suspendue à la BBC. Edouard VIII va parler. Il annonce en direct qu'il renonce au trône. Le pays est sous le choc. C'est la première fois depuis 537 ans qu'un souverain britannique abdique. Edouard VIII devient dès cette minute le duc de Windsor et part vivre en exil. Peu après son mariage avec Wallis Simpson, le 3 juin 1937 près de Tours, il emmènera son épouse en Allemagne où le couple sera reçu avec des égards dus à des chefs d'État. Le duc et la duchesse prendront le thé avec Hitler à Berchtesgaden, où le duc déclarera : « Les races germaniques sont uniques, elles devraient toujours ne faire qu'une. » À Düsseldorf, il n'hésite pas à faire le salut nazi, et visite un camp de concentration fort opportunément déserté. On saura plus tard qu'il parie alors sur la victoire du Reich pour regagner son trône.

En cette même année 1936, un grand ami de la nouvelle duchesse de Windsor, Joachim von Ribbentrop, est nommé par Hitler ambassadeur en Grande-Bretagne. Cet ancien voyageur de commerce – il vendait le champagne Pommery – est invité dans tous les salons londoniens et dans les grandes demeures anglaises. Emerald Cunard s'en entiche. Lady Astor le convie à ses dîners. On adore cet homme à la moustache chaplinesque, vaniteux et sans aucun sens de l'humour. On ne parle que de lui. Mais un petit groupe d'hommes politiques hostiles à Hitler résiste à ses manœuvres. Parmi eux, Winston Churchill, Duff Cooper, Anthony Eden, Harold Macmillan. Très isolés, ils répètent que l'Angleterre doit se réarmer. Mais l'île, dans son immense majorité, souhaite éviter toute guerre, à tout prix, quelles que soient les concessions qu'il faille faire. Ribbentrop se croit alors infaillible.

Pam, la seconde des sœurs Mitford, parle peu de politique, et poursuit discrètement sa vie. Très indépendante, elle traverse l'Europe seule en voiture et se proclame favorable à l'égalité des sexes. Lorsqu'on lui demande quelle est son héroïne, elle répond sans hésitation « tante Iris », la sœur de son père, une célibataire endurcie qui consacre sa vie au Fonds des familles d'officiers, une œuvre charitable. Pam, pense souvent Nancy, va suivre le même chemin. N'a-t-elle pas déjà vingt-neuf ans ? Elle méprise toujours un peu cette sœur effacée qui aime les animaux et la campagne. Dire qu'elle a refusé d'épouser le poète Paul Betjeman, un excellent parti. Était-il trop intellectuel pour elle ? se demande Nancy avec une pointe de malveillance. Lorsqu'elle apprend, à la fin de l'année, que Pam vient d'emménager dans la maison de Derek Jackson, qui n'est pas encore divorcé, elle est stupéfaite. Pam se révèle donc audacieuse ! Quand leur mariage est annoncé – Derek Jackson vient d'obtenir le divorce –, Nancy ne peut s'empêcher de ressentir une brûlante pointe de jalousie. Car Pam n'épouse pas un quelconque fermier, mais un des plus grands physiciens d'Angleterre, de plus immensément riche. Le père de Derek Jackson a fondé le journal *News of the World* et construit une immense fortune. Brun aux yeux verts, petit – « Dites de taille moyenne », aime-t-il corriger –, souvent extravagant – il adore choquer –, Derek l'héritier plaît aux femmes. On raconte même que la jeune Debo, seize ans, aurait eu un faible pour lui. Mais c'est Pam qui l'a conquis, avec sa beauté sans apprêt. Il est vrai qu'ils partagent la même passion pour les chevaux et les chiens. Lors d'un séjour aux États-Unis, ils rivaliseront chaque matin à qui sera le premier à téléphoner en Angleterre pour dire bonjour à leurs teckels à poils longs. Derek le savant possède des chevaux de course qu'il monte parfois lui-même lors de prix comme le Grand National. Jessica, qui l'apprécie peu en raison de son ultraconservatisme, l'appellera toujours avec mépris le « jockey ». Derek, le réactionnaire flamboyant, a sans doute perçu derrière la discrétion de Pam une indépendance d'esprit peu commune. Elle ne se soucie guère du fait qu'il se proclame bisexuel et athée. Et le jour de son mariage, le 29 décembre 1936, elle se révèle bien plus anticonformiste que ses sœurs. Elle porte un tailleur noir.

Hélas, une malheureuse coïncidence viendra donner raison, dès le lendemain, à ceux qui marmonnent que se marier en noir porte malheur. À Vienne, où ils s'apprêtent à passer leur voyage de noces, les attend un télégramme. Vivian, le frère jumeau de Derek, son alter ego, vient de mourir à Saint-Moritz d'un accident de traîneau. Dès lors, dit-on, Derek Jackson ne sera plus jamais le même. Avec sa douceur et son efficacité coutumières, Pamela tente de panser la blessure de ce deuil abrupt. De retour en Angleterre, Derek poursuit ses recherches en spectroscopie à Oxford. Pam s'occupe de leurs pur-sang et tient la maison. Avec une grande efficacité. Un peu plus tard, dans un mélange d'acrimonie et d'envie, Nancy dira de Pam : « C'est l'unique personne que je connaisse qui aille faire les soldes dans les grands magasins quand c'est la saison du blanc. »

L'année 1936 se termine pour Nancy de façon d'autant plus amère que son père vient de vendre Swinbrook et son immense domaine. Par dépit ? Tom, l'héritier, futur lord Redesdale, ne tenait pas au manoir ni aux terres. Avocat, il préfère la vie à Londres et la musique. Nancy avait beau détester la grosse maison bâtie par son père, le lien ancestral entre sa famille et ses terres est désormais rompu, c'est, pour elle, une blessure. Aristocrates sans domaine, les Mitford n'ont plus de raison d'être et leurs traditions ne sont plus que du folklore. Il ne leur reste que leur mémoire.

Comme par hasard, à ce moment, Nancy se rend chez un cousin, le baron Stanley d'Alderley, et découvre dans le grenier de son château un paquet de lettres : celles de leurs arrière-grands-mères Maria Josepha et Blanche Stanley d'Alderley, échangées au cours du XIXe siècle. En déchiffrant leur écriture serrée, Nancy plonge avec délectation dans ce monde victorien où l'aristocratie se sentait si sûre d'elle et si certaine de ses prérogatives. Les arrière-grands-mères font montre, en outre, de beaucoup d'esprit et leur correspondance, pleine de tendresse et de drôlerie, permet à Nancy de fuir un présent où elle ne se trouve pas de place. Le passé, découvre-t-elle, est un précieux remède contre le désarroi.

Au cours du mois de février 1937, Jessica disparaît soudain. La famille Mitford est atterrée, accablée. La jeune rebelle avait affirmé à sa mère se trouver chez des amies à Dieppe. Deux semaines plus tard, lady Redesdale, étonnée de voir son séjour se prolonger, téléphone à l'adresse que Jessica lui a laissée. Aucune famille anglaise n'y a jamais résidé. À la banque, son compte est vide. Scotland Yard est immédiatement alerté, tout comme le ministère des Affaires étrangères. La famille se réunit en un conseil de crise. Unity revient en catastrophe d'Allemagne pour y assister. Nancy y accourt avec Peter Rodd. Diana quitte Wooton Lodge pour Londres. Et Tom, bien sûr, est là. La famille cherche à comprendre. À trouver une piste.

Jessica s'ennuyait, sa mère le voyait bien, de ce languissant spleen d'adolescente. Mais de là à s'évanouir totalement. A-t-elle été enlevée ? S'est-elle laissée entraîner dans une douteuse aventure ? Il est vrai que ses débuts dans le monde, l'année précédente, ont été un désastre. Aux bals qui se succèdent à un rythme effréné, aux déjeuners suivis de thés entre jeunes filles, elle ne se fait aucun ami. Incapable de reconnaître les jeunes gens qui l'ont invitée à danser, elle ne cesse de commettre des bourdes. Sa tête est ailleurs. De retour à Swinbrook, elle commence une longue bouderie, un repli dans la haine qu'elle ressent envers elle-même et le monde entier. Elle devient insupportable à tous.

Jessica cache soigneusement sa passion pour un livre qui confirme son goût pour la révolte. Tous les journaux en parlent et elle découpe soigneusement les articles. *Out of Bounds : the Education of Giles Romilly and Esmond Romilly* est l'œuvre de deux frères qui décrivent, avec lucidité et acidité, l'univers fermé des *public schools* par lesquelles ils sont passés. Ils analysent le mélange d'arrogance et de châtiments physiques, de religiosité et d'esprit militaire qui prévaut dans ces établissements huppés. Il se trouve que les frères Romilly sont des cousins des Mitford, petits-fils de l'extravagante tante Nattie, neveux de Winston Churchill. Mais Jessica ne les a jamais rencontrés. Muv évite autant que possible leur mère Nellie, « une hystérique », déclare-t-elle. Pourtant, au cours des réunions de famille, les noms de Giles et Esmond sont régulièrement évoqués, non sans grognements de réprobation. Le 11 novembre, jour où l'on célèbre l'armistice de 1918, n'ont-ils pas glissé des tracts pacifistes dans les livres de prière de leur école ? Les frasques d'Esmond, le plus incorrigible des deux, n'ont-elles pas fini par être relatées dans la presse ? « Menace rouge sur les *public schools*, titrait le *Daily Mail*. « Moscou tente de corrompre les élèves », s'effarait un autre quotidien. Car Esmond, à quinze ans, a créé un journal, *Out of Bounds*, destiné aux élèves de ces collèges chic, et il affirme dès le premier éditorial qu'il se fera « le champion des idées de progrès contre les forces de la réaction, contre l'entraînement militaire obligatoire et contre la propagande assenée en guise d'enseignement. » « Pauvres Nellie et Bertram, soupirent Muv et Farve. Qu'ont-ils fait pour mériter de tels fils ? Ces deux garnements ont besoin d'une bonne fessée. » Jessica les écoute, soupire, et rêve de rencontrer Esmond. Bientôt, le jeune garçon fait de nouveau parler de lui : « Le neveu rouge de Winston Churchill disparaît », titre le *Daily Mail*. Esmond vient de quitter avec fracas sa *public school* de Wellington.

Quand elle revient à Londres après sa traditionnelle « année à l'étranger », en l'occurrence quelques mois passés à Paris, Jessica découvre avec ravissement que les journaux continuent à parler d'Esmond. Il ne s'est pas amendé. Au contraire. Le magazine *Out of Bounds* continue d'être publié, à partir d'une librairie de gauche à Londres, où Esmond, seize ans, s'est installé. De simple opuscule lycéen, le « journal des *public schools* contre le fascisme, le militarisme et la réaction » est devenu une revue de cinquante pages emplie d'éditoriaux, de reportages, de lettres de lecteurs et de critiques de livres. Giles Romilly écrit un article sur le sexe dans les public schools, où il ne cache rien des amours homosexuelles qui y sont la règle. Son prochain article traitera de l'éducation mixte, un mot honni dans la bonne société. Les *public schools* interdisent la distribution d'*Out of Bounds* dans leur enceinte. Mais Esmond rôde autour de leurs murs et vend de nombreux numéros de son brûlot. Il a reçu un chèque et les félicitations de George Bernard Shaw. Le très intellectuel magazine *The New Statesman* soutient son entreprise. On ignore cependant, dans les cercles de l'intelligentsia britannique, qu'Esmond change d'imprimeur à chaque numéro pour éviter d'avoir à payer le précédent. La fin justifie les moyens, proclame le rebelle avec une assurance sans pareille.

Jessica s'apprête à faire ses pénibles débuts dans le monde lorsque le nom d'Esmond paraît de nouveau à la une des quotidiens. Il vient d'être condamné à six semaines d'internement dans une maison de correction. Un soir, il s'est présenté chez sa mère complètement ivre, en compagnie de son grand ami le futur écrivain Philip Toynbee, fils de l'historien Arnold Toynbee. Et Nellie, dépassée, a appelé la police. Le lendemain, devant le tribunal, elle déclare que son fils est devenu totalement incontrôlable. La condamnation tombe. Chez les Mitford, on commente l'événement avec un mélange d'indignation et de commisération. Et l'on apprend bientôt que, les six semaines d'internement s'étant écoulées, Esmond a été placé sous la tutelle légale d'une cousine commune, Dorothy Allhusen, une veuve fort riche aux idées larges, qui aime la compagnie vivifiante des jeunes gens. C'est dans sa maison de campagne qu'Esmond s'est réfugié après son passage en maison de correction. Il y a écrit son livre avec son frère Giles. Ce livre dont le long titre enchante Jessica : *Out of Bounds : the Education of Giles Romilly and Esmond Romilly*.

« La partie qu'avait écrite Esmond me fascinait tout particulièrement, commentera-t-elle[1], parce que j'y retrouvais de très nombreux parallèles avec ma propre vie. Son abrupte conversion aux idées communistes s'était produite d'une façon très similaire à la mienne. » Jessica comme Esmond ont commencé par ressentir une antipathie instinctive envers le conservatisme de leurs parents. Puis ils ont lu de nombreux livres pacifistes sans bien comprendre la distinction entre pacifisme et communisme. Un jour, Esmond est apostrophé dans la rue par un militant communiste qui vend le *Daily Worker*. Intrigué, le

1. *Hons and Rebels*, *op cit.*

jeune garçon se fait envoyer le quotidien à Dieppe, où il passe ses vacances. « Bien que je n'y aie pas appris grand-chose sur le communisme, écrit-il dans *Out of Bounds*, j'ai compris qu'il existait un autre monde que celui dans lequel je vivais. » Ce même « autre monde » dont rêve Jessica, à l'étroit dans sa cage dorée.

Enfermée dans sa chambre, elle contemple longuement les photos des deux frères imprimées sur la couverture du livre. Debout, Esmond paraît presque sévère, avec ses épais sourcils, son front barré d'une mèche de cheveux. « Mais ses traits m'étaient familiers, écrira Jessica[1], en raison de leur ressemblance avec ceux des enfants Churchill. » Un peu plus tard, elle découvre que son ami Peter Neville, le jeune radical qui organisait la manifestation en faveur d'Edouard VIII, est un ami des deux frères. Elle lui confie qu'elle rêve de les rencontrer. Peter Neville arrange un rendez-vous avec Giles Romilly dans un salon de thé londonien, près de Marble Arch. Giles pense alors rejoindre les Brigades internationales en Espagne. « Moi aussi, je veux partir ! s'écrie Jessica. Mais comment faire ? » Giles a un ami, traducteur de poésie française, qui est en contact avec les prorépublicains à Paris et qui, peut-être… « Je pourrais m'engager comme infirmière », interrompt Jessica.

Quelques jours plus tard, Giles lui tend la lettre de recommandation qu'a écrite le traducteur à l'attention de ses camarades parisiens : « *Mademoiselle Mitford est une nourrice expérimentée*[2] », lit Jessica avec consternation. Le traducteur s'est laissé piéger par des faux amis : *nurse* (infirmière) est devenu « nourrice ». Jessica est atterrée, découragée. Faire la nourrice à Madrid ! Peut-elle risquer de fuir pour se retrouver ridiculisée ? Tou-

1. *Ibid.*
2. En français dans le texte.

jours mineure et prisonnière des rites familiaux, elle ne sait comment prendre la poudre d'escampette. Peu après sa rencontre avec Giles, elle doit suivre ses parents en Écosse, chez des cousins, et elle s'ennuie si visiblement que sa mère décide pour la dérider d'organiser une grande croisière autour du monde. La mauvaise humeur de Jessica ne se dissipe pas : elle n'a que faire d'une autre croisière. D'autant que les nouvelles d'Espagne sont mauvaises : Madrid est assiégée par les généraux rebelles. Elle enrage de ne pas être sur place, pour défendre la ville.

C'est à ce moment qu'elle découvre dans un quotidien, le *News Chronicle*, un article signé d'Esmond. Dans un chapeau, le journal explique : « Esmond Romilly, dix-huit ans, neveu de Winston Churchill et membre d'une des plus anciennes familles d'Angleterre, fait preuve d'une bravoure exceptionnelle à Madrid alors qu'il sert dans les Brigades internationales. » Il vient en effet de vivre son baptême du feu. L'expérience était atroce. « Il y a douze jours, écrit-il, nous étions cent vingt. Nous ne sommes plus que trente-sept. » Ce qu'il ne dit pas, c'est la désorganisation manifeste des Brigades, l'amateurisme des volontaires, souvent partis combattre en Espagne par pur romantisme ou goût de l'aventure. Face à des généraux parfaitement organisés, puissamment armés, aidés des aviations allemande et italienne, ils sont voués à se faire abattre. Quelques semaines plus tard, Jessica apprend qu'Esmond, gravement malade, a été rapatrié en Grande-Bretagne.

Peu de temps après, elle reçoit une invitation de la cousine Dorothy Allhusen qui la convie à passer un week-end à Havering House, son manoir près de Marlborough. « Peut-être Esmond s'y trouvera-t-il », espère immédiatement Jessica. Aussitôt, elle tente de bannir cette pensée, de crainte d'être trop déçue. Mais Dorothy est la tutrice légale d'Esmond. Et la rencontrer, c'est approcher un peu ce garçon qu'elle admire.

Elle arrive la première, tôt dans l'après-midi, dans la grande maison qui, au contraire de tant de châteaux anglais, est bien chauffée et confortable. Polie, Jessica n'ose demander qui sont les autres invités de ce week-end. Et ce n'est qu'à l'heure du thé que Dorothy, en se servant d'un sandwich au concombre, annonce : « Il y aura un jeune couple américain, et puis votre cousin, Esmond Romilly. Il revient juste d'Espagne, peut-être l'avez-vous lu dans les journaux. » La tête de Jessica se met à tourner, elle craint de s'évanouir, revient à elle. Le bonheur la grise. Mais la joie fait soudain place à une vilaine crainte. Peut-être lui paraîtra-t-elle parfaitement fade et inintéressante.

Pour la première fois de sa vie, Jessica, peu coquette, plus intéressée par les mots que par les apparences, s'attarde longuement dans sa chambre avant le dîner. Elle se maquille soigneusement, s'observe dans le miroir, tente de corriger quelques défauts. Et en robe de lamé mauve, elle descend l'escalier. La transpiration perle, funeste, sous ses aisselles. Pourtant, elle a froid. Tout le monde est réuni au salon où elle aperçoit Esmond. Il lui paraît plus petit qu'elle ne l'avait imaginé, plus mince aussi. Ses cils, remarque-t-elle, sont étonnamment longs. Ils se serrent la main. Elle est immédiatement sous le charme. Au milieu du dîner, elle parvient enfin à lui parler. « Pensez-vous retourner en Espagne ? » lance-t-elle et l'intensité de son regard bleu dévoile l'importance que revêt pour elle cette question. « Oui, dans une semaine à peu près, répond-il. – Je me demandais si vous pouviez m'emmener, parvient-elle à dire. – Je peux, mais n'en parlons pas tout de suite. » En aparté, Esmond lui donne rendez-vous pour le lendemain matin, après le petit-déjeuner.

Leur rencontre chez Dorothy Allhusen était, en fait, beaucoup moins fortuite que Jessica ne le pensait[1]. Esmond a entendu parler de cette jolie cousine Mitford qui se proclame communiste et veut partir pour l'Espagne : son frère Giles n'a pas manqué de lui en glisser un mot, tout comme Peter Neville. Esmond, intrigué et toujours prêt à entraîner d'autres jeunes gens dans ses aventures, a suggéré à la cousine Dorothy d'inviter Jessica à Havering House. Il a un an de moins que Jessica, et pourtant sa maturité est surprenante. Il a choisi, à seize ans, de rompre avec ses parents et avec une vie facile, et depuis il subvient lui-même à ses besoins. Outre son rôle de directeur de publication de *Out of Bounds*, il a vendu des bas de soie au porte-à-porte, puis des espaces publicitaires dans différents journaux et, en Espagne, il est devenu journaliste. Toujours fauché, il habite de minuscules studios. Sa famille le qualifie de « communiste » et pourtant il n'a pas adhéré au Parti : le centralisme et la discipline quelque peu militaire ne sont pas pour lui. Brusque et bruyant, excessivement sûr de lui, sans scrupule aucun, Esmond a plutôt l'âme d'un anarchiste, à la fois immensément généreux et très individualiste. Lorsqu'il est parti pour l'Espagne en octobre 1936, c'était par romantisme, mais aussi pour échapper à la mortelle routine de son dernier emploi à Londres et se griser d'aventure.

Le courage ne lui fait pas défaut. Pour rejoindre les républicains espagnols, il a traversé la France, de Dieppe à Marseille, à vélo, sous la pluie et dans le froid. En route, il a perdu son sac et le peu d'argent qu'il possédait. À Marseille, pendant une semaine, il a dû mendier avant de trouver enfin un bateau à destination de l'Espagne, plein de volontaires venus de

1. Cette thèse, fort cohérente, est développée dans le livre *Rebel : The Short Life of Esmond Romilly*, de Kevin Ingram, Weidenfeld and Nicolson, Londres, 1985.

l'Europe entière. Envoyé avec la brigade Thaelman, la mieux organisée, à la bataille de Madrid, il échappe à la mort avant de participer aux combats, plus terribles encore, de Boadilla. Il est l'un des deux seuls Anglais survivants. Quand il revient en Angleterre, affaibli par une grave dysenterie, son ami Philip Toynbee le trouve étonnamment changé. « Il était sérieux, calme, raisonnable », écrira-t-il. Mûri. Soudain adulte. C'est cet Esmond-là que Jessica rencontre. Avant d'aller chez la cousine Dorothy, il a tenu à rendre visite aux familles de tous ses camarades morts au combat.

Le lendemain, après le petit-déjeuner, Jessica et Esmond parviennent à s'éclipser de la maison. Ils marchent dans la campagne, leurs pieds s'enfoncent dans la terre humide, c'est un matin gris de janvier. Mais Jessica n'y prête aucune attention. Car Esmond parle beaucoup. Il doit retourner en Espagne, le *News Chronicle* lui a versé une avance de dix livres pour qu'il y soit leur correspondant. Jessica, poursuit-il, pourrait partir comme sa secrétaire. « Mais je ne sais pas taper à la machine », objecte-t-elle ; aussitôt, elle se sent affreusement stupide et malhabile. Pour se rattraper, elle lui parle de son compte-fugue, des cinquante livres qui y sont déposées. Le visage d'Esmond s'éclaire. Un nouveau plan est élaboré par les deux cousins.

De retour à la maison, Jessica tait soigneusement le fait qu'elle a rencontré Esmond chez la cousine Dorothy. Enfermée dans sa chambre, elle s'emploie à imiter l'écriture de deux de ses amies, les jumelles Paget, et rédige une lettre d'invitation de leur part. Il s'agit d'aller passer dix jours chez une de leurs tantes, qui, invente-t-elle, loue en ce moment une maison à Dieppe. Jessica imagine une adresse, 40, rue Napoléon, et des amis qui les emmèneront visiter la France en voiture. Le lendemain matin, elle glisse la lettre dans le courrier. Sa mère, très occupée par les préparatifs de la croisière autour du monde, lit rapidement la missive. « Presque deux semaines, c'est trop long, observe-t-elle. Et il faut que vous prépariez vos vêtements pour notre voyage. – Je pourrai acheter de jolies robes à Dieppe », rétorque Jessica. Elle insiste : « J'ai tellement envie d'y aller, cela me paraît si merveilleux, oh, dites, je peux y aller ? » Les défenses de Muv tombent. Pour une fois que sa fille fait preuve d'un peu d'enthousiasme ! Elle finit par accepter. Jessica connaît un bonheur indicible : il lui faut cacher l'éclat trop vif de ses yeux, le rouge qui enflamme ses pommettes. Elle monte vite dans sa chambre et, dès que la porte est bien close, elle se répète : « Je pars en Espagne avec Esmond Romilly, Je pars avec Esmond, Je pars ! »

Le 8 février 1937, Jessica est à la gare Victoria, jeune fille sage que ses parents accompagnent pour lui souhaiter bon voyage. Esmond se cache dans la foule, sur le quai. Dès que le train quitte Londres, ils se rejoignent dans son compartiment. La journée passe vite, le soir ils sont à Paris, où ils dorment à l'hôtel des Maréchaux, rue de Moscou. Tôt le lendemain matin, ils se rendent à l'ambassade d'Espagne où Jessica doit obtenir un visa. Mais, leur affirme-t-on, le señor Lopez qui les accorde se trouve à Londres. Ils décident d'y retourner aussitôt, prennent le premier train pour Dieppe. Là, ils apprennent que le prochain bateau ne s'en va que deux heures après et, sur le quai gris et mouillé, sous la bruine, Esmond prend soudain un air sérieux. « Il faut que je vous dise quelque chose. » Jessica s'alarme. Son cœur sombre. Et s'il la renvoyait chez elle ? Si elle lui paraissait trop puérile ? « Je crains d'être tombé amoureux de vous », poursuit-il. Elle éclate de rire. L'enlace. Ils célèbrent aussitôt leurs fiançailles dans un bar à marins, autour de fines à l'eau. Ils vont se marier au plus vite, s'enthousiasment-ils en étreignant leurs mains encore gelées, presque intimidés par cet amour si brusque, et souverain. Mais très vite il leur faut poursuivre leur épopée : le besoin d'action n'est-il pas leur dénominateur commun ? Ils arrivent à Londres, où le señor Lopez est toujours introuvable. Pas moyen d'obtenir un visa. Jessica prend alors le temps d'écrire une lettre à ses parents, qu'elle remet à Peter Neville : il a la consigne de la garder jusqu'à nouvel ordre, jusqu'à ce que Jessica lui fasse signe. Les deux amoureux, décidés à tout faire pour atteindre l'Espagne, même sans visa, franchissent de nouveau la Manche et partent, dans un wagon de troisième classe, vers Bayonne. Mais, de l'autre côté de la frontière, le Pays basque est encerclé par les forces de Franco qui ont proclamé un blocus de tous ses ports. Le but est d'affamer la population. Jessica et Esmond remontent à Bordeaux où, apprennent-ils, un vieux cargo anglais s'apprête à braver le blocus et à partir, plein de victuailles, vers Bilbao. Esmond et Jessica embarquent à son bord. La mer est déchaînée. Pendant les trois jours de la traversée, Jessica est horriblement malade. Quand elle arrive, hébétée, elle s'étonne presque de ne plus être avec sa famille, dans la maison de Rutland Gate, de ne plus vivre cette existence tranquille rythmée par ses rites immuables, le petit-déjeuner pris en commun, le thé de cinq heures, les informations de la BBC à six heures tapantes, le dîner toujours formel où, même en famille, même en semaine, on descend parfaitement habillé. Cette maison de Rutland Gate où, au même moment, ses parents demeurent persuadés que Jessica passe des vacances paisibles avec les sœurs Paget. Elle leur a envoyé de France des cartes postales rassurantes.

Jessica ne regrette rien. Car Esmond est là, qu'elle admire. À peine arrivé à Bilbao, avec son énergie habituelle, il se rend dans les agences gouvernementales, les centres de presse, rencontre ses confrères, prépare des interviews et des reportages. Jessica le suit, toujours stupéfaite de se trouver dans cette Espagne dont elle rêvait tant, étourdie d'avoir si soudainement changé de vie. « J'étais comme une convalescente, écrira-t-elle[1], qui sent encore les effets de l'anesthésie après une opération qui lui a ôté d'un grand coup de bistouri toutes ses anciennes attaches, ses habitudes, ses modes de vie. » Mais soudain, c'est le réveil. Brutal. Elle apprend que le consul britannique la cherche. Il reçut un télégramme chiffré : « Trouvez Jessica Mitford et persuadez-la de rentrer. » Il est signé d'Anthony Eden, le ministre des Affaires étrangères.

À Londres, lord et lady Redesdale ont fini par découvrir que les sœurs Paget n'ont pas mis les pieds à Dieppe : elles se trouvent en Autriche dont elles n'ont pas bougé depuis plus d'un mois. Alors, comme le dira Philip Toynbee, « la formidable solidarité des aristocrates se met en marche[2] ». Sir Anthony Eden prend lui-même l'affaire en main. Au même moment le jeune Peter Neville reçoit, des fugitifs, l'instruction d'aller remettre à ses parents la lettre écrite par Jessica, lors de son passage à Londres. Elle y explique qu'elle a rencontré Esmond chez la cousine Dorothy : « Vous ne pouvez imaginer comme je suis heureuse... Vous adorerez Esmond quand vous le connaîtrez, alors, je vous en prie, ne m'en veuillez pas de ces cachotteries. Je voulais tant aller en Espagne avec lui et je pensais que vous tenteriez de m'en empêcher. »

1. *Hons and Rebels, op. cit.*
2. Philip Toynbee, *Friends Apart, a Memoir of the Thirties*, Macgibbon and Kee, Londres, 1954.

Au lieu de rasséréner sa famille, la lettre de Jessica provoque sa fureur et sa détresse. Celles « surtout de lady Redesdale et ses redoutables filles », affirmera Peter Neville qui, la lettre à peine remise, subit leur colère. Selon la légende, Diana aurait même demandé à son frère Tom de donner une bonne raclée au complice d'Esmond le rouge, cette canaille qui a enlevé Jessica. Tom n'aurait pas bougé. Muv annule en catastrophe la croisière autour du monde. Et un nouveau conseil de famille se réunit. Peter Rodd y annonce de son air important qu'il possède la solution. « Il faut mettre Jessica sous la tutelle de la justice », laisse-t-il tomber après une longue démonstration de ses connaissances en droit. Les Redesdale transféreraient ainsi leur responsabilité envers leur fille mineure à la Haute Cour de justice. Et Esmond, coupable de rapt, pourrait être passible d'une peine de prison. L'idée séduit : on a envie de donner une bonne leçon à ce voyou d'Esmond. Il reste néanmoins à savoir où se trouvent les fugueurs.

La presse anglaise, toujours à l'affût de ce qui se passe dans la bonne société, soupçonne la disparition de Jessica. Aux questions répétées des journalistes, lord Redesdale répond imperturbablement par le silence. Mais un reporter de *L'Express* se montre plus rusé que les autres, il lui propose de faire appel au réseau de correspondants de son journal pour tenter de localiser la fugitive. Que Sa Seigneurie donne juste quelques indices, et l'enquête commencera. Farve capitule et se confie. Le lendemain, en dépit de la promesse du journaliste de ne rien publier sur l'affaire, un gros titre barre la une de *L'Express* : « La fille d'un pair s'enfuit avec son amant en Espagne ». Dès lors l'ensemble de la presse se déchaîne. Les informations les plus farfelues paraissent. Les fugitifs sont perdus dans les Pyrénées. On les a vus à Barcelone. Ils ont bu du champagne et mangé du foie gras à Londres. Mais c'est le *Daily Telegraph* qui, grâce à son envoyé spécial, finit par découvrir le pot-aux-roses : ils se trouvent à Bilbao.

Le ministre des Affaires étrangères envoie aussitôt un télégramme chiffré au consul anglais de la ville : il doit, par tous les moyens, persuader Jessica de rentrer. Mais le consul est absent. Le chargé d'affaires, un brave Basque, prend l'affaire en mains. Il trouve vite Esmond et Jessica qui, en riant, lui dictent sa réponse : « J'ai trouvé Jessica Mitford, mais il est impossible de la persuader de rentrer. » Deux jours plus tard, un télégramme parvient directement à Jessica. Il est signé de l'ambassadeur d'Angleterre en France, qui se trouve alors en vacances à Hendaye. « L'honorable M. Peter Rodd et Mrs Rodd arriveront à Bilbao mardi matin. Pouvez-vous vous trouver au port de Bermeo pour les accueillir ? » Le consul, M. Stevenson, de retour à Bilbao, accompagne Jessica jusqu'au port. Sur le quai, elle attend. Les heures passent. Aucun bateau n'est en vue. Elle meurt de faim. N'en dit rien. Enfin le destroyer anglais *Echo* accoste, mais ni Nancy ni Peter n'apparaissent. Le capitaine propose néanmoins à Jessica de monter à bord du navire. Un repas lui sera servi, des œufs, du lait, de la viande, tout ce qui manque à Bilbao, dans la ville assiégée. Jessica hésite, son estomac est vide, la perspective d'un poulet rôti, d'un gâteau au chocolat la font saliver. Mais elle flaire un piège. « J'ai le sentiment, déclare-t-elle au capitaine, que, si je monte, vous allez m'enfermer dans une cabine et me ramener en Angleterre. » Le capitaine prend l'air le plus innocent du monde et proteste de sa bonne foi. Jessica est troublée, ses bonnes manières lui rappellent qu'il est impoli de refuser. Et elle a si faim. Mais un réflexe la pousse à appeler Esmond au téléphone. Il est catégorique. « C'est un piège. Ne monte surtout pas à bord : demande-leur de t'apporter le poulet rôti sur le quai. » Jessica, encore trop bien élevée, n'ose pas présenter cette requête. Mais demeure sur le quai. Elle revient à Bilbao, en compagnie d'un consul dépité. Le complot a avorté. M. Stevenson avait pour mission expresse d'utiliser même les moyens les moins fair-play, pour l'embarquer à bord de l'*Echo*.

Jessica n'a pourtant pas le temps de se réjouir de sa victoire. Dans leur chambre d'hôtel, Esmond arpente la pièce de long en large. Nerveux, tendu. Il vient de recevoir un télégramme de l'avocat des Redesdale. « Miss Jessica Mitford est désormais sous la tutelle de la Haute Cour de justice. Si vous l'épousez sans la permission du juge, vous serez passible d'emprisonnement. » La machine judiciaire est en route. Jessica en est abasourdie. Elle qui pensait que, passé le premier moment de mauvaise humeur, ses parents finiraient par accepter son mariage. N'ont-ils pas vite pardonné à Diana sa liaison avec Mosley ? Pam n'est-elle pas allée vivre chez un homme qui n'était pas encore divorcé ? Elle croyait, une fois vaincus leurs préjugés, voir se déployer leur grandeur d'âme. C'est pourtant la guerre qu'ils lui déclarent. Jessica se sent soudain très seule. Abandonnée. Pour elle, sa fugue n'était qu'une espièglerie de plus au sein d'une extravagante famille. Et c'est un fossé qui se creuse entre eux, bientôt infranchissable.

Un nouveau pion est bientôt avancé par les autorités britanniques. Un chantage. M. Stevenson vient un matin frapper à la porte de leur chambre. Il s'assoit tranquillement et explique avec flegme que le gouvernement basque compte expressément sur la flotte anglaise pour évacuer femmes et enfants avant l'offensive prochaine des généraux. Mais lui, le consul, refusera toute aide et toute coopération si Esmond et Jessica ne quittent pas volontairement le territoire. L'unique point faible des fugitifs vient d'être touché. Être la cause de centaines de morts ? Des innocents seraient massacrés parce qu'ils n'ont pas voulu quitter la ville ? Ils capitulent. Esmond arrache tout de même un compromis : ils vont quitter le territoire espagnol, certes, mais pas question de se rendre directement en Angleterre. Ils s'arrêteront dans le sud de la France. Le lendemain, un destroyer les emmène à Saint-Jean-de-Luz.

Sur le quai, Nancy apparaît soudain, longue, très élégante. Elle leur fait signe avec les jolis gants qu'elle a ôtés. À son côté, Peter Rodd, les mains dans les poches, a revêtu l'air important de l'homme de la situation. Ils sont entourés d'une nuée de photographes et de journalistes. À peine Jessica et Esmond commencent-ils à descendre la passerelle qu'ils sont aveuglés par les éclairs de magnésium. Les questions fusent : « Êtes-vous mariés ? » « Quels sont vos projets ? » Ils fendent l'attroupement. Jessica sourit, heureuse : elle a retrouvé sa sœur et tout va s'arranger. Dans le taxi qui les amène à Bayonne, Nancy, avec son accent haut perché, la gronde gentiment : « Oh vraiment tu es une vilaine ! Tu nous as tellement inquiétés. Pauvre Muv a pleuré toutes les larmes de son corps depuis que tu es partie, et Nanny aussi. Nanny n'arrête d'ailleurs pas de se lamenter car tu n'as pas de vêtements convenables pour aller au combat. » Elle poursuit, le ton encore taquin : « Tu es la première de la famille à être apparue sur des affiches, sais-tu que Boud [Unity] était très jalouse ? »

Nancy semble complice, amusée. Pourtant, au fond de sa voix, quelque chose sonne faux. Soudain, le changement devient perceptible : elle sermonne. « Susan [c'est le nom que Nancy donne à Jessica], ce n'est pas très respectable ce que tu es en train de faire, et je comprends le point de vue des parents. Après tout, ne faut-il pas vivre dans ce monde tel qu'il est ? Tu sais, notre société peut se montrer très cruelle envers ceux qui défient ses règles. » Jessica ne reconnaît plus la grande sœur qui se rebellait contre leur père, la pourfendeuse d'interdits, celle qui se proclamait toujours du côté de l'amour. Désormais, Nancy se range du côté de l'ordre et de la tradition.

Elle est l'émissaire de ceux qui veulent l'empêcher d'épouser celui qu'elle aime. Jessica avait espéré un soutien de sa sœur, de la compréhension de la part de Peter Rodd. Dire qu'elle était prête à fondre de tendresse ! Mais face à la rouerie de Nancy et à la pompe de Peter, ce couple de façade, Jessica décide que sa famille ne compte désormais plus pour elle. Pas question de rentrer en Angleterre. Esmond et elle resteront en France. La conversation s'envenime. Les époux Rodd finissent par quitter Bayonne, déconfits : ils n'ont pas rempli la mission qui leur avait été confiée.

Sans argent, sans illusions, Jessica et Esmond marchent le long de l'Adour, épuisés et déprimés. Car ils viennent de se rendre compte que l'immense publicité faite par les journaux autour de leur aventure ridiculise leurs convictions. Ils sont réduits à n'être que des excentriques de plus au sein de l'aristocratie anglaise. Eux qui croient si fort dans leur idéal révolutionnaire, ils sont dépités. Ce soir-là, ils se couchent tôt. Soudain naufragés. Mais l'inépuisable énergie d'Esmond reprend le dessus. Le lendemain matin, de très bonne heure, il se présente au bureau de l'agence de presse Reuters. Une heure plus tard, il en sort comme traducteur des nouvelles du front. Il ne parle pas espagnol. Mais qu'importe. Il se débrouillera. Et il s'en tire, en effet, avec son culot sans faille. Le propriétaire de l'hôtel des Basques, où ils logent, est trilingue, il parle espagnol, français et basque. Esmond le convainc de lui traduire, chaque matin, les bulletins diffusés sur les radios basques. Il les retranscrit aussitôt. Infatigable, Esmond se met également à rédiger un nouveau livre, *Boadilla*, qui raconte sa guerre d'Espagne. Courbé sur la machine à écrire, il en presse furieusement les touches tout en étalant ses notes sur le sol de la chambre étroite. Pendant ce temps, l'hôtel des Basques s'emplit de réfugiés, de plus en plus nombreux, des familles entières, des femmes âgées tout habillées de noir qui fuient l'avancée des troupes de Franco. Et Jessica se rend compte un matin que le « vrai monde » qu'elle cherchait depuis si longtemps est là. Pauvre, dépenaillé, tragique, mais si réel. Une nuit, tous les hôtes se rassemblent en silence autour de l'unique poste de radio de l'hôtel : Guernica, la ville symbole de l'autonomie basque, vient d'être entièrement détruite, bombardée par quarante-trois avions allemands. Cinquante tonnes de bombes explosives et à fragments ont été lancées sur la vieille cité qui comptait sept mille habitants. Il n'y a pas même un murmure tant le choc et l'horreur sont grands. Mais soudain, dans le silence, une femme hurle, la voix stridente : « Alemanes, criminales, animales, bestiales ! » Jessica s'en souviendra jusqu'à ses derniers jours.

De sa famille, elle continue de recevoir des lettres. Il y a celles de Nancy, taquines mais moralisatrices. Celles de Unity, qui ne peut s'empêcher d'admirer le coup d'éclat de sa cadette. Celles, enfin, de lady Redesdale qui, le désarroi passé, tend la main à sa fille. Elle lui donne des nouvelles des oncles et des cousines et propose même de lui verser une pension. Ce qu'Esmond refuse catégoriquement : on ne se compromet pas avec l'ennemi de classe.

À la fin du mois de mars, lady Redesdale arrive, seule, à Bayonne. Grande, imposante, elle a les traits fatigués mais ses yeux bleus affirment sa détermination. Elle va droit au but : à son tour, elle vient convaincre sa fille de rentrer avec elle. Elle a été choquée d'apprendre que Jessica, qui n'a pas vingt ans, dort dans le même lit qu'Esmond, qui n'en a pas dix-neuf. C'est inconvenant. Ne faut-il pas maintenant au moins sauvegarder les apparences ? Revenir à Londres avant le mariage ? Insensible à ses arguments, remontée contre sa famille, Jessica se mure. Elle aime Esmond et pour rien au monde elle ne le quittera, ne serait-ce qu'une journée.

Lady Redesdale s'en va. Son séjour à Bayonne n'a pas duré deux jours.

Dans le train, pendant son voyage de retour, elle comprend qu'il n'y a qu'une solution : accepter le mariage, même s'il n'est pas très conventionnel. À Londres, elle parvient à convaincre son mari, toujours muré dans sa fureur, de ne plus s'y opposer. Les avocats en sont vite informés, les tourtereaux aussi. Ces derniers ne sont plus pressés. Ils envisagent de se marier peut-être en septembre, en France ou en Angleterre, ils ne savent pas encore. C'est alors qu'une lettre parvient à Esmond, signée de lady Redesdale. « J'ai fait quelque chose pour vous. Voudriez-vous maintenant faire quelque chose pour moi, c'est-à-dire vous marier au plus vite à Bayonne ? Vous comprendrez qu'à mon âge avancé, je ne puisse accepter l'idée que vous viviez avec Decca sans être mariés, et même dans mille ans je ne pourrais m'habituer à cette idée, cela me paraît tout à fait inconvenant et je souhaite vivement voir la fin de cette situation. »

Le 18 mai 1937, elle fait de nouveau le voyage vers Bayonne : Jessica et Esmond se marient. Lady Redesdale est la seule de la famille Mitford à assister à la cérémonie. À son côté, il y a Nellie Romilly. Et quelques amis basques des mariés. La cérémonie a lieu à midi, au consulat britannique. Elle dure à peine dix minutes. Esmond porte un vieux costume brun, et Jessica une petite robe toute simple qui cache difficilement ses deux mois de grossesse. Sur son chapeau de paille, elle a glissé des rubans verts et rouges : les couleurs de la République basque.

Peu après, sa mère lui envoie une longue lettre chaleureuse d'Allemagne où elle séjourne de nouveau : « C'était très amusant de faire du tourisme avec Bobo [Unity]. Je pense que les autres t'ont raconté notre thé avec le Führer, il a demandé des nouvelles de Petite D. [Jessica] : j'aurais tant aimé pouvoir parler allemand. On se sent très à l'aise en sa compagnie, il n'intimide pas, et il a vraiment de très bonnes manières. » Jessica est consternée. Esmond furieux. La guerre d'Espagne continue de faire rage.

VI

« Leur mariage ne durera pas. »
« Ils vont rompre, c'est certain. »
« Et d'une façon désastreuse. »
« Dans quelques semaines, disons un mois au plus tard. »

Dans les salons de Mayfair et de Kensington, les langues sont aussi catégoriques que venimeuses. Le mariage des deux transfuges provoque aigreurs et sarcasmes. Philip Toynbee, l'ami d'Esmond, l'équilibriste social qui fréquente le beau monde tout en étant membre du parti communiste, écoute d'une oreille à la fois attentive et ironique ces commentaires. Il ne prend pas la peine de les contredire. À quoi bon ? Cette double défection était, écrira-t-il[1], « une plaie ouverte pour l'aristocratie, une offense impardonnable et sans doute aussi le signal avant-coureur de sa fin prochaine. »

L'aristocratie et la haute bourgeoisie anglaises se montrent beaucoup moins malveillantes envers Unity qui continue de saluer toute personne qu'elle rencontre, même lors de soirées à Londres, d'un vigoureux « Heil Hitler ». On la considère comme une excentrique, une originale, sans doute un peu folle. Mais elle ne rompt pas avec son milieu, et c'est cela qui importe. Unity vénère les distinctions de classe, et sa propre dis-

1. *Friends Apart*, *op. cit.*

tinction. Elle est pourtant l'une des rares personnes de sa famille à témoigner d'une admiration certaine envers l'audace de Jessica. Dans les lettres qu'elle lui écrit, pointe même de la tendresse. Bien sûr, elle insiste sur le fait qu'elle hait les communistes, tout autant qu'Esmond et Decca haïssent les fascistes ; d'ailleurs, précise-t-elle, elle n'hésiterait pas à abattre Esmond pour la bonne cause. Pourtant, ajoute-t-elle, tant que cela n'est pas nécessaire, ils peuvent tous trois rester de bons amis. N'appartiennent-ils pas à la même famille et ces liens du sang ne sont-ils pas plus importants que tout le reste ? Jessica n'est pas insensible aux arguments de sa sœur. Sa Boud. Sa meilleure amie. Elle l'aime en dépit de son obsession pour Hitler, de son antisémitisme virulent, et Jessica est persuadée que Unity a été entraînée dans les rangs nazis malgré elle, parce qu'on a utilisé sa naïveté. La profonde affection qui les lie depuis l'enfance demeure plus forte que leurs choix politiques. Unity prend beaucoup de soin à choisir, en compagnie de sa cousine Tina, le cadeau de mariage qu'elle envoie à Jessica : un gramophone, avec son immense pavillon de cuivre. Dès qu'il arrive à Bayonne, Esmond s'en empare pour aller le vendre. Jessica résiste un peu, à peine, elle aime trop son mari. Ils ont un besoin urgent d'argent, argumente-t-il. Mais elle a un pincement au cœur. Esmond monnaiera ainsi tous les cadeaux. Parmi eux le collier et la bague d'améthyste qu'a envoyés Diana. Les Romilly certes n'ont pas un sou. Mais il s'agit surtout pour Esmond de manifester son dédain total envers leurs familles, et envers leurs rites. Et il ne veut pas se compromettre avec des belles-sœurs qui flirtent avec le nazisme.

Unity retourne en Allemagne au volant de la petite Morris que son père vient de lui offrir. Et revoit, à Munich, son « divin Führer », qui l'écoute raconter la fugue de Jessica. Les petites histoires de l'aristocratie anglaise l'amusent, ne sont-elles pas dérisoires ? Qu'importe que ces deux jeunes gens de bonne famille prennent fait et cause pour les républicains espagnols, l'aviation allemande a rasé Guernica et va gagner la guerre d'Espagne. Mais le petit-bourgeois autrichien qu'il est resté se flatte d'écouter ces récits cocasses d'une classe qui l'éblouit. Il admire les manières parfaites de Unity, s'émerveille de son accent si particulier, de cette voix qui sort du fond de la gorge. Ne va-t-il pas jusqu'à l'appeler avec révérence « lady Mitford », lui octroyant un titre qu'elle n'a pas ? Il regarde même les derniers numéros du *Tatler* que Unity a rapportés de Londres et s'arrête aux pages de potins. À son côté, Unity entoure d'un trait les noms des aristocrates qui, selon elle, pourraient s'allier au dictateur. Une liste est ainsi dressée de lords sans grande importance politique, mais sensibles à la cause nazie. Unity est persuadée de jouer un rôle décisif.

À l'automne 1937, en dépit des longues heures passées en compagnie du dictateur et de ses inlassables démarches auprès des autorités nazies, Diana se voit signifier un refus définitif à sa demande d'émettre une radio commerciale à partir du sol allemand. Les hauts commandements de la Wehrmacht et de la Luftwaffe y sont résolument opposés. Et le Führer regrette que, dans ces circonstances, il ne puisse pas donner son agrément. C'est clair et net. Diana ne s'avoue cependant pas vaincue. Avec une obstination rare, elle proposera de nouveau son projet. Il en va, il est vrai, de la survie politique de son mari. Car Mosley n'est plus qu'un politicien marginal, aux maigres troupes extrémistes. La bataille de Cable Street, dont il pensait être sorti vainqueur, a marqué le début de sa fin : le gouvernement britannique a dès lors tout fait pour lui couper les ailes. En décembre 1936, pour que de tels heurts ne se reproduisent plus, a été décrété un nouveau Public Order Act, en vertu duquel le port de l'uniforme fasciste est interdit. Tout chef de police locale peut interdire une manifestation qui risquerait de troubler l'ordre public: Mosley n'arrive plus à louer une seule salle pour y tenir un meeting. De plus, tout mouvement tel que celui des Blackshirts est tenu de révéler ses sources de financement: Mosley, qui joue sur la corde nationaliste de l'électorat, ne peut avouer qu'il reçoit de l'argent allemand. Il ne lui reste que la solution de faire fortune. Au plus vite. Le temps presse pour relancer son mouvement. La seule idée valable pour gagner rapidement de l'argent demeure celle de la radio. Il faut s'y accrocher coûte que coûte. Diana continue donc ses allers-retours entre l'Angleterre et Berlin. En cette année 1937, elle assiste une fois de plus au festival de Bayreuth ainsi qu'au rassemblement du parti nazi à Nuremberg, plus énorme, plus grandiloquent que jamais. Son frère Tom est de nouveau à ses côtés, tout comme Unity. Mais c'est le dernier *Parteitag* auquel assiste Diana. Elle l'ignore encore.

Unity porte toujours sur elle un petit pistolet au manche de nacre et, à une amie anglaise qui lui demander pourquoi, elle répond sans hésiter: « C'est pour me défendre des attaques des juifs et des communistes. » Peu après, ses yeux se brouillent de larmes d'émotion quand elle apprend la grossesse de Jessica. Mais le besoin de provocation prend vite le dessus. Unity proclame qu'elle aussi a la ferme intention de mettre au monde « huit adorables petits bâtards, chacun d'un père différent, pour en faire de la chair à canon ». Son père prend au pied de la lettre cette déclaration et il en est si choqué qu'il se rend immédiatement chez son notaire pour inscrire un codicille à son testament: si des enfants nés hors mariage devaient naître, ils ne pourraient hériter de lui. Unity s'en amuse, et va toujours plus loin dans l'exhibition de sa ferveur nazie. Lors de l'un des incessants allers-retours qu'elle fait entre l'Angleterre et l'Allemagne, elle tient sur ses genoux, dans le wagon de troisième classe (elle aime faire des économies sur la pension que lui verse son père) qui traverse la Belgique, un grand portrait de Hitler encadré d'argent. La photo n'est pas emballée. Ses voisins de compartiment, des ouvriers, des petites gens, détournent les yeux, gênés. Elle en est ravie. Mais cet aplomb l'isole. Tous ceux qui la côtoient alors sont frappés par le sentiment d'intense solitude qui se dégage d'elle. Bien qu'elle soit toujours entourée, toujours en train de frapper aux portes, toujours en mouvement, son obsession et son aveuglement créent un vide autour d'elle. Un vide palpable, tangible. Et si Hitler la convie à bord de son train spécial qui se rend à Bayreuth, lors de cet été 1937, elle s'y retrouve noyée parmi une foule de convives. Hitler voyage entouré de sa nombreuse cour. En outre, Unity se heurte au dépit et au mépris profond des autres caciques du régime. Elle déplaît fortement au tacticien Himmler et Frau Himmler apprécie peu « cette bonne à rien de Unity Mitford ». Laquelle le lui rend bien en se moquant, avec dédain, de cette femme mal fagotée. Ribbentrop, dont Unity a dit le plus grand mal lorsqu'il était ambassadeur à Londres, lui rend la monnaie de sa pièce : il l'ignore avec superbe. Et certains des adjudants de Hitler regardent avec suspicion cette étrangère : n'est-elle pas un agent dépêché par les services secrets anglais ? Ces rebuffades, si elles l'isolent, n'entament pas la monomanie de Unity. Au contraire, elles la renforcent : son pauvre Führer, gémit-elle, est bien mal entouré. Un Führer qui devient son saint protecteur, sa seule référence. Alors qu'elle séjourne chez des amis en Hongrie, un orage éclate pendant la nuit et le lendemain, lorsqu'on lui demande si elle n'a pas eu peur, elle répond : « Oh, non, j'ai pris la photo du Führer et je l'ai serrée contre moi : je me suis alors sentie parfaitement en sécurité. » À Paulette Helleu, amie d'enfance qui lui demande ce que fait Unity quand elle ne se trouve pas en compagnie de Hitler, Diana, à qui son amitié pour le dictateur n'a pas fait perdre tout sens de l'humour, répond : « Elle pense à lui. »

À Bayonne, dans la petite chambre de l'hôtel des Basques au papier à fleurs, Jessica, assise sur le lit en fer, contemple Esmond arc-bouté sur sa machine à écrire. Aux prises avec les nausées des premiers mois de grossesse, elle ne peut s'empêcher de ressentir aussi du vague à l'âme : n'est-ce pas à cause d'elle qu'Esmond se trouve ici, en France, alors qu'il devrait être dans la République basque, pour observer la guerre civile au plus près ? Le ministère des Affaires étrangères britannique, rancunier envers ce rejeton trop rebelle, a refusé d'avaliser son visa après la demande des autorités basques. Esmond ne voit donc pas les troupes de Franco s'emparer de Bilbao, dans la nuit du 19 juin. Cette nuit-là, à Bayonne, debout devant un poste de radio totalement muet, ni lui ni Jessica ne dorment. Dans la salle à manger de l'hôtel, c'est le silence total. Depuis la veille, la station de la République basque n'émet plus. C'est l'angoisse. Rien, aucun son ne parvient. Que se passe-t-il ? Est-ce de nouveau le massacre comme à Guernica ? Soudain, à l'aube, un grésillement se fait entendre. Engourdis par le manque de sommeil, les Romilly sursautent. Puis un cri de triomphe retentit : « Arriba Espana ! » Le slogan franquiste est répété une douzaine de fois. La République basque est tombée. « Le mélange d'avidité, d'intérêt personnel, d'émotions faciles et de brutalité organisée qu'on appelle fascisme », comme l'écrit alors Esmond, vient de vaincre. Pour longtemps.

Est-ce la fatigue après le bras de fer qui a précédé leur mariage ? Est-ce la défaite annoncée de la République espagnole qui cherche encore à survivre autour de Barcelone ? Jessica et Esmond, épuisés et désorientés, finissent par accepter l'invitation de Nellie Romilly de passer quelque temps à Dieppe, dans la jolie maison familiale bâtie à flanc de colline. Il faut dire qu'Esmond, peu disposé à se laisser happer par la dépression, a une idée derrière la tête. Dieppe, c'est le casino, et la boule qui, sait-il, n'est pas interdite aux mineurs. Et il pense avoir découvert une méthode infaillible pour transformer en fortune les cinquante livres qu'il a réunies après avoir vendu les cadeaux de mariage. Ils pourraient ainsi partir au Mexique, ce pays qui évoque l'aventure et qui accueille bras grands ouverts les républicains espagnols. Mais la méthode infaillible se transforme en désastre. Les cinquante livres disparaissent en deux heures à peine, volatilisées sur le tapis vert, balayées par l'agile râteau du croupier.

Abattus, les jeunes Romilly s'assoient à l'intérieur d'un café, sans avoir de quoi payer leurs consommations. Le hasard, pourtant, fait bien les choses. Au milieu de la nuit, un ami d'Esmond surgit, Roger Houghton, un jeune homme qui a participé à l'aventure du journal *Out of Bounds*. Il vient de passer des vacances en France et s'apprête à prendre le bateau pour l'Angleterre. Avec quelques pièces sorties de sa poche, il règle leur note. Et leur apprend qu'il vient d'acheter une maison de quatre étages pour une somme dérisoire, sur la rive sud de la Tamise, près des docks et des usines. « Et si on y installait une salle de jeux clandestine ? » imagine aussitôt Esmond, prêt à prendre sa revanche sur le mauvais sort. Roger s'enthousiasme, et propose au jeune couple de venir s'installer chez lui.

C'est ainsi que Jessica retourne à Londres. Mais elle n'habite plus les beaux quartiers. Rotherhithe se trouve à plus d'une heure de bus de Kensington, de Hyde Park ou d'Oxford Street. C'est un rassemblement hétéroclite d'entrepôts et d'immeubles ouvriers dont les habitants, remarque Jessica, semblent plus pâles et plus petits que ceux du West End. « Leur apparence, leurs vêtements et leur façon de parler sont radicalement différents, si bien qu'ils donnent l'impression d'appartenir à un autre groupe ethnique », écrira-t-elle[1]. Mais Jessica, justement, veut se transformer et devenir une « ménagère de la classe ouvrière. » Elle oublie que son accent trahit immédiatement son origine sociale, et que sa façon de parler « qui aurait été grotesquement affectée si elle n'avait pas été encore plus grotesquement naturelle[2] » selon Philip Toynbee, la classe immédiatement à part. La maison de Roger, un ancien entrepôt, est loin de ressembler aux minuscules appartements ouvriers. Un salon, longé par la Tamise, occupe tout le rez-de-chaussée, et les Romilly louent le quatrième étage. Depuis quelques années, des artistes et des écrivains fauchés viennent habiter les vastes espaces bon marché de ce quartier. Et c'est toute une atmosphère bohème qui se crée sur les bords du fleuve. Les efforts de Jessica pour devenir une parfaite petite femme d'intérieur demeurent parfaitement vains : elle n'a jamais appris à faire le ménage, à astiquer ni à dépoussiérer, et elle a beau manier le balai dans les escaliers pendant des heures, ils sont toujours aussi sales. « Évidemment, si tu commences par le bas, tu n'arriveras jamais à rien », lui glisse l'ami Roger. Et la façon dont Jessica fait la vaisselle appelle également ses critiques. « Tu perds ton temps à laver, rincer, essuyer puis ranger une seule fourchette et à recommencer la même opération avec une cuillère, et ensuite une assiette. Il faut laver toute la vaisselle d'un coup, puis tout rincer, tout essuyer et enfin tout ranger. » Jessica se lasse vite et abandonne. D'ailleurs, Esmond ne remarque pas les moutons sous le lit ni la vaisselle sale qui s'entasse. L'aspect matériel de la vie l'intéresse peu. Jessica oubliera son rêve de devenir une parfaite ménagère.

Boadilla, le livre d'Esmond sur la guerre d'Espagne, s'est mal vendu et, à court d'argent, le jeune homme a

1. *Hons and Rebels*, *op. cit.*
2. *Friends Apart*, *op. cit.*

trouvé un emploi dans une petite agence de publicité. Il gagne cinq livres par semaine. C'est peu. Mais il rêve de créer un night-club ou un milk-bar et de faire vite fortune. C'est le rêve que caressent, en ce temps-là, à de nombreux aristocrates, comme s'il suffisait d'une idée et d'un claquement de main pour accéder à cette richesse inépuisable qu'ils ont perdue. Esmond se retrouve chaque vendredi soir aux courses de lévriers. Il y joue sa paie de la semaine. La plupart du temps, il doit rentrer à pied à la maison : il n'a même plus de quoi acheter un ticket d'autobus. La salle de jeux clandestine se révèle une idée tout aussi désastreuse et elle est vite abandonnée. Le projet de partir au Mexique s'efface aussi. La vie à Rotherhithe n'est pas si désagréable. Très souvent, le soir, les amis d'Esmond viennent faire la fête et apportent bières et whisky. Il y a là de jeunes journalistes, des écrivains, des chanteurs de night-club, des étudiants. Peter Neville est souvent présent, tout comme Philip Toynbee et aussi Giles Romilly, qui revient d'Espagne. Il vient d'y échapper à la mort. Philip rapporte les potins du beau monde, et répète ce que l'on dit d'Esmond et de Jessica là-bas, sur l'autre rive de la Tamise. On en rit, on boit beaucoup, on échafaude des rêves. C'est une vie presque insouciante. Jessica et Esmond sont plus amoureux que jamais, parfaitement accordés l'un à l'autre. Le 19 décembre 1937, naît leur fille, Julia. Ils deviennent aussitôt des parents subjugués et attentifs, qui ne changent pourtant rien à leur vie bohème. Les cadeaux précieux affluent, venus de l'autre côté du fleuve, offerts par leurs familles. Parmi eux, il y a une petite robe, superbe : le cadeau de Diana, toujours très respectueuse des usages et attentive à envoyer des présents. Jessica écrit aussitôt à sa sœur : « Merci pour cette robe, mais Esmond refuse que je reçoive des cadeaux de toi. » Les deux sœurs ne se parleront ni ne se verront plus pendant plusieurs décennies.

Pourtant, à cette même époque, en cachette d'Esmond, Jessica rencontre Unity, sa Boud, elles se donnent rendez-vous dans des salons de thé et rient ensemble. Étonnamment, ces jeunes femmes aux convictions si opposées oublient, dans ces moments de complicité, ce qui les fâche et les divise. Jessica rencontre tout aussi régulièrement sa mère avec laquelle les liens se renouent doucement, et tente parfois d'entraîner Esmond à l'un de ces déjeuners. Le rebelle alors se montre sous plus mauvais jour, il ne fait aucune concession et ses remarques acides provoquent des répliques cinglantes de la part de lady Redesdale. Jessica renoncera à ce projet de réconcilier son mari et sa mère.

Elle voit rarement Nancy à qui elle ne pardonne pas sa trahison de Saint-Jean-de-Luz. De toute façon, Esmond refuse de rencontrer les Rodd, dont il hait le mélange de snobisme et de bons sentiments. L'unique personne de la famille Mitford qu'il apprécie, c'est Tom. Le frère unique. L'ancien collégien d'Eton. L'avocat féru de musique. Le germanophile, aussi, séduit par le nazisme. Tom se rend souvent à Rotherhithe, dîne sur un coin de table avec les Romilly et l'on pourrait penser qu'il a toujours vécu dans cette atmosphère bohème. Il aime les fêtes sans façons où chacun est sommé d'apporter sa bouteille. Très beau, toujours très à l'aise, adoré de tous, Tom est une énigme. L'unique membre de la famille Mitford qui apprécie Esmond le rouge rejoindra en 1939 le mouvement de Mosley et fera le salut hitlérien tout en portant l'uniforme de l'armée britannique.

Mais, en cette fin d'année 1937, le temps est encore à l'insouciance, à la complicité, aux rires. Dans l'entrepôt de Rotherhithe, Esmond et Jessica ignorent que l'année qui arrive sera celle de toutes les tragédies.

Début mars, Hitler envahit l'Autriche. C'est l'Anschluss, l'annexion. Le premier acte de guerre du dictateur nazi. Tandis qu'il apparaît dans toute sa gloire au balcon de l'hôtel Imperial, à Vienne, devant une foule d'Autrichiens en délire, une répression féroce se met en place dans ce qui reste du vieil empire austro-hongrois. Socialistes, communistes, juifs sont raflés par milliers et placés en détention provisoire. Les boutiques juives sont mises à sac. Dépouillés dans la rue de toutes leurs possessions, des juifs sont contraints de récurer les trottoirs sous les quolibets des badauds. « Enfin du boulot pour les juifs », s'écrient des passants tandis que d'autres leur lancent des coups de pied ou les arrosent d'eau sale. Plusieurs centaines d'hommes sont rassemblés sur une île du Danube où on les laisse mourir. « C'est comme cela qu'il faut les traiter », martèle alors Unity avant de soupirer : « Ah, si seulement on faisait la même chose en Angleterre ! »

Elle est arrivée à Vienne dans le sillage de son Führer, munie d'un laissez-passer spécial et elle a tellement hurlé « Heil Hitler ! » que ses cordes vocales se sont enflammées. Sans voix, elle peut à peine féliciter son idole dans le hall de l'hôtel Imperial où elle s'est glissée. Peu après, elle retourne en Angleterre, dans un autre des ses incessants aller-retours. Le 10 avril, à Londres, elle se joint, par provocation, à un rassemblement de protestation contre la non-intervention britannique en Espagne. Une foule compacte se trouve à Hyde Park et crie des slogans tels que : « Sauvons l'Espagne, sauvons la paix ! » Le parti travailliste organise cette manifestation et Unity, en chemise noire, sa croix gammée en or bien en évidence, se mêle à la foule. Soudain quelqu'un arrache son insigne. « Je ne disais pourtant rien, se plaindra-t-elle, j'étais juste debout, en arrière. Un groupe menaçant d'hommes et de femmes m'a entourée, ils me criaient des injures et menaçaient de me jeter dans la Serpentine. Ils commençaient à me pousser dans cette direction quand trois policiers sont intervenus et m'ont escortée jusqu'à Park Lane. Mais je continuais de recevoir des coups de pied. Quand je suis montée à bord d'un autobus, quelques manifestants ont cherché à me poursuivre. »

Le lendemain, la presse fait ses gros titres de l'incident. « Des pierres jetées à la fille qui admire Hitler », annonce en première page le *Daily Sketch*. Dans les interviews qu'elle donne avec un plaisir évident, Unity commence par prendre un air innocent. « Je ne pense pas que j'aie rien fait pour déclencher une telle colère. » Puis son ton devient narquois et elle précise qu'elle n'a pas du tout eu peur : au contraire, l'expérience était très excitante. Et elle finit par lâcher qu'elle espère devenir citoyenne allemande dès que possible. Ces articles qui la concernent, elle les découpe soigneusement, puis les range dans un album, avant de les emporter en Allemagne. Là-bas, ses conversations tournent inévitablement autour de son « exploit ». A-t-elle voulu imiter Diana, cette grande sœur qu'elle rêve d'égaler ? A-t-elle cherché à attirer l'attention de « son Führer », qui se désintéresse maintenant de l'Angleterre ? Il vient en effet de faire une croix définitive sur son projet de s'allier avec la première puissance mondiale. Les quelques lords qu'il a flattés n'ont pas un poids politique suffisant et il semble désormais certain que la Grande-Bretagne ne s'inclinera pas devant l'hégémonie allemande en Europe : il ne reste qu'à la combattre – et l'abattre. Pourtant, à ce même moment, la presse populaire anglaise, avide de titres sensationnels, évoque un mariage entre Unity et Hitler. Ce que ce dernier n'a jamais envisagé. Mais lord Redesdale doit préciser dans un communiqué au *Sunday Pictorial* qu'« il n'est, il n'a pas été, il ne sera jamais, question de fiançailles entre ma fille et Herr Hitler. Le Führer consacre sa vie à son pays et n'a pas le temps de penser au mariage ». Toujours subjugué par Herr Hitler, Farve vient d'adhérer à l'Amitié anglo-allemande, une association ouvertement pronazie.

En mai 1938, les troupes allemandes se massent à la frontière avec la Tchécoslovaquie, sous le prétexte de mauvais traitements que les Tchèques infligeraient aux Allemands des Sudètes. En fait Hitler s'apprête à accomplir la mission dont il s'affirme investi, élargir l'Allemagne vers l'Est, créer le « Grand Reich teutonique ». Après avoir annexé l'Autriche, il est déterminé à éliminer la Tchécoslovaquie. La guerre se prépare. C'est ce moment de grande tension que Unity choisit pour se rendre à Prague, sa croix gammée à la boutonnière, un drapeau nazi flottant sur le capot de sa petite Morris. « On m'a virée à Londres pour avoir porté mon insigne. Qu'on essaie ici ! » menace-t-elle dans la capitale tchèque.

Lorsque les autorités l'arrêtent à Carlsbad (l'actuelle Karlovy Vary) et lui confisquent son portrait de Hitler, sa croix gammée, ses drapeaux et un appareil photo, autre cadeau du Führer, elle pleurniche. Dès qu'elle revient en Allemagne, Hitler lui offre, pour la consoler, une nouvelle croix gammée et un autre appareil photo. Après quoi elle s'empresse d'aller rendre visite à son grand ami Julius Streicher dont l'antisémitisme redouble de grossière virulence. Tous deux sont photographiés côté à côte et les clichés sont publiés dans la presse anglaise. Puis Unity part pour l'Angleterre où, en jeune fille de bonne famille, elle tient à assister au bal donné en l'honneur de Debo. La plus jeune des sœurs Mitford fait ses débuts dans le monde.

Très jolie, sportive et parfaitement sûre d'elle, Debo se plaît à entrer dans cette compétition où il faut trouver le mari le plus riche et le plus titré possible. Heureuse dans son milieu, Debo n'a aucune intention de suivre l'exemple de ses sœurs, elle ne s'entichera pas d'un petit-bourgeois tel que Hitler, elle ne fuira pas avec un Esmond pour finalement se retrouver dans un logement inconfortable d'un quartier infâme. Il était parfaitement inutile que ses parents lui interdisent d'aller rendre visite à Jessica dans ce coin de Londres perdu qu'est Rotherhithe, Debo n'a aucune intention d'y aller. Elle préfère lire ses carnets de bal, et s'occuper du chapeau qu'elle portera prochainement à Ascot. Pourtant elle n'oublie pas Jessica. Car, pour Debo, les mille liens de tendresse tissés pendant leur enfance demeurent solides : toutes deux se téléphonent longuement, elles s'entretiennent dans leur vieux jargon. Jessica évoque souvent sa fille, la petite Julia, le nouveau centre de son existence. Cet enfant qui, s'enthousiasme Jessica, grandira sans gouvernantes ni nounous, sans les rituels de la promenade quotidienne puis des bals assommants.

Un jour de printemps, Jessica emmène son bébé dans une des cliniques gratuites que le parti travailliste a implantées un peu partout dans l'East End. Elle veut la faire peser et obtenir un peu d'huile de foie de morue. Une épidémie de rougeole s'est déclarée dans le voisinage mais, à la clinique, on lui affirme qu'il n'y a rien à craindre : un enfant nourri au sein est naturellement immunisé. C'est tragiquement faux. Peu après, Julia tombe gravement malade. Jessica, qui n'a pas été vaccinée, attrape aussi cette terrible rougeole. Esmond engage des infirmières pour s'occuper du bébé et de sa femme. La température de Jessica monte à plus de quarante degrés, elle délire. Quand, quelques jours plus tard, sa fièvre tombe, elle revient à elle pour découvrir que son bébé est sous une tente à oxygène. Julia souffre maintenant d'une pneumonie. À tout juste cinq mois, elle meurt.

Jessica ne saura jamais quels mots utiliser pour dire sa douleur, et préférera ne pas en parler du tout. Pour ne pas se faire plaindre. Pour ne pas se laisser aller à s'apitoyer sur elle-même. Esmond est brisé lui aussi. Il quitte son poste à l'agence de publicité et, le lendemain de l'enterrement du bébé, emmène Jessica en Corse. Loin des amis qui ne savent plus comment exprimer leur sympathie. Loin de la saison qui commence à Londres et où la bonne société se montre plus acerbe que jamais. On y affirme, coupe de champagne à la main, que l'enfant était élevé dans un véritable taudis et affreusement négligé. Ses parents ne sont-ils pas des irresponsables ? N'avait-on pas prédit une catastrophe ?

Jessica et Esmond restent trois mois à Calvi, au Grand Hôtel. C'est l'été. Le soleil et la Méditerranée calment la violence de leur deuil. Le cauchemar s'éloigne, lentement, longuement.

Ce même été 1938, dans sa maison de Blomfield Road, Nancy découvre qu'elle est enceinte. Depuis trois ans, elle voulait un enfant. Elle a bien subi, sur le conseil de son médecin, un curetage de l'utérus. Mais c'était juste avant les vacances maudites à Saint-Briac, et Nancy pensait alors ne plus jamais avoir de rapports sexuels avec son mari. Depuis ils se sont quelque peu rabibochés. Et Nancy a envie d'une vraie famille, elle s'imagine entourée d'une flopée de petits enfants blonds : sans cela la vie vaut-elle d'être vécue ? Devenir mère est pour elle un besoin viscéral, instinctif. Plus fort que la raison. Car elle sait que le couple qu'elle forme avec Peter sera toujours bancal. De plus, elle éprouve un dégoût certain pour les nouveau-nés. Il y a juste un an, lorsque Jessica attendait Julia, Nancy lui avait écrit une lettre peu encourageante : « Il faut faire des choses si horribles avec les nourrissons, j'en ai vu un l'autre jour qu'on mettait au lit et – ô Sooze – quelle odeur ! Sa couche tout d'abord et puis son derrière. Beurk[1]. » Mais il est vrai qu'il y a les nounous pour s'occuper de ces

1. *Love from Nancy*, *op. cit.*

côtés désagréables. Nancy exulte quand elle apprend qu'elle est enceinte. Une nouvelle vie va commencer, plus harmonieuse, apaisée, sans plus de vide au cœur.

Son médecin l'avertit : elle ne doit surtout pas bouger ni faire d'effort. Nancy passe plusieurs semaines allongée. Peter, toujours aussi mufle, choisit ce moment pour partir en vacances en France avec le cousin Ed Stanley. C'est Muv qui prend alors soin de Nancy. Elle l'emmène chez des cousins qui ont une nombreuse domesticité dans leur manoir de West Wycombe Park. Puis elle l'installe dans une des chambres de la maison de Rutland Gate. Début septembre, Nancy rentre chez elle : son indépendance lui manque. Une infirmière et sa femme de chambre, Sigrid, veillent sur elle, et tout va pour le mieux. Nancy s'aventure même à annoncer l'heureux événement à son excentrique belle-mère. Mais cette dernière fait la sourde oreille. « Je suppose que ma conduite imprudente la rend furieuse, écrit-elle à Robert Byron[1]. Bien sûr c'est tout à fait fou de mettre au monde un bébé en ce moment, mais personne ne doit jamais s'empêcher de faire quelque chose uniquement par manque d'argent. » Dans une autre lettre, Nancy, avec sa désinvolture habituelle, répond aux compliments et aux vœux d'une vieille tante qui lui souhaite un héritier : « Oh, si je pensais un seul instant que ce pourrait être un garçon, j'irais immédiatement faire une longue promenade à bicyclette : deux Peter Rodd dans une seule maison, c'est inconcevable. »

Si elle se permet une telle plaisanterie, c'est que la grossesse se déroule désormais le mieux possible. L'infirmière ne lui a-t-elle pas assuré que ses services ne sont plus indispensables ? Nancy décide de retourner chez ses parents, dans la maison de Rutland Gate. À peine y est-elle arrivée qu'elle s'effondre. Une pointe incandescente semble s'enfoncer dans son ventre. Du

1. *Ibid.*

sang lui coule sur les jambes, se répand par terre. Elle fait une fausse couche.

De ce deuil d'autant plus douloureux que son espoir avait été immense, Nancy ne parlera jamais. Dans la famille Mitford, on tait le malheur. Sa santé ébranlée, elle doit passer de longues journées au lit, sans bouger : « Je ne peux même pas prendre un taxi et sortir déjeuner. » Mais jamais elle n'évoque la cause de cette immobilité forcée. Ses lettres affectent même un ton léger et drôle. Nancy traverse pourtant une période très noire de son existence. À la perte de son enfant, s'ajoutent les infidélités continues de Peter, sa cruauté à son égard et, de nouveau, son inactivité. Car une fois de plus il se retrouve sans emploi. Le poste qu'il espérait obtenir à la BBC lui a échappé : son frère Francis, lassé de ses méfaits, a averti la direction de la station radiophonique que Peter était un être irresponsable.

Par bonheur, le passé glorieux est toujours là, à portée de main, vigoureux et rassurant, qui fait oublier le chagrin et les cruelles désillusions. Nancy publie les lettres de ses ancêtres, Maria Josepha Stanley d'Alderley et Henrietta Maria Stanley, qu'elle a lues et relues avec un bonheur croissant. N'effacent-elles pas la méchanceté de Peter et les férocités de la vie ? « C'est comme si on m'avait mise sous chloroforme, écrit-elle à Robert Byron[1] d'Alderley Park, le château de son cousin Edward. Je me sens transportée dans un autre monde. » Le premier tome du recueil de ces lettres, *The Ladies of Alderley*, arrive dans les librairies en cette année 1938. Les Stanley, précise Nancy dans la préface qu'elle a rédigée, « ont pour points communs une rude franchise, une passion pour la querelle, une grande indifférence à l'opinion publique, une habileté sans

1. *Ibid.*

pareille à trouver les points faibles dans les armures des autres, des jambes et des sourcils épais, un esprit agile et un très grand sens littéraire. » Éperdue d'admiration pour ces formidables arrière-grands-mères, Nancy finit par considérer le siècle où elles ont vécu comme une sorte d'âge d'or où « les Anglais et leurs dirigeants vivaient en un accord parfait ». Elle oublie l'autre versant du XIXe siècle, celui qu'a décrit Charles Dickens, l'Angleterre démunie des mines et des filatures dont les ladies d'Alderley se souciaient peu. Mais Nancy a besoin de rêver, et ce passé idéal lui permet de ne pas sombrer.

En cet automne 1938, il est difficile d'ignorer le coup de théâtre politique qui vient de se produire : la signature des accords de Munich. L'Europe est en train de subir une de ses plus grandes secousses. La France, la Grande-Bretagne et l'Italie ont plié devant Hitler, et le laissent annexer le territoire des Sudètes, 85 000 kilomètres carrés qui appartenaient jusqu'alors à la Tchécoslovaquie. Hitler promet, en échange, de ne pas toucher au reste de la Tchécoslovaquie. Les accords de Munich sont un terrible aveu de faiblesse de la part de la France et de l'Angleterre face à l'arrogance nazie. Nancy craint, et désapprouve ces accords qui sont, pour Hitler, un triomphe. Car il croit plus que jamais à son infaillibilité et au grand destin dont il est investi. Quelques mois plus tard, pour créer le Grand Reich, il foulera aux pieds ces accords : les troupes allemandes envahiront la Tchécoslovaquie entière. Nancy le pressent. En politique, elle ne raisonne pas, elle ressent. Intuitivement elle sait que les protestations de pacifisme de ceux qui veulent éviter une guerre entre l'Angleterre et l'Allemagne ne servent qu'à renforcer le pouvoir de Hitler, sa volonté de puissance et sa politique d'expansion. Au sein de sa famille, elle est la seule à penser ainsi. Si l'on excepte Jessica, bien sûr. Mais Jessica, dans son entrepôt de Rotherhithe, appartient-elle encore à la famille ?

Et Nancy retrouve ce vieux sentiment venu du plus loin de son enfance, cet étonnement d'être différente des autres.

Invitée comme chaque été au festival de Bayreuth, Unity y attrape une pneumonie. Dans la clinique privée où elle est transportée d'urgence, Hitler dépêche son médecin personnel, le Dr Morell. Muv quitte précipitamment Londres pour veiller sur sa fille. Puis c'est Farve qui les rejoint en Bavière. Après quelques jours de forte fièvre, Unity se rétablit. Lord Redesdale demande à payer la facture de la clinique, mais on lui annonce que Hitler a déjà tout réglé. C'est inacceptable pour lui. Question d'étiquette. Il suit donc sa fille jusqu'à Obersalzberg où, lors d'une entrevue avec Hitler, il insiste pour rembourser l'ensemble des frais médicaux. Ce sera fait. Mais Unity demande à son père d'envoyer au Führer, en remerciement, un aigle de bronze japonais grandeur nature, une sculpture que grand-père Redesdale avait rapportée d'Extrême-Orient. Lord Redesdale s'exécute.

Peu après, lorsqu'elle emmène ses parents au rassemblement du parti nazi qui se tient, une nouvelle fois, à Nuremberg, Unity exulte. Elle est comme une petite fille ravie de voir ses parents venir enfin à la grande fête de l'école. Robert Byron, le vieil ami de Nancy, est là aussi. Mais s'il profite des introductions de Unity au sein de la hiérarchie nazie pour observer d'au plus près le grand rituel, il n'en perd pas pour autant son sens critique. Il est devenu un écrivain dont l'œil aigu est désormais célèbre et, pour les besoins d'un nouvel ouvrage, il tient à voir ce *Parteitag*. Devant l'immense déploiement de blindés et d'orgueil militaire, ses craintes sont confirmées : la guerre aura bien lieu, il en est désormais certain. Beaucoup moins perspicaces, Muv et Farve se laissent entraîner dans la foule, un peu hagards mais conquis. Unity est fière de leur montrer l'étendue de son pouvoir : un soir, alors que toutes les voitures sont interdites dans le centre de Nuremberg, elle parvient à obtenir un des rares laissez-passer ainsi qu'une imposante Mercedes officielle pour les conduire au restaurant. Ses parents sont impressionnés. Les fastes et les privilèges nazis les éblouissent toujours, eux qui, en Angleterre, ne sont que des petits nobles sans importance. Mais ce ravissement ne leur fait pas perdre leurs habitudes ni oublier leurs rites. Lady Redesdale, quand elle n'assiste pas à un défilé, s'installe dans un coin du hall du Grand Hôtel comme elle le ferait dans un château où elle est invitée, et se met à broder. Debout à côté d'elle, son époux l'aide à ramasser les aiguilles tombées sur le tapis ou bien arpente la vaste pièce, l'air désorienté, comme s'il se trouvait à une soirée où personne ne parle anglais. Pendant ce temps, Unity cherche, au milieu de la foule, à approcher son Führer qui, l'apercevant, lui décroche un grand sourire. Peu après l'aide de camp de Hitler murmure à l'oreille de Unity : « Le Führer aimerait vous voir. Quand le thé sera terminé, pourrez-vous le rejoindre dans sa suite ? » Elle exulte de nouveau.

De retour à Londres, lord Redesdale réfute vigoureusement les arguments de ceux qui affirment que la guerre avec Hitler est inévitable. Pour lui, il faut l'éviter à tout prix. Qu'importent la Tchécoslovaquie ou même la Pologne, ces petits pays lointains et de peu d'importance, dont les Anglais ignorent l'existence même. La Grande-Bretagne, première puissance mondiale, doit s'allier avec l'Allemagne envers et contre tout. Lady Redesdale, l'aiguille toujours à la main, sort de sa réserve pour se déclarer en parfait accord avec lui et se montre même plus virulente. Elle n'a pas de mots assez durs pour vilipender son cousin Winston Churchill, ce va-t-en-guerre qui dénonce les accords de Munich.

Diana, en cette année 1938, n'assiste pas au rassemblement du parti nazi : elle est enceinte. De sept mois. Elle cache sa grossesse à Wooton Lodge : elle est toujours supposée être Mrs Guinness et le scandale éclaterait à la une des journaux si des journalistes apprenaient qu'elle attend un enfant. À l'exception de quelques soucis d'argent – le manoir, avec ses larges baies vitrées et son parc immense, coûte si cher à entretenir qu'elle doit donner son congé à sa femme de chambre pour pouvoir garder plusieurs jardiniers –, Diana se sent parfaitement sereine. Car, au printemps dernier, juste après l'annexion de l'Autriche, Hitler a fini par lui donner son accord pour émettre une radio commerciale à partir de l'Allemagne. Un retournement ? Pas vraiment. Les fréquences autrichiennes ont été confisquées au moment de l'Anschluss et elles sont maintenant à la disposition du Troisième Reich. Hitler n'a qu'à les distribuer. Des négociations commencent, un montage financier se met en place, la nouvelle radio sera détenue à 55 % par une compagnie allemande et à 45 % par la société fondée par Diana, Mosley et leur ami Bill Allen : les craintes des nazis qui ne supportaient pas l'idée d'une radio étrangère sur le sol allemand sont ainsi apaisées. La fréquence qui lui est donnée est celle d'une radio polonaise sommée de ne plus émettre. Le 10 juin, le jour de ses vingt-huit ans, Diana fête cette victoire arrachée après deux ans d'obstination. Elle le fait dans la plus stricte intimité, avec son mari, à Wooton Lodge. Car le projet doit rester secret, et le nom de Mosley ne jamais apparaître pour qu'il ne soit pas soupçonné d'être soutenu par l'Allemagne. Diana ne doute pas un seul moment du succès de cette radio. Ni de la fortune qu'elle va apporter. La construction de l'émetteur, à l'extrême nord-ouest de l'Allemagne, doit prendre quatorze mois. C'est donc en septembre 1939 que tout doit commencer.

Alexander Mosley naît en novembre 1938, à Londres, dans la nouvelle maison que son père a acquise, dans le quartier de Pimlico, au bord de la Tamise. En même temps qu'ils font part de la naissance de leur fils, ses parents annoncent leur mariage, célébré deux ans plus tôt. Cela fait sensation. La presse se rue sur cette information. Les titres sont énormes. « Hitler était le témoin de Mosley », précise un quotidien. Et c'est par la presse que nombre d'amis ou de parents des époux apprennent la nouvelle. Nicholas, fils du premier mariage de Mosley, aurait ainsi appris en lisant le journal qu'il avait désormais une belle-mère et un demi-frère. La lettre de son père le lui annonçant ne serait arrivée que le lendemain.

Au début de ce même mois de novembre, une immense vague de violence se déchaîne en Allemagne. Dans la nuit du 9 au 10, les vitrines des magasins appartenant à des juifs sont toutes brisées, les synagogues détruites, les enfants, les femmes, les vieillards battus. Les hommes, raflés par la police, sont emmenés à Dachau, Buchenwald, Sachserhausen. On les torture. Cette « Nuit de cristal » est orchestrée par Goebbels qui a donné des instructions précises, et attisé, quand besoin était, les ardeurs antisémites. Le prétexte de ce pogrome ? À Paris, un jeune juif, Herschel Grynspan, a assassiné un secrétaire de la légation allemande. Mais il s'agit surtout, pour Goebbels et Hitler, de contraindre tous les juifs allemands à émigrer. « Le Führer, déclare alors Goebbels, veut les flanquer tous dehors… Madagascar serait la solution la plus appropriée pour eux. » En 1938, en dépit des persécutions, en dépit des lois antijuives, un peu plus des trois quarts de la population juive recensée en 1933 continue de vivre en Allemagne. C'est insupportable pour les autorités nazies. Goebbels veut aller de l'avant dans la purification raciale, mais ses méthodes, tel le pogrome, sont brouillonnes. Bientôt, Himmler et Heydrich s'occuperont de la question juive, et leur approche deviendra rationnelle, systématique et secrète. Le génocide commencera. En Angleterre, la plupart des personnalités politiques affirment leur horreur et leur désapprobation après cette Nuit de cristal. Seul, Mosley reste silencieux, et son silence est une approbation. Il affirme qu'il existe un complot juif mondial, et demande pourquoi on prend la défense des juifs alors que les Occidentaux sont restés silencieux lorsque d'autres minorités étaient opprimées et victimes de violences. Dans son autobiographie publiée en 1977, plus de trente ans après la Shoah, Diana Mosley continuera de défendre l'antisémitisme de son ami Goebbels. Ses termes à lui étaient grossiers, Diana dira la même chose avec un vocabulaire choisi. Mais tout aussi implacable. « Des milliers [de juifs] étaient arrivés de l'est de l'Europe après la [première] guerre [mondiale], écrit-elle, et la plupart des Allemands espéraient qu'ils partiraient vers une autre partie du globe. La juiverie internationale, avec ses immenses fortunes, l'Angleterre comme la France, avec leurs vastes empires, pouvaient trouver des espaces où les loger, imaginait-on en Allemagne. Les journaux anglais, français, américains décrivaient les juifs comme les citoyens les plus intelligents et les plus éminents d'Allemagne, alors les Allemands présumaient que ces pays leur accorderaient un accueil beaucoup plus chaleureux que ce ne fut le cas. Les juifs qui quittèrent l'Allemagne ne rendirent pas les choses plus faciles : leurs violentes attaques contre tout ce qui était allemand et leurs appels insistants au boycott et au blocus retournèrent contre eux de nombreux Allemands qui, au départ, étaient pourtant bien disposés à leur égard. Les lois antijuives furent décrétées dans les années 30 dans le but d'inciter les juifs à quitter l'Allemagne. Et ce fut une tragédie que la juiverie internationale n'ait pas alors fait un effort plus grand pour ses coreligionnaires d'Europe de l'Est. » En janvier 1939, en contemplant, de la large fenêtre de sa chambre, la neige qui recouvre son domaine de Wooton Lodge, Diana est certaine qu'elle a raison. Elle croit à sa propre grandeur, à la grandeur de sa classe, de sa race, à la suprématie incontestable de l'Angleterre et de l'Allemagne unies. Elle est persuadée de se trouver du bon côté de l'Histoire, celui qui va vaincre. Dans sa belle demeure parfaitement décorée, le portrait de Hitler trône dans le salon.

À peine revenus de Corse, encore meurtris mais désireux d'action, Jessica et Esmond s'empressent d'assister aux meetings en faveur de la République espagnole. Seule la Catalogne résiste encore. Mais c'est sans espoir. Elle est si faible, si divisée aussi, et face à elle il y a les aviations allemande et italienne, une armée aguerrie appuyée par des unités de Mussolini. Alors l'optimisme aveugle que professent les orateurs agace les Romilly. N'est-ce pas mentir que crier encore « No pasaràn » ? Répéter comme si c'était possible « Nous vaincrons » ? Le jeune couple est en train de perdre d'autres illusions. Pourtant, le jour où les accords de Munich sont signés, Jessica se montre toujours idéaliste. Elle est persuadée que des manifestations spontanées vont se former dans les quartiers populaires, la classe ouvrière va dénoncer la trahison du Premier ministre Chamberlain envers la Tchécoslovaquie, une clameur va s'élever contre cette capitulation, crier au désastre. Mais rien ne se passe. La vie continue, tranquille. Presque sereine. L'Angleterre laborieuse est soulagée : n'évite-t-on pas la guerre ? « Chamberlain ? Mais il est pour la paix ! et c'est très bien ainsi », s'écrie une jeune femme de Rotherhithe, et Jessica est médusée. Des milliers de réfugiés dépenaillés, sans plus aucune possession qu'une vieille valise, quittent précipitamment l'Espagne, l'Allemagne, l'Autriche, la Tchécoslovaquie, dans l'indifférence la plus générale. Que faire ? Et Jessica doit s'atteler à son premier emploi : elle est devenue enquêtrice pour l'agence de publicité où travaille

Esmond. Au sein d'un groupe de six à huit jeunes femmes, il lui faut parcourir l'Angleterre industrielle du Midlands et du Nord. C'est un travail tout à fait nouveau qu'elle accomplit, inspiré d'une idée venue d'Amérique et d'une méthode mise au point par un certain Dr Gallup : il s'agit d'étudier la réaction des consommateurs aux produits. Munie de longs questionnaires, Jessica fait du porte-à-porte, parcourt les longues rangées de maisons toutes semblables, accolées les unes aux autres. « Combien de fois par semaine vous lavez-vous les aisselles ? » doit-elle par exemple demander à des femmes au foyer à l'accent rocailleux. Celles-ci souvent lui claquent la porte au nez. Le soir, dans les hôtels miteux où dort le petit groupe d'enquêtrices, Jessica découvre l'univers de ses collègues, d'anciennes danseuses de cabaret, des petites amies de rédacteurs publicitaires, des aspirantes journalistes, toutes issues d'un milieu beaucoup moins privilégié que le sien. Elle n'entend que des histoires sordides d'hommes et de sexe, racontées sans tendresse ni humour. « J'éprouvais, écrira-t-elle[1], de la répulsion en même temps de la fascination, tout en espérant vivement que mes collègues ne représentaient pas cette classe ouvrière qui devait instaurer la révolution mondiale. En fait il ne semblait pas y en avoir le moindre risque car aucune d'entre elle n'était, ne serait-ce que de loin, intéressée par la politique. Leur lecture des journaux se limitait aux faits divers et aux articles sirupeux sur les chères petites princesses Lilibet[2] et Margaret Rose. »

Esmond, que la bonne société continue de qualifier de communiste, adhère alors au parti travailliste, et y entraîne Jessica. Il trouve de plus en plus ridicules les gesticulations de ses amis, ces intellectuels communistes qui exhortent les travailleurs à l'action sans

1. *Hons and Rebels*, *op. cit.*
2. La future Elizabeth II d'Angleterre.

s'apercevoir que leurs harangues résonnent dans le vide. Le parti travailliste, découvrent Esmond et Jessica, est beaucoup mieux implanté dans la classe ouvrière anglaise – et il agit vraiment. De l'argent est récolté pour aider les réfugiés espagnols et juifs, et lors des réunions mensuelles à Rotherhithe, des dockers accompagnés de leurs femmes chantent « Le drapeau rouge », l'hymne travailliste. Leurs voix rauques, leur accent rugueux émeuvent les Romilly jusqu'aux larmes.

Ils restent pourtant, malgré eux, prisonniers de leur éducation. Ils ignorent par exemple que l'électricité se paie. Jamais ils n'ont vu de facture et, pour eux, l'électricité est comme l'air, disponible pour tous et gratuite. Alors, dans leur dernier étage de Rotherhithe, ils font fonctionner les radiateurs au maximum, laissent les pièces éclairées jour et nuit. Un matin, la note arrive. Ils ne peuvent l'acquitter. Un employé de la compagnie les rappelle à l'ordre. Ils tentent d'utiliser des subterfuges, font semblant d'être absents, restent au lit tandis que l'employé entre dans l'appartement. Rien n'y fait. Il leur faut payer. Ils finissent par partir à la cloche de bois et esquivent les représailles en se cachant dans une chambre meublée au centre de Londres, près de Marble Arch.

Ce genre de méfait, dont Esmond est coutumier, lui vaut d'être qualifié, au sein de sa classe sociale, de voyou. Il est vrai que, habitué depuis l'âge de quinze ans à se débrouiller seul, il ne ressent aucun scrupule à utiliser tous les moyens pour survivre. À Bayonne, il a, avec Jessica, emprunté la voiture d'un confrère journaliste parti sur le front. Sans lui demander sa permission. La voiture les a emmenés jusqu'à Dieppe, où ils l'ont abandonnée en fâcheux état. À Eton, Esmond a volé, par provocation, une trentaine de chapeaux haut-de-forme accrochés dans le vestibule de la chapelle. Dès le lendemain, il les vendait à un marchand de fripes : son anarchisme se conjugue à un puissant réalisme financier. Un autre jour, en compagnie de Philip Toynbee et de Jessica, il se fait inviter chez un riche vicomte qui se proclame socialiste. Dans son château, se retrouvent le week-end des députés travaillistes, de riches Américaines, quelques aristocrates fauchés. Des valets en livrée plient les exemplaires du *Daily Worker* et, dans la vénérable librairie, sont alignés les volumes d'une collection du *Left Book Club*. Esmond, très à l'aise, parle fort, s'enivre, verse lui-même, au mépris des conventions, le porto dans les verres des convives et se conduit comme le maître des lieux. « Il ressemblait, écrira Philip Toynbee[1], à un envahisseur barbare qui vient de conquérir un pays civilisé. » Le lendemain, le barbare et son épouse s'enfuient avec leur butin, des rideaux qu'ils ont découpés pour en décorer leur chambre, un sac empli de cigarettes. « Certes, d'un certain point de vue, expliquera Philip Toynbee[2], ils s'étaient conduits d'une façon outrageuse, en profitant de la générosité et de la gentillesse de celui qui les avait accueillis. Mais les Romilly voyaient cet épisode sous une tout autre lumière. Ils étaient en lutte ouverte contre les riches et les nantis, et abuser, voler un hôte n'était pas plus honteux qu'espionner, par exemple, un pays ennemi. » Bien des années plus tard, en repensant à ces méfaits Jessica tentera de les expliquer[3] : « Nous pensions nous être construits nous-mêmes, nous croyions être les produits de nos seules actions et décisions. Pourtant, notre conduite, cette propension à la délinquance que je trouvais si attirante chez Esmond, son insouciante intransigeance et même son extrême confiance en soi prenaient leurs racines dans la longue histoire

1. *Friends Apart*, *op. cit.*
2. *Ibid.*
3. *Hons and Rebels*, *op. cit.*

de l'aristocratie anglaise et dans notre enfance privilégiée. Les qualités de patience et d'autodiscipline que le travailleur acquiert dans sa lutte quotidienne étaient totalement absentes en nous. »

Fin 1938, Esmond, toujours impatient, désespéré par la situation politique en Europe, agacé par les factures qui le poursuivent, morose, a soudain une idée pour échapper à cette tristesse diffuse : partir pour l'Amérique. Et y attendre la déclaration de l'inévitable guerre. Jessica a reçu, le jour de ses vingt et un ans, cent livres. C'est, de la part de sa famille, un solde pour tout compte. Cette somme – équivalente à environ trois mille euros – n'est pas suffisante pour monter un night-club, comme Esmond en a eu l'idée, ni même un bar. Mais elle est trop importante pour être dissipée en une seule soirée, en faisant une énorme fête. Elle suffit cependant largement à acheter deux billets de troisième classe sur un paquebot à destination de New York. D'ailleurs, Esmond fourmille d'idées, lui qui sait parfaitement monnayer ses origines sociales et son statut de neveu de Winston Churchill. Pourquoi ne pas donner une série de conférences ? Jessica décrira l'année d'une débutante, il détaillera la vie quotidienne dans une *public school* : les rites de l'aristocratie anglaise fascinent les Américains. Jessica s'enthousiasme. Toujours prête à suivre Esmond, elle est devenue son double, sa réplique féminine.

Le 18 février 1939, ils quittent Londres. Sur le quai de la gare, Philip Toynbee est là. Tom aussi, unique membre de la famille Mitford à venir dire au revoir à Jessica. Mais il y a aussi Nanny, la nounou, le dernier lien de Jessica avec son enfance, qui paraît désormais si frêle, si minuscule. Cette Nanny pleine de principes qui cherche à la retenir : « Mais pourquoi partez-vous en Amérique, s'écrie-t-elle, il y a là-bas d'horribles tremblements de terre, et l'on y infuse le thé dans d'ignobles sachets – mes cousins m'ont dit qu'on ne peut pas se faire servir une vraie tasse de thé. » Le train qui conduit au paquebot s'ébranle, et Jessica, la tête hors de la fenêtre, respire le parfum de Londres, ce mélange de suie et de pluie. Elle ne sait pas que c'est la dernière fois avant très longtemps. Elle ne reviendra en Angleterre que seize ans plus tard.

Franco et ses troupes ont commencé à envahir la Catalogne, ils ont pris Valence et Tarragone. Un million et demi de réfugiés fuient devant leurs blindés, tirent des charrettes ou poussent des brouettes, mais n'ont souvent qu'une valise à la main, parfois une chèvre en laisse, ou un chien. Ils avancent vers le nord, chassés par l'armée loyaliste, franchissent les Pyrénées, traversent la frontière et se retrouvent dans le Roussillon. Les autorités françaises sont dépassées par ce flot de républicains qui refusent un régime honni. Des camps sont bâtis à la hâte sur des marais salants, qu'on entoure vite de fils de fer barbelé. Pas question pour la France d'offrir un asile à tous. La typhoïde et le choléra éclatent et jusqu'à quatre cents personnes meurent chaque jour. Surtout des enfants. Des organisations charitables arrivent de toute l'Europe, qui habillent, nourrissent, soignent ces victimes de la guerre.

Peter Rodd, honteux de n'avoir pas eu le courage, finalement, de combattre en Espagne, accourt à Perpignan. À Londres, il s'ennuyait. Du jour au lendemain, il se transforme en parfait bénévole de ce qu'on appellera, plusieurs décennies plus tard, l'« humanitaire ». Avec son goût pour l'autorité et l'organisation, son don pour les langues et son esprit encyclopédique, il se met avec brio au service des réfugiés. Il parle en leur nom aux autorités françaises, regroupe les familles éparpillées, dresse des listes, prépare les départs vers le Mexique. C'est un logisticien hors pair. Il n'a plus une minute à lui, écrit des rapports, se sent très important et il n'y a rien qu'il aime tant. Les lettres qu'il envoie à Nancy, sa « chère Paul » comme il l'appelle encore, sont pourtant dépourvues de tendresse. Par contre, il y décrit avec passion le calvaire des Espagnols. « Ici, on assassine de sang-froid des milliers de personnes », s'indigne-t-il.

Nancy ne peut s'empêcher d'admirer son époux. Elle fait circuler autour d'elle ses lettres pour émouvoir les siens, elle plaide la cause des réfugiés. Nancy la frivole se transforme presque en militante.

Est-ce pour être auprès de Peter qu'elle aime finalement, malgré tout ? Est-ce pour se sentir utile, pour échapper à la lourde atmosphère de ni guerre ni paix qui règne en Europe ? En mai 1939, elle rejoint son époux à Perpignan. Il n'est pas à la gare pour l'accueillir et, lorsqu'elle le retrouve à son bureau, il lui donne un bref baiser sur la joue, la présente en coup de vent à ses assistants et court vaquer à ses importantes occupations. Six cents familles doivent prendre un bateau pour le Mexique, et il n'a pas de temps à perdre. Bras ballants, Nancy demeure quelques secondes interdite, puis, pour ne pas perdre la face, recourt à son sens de l'humour pour commenter la situation devant les assistants. Ces derniers, Donald Darling, un jeune Anglais qui possédait une agence de voyages à Barcelone et a tout perdu, et Humphrey Hare, un écrivain qui vit dans le sud de la France et est venu aider, sont conquis et émus. Ils perçoivent le désarroi de Nancy, et lui cherchent immédiatement une occupation auprès des réfugiés. Son manque absolu de sens pratique est un handicap. Mais elle sait conduire. La voici donc, un chapeau de coolie chinois sur la tête, qui fait le chauffeur, transporte des réfugiées au visage émacié d'un camp à l'autre. Certaines ont perdu, dans leur fuite, leur enfant et le cherchent désespérément. Nancy découvre les gymnases où se pressent les femmes, les camps où s'entassent les hommes, le malheur quotidien. À une lettre de sa mère qui lui vante les mérites de Hitler et de l'Allemagne, elle répond aussitôt[1] : « Si vous étiez témoin, comme je le suis, de quelques-uns des effets les moins agréables du fascisme, je pense que vous seriez moins pressée de voir la croix gammée régner sur le monde. Et quelles que soient les bonnes choses que produisent un tel régime, on ne peut nier que le premier résultat est toujours une horde de malheureux réfugiés. Personnellement je tendrais la main au diable pour mettre fin à un tel fléau... Vous avez engagé cette polémique, alors ne vous montrez pas fâchée si je dis ce que je pense. »

Incongrue avec ses manières de grande dame et sa voix affectée, maladroite, Nancy n'en a pas moins le geste qui réconforte, la main qui aide une femme qui trébuche, l'émotion qui perle lorsque des couples séparés par la guerre se retrouvent sur un quai, à Sète, devant le paquebot en partance pour le Mexique. Elle pleure même à chaudes larmes quand les amarres sont rompues et que les réfugiés entonnent *God save the King* pour le petit groupe d'Anglais qui les a aidés, puis la *Marseillaise* et enfin l'hymne républicain espagnol.

Peter ne dispose jamais d'une minute pour elle, il se plaît à passer quarante-huit d'affilée à travailler, sans dormir, il se démène et la délaisse. Un seul geste, un seul mot auraient pourtant suffi à Nancy. Dans les rues étroites de Perpignan, balayées d'un vent glacial, elle comprend plus clairement qu'elle ne l'a jamais fait que son mariage est un échec total, définitif. Elle le saisit d'autant mieux qu'elle admire Peter. Elle n'est pas jalouse. Il est devenu, pour elle, un héros. Sublime au milieu de la misère des camps. Mais il n'est plus un mari. Elle l'aime encore, beaucoup, mais d'une tendre

1. *Love from Nancy, op. cit.*

amitié. Rien de plus. Quand elle rentre à Londres, elle ne se sent pas brisée. Elle sait simplement qu'elle est désormais entièrement seule.

La guerre est là, tapie, aux aguets. Chacun la sent qui arrive. À Prague, l'immense drapeau nazi qui flotte sur le palais du Hradcany est un symbole honni de la population tchèque. Les troupes allemandes n'ont pas été accueillies par des foules enthousiastes, comme à Vienne. Au moment de l'invasion de la Tchécoslovaquie, Unity se trouve en Angleterre, pour accomplir ce qu'elle pense être son devoir : œuvrer jusqu'au bout pour une alliance entre son pays et Hitler, et éviter la guerre à tout prix. Elle croit tant en sa mission qu'elle n'est pas présente à Berlin, le 20 avril, jour du cinquantième anniversaire du dictateur. C'est pourtant le jour où le culte du Führer est poussé à son extrême. « Il est fêté comme aucun autre mortel ne l'a jamais été », précise Goebbels. Les cadeaux sont extravagants, l'adulation frôle plus que jamais l'hystérie collective. Unity, à Londres, signe un article dans le *Daily Mirror* où elle explique que les Allemands pensent que la race nordique est la plus formidable du monde. « Ce qu'elle est, bien sûr », précise-t-elle. L'Allemagne et l'Angleterre, pays nordiques donc supérieurs, ont des intérêts communs et il suffirait que l'Angleterre laisse l'Allemagne dominer l'Europe pour que ses intérêts, et son Empire, soient sauvegardés. Unity a le style naïf, et la pensée prisonnière d'une terrifiante arrogance. Lady Redesdale publie elle aussi un article dans le *Daily Sketch* où elle explique que le national-socialisme a éliminé la guerre des classes, augmenté le niveau de vie et renforcé la religion, au contraire de son ennemi, le bolchevisme. Alors pourquoi l'Angleterre cherche-t-elle à s'allier avec l'Union soviétique et non avec l'Allemagne ? C'est à ce moment-là que Tom Mitford adhère aux Blackshirts de Mosley, qui parcourt l'Angleterre en professant un pacifisme de circonstance. Derek Jackson et son épouse Pam sont tout aussi convaincus que l'Angleterre doit se ranger au côté de Hitler. Mais, au sein d'une Grande-Bretagne désormais offusquée par l'outrecuidance nazie, les membres de la famille Mitford deviennent une minorité. Nancy, avec son instinct antifasciste, est beaucoup plus proche du sentiment commun.

Unity revient à Munich début mai. Pour s'y installer définitivement. Sur ordre de Hitler, une liste de quatre appartements munichois lui est présentée : elle n'a qu'à choisir. Le cadeau ne coûte pas cher aux nazis : ces logements ont été confisqués à des familles juives. Quand Unity les visite, mesure les pièces, parle de tel meuble qui irait bien là dans ce coin, les anciens propriétaires sont encore présents. Unity ne les voit pas. « Ils partent à l'étranger », affirme-t-elle avec légèreté. L'appartement qu'elle finit par choisir est situé au troisième et dernier étage d'une belle maison silencieuse, au 26 Agnesstrasse. Il y a trois pièces et une cuisine. Hitler lui offre les meubles du salon, Janos von Almasy, un noble hongrois pronazi, vieil ami de Tom, déniche une table et des chaises chez un antiquaire. Unity affirme pourtant que « sur le continent, on ne trouve rien de correct ». Alors, pendant cet été 1939 où se prépare la guerre, elle poursuit ses allers-retours entre son île natale et l'Allemagne pour rapporter de Londres, dans sa petite Morris emplie à ras bord, des lampes, des rideaux, des petits meubles. Le 8 août, elle fête ses vingt-cinq ans et emménage dans l'appartement repeint et décoré. Au-dessus de son lit, deux drapeaux nazis forment un dais. Et, sur sa table de chevet, trône une photo de Hitler dont elle a coloré les yeux et les lèvres. Le consul britannique à Munich a beau l'avertir à plusieurs reprises qu'il lui faut quitter l'Allemagne, car la guerre va éclater, elle refuse. S'entête. Le 23 août, Ribbentrop signe à Moscou un pacte de non-agression avec Staline. Les nazis et les communistes, ex-ennemis irréductibles, s'entendent pour se partager la Pologne et Hitler a désormais les mains libres pour continuer l'expansion du Troisième Reich vers l'Est. Tous les étrangers qui résident en Allemagne quittent le pays. Fin août, Unity écrit à Diana[1] : « Je me sens isolée, tous les étrangers sont partis de Munich, même les journalistes, à vrai dire j'en connaissais peu, mais le sentiment de sécurité s'est évanoui… » Peu après, elle reçoit les cadeaux que Jessica lui a envoyés des États-Unis pour son anniversaire. Ils lui font un plaisir fou : ce sera sa dernière grande joie. « S'il vous plaît, remerciez-la mille fois quand vous lui écrirez, je n'aime pas lui écrire car elle me dit toujours de ne pas le faire – à cause d'Esmond – et de toute façon je n'ai pas son adresse », écrit-elle à sa mère[2].

Le 1er septembre est un jour magnifique en Bavière, l'été se termine dans une douceur lente et apaisée. Unity se trouve dans sa voiture, en train de faire des courses quand elle apprend que le Troisième Reich s'est emparé de Dantzig, le port polonais : Hitler célèbre aussitôt la conquête dans un discours radiodiffusé. Le soir, Munich est soudain plongée dans le noir. Le black-out commence. Car Hitler s'attend à des représailles : en envahissant la Pologne, il vient de déclencher la guerre. Le 2 septembre, Unity écrit une nouvelle lettre à Diana[3] : « J'ai essayé de te téléphoner hier soir mais je m'y suis prise quelques heures trop tard : les appels en Angleterre ne sont plus autorisés… » Elle poursuit : « Je crains de ne plus jamais voir le Führer. Nardy, si quelque chose m'arrive et que la presse anglaise sorte des articles mensongers contre Wolf [le surnom de Hitler], veille surtout

1. Cité dans Jonathan et Catherine Guinness, *The House of Mitford*, Hutchinson, Londres, 1984.
2. *Ibid.*
3. *Ibid.*

à ce que la vérité se fasse jour. » Le 3 septembre, à neuf heures du matin, l'Angleterre lance un ultimatum à l'Allemagne : elle doit immédiatement se retirer de Pologne. Au même moment, le consul anglais à Munich appelle Unity : un télégramme vient d'arriver. Unity accourt : tout en le lui remettant, le consul l'avertit que la guerre va commencer. Le télégramme vient de Londres, de ses parents. Unity fond en larmes. Et, sur un bout de bureau, écrit aussitôt :

« Mes chers Muv et Farve,

Je me trouve au consulat où j'ai reçu vos télégrammes et où j'ai appris que la guerre vient d'être déclarée. Cette lettre est pour vous dire au revoir. Le consul aura la gentillesse de l'emporter en Angleterre et vous la faire remettre. Je vous envoie à tous mon amour, et en particulier à ma Boud : écrivez-le lui. Peut-être quand cette guerre sera terminée, tout le monde sera ami de nouveau et l'amitié entre l'Angleterre et l'Allemagne que nous avons tellement espérée renaîtra. J'espère que vous verrez le Führer quand tout cela sera terminé. Avec tout mon amour et tous mes vœux, Bobo.

P.-S. : Tout mon amour à Blor[1]. Et j'espère que tout ira bien pour Tom. »

L'Allemagne ne répond pas à l'ultimatum de la Grande-Bretagne. Qui déclare la guerre à Hitler. La Seconde Guerre mondiale commence.

Ce 3 septembre est un dimanche. Il n'y a pas un bruit dans l'appartement de l'Agnesstrasse, seul le chuintement de la plume sur le papier résonne et semble emplir la pièce. Unity écrit encore. De nombreuses lettres. Des adieux. À Janos, l'ami hongrois ; à Rudi, une amie allemande ; à Hitler ; et au Gauleiter Wagner, le maître de Munich. Elle cachette les enveloppes, les

1. La vieille nurse.

réunit dans son sac et prend, dans un tiroir du secrétaire, son petit revolver au manche de nacre. En bas de la maison, elle saute dans sa Morris. La voiture s'arrête devant le ministère de l'Intérieur et Unity monte jusqu'au bureau du Gauleiter Wagner. « J'aimerais vous donner ceci », lui dit-elle en toute hâte. Elle lui tend une lourde et grande enveloppe et disparaît. Trop occupé en ce premier jour de guerre, Wagner n'ouvre pas immédiatement la missive. Unity s'engouffre dans sa voiture et part sur les chapeaux de roues. Quelques heures plus tard, la police découvre sur un banc de l'Englisher Garten, le jardin anglais, un joli parc au bord de l'Isar, le corps inanimé d'une jeune fille. Du sang coule par terre. Un trou très rond se découpe, précis, sur la tempe droite.

Quand le Gauleiter Wagner ouvre enfin la lourde enveloppe, il y découvre un mot écrit à son intention, un portrait de Hitler, un insigne du parti nazi, une lettre à Hitler. Dans le mot, Unity explique qu'elle ne peut supporter qu'éclate la guerre entre l'Allemagne et l'Angleterre. Elle met fin à ses jours.

VII

Une voiture de la Luftwaffe roule à toute allure vers le parc, au bord de l'Isar. Trois hommes en uniforme en sortent en courant et emportent prestement le corps inanimé. Une famille qui se promène à ce moment dans le jardin est cernée par des agents de la Gestapo : ils lui intiment l'ordre de ne parler à personne de ce qu'elle a vu.

Unity est dans le coma. Mais elle vit. À la clinique où elle est transportée, les chirurgiens réservent leur diagnostic. La balle a traversé son cerveau et s'est arrêtée au bas du crâne. Il serait trop dangereux de l'opérer.

Hitler est en train de suivre, triomphant, le dépeçage de la Pologne par ses troupes quand sa main gauche esquisse brusquement un geste nerveux. Pendant une fraction de seconde, un tic plisse son visage. Une ordonnance vient de lui annoncer la tentative de suicide de son admiratrice anglaise. Très vite, en habile comédien, Hitler redevient maître de lui-même. Il intime sèchement à l'ordonnance de prévenir la clinique : il prendra personnellement en charge tous les frais médicaux. Mais le dictateur ne s'attarde pas à réfléchir. La mort rôde autour de lui. Celle, bientôt massive et programmée, des juifs et des opposants à son régime. Mais aussi celle des femmes qui lui ont été proches. Hitler se rappelle-t-il Mimi Reiter, la jeune fille naïve qu'il a rencontrée à Berchtesgaden en 1926 ? Un an plus tard, elle se pendait et échappait par miracle à la mort. Mimi avait seize ans et rêvait de l'épouser. Il se contentait de lui envoyer *Mein Kampf* en cadeau de Noël. Hitler, à trente-sept ans, se sentait flatté de l'adoration de cette adolescente, mais n'avait rien à lui offrir en retour. Mimi en avait été désespérée. Égomaniaque, intéressé par les autres dans la seule mesure où ils lui servent, ou l'adulent, Hitler a pourtant été ému par une femme, une seule : sa nièce, Geli Raubal, la fille de sa demi-sœur Angela. Pas vraiment jolie, mais vive et séductrice, Geli est venue, à sa demande, le rejoindre à Munich en 1929. Dès lors, elle l'accompagne partout, au restaurant, sur les tribunes où il pérore, au café, à l'opéra, à la campagne. Jamais jusqu'alors il ne s'était montré en public en compagnie d'une femme : il peaufinait son image de visionnaire au seul service de son pays. Les rumeurs courent bon train sur leur éventuelle liaison. Pourtant, Geli, elle, ne l'aime pas. Frivole, elle apprécie le grand appartement, les Mercedes, le luxe offert par son oncle. Mais cette jeune femme sensuelle préfère à Hitler son chauffeur. Quand le dictateur découvre la liaison de sa nièce avec son employé, il veut le tuer. Le chauffeur sera simplement remercié. La jalousie de Hitler envers sa nièce devient féroce. Il l'enferme dans son appartement aux volets toujours clos. Elle étouffe, veut repartir chez elle, à Vienne. Hitler le lui interdit. Le matin du 19 septembre 1931, on la retrouve morte dans une chambre. Elle s'est tiré une balle dans la tête avec le revolver de Hitler. Sa mort fait scandale, la presse, encore libre, échafaude toutes les hypothèses : Hitler aurait personnellement tué sa nièce, ou l'aurait fait assassiner. Le parti nazi diffuse sa version officielle : Geli jouait avec l'arme de Hitler quand l'accident s'est produit. Deux ans plus tard, les journaux sont bâillonnés et Eva Braun a discrètement pris la succession de Geli. Frivole elle aussi, peu intéressée par la politique, elle fait preuve d'une dévotion totale à son Führer qui la tient recluse dans une chambre. Mais elle s'y ennuie, jalouse les jeunes filles qui se pressent autour du dictateur, s'inquiète de la beauté de la cinéaste Leni Riefenstahl qui éblouit Hitler. « Je n'étais pas son genre, dira cette dernière, il préférait les petites créatures. Mais, s'il l'avait voulu, j'aurais dû y passer. » Deux fois, en 1932 et en 1935, Eva Braun fait des tentatives de suicide. D'abord à l'aide d'un revolver. Ensuite en avalant des médicaments. Elle se rate chaque fois : elle a simplement besoin d'attention. En mai 1945, dans le bunker de Berlin où ils se sont repliés, elle suivra Hitler dans la mort en avalant une capsule de cyanure. Cette fois, le suicide sera réussi.

Hitler, ce 3 septembre 1939, se rassure. Si Unity Mitford a frôlé la mort, c'est à cause de l'Angleterre, qui lui a déclaré la guerre. Lui ? Il n'a fait qu'envahir la Pologne pour accomplir son destin : celui de former le Grand Reich. Pourtant, dans un obscur repli de son âme, le dictateur est désemparé. Pourquoi, sinon, aurait-il pris soin, en liaison avec Goebbels, le maître de la propagande, d'interdire à la presse allemande d'évoquer la tentative de suicide de Unity ? Pourquoi aurait-il fait en sorte que son état de santé devienne un secret d'État ?

Sur son ordre, nuit et jour, des infirmières se relaient au chevet de la jeune femme. Elle est toujours inconsciente. Au bout d'une semaine, elle se réveille et parvient à parler. Mais les mots qu'elle prononce sont vides de sens : elle les confond. Son cerveau a été irrémédiablement atteint.

Ni ses parents ni ses frère et sœurs ne sont avertis de sa tentative de suicide. Un rideau parfaitement opaque vient de tomber entre l'Angleterre et l'Allemagne. Les relations diplomatiques entre les deux pays sont rompues. Le vice-consul anglais à Munich, Wolston Weld-Forrester, est même arrêté et placé en résidence surveillée : la lettre d'adieu que Unity a écrite à ses parents reste en Allemagne. L'ambassade américaine à Berlin représente désormais les intérêts anglais et s'occupe de la poignée de ressortissants britanniques qui demeurent sur le sol allemand. Dans la liste qui les recense, le nom de Unity est bien noté. Mais la mention « inconnue » figure à côté du mot « adresse » et la ligne : « Vue pour la dernière fois » est blanche. Lord Redesdale, très inquiet, insiste auprès du Foreign Office : il faut que sa fille soit inscrite parmi les sujets britanniques qui ont besoin d'assistance. Le ministère transmet sa requête à Berlin où le conseiller américain s'obstine à chercher une trace de Unity. En vain. Les autorités nazies gardent le silence le plus total à son propos.

Le 3 septembre 1939, au moment où sa sœur se précipite au volant de sa petite Morris vers ce qu'elle pense être la mort, Nancy se trouve dans un train bondé. Autour d'elle, des centaines de soldats rient ou somnolent. De la vitre de son compartiment, elle aperçoit des silhouettes grises qui amassent de gros sacs de sable autour d'une église. Elle observe des colonnes de femmes et d'enfants arrivant dans les villages : c'est le premier exode d'une guerre qui commence. La Grande-Bretagne se prépare aux bombardements. Nancy retourne à Londres – elle se trouvait en Écosse, où elle rendait visite à ses parents. Son père, un soir qu'il se trouvait à son club, a acheté, sur un coup de tête, une île des Hébrides, un bout de terre nue entourée d'une mer sombre, balayée par le vent, envahie par les cris des mouettes, sur laquelle se dresse une grande maison carrée de trois étages. L'île s'appelle Inchkenneth et l'écho du monde extérieur y parvient à peine – uniquement grâce à la radio qui souvent grésille horriblement. Le 1er septembre, Nancy apprend que Hitler vient d'envahir la Pologne. Aussitôt elle décide de rentrer à Londres. Aucune hésitation : la guerre va éclater et elle doit se mettre au service de son pays. C'est son côté chevaleresque. Sa mère, l'air distant et fâché, l'accompagne jusqu'à la gare d'Oban. Le voyage est long : il faut d'abord prendre une chaloupe, traverser une autre île en voiture, prendre ensuite un ferry, et enfin un taxi. Là, sur le siège de cuir, Nancy ne peut s'empêcher de prononcer un jugement à la fois caustique et indigné sur Hitler, pour le plaisir de provoquer sa mère, qui admire plus que jamais le dictateur nazi : la guerre qui s'annonce est, pour lady Redesdale, une erreur funeste dont l'Angleterre ne se relèvera pas. Elle n'en démordra jamais. Ce jour-là, elle accepte mal la contradiction, et ne supporte pas le ton persifleur de Nancy. Sans se départir de son calme, elle ordonne au chauffeur d'arrêter la voiture sur le bas-côté. « Vous sortez immédiatement, intime-t-elle à sa fille, et vous marchez jusqu'à la gare. » « J'ai préféré adoucir ce que j'avais dit sur Hitler plutôt que d'affronter cette épreuve, raconte Nancy[1] peu après. Muv semble le considérer comme son gendre favori… et elle souhaite, sans gêne aucune, que nous perdions la guerre… »

Dès qu'elle arrive à Londres, Nancy se porte volontaire pour participer à l'effort de guerre. Et, comme elle ne sait toujours rien faire de ses mains si ce n'est écrire et conduire une voiture, on lui assigne une nouvelle fois la tâche de chauffeur auprès de l'hôpital St Mary, dans un poste de premier secours. Il lui faut se tenir prête à partir au cas où il y aurait un raid aérien et des blessés à aller chercher. Elle se retrouve assise dans une pièce aveugle de onze heures du matin à sept heures du soir, immobile, à attendre. C'est la drôle de guerre. Rien ne se passe. Aucun bombardement. Mais la tension est là qui, heure après heure, aiguise les nerfs. À Hyde Park, des tranchées ont été creusées, des batteries antiaériennes installées. Partout dans la ville des sacs de sable sont empilés le long des vitrines et toutes les fenêtres, dès que la nuit tombe, sont obscurcies par les lourds rideaux noirs que chacun a confectionnés. Le soir, la

1. *Love from Nancy*, *op. cit.*

capitale britannique devient étonnamment vide et sombre : le couvre-feu et le black-out ont été mis en place. « C'est si joli quand c'est la pleine lune, commente Nancy[1], et si agréable de n'entendre aucune circulation. » Dans le silence, les soldats se préparent. Parmi eux, se trouvent la plupart des amis de Nancy. Robert Byron, Mark Ogilvie-Grant, William Acton, Evelyn Waugh. Son frère Tom aussi et le cousin Randolph Churchill. Tous les hommes en âge de combattre se sont engagés. Dans la petite pièce sans fenêtre de l'hôpital St Mary, rendue encore plus sinistre par une ampoule électrique nue, Nancy s'ennuie. Elle écrit pour passer le temps. Des lettres surtout, adressées à une vieille amie de la famille, Mrs Hammersley, qui devient dès le début de la guerre sa correspondante favorite. Cette femme impérieuse, toujours habillée de noir et enveloppée de grands châles sombres, a l'âge de Muv dont elle est une amie d'enfance. Les enfants Mitford la surnomment la « veuve ». En 1913, elle a perdu son mari, qui lui laissait une fortune considérable. Mais, dix ans plus tard, la banque qui détenait ses avoirs fait faillite. Depuis Mrs Hammersley vit loin de tout luxe, dans sa maison de l'île de Wight, et n'a de cesse, dans son isolement, de se lamenter de sa malchance. Pourtant, elle sait aussi faire preuve d'un humour cinglant et montre un goût prononcé pour les commérages : Nancy découvre en elle un double. À ce moment de sa vie où la jeune femme se sent plus isolée que jamais, Violet Hammersley, avec son immense connaissance de la littérature – elle est amie d'enfance de Somerset Maugham – et son intelligence aiguë, devient la mère qu'elle aurait souhaité avoir. D'autant que la « veuve » déteste Hitler et le fascisme avec autant de vigueur que Nancy. Les lettres qu'elle lui envoie sont longues, et le ton, caustique et complice. « Je trouve, affirme Nancy[2], qu'il est

1. *Ibid.*
2. *Love from Nancy, op. cit.*

plutôt étrange que, sur sept Mitford en pleine forme physique, seuls Tom et moi participions à l'effort de guerre». Nancy, dans la petite pièce blafarde de l'hôpital St Mary, prend un plaisir certain à raconter à Mrs Hammersley que son père a soudain changé d'opinion le jour de la déclaration de guerre. «Il s'est rétracté publiquement et a affirmé qu'il s'était entièrement trompé… Il se montre maintenant plus virulent envers l'Allemagne que quiconque, et il s'élève contre toute forme de paix tant que Hitler n'est pas battu à plate couture[1].» Pour lord Redesdale, la patrie compte avant tout. La Grande-Bretagne est en danger et le guerrier qui sommeille en lui se doit de la défendre. Les courbettes que lui faisait le Führer et les longues Mercedes grises qu'il mettait à sa disposition sont oubliées. Herr Hitler n'est plus qu'un «boche» qu'il faut combattre. Nancy sourit de ce revirement. Sa complicité avec son père renaît.

Lors de ses longues heures de garde, elle se plaît à rapporter à Mrs Hammersley les potins dont elle raffole, comme le soudain mariage de son cousin Randolph Churchill. Très beau, adulé par son père, Randoph est jeune homme trop gâté dont les frasques alimentent les ragots londoniens. Nancy tient d'un autre cousin, lord Stanley d'Alderley, quelques anecdotes croustillantes sur son dernier éclat: son mariage précipité. «Mais vous l'avez rencontré seulement hier!» s'est, selon ses dires, écrié Ed Stanley quand la jeune Pamela Digby[2] lui a annoncé qu'elle allait épouser Ran-

1. *Ibid.*
2. Après avoir divorcé de Randolph Churchill en 1947, la jeune femme aura une aventure très médiatisée avec Giovanni Agnelli avant d'épouser, en 1960, le producteur américain Leland Heyward, puis l'homme d'État, également américain, Averell Harriman. Naturalisée américaine, elle devient une des figures de proue du parti démocrate et, en 1993, Bill Clinton la nomme ambassadrice des États-Unis à Paris. Elle meurt dans la piscine du Ritz en février 1997.

dolph. « Certes, lui réplique-t-elle, et il n'est pas amoureux de moi, mais je suis en bonne santé et il souhaite perpétuer le nom de Churchill avant d'être tué à la guerre. » Nancy ajoute malicieusement qu'elle était la huitième jeune femme à qui Randoph avait demandé sa main depuis la déclaration de guerre. Pamela était la première à accepter.

Sans doute ce mariage conclu comme une dernière chance, ou une ultime pirouette, lui fait-il penser au sien. C'était il y a longtemps déjà. Six ans presque. Une éternité. Peter n'est plus là, dans la maison de Blomfield Road. Il s'est engagé lui aussi et s'entraîne dans l'Essex. Il fait désormais partie des gardes gallois et, avant qu'il parte, Nancy a contemplé son visage grave, son torse bombé et son corps sanglé dans un uniforme superbe. Elle n'a pu s'empêcher de l'admirer. « Il y de l'or sur son chapeau et il porte un sublime manteau doublé de satin violet qui a coûté vingt-cinq livres », commente-t-elle[1]. Ces jolis uniformes appartiennent à un temps où il fallait être riche pour s'en aller combattre et où la guerre était encore un passe-temps de seigneurs. La Seconde Guerre mondiale, avec ses blindés et ses bombardiers, fera, plus encore que la guerre de 1914-1918, fi de ces martiales coquetteries. Mais, en attendant, Peter Rodd parade dans son uniforme d'officier. Il se sent investi d'une importante mission. La guerre lui convient.

Lord Redesdale appelle régulièrement le Foreign Office. Qui n'a toujours aucune nouvelle de Unity. Les journaux anglais cherchent également à glaner la moindre information sur son sort. Depuis la déclaration de guerre, les médias ont transformé Unity en ennemie publique numéro un. « Bon débarras »,

---

1. *Love from Nancy, op. cit.*

lance à la une le *Daily Mirror* le 1er octobre : le journal croit savoir qu'elle coule des jours tranquilles en Allemagne et ne remettra jamais les pieds en Angleterre. Un autre quotidien affirme qu'elle se trouve dans un camp de concentration. Le 2 octobre, les Redesdale reçoivent une lettre de Teddy von Almasy, aristocrate hongrois pronazi, frère du grand ami de Tom, proche de Unity. L'enveloppe porte le cachet d'une poste de Budapest. Von Almasy annonce brièvement que Unity, malade, doit subir une opération. De la cause de la « maladie », il ne dit rien. Lord Redesdale envoie immédiatement un télégramme à Budapest pour obtenir des précisions. « Amélioration continue. Pas de fièvre », lui est-il succinctement répondu : Teddy von Almasy a reçu l'ordre de ne rien révéler de la tentative de suicide. Ses déclarations lapidaires inquiètent un peu plus les Redesdale. D'autant que, peu après, le *Sunday Dispatch* révèle ce que l'Allemagne tient tant à cacher : Unity a voulu se tuer. C'est un noble russe émigré, le prince Orloff, qui a vendu la mèche. Ancien présentateur du journal en anglais de la radio de Berlin, il a été informé du suicide par « un proche de Hitler » et par une amie de Unity. Réfugié à Belgrade après avoir fui clandestinement l'Allemagne, il évente le secret jalousement gardé au correspondant du journal anglais en Serbie. L'ensemble de la presse britannique reprend l'information. Certains quotidiens brodent allègrement et affirment qu'à la suite d'une dispute avec Hitler, Unity a avalé du véronal. D'autres décrètent qu'elle a été exécutée par la Gestapo. « Pauvre Bowd, commente Nancy à Jessica dans une lettre qu'elle lui envoie en Amérique[1], écris-lui, elle doit se sentir si seule, le *Daily Express* affirme qu'elle est alitée à la suite d'une tentative de suicide ce qui, je le pressens, doit être vrai. »

---

1. *Love from Nancy*, *op. cit.*

L'intuition de Nancy est juste. Début novembre, une note officielle parvient aux Redesdale, repliés à Old Mill Cottage, à High Wycombe. Elle a été rédigée par un fonctionnaire du Foreign Office : « J'ai reçu un message téléphonique de l'ambassade des États-Unis à Berlin juste après que vous avez quitté Londres pour la campagne et ce message dit que votre fille se trouve dans un hôpital de Munich et est en bonne voie de rétablissement. Selon les informations qu'a recueillies l'ambassade, votre fille a tenté de mettre fin à ses jours le 3 septembre. Elle n'a pas cherché à s'adresser au consulat américain à Munich, ce qui explique que nous n'ayons pas eu de nouvelles plus tôt. » Comme par hasard, quelques jours auparavant, le 8 novembre, Hitler a rendu la seconde de ses deux visites à Unity. La première fois, le 10 septembre, Unity n'a pas même reconnu son « amour de Führer » et Hitler est vite sorti de la chambre, raide et muet. Le 8 novembre, elle gît, pâle et immobile, dans le lit blanc de la clinique. Hitler exige de demeurer seul avec elle. Il reste un quart d'heure dans la chambre. Quand il en sort, il se montre plus disert que la première fois. À la stupéfaction des médecins, il affirme, d'un ton sans réplique, que Unity parle de façon tout à fait cohérente. Elle lui a confié qu'elle voulait rentrer en Angleterre. Il va s'employer à réaliser son vœu.

Le secret qui entourait Unity est soudain levé. L'ambassade américaine à Berlin est informée par les autorités nazies de l'adresse de la clinique, et de l'état de santé de la ressortissante britannique.

Il n'est pas aisé de voyager de Munich à Londres : la déclaration de guerre a dressé un mur aussi invisible qu'infranchissable autour de l'Allemagne. Des responsables nazis décident de transporter Unity jusqu'en Suisse, pays neutre, où des médecins anglais pourront venir la chercher. Un compartiment spécial sera préparé pour la malade, une infirmière ainsi qu'un médecin veilleront sur elle. Janos von Almasy sera également du voyage : il connaît bien les parents Redesdale et les nazis ont accordé à ce sympathisant l'autorisation d'accompagner Unity à Berne. Mais le voyage est sans cesse repoussé : les visas suisses pour le personnel médical sont longs à obtenir. Ce n'est qu'à la veille de Noël qu'un train emporte Unity loin de Munich. À la gare de Berne, une ambulance l'attend qui la transporte jusqu'à une nouvelle clinique. Depuis la Suisse, Janos von Almasy peut enfin appeler l'Angleterre. Il joint lord Redesdale.

Dès qu'il apprend la présence de sa fille à Berne, ce dernier téléphone au nouveau ministre de la Guerre, Oliver Stanley, qui se trouve être un membre de la famille. « Unity est gravement malade, martèle lord Redesdale de sa voix sans réplique, et il est hors de question qu'on l'arrête pour "intelligence avec l'ennemi" ou sur quelque accusation similaire lorsqu'elle arrivera en Angleterre. » Oliver Stanley donne sa parole. Une fois cette assurance acquise, lady Redesdale et Debo s'empressent de partir. Ce sont elles qui vont chercher Unity. Elles n'ont pu trouver de médecin prêt à faire le voyage. Le trajet se révèle rude. Effet des restrictions de la guerre : le train qui traverse la France n'est pas chauffé. Et l'on est en plein hiver. À Berne, Janos von Almasy les attend, ainsi qu'un fonctionnaire du ministère des Affaires étrangères suisse. « Je me rappelle le froid humide de cette ville, racontera Debo[1], on m'a emmenée à la clinique et là, j'ai ressenti l'effroyable choc de voir [Unity] assise dans son lit, ses yeux bleu foncé si immenses dans son visage amaigri, comme rétréci, méconnaissable. Elle avait les cheveux emmêlés et les dents jaunes, car personne ne les lui avait lavés depuis le 3 septembre, lorsque la balle avait traversé son cer-

1. Dans *The House of Mitford, op. cit.*

veau. Elle ne pouvait supporter qu'on touchât sa tête. Ce n'est que petit à petit qu'ensuite son état s'est amélioré. Ses cheveux pourtant n'ont jamais repris leur aspect normal, ils sont restés indociles et cassants. Ses joues creuses faisaient paraître ses dents encore plus grandes et jaunes, sa peau était jaune aussi et sèche. Son sourire était étrange, comme vide, au-dessus de ce corps qui paraissait si petit. Elle était heureuse de nous voir… Je crois que nous sommes restées deux ou trois jours à Berne jusqu'à ce qu'un wagon-ambulance soit attaché au train. Le voyage jusqu'à la côte française fut un véritable cauchemar car, chaque fois que le train faisait une embardée, Unity souffrait le martyre et le train semblait s'incliner exprès et cahoter plus que d'habitude. Je suppose que c'était un train très long. Il était en tout cas très sombre et glacé, et le voyage semblait sans fin. »

Le 3 janvier 1940, des nuées de journalistes attendent l'arrivée de Unity à Folkestone. Ils sont impatients et furieux, car le port a été entièrement bouclé par la police. Sur instruction du ministère de l'Intérieur, rien ni personne ne peut y pénétrer. Des gardes armés patrouillent devant chaque entrée, le long de chaque rail. Le nombre des policiers habituellement affectés à sa surveillance a été multiplié par trois, des officiers en civil ont été spécialement appelés. Seul lord Redesdale a reçu l'autorisation d'entrer dans ce lieu en état de siège. Il attend dans l'ambulance qu'il a louée. De temps à autre, il en sort pour arpenter nerveusement le quai. Il bruine. La mer étend une surface houleuse et grise. Le bateau qui arrive de Calais accoste enfin, dans un silence étrange. Pas de foule, d'amis, de parents pour accueillir les voyageurs. Au bas de la passerelle, il y a juste l'ambulance et lord Redesdale, droit comme un I, qui s'empresse d'aller embrasser Unity dès qu'il l'aperçoit. Deux marins la portent précautionneusement sur une civière. À dessein, aucun photographe n'est là pour immortaliser ce moment. Folkestone a en effet été mis en état de siège pour épargner à la famille Mitford les assauts des journalistes et d'éventuels cris d'une foule hostile à la « traître ». L'ambulance quitte le port et, dès qu'ils le peuvent, les reporters la suivent. La lourde voiture file, tient à distance ses poursuivants, parcourt plusieurs kilomètres et soudain s'immobilise. Un amortisseur vient de se briser. Des dizaines de photographes l'entourent immédiatement. « Nous nous sommes demandé, dira Debo[1], si la presse ne s'était pas arrangée pour que l'ambulance soit immobilisée. » La voiture retourne au pas à Folkestone, suivie d'un véritable cortège. Quand on porte Unity jusqu'à un hôtel où la famille passera la nuit, les appareils photo crépitent. Le lendemain, son visage sans expression, à moitié caché sous une grosse couverture, apparaît sur les premières pages des journaux. Lord Redesdale a été assailli par les reporters qui ont fini par lui arracher quelques mots. « Je n'ai nulle honte de ma fille », a-t-il lâché en maugréant. Puis, plus longuement, il a mis les choses au point : « On m'a proposé cinq mille livres pour raconter son histoire. Je refuserais même d'en toucher vingt-cinq mille : je rougirais de gagner ainsi de l'argent. » Seul l'*Evening Standard* s'indigne du tapage fait autour du retour de Unity. « La presse est-elle devenue folle ? » titre le journal qui, dans son éditorial, s'étonne qu'on accorde tant d'importance à une personne dont l'unique mérite est d'être l'amie de Hitler et la fille d'un lord. À la suite de l'*Evening Standard*, nombre d'Anglais, qui souffrent des restrictions, s'étonnent des mesures de sécurité extravagantes qui ont été prises pour assurer un retour tranquille à Unity. Au Parlement, des députés apostrophent les ministres à ce sujet. Leurs réponses ne sont pas convaincantes. Oliver Stanley, embarrassé par sa parenté

1. Dans *The House of Mitford, op. cit.*

avec les Redesdale, bredouille qu'on est en état de guerre et que le port de Folkestone est une zone interdite. Neville Chamberlain, toujours Premier ministre, réplique platement que Unity figurait sur la liste des sujets britanniques nécessitant une aide. Certes. Mais de là à ordonner à la police de bloquer entièrement un port, il y a une marge qui, pour de nombreux Britanniques, tient à cette formidable solidarité que se vouent les membres de l'aristocratie.

Le 4 janvier au matin, une ambulance en bon état de marche arrive devant l'hôtel et Unity, toujours dissimulée sous une couverture à carreaux, s'en retourne à Old Mill Cottage, la maison de High Wycombe. Mais les journalistes assaillent la demeure, et sa situation géographique fait qu'il est difficile de s'y protéger des regards. À bout de nerfs, les Redesdale se résolvent quelques semaines plus tard à déménager dans le village de Swinbrook : le patron de l'auberge leur loue un cottage enfoui dans la verdure. La maison s'appelle aussi Mill Cottage. Unity y est presque à l'abri des curieux. Entre-temps, un des meilleurs neurochirurgiens d'Angleterre, le professeur Hugh Cairns, a examiné la jeune femme dans un hôpital d'Oxford. Il l'a gardée en observation. Son diagnostic rejoint celui des médecins allemands : il ne faut pas l'opérer, ce serait trop risqué. La balle reste donc logée au bas de son crâne.

Elle ne peut pas manger seule, il faut la nourrir, tenir sa cuillère. La nourriture s'échappe sur la nappe, macule son menton, ce que ne peut pas supporter lord Redesdale. Parfois, Unity sort dans la rue du village avec des bas tombés sur ses chevilles, ou laisse l'eau déborder du bain. « Elle est comme un enfant, écrit Nancy à Jessica[1], et elle a perdu presque toute

1. *Love from Nancy*, *op. cit.*

sa mémoire (en fait c'est une chance), elle ne sait plus pourquoi elle a été malade et pense que c'est le médecin qui lui a fait un trou dans la tête... Elle est très heureuse d'être de retour parmi nous et ne cesse de dire : « Oh ! Je croyais que vous me haïssiez tous, mais je ne me rappelle plus pourquoi. » Et elle m'a dit : « Oh ! toi, tu n'es pas de ceux qui se montreraient cruels envers quelqu'un, n'est-ce pas ? » et je lui ai répondu que non, en effet, j'étais contre la cruauté. »

Nancy a quitté son poste de bénévole à l'hôpital St Mary pour attendre Unity, le 4 janvier, à High Wycombe. Elle reste plusieurs semaines auprès de sa sœur, désireuse de soutenir ses parents. Car malgré ses altercations avec sa mère, malgré les piques qu'elle ne peut s'empêcher de lui lancer, Nancy conserve un sens profond de la solidarité familiale. L'atmosphère pourtant est tendue. Début février, Nancy écrit à Mrs Hammersley d'Old Mill cottage[1] : « C'est horrible ce qui se passe ici : Muv et Farve sont à couteaux tirés. Muv va désormais jusqu'à déclarer "Quand les Allemands auront gagné, vous verrez, tout sera merveilleux et ils nous traiteront d'une façon fort différente de celle avec laquelle ils traitent ces pitoyables et infects Polonais." Cela met Farve complètement hors de lui, comme vous pouvez l'imaginer. » Les querelles ne cessent pas. Elles s'enveniment. « Farve dit qu'il ne peut plus vivre avec elle, écrit encore Nancy[2], je pense qu'ils se haïssent l'un l'autre désormais. » Elle est troublée par la violence de cette discorde. Ses parents ne représentaient-ils pas pour elle, en dépit de leurs extravagances, le couple modèle ? Son mariage à elle va à vau l'eau, et elle sait pourquoi. Mais est-il imaginable que ses parents puissent se séparer ? Elle connaît le caractère buté de son père, l'inflexibilité de sa mère. Elle sait aussi que tous

1. *Ibid.*
2. *Ibid.*

deux peuvent soudain étonner et se montrer infiniment plus souples qu'on ne l'aurait jamais cru. Leur séparation définitive? Difficile, et troublant d'y penser.

Nancy a terminé à Noël un nouveau roman, *Pigeon Pie*. Elle l'a écrit rapidement, sur un coin de table à l'hôpital St Mary, pour secouer l'ennui. Elle l'a rédigé sans vraiment se concentrer, au milieu des portes qui claquaient, alors qu'un poste de radio grésillait en permanence, laissé allumé par d'autres volontaires. C'est une nouvelle farce qu'elle a imaginée, située dans l'époque troublée qu'elle traverse, ce début de la guerre. L'histoire se déroule dans un Londres truffé d'espions au service des Allemands que l'héroïne, Sophia, va réussir à démasquer. Une fois encore, Nancy crée des personnages à l'image de ses amis. Il y a là Mark Ogilvie-Grant, devenu « roi de la chanson » et adulé des Anglais. Jessica traverse également le roman, rebelle comme toujours, sous le nom de Mary Pencill. Mais Nancy, une fois encore, dessine surtout un autoportrait. Sophia lui ressemble comme deux gouttes d'eau, mariée à un homme « froid comme un poisson et affreusement rasoir » qu'elle ne voit qu'en coup de vent, mais pour qui elle ressent une amitié lucide, plus solide que la passion. Le mari a une maîtresse en titre, qu'il a installée à la maison. Une raseuse elle aussi, de plus horriblement croyante et moraliste. Est-ce parce que Nancy écrit ce roman à un moment où elle n'est ni amoureuse ni heureuse? Est-ce parce qu'elle l'écrit dans l'urgence, en deux mois, dans le bruit? Est-ce parce qu'elle veut rendre drôle une période trop grave pour qu'on s'en amuse vraiment? Les personnages de *Pigeon Pie* restent caricaturaux, l'intrigue mal ficelée et les rebondissements peu crédibles. Un jeune éditeur, Hamish Hamilton, s'intéresse pourtant au roman. Il a aimé les livres précédents de Nancy et, le 6 mai 1940, *Pigeon Pie* apparaît dans les librairies. Quatre jours plus tard, l'Allemagne nazie envahit la France, la Belgique et les

Pays-Bas avec ses blindés appuyés par ses bombardiers. Le livre passe totalement inaperçu. « Il aura été la première victime de la guerre », plaisantera plus tard Nancy. L'Angleterre entière suit heure par heure à la radio les nouvelles stupéfiantes : les forces allemandes ont déjà conquis la moitié de la France et, persuadé qu'il est invincible, Hitler s'apprête à conquérir la Grande-Bretagne. La vraie guerre commence. C'est une défaite humiliante que commencent par subir les Anglais, obligés de quitter Dunkerque et de se replier sur leurs côtes. On est loin de la farce et de la guerre en jupons de *Pigeon Pie*. Le roman sombre dans l'oubli.

La déclaration de la guerre, le 3 septembre 1939, met fin aux rêves de fortune des époux Mosley. Entre l'Angleterre et l'Allemagne, toute communication est rompue. L'émetteur dont la construction se termine, à l'extrême nord-ouest de l'Allemagne, ne transmettra jamais vers l'Angleterre les annonces publicitaires grâce auxquelles ils espéraient devenir infiniment plus riches qu'ils ne le sont déjà. Cette déception les rend amers. Ils sont d'autant plus désappointés que l'entrée en guerre de l'Angleterre signe leur défaite politique. Mosley continue, pendant tout l'automne 1939, à prononcer des discours enflammés où il réclame « la paix et un Empire britannique intact ». Il répète que l'Angleterre n'a rien à gagner, mais tout à perdre en se battant pour la Pologne. Il parvient à rassembler quelques milliers de personnes pour leur transmettre ce message, mais y perd le peu de crédit politique qui lui restait. D'autant qu'il se rit, avec son épouse, de l'effort de guerre de ses compatriotes. Les masques à gaz que tout Anglais doit porter sur lui leur semblent dérisoires et ils se font un point d'honneur de n'en jamais avoir. Quand les sirènes mugissent pour annoncer la possibilité d'un bombardement, les Mosley se postent par défi sur leur balcon pour contempler l'éventuelle arrivée des avions allemands. Mais ils ferment bientôt leur maison de

Wooton Lodge, trop grande, trop éloignée de toute gare, pour se rapprocher de Londres. Malgré leurs rodomontades, ils se préparent à la guerre.

Leur second fils, le quatrième garçon de Diana, Maximilien, naît le 13 avril 1940. C'est encore la drôle de guerre et le printemps est superbe. Mais, bientôt, tout bascule. Le 23 mai 1940, alors que depuis treize jours Churchill est le Premier ministre d'une nation menacée, des policiers attendent Mosley au bas de son immeuble londonien. Ils produisent un mandat d'arrêt et l'emmènent à la prison de Brixton. Au même moment, de nombreux militants de l'Union britannique des fascistes sont arrêtés en vertu de l'ordonnance 18b qui autorise la détention préventive de toute personne soupçonnée de liens avec l'ennemi. L'immense majorité des Britanniques applaudit à ces arrestations et marmonne même qu'elles auraient dû intervenir depuis longtemps. Nancy épouse le sentiment commun. Avec, en plus, une pointe de ressentiment tout personnel.

« Je me félicite, écrit-elle à Mrs Hammersley[1], de ce que sir Oswald Quisling [un des noms qu'elle donne à Mosley] ait été coffré. Et vous ? Mais je pense que cela ne sert à rien si Mrs Q est en liberté... »

Le 20 juin, deux jours après la capitulation du gouvernement français, six jours après l'entrée des Allemands dans Paris, l'irritation de Nancy est à son comble. Elle pense aux Espagnols qu'elle a côtoyés et qui, fuyant Franco, se sont réfugiés en France : les voici maintenant dans les griffes de Hitler. « C'est à fendre l'âme, écrit-elle toujours à Mrs Hammersley[2], tous ces pauvres réfugiés viennent de vivre une année horrible et vont, sans aucun doute, être livrés à Franco pour qu'il les fusille. Tout le monde dit qu'il va y avoir une famine en Europe telle que le monde n'en a jamais encore connu et, bien sûr, ceux qui en souffriront le

1. *Love from Nancy*, *op. cit.*
2. *Ibid.*

moins seront les Allemands. » Dans la même lettre, elle explique qu'elle a rendu visite à Gladwyn Jebb, sous-secrétaire d'État à la Guerre. Elle y est allée à la demande de ce dernier « pour lui dire ce que je sais (très peu à vrai dire) des visites de Diana en Allemagne. Je lui ai conseillé de regarder son passeport pour savoir combien de fois elle y est allée. J'ai également dit que je la considérais comme une personne très dangereuse. Je sais, ce n'est pas une attitude qu'une sœur devrait avoir envers une autre, mais, étant donné les temps que nous traversons, je pense que c'était mon devoir ».

Lord Moyne, père de Bryan Guinness, l'ex époux de Diana, envoie également aux autorités britanniques une lettre qui les informe du « caractère extrêmement dangereux de mon ex-belle-fille, maintenant lady Mosley ». Il inclut dans sa lettre un compte rendu d'une conversation qu'il a eue avec la gouvernante de Jonathan et Desmond, les fils aînés de Diana, à propos des opinions qu'elle professe. Il y ajoute la liste détaillée des nombreux voyages que Diana a faits en Allemagne. « Elle est au moins aussi dangereuse que son époux, et elle a été beaucoup plus proche de Hitler que Mosley ne l'a jamais été », conclut lord Moyne.

Le 29 juin 1940 est un de ces jours d'été où tout semble en harmonie. Le ciel est d'un bleu absolu et les rosiers exhalent un parfum insouciant. Diana, qui vient de fêter ses trente ans, lit dans le jardin de Denham, une autre demeure des Mosley dans la banlieue de Londres. Une des domestiques l'interrompt pour lui signaler que quatre personnes l'attendent à la porte. « Trois hommes et une femme », précise la servante. Diana se lève tranquillement. Dès qu'elle approche du portail, un des policiers lui tend un mandat d'arrêt. Diana cache soigneusement son émotion et défie les policiers du regard. La femme la suit pas à pas jusque dans la maison où Diana, hautaine, glisse sans se presser quelques affaires dans un sac. « Juste pour le weekend », lui précise la policière. Diana serre contre elle ses deux enfants, Alexander, un an et demi, et Max, onze semaines, et, persuadée qu'elle les reverra dans deux jours, emporte un tire-lait pour continuer à allaiter son bébé dès son retour. La voiture qui l'emporte franchit une demi-heure plus tard la lourde porte de fer de la prison de Holloway. Diana ignore qu'elle n'en sortira que trois ans et demi plus tard.

Elle qui a toujours vécu dans le raffinement, les lits à baldaquin, les draps fins, dans le parfum du chèvrefeuille qui, en été, se glisse dans la chambre, la voici dans une cellule humide du sous-sol de la prison. La haute et étroite fenêtre est occultée par des sacs de sable. Un méchant matelas bosselé se trouve étalé à même le sol et une ampoule nue, de très faible voltage, éclaire difficilement les quelques mètres carrés. La porte de métal n'a pas de poignée et, en son milieu, un trou est percé par lequel la gardienne peut à tout moment jeter un coup d'œil. Diana regarde avec dégoût l'assiette de faïence ébréchée et le bol épais qu'on lui présente : dans son monde, on boit le thé dans de fines tasses de porcelaine que l'on tient élégamment par l'anse. L'épais liquide noir que l'on verse dans le bol ressemble plus à de la soupe qu'à du thé. Diana n'y touche pas. Elle n'avalera rien, si ce n'est du pain sec, pendant plusieurs jours. Jusqu'à ce qu'elle obtienne l'autorisation de recevoir des colis. Bientôt déplacée dans une cellule un peu plus claire, elle s'étonne de sa saleté. « J'avais toujours imaginé une prison parfaitement briquée, à l'instar d'un hôpital[1]. » Elle a beau se laver les mains, elles lui semblent toujours aussi sales. Une gardienne lui demande alors de nettoyer le sol avec une serpillière. Pour l'humilier ? Certainement. De toute sa hauteur, Diana refuse. La gardienne ne le lui demandera pas de nouveau.

Au mois d'octobre, elle est entendue pour la première fois par un comité consultatif chargé d'examiner le cas

1. *A Life of Contrasts*, *op. cit.*

des personnes placées en détention provisoire en vertu de l'ordonnance 18b. Diana affirmera plus tard avec dédain que Norman Birkett, le président de cette commission, qui devait plus tard devenir l'un des juges du procès de Nuremberg, ne lui posait que des questions « imbéciles ».

« Pourquoi, en octobre 1935, à Hyde Park, avez-vous fait le salut nazi alors que l'on jouait l'hymne national britannique ? » lui demande-t-il devant deux autres juges. « Je manifestais contre le rassemblement qui avait lieu, répond Diana du tac au tac. Les orateurs demandaient de voter pour le boycott des marchandises allemandes et cela me semblait l'idée la plus ridicule que j'aie jamais entendue.

— Pourquoi avez-vous épousé Mosley à Berlin ?

— Pour que notre mariage reste secret.

— Pourquoi Hitler était-il présent ?

— Parce qu'il était un ami.

— Est-il toujours votre ami maintenant qu'il bombarde Londres ?

— C'est précisément la raison pour laquelle j'étais pour la paix : pour éviter ces bombardements.

— Accueilleriez-vous Hitler avec joie si jamais il envahissait l'Angleterre ?

— Je ne pourrais pas vivre dans une Angleterre conquise, mais j'aimerais que le système politique britannique soit remplacé par le système allemand : il n'a fait que du bien à ce pays.

— Approuvez-vous la politique nazie envers les juifs ?

— En partie, oui. Je n'aime pas particulièrement les juifs.

— Avez-vous entendu parler des atrocités commises contre les juifs ?

— J'ai aperçu cet ouvrage, *Le Livre brun de la terreur nazie*, mais je n'y ai pas prêté attention[1]. »

---

1. *A Life of Contrasts*, *op cit.* et Jan Dalley, *Diana Mosley, a life.*

Norman Birkett l'interroge alors sur la concession qui lui a été faite d'une fréquence radio en Allemagne. Diana rétorque qu'il s'agissait d'une affaire purement commerciale. « Les Français, ajoute-t-elle, ont concédé des fréquences à des Britanniques car ils pensaient que c'était leur intérêt économique, Hitler a eu le même raisonnement. » Et elle affirme une fois encore qu'il faut laisser les mains libres à Hitler dans l'est de l'Europe : qu'importent la Tchécoslovaquie, Dantzig et la Pologne ! L'important pour l'Angleterre est de sauvegarder son empire. En ce moment même, martèle-t-elle, l'Angleterre peut encore négocier la paix avec l'Allemagne. Les juges ne soufflent mot. Ils recommanderont au gouvernement de la laisser en prison. Leur décision a été prise à l'unanimité.

Du haut de ses certitudes, Diana Mosley méprise ces représentants des « politiciens sans principe à la conduite déshonorante » qui gouvernent l'Angleterre. Parmi ces derniers, il y a son cousin, le Premier ministre Winston Churchill, qu'elle voue aux gémonies. N'est-il pas un rouage d'« système monstrueux qui met en prison des innocents et retient sans jugement la mère de quatre jeunes enfants[1] » ? Les détentions arbitraires en Allemagne, qui se comptent par centaines de milliers depuis 1933, soulèvent beaucoup moins son indignation. Elle semble oublier que le gouvernement anglais, en cet automne 1940, fait face à une des plus rudes épreuves que la Grande-Bretagne ait jamais connues. Depuis le 7 septembre, six cents bombardiers allemands s'acharnent quotidiennement sur Londres et les villes britanniques. Ils arrivent vers cinq heures du soir et, par vagues régulières, déversent un déluge de feu jusqu'aux petites heures du matin. C'est le Blitz. Vingt-deux mille civils

1. *Ibid.*

sont tués en quelques mois. Des quartiers entiers ne sont plus que décombres, des centaines de rues sont éventrées, les sirènes mugissent à longueur de nuit.

« Oh ! les nuits ! Il faut les avoir vécues pour avoir une idée de l'horreur que nous subissons, écrit Nancy[1] de sa maison de Blomfield Road. J'ai sans cesse la nausée, je ne peux rien manger et bien que tombant de sommeil, je n'arrive pas à dormir. Mais sans nul doute on doit finir par s'y habituer – je n'oublierai pourtant jamais la nuit dernière. Quand j'ai émergé de cette horreur ce matin, j'étais persuadée qu'après le fracas de cette nuit, plus aucune maison, à part le 12, Blomfield Road, ne tenait debout. Pourtant, et j'ai bien regardé, il n'y a eu aucun dommage dans le quartier. Mais il y en a eu tout près, dans les rues adjacentes. Pour ajouter à mon malheur, Gladys [sa bonne] a été surprise par l'alerte alors qu'elle se trouvait à Hyde Park et la pauvre, elle a dû se réfugier toute la nuit dans une tranchée. J'ai donc passé dix heures absolument seule dans ma maison, assaillie par le vacarme et la terreur. Grâce au ciel Millie [son bouledogue] est un roc. Tout comme Gladys, qui est une vraie héroïne. Elle est rentrée à la maison à six heures du matin, un large sourire sur le visage et, à huit heures pile, mon petit-déjeuner était prêt. »

Pour Nancy, avoir une bonne est une nécessité. Elle ne sait toujours pas cuire un œuf ni allumer un four. Pourtant, elle se trouve plus que jamais à court d'argent. Son livre ne s'est pas vendu, son père a diminué sa pension annuelle de cinquante livres et Peter dilapide en quelques jours sa maigre solde de soldat. Pire : son beau-père lord Rennel est mort en juillet 1940. Lui qui, en secret, pour ne pas encourir les foudres de son épouse, dépannait régulièrement Nancy en lui glissant, en plus de sa pension, quelques

1. *Love from Nancy, op. cit.*

dizaines de livres. Désormais, il n'y a même plus de pension de la part de sa belle-famille. « Ma chère belle-mère, écrit Nancy[1], a décidé de mettre un terme à ma pension pour pouvoir construire une salle de bal en mémoire de mon beau-père. Je ne cesse de dire combien j'aimerais qu'elle ait été croyante : une simple croix de marbre aurait coûté beaucoup moins cher. » Sans presque plus aucune ressource, Nancy entreprend de faire pousser des légumes dans son jardin et d'y élever des poules pour pouvoir au moins manger. Mais l'abattement est là, qui la guette au détour des nuits sans sommeil : « Il est impossible de dormir sous un tel bombardement, écrit-elle à Mrs Hammersley[2]. Oh, je suis fatiguée... Mes cheveux deviennent gris – vous ne me reconnaîtriez pas avec ma jupe trop large et mes vêtements qui pendouillent. Je me sens plus vieille que les montagnes – je n'ai plus aucun éclat de jeunesse, n'est-ce pas horrible ? Et franchement ma vie a cessé de m'intéresser, ce qui doit être mauvais signe. »

Comme à Perpignan, Nancy échappe au désespoir en s'occupant des autres. Des plus déshérités qu'elle. Elle finit par quitter sa maison trop proche de l'objectif militaire qu'est la gare de Paddington et se réfugie chez ses parents. La grande maison blanche de Rutland Gate a été réquisitionnée pour abriter des familles juives évacuées de l'East End, ce quartier populaire et industriel que les bombes allemandes visent avec persévérance. Et là, au milieu d'une cinquantaine de personnes, dont de nombreux enfants, Nancy fait merveille. Nonobstant son absence de sens pratique, elle tient à s'occuper de la maisonnée, veille que le pain arrive en quantité suffisante et que les repas soient servis à temps. Elle court dans l'East End récupérer des meubles que les évacués ont, dans leur hâte, abandon-

1. *Ibid.*
2. *Love from Nancy, op. cit.*

nés et cherche, à Kensington, des cours pour les enfants. À Noël, elle offre un cadeau à chacun et organise un grand bal. Avec malice, elle titille l'antisémitisme de sa mère et remarque à voix haute que « tous ses riches amis goys ont lâchement quitté Londres mais qu'aucun des juifs ne l'a fait ». Ce genre de remarque met lady Redesdale hors d'elle. « Elle me considère maintenant comme une juive, écrit Nancy à Mrs Hammersley[1], et se montre épouvantable à mon encontre. Elle dit que, si elle possédait tout l'argent du monde, jamais elle reviendrait vivre dans une maison qu'ont occupée des juifs... » La querelle s'envenime. « Muv est en rage contre moi et nous ne nous parlons plus parce que la maison est sale. Elle l'est, certes, mais seul le sol est souillé et il suffit de le poncer. Comme elle hait les gens qui sont pauvres et malheureux[2] !... »

Entre son empressement auprès des évacués et ses affrontements avec sa mère, Nancy oublie l'inconduite de son mari. Elle a appris par hasard que, lors de ses permissions, il préfère rester à son club plutôt que de lui rendre visite. Et il supplie leurs amis communs de ne surtout pas dire à Nancy qu'il se trouve à Londres. C'est un affront. Nancy a beau savoir depuis longtemps que leur mariage est un échec, les manœuvres de Peter lui tordent une nouvelle fois le cœur. Trop fière, elle n'en dit rien à personne, pas même à Mrs Hammersley. Mais son naufrage sentimental se transforme en agonie. Il faut malgré tout tenter de garder la tête hors de l'eau. Au moment où elle s'y attend le moins, une bouée de sauvetage surgit. Au club des officiers de la France libre.

Le 3 septembre 1939, Jessica et Esmond Romilly se trouvent aux États-Unis et n'envisagent pas de revenir en Angleterre. Dès leur arrivée à New York, en

1. *Ibid.*
2. *Ibid.*

février 1939, ils ont vite sorti les lettres d'introduction écrites par la cousine Dorothy, par Peter Neville ou encore par l'ex-patron d'Esmond et se sont fait inviter partout à Manhattan, dans les immenses appartements de Park Avenue comme dans les minuscules studios de Greenwich Village. Leur séjour à New York ne passe pas inaperçu : la presse américaine se plaît à rappeler, à coups de titres claironnants, les actes de rébellion de ces deux rejetons de la meilleure société anglaise, leur fuite à Bilbao, leur mariage à Saint-Jean-de-Luz et leur militantisme à Rotherhithe. Jessica y est présentée comme « la fille d'un pair anglais ». Les échos de ces articles américains parviennent à Londres et lady Redesdale s'en agace : « Dès que je lis ces seuls mots : "la fille d'un pair", je me demande quelle bêtise a encore commis une de mes filles. »

Au cours d'un dîner, les Romilly rencontrent Katharine Graham, fille du richissime propriétaire du *Washington Post*. Elle a leur âge et défend avec passion la politique sociale du New Deal du président Roosevelt. Très vite ils deviennent amis, elle les invite à la campagne chez son père, Eugene Meyer, fervent défenseur du capitalisme et ardent républicain. À leur étonnement, il se montre très bienveillant envers les deux transfuges britanniques et Esmond, à court de provocations, ne peut s'empêcher de le trouver sympathique. Pourtant, un peu plus tard, à Washington, il lui volera quelques gros cigares – histoire de lutter, à sa façon, contre le capitalisme. Eugene Meyer le surprendra en plein méfait et en rira.

Les économies des Romilly s'épuisent. Jessica doit accepter un emploi de vendeuse dans un magasin de vêtements de Madison Avenue. Puis Esmond, par un de ces coups de chance qui le font jubiler, obtient un poste à cent dollars par semaine (une somme importante alors) dans une boîte de publicité qui sert de paravent fiscal à son propriétaire. Il travaille peu. Le week-end dure du jeudi au lundi midi. Il est ravi.

Mais le paravent fiscal devient inutile et l'entreprise fictive ferme. Esmond se retrouve sans emploi. Les Romilly ont réussi, en vivement chichement dans un studio, à mettre de côté suffisamment de dollars pour partir faire le « Grand Tour » des États-Unis.

Leur voyage commence par la Nouvelle-Angleterre et, l'été 1939, ils se retrouvent à Martha's Vineyard, une île au large de Cape Cod, dans le Massachusetts. Ce n'est pas encore le célèbre lieu de villégiature pour Américains fortunés qu'elle est devenue aujourd'hui. Trotskistes, communistes, socialistes de diverses tendances s'y côtoient dans des cabanes de bois construites au bord de la plage. On discute tard dans la nuit autour d'un feu, assis sur des troncs d'arbres. La signature du pacte germano-soviétique par Staline et Ribbentrop, alimente les controverses sous les chênes centenaires. Les communistes sont déconfits. Les trotskistes crient à la trahison et affirment qu'ils avaient bien raison. Esmond, lui, trouve ce pacte réaliste. « Depuis des années, les Soviétiques demandaient aux démocraties occidentales de signer un pacte de sécurité collective contre Hitler, argumente-t-il. Pendant tout l'été, ils ont essayé de conclure un traité avec l'Angleterre pour stopper la progression de Hitler. Mais la grande stratégie de Chamberlain et de Daladier était de provoquer une attaque de Hitler contre l'Union soviétique. Staline a déjoué ces plans. » Esmond l'anarchiste, qui n'a jamais appartenu au parti communiste, devient-il un admirateur des tactiques retorses du maître absolu de l'Union soviétique ? Il ne s'est jamais élevé contre les purges sanglantes qui ont eu lieu à Moscou au cours des années 1930. C'était, pensait-il comme tant d'autres sympathisants communistes, de la propagande, des mensonges proférés par l'ennemi de classe. Pourtant, en cet été 1939, Esmond fulmine contre les communistes occidentaux. Si Staline est un tacticien hors pair, ce n'est pas une raison pour que certains communistes anglais prennent fait et cause pour Hitler. La direction du parti communiste britannique a voulu exclure un militant qui distribuait un tract appelant à aider les Polonais contre l'invasion nazie: cela met Esmond en furie. Lui qui a combattu en Espagne n'est prêt à aucune concession envers ce qu'il appelle, d'un bloc, le fascisme. Électron libre, il refuse toute allégeance. Il n'a qu'une ligne: celle de ses propres idées.

Lorsque l'Angleterre déclare la guerre à l'Allemagne, il décide de ne pas retourner dans son pays. Il ne veut pas endosser l'uniforme britannique ni participer aux élans militaristes de l'aristocratie. D'ailleurs, affirme-t-il, tant que Chamberlain sera au pouvoir, il n'y aura pas de réel effort de guerre contre les nazis. Jessica l'approuve. Comme elle le fait toujours. Car, étonnamment, ces deux révoltés forment, ainsi que le dira Philip Toynbee[1], « un couple parfaitement traditionnel dans lequel chacun des partenaires accepte clairement le partage des rôles. Esmond détermine leurs points de vue et décide de leurs actions tandis que Decca l'applaudit et prend soin de la maison ».

L'automne 1939, ils s'en vont à Washington, car tous deux préfèrent s'intéresser aux détails de la politique du New Deal, cette intervention massive du gouvernement fédéral dans la vie économique qui, dès 1933, a permis aux États-Unis de surmonter l'énorme crise économique qui a suivi le krach de Wall Street. Esmond et Jessica cherchent des réponses à leurs interrogations politiques, et déambulent dans les bureaux de l'administration américaine, vont visiter des chantiers, examinent les plans d'aide aux petits fermiers et s'intéressent tout particulièrement à la Tennessee Valley Authority, cet organisme qui a reçu des pouvoirs très étendus pour régulariser le cours du Tennessee, produire de l'électricité vendue à des tarifs très bas, attirer

1. *Friends Apart, a Memoir of the Thirties*, *op. cit.*

des fermiers, créer des entreprises. Les Romilly sont impressionnés. L'enthousiasme des intellectuels qui travaillent pour le New Deal est contagieux et les deux rebelles, oubliant presque les appels à la révolution violente, se passionnent pour ce projet. La guerre en Europe est loin.

Bientôt, de nouveau, leur argent s'amenuise. Esmond trouve, grâce aux petites annonces d'un quotidien, un emploi de démarcheur à domicile. Avec son énergie habituelle, il s'en va vendre des bas de soie. Et ce hâbleur qu'aucun scrupule n'arrête rencontre un grand succès. Le soir, les Romilly sont invités à des dîners, parfois très chics, souvent chaleureux. C'est ainsi qu'ils rencontrent Virginia Durr, une femme au fort accent du Sud, vive, directe et infiniment curieuse. De plus, très à gauche, sans aucun des préjugés raciaux de son Alabama natal. Les Romilly l'adorent. Pour Jessica, elle sera l'amie de toujours.

Mais Esmond a encore besoin de bouger, de voyager, de changer. Il veut quitter Washington. Jessica est toujours prête à le suivre, amoureusement, aveuglément. Ils gagnent La Nouvelle-Orléans puis Miami. Leur couple est un véritable roc, infrangible, comme si les épreuves subies, l'hostilité de leurs familles et de leur milieu, la mort de leur enfant les avaient cimentés l'un à l'autre. Ils ne se quittent jamais, se comprennent immédiatement, partagent tout. Ou presque. Car il y a une chose, une seule, que Jessica tait à Esmond. L'affection qui la lie à sa sœur Unity, sa Boud. Sa sœur préférée malgré ses croix gammées et ses saluts nazis. Les nouvelles que lui en donne Nancy sont alarmantes. À Noël, lorsque Unity arrive à Berne dans son compartiment spécial, les Romilly se trouvent à Miami. Les journaux américains se précipitent sur l'information, une immense tempête médiatique se déchaîne, et la présence de la sœur de Unity Mitford en Floride galvanise les reporters. Le téléphone ne cesse de sonner dans la chambre meublée : on veut arracher à Jessica le moindre détail sur Unity. Est-il vrai que les nazis lui ont tiré dessus ? A-t-elle bien eu une querelle avec Hitler juste après la déclaration de guerre ? Où se trouvait-elle ces derniers mois ? « Je ne sais pas… j'ignore tout… je ne sais pas », bafouille Jessica. Peu après, tous les quotidiens d'outre-Atlantique évoquent le retour de Unity en Angleterre, dans le port de Folkestone entièrement bouclé. Assise devant la pile de journaux, Jessica regarde attentivement, misérablement, les photos de sa sœur, ces images brouillées en noir et blanc. Allongée sur la civière, une couverture à carreaux tirée sous le menton, sa Boud y apparaît, le regard vide. En scrutant son visage incertain, Jessica cherche à comprendre comment cette sœur si drôle, si excentrique, a pu rallier la plus criminellement conformiste des idéologies. Pourquoi ? Elle ne trouve pas de réponse. Cette question exacerbe sa peine. Un chagrin dont elle n'ose parler à Esmond.

Il a créé un journal, rédigé des reportages, écrit des livres : il rêve aujourd'hui d'être barman. À New York, il a sauté de joie en s'emparant d'une annonce qui proposait des cours pour exercer cette profession. Désormais les martini gins, bloody mary, margueritas et autre blue lagoons n'ont plus aucun secret pour lui. À Miami, après une expérience désastreuse dans un restaurant italien où, serveur, il a fait tomber les assiettes et taché les vêtements des clients, il n'a plus qu'une idée en tête : ouvrir enfin son bar. Il s'envole pour Washington et demande à Eugene Meyer de lui prêter mille dollars. Le propriétaire du *Washington Post* ne lui tient pas rancune des cigares volés : l'énergie et l'audace du jeune rebelle ne lui déplaisent pas, l'amusent même. C'est ainsi qu'à Miami, derrière un comptoir, Jessica se retrouve caissière de bar tandis qu'Esmond secoue inlassablement son shaker. Leur bulle nocturne n'est perturbée que par les lents balancements des palmiers, et par les infinis monologues d'hommes trop seuls et trop soûls. Les échos venus d'Europe leur parviennent feutrés, comme tamisés par la chaleur lourde et étale de la Floride.

Le 9 mai 1940, la radio annonce soudain que l'Allemagne vient d'envahir la Belgique et les Pays-Bas. Esmond et Jessica restent l'oreille collée à leur poste. Comme à Saint-Jean-de-Luz et à Bayonne, pendant la guerre d'Espagne. Chaque bulletin les informe d'une nouvelle avancée de l'armée allemande. L'oncle Winston Churchill devient Premier ministre. Immédiatement, pour Esmond, tous les doutes, toutes les interrogations s'effacent. Le bar de Miami n'a plus de raison d'être. Il va aller combattre, contre les nazis. Pas au sein de l'armée anglaise dont il a longtemps vilipendé la hiérarchie arrogante et la stupide tradition : il va rejoindre le Canada, ce pays neuf, et s'engager dans l'aviation.

Les Romilly font immédiatement leurs valises. La licence de six mois pour l'exploitation du bar arrive par chance à expiration, et ils ont suffisamment économisé pour rembourser les mille dollars prêtés par Eugene Meyer. Pendant le long trajet qu'ils font au volant d'une vieille Ford jusqu'à Washington, l'effroi de leur prochaine séparation brouille les paysages, efface le plaisir de prendre le soleil au bord de la route. Depuis février 1937, jamais ils ne se sont quittés. « Pour moi, il était tout, écrira Jessica[1], mon sauveur, celui qui avait traduit mes rêves en réalité, le compagnon fascinant de toute ma vie adulte : trois ans, déjà, et la source de tout mon bonheur. » Pour échapper à l'angoisse, Esmond annonce qu'il leur faut faire un bébé. Un enfant qui sera l'ami et le compagnon de Jessica pendant toutes les années de guerre. Un petit être

1. *Hons and Rebels*, *op. cit.*

qui, à la fin des combats, dans deux ou trois ans, aura l'âge d'apprécier le nouvel ordre social qui ne manquera pas de voir le jour. Les Romilly rêvent. Ils se retrouveront en Angleterre et la société y sera totalement nouvelle, débarrassée de la morgue des classes dominantes, soustraite au fascisme. Ces songes les aident à supporter l'angoisse de leur prochain éloignement. À peine arrivé à Washington, Esmond s'affaire à remplir les formulaires requis à l'ambassade du Canada. Il part suivre sa formation de pilote. Et s'entraîner à la guerre.

Il est loin de Washington quand leur fille naît, le 9 février 1941. Jessica la prénomme Constancia, en hommage à Constancia de la Mora, fille d'un grand d'Espagne partie combattre avec les républicains. Peu après, une lettre d'Esmond lui parvient : « Ne l'appelle surtout pas Constancia, tout le monde l'appellera Connie, un surnom affreux. » C'est trop tard. Jessica a déjà déclaré sa fille à l'état civil. À sa sortie de l'hôpital, Virginia Durr l'héberge dans sa grande maison à la campagne, à quelques kilomètres de Washington. Déjà à la tête d'une nombreuse famille, Virginia accepte avec chaleur d'abriter deux membres de plus. Jessica est soulagée de ne pas être seule avec sa fille. Car elle a peur. À la fin du printemps 1941, Esmond part, *via* l'Islande, pour l'Angleterre. Sa mission : bombarder les forces allemandes. Au milieu des cris des enfants et de leurs courses-poursuites, Jessica sait qu'un pan de sa vie vient de se clore définitivement.

« Constancia est un prénom sublime, écrit Nancy à Jessica[1], et je vais faire mon testament pour lui léguer tout ce que je possède si jamais Rodd et moi sommes tués. Si moi seule je meurs, je ne peux, hélas, lui laisser

1. *Love from Nancy*, *op. cit.*

grand-chose car le pauvre vieux Rodd devra se débrouiller pour faire bouillir sa marmite, mais j'ai eu une broche en diamants et vingt livres d'économies de guerre… » Pour Nancy, la mort est devenue presque légère, elle en parle comme des six poules qu'elle élève dans son jardin et des légumes qu'elle y fait pousser. La mort – la sienne, celle de ses proches – fait partie du quotidien. Elle ne s'en inquiète plus. Elle savoure mieux qu'elle ne l'a jamais fait chaque instant de la vie. En ce printemps 1941, Nancy est heureuse. Elle se rend régulièrement au club des officiers de la France libre, où ces Français de passage à Londres, ces résistants, rient, plaisantent, flirtent. Avec une ardente légèreté. Ils peuvent mourir le lendemain. La guerre, c'est aussi cette exaltation. Nancy, avec son français et ses manières parfaites, est courtisée, complimentée, entourée. Elle oublie que quelques mois auparavant elle se sentait vieille, le teint et les cheveux si gris.

C'est là, au club, qu'elle fait la connaissance d'un officier de liaison du quartier général de la France libre. Il a rejoint le général de Gaulle en octobre 1940 et son nom de guerre est André Roy. Nancy se laisse séduire. Il la fait rire. Tout en se montrant sentimental. Ses louanges la rassurent. Habituée à se faire rabrouer par Hamish, puis par Peter Rodd, Nancy renaît, s'épanouit, rayonne. Elle qui n'avait jamais trompé Peter s'engage avec insouciance dans une liaison à peine clandestine. L'été 1941 est radieux. Les bombardements sur Londres ont cessé : les Allemands viennent d'envahir l'Union soviétique et leurs troupes, leurs armements sont désormais massés à l'Est. De plus, Nancy a trouvé un travail parfait : il occupe ses journées, se révèle gratifiant et elle gagne trois livres par semaine. C'est peu par rapport à son train de vie d'avant la guerre. Mais c'est beaucoup pour elle qui n'a plus rien, ou presque. Elle cherche des propriétaires de maisons à la campagne qui acceptent de loger les évacués des quartiers rasés par les bombardements. « J'ai déjà envoyé cent soixante personnes à la campagne, écrit-elle à Mrs Hammersley[1], ce qui est beaucoup si vous prenez en compte le fait que je me charge de tout, depuis leur interrogatoire jusqu'à leur billet de train. Mais ils m'écrivent ensuite des lettres charmantes pleines de reconnaissance, ou reviennent me voir pour me dire à quel point ils ont été heureux. Pourtant il nous faudrait des tonnes d'autres hôtes, c'est affreux ce qu'il nous reste comme gens à envoyer à la campagne. »

À l'automne, elle découvre qu'elle est enceinte. D'André. Elle n'en dit rien à personne. Mais elle veut cet enfant, cette étincelle de vie. Peu importent le qu'en dira-t-on ou les soucis d'argent. Ou même Peter dont elle n'a plus aucune nouvelle : il est parti, a-t-elle entendu dire, combattre en Abyssinie. En novembre, elle va passer quelques jours chez ses amis Roy et Billa Harrod, à Oxford, pour se reposer un peu. Couver cet espoir de bébé. Les Harrod ont un fils, Henry, qui a trois ans et qu'elle trouve le plus joli, les plus drôle des petits garçons. En le contemplant, elle ne peut s'empêcher d'imaginer ce que sera son fils. Soudain, au beau milieu d'une journée, elle ressent d'atroces douleurs au ventre. « Ce doit être une crise d'appendicite », murmure-t-elle à Billa. Elle parvient à rejoindre la gare, prend le premier train pour Londres. Les douleurs s'aiguisent. Pour rien au monde, elle ne voudrait laisser deviner le calvaire qu'elle est en train de vivre. Elle sait trop bien ce qui lui arrive. De la gare de Paddington, elle se fait conduire à l'University College Hospital. Après un bref examen, les médecins lui annoncent qu'elle fait une grossesse extra-utérine. Il faut l'opérer immédiatement. Nancy supplie le médecin de lui laisser une chance d'avoir un autre enfant. Quand elle se réveille, on lui apprend qu'il a été nécessaire de pratiquer une hystérectomie et unc double

1. *Love from Nancy*, *op. cit.*

ovariectomie. Nancy a trente-six ans. Tout espoir de mettre au monde un bébé est à jamais perdu.

Elle doit rester plusieurs semaines à l'hôpital. Garder le secret est impossible. Nancy choisit de révéler une partie de la vérité. À ses parents, à ses beaux-parents, à Peter Rodd, aussi. Elle dit qu'il a fallu lui ôter les ovaires, et tente de tourner la chose en plaisanterie. Aux dépens de sa mère, une nouvelle fois. Elle raconte qu'à l'annonce de son opération, Muv se serait écriée : « On vous a enlevé vos deux ovaires ! Mais je croyais que nous en avions des centaines, que c'était comme le caviar. » Puis, continue Nancy[1], « quand je lui ai dit que je ne pouvais supporter l'idée d'une horrible cicatrice en travers de mon ventre, elle m'a répliqué : "Mais enfin ma chérie, qui la verra ?" »

Derrière l'humour, perce le ressentiment. Sa mère se moque de sa vie intime. Elle bafoue ce que Nancy a de plus précieux. Cette mère qui, dira-t-elle plus tard, ne l'a jamais prise dans ses bras lorsqu'elle était enfant. Nancy la blâmera aussi de sa stérilité et de ses échecs avec les hommes : Muv ne l'a pas aimée, l'a négligée. Pour l'instant, Nancy préfère encore la moquerie à l'amertume et le rire au règlement de comptes. Mais, au fond d'elle-même, elle se sent infiniment seule face à son échec. Jamais elle n'aura de famille. Jamais d'enfants. Ce rêve-là est définitivement effacé.

Basé dans une caserne en Angleterre, Esmond Romilly, en uniforme canadien, rend de temps en temps visite à son vieil ami Philip Toynbee, engagé, lui, dans l'armée britannique. Esmond s'amuse à prendre un fort accent d'outre-Atlantique : il adore changer sa voix. C'est une des dernières traces de l'enfant terrible qu'il a été. Car, remarque Philip Toynbee, il s'est considérablement adouci : non qu'il se montre plus prévenant ou plus sen-

1. *Ibid.*

sible qu'auparavant, mais il fait preuve de plus d'indulgence. Son unique motivation politique, lui confie Esmond, c'est son horreur du malheur humain. Lui qui refusait toute forme de sentimentalité admet désormais qu'il se laisse émouvoir. Et que cette émotion est la base de son militantisme politique. La guerre, répète-t-il, est un gâchis, mais elle est le prélude nécessaire à la révolution sociale. Est-ce l'amour absolu qu'il porte à sa femme et sa fille qui l'a ainsi transformé ? « Il montrait, écrira Philip Toynbee[1], cette charmante réserve de l'homme heureusement marié, cette tolérance envers la compagnie d'autrui qui, agréable mais sans importance, ne faisait que se superposer à sa vraie vie. Esmond n'était pas uniquement un mari fidèle : il ne s'engageait envers rien ni personne si sa femme devait être exclue de cette relation. » Un soir de novembre, Esmond et Philip Toynbee font la tournée des pubs de la petite ville de Bridlington près de laquelle ils sont stationnés. À minuit, ils se disent au revoir dans le vent humide quand un grondement les surprend. Des avions de combat volent très bas et se dirigent vers la mer. « Ils vont bombarder la Hollande », murmure Esmond. Deux jours plus tard, Philip reçoit une lettre de lui. Mélancolique, elle ne lui ressemble pas. Dans les bombardiers qui les ont survolés cette nuit-là, écrit-il, il y avait trois de ses meilleurs amis. Ils ne sont pas revenus de leur mission. Le lendemain, dans son avion, Esmond a passé plusieurs heures à chercher leur trace dans la mer du Nord. En vain.

Quelques jours plus tard, Philip Toynbee tombe sur un entrefilet dans le journal. « Un neveu du Premier ministre a disparu au cours d'un raid aérien au-dessus de Hambourg. » Il comprend trop bien qu'il s'agît de son ami. Esmond Romilly avait vingt-trois ans.

1. *Friends Apart, a Memoir of the Thirties*, op. cit.

VIII

Il ne peut pas être mort. Les Allemands l'ont capturé. Ou bien un sous-marin est venu à sa rescousse alors qu'il sombrait, prisonnier de sa carlingue, dans les eaux froides de la mer du Nord. Jessica voit sans cesse les vagues grises, le ciel trop bas, elle n'en dort pas et se répète : non, Esmond n'a pu y laisser sa vie. Virginia Durr l'entend qui pleure en de longues plaintes lancinantes. Quand elle tente de la consoler, Jessica sanglote : « Oh ! l'eau était si froide, si affreusement glacée ! » Puis elle se raidit, affirme qu'elle veut des preuves, une certitude. D'Angleterre, lui arrivent des précisions : le bombardier dans lequel se trouvait Esmond a été touché en vol, au-dessus de Hambourg. L'avion a fait demi-tour et réussi à revenir en vue des côtes anglaises. Mais il n'a pu atterrir. Son aile était atteinte. À une vingtaine de kilomètres de la falaise, il s'est abîmé en mer. Sur l'eau, il n'y avait plus qu'une petite tache d'huile. Jessica n'est pas convaincue. On n'a pas retrouvé son corps. Esmond n'est que disparu. Il reste un espoir. Une ultime chance : Winston Churchill. Le Premier ministre va arriver à Washington pour rencontrer le président Roosevelt. Les États-Unis viennent d'entrer en guerre après l'attaque de leur base de Pearl Harbour par les Japonais, le 7 décembre 1941. C'est de sa bouche, de la bouche de cet unique parent qui se trouve sur le sol américain, que Jessica veut savoir. Elle ne le connaît que vaguement. Elle se souvient des visites qu'elle faisait, enfant, à Chartwell, sa maison de campagne, lors de week-ends. Mais elle était vite envoyée à la nursery, avec Unity et Debo, isolée des adultes. À l'heure du thé, on les faisait descendre et elles devaient demander : « Comment allez-vous ? » à un monsieur tout rond, qui fumait d'éternels cigares. Mais qu'importe. Il est l'oncle d'Esmond. Il est son cousin à elle. Et il est Premier ministre. Celui derrière qui toute l'Angleterre combat. Elle le croira, lui seul.

Winston Churchill vient d'être sollicité, à Londres, par un autre membre de la famille Mitford : Tom. Officier dans la brigade des fusiliers britanniques, le frère unique affirme encore sans la moindre hésitation que, « s'il avait été allemand, il aurait été nazi. Les meilleurs le sont ». Il s'exprime sans véhémence, comme si cette opinion allait de soi. Il combat pour l'Angleterre parce que c'est son devoir. Mais il n'en garde pas moins toute sa sympathie à Hitler. À Mosley aussi, tout en continuant à fréquenter la famille Churchill dont il est resté très proche. Tom est toujours charmeur, charmant avec tous. En cette journée de décembre 1941, alors qu'il se trouve en permission à Londres, il rend d'abord visite à Mosley dans sa prison de Brixton, puis à sa sœur Diana à la prison de Holloway. Au moment de la quitter, dans le parloir sinistre, il lui demande si elle a un message à faire parvenir à Winston Churchill : il dîne avec lui ce soir au 10, Downing Street. « Oh ! oui, réplique immédiatement Diana. Dis-lui que, s'il doit nous maintenir enfermés, Mosley et moi, qu'il nous permette au moins d'être ensemble. »

Quelques heures plus tard, Tom transmet la requête de sa sœur et se montre si convaincant qu'immédiatement Churchill envoie un ordre à l'administration pénitentiaire : sir Oswald Mosley et son épouse lady Diana doivent être réunis. Et qu'on ne lui oppose pas des règlements ou de longues forma-

DR.

Le château de Batsford, dans le Gloucestershire,
berceau de la famille Mitford. Il sera vendu en 1919.

DR.

DR.

David Mitford et son épouse Sydney, née Bowles,
peu après leur mariage célébré le 6 février 1904.

La famille Mitford au complet, photographiée en 1922 à Asthall Manor. En haut : Sydney, Nancy, Tom et Lord Redesdale. Au milieu : Diana et Pamela. En bas : Unity, Jessica, Deborah et, bien sûr, deux des chiens de la maisonnée.

Unity et Jessica en 1923. Elles ont neuf et six ans et partagent la même insolence.

Tom Mitford, en juillet 1931, lors d'une de ses visites chez les cousins Churchill. De gauche à droite : Tom Mitford, Freddy Birkenhead, Winston Churchill, Clementine Churchill, Diana Churchill, Randolph Churchill et Charlie Chaplin

Unity, Diana et Nancy, très élégantes à l'occasion du mariage de leur cousin lord Stanley d'Alderley, en mars 1932.

Diana photographiée
le 17 mars 1933. Ses traits lisses
ne laissent rien deviner du
scandale dont elle est alors
la protagoniste.

Pamela en 1934. Elle gère
la ferme de Bryan Guinness,
à Biddesden.

Réunie devant Swinbrook House, la famille Mitford en 1934.
En haut : Nancy, devenue Mrs Rodd, Diana divorcée
de Bryan Guinnes, Tom, Pamela et lord Redesdale.
En bas : Sydney, Unity, Jessica et Deborah.

En décembre 1935,
Unity et Diana, très complices,
avec les deux fils de Diana,
Desmond et Jonathan Guinness.

Nancy ne se trouvait
pas belle ; elle n'aimait,
disait-elle, ni ses joues
trop rondes ni son nez
trop pointu.

Nancy lors d'un des bals masqués
qui faisaient fureur dans
les années 1920 : celui-ci est
une « fête romaine ». Nancy est
entourée de son fiancée Hamish
Erskine et de son ami Robert
Byron. Derrière : Olivier Messel.

Nancy, son mari Peter Rodd
et sa chienne Millie
à Brighton, en 1935.

DR.

Unity et Diana posent pour un photographe du *Daily Express* devant un défilé nazi.

Unity et le sinistre Julius Streicher en 1938. L'antisémitisme de ce pilier du régime nazi s'exprimait dans un langage des plus orduriers.

DR.

Unity au côté de Hitler à Haus Wahnfried, la maison de Winifred Wagner.

Oswald Mosley, à Londres, inspecte ses troupes en 1936, avant ce qui deviendra la bataille de Cable Street. Il a adopté un uniforme qui ressemble fort à celui des SS.

DR.

Discrète, Pamela n'en est pas moins anticonformiste que ses sœurs. Elle porte un tailleur noir lors de son mariage avec Derek Jackson, le 29 décembre 1936. Les mariés sont entourés de Sydney et David Redesdale. Au milieu : Diana, Stella Jackson, Nancy, Dorothy Bailey, Tom. En haut : Daphné et Jack Mason, Bertra et Iris Mitford, Madeleine Bowles, Dorothy Mitford.

Jessica en 1937.

Jessica et Esmond Romilly
peu après leur mariage.

Le 9 mars 1937,
au port de Bermeo,
près de Bilbao, Jessica
affronte deux tourmentes :
le blocus du Pays basque
pendant la guerre civile
espagnole et la vindicte
familiale.

Unity en 1939, peu avant la déclaration
de guerre de l'Angleterre à l'Allemagne.

En janvier 1940, elle est portée sur une civière à Folkestone.

Deborah photographiée à Ascot en 1938,
l'année de ses débuts dans le monde.

Le château de Chatsworth, joyau des ducs de Devonshire,
est transformé en pensionnat pendant la guerre.

DR.

En 1951, Jessica, membre du Parti communiste américain et du Civil Rights Congress, se bat contre la condamnation à mort d'un jeune Noir, Willie McGee.

DR.

Avec sa fille Constancia, peu avant la mort tragique d'Esmond Romilly.

DR.

En 1946, avec son second mari, Bob Treuhaft, son fils Nicholas et Constancia.

Billie Hartington, beau-frère de Deborah, épouse Kathleen Kennedy en mai 1944. Derrière Kathleen, son frère Joe Kennedy Junior. Tous trois mourront bientôt. Ils sont encadrés par la duchesse et le duc de Devonshire.

Nancy, en 1950, est devenue un écrivain reconnu et une Française d'adoption. Elle s'entretient des pièges de la traduction avec des élèves du collège de Bouffémont.

Nancy, dans l'appartement qu'elle aime, rue Monsieur, à Paris. Elle le quittera plus tard parce que, entre autres choses, elle ne supporte plus les cris des enfants qui jouent dans la cour.

Gaston Palewski, l'homme que Nancy ne cessera jamais d'aimer, est, en août 1955, ministre délégué à la présidence du Conseil, chargé des Affaires atomiques, des Affaires sahariennes et de la coordination de la Défense. Ici, à Genève, il visite l'exposition « L'atome pour la paix ».

Sir Oswald Mosley et son épouse Diana
en 1968, au café Royal de Londres.

Nancy photographiée le 27 avril 1970.
Elle est malade mais s'intéresse encore
à la mode. « Faut-il continuer à
s'habiller au-dessous du genou et
paraître démodée, ou s'habiller court
et devenir ridicule ? Je choisis d'être
ridicule », aimait-elle dire.

DR.

Diana, Pamela et Deborah lors des obsèques de Nancy,
le 8 juillet 1973.

Pamela photographiée par
lord Snowdon dans sa
campagne anglaise.

DR.

Le regard vif et ironique
de Jessica devant le magnifique
portrait de sa mère.

Jessica et son mari Bob Treuhaft lors de la sortie de son second livre de mémoires, en 1977.

Deborah photographiée en octobre 2000 par lord Snowdon devant l'un des commerces qu'elle a créés : on y vend les produits de la ferme du château de Chatsworth.

lités à remplir. Son ordre doit être exécuté au plus vite. C'est ainsi que, le jour de Noël 1941, Mosley devient le premier prisonnier de sexe masculin à pénétrer dans la prison de femmes de Holloway. Il y partage désormais avec Diana une suite de trois cellules, entourée d'un bout de terre qu'il transformera en jardin. Des prisonnières sont réquisitionnées pour faire leur ménage. Elles ont été soigneusement sélectionnées : « Ce sont des femmes condamnées pour crimes sexuels : elles, elles se montrent toujours propres et honnêtes », affirme la directrice de la prison à Diana. La solidarité des aristocrates vient une nouvelle fois de faire la preuve de sa robustesse : Churchill n'a pas oublié la jeune Diana Mitford qui passait ses week-ends à Chartwell, où elle était l'une des meilleures amies de sa fille aînée, prénommée Diana elle aussi. Elles avaient le même âge. Mais, au-delà de ces motifs personnels, il est vrai qu'au pays de l'*habeas corpus*, un Premier ministre, même en temps de guerre, peut ressentir quelque scrupule à garder deux personnes en détention préventive, plusieurs années de suite, sans qu'aucun jugement ait été prononcé.

À Washington, Jessica a réussi à obtenir un rendez-vous à la Maison-Blanche grâce à un ami rencontré lors de son tout premier séjour à Washington, Michael Straight, le jeune rédacteur en chef du magazine *New Republic*. C'est un proche d'Eleanor Roosevelt. Jessica, ses grands yeux bleus gonflés d'avoir trop pleuré, se retrouve dans un salon de la demeure présidentielle, sa fille Constancia, habillée d'une longue robe blanche, dans les bras. Eleanor Roosevelt, personnalité très charismatique, reçoit beaucoup. Jessica fait partie d'un groupe de dix personnes à qui la Première Dame des États-Unis offre le thé tout en conversant de tout et de rien. Au bout de quinze minutes, la Première Dame se lève, le petit groupe en fait autant avant de disparaître. « Deux minutes plus tard, racontera Jessica[1], un nouveau groupe de dix personnes arrivait, et le même cérémonial se produisait. Trois fois de suite, j'ai dû suivre ce protocole jusqu'à ce qu'on me dise que je pouvais monter voir Winston Churchill. Un aide de camp se tenait à l'entrée de sa chambre. Lui, dans une robe de chambre chamarrée, recevait au lit. Il fumait un cigare et buvait un cognac, fidèle en cela à sa légende. »

Winston Churchill, le regard bleu, profond, autoritaire, lui affirme immédiatement qu'il a recueilli toutes les informations disponibles sur Esmond. Son neveu n'a pas pu survivre, prononce-t-il de sa grande voix grave, c'est certain. Et, sans que Jessica ait pu prononcer un mot ou ne serait-ce qu'exhaler un soupir de douleur, Churchill enchaîne en parlant de Diana. Il a tout fait, assure-t-il, pour lui rendre la vie en prison plus confortable et il a exaucé son vœu le plus cher : se trouver de nouveau près de Mosley. De plus, ajoute-t-il, des condamnées leur servent de femmes de chambre. Jessica a eu à peine le temps de se rendre compte que tout espoir était perdu, sa rage éclate. C'est donc de sa sœur fasciste que le Premier ministre, celui qui s'est engagé dans une croisade contre Hitler, parle. Comme s'il se préoccupait beaucoup plus du sort de Diana que de celui d'Esmond. Jessica crache sa fureur dans l'anglais le plus pur, avec l'accent le plus distingué, et ce n'en est que plus terrible. « C'est un scandale, martèle-t-elle, que ces deux traîtres à leur pays reçoivent un traitement spécial, au moment même où des jeunes gens se font tuer par les Allemands. » Jessica claque la porte et s'enfuit dans le long couloir de la Maison-Blanche. L'aide de camp la rattrape, lui tend une enveloppe. Ce n'est qu'à la mai-

1. Alfred A. Knopf, *A Fine Old Conflict*, New York, 1977.

son qu'elle l'ouvre. À l'intérieur, il y a plusieurs billets de banque, cinq cents dollars en tout. Une très importante somme. Jessica a envie de brûler cet argent, ce « prix du sang », dira-t-elle, qu'on lui octroie. Elle se raisonne et finit par en donner une grande partie à Virginia Durr, pour son association de lutte contre la taxe d'habitation. Avec ce qui reste, elle offre à la fille de Virginia le cheval dont elle rêvait depuis longtemps. Pour elle et Constancia, elle ne veut rien. Pas un *cent*. Rien de cet argent qu'elle trouve sale. La colère a pris la place du chagrin, qui n'en est que plus tranchant quand tout s'apaise. Sa douleur, Jessica ne la confiera à personne. Par pudeur. Par réflexe aussi : son éducation l'a dressée à ne jamais étaler ses sentiments. Plus tard, cela lui donnera une apparence de dureté. D'insensibilité même. Pourtant, au fond d'elle, il y aura toujours cette jeune femme qui pleure.

Sa rencontre avec Winston Churchill à la Maison-Blanche, divulguée par un témoin de la scène, fait vite le tour de Londres. De bouche à oreille, les faits s'enflent et se déforment. On dit qu'elle a craché à la figure du Premier ministre. On la transforme en furie, en rebelle devenue folle. Diana, mise au courant de la réaction de sa sœur à l'amélioration de ses conditions de détention, n'en démordra jamais : Jessica est une personne fondamentalement cruelle. Enrôlée, de plus, dans cette secte qu'est le communisme. Entre elles deux, la rupture est une fois de plus confirmée.

Nancy est plus habile que Jessica. Sans doute plus sournoise. En tout cas plus complexe. Elle a dénoncé Diana au ministère de la Guerre, mais lui envoie, en prison, des lettres chaleureuses. Comme si de rien n'était. Diana, qui ignore tout de la démarche de sa sœur, lui fait chaque année parvenir un cadeau à la fin novembre, à l'occasion de son anniversaire. Nancy la remercie dans une lettre, début janvier 1941 :

« J'ignorais que je pouvais t'écrire, commence-t-elle[1]. Mais, maintenant, je m'empresse de le faire. Merci pour ton cadeau si précieux. Grâce à lui, je me suis acheté les produits de beauté dont j'avais tant besoin et je t'en suis très reconnaissante – j'ai même trouvé un rouge à lèvres de Guerlain au fin fond d'une boutique obscure et j'ai ressenti la même joie qu'un bibliophile qui découvrirait une première édition de Shakespeare. » Et Nancy continue de ce ton primesautier, donne des nouvelles de sa chère Mrs Hammersley, de leur ami commun Harold Acton, de son frère William. La lettre se termine par la nouvelle qu'elle a vu le petit Alexander, le troisième des fils de Diana. « C'est un amour, affirme-t-elle[2], et j'aimerais tant que [tes enfants] vivent avec moi. » Est-ce l'emphase habituelle des Mitford ? Un de ces élans de générosité, vite oubliés, dont Nancy est coutumière ? Il n'a jamais été question que les jeunes fils de Diana et de Mosley aillent habiter chez elle. Nancy en a-t-elle d'ailleurs vraiment le désir ? Plus tard, dans une autre lettre à Diana, elle reconnaîtra qu'elle ne sait pas parler aux enfants. « Face à eux, je deviens totalement muette. » Mais peut-être, tente-t-elle d'expliquer, est-ce parce que ce sont des garçons ? En fait, le « j'aimerais tant que tes enfants vivent avec moi » est plutôt un signe du vieux ressentiment de Nancy envers sa sœur Pam. Car c'est elle qui héberge Alexander, trois ans, et Maximilien, un an et demi, dans sa grande maison de Rignell. La vieille nurse Nanny Higgs prend soin d'eux tandis que Pam s'affaire à la cuisine : ses domestiques sont pour la plupart partis, les hommes mobilisés dans l'armée, les femmes dans les usines d'armement. Son mari, Derek Jackson, s'est engagé dans l'aviation, bien qu'on ait cherché à le persuader de rester à terre : ses aptitudes scientifiques y

1. *Love from Nancy*, *op. cit.*
2. *Love from Nancy*, *op. cit.*

auraient été utiles en temps de guerre. Mais Derek le flamboyant veut participer à l'action, dans le corps le plus en pointe, le plus exposé. Il risque sa vie en allant bombarder, de nuit, des positions allemandes. Pourtant ce grand bourgeois partage le point de vue de Mosley sur la guerre : elle n'aurait pas dû avoir lieu, et il fallait laisser faire Hitler en Europe. Les combats aériens auxquels il participe ne bousculent en rien ses sympathies nazies. Au mess des officiers, Derek Jackson le provocateur s'exclame un jour : « Ah ! quand ces chers Allemands auront gagné la guerre, j'aurai mon château sur la Loire. » Ses compagnons de table en restent quelques secondes interdits avant de s'insurger. Mais Derek Jackson se moque de leur réaction. Ses contradictions sont une autre de ses extravagances. Nancy n'aime pas ce beau-frère souvent outrancier. Elle le qualifie sans hésitation de fasciste. Et octroie le même qualificatif à Pam, qui l'agace à approuver en silence les positions de son mari. « Pam et Derek sont venus à Londres quelques jours et leurs discours profascistes étaient si virulents que toute la ville s'étonnait qu'ils aient réussi à échapper à la prison », écrit-elle perfidement à sa correspondante de prédilection, Mrs Hammersley[1]. Nancy est beaucoup moins diserte à propos des penchants nazis de son frère Tom, qu'elle héberge souvent. Elle l'aime trop pour l'affronter, et Tom est assez habile pour ne lui présenter que le côté de sa personnalité qui lui plaît. Mais au moment même où elle verrait bien Pam en prison, Nancy se réconcilie avec son autre fasciste de sœur, Diana.

Est-ce parce qu'elle l'émeut maintenant qu'elle se trouve en prison, qu'elle est vulnérable ? Toujours est-il que Nancy renoue vite, par des lettres de plus en plus

1. *Ibid.*

nombreuses puis des visites, l'amitié qui s'était brisée en 1934 au moment de la publication de *Wigs on the Green*. Ses courriers à Diana sont légers, distrayants, elle y distille des commérages, des piques et des anecdotes. Le ton est semblable à celui d'il y a dix ans, quand Diana était encore la riche et insouciante Mrs Guinness, que Nancy était amoureuse de Hamish Erskine Saint-Clair et qu'elles s'échangeaient leurs confidences. Mais parfois Nancy se montre plus grave, lorsque, par exemple, elle se retrouve à l'hôpital, le ventre barré d'une énorme cicatrice. C'est alors à Diana, et à elle seule, qu'elle laisse deviner la profondeur de son désarroi. Mais elle le fait vite, sans s'appesantir. Et passe rapidement à un autre sujet.

« Pauvre Debo, écrit-elle de son lit à l'University College Hospital[1], ce doit être affreux, la pire chose, je crois, qui puisse arriver dans la vie – sauf perdre le manuscrit d'un livre qui, à mon avis, doit vraiment être LE pire. » Debo, vingt et un ans, vient d'accoucher d'un enfant mort-né. Un fils. La petite dernière des Mitford, grande cavalière et chasseuse émérite, a épousé le 19 avril 1941 lord Andrew Cavendish, second fils du dixième duc de Devonshire. Ils se sont rencontrés aux courses de Goodwood, trois ans plus tôt, puis à celles de Cranborne, et n'ont plus cessé de se voir. En amis d'abord. Puis ils se sont fiancés début 1941, en pleine guerre. Pour Debo, c'est une échappatoire : elle ne supporte plus la vie à Swinbrook ni à Rutland Gate. L'univers protégé dans lequel elle a grandi s'est transformé en enfer. Des disputes de plus en plus violentes éclatent entre ses parents. Et Unity pique, pour le motif le plus futile, des crises de nerfs effrayantes. « Unity me déteste tellement que la vie ici devient presque impossible, écrit Debo à Diana depuis l'étroite maison d'Old

1. *Love from Nancy, op. cit.*

Mill Cottage[1], à Swinbrook. Le salon est si petit et les deux énormes tables lui appartiennent exclusivement et, si j'ai le malheur ne serait-ce que d'y poser mon tricot pendant une minute, le chaos se déchaîne car elle hurle des injures. Je pense pourtant qu'à certains points de vue, elle semble aller mieux, bien qu'elle ait totalement perdu son sens de l'humour et ne rie plus, même aux choses les plus drôles. » Fin 1940, lord Redesdale, épuisé par ses querelles avec son épouse, les nerfs éprouvés par l'incontinence de Unity, a fini par quitter Swinbrook pour aller s'installer en Écosse dans le village de Redesdale. Il a emmené Margaret, la femme de chambre. Plus jamais il ne fera vie commune avec lady Redesdale.

Peu après, Debo part à son tour. Amoureuse et soulagée. Adulte enfin.

Son mariage a lieu au lendemain d'un raid aérien particulièrement meurtrier. Toutes les vitres de la maison de Rutland Gate sont brisées et les rideaux déchirés. C'est pourtant là, comme prévu, qu'a lieu la réception qui suit la cérémonie à l'église St Bartholomew, à Smithfield. Le marié est en uniforme : il sert dans les Coldstream Guards et a demandé une permission spéciale pour se marier. « Nous allons être horriblement pauvres, écrit Debo à Diana[2] mais ce qui est bien, c'est que nous pourrons avoir autant d'adorables chiens que nous le souhaitons, et mettre un peu partout toutes les choses que nous aimons sans qu'on nous dise qu'il faut les enlever des meubles. Ah, j'aimerais tant que tu ne sois pas en prison, c'est si affreux de ne pas t'avoir à mes côtés pour faire les courses, mais il est vrai que nous sommes si pauvres que je n'aurai même pas un vrai trousseau. » Fils cadet des Devonshire, Andrew ne reçoit alors que sa solde. Mais sa pauvreté est toute relative. Les ducs de

1. *In The House of Mitford, op. cit.*
2. *In The House of Mitford, op. cit.*

Devonshire font partie, depuis des siècles, des aristocrates les plus riches et les plus puissants d'Angleterre. Bien sûr, leur fortune a été écornée par les nouveaux impôts, et les droits de succession sont de plus en plus lourds. Mais leur pouvoir financier demeure énorme : on estime qu'à la fin des années 20, le revenu annuel du duc de Devonshire s'élevait à cent dix mille livres par an. Mille fois plus que ce que gagnait une gouvernante.

La fortune familiale et le titre de duc reviendront au frère aîné d'Andrew, William, marquis d'Hartington, dit Billie, qui est alors, au désarroi de sa famille, très amoureux de Kathleen Kennedy, la fille aînée de l'ancien ambassadeur des États-Unis en Grande-Bretagne, Joe Kennedy, et la sœur de John Fitzgerald : les Devonshire sont d'ardents protestants, les Kennedy des catholiques fervents, d'origine irlandaise.

Le mariage d'Andrew, le cadet, pose moins de problèmes. Les Mitford sont très attachés à l'Église anglicane et, s'ils appartiennent à la petite noblesse, ils portent néanmoins un titre. Le duc de Devonshire a pourtant pris la peine, à son club, de compulser l'annuaire de la noblesse, le *Burke's Peerage*, pour savoir d'où venait cette famille. Un ami, fort au courant des mille et un ragots de l'aristocratie, a pris soin de lui glisser à l'oreille que la grand-mère de lord Redesdale s'était enfuie avec son amant et avait divorcé. Un amant, ajoute l'ami bien intentionné, qui était peut-être le véritable père du premier lord Redesdale. Le duc de Devonshire hésite-t-il à donner son fils en mariage à l'arrière-petite-fille d'une femme scandaleuse ? Pas longtemps, en tout cas. Les mœurs ont changé depuis le XIXe siècle. Et le mariage a lieu, scruté par une foule de journalistes et de photographes.

Non seulement c'est un grand mariage, mais Unity Mitford y assiste et elle est toujours l'objet d'une immense curiosité médiatique. Les photos qui paraissent le lendemain la montrent bouffie, massive, mais le regard droit et la démarche assurée. « Si elle est en assez bonne forme pour assister à un mariage, elle l'est aussi pour être internée », s'indigne un journaliste. Peu après, un député pose la question au Parlement : pourquoi Unity Mitford, qui semble en bonne santé, n'est-elle pas en prison ? Le ministre de l'Intérieur lui réplique immédiatement que « les informations concernant la santé de cette personne et les circonstances dans lesquelles elle vit n'indiquent pas qu'il y ait lieu, dans l'intérêt de la patrie, d'exercer un contrôle sur elle ». Unity a en effet l'âge mental d'un enfant. Un enfant coléreux et capricieux. Elle qui se déclarait athée fréquente maintenant les églises de façon obsessionnelle. Et rêve, comme une petite fille, de se marier et d'avoir dix enfants. Souvent pathétique, elle se souvient par bribes de Hitler, et affirme qu'il lui trouvait de jolies jambes. Puis elle change de sujet.

La liaison de Nancy avec le capitaine Roy s'est transformée en amitié amoureuse. Il lui a rendu visite à l'hôpital, elle continue de le voir. Mais il ne lui manque pas. Quand elle part en convalescence chez une cousine, Helen Dashwood, elle l'oublie presque. Dans la superbe demeure palladienne proche de West Wycombe, Nancy retrouve des amis de jeunesse, Jim Lees-Milne le condisciple de Tom à Eton, Cecil Beaton le photographe, Sibyl Colefax l'hôtesse, Eddy Sackville-West l'homosexuel flamboyant. Au sein de cette petite société qui vit à la campagne, préservée de la guerre, Nancy reprend des forces. Le soir, tout le monde se groupe au coin du feu, Jim et Eddy tricotent côte à côte tandis qu'au grand plaisir de Nancy on cancane, on persifle.

En mars 1942, elle revient à Londres, un peu craintive. Que lui réserve maintenant cette ville aux pâtés de maisons entièrement détruits, cette ville où elle s'est amusée mais n'a jamais réussi à être vraiment heureuse ? Cette ville où elle se sent extrêmement pauvre ? Elle n'a plus rien que sa maison de Blomfield Road, quelques légumes et des poules. Prod ne lui fait parvenir aucun argent. Son père non plus. C'est alors que Jim Lees-Milne lui propose de rencontrer des amis à lui, Heywood et Anne Hill. Ils possèdent une librairie en plein centre de Londres, dans le quartier de Mayfair. Et ils ont besoin d'une vendeuse. Le salaire proposé est très modeste : 3,1 livres par semaine. Pour Nancy, aux abois, c'est mieux que rien. Elle aime depuis toujours les livres et, dans cette époque de restrictions, où le papier est rare et où l'on imprime peu, passer ses journées entre des étagères couvertes d'ouvrages lui semble un privilège. De plus, la librairie lui plaît immédiatement. Les volumes sont disposés comme dans une maison, en piles sur des tables ou à même le parquet. Située au 17, Curzon Street[1], la boutique n'a pas de vitrine, juste deux fenêtres en rez-de-chaussée, et cela la fait ressembler à l'appartement d'un ami. Heywood et Anne Hill y vendent des livres rares, mais aussi un choix des plus récentes publications, ainsi que des jouets de l'époque victorienne et des automates. Cela crée un joli désordre qu'affectionnent à la fois les gens à la mode et les intellectuels restés à Londres. On y croise régulièrement les frères Sitwell, Vita Sackville-West ou son mari Harold Nicolson, Ivy Compton-Burnett, une amie d'Anne Hill, Evelyn Waugh quand il est en permission, Cecil Beaton et Raymond Mortimer, devenu le plus influent critique littéraire d'Angleterre. Avec sa bonne humeur, sa grande culture et ses manières parfaites, Nancy fait merveille. Sa mémoire très sûre lui permet de citer des extraits des dernières critiques, d'annoncer en un clin d'œil quel est l'éditeur de tel livre, si telle édition est épuisée ou non. Nombreux

1. Elle déménagera en 1943 au 10, Curzon Street, où elle se trouve toujours, inchangée.

sont les amis qu'elle apostrophe à leur arrivée d'un *darling* appuyé et qui quittent la librairie un lourd paquet de livres sous le bras : Nancy vend avec grâce et efficacité. Mais, sans cesse debout quand elle ne se trouve pas à genoux pour ranger les volumes, elle travaille dur. Comme jamais elle ne l'a fait. Chaque matin, elle marche de Blomfield Road jusqu'à la librairie – trois kilomètres qu'elle parcourt d'un pas rapide – et, le soir, elle fait le plus souvent de même. Car en ces temps de guerre, il n'y quasiment pas de taxis et les autobus débordent de passagers. De plus, Nancy doit économiser même un ticket de transport. Elle déjeune dans une cantine proche de la librairie et dîne dans un restaurant des plus modestes : un shilling est un shilling. « Je me sens vieille, grisonnante, en train de perdre mes cheveux, en un mot affreuse. J'en fais trop et j'ai besoin de passer une semaine au lit », écrit-elle à Diana[1] quelques mois après son engagement. Pourtant il n'est pas question qu'elle se repose. Heywood Hill vient d'être mobilisé et la présence de Nancy devient indispensable. « Il ne faut pas se fier à son apparente frivolité ni à son esprit caustique, affirme alors Heywood[2]. Nancy travaille dur, et c'est une amie. Je sais qu'Anne aura une aide très efficace. »

Nancy envoie régulièrement à Diana des colis de livres. Cadeau précieux : dans sa cellule, la prisonnière dévore tout ce qui lui tombe sous les yeux. Nancy s'occupe également, régulièrement, de Unity. « Pauvre Bobo, s'écrie-t-elle souvent, soyez gentils avec elle, elle se rue sur tout un chacun comme un bon gros chien qui remue la queue, mais personne ne se montre patient avec elle. » Le 27 novembre 1942, Unity se trouve à Londres, chez Nancy qui donne une soirée

1. *Love from Nancy*, *op. cit.*
2. *In* Heywood and Anne Hill, *A Bookseller's War*, Londres, Michael Russel, 1997.

pour son trente-huitième anniversaire. Elle a invité beaucoup de monde, des amis proches, mais aussi des connaissances. « Bobo s'est beaucoup amusée à ma fête, écrit-elle à Diana[1]. Elle avait apporté une vieille robe affreuse et toute mitée, alors je lui ai prêté la seule belle robe noire que je possède, mais elle était trop étroite pour elle et je n'ai pas pu la fermer. Nous l'avons laissée ouverte dans le dos et Bobo a dû garder un manteau sur elle pendant toute la soirée… Elle a refusé de se maquiller, mais l'adorable capitaine Roy l'a emmenée au premier étage et l'a pomponnée. À la fin, elle paraissait terriblement jolie. » Nancy voit les choses en rose quand elle parle du plaisir de Unity à assister à sa fête. Selon sir Osbert Sitwell, baron et écrivain (il publie alors le premier des cinq volumes de son autobiographie), la soirée est beaucoup moins réussie. Unity est assise à côté de lui, « cette géante, se rappellera-t-il, agressive et incontournable ». De l'autre côté de la table, se trouve le capitaine Roy qui, pour entamer la conversation, lance à Unity : « Je pense que vous parlez français bien mieux que je ne m'exprime en anglais. » Immédiatement, Unity réplique, de sa voix étale : « Grâce à Dieu, je ne parle pas un mot de cette langue ignoble. » Elle hait les Français, poursuit-elle. Un silence gêné, ponctué par quelques toussotements, tombe sur l'assistance. Nancy, par une heureuse plaisanterie, parvient à dérider l'atmosphère et chacun cherche alors à éviter de parler de la guerre. Mais Unity revient à la charge. « Je hais le blitz », laisse-t-elle tomber. Par politesse, son voisin, Osbert Sitwell, lui répond qu'en effet le hurlement des sirènes lui glace le sang. Et Unity ajoute : « C'est étrange que je déteste la guerre, car j'ai envie de mourir. »

L'« adorable » capitaine Roy est là, prévenant, char-

1. *Love from Nancy, op. cit.*

mant, attentif, et Nancy se montre courtoise envers lui. Pourtant son cœur est empli de confusion. Elle vient de rencontrer un autre homme, un autre Français. Elle n'a pas pu lui résister. La voici maintenant pourvue de deux amants, outre un mari volage qui fait la guerre au loin, dans la corne de l'Afrique. Un vrai vaudeville. Elle qui avait toujours rêvé d'un long mariage solide ! Mais l'intense sentiment d'éphémère que provoque la guerre vide de sens les tabous moraux. L'amour compte avant tout. Ici et maintenant. Et pour cet homme qu'elle vient de connaître, Nancy ressent une passion à la fois fulgurante et absolue.

Ils se sont vus la première fois un tendre soir de septembre. Il fait si doux qu'ils prennent le thé dehors, dans le jardin du Club des Alliés, installé dans la maison des Rothschild, au coin de Hamilton Place et Park Lane[1]. La lumière mordorée éclaire le visage hâlé de Gaston Palewski, et ses yeux noirs brillent, comme ceux d'un aventurier qui vient d'accomplir un long périple. Il arrive d'Éthiopie, où, lieutenant-colonel, il commandait les Forces françaises libres de l'est de l'Afrique. Le général de Gaulle l'a rappelé à Londres pour qu'il prenne la direction de son cabinet. À Addis-Abeba, Gaston Palewski a souvent rencontré Peter Rodd et son frère Francis. Et il a joint Nancy dès son arrivée à Londres pour lui donner des nouvelles de son mari. Il se sent très flatté de faire la connaissance d'une aristocrate anglaise, qui plus est une des filles de cette famille Mitford dont toute la presse, en Europe, a parlé. Après avoir évoqué Peter Rodd et la corne de l'Afrique, Gaston Palewski, charmeur, très cultivé, parle de la France, de littérature, de peinture, d'histoire. Nancy boit ses paroles. La nuit tombe, satinée, sur le jardin du Club des Alliés et la pénombre efface les petites cicatrices qui

1. Cette maison n'existe plus.

criblent le visage du lieutenant-colonel : des traces indélébiles d'une acné adolescente. Mais Nancy ne les a pas remarquées. Gaston Palewski n'est pas très grand : elle le trouve immense. Il n'est pas très beau : elle le trouve sublime. Il est pressé : elle a l'impression d'avoir passé des heures avec lui.

Quelques jours plus tard, elle l'invite à dîner chez elle, dans sa maison de Blomfield Road, et lui raconte avec son humour habituel les mille et une anecdotes de sa famille. L'œil de Gaston Palewski s'allume. Nancy est jolie, élégante dans une petite robe à fleurs. Il se fait encore plus charmeur. Cette soirée le distrait des longues journées passées à Carlton Gardens, le quartier général des Forces françaises libres. Autour du général de Gaulle, l'atmosphère est austère et les querelles parfois assassines. Gaston Palewski est un homme de cabinet, et il connaît ces lourdes ambiances qui planent autour de tout pouvoir. Depuis qu'il a rejoint le maréchal Lyautey au Maroc, au milieu des années 1920, l'étudiant qui a fait Sciences Po en même temps que l'école du Louvre a mené sa carrière à l'ombre des puissants. Il l'a fait avec brio, en se liant avec un des plus clairvoyants ministres de la Troisième République, Paul Reynaud, dont il a longtemps été le chef de cabinet. En 1934, un colonel inconnu, un certain Charles de Gaulle, demande à rencontrer le ministre. Débordé, Paul Raynaud lui envoie son chef de cabinet. Pendant plusieurs heures, Gaston Palewski, trente-trois ans, écoute ce militaire à la silhouette sans fin lui expliquer que la France doit préparer sa défense, créer des divisions blindées : c'est une question de vie ou de mort. De l'autre côté du Rhin, l'Allemagne nazie se réarme massivement, affirme-t-il, elle fabrique des tanks et des avions : la France ne peut lui laisser la suprématie militaire. Impressionné, Gaston Palewski convainc son ministre de rencontrer ce colonel que personne, jusque-là, n'a voulu écouter. Ébranlé par l'argumentation sans faille de de Gaulle, Paul Reynaud dépose une proposition parlementaire pour la création de divisions blindées. Elle sera rejetée. On connaît la suite : la ligne Maginot enfoncée par l'armée nazie, les soldats français en déroute, la France qui capitule en juin 1940.

De leur première rencontre en 1934, de Gaulle et Gaston Palewski garderont à jamais une admiration réciproque et demeureront très proches, bien que dissemblables. Contrairement à de Gaulle, ce visionnaire ascète, Palewski est un personnage proustien qui fréquente avec assiduité les salons parisiens, séduit les femmes de la bonne société et se laisse griser par les titres nobiliaires. S'il est né au tout début du XXe siècle, le 20 mars 1901, il aurait été tout à fait à son aise au siècle des Lumières, en gentilhomme libertin, cultivé et coquin. Pourtant, s'il peut avoir des allures de petit marquis, Gaston Palewski est aussi un homme d'action et de décision. Fils d'un ingénieur qui a dessiné les premiers avions, il a appris à piloter très jeune, à Villacoublay. Et, dès janvier 1940, cet homme de cabinet, qui aurait pu rester à l'abri des dossiers et des dorures ministérielles, s'engage dans la 34e escadre de bombardement de nuit. Une des plus exposées. Cette escadre, dont fait partie Antoine de Saint-Exupéry, sera sacrifiée. En six semaines, la moitié de ses effectifs aura disparu. Rescapé, Gaston Palewski assiste, aux commandes de son avion, à l'humiliante débâcle de l'armée française. Devant l'avance allemande, il vole de Montdidier à Nangis, de Nangis à Sens, de Sens à Avord, d'Avord à Limoges. Et arrive à Bordeaux où le gouvernement français s'est replié. De là, Gaston Palewski, immédiatement hostile à Pétain et aussitôt rallié à la France libre de de Gaulle, part pour l'Afrique du Nord. Puis pour Londres, en août 1940.

Cette nuit de la fin septembre 1942, après son dîner avec Nancy, Gaston Palewski demeure 12, Blomfield Road. Pour lui, c'est une aventure galante parmi d'autres. Une heureuse distraction sans lendemain. Nancy n'est-elle pas mariée ? Il tient d'ailleurs à rester discret. À sept heures, il est debout et court chez lui, dans la maison qu'il loue à Eaton Terrace, dans le quartier de Belgravia. À huit heures, son ordonnance lui sert son petit-déjeuner et lui présente les journaux du matin. Comme si de rien n'était.

Nancy se réveille ensorcelée. Heureuse, transportée. C'est le début d'un long enchantement. Le Colonel, comme elle l'appelle désormais par souci de discrétion, possède la frivolité, l'esprit caustique, le goût des belles choses de ses amis les plus chers, Mark Ogilvie-Grant, Brian Howard, Robert Byron qui est mort récemment, son bateau torpillé en mer Égée, ou encore Hamish Saint-Clair Erskine. Il a lui aussi ce côté presque féminin. Mais en même temps, c'est un homme sûr de lui, solide, quelqu'un sur qui, pense-t-elle, elle peut se reposer – enfin. Il a fait naître en elle une affection éperdue et un désir physique comme elle n'en avait jamais connu. Ni avec Hamish Erskine, trop peu intéressé par les femmes, ni avec Peter Rodd, trop égocentrique.

Ils se revoient régulièrement. Souvent chez elle où, selon un rituel désormais immuable, il passe la nuit avant de se lever à sept heures pile pour se trouver chez lui à l'heure du *breakfast*. Parfois, ils dînent ensemble au Connaught Hotel, où le général de Gaulle déjeune. D'autres fois, il pénètre en coup de vent à la librairie Heywood Hill, toute proche, et cherche quelques ouvrages anciens. Sa présence galvanise Nancy. Elle ne peut s'empêcher de révéler sa nouvelle passion à Mrs Hammersley. Qui lui répond d'un ton bougon : « Le colonel Palewski semble charmant et très entreprenant. Mais qu'en est-il de Roy ? » Nancy, après avoir hésité un long moment par peur de blesser, par crainte de briser ce qui est devenu une amitié, finit, peu avant Noël, par avouer au capitaine Roy que son cœur est pris. Ailleurs. Élégamment, le capitaine s'efface. Il mourra à la fin de la guerre, en 1945, d'une tuberculose contractée pendant les combats. Gaston Palewski demeure l'unique élu.

Il parle un anglais parfait, mais le prononce avec un fort accent français qui ravit Nancy. À tel point qu'il semble jouer de ses intonations traînantes. Gaston Palewski a été, au début des années vingt, étudiant à Oxford. Ils n'y étaient que trois Français. Le jeune homme préparait un mémoire sur le roman victorien. Pas très sérieusement, affirme-t-il. Mais il garde un souvenir ému des bâtiments gothiques, des longues pelouses, des jardins des collèges. Surtout, il y a acquis une profonde connaissance de l'Angleterre et contracté une grande sympathie envers les Anglais. Dès son arrivée en août 1940 auprès du général de Gaulle, à Londres, il parvient à amortir les chocs entre l'inflexible général et les autorités britanniques : son goût pour la négociation et son anglophilie font merveille. Gaston Palewski devient indispensable. Très vite, il est admis dans la bonne société anglaise. Violet Trefusis, qu'il a connue à Paris, où elle était une amie de Paul Reynaud, lui présente l'hôtesse incontournable qu'est Emerald Cunard. Harold Nicolson, une autre connaissance, l'introduit dans les cercles de la diplomatie. Collectionneur de relations mondaines, Gaston Palewski est ravi de pénétrer grâce à Nancy dans un autre cercle, littéraire celui-là, de la bonne société : celui d'Evelyn Waugh et des Sitwell.

Pour Nancy, il est la flamme qui illumine sa vie. Une flamme fragile. Car, au printemps 1943, il lui annonce qu'il doit partir. Quitter Londres pour aller rejoindre le général de Gaulle à Alger. La ville vient d'être libérée. Il ne peut pas dire quand il reviendra. Dans quelques mois, dans un an ? Qui peut savoir ? Qui peut prédire comment finira cette guerre ? En attendant, ajoute-t-il pour la consoler, ils s'écriront.

Nancy n'est plus qu'attente. Elle guette sa boîte aux lettres. S'il n'y a rien, elle n'est plus que vide et absence. Mais qu'une enveloppe survienne avec le tampon du quartier général de la France libre, tout s'éclaire. Les courriers que Gaston Palewski lui adresse sont très formels, il la vouvoie, l'appelle « Ma chère amie », lui transmet « l'hommage de ses sentiments bien fidèlement dévoués et respectueux » : toujours ce respect des convenances et ce soin mis à ne rien dévoiler de leur liaison. Mais, pour Nancy, ce sont les lettres les plus magnifiques qu'elle ait jamais reçues. Elle s'inquiète quand il affirme qu'il travaille chaque jour de sept heures du matin à huit heures et demie du soir, elle s'émeut quand il évoque les difficultés auxquelles doit faire face le Général, elle l'aime plus que jamais. « Écrivez, écrivez, lui enjoint-il, vos lettres sont mes ballons d'oxygène. » Nancy jour après jour écrit, elle lui raconte les derniers potins et les dernières histoires drôles. D'elle, elle parle peu. Elle ne veut pas l'ennuyer. Ni peser. Elle se doit d'être légère, alerte. Il faut le distraire. Surtout pas de pathos. Ni de plaintes.

Au même moment, à Alger, Gaston Palewski accueille à bras ouverts le tout nouveau représentant britannique auprès du Comité français de la Libération. Il s'agit de Duff Cooper. En 1938, après les accords de Munich signés par Chamberlain, il a démissionné de son poste de ministre. Pour protester. Duff Cooper arrive à Alger accompagné de son épouse Diana. À cinquante-deux ans, cette aristocrate qui a été, un temps, actrice de cinéma, est toujours considérée comme une des beautés d'Angleterre. « La plus belle Anglaise, affirme même le photographe Cecil Beaton. Je tombe en arrêt devant elle. » Gaston Palewski, très attiré par les femmes à la fois belles et titrées, ne cesse de la complimenter « Oh ! la joie de vous avoir ici », répète-t-il. Et, en lui baisant la main, il ajoute régulièrement : « Ah ! La première femme civilisée qui arrive ici ! » Diana Cooper l'aime bien, sa bonne humeur l'amuse. Mais le sublime Colonel qui manque tant à Nancy n'est pour elle que « mon vieil ami boutonneux ». Le charme de Gaston Palewski n'opère pas sur elle. Pourtant, quand elle apprend que la célèbre et sublime Diana se trouve si proche de l'homme qu'elle aime, Nancy ne peut s'empêcher de ressentir une pointe de jalousie. Elle tente alors de titiller son Colonel, elle cherche à provoquer son dépit en lui racontant ses sorties avec un joli jeune homme. Marc, prince de Beauvau Craon, vient d'arriver à Londres après avoir échappé de peu à son arrestation par la Gestapo. Il a vingt et quelques années. Il s'est enfui par l'Espagne : cela lui donne une aura de héros. Nancy dîne avec lui presque chaque soir, au Savoy ou au Claridge, après quoi ils vont danser au Hungaria. Elle est fière de se montrer au bras de ce charmant chevalier servant. Mais ses sentiments pour lui sont tout maternels. Si elle aime tant sa compagnie, c'est parce qu'il lui parle de l'homme qu'elle aime. Car il connaît bien Gaston Palewski, proche ami de sa mère, Minnie de Beauvau Craon. Bientôt, pourtant, le jeune prince disparaît à son tour. Il quitte Londres pour rejoindre la France libre à Alger. Le lien avec le Colonel est une nouvelle fois rompu et, en ces premiers mois de 1944, tout semble incertain. La guerre s'éternise sans qu'on puisse savoir quelle en sera l'issue. Et Londres se trouve de nouveau submergé sous un déluge de fer et de feu.

Un jour brumeux de l'automne 1943, au parloir de la prison de Holloway, Diana demande à sa mère qui lui rend visite si elle ne peut pas aller trouver sa cousine, Clementine Churchill, épouse de Winston. L'état de santé de Mosley, affirme Diana, se dégrade, il a beaucoup maigri et souffre d'une phlébite extrêmement douloureuse. Elle craint pour lui : supportera-t-il l'hiver qui arrive ? Muv se montre réticente : elle refuse de s'abaisser à aller trouver Churchill, l'ignoble architecte de cette guerre, affirme-t-elle. Diana la supplie et la convainc. « Winston a toujours beaucoup aimé Diana, répond calmement la cousine Clementine à la requête de lady Redesdale. Mais justement elle est bien mieux en prison. Si elle et son mari étaient relâchés, une foule furieuse s'en prendrait à eux. »

Peu après, un rapport médical parvient sur le bureau du ministre de l'Intérieur. Si jamais Mosley attrape ne serait-ce qu'un rhume ou une grippe, affirme le médecin, les conséquences pourraient être fatales. Le ministre s'affole. Il ne veut pas faire de Mosley un martyr. L'ordre est donné de relâcher les époux. Avant même que les prisonniers en soient informés, la BBC annonce la nouvelle, le 20 novembre 1943. Aussitôt photographes et reporters se rassemblent à l'entrée de la prison de Holloway. Ils sont bientôt rejoints par des milliers de manifestants qui protestent contre la libération des Mosley et scandent : « En prison, de nouveau ! » Des pancartes réclament même « La potence pour Mosley ». Nuit et jour, une foule compacte veille devant la grille. Mosley et Diana restent dans leurs cellules : les autorités craignent un incident, une émeute si jamais les manifestants les voyaient sortir. Cela dure trois jours. On finit par les faire passer, un petit matin avant l'aube, par une porte dérobée. Une voiture les emmène discrètement à Rignell, chez Pam et Derek Jackson. Diana et son époux ne sont cependant pas libres de leurs mouvements. Placés en résidence surveillée, ils ont interdiction de disposer d'une voiture et de bouger sans permission préalable. Ils n'ont pas le droit de parler à la presse ni de faire quelque déclaration que ce soit. Ces mesures ne dissuadent pas les journalistes d'entourer la demeure et de guetter la moindre apparition de ceux qu'on appelle les « traîtres ». Quinze jours plus tard, les Mosley quittent précipitamment Rignell. Pas à cause de la presse. Mais sur ordre du ministère de l'Intérieur : Derek Jackson, qui ne pilote plus, est maintenant engagé dans un travail scientifique classé secret défense et les Mosley, soupçonnés d'intelligence avec l'ennemi, ne peuvent le côtoyer. Sait-on, au ministère de l'Intérieur, que Derek Jackson est lui-même profasciste ?

Un vieux pub désaffecté, à l'enseigne pâlie de La Couronne tondue *(Shaven crown)*, loué à la hâte, abrite les Mosley. Swinbrook, où se trouvent Muv et Unity, est proche. Mais la bâtisse située en plein village ne leur convient pas, il n'y a pas de parc, pas de jardin. Et il manque à cette maison de village l'allure patricienne auxquels les Mosley sont habitués. Diana parvient, escortée de deux policiers, à aller visiter un vieux manoir, Crux Easton, qui a une vue superbe sur les collines du Berkshire et du Hampshire. Elle l'achète immédiatement. Si leur liberté reste limitée, les Mosley ne connaissent pas de soucis financiers. Ils ont retrouvé leurs fils, Max et Alexander, qui ont maintenant quatre et cinq ans. Et récupéré leurs beaux meubles de Wooton Lodge.

En Californie, à dix mille kilomètres de Crux Easton, la nouvelle de la libération des Mosley fait presque aussi grand bruit qu'en Angleterre. « Quarante mille personnes sous la pluie pour protester contre la libération de Mosley », titre le *San Francisco Chronicle* avant de publier un reportage de son correspondant à Londres. « La libération de Mosley provoque la fureur à Londres », annonce à son tour le *San Francisco Examiner*. « Six millions de travailleurs se joignent à la protestation contre la libération de Mosley », déclare le lendemain le *San Francisco Chronicle*. Jessica, qui vit maintenant en Californie du Nord, dévore les articles sans mot dire. Elle lit la résolution adoptée en Angleterre par le syndicat des travailleurs des transports : la décision du ministre de l'Intérieur est « une grave insulte envers les personnes qui combattent et font d'immenses sacrifices pour la démocratie et la liberté. C'est un signe des hésitations du gouvernement à pleinement adhérer aux principes pour lesquels nous combattons. »

« J'étais tout à fait d'accord avec ces déclarations », commentera-t-elle[1]. En même temps que la libération de sa sœur la révolte, une sourde inquiétude la gagne. Elle craint de perdre le précieux anonymat dans lequel elle vit depuis qu'elle a quitté Washington. À San Francisco, nul ne sait que cette enquêtrice de l'Office of Price Administration (OPA, Agence de contrôle des prix) est la sœur des célèbres Diana Mosley et Unity Mitford. Qui pourrait imaginer que « la fille d'un pair » habite un studio d'une pension meublée dans un quartier ouvrier ? Que la parente de Winston Churchill occupe un emploi sans gloire au sein de l'administration américaine ? Mais l'énorme bruit fait autour de la libération de Diana excite la curiosité des journalistes. À coup sûr, une rédaction va se demander ce que sa petite sœur, installée en Amérique, est devenue. Un reporter fouineur va le découvrir. En effet : un matin, alors qu'elle se trouve sur son lieu de travail, Jessica aperçoit un homme pressé, appareil photo autour du cou, qui entre dans le bureau du service de presse de l'OPA. À travers les cloisons de verre, Jessica le suit du regard. L'attachée de presse consulte une liste, lève la tête et pointe son doigt. Vers Jessica. Celle-ci tente de s'échapper. Le journaliste la poursuit dans les couloirs. Elle se retourne et arrache son appareil photo. À quoi bon ? C'en est fini de sa tranquillité. Bientôt des reporters de tous les quotidiens de San Francisco font le guet autour de l'immeuble de Haight Street où elle habite. Le *San Francisco Examiner* annonce en première page au-dessus d'une photo de Jessica : « La sœur de la "déesse nordique" de Hitler travaille ici pour l'OPA ».

1. *A Fine Old Conflict*, *op. cit.*

Jessica n'ose plus sortir de chez elle de crainte d'être aveuglée par un éclair de magnésium, puis pressée de questions.

Un ami lui conseille alors d'écrire une lettre ouverte à Winston Churchill et d'en donner une copie en exclusivité au *San Francisco Chronicle*, le concurrent de l'*Examiner*. Cela mettra un terme à la curiosité des reporters. La lettre est bientôt publiée : « Comme des millions d'autres personnes des pays alliés et des pays occupés, je me suis toute ma vie opposée à l'idéologie fasciste sous quelque forme qu'elle se présente. Parce que je ne pense pas que les liens familiaux doivent influencer les convictions de quiconque, j'ai depuis longtemps cessé d'avoir des contacts avec les membres de ma famille qui ont soutenu la cause fasciste. La libération de sir Oswald Mosley et de lady Mosley est un camouflet pour les antifascistes de tous les pays et un acte de trahison envers ceux qui sont morts dans la lutte contre le fascisme. Ils auraient dû rester en prison. »

Des années plus tard, Jessica trouvera cette lettre verbeuse, très « madame la vertu ». Et « pas très gentille pour une sœur », comme disait Nancy. Mais, ajoutera-t-elle[1], « il faut comprendre qu'en cette fin de l'année 1943, la libération des Mosley symbolisait tout ce que nous craignions : des négociations secrètes avec l'ennemi entreprises par des conservateurs influents (les anciens apôtres de l'apaisement et des accords de Munich se trouvaient toujours à des postes haut placés) et la trahison de la lutte antifasciste. » Et puis, analysera-t-elle encore, à ces craintes politiques s'ajoutaient « ma profonde blessure à la suite de la mort d'Esmond, et une pointe de ressentiment envers ma famille ».

Après la mort d'Esmond, elle aurait pu revenir en Angleterre. Mais que faire sans aucun argent, et avec un

1. *A Fine Old Conflit, op. cit.*

bébé, dans un pays en guerre ? Un pays où personne ne l'attend vraiment, pense-t-elle. Elle est seule avec sa fille, épaulée, à Washington, par la pétulante Virginia Durr. Mais Jessica ne veut pas dépendre indéfiniment de cette amie. Elle cherche un travail, voudrait apprendre un métier. Un vrai. Quand Esmond était à ses côtés, c'était amusant de devenir vendeuse dans une boutique de mode pour quelques mois, puis de tenir un bar et de faire ensuite quelques enquêtes pour des instituts de sondage. Elle gagnait quelques dollars sans s'impliquer vraiment. Maintenant, recourir à ces expédients relèverait de la fuite en avant. Apprendre un métier, mais lequel ? Le journalisme ? Jessica en a envie. Mais l'université de Columbia n'accepte que les étudiants diplômés. Jessica n'est jamais allée à l'école, elle n'a pas un seul certificat. Rien. Elle se rappelle qu'elle répétait à sa mère « Mais qu'est-ce que je ferai sans diplôme ? » Et Muv répliquait que, elle le comprendrait plus tard, les diplômes étaient inutiles à une jeune fille de bonne famille : il lui suffisait de bien se marier.

Une école de secrétariat finit par l'accepter, et la voila qui apprend la dactylographie et la sténographie. Elle obtient son brevet. L'administration fédérale l'embauche comme dactylo débutante, « capable de comprendre des ordres simples », ainsi que l'explique la grille des qualifications. La chance veut qu'elle débute à l'Office of Price Administration, l'organisme qui contrôle les prix et les rationnements en cette période de guerre. Jessica s'y plaît, car l'esprit du New Deal y souffle, on y défend, explique-t-elle, les intérêts collectifs contre les profiteurs de guerre. Autour d'elle il y a des avocats, des économistes, des enquêteurs, tous ardemment antifascistes, remarque-t-elle. Très vite, elle monte en grade. Sa patronne, une avocate, décèle sa vivacité et sa curiosité, et lui propose un poste d'enquêtrice. Jessica y excelle. Il lui faut vérifier que tous les magasins appliquent bien le blocage des prix. Et que les loyers n'augmentent pas. Elle travaille bientôt en tandem avec un jeune avocat,

Bob Treuhaft, dont les yeux en amande pétillent d'humour. Il vient d'écrire un arrêté d'interdiction de « la conduite de plaisir » : désormais les Américains doivent prendre leur voiture uniquement pour se rendre à leur travail, et il leur est formellement interdit d'aller au restaurant dans leur véhicule. Car il faut, dans tout le pays, économiser l'essence. Le travail de Jessica consiste à vérifier que ce décret est bien respecté et que les voitures particulières ne circulent que par nécessité. Un soir, en compagnie de Bob Treuhaft, elle se poste près d'un night-club attenant au grand hôtel Mayflower. Les noctambules indélicats qui arrivent dans leur belle automobile sont sanctionnés : on leur confisque leur livret de rationnement. Impossible pour eux, dès lors, d'acheter de l'essence. Un soir, c'est l'ambassadeur de Norvège qu'ils interpellent. « Mais nous n'allons tout de même pas prendre l'autobus ! » enrage l'épouse de l'ambassadeur. Et ce dernier, dans un souffle, murmure : « Il va pourtant bien falloir. »

Bob Treuhaft a beaucoup d'humour et un accent que Jessica trouve irrésistible, l'accent du Bronx, ce quartier de New York où il est né et a grandi. Ils déjeunent souvent ensemble à la cafétéria de l'OPA et, le soir, rejoignent Ike, un autre avocat ami de Bob, et sa fiancée. Pour Jessica, qui vient de quitter la grande maison de Virginia Durr et s'est installée dans un meublé, Bob est son nouveau soutien. Un vrai frère. Leurs idées sont proches : cet ancien étudiant de Harvard milite au syndicat, très à gauche, des fonctionnaires. Flirter avec lui ? Jessica n'y pense même pas. Elle a fait une croix sur sa vie sentimentale. Depuis la mort d'Esmond, une seule personne compte pour elle : sa fille. « Elle était l'étoile fixe de mon firmament, écrira-t-elle[1], mon amie et ma compagne, le seul lien

1. *A Fine Old Conflict*, *op. cit.*

qui me restait avec ma vie passée et avec Esmond. Dans l'espoir qu'elle apprenne vite à parler, je la traitais comme une adulte, à la surprise de Bob. En fait il approuvait plutôt mon attitude d'égale à égale avec Dinky [le surnom de Constancia], diamétralement opposée aux cajoleries hyperprotectrices de sa mère juive. »

Bob Treuhaft est le fils d'immigrés juifs hongrois. Sa mère, après avoir travaillé en usine, est devenue modiste, son père tenait un restaurant. Ils ont tout fait pour que leur fils réussisse de brillantes études. De son lycée de Brooklyn, où les élèves étaient tous des enfants d'immigrés – irlandais, italiens ou juifs –, Bob a été le seul à être admis à Harvard, ce sanctuaire de l'élite blanche et protestante américaine. Son père aurait voulu qu'il devienne médecin. Il apprend le droit. Et ne se lance pas dans une flamboyante carrière d'avocat d'affaires : il préfère défendre les plus défavorisés, les ouvriers et ouvrières de la confection. Quand la guerre éclate, il est réformé : il souffre d'épilepsie. Mais il veut participer à la lutte contre le nazisme : le jeune avocat se retrouve à Washington, à l'Office of Price Administration.

Le soir du nouvel an 1943, Jessica se sent soudain perdue, abandonnée. Trop seule. Bob et Ike passent le réveillon avec des petites amies, et ne l'ont pas invitée. « Pour la première fois de ma vie, se rappellera-t-elle[1], j'étais assaillie par cette émotion amère et corrosive qu'on appelle la jalousie. » Ses voisins fêtent joyeusement la nouvelle année et, à travers les minces cloisons de son meublé, elle entend leurs rires tandis qu'elle fait face à la confusion de ses sentiments. N'affirmait-elle pas il y a quelques jours encore qu'elle était la femme d'un seul amour, celui qu'elle portait à Esmond ? Mais

1. *Ibid.*

alors pourquoi reprocher à Bob de la laisser tomber? Cet embrouillamini émotionnel la déroute. Tout l'agace. Rien ne la calme. Il n'y qu'une solution: quitter Washington. S'échapper. Commencer une vie nouvelle. Le lendemain, le 2 janvier, elle demande sa mutation. Il y a des postes à pourvoir à Denver, Detroit ou San Francisco, lui répond-on. Elle choisit San Francisco, au hasard – ou presque. À cause du parfum d'aventure qu'exhale la ville de la ruée vers l'or. Et puis elle veut mettre le plus de kilomètres possible entre la mort d'Esmond et elle. Partir très loin de sa famille. C'est comme si elle avait besoin d'une ascèse. D'une catharsis. Au bout du monde.

À la gare de Washington, elle traîne une vieille valise à la serrure cassée, une dizaine de sacs en papier emplis à ras bord et le tricycle de Constancia. Bob est là, attentif et malicieux, qui porte la petite fille. En contemplant ses yeux en amande, en riant à ses plaisanteries, Jessica comprend une fois encore qu'elle tient beaucoup à lui. Trop. Il faut partir. Le train s'ébranle. Bob reste dans le compartiment. Le convoi prend de la vitesse. « Je veux être sûr que le contrôleur ne vous jette pas dehors après avoir vu vos bagages de vagabonde », lance-t-il. Au premier arrêt, il saute du marchepied. Un bus le ramènera à Washington. Tient-il à elle ? ne peut-elle s'empêcher de se demander tandis que sa silhouette s'évanouit dans le lointain.

Le voyage dure trois jours et trois nuits. Elle tente de ne penser à rien. C'est comme un long rite de purification, ennuyeux mais indispensable. Elle a réservé une seule couchette et elle y dort, coincée entre les sacs en papier et Constancia, tandis qu'au-dessus d'elle la valise menace à chaque arrêt de s'ouvrir. La nuit tombe quand elles arrivent à San Francisco, et le brouillard recouvre déjà la ville. Elles se rendent à l'hôtel le plus proche, un établissement bon marché. Quelques jours plus tard, Jessica trouve une pension sur Haight Street, dans le quartier de Haight Ashbury qui deviendra, à la fin des années 1960, le point de ralliement du mouvement hippie. C'est alors un rassemblement de petites boutiques et de maisons ouvrières. La logeuse, Mrs Tibbs, l'allure renfrognée mais le cœur généreux, finit par accepter de garder Constancia pendant que Jessica travaille à son bureau de l'OPA. Contrairement à ce qui se passait à Washington, l'atmosphère y est tendue, les conflits exacerbés entre conservateurs et radicaux. Ce sont des jours moroses : Jessica a beau travailler, parler, s'activer, elle se sent enserrée dans un étau de tristesse. Seules les lettres que Bob lui envoie illuminent la grisaille. En juin, il lui annonce qu'il va venir passer deux semaines à San Francisco. La brume se dissipe. L'ennui s'efface. L'énergie renaît. Mais Jessica doute encore. « Sera-t-il vraiment heureux de me voir ? » Le soir de son arrivée, elle l'emmène dans un bar où se rassemblent écrivains et artistes. Entre deux verres, elle lui demande, mine de rien, quels sont ses projets, comment il voit son avenir. « Je pense t'épouser et venir vivre ici », lui répond tranquillement Bob.

Quelques jours plus tard, ils se marient à Guerneville, un village à une centaine de kilomètres au nord de San Francisco, sur la Russian River. « Je n'y étais jamais allée, expliquera Jessica[1]. Mais tout le monde me disait que c'était un très bel endroit. Nous y sommes partis en stop. Je ne voulais surtout pas que le mariage ait lieu à San Francisco, car la presse aurait été aussitôt au courant. Et j'étais si heureuse d'être devenue une parfaite inconnue ». Quelques mois plus tard, en novembre, à l'occasion de la libération de prison de sa sœur Diana, cet anonymat est brisé et Jessica devient de nouveau « la fille d'un pair ». Elle qui veut simplement être l'épouse d'un jeune avocat, et devenir une militante communiste exemplaire.

1. *A Fine Old Conflict*, *op. cit.*

À cette époque, on ne devient pas communiste en allant frapper à la porte d'une permanence et en remplissant un bulletin. Le parti communiste américain fonctionne comme un mouvement clandestin. On y est introduit secrètement. Comment ? Jessica l'ignore encore. Elle soupçonne nombre de ses camarades du syndicat des fonctionnaires d'appartenir au parti, mais n'ose encore rien leur demander.

« J'ai tant envie d'avoir des nouvelles de toi, lui écrit Nancy au début de l'année 1944[1]. J'en ai parfois par Muv... Mais je sais combien il est difficile d'écrire à des personnes qui se trouvent à l'étranger, je me sens toujours paralysée quand j'essaie de le faire... Je rends en ce moment visite à Debo et la petite Emma est toute ronde, elle me donne tant envie de connaître enfin Constancia. Si tu arrives à m'écrire, dis-moi si tu veux que je t'envoie des livres, mais peut-être n'as-tu pas le temps de lire. Je m'occupe toujours seule de la librairie et cela me plaît beaucoup bien que je sois fatiguée et parfois découragée. À la maison, j'ai des livres pour enfants qui t'appartiennent – Constancia souhaiterait-elle que je les lui envoie ?... Fais-moi parvenir une photo d'elle – on me dit qu'elle est si jolie ! » Dans cette lettre, Nancy n'évoque à aucun moment Bob, le mari de Jessica. Par délicatesse ? Ou dédain ? « C'est un petit avocat juif », dira-t-elle un peu plus tard de lui avec condescendance. Nancy n'est pourtant pas antisémite. Mais elle a de forts préjugés de classe. Si elle est souvent prête à aider plus faible qu'elle, si elle possède une générosité certaine, il lui reste un complexe de supériorité : elle est fière d'être une « honorable ». La société idéale demeure, selon elle, celle du XIXe siècle, celle de ses aïeules, avec son aristocratie toute-puissante. Jessica, en épousant le fils d'immigrés juifs hongrois, s'est

1. *Love from Nancy*, *op. cit.*

déclassée. Et c'est plus choquant encore que son premier mariage avec « ce voyou d'Esmond ». Esmond, si vaurien fût-il, appartenait au même monde.

De façon inattendue, lady Redesdale, tellement à cheval sur les principes, si accrochée à ses convictions nazies, si peu honteuse de son antisémitisme, accueille avec mansuétude le second mariage de Jessica. Elle fera d'ailleurs après la guerre le voyage, alors éprouvant, jusqu'à San Francisco pour rencontrer son nouveau gendre et ses petits-enfants. Est-ce parce qu'elle a un faible pour cette fille cadette qu'elle appelle toujours Little D ?

Debo reste cependant la fille préférée de ses parents. Celle qui a parfaitement répondu à leurs attentes. Son beau mariage n'est teinté d'aucun scandale. Juste assombri par le malheur d'une fausse couche, mais l'incident est vite effacé : en mars 1943, elle met au monde la petite Emma, ce bébé tout rond dont Nancy parle dans sa lettre à Jessica. Et, en avril 1944, arrive un garçon, Peregrine. Un mois après cette naissance, le beau-frère de Debo, Billy, marquis de Hartington, épouse l'élue de son cœur, Kathleen Kennedy. Ce n'est pas un grand mariage dans l'une des églises les plus chics de Londres. En raison de leurs confessions différentes, la cérémonie a lieu dans un lugubre bureau d'état civil et ne dure que quelques minutes. Le duc et la duchesse de Devonshire y assistent. Mais Rose, la mère de Kathleen, qui s'est jusqu'au bout opposée à ce que sa fille épouse un protestant, a refusé de venir à Londres. Tout comme Jœ, son mari. Seul Joe Junior, l'aîné des enfants Kennedy, assiste au mariage : il a toujours soutenu sa sœur. Exubérante, irrévérencieuse, toujours gaie, Kathleen, que tout le monde surnomme Kick, pénètre sans complexe au sein d'une des plus puissantes et plus anciennes familles d'Angleterre. Elle est désormais la marquise de Hartington et la belle-sœur de Debo.

Un matin de mai 1944, Nancy décroche machinalement le combiné de son téléphone. Elle est en train de se préparer, il faut qu'elle se dépêche, elle va être en retard à la librairie. Au bout du fil, une voix inconnue. L'opératrice pour les communications internationales, d'un ton monocorde, lui intime de patienter, de rester en ligne. Un silence. Nancy s'impatiente. Soudain la voix du Colonel surgit de très loin, elle grésille, s'efface, puis redevient claire. Il se trouve à Alger. Nancy demeure quelques instants médusée. C'est pourtant bien lui. Sa voix à la fois impérieuse, moqueuse et charmeuse. Nancy est si brusquement heureuse qu'elle ne peut rien dire. Elle bafouille. Prise au dépourvu, elle n'a pas d'anecdote à rapporter, pas de bon mot à énoncer. Il raccroche. Aussitôt elle a peur. Ne va-t-il pas la mépriser? Se désintéresser d'elle? « Je suppose que vous avez dû me trouver assez bête ce matin, lui écrit-elle en français le soir même, dès qu'elle rentre de la librairie. Ce n'est pas une indifférence aux événements mondials [*sic*] mais plutôt une espèce d'absence d'esprit qui me prend quand j'entends la voix coloniale. » Son cœur est en berne, elle s'en veut de sa stupidité, et ce mécontentement provoque des petites morsures continuelles. Elle s'assombrit. Perd des forces. Au même moment, la rumeur du prochain débarquement allié en Europe s'amplifie. C'est l'incertitude. Tout peut échouer… ou réussir. En ce début du mois de juin 1944, la guerre se joue à quitte ou double.

Le 5 juin, à 7h30, la sonnerie du téléphone résonne à nouveau dans la maison de Blomfield Road. Nancy dort encore. Pas très profondément: on ne dort jamais vraiment en temps de guerre. C'est lui. Sa voix. Une nouvelle fois. Nette. Très proche. Il lui faut rassembler ses esprits, lancer quelque chose de drôle. Mais elle n'en a pas le temps. Il se trouve à Londres. Tout près de chez elle. Peut-il venir dans deux minutes? De sa fenêtre, elle le voit qui arrive, dans une grande voiture sur laquelle flotte le drapeau de la France libre. La portière s'ouvre, il monte les marches quatre à quatre. « Il paraît en très grande forme, plus mince et plus jeune qu'avant, racontera Nancy à Mrs Hammersley[1]. Et il est devenu quelqu'un de très important. Quel bonheur inouï de le voir de nouveau et quels rires ! »

En cette veille du débarquement allié sur les côtes de Normandie, Gaston Palewski est venu assister le général de Gaulle lors des longues négociations qui vont avoir lieu entre le chef de la France libre, Churchill et Eisenhower. Il a beau pleuvoir, le printemps semble radieux à Nancy : le Colonel est là. Le lendemain de son arrivée, le débarquement a bien lieu, les troupes de Hitler commencent à être repoussées. Nancy a beau aller sur ses quarante ans, elle se sent comme une adolescente au seuil de la vraie vie. La guerre va se terminer, et elle aime, enfin.

Le 14 juin, le Colonel s'en va, les pourparlers sont terminés, il rejoint la France en compagnie du général de Gaulle. Pour Nancy, après le bonheur parfait, c'est le chagrin, de nouveau. La petite tristesse quotidienne. Elle s'accroche aux nouvelles de France. Les colonnes alliées, engagées dans de furieux combats, repoussent les troupes allemandes. Chaque jour la radio égrène les bulletins de victoire, mais aussi les listes de morts. Au même moment, Londres est la proie de bombes jusque-là inconnues, les V1, des bombes volantes, ancêtres des missiles de croisière. Hitler tente, dans un sursaut désespéré, de mettre l'Angleterre à genoux. Des immeubles sont touchés. Et, encore une fois, des morceaux de verre jonchent toutes les rues. Nancy, après son travail à la librairie, fait comme tous les Londoniens le guet en haut des immeubles pour signaler les incendies qui se déclarent. Elle est épuisée. Elle a peur. « Une bombe qui survolait le quartier a brisé les vitres de mon voisin,

1. *Love from Nancy*, *op. cit.*

écrit-elle à sa mère[1], simplement par les vibrations de son moteur, ce qui peut paraître incroyable, mais il faut avoir entendu l'engin. Une autre bombe est tombée sur le lycée de Wycombe et les vitres de chez Helen [la cousine Helen Dashwood] se sont brisées en mille morceaux : la maison est pourtant à cinq kilomètres de là. Pourquoi les Allemands cherchent-ils à frapper les hôpitaux et les crèches ? Je suis terrifiée car il y a une crèche dans ma rue et elle ne va pas y échapper. J'ai dû repousser mes vacances, ce qui m'ennuie affreusement. Mais comment les Allemands peuvent-ils être si stupides ? Ils provoquent notre rage alors qu'ils doivent bien voir qu'ils ont perdu la guerre, c'est vraiment imbécile de leur part et sérieusement je pense que cela réduit les chances d'une paix décente. Des personnes tout à fait civilisées comme Sigrid [sa bonne norvégienne] sont folles de colère, beaucoup plus qu'elles ne l'étaient lors des grands raids [de 1940-1941]. Je ne peux pas dire que les bombes aient cet effet sur moi, mais je crains de perdre ma maison. Hélas, où pourrais-je vivre alors ? »

Le 25 août, Paris est libéré. Nancy suit l'événement à la BBC. Elle entend la foule des Parisiens qui crient leur joie. Elle imagine les jeunes filles en robes courtes en cette superbe journée d'été. Elle voit son colonel qui descend les Champs-Élysées, acclamé, bousculé, adulé, au côté du général de Gaulle. Ce dernier vient de le nommer directeur de cabinet du gouvernement provisoire de la France. Nancy voudrait être à côté de lui. Londres avec ses quartiers en ruine, ses immeubles abattus, ses habitants épuisés lui semble insupportable. Son travail à la librairie l'exaspère et son salaire est misérable. « Il faut que je quitte la boutique, sinon je paraîtrai bientôt cent ans », écrit-

1. *Ibid.*

elle à sa mère[1]. Elle doit partir à Paris. Y trouver un emploi. Écrire, aussi. Sa main la démange. Elle en a assez de vendre les livres des autres. Mais comment trouver le temps d'écrire ? Comment se rendre à Paris ? Elle n'a pas d'argent. Et, en Angleterre, la guerre n'en finit pas, abominable et impitoyable. Londres est à présent touché par de nouveaux engins de mort, les V2. « Cela ressemble au cauchemar le plus effrayant, raconte-t-elle[2], c'est comme un soleil couchant de novembre qui traverserait le ciel tel un bolide. » Des quartiers entiers sont ravagés par ces fusées à longue portée qui larguent une tonne d'explosifs. « À Londres, deux millions de maisons ont été détruites, deux millions deux cent cinquante mille ont été atteintes, des milliers ont été touchées plusieurs fois et il y a eu plus de cent mille victimes », titre alors le journal *Libération* qui vient d'être créé à Paris. Aux destructions s'ajoutent le rationnement et le manque de nourriture, plus aigus, plus cruels que jamais. « Un morceau de bacon bouilli, et c'est une vraie fête ! » s'écrie Nancy. Elle continue de travailler à la librairie, épuisée, aigrie (« je suis tellement sous-payée ») et frustrée. À Noël, les clients affluent, une foule emplit la boutique de Curzon Street, Nancy ne sait plus où donner de la tête : « Cette année, il n'y a pas d'autres cadeaux à offrir que des livres, explique-t-elle[3], ce matin deux personnes différentes sont venues me demander de trouver un livre pour le duc de Beaufort – il ne lit jamais, vous savez, ont-ils chacun précisé. Si quelqu'un pouvait écrire un livre pour ceux qui ne lisent jamais, il gagnerait une fortune. »

Pourtant, malgré l'ennui et la fatigue, une certitude se fait jour : la guerre sera bientôt terminée, et l'Allemagne nazie défaite. Cette pensée donne des ailes et

---

1. *Love from Nancy, op. cit.*
2. *Ibid.*
3. *Ibid.*

fait souffler un air revigorant de liberté. Nancy pense de plus en plus au livre qu'elle veut écrire. Un livre drôle. Un bain de fraîcheur. Un livre qu'elle écrirait pour son Colonel, pour l'amuser. Avec les anecdotes qu'il aime. Elle a tellement envie de tenir un stylo entre ses doigts de longues heures durant et de le faire courir sur des feuilles de papier ligné.

C'est à ce moment que des épreuves lui arrivent par la poste. Evelyn Waugh lui envoie, avant sa parution, son dernier roman. Nancy et lui se sont beaucoup vus au cours des deux dernières années : dès qu'il était en permission à Londres, il venait faire un tour chez Heywood Hill : la librairie est proche, il est vrai, de White's, le club pour gentlemen auquel il appartient depuis peu et qu'il fréquente assidûment. Leur amitié, intense à la fin des années 20, s'était faite plus distante après le mariage de Nancy. Si Evelyn Waugh a fait de Peter Rodd un de ses personnages favoris, il supportait mal ce hâbleur égomaniaque. De plus, l'écrivain voyageait beaucoup, en Afrique, en Amérique du Sud. D'une équipée dans la corne de l'Afrique, il a ramené le sujet de son roman *Scoop*, une satire désopilante du journalisme anglais. Et puis l'écrivain reconnu mais fauché s'est marié et a changé de vie. Il a épousé une jeune femme issue d'une vieille famille aristocrate, Laura, ni jolie ni brillante, mais qui se révèle pour Waugh une épouse parfaite : docile, peu dépensière, sans grandes exigences. Et catholique, ce qui est très important pour ce converti. Ils auront sept enfants. « Si c'est un garçon, appelez-le James, si c'est une fille, il est plus charitable de la noyer[1] », lui écrit-il alors qu'elle est sur le point d'accoucher de son troisième enfant. Ce sera une fille, Margaret. Ironie du sort, elle deviendra l'enfant préféré de Waugh qui, en prenant de l'âge, s'est transformé en un petit homme épais et misanthrope. Depuis son

1. *In* Selina Hasting, *Evelyn Waugh, a Biography*, Londres, Sinclair-Stevenson, 1994.

mariage, il habite, grâce à un don d'une tante de Laura, un grand manoir géorgien du XVIe siècle, et aime poser en compagnie de sa nombreuse domesticité. Son rêve s'est accompli : le fils du directeur d'une maison d'édition est devenu un gentleman. Il en a du moins tous les signes extérieurs. Pourtant, quand la guerre éclate et qu'il se retrouve, très fier, dans un régiment où les aristocrates abondent, il doit vite reconnaître qu'il ne sera jamais l'un d'entre eux. Leurs passe-temps favoris – les courses et les cartes – l'ennuient très vite. Pourtant Waugh ne peut s'empêcher d'admirer leur allure et leur arrogance, leur assurance et leur désinvolture. Lui, court et trapu, le visage rougeaud, est devenu laid à force de trop boire. Pourtant, devant les femmes, il semble oublier son physique disgracieux. À Sherborne, au nord de l'Angleterre, il rencontre Debo à l'occasion de Noël 1942. Elle est venue rejoindre son mari, Andrew, affecté au même régiment que Waugh. L'ancien amoureux transi de Diana ressent un immense coup de cœur pour la plus jeune des sœurs Mitford, pour cette aristocrate parfaite dont l'accent témoigne de siècles de supériorité sociale. Elle ne répond pas à ses avances. Il s'en étonne. Et, d'une façon presque grotesque, en conçoit du chagrin. Est-ce son génie que les femmes devraient admirer ? Car il est un très grand écrivain, et il le sait. Quand, au début de 1944, il écrit en quelques mois *Retour à Brideshead* pendant un congé qu'il a obtenu de l'armée, il est parfaitement conscient qu'il s'agit d'un chef-d'œuvre. Six mois avant sa publication, il en envoie les épreuves spécialement reliées à Nancy. Elle les lit d'une traite et écrit aussitôt à leur auteur qui, sous l'uniforme britannique, se trouve alors en Croatie. « Selon mon humble opinion, affirme-t-elle[1], c'est un grand classique de la littérature anglaise ». Elle ne se trompe pas. *Retour à*

1. *The Letters of Nancy Mitford and Evelyn Waugh*, *op. cit.*

Brideshead, long récit nostalgique, fait partie des œuvres maîtresses d'Evelyn Waugh. Nancy y perçoit son propre regret d'un temps où le monde était, pour les aristocrates, beau et bien ordonné. Début janvier, dans une autre lettre qu'elle envoie à Evelyn Waugh, elle lui parle de nouveau, longuement, de *Retour à Brideshead*. Et puis, timidement, elle glisse qu'elle a commencé un roman. « J'écris un livre, à la première personne également : tout le monde va dire que je te copie – mais peu importe, cela ne blessera que moi. C'est un livre sur ma famille, qui est très différente de la tienne [celle de *Retour à Brideshead*], moins grandiose, mais beaucoup plus folle. L'ai-je commencé avant ou après avoir lu *Brideshead* ? Je ne m'en souviens plus. J'ai déjà écrit dix mille mots et j'ai demandé un congé de trois mois à Heywood Hill – il me l'accordera, je pense. Je meurs d'envie de continuer, mes doigts me démangent[1]. »

Elle écrit vite. Facilement. Les mots semblent venir tout seuls, comme si elle les avait déjà longuement pensés. Elle écrit le week-end. Dès qu'elle a un moment. Début mars 1945, elle obtient de Heywood Hill ce congé de trois mois. « Je ne peux pas imaginer que demain matin, je n'aurai pas à lutter pour me sortir du lit et me préparer pour neuf heures malgré ma gorge enflammée, écrit-elle à Diana. Oh ! c'est le paradis ! Je n'aime vraiment pas le travail dur et régulier – je m'y suis astreinte pendant quatre ans et je peux le dire : je déteste cela. Plein de gens pourtant semblent s'y plier avec plaisir : heureusement[2]. » Une bonne partie du roman est déjà construite quand elle se rend à la mi-mars chez sa sœur Debo, dans sa maison du Derbyshire. Elle continue à y écrire dans des conditions parfaites, des domestiques s'occupent d'elle, les repas sont servis ponctuellement. Et puis la guerre arrive à sa fin, on

1. *Ibid.*
2. *Love from Nancy, op. cit.*

peut plaisanter de nouveau, se moquer, taquiner: le livre efface d'un coup ces quatre années de tension où tout devenait grave. Au château de Faringdon, chez Gerald Berners, un ami de longue date de Diana, elle met le point final à son roman. L'élégante demeure du XVIIIe siècle est confortable, parfaitement chauffée, et son propriétaire, poète et musicien, sait ce qu'est la création. Il ne laisse Nancy sortir de sa chambre que lorsqu'elle a écrit suffisamment de feuillets.

C'est à ce moment, alors que tout semble aboutir à un heureux dénouement, qu'elle apprend la mort de son frère. Il a été grièvement blessé en Birmanie au cours de combats contre les Japonais. Le lendemain, il décédait. Au printemps 1944, après le débarquement en Normandie, Tom avait refusé de traverser la Manche : le germanophile ne voulait pas aller combattre en Allemagne, il ne supportait pas l'idée de tuer des hommes qui pouvaient être ses amis. Il avait demandé à être envoyé en Asie. « Oh, écrit Nancy à Jessica[1], si tu savais, il était si gentil, si charmant, si gai ces derniers temps, et je sais que le voyage lui a beaucoup plu. Mais il va me manquer horriblement, je l'ai beaucoup vu pendant la guerre. »

Lord Redesdale est accablé. Son fils unique est mort. Son héritier. Celui qui aurait dû devenir le prochain lord Redesdale. L'aristocrate sans terres, séparé de sa femme, n'a même plus de descendant. Il perd toute raison de vivre. La chambre des lords ne l'intéresse plus : il s'y rend à peine, n'y vote plus. La mort de Tom, alors que la Seconde Guerre mondiale se termine, signe la fin de son monde. Le déclin de l'aristocratie britannique, lentement commencé à la fin du XIXe siècle, s'est brusquement accéléré. Lord Redesdale devient un exilé de l'intérieur. Il finit sa vie reclus

1. *Ibid.*

dans le Northumberland, dans ce Redesdale Cottage où sa mère, devenue veuve, avait été reléguée avec pour seule compagnie celle de sa gouvernante.

La dernière année de la guerre a également durement frappé les Devonshire. William, dit Billie, l'héritier, le jeune homme au sourire timide, est mort en septembre 1944, en Belgique, d'une balle perdue. Il avait quitté l'Angleterre peu après son mariage pour aller combattre en France. La famille est dévastée, Kick éperdue. Elle n'aura vécu avec son époux que quelques semaines à peine. Et son frère préféré, Joe, celui qui avait osé assister à son mariage, a disparu lors d'une mission aérienne en juin 1944. Andrew Cavendish, le mari de Debo, devient le futur duc de Devonshire, l'héritier d'immenses terres aux quatre coins de l'Angleterre, de multiples actions en bourse, d'intérêts industriels, de châteaux, de tableaux. Debo pense-t-elle alors à ce que, enfant, elle répétait à ses sœurs : « Un jour, j'épouserai un duc » ?

À la fin d'une guerre, on compte les morts. On voit aussi réapparaître ceux pour qui on craignait le pire : les prisonniers. Hamish Saint-Clair Erskine, dont on n'avait plus de nouvelles, surgit soudain à Londres. Ce dandy velléitaire a fait preuve d'un courage inouï : capturé par l'armée allemande, il lui a échappé, puis a remonté toute l'Italie en se cachant avant de parvenir à rejoindre les forces alliées. Mark Ogilvie-Grant est aussi de retour de captivité, les bras maigres comme des clous, les genoux gonflés, mais bien vivant. Il est passé par treize camps de prisonniers successifs. Nancy l'accueille, se jette dans ses bras décharnés. Il reste son tout premier ami, le plus proche. On est à la fin avril, l'Allemagne n'a pas encore capitulé, mais la guerre, tout le monde le sait, est moribonde.

Nancy vient de donner son manuscrit à dactylographier. Elle le dédie à son Colonel, à qui elle ne cesse de penser. Elle n'en démord plus : elle veut le rejoindre à Paris. Et les obstacles, comme par miracle, s'effacent. Les lourds soucis d'argent qu'elle a connus pendant la guerre disparaissent. « Tu seras heureuse d'apprendre, écrit-elle à sa mère début juin[1], que Hamish Hamilton se montre très enthousiaste à propos de mon livre (j'ai même entendu le mot brillant) et il me propose deux cent cinquante livres d'à valoir, ce qui est énorme pour moi. Je n'ai jamais eu plus de cent livres auparavant. » Pour elle, c'est un cadeau inespéré, un don du ciel. Plus qu'une récompense de son talent. Car elle ne se considère toujours pas comme un écrivain. À côté d'Evelyn Waugh, elle se sent toute petite. Une scribouillarde. Une amuseuse. En effet, à peine publié – le 28 mai 1945, vingt jours après le suicide de Hitler dans son bunker et la capitulation de l'Allemagne nazie – *Retour à Brideshead* s'arrache. C'est un immense succès, qui rapporte à son auteur vingt mille livres. Une petite fortune. Evelyn Waugh n'en avait pas besoin pour être rassuré sur son talent. Mais ces droits d'auteur lui permettent de vivre tranquillement dans son manoir de Piers Court sans avoir à courir après la pige. Nancy est admirative. Elle ne peut imaginer que, sans être jamais allée à l'école, sans être passée par Oxford, elle puisse également un jour vivre confortablement de son écriture.

Au mois de juillet, son père, que la fin de la guerre soulage de ses anxiétés financières, lui fait don de trois mille livres. Nancy sait immédiatement comment utiliser cette somme : elle va l'investir dans la librairie, devenir une associée de Heywood Hill. Son but : monter un rayon très complet de littérature française. Ce sera le plus enthousiasmant des prétextes pour se rendre à Paris. Il lui faut obtenir une licence de la Chambre de commerce, puis un visa de sortie

1. *Love from Nancy, op. cit.*

du ministère des Affaires étrangères. Traverser la Manche est alors une aventure.

Au même moment, à la fin juillet, le parti travailliste obtient une victoire écrasante aux élections législatives. Churchill, qui avait rassemblé l'Angleterre entière derrière lui pendant la guerre, se voit, la paix à peine revenue, désavoué. Il en restera immensément blessé. Le résultat des urnes ravit Nancy, du moins s'amuse-t-elle à le proclamer, elle qui s'affirme socialiste. Mais n'est-ce pas d'abord pour narguer sa famille, et la majorité de ses amis, pour qui le raz-de-marée travailliste est une véritable catastrophe ? Evelyn Waugh, Osbert Sitwell s'indignent, ragent, ont peur : pour eux, une révolution commence semblable à celle de 1917 en Russie. On va les dépouiller, les saigner à blanc. Il est vrai que le verdict des urnes, cet été 1945, met un point final à plusieurs siècles de pouvoir aristocrate. Bientôt, en 1947, avec l'indépendance de l'Inde, commencera le démantèlement de l'Empire : l'Angleterre sera remplacée, au rang de première puissance mondiale, par les États-Unis. Une page de l'Histoire sera définitivement tournée.

Le déclin de l'aristocratie britannique a été lent, sans coup d'État ni effusion de sang, effectué avec les seules armes du vote et la démocratie. Et dans cet après-guerre, l'ère de l'homme ordinaire commence. L'« ère de la médiocrité », diront ceux dont c'est la défaite. Les grandes maisons où s'affairaient des nuées de domestiques ne sont plus qu'un souvenir. Réquisitionnés pour le travail de guerre, les femmes de chambre et les valets ont quitté les manoirs au début du conflit. La plupart n'y retournent pas. En 1931, la Grande-Bretagne comptait 1,3 million de personnes employées comme domestiques. En 1951, elles ne seront plus que 250 000. Et 100 000 en 1961. Leurs fortunes écornées, les nobles vendent leurs châteaux aux nouvelles fortunes, aux champions du commerce et bientôt aux stars de l'industrie du spectacle. Pour ceux qui, comme les Redesdale, assistent à la fin de leur monde, c'est un crève-cœur. Mais, pour l'immense majorité des Britanniques, simples ouvriers ou employés, un monde un peu meilleur commence. Et Nancy, dans une de ses profondes ambivalences, s'en réjouit ouvertement.

En fait, elle ne s'intéresse plus que du bout de ses pensées à l'Angleterre. C'est à la France qu'elle songe sans cesse. « Paris est admirablement beau, lui a écrit Gaston Palewski. Les fumées des usines ont disparu. Le ciel est ravissant. » Elle y part début septembre. Dès qu'elle sort des voûtes sombres de la gare du Nord, c'est l'éblouissement. La fin de l'été est exceptionnellement chaude et il lui semble que tous les Français lui sourient. Elle se sent comme adoptée. La France, elle le sait, va devenir sa patrie de cœur.

IX

« Ô ma passion pour les Français, écrit Nancy à sa mère le 17 septembre[1]. Je vois tout à travers des lunettes roses. Cet après-midi, il y a eu une terrible dispute dans la rue, deux hommes hurlaient et se lançaient : "Et vous, et vous", ce refrain a été repris par des centaines de voix depuis les fenêtres et pour finir tout le monde psalmodiait "Et vous, et vous." On se serait cru dans une comédie musicale. »

Elle est heureuse. Peu lui importe de vivre dans une petite chambre de l'hôtel Jacob et d'Angleterre, rue Jacob, avec les toilettes sur le palier. Pour le petit-déjeuner, il n'y a que du pain sec et de l'eau chaude vaguement teintée. Elle déjeune dans des restaurants populaires où elle se demande si la viande qu'on lui sert n'est pas du chat. La France de l'immédiat après-guerre manque de tout. « Et me voici aujourd'hui en charge d'un pays ruiné, décimé, déchiré », s'exclamait récemment le général de Gaulle. Cinq cent mille immeubles ont été entièrement détruits, un million cinq cent mille gravement endommagés : il manque des logements pour six millions de personnes. Sans compter, comme le dit encore le Général, « les gares écroulées, les voies coupées, les ponts sautés, les canaux obstrués, les ports bouleversés ». La moitié du cheptel a disparu. En conséquence, l'approvisionnement des villes en produits lai-

1. *Love from Nancy*, *op. cit.*

tiers et en viande est très réduit. À l'épicerie, chez le boucher, on n'obtient rien sans produire ses tickets de rationnement. Les plus riches s'approvisionnent illégalement au marché noir. Pourtant cette France démunie, en semelles de bois, se grise de sa liberté retrouvée. Et déborde d'énergie. Cela enthousiasme Nancy. Tout est à reconstruire, mais aussi à réinventer. Chacun, ou presque, a envie d'une société nouvelle, différente. Au printemps, les femmes ont pour la première fois voté. Et la mode va changer. Les petites robes droites et courtes de la guerre seront bientôt reléguées dans les placards. « Les manteaux d'hiver, longs jusqu'à la cheville, sont les plus beaux que j'ai jamais vus, écrit Nancy à sa mère. Je crois que je vais vendre mon manteau de fourrure pour m'en acheter un. Pensez comme ce doit être chaud. Vous ne pouvez pas imaginer le nombre de mètres de tissu qu'ils arrivent à mettre dedans. » Elle a toujours aimé être bien habillée mais, de plus, pour son Colonel, elle veut être élégante, l'épater. Ne plus ressembler à n'importe quelle Anglaise mal fagotée. Il aurait honte d'elle.

Il y avait si longtemps qu'elle ne l'avait pas vu. Un an et trois mois. Une éternité. Le retrouver l'a enivrée. Même si elle ne l'a rencontré qu'en coup de vent dans son bureau de la rue Saint-Dominique, après avoir montré patte blanche à une série de sentinelles, après avoir monté l'escalier, puis attendu dans une antichambre. Derrière son grand bureau, comme perdu au milieu de ses dossiers, elle l'a trouvé plus sublime que jamais. Plus drôle. Plus beau. Transfiguré par le pouvoir qu'il exerce. Chef de cabinet du gouvernement provisoire, il dirige presque la France. « Quelles sont les nouvelles ? » lui a-t-il demandé brusquement. Le ton était pressé, impérieux. Mais ses yeux noirs brillaient, alertés, charmeurs et ironiques. Aussitôt Nancy s'est sentie aimée. Non d'une passion dévorante, elle le sait bien. Mais d'une tendresse bourrue, d'un attachement léger et pourtant vrai. Alors elle a raconté, vite, sa famille, ses amis, Evelyn Waugh, Randolph Churchill. Des anecdotes, des commérages. « Et à part cela ? » lui a-t-il demandé quand elle s'est arrêtée. Il parle toujours par phrases brèves. Et ses reparties sont tranchantes. Mais elles enflamment Nancy. Et quand, à la fin de leurs retrouvailles, ravie, transportée, elle lui a demandé de le voir un peu plus longuement, juste un peu plus, mon Colonel, il l'a coupée d'une phrase : « Mais il y a le poids écrasant de mes occupations dont vous ne semblez pas apprécier le caractère tout sérieux. » Et Nancy s'en est allée, elle a parcouru les longs couloirs, elle est passée devant les mêmes sentinelles, a débouché sur la rue Saint-Dominique, heureuse malgré cette rebuffade, plus amoureuse que jamais.

Car le « poids écrasant de ses occupations » provoque son admiration. Sa vénération. Devant l'autorité de Gaston Palewski, Nancy redevient la petite fille éblouie par son père. Mais avec le Colonel, il y a en plus le jeu de la séduction. Sous son regard noir et pétillant, elle n'est plus l'épouse rabrouée et méprisée. Ni la fiancée mal aimée. Elle lui plaît. Elle plaît à cet homme tout puissant.

En cette année 1945, Gaston Palewski triomphe. De Gaulle, militaire austère, provincial solennel, est mal à l'aise dans le monde politique et l'atmosphère parisienne. C'est pourquoi, au lendemain de la victoire sur l'Allemagne, il confie à Gaston Palewski, tout en rondeurs et en compromis, en sourires et en bons mots, la gestion de son gouvernement. Le chef de cabinet connaît toutes les personnes qui comptent, tutoie les journalistes, apostrophe les anciens parlementaires, embrasse les anciens ministres. De plus aucun rouage de l'État ne lui est inconnu. Aucune formule. Aucun secret. Il devient l'homme indispensable au Général. L'opposition s'amuse alors à affirmer que le signe GPRF (Gouvernement provisoire de la République française) signifie en fait « Gaston Palewski Régent de France ». Et ce n'est pas un hasard si *Le Canard enchaîné*, l'hebdomadaire qui aime brocarder les pouvoirs, en fait sa tête de turc dès 1944. Avec souvent une implacable justesse, mais aussi, parfois, avec injustice. « Il est charmant, peut-on lire en février 1945, désinvolte et froufroutant. C'est un papillon. Mais un papillon qui sait où se poser. Il n'a pas qu'une minute, ce papillon, il sait trouver son heure. » Et le journal satirique ajoute, avec un chauvinisme certain : « Gaston Palewski est d'origine polonaise, c'est aussi un grand ami de la France. »

Son père est en effet né en Pologne, dans la partie du royaume qui, au XIXe siècle, s'est trouvée placée sous domination russe. Comme tant d'autres jeunes Polonais, il a fui la russification forcée et, en France, un oncle l'a accueilli. L'étudiant devient, à Paris, ingénieur des Arts et Manufactures, et en garde une immense reconnaissance à la France. La mère de Gaston Palewski est née, elle, en Roumanie. Arrivée jeune en France, elle acquiert ce que son fils appellera « le plus intelligent des patriotismes ». C'est elle, affirmera-t-il, qui lui a inculqué le sens des responsabilités publiques et le goût des belles choses. Né en France, Gaston Palewski devient un défenseur passionné de la culture française. Et c'est sans doute un immense besoin d'intégration qui le pousse à fréquenter assidûment les salons parisiens et à aimer y côtoyer les descendants des plus nobles familles françaises. Son goût pour l'histoire lui fait savourer ses rencontres avec les héritiers des plus anciennes lignées. Esthète, mondain et moderne à la fois, séducteur invétéré et homme d'État intègre, Gaston Palewski est inclassable. Il déborde d'une énergie incroyable. Le *Canard enchaîné* résume ainsi une des ses journées : « 15 heures de travail, 3 heures de repas, 6 heures de danse, 1 heure de sommeil. » La caricature repose sur une juste observation. Ses hautes fonctions ne l'empêchent pas de fréquenter dîners et bals, et de continuer à séduire les femmes.

S'il devient une cible privilégiée du *Canard*, c'est aussi parce qu'il contrôle la censure qui s'exerce alors sur les journaux. Au tournant des années 1944-1945, la France vit encore sous l'état d'urgence. Le gouvernement provisoire de la République française limite la liberté de la presse : tous les articles doivent être envoyés à la censure avant d'être publiés et *Le Canard enchaîné* en fait parfois les frais : il paraît avec des colonnes blanches. D'où sa vengeance et son plaisir à mettre Palewski en boîte.

Dès le début de l'année 1945, le général de Gaulle décide de faire procéder à des élections. « Je ne veux pas maintenir la dictature momentanée que j'ai exercée puisque le salut public se trouve un fait accompli », explique-t-il. Et c'est une vraie démocratie qu'il instaure, puisque les femmes obtiennent, enfin, le droit de vote. Les Françaises mettent pour la première fois leur bulletin dans l'urne à la fin du mois d'avril 1945, pour les élections municipales. Elles revoteront en octobre, quand se tiendront les élections législatives et un référendum pour établir une nouvelle constitution.

Est-ce le climat d'innovations ? Ou le temps d'automne merveilleux ? Nancy revit. Elle se sent de nouveau très jeune, une petite fille même. Éblouie. Curieuse. Impatiente. « Je suis devenue une personne entièrement différente comme si, au sortir d'une mine de charbon, je voyais enfin la lumière », écrit-elle à sa mère le 17 septembre[1]. Son séjour en France, d'abord prévu pour quelques semaines, se prolonge. D'autant qu'une amie, Betty Chatwynd, une Anglaise qui rédige des critiques de livres français pour le *Times Literary Supplement*, lui prête son appartement au 20, rue Bonaparte. À deux pas de chez son Colonel qui habite

1. *Love from Nancy*, *op. cit.*

juste au coin, au bout de la rue. Une merveilleuse coïncidence. Et une formidable aubaine en cette période où il est si difficile de se loger. Nançy recule sans cesse ses dates de départ : elle n'a aucune envie de rentrer à Londres. « Oh ! Je ne veux pas quitter cette vie heureuse, la cuisine délicieuse, le champagne à tous les repas même le déjeuner et tout cet amusement, toute cette gaieté », écrit-elle à Evelyn Waugh[1]. Nancy, on le sait, aime l'emphase et, « la cuisine délicieuse, le champagne à tous les repas » dont elle parle sont sans doute un des effets des lunettes roses avec lesquelles elle voit la France. Certes, Gaston Palewski, aux commandes de l'État, a pu lui offrir des repas fins au champagne. Et le nouvel ambassadeur d'Angleterre, Duff Cooper, s'approvisionne au marché noir pour donner des réceptions somptueuses, auxquelles Nancy est invitée.

Pourtant, au sein de cette félicité, un petit souci se fait jour. Encore discret. Nancy a fait lire le manuscrit de son roman à Gaston Palewski. Il a vu la dédicace. « Il semble en gros satisfait que le livre lui soit dédié, écrit-elle à Evelyn Waugh le 19 septembre 1945, bien qu'il craigne que les communistes tombent dessus (ce nom fatal de Mitford !) Ils mènent une épouvantable campagne anti-Fabrice[2] et tous leurs journaux sont pleins de caricatures de lui – parfois très drôles. Il pense que, s'ils trouvent la dédicace, ils l'enverront directement en prison. » Marcel Déat, Abel Bonnard viennent d'être condamnés à mort. Pierre Laval le sera bientôt, en octobre 1945. Dans cette période qui est encore celle de l'épuration, avoir un lien, si infime soit-il, avec le nazisme, peut mettre la vie en danger. La sœur de Unity Mitford et de Diana Mosley, les grandes

1. *Letters of Nancy Mitford and Evelyn Waugh, op. cit.*
2. Le prénom du personnage principal de *La Poursuite de l'amour*, qu'elle utilisera désormais pour parler de Gaston Palewski.

amies de Hitler, dédie un livre à Gaston Palewski : cela peut devenir un virulent scandale. Surtout à un moment où le parti communiste, très puissant, s'oppose à de Gaulle et cherche ses failles. Les craintes de Gaston Palewski sont parfaitement fondées. Pourtant il tergiverse. Car cette dédicace le flatte. « Je vais entrer dans la gloire », s'amuse-t-il. Son côté mondain prend le dessus. Il ne s'oppose pas à ce que ces mots « À Gaston Palewski », soient imprimés. L'ouvrage de Nancy, pense-t-il, ne restera-t-il pas confidentiel ? Et publié uniquement en Angleterre ? Pourtant, au dernier moment, alors que le livre se trouve sous presse, il panique. S'ensuit un échange de télégrammes entre Nancy et son éditeur, Hamish Hamilton. « Effacez la dédicace, mettez à la place : À lord Berners », s'affole-t-elle. « Enlevez Gaston et imprimez », renchérit-elle le lendemain. Soudain, Gaston Palewski revient sur sa requête. Un nouveau télégramme arrive chez l'éditeur : il peut laisser ces mots « À Gaston Palewski ». Et Nancy ajoute : « Ne parlez surtout jamais de tout cela à Gerald [Berners]. »

Il lui faut rentrer à Londres. « Dans des flots de larmes », affirme-t-elle. Elle n'a plus d'argent : le Trésor britannique, qui a institué le contrôle des changes, ne laisse alors exporter que des très faibles quantités de livres sterling. À Londres, il fait gris et triste. Elle retrouve la librairie Heywood Hill à laquelle elle apporte un choix d'ouvrages français qu'elle a glanés chez les bouquinistes de la Rive gauche. Chaque couverture, chaque reliure, lui rappelle une rue de Paris, les parfums du matin, les cris des vendeurs de journaux, les rayons de soleil sur les vieilles façades. « Il faut absolument que je devienne riche pour pouvoir vivre en France », répète-t-elle. Mais comment ? Elle a bien un pressentiment : son roman va connaître un grand succès. Mais une vieille superstition et le doute profond qu'elle a d'elle-même l'empêchent de clamer cette quasi-certitude. Hamish Hamilton lui a confié qu'à son avis le livre pourrait lui rapporter jusqu'à sept cent cinquante livres. Ce n'est pas la richesse. Mais le confort. Si Hamish pouvait avoir raison…

Le 10 décembre, le roman paraît. Evelyn Waugh, avec son instinct littéraire sans faille, a suggéré le titre: *La Poursuite de l'amour*. Les critiques sont élogieuses. « Hautement divertissant de la première à la dernière page », s'exclame-t-on. Le livre s'arrache immédiatement. Bientôt, à Londres et dans toute l'Angleterre, on ne parle que de lui. On rit aux éclats en le lisant. Et l'on aime en réciter des passages pour rire encore. Deux cent mille exemplaires se vendent en une seule année. Nancy gagne sept mille livres dès les six premiers mois. Dix fois plus que ce que Hamish Hamilton prévoyait. Elle est devenue riche.

La Poursuite de l'amour est très autobiographique et Nancy ne s'en cache pas. Sa famille Radlett ressemble comme deux gouttes d'eau à la famille Mitford. Même grande fratrie, même mère distraite et distante, même père tonitruant. Même présence incontournable de Nanny, la nurse. Alconleigh, la demeure où habitent ces hobereaux de province, est un mélange d'Asthall Manor et de Swinbrook House. Perdue, bien sûr, dans la campagne. Comme Nancy, Linda son héroïne fait les mauvais choix en amour. Ou du moins prend-elle pour de l'amour ce qui n'est qu'attirance superficielle. Son premier mari est un riche jeune homme, un bourgeois ennuyeux à mourir. Le second, un communiste mal fagoté plus prompt à soulager les déshérités qu'à dissiper la tristesse de sa femme. Mais soudain, à Paris, Linda rencontre Fabrice, duc de Sauveterre. Grâce à lui, elle reprend goût à la vie. Il est drôle, un peu brusque, cultivé et séducteur. Sous ses traits, on reconnaît sans peine Gaston Palewski. Comme pour exaucer ses désirs, Nancy lui a donné un titre de duc et l'a pourvu d'une grande fortune. Le chef de cabinet du général de Gaulle en est, selon Nancy, « grandement amusé ».

Mais, peu après la sortie du livre, fin janvier 1946, il se retrouve sans emploi. Le général du Gaulle élu, en novembre 1945, président du gouvernement de la République française par la nouvelle Assemblée, vient de donner une démission tonitruante. « J'ai remis le train sur les rails, déclare-t-il de sa voix théâtrale, je m'en vais, car je ne suis pas un homme de parti. » Les « nids d'intrigues » l'ont écœuré. Gaston Palewski, bien sûr, part avec lui. Il n'est plus rien. Mais continue de faire des allers-retours entre le pavillon de Marly, où le Général s'est réfugié, et Paris. Plus tard, il ira régulièrement à Colombey-les-Deux-Églises. Ce mondain désinvolte est aussi un fidèle. Jamais il n'abandonnera le général. Même dans les moments les plus difficiles.

Pourtant, en ce qui concerne *La Poursuite de l'amour*, il se révèle plus versatile. Il adorait le livre avant sa publication. Maintenant qu'il est devenu un immense succès, il le craint. En février, il fait savoir à Nancy, qui se trouve toujours à Londres, qu'un passage du livre irrite une de ses amies. Et qu'il en est également courroucé. Ce morceau a échappé, explique-t-il, à son regard pourtant attentif quand il a lu le manuscrit. Dans le passage en question, le duc de Sauveterre, qui vient de séduire Linda et de la loger dans un sublime appartement où il lui rend visite tous les soirs, a une autre liaison, officielle celle-là, avec une certaine Jacqueline. Les lecteurs ignorent bien évidemment qu'une vraie Jacqueline existe et qu'elle a été, et reste sans doute, une des maîtresses de Gaston Palewski. Mais la Jacqueline en question a lu le livre. « Je suis tellement, tellement désolée, cher Colonel, répond Nancy[1], je suis

1. *Love from Nancy*, *op. cit.*

à blâmer de ne pas vous avoir transmis les dernières épreuves – je sais que vous n'allez pas me croire, mais quand j'écrivais mon livre, je n'avais aucune intention de peindre Jacqueline sous les traits de madame... De la même façon tout le monde affirme que Tony est Alf Beit[1], et c'est vrai qu'il lui ressemble, mais je ne l'ai absolument pas fait exprès. Pourtant si cela contrarie l'horrible madame..., mon affaire est bonne – je n'aime pas vous contrarier. » Nancy propose d'effacer son nom de la traduction française. Mais elle s'est bien vengée. À sa façon. Sans esclandre. Avec simplement sa plume trempée dans le fiel. Elle n'ignore pas que son Colonel a d'autres femmes dans sa vie, ce qui ne lui est pas indifférent. Elle en ressent même une profonde jalousie. Mais à quoi bon lui faire une scène ? Il la trouverait ennuyeuse et lui fermerait sèchement sa porte. Elle préfère distiller les piques dans ses écrits. Mine de rien. En souriant.

Début 1946, Gaston Palewski invite sa sœur Debo et son mari Andrew à venir passer une semaine à Paris. Debo, à vingt-six ans, est une très jolie femme et surtout elle est la future duchesse de Devonshire. Tout cela enchante l'esthète et le snob qu'est Palewski. Il fait alors un froid horrible à Londres où Nancy se ronge d'envie. D'autant que la France lui manque tout autant que son Colonel. Elle déprime. Le succès de son livre lui devient presque indifférent. Elle demande à Gaston Palewski de la rejoindre à Londres, maintenant qu'il

---

1. Lord Alfred Beit, héritier d'une fortune accumulée grâce aux mines d'Afrique du Sud, a épousé une cousine de Nancy, Clementine Mitford, fille de Clement Mitford, mort pendant la guerre de 1914-1918. Lord et lady Beit deviendront, en 1974, les héros malgré eux d'un fait-divers retentissant. Ils habitent alors un château en Irlande. Un commando de l'IRA, commandé par une jeune femme, les ligote et les enferme dans la cave avant de rafler leur exceptionnelle collection de tableaux. Parmi ces œuvres, « La jeune femme lisant une lettre », de Vermeer.

n'a plus de poste, plus d'obligation, plus de préoccupation. Elle insiste de lettre en lettre. Il ne vient pas. Et ne l'invite pas. « Puis-je venir à Paris ? lui demande-t-elle. C'est vous qui, pour moi, détenez les clefs de Calais. » Il ne répond pas. Elle l'implore. Il reste silencieux.

Alors elle lance des piques contre Debo. Et la peint comme une petite chose idiote et inculte. « J'ai envoyé Marc [de Beauvau Craon], écrit-elle à Palewski[1], prendre le thé avec Debo – tout s'est bien passé car elle adore les princes. Vous ai-je raconté que, dans la librairie, j'avais un livre qui s'intitulait *Maquis* et Debo a cru que c'était la traduction française de *Marquis*, aussi l'a-t-elle acheté, mais très vite, déçue, elle l'a rapporté. » Et un peu plus tard, elle avertit : « Colonel, si Debo rencontre le Général, je ne vous parlerai plus JAMAIS JAMAIS. »

Le Colonel finit pourtant par lui ouvrir les portes de la France, et Nancy est de retour à Paris en avril. Elle exulte. « C'est beaucoup plus amusant que la dernière fois, écrit-elle à sa sœur Diana[2] parce que 1) je suis si riche ; 2) le Colonel ne gouverne plus la France et donc, au lieu d'attendre d'être appelée et de courir pour le voir une demi-heure à peine, je peux être avec lui des heures durant chaque jour. » Elle le voit chez lui, dans son appartement de la rue Bonaparte, trois pièces en enfilade emplies de tableaux et d'objets rares. Gaston Palewski est un collectionneur. Un connaisseur raffiné. Nancy est impressionnée. Elle ne l'en admire que plus.

Avec son argent tout neuf, elle commande, dès son arrivée à Paris, une robe de soirée. En velours noir. Une robe sublime, très chère, qu'elle n'est pas certaine de mettre très souvent. Nancy aime ces dépenses folles. Elle est heureuse et s'affaire. Dîne à l'ambassade d'An-

1. *Love from Nancy, op. cit.*
2. *Ibid.*

gleterre. Organise un dîner avec son ami Maurice Bowra, professeur à Oxford et grand historien. Elle vend les droits de son livre aux éditions Charlot (Plon, pressenti, n'en a finalement pas voulu). Elle déjeune avec Marie-Laure de Noailles, la richissime mécène de l'art surréaliste. Court d'un rendez-vous à l'autre. Retrouve l'excentrique Violet Trefusis qu'elle a maintes fois rencontrée à la librairie Heywood Hill et qui, la guerre terminée, s'est de nouveau établie en France. Elle va au « jour » de Marie-Louise Bousquet, qui tente de perpétuer la tradition parisienne des salons. Nancy s'en émerveille. Elle aime ces traces du passé, ces réminiscences du Paris littéraire du XVIIIe siècle.

Dans ce tourbillon, elle prend aussi le temps d'écrire. Chaque matin ou presque, après le petit-déjeuner, dans son lit, le dos calé contre ses oreillers, elle rédige des lettres. Notamment à Diana, sa confidente. La guerre est bien finie. Diana est libre, installée à Crowood, une autre grande demeure où Mosley a voulu une nouvelle fois déménager. Les liens de Nancy avec sa famille se font légers. Comme si elle avait besoin de distance pour mieux aimer les siens. Pour mieux aimer l'Angleterre, aussi. Elle écrit avec ferveur à tous ses amis, à Heywood Hill, à Evelyn Waugh. Leurs lettres, tout aussi nombreuses que les siennes, sont accueillies avec bonheur lorsqu'elles sont glissées sous la porte de sa chambre de la rue de Bourgogne, tout près de l'Assemblée nationale. Elle a trouvé un hôtel qui la charme. « Je n'avais jamais été auparavant dans un hôtel où je puisse passer un après-midi entier sans être envahie de tristesse – je m'y sens comme dans une maison, et tout est si joli[1]. » Nancy a de nouveau chaussé ses lunettes roses.

Des lunettes qu'elle enlève quelques minutes, à la fin du mois d'avril, le temps d'une brève indignation.

1. *Ibid.*

Contre Jessica. De la lointaine Californie, sa jeune sœur vient de défier sa famille. Une nouvelle fois.

Un matin, dans sa boîte aux lettres, Jessica trouve une enveloppe scellée à la cire, postée en Angleterre. À l'intérieur, elle découvre un acte notarié : un sixième de l'île d'Inchkenneth lui appartient désormais. En copropriété avec ses sœurs. Jessica s'en étonne, car son père a pris un soin tout particulier à la rayer de sa succession : à chaque paragraphe de son testament, il a fait ajouter « sauf Jessica ». Elle finit pourtant par comprendre. Lord Redesdale, quand il a acheté Inchkenneth, a mis l'île écossaise au nom de Tom afin que ce dernier ne paie pas de droits de succession. C'était juste avant la guerre. Tom décédé, ce sont ses sœurs, selon le code civil écossais, qui héritent de ses biens.

Jessica décide immédiatement de jouer un tour à son père. Par vengeance, bien sûr. Parce qu'elle se moque d'un titre de propriété. Mais également par goût de la facétie. Pourquoi, imagine-t-elle en riant, ne pas donner sa part d'Inchkenneth à l'Union soviétique qui pourrait y établir une base navale ? Hélas, c'est infaisable. Une autre idée germe en elle. En cette année 1946, se tient à San Francisco la convention mondiale qui va fonder les Nations unies. De nombreux journalistes assistent aux débats et parmi eux se trouve Claud Cockburn[1], une figure légendaire de la gauche britannique, qui travaille pour le *Daily Worker*, le journal du parti communiste britannique. Jessica va à sa rencontre. Elle le connaît depuis longtemps, depuis le temps de Rotherhithe, quand elle et Esmond le recevaient dans la maison au bord de la Tamise. Au bar du Palace Hotel, autour de force cocktails, Claud Cockburn a l'œil qui pétille et Jessica s'estime ravie : elle vient de faire don de son sixième d'île au parti communiste britannique.

---

1. Claud Cockburn se trouve être un cousin d'Evelyn Waugh. « Hélas », dit ce dernier : leurs opinions politiques sont aux antipodes.

La donation est dûment enregistrée au consulat de Grande-Bretagne et les papiers officiels emportés par Claud. Jessica envoie aussitôt une lettre à ses parents pour leur faire part de sa décision. Et précise, pour mettre un peu d'huile sur le feu, qu'elle donne sa part au PC anglais « pour réparer le mal que ma famille a fait, en particulier les Mosley et Farve quand il était à la Chambre des lords ». La colère de lord Redesdale est immense, tonitruante. Muv réagit de façon plus calme, détachée presque : « Je vois que tu veux donner ta part au parti communiste, répond-elle à Jessica. Nous allons prendre contact avec le directeur du *Daily Worker*. » Mais ni Diana ni Nancy n'apprécient la provocation de leur jeune sœur. Elles échangent des propos indignés. Nancy appelle même Peter Rodd à la rescousse. Ne sait-il pas tout sur tout ? Et il propose sa solution : mettre en vente l'île à un prix très bas, sans aucune publicité. Muv l'achète alors et paie sa part à la seule Decca. Les autres filles récupéreront leur part à la mort de leur mère. « Comme cela, conclut Nancy[1], le parti communiste obtiendra bien moins de mille cinq cents livres et Muv obtiendra la propriété de l'île en toute tranquillité. » Cette manœuvre ne sera pourtant pas nécessaire.

Car Jessica attend en vain les remerciements empressés du parti communiste britannique. Ses lettres à Claud Cockburn restent sans réponse. Ce n'est que des années plus tard qu'elle apprendra, en lisant un article du journaliste dans l'hebdomadaire satirique *Punch*, ce qui s'est passé. « Les dirigeants communistes, écrit-il en évoquant la donation, n'étaient pas enthousiastes, comme je l'avais supposé. Ils me demandèrent : "Que diable allons-nous faire d'un minuscule morceau d'une île désolée quelque part au large de l'Écosse ?" » Le

1. *Love from Nancy, op. cit.*

cadeau de Jessica est repoussé. Elle garde son sixième de l'île d'Inchkenneth et se retrouve propriétaire. Malgré elle.

Depuis l'automne 1943, elle est une militante enthousiaste, et quelque peu excentrique, du parti communiste américain. Elle y a adhéré après avoir assisté à un congrès du syndicat CIO (Congress of Industrial Organizations) à Fresno, en Californie. Audessus de la tribune, un grand portrait de Staline jouxtait celui de Roosevelt. Les communistes et les syndicalistes américains ont oublié le pacte germano-soviétique, les rumeurs de purges sanglantes à Moscou. Grâce à la bataille de Stalingrad, tournant décisif de la Seconde Guerre mondiale, Staline est redevenu un héros. L'apôtre de la lutte contre le fascisme. L'incontournable défenseur des travailleurs du monde entier. Jessica la rebelle participe-t-elle à son culte ?

En tout cas, à ce congrès syndical, le premier auquel elle assiste, Jessica est transportée. Les chants, les slogans scandés par des centaines de voix lui donnent le sentiment grisant de faire partie d'un mouvement ouvrier invincible. Elle côtoie avec délices des dockers qui ont mené des grèves très dures, des travailleurs de l'automobile qui ont été emprisonnés pour fait de grève, des métallurgistes qui portent les cicatrices de batailles avec la police. Pour elle ce sont les *working class herœs*, les héros de la classe ouvrière. Ils vont instaurer, est-elle persuadée, une société nouvelle. Plus que jamais, elle veut lutter à leurs côtés. C'est là, à Fresno, dans un coin sombre du hall de leur hôtel, qu'une collègue de l'OPA propose à Jessica et à son mari de joindre le parti communiste. « Mais nous nous demandions quand tu allais enfin nous le proposer », s'exclament-ils. Bob reçoit sa carte du Parti dès qu'ils rentrent à San Francisco. Mais, pour Jessica, il y a un problème. Elle est étrangère. Anglaise. Et le parti communiste n'accepte plus d'étrangers en son sein. Non par chauvinisme. Mais pour les protéger : ils pourraient être expulsés des États-Unis, comme ennemis de l'État fédéral. Jessica, qui brûle d'obtenir sa carte, demande alors la nationalité américaine, et sourit intérieurement quand, au milieu de ses démarches, un officier d'état civil lui demande : « Pourquoi voulez-vous devenir citoyenne des États-Unis ? » Elle aimerait répondre, rien que pour voir la tête de l'employé modèle : « Pour pouvoir adhérer au parti communiste. »

« Pour moi, joindre le Parti représentait un des actes les plus importants de ma vie[1] », dira-t-elle plus tard. Elle cherche à effacer en elle toute trace d'excentricité, de rébellion, d'esprit critique. Elle tente de gommer la moindre empreinte de son passé aristocratique pour devenir une militante modèle, attachée à obéir. « Je ne me posais plus de question sur la ligne. J'étais trop émerveillée par les communistes en chair et en os que nous commencions à rencontrer[2]. » Elle accepte le centralisme démocratique qui interdit toute affirmation personnelle, elle se passionne pour les ennuyeux débats sur les résolutions du Parti. Avec assiduité, elle suit les cours de marxisme et révise chaque soir la théorie de la plus-value et celle de la paupérisation absolue du prolétariat. Nouvelle adepte, elle est décidée à bien faire. N'est-elle pas en train de construire le socialisme ?

En 1945, Jacques Duclos fait savoir, au nom du Komintern, dans une langue de bois aussi raide que menaçante, que le soutien inconditionnel à Roosevelt, professé pendant la guerre par le parti communiste américain au nom de la lutte commune contre le nazisme et le fascisme, est « une révision notoire du marxisme qui sème de dangereuses illusions opportunistes ». La ligne change aussitôt. Appelés, avant la défaite allemande, à ne pas faire grève pour partici-

1. *A Fine Old Conflict*, *op. cit.*
2. *Ibid.*

per à l'effort de guerre américain, les militants communistes doivent désormais mener une lutte sans merci contre le capitalisme et le gouvernement fédéral. L'accusation de révisionnisme et d'opportunisme, venue de Moscou *via* Jacques Duclos, n'est pas anodine. En Union soviétique, bientôt à Prague et à Budapest, des centaines de communistes en mourront, exécutés pour trahison après des souffrances physiques et morales atroces. Mais toutes les informations qui parviennent à l'Ouest sur les exactions de Staline sont toujours prises par les communistes pour de la propagande antisoviétique.

La guerre froide commence. C'est une lutte sans merci entre les deux nouvelles grandes puissances : l'Union soviétique et les États-Unis. Jessica, militante de base, ingénument persuadée qu'elle est en train de bâtir une société idéale, fait du porte-à-porte dans le quartier ouvrier de Twin Peaks, à San Francisco. Elle vient porter la bonne parole communiste. Une autre militante, Daisy, fait tandem avec elle. Daisy porte toujours des chapeaux extravagants, et la surprise des habitants de Twin Peaks est immense lorsque leur porte s'ouvre sur ces deux femmes, l'une avec un accent anglais très chic qu'elle peine à masquer, l'autre avec ses tenues incroyables, qui viennent les convaincre de donner de l'argent au parti communiste.

Son accent « ridicule », Jessica tente de le perdre. Elle travaille ses voyelles, tente de ne plus les allonger, répète sa diction, fait bouger sa lèvre supérieure et cherche à éliminer les adverbes inutiles tout comme l'emphase de ses intonations. Mais son naturel revient au galop. Alors qu'un camarade rédige un tract qui appelle à une grande réunion de soutien au parti, elle le corrige. « Mais pourquoi n'écris-tu pas : "Cher camarade, je t'en prie, viens !" et tu soulignes *cher* et *je t'en prie* ». L'affectation des Mitford a repris le dessus.

Son esprit caustique, que l'adhésion au parti communiste n'a pas entièrement annihilé, pousse parfois Jessica à quelques facéties. Un vieux camarade, cadre du Parti dévoué mais d'une étroite rigidité, discute un jour de l'organisation d'un banquet qui doit rendre hommage aux communistes qui rentrent de la guerre. « Il y a certains camarades à… » commence le militant dévoué et, dans le silence, il écrit le mot Petaluma [une petite ville de Californie, au nord de San Francisco] sur un bout de papier. « À cette époque, expliquera Jessica, le Parti œuvrait ouvertement, il envoyait des courriers par la poste pour correspondre avec ses membres et tenait des meetings dans des salles publiques, pourtant d'anciens camarades semblaient incapables de se débarrasser de la discipline qu'ils avaient acquise à une époque où toutes les activités du parti devaient se dérouler dans une totale clandestinité. Ils craignaient les micros, les policiers en civil. » Jessica lit donc avec attention le mot Petaluma et demande : « Les poulets doivent-ils être.... » et elle écrit sur un autre bout de papier les mots « rôtis ou en sauce ». Sa plaisanterie, très mitfordienne, n'est pas du tout du goût de l'austère camarade qui lui réplique sèchement que la préparation des poulets revient à la cellule des camarades employés dans la restauration.

En 1945, Jessica a mis au monde un fils, Nicholas, qu'elle éduque comme Constancia, en le considérant dès son plus jeune âge comme un égal, un adulte. Ses enfants, qu'elle emmène aux réunions du Parti, l'appellent Decca – le surnom adopté par tous ses proches – et non maman. Jessica est devenue une militante à plein temps, une « permanente », depuis que, la guerre finie, l'OPA a fermé ses portes. Elle occupe le poste de trésorière de la Fédération communiste de San Francisco. Bob fait désormais partie d'un cabinet d'avocats, les seuls, dans toute la Californie du Nord, qui défendent les ouvriers des raffineries, des chantiers navals, des usines de montage. Et ces avocats blancs réclament, chose inouïe en cette fin des années 1940, l'application des droits civils aux citoyens noirs.

C'est à cette époque qu'un ami de Nancy, Kingsley Martin, rédacteur en chef de la revue de la gauche intellectuelle anglaise *New Statesman and Nation*, rend visite aux Treuhaft à San Francisco. Dès son retour en Europe, il s'empresse de raconter leur rencontre à Nancy. « Le mari, selon lui, est un type petit, agréable et tranquille, qu'il a beaucoup apprécié, rapporte immédiatement Nancy à sa mère[1]. Je lui ai demandé s'il semblait être un réfugié de fraîche date et Kinsgley m'a répondu que non, qu'il était déjà avocat avant la guerre et qu'il ressemblait à un pur Américain. Decca lui fait dire que la raison pour laquelle elle ne nous écrit pas tient au fait qu'elle vit dans un monde diamétralement opposé au nôtre et qu'il lui est difficile de savoir quoi nous raconter. Kingsley affirme qu'elle ne voit que des prolétaires et des membres du PC, et c'est en effet un monde étrange et différent de tout ce que nous connaissons ici, mais un monde fascinant, a-t-il ajouté. »

Diana et son mari sir Oswald Mosley, libérés de toute astreinte depuis que, à la fin de la guerre, le décret 18b a été aboli, vivent dans un élégant ressentiment. De leur magnifique demeure de Crowood, ils ont beau répéter que les excès de Hitler n'ont rien à voir avec eux, une majorité d'Anglais continue de les couvrir d'opprobre. Mosley, certain d'avoir eu parfaitement raison, écrit deux livres pour s'expliquer : *Ma réponse* et *L'Alternative*. Aucun éditeur ne veut publier ses manuscrits. Les époux Mosley, qui disposent toujours d'une fortune confortable, créent leur propre maison d'édition, Euphorion Books. Outre les écrits de Mosley, une série d'ouvrages classiques y sera bientôt proposée, notam-

1. *Love from Nancy, op. cit.*

ment les œuvres de Goethe : Mosley a découvert l'auteur de *Werther* en prison en même temps qu'il apprenait l'allemand. Pour Euphorion Books, Diana traduit bientôt de courts récits de Balzac, puis demande à Nancy de traduire *La Princesse de Clèves*. Cette dernière est ravie : c'est son roman favori.

Leurs convictions restées intactes, les Mosley se font une règle de ne saluer aucune personne qui a été membre du gouvernement pendant leur emprisonnement. À moins qu'elle ait notoirement pris leur défense. Le couple fréquente uniquement les amis qui lui sont restés fidèles, parmi lesquels lord Berners, l'ami de Diana, qui est souvent venu les voir à la prison de Holloway, et John Betjeman, le poète. Daisy Fellowes devient à cette époque une proche des Mosley. Descendante par sa mère de la famille américaine Singer – les machines à coudre – et par son père, le duc Decazes, d'une longue lignée française, Daisy Fellowes, infiniment riche et mondaine, a acheté à la fin de la guerre le château de Donnington, proche de Crowood, et transformé cette vieille demeure inconfortable en un havre luxueux. Bientôt, tout le « beau monde » y est invité et les Mosley goûtent, en voisins, à cette vie mondaine qu'ils affectionnent. Il y est certes inconvenant de parler avec sérieux de politique. Une légère pointe d'amertume est cependant admise.

Le gouvernement travailliste est en train d'instaurer ce que l'on appellera le *welfare state*, il met en place l'accès pour tous aux soins médicaux, la protection sociale des plus défavorisés. Cherche-t-il, en même temps, à briser les Mosley ? C'est ce que pense Diana. Seul l'esprit de vengeance, selon elle, peut expliquer le refus des autorités britanniques de leur délivrer un passeport. Ils se sentent prisonniers des frontières anglaises. Humiliés. Leur envie d'aller à Venise, sur les bords de la Méditerranée ou à Paris n'en devient que plus pressante. Les lettres de Nancy, de Paris, font respirer à Diana un air qui lui manque : celui d'ailleurs.

Nancy ne lui cache rien de son amour fou pour le Colonel. Ni de son éloignement de Peter Rodd. Deux choses qu'elle s'emploie à cacher à sa mère, respect des conventions oblige. Quand elle évoque devant lady Redesdale son éventuelle séparation d'avec Peter, il s'agit, affirme-t-elle, de « moins payer d'impôts : comme nous n'avons pas d'enfants, cette séparation importe peu ». Et lorsqu'elle lui parle de sa prochaine domiciliation en France, c'est uniquement, assure-t-elle, dans le but d'être moins imposée. À Muv, elle parle bien de Palewski, mais comme d'un cher ami parmi d'autres, comme Mark ou Evelyn Waugh. Et non pas d'un tendre lien. Parfois douloureux.

L'été 1946, Nancy traverse un moment de dépression. Elle sera toujours seule, elle le comprend soudain trop bien. Son Colonel ne l'épousera jamais, il ne risquera pas sa carrière politique en épousant une femme divorcée. Le très vertueux et très catholique général de Gaulle en serait choqué. Et puis il y a ces signes qui ne trompent pas : ils ne passent jamais de nuit ensemble, il ne l'invite pas à voyager avec lui ni à partager ses vacances. Quand ils se rendent à une même soirée, il tient à ce qu'ils n'arrivent pas ensemble, et elle ne doit pas le tutoyer en public afin qu'aucun signe de leur intimité ne paraisse. Ne l'appelle-t-il pas « chère amie », comme la plus quelconque de ses connaissances ? Le pire est que, parfois, il courtise une autre femme devant elle. Dressée à dissimuler ses sentiments, Nancy ne montre rien de sa jalousie. Mais elle en souffre affreusement. Pour s'en délivrer, elle tente de recourir à une explication simple : Gaston Palewski se conduit selon une vieille tradition toute française. Il suffit de lire les *Mémoires* du duc de Saint-Simon, ou les romans libertins du XVIIIe: les hommes brillants ne se contentent pas d'une seule femme et éprouvent un besoin constant de séduire. Elle, l'Anglaise naïve, l'amoureuse éperdue, doit accepter ces marivaudages. En France, se persuade-t-elle, l'amour n'est pas affaire sérieuse. On batifole, on butine, on ne se donne pas corps et âme. À elle de s'adapter.

Cette résolution toute fraîche se révèle pourtant fragile. La rumeur de sa liaison extraconjugale s'est répandue dans sa famille et une visite que lui fait à Paris tante Weenie, la sœur cadette de lady Redesdale, la plonge soudain dans la culpabilité et le ressentiment. À peine arrivée, cette tante lui reproche d'être à Paris et non pas au côté de sa mère, qui, affirme-t-elle, va très mal. Chaque phrase est une remontrance. « Derrière chaque mot, il y avait cette insinuation que je suis une mauvaise, une méchante fille, écrit Nancy à Diana[1]. En vérité, j'espère que Muv viendra faire un long et agréable séjour ici en octobre, ce qui, je le crois, lui fera du bien. Tu sais que pour moi Paris est la panacée pour tous les maux ! Si je me trouvais Blomfield Road, je ne la verrais qu'une fois par mois et, de toute façon, je n'ai pas à trouver d'excuse. Si je suis devenue ce qu'ils considèrent comme "mauvaise", c'est entièrement la faute de Muv, car si j'avais eu une famille, il n'y aurait pas eu de Colonel : c'est tout à fait certain. Mais je ne peux pas le leur dire. Et si Peter ne se plaint pas, de quel droit quiconque peut se mêler de nos affaires ? »

Sa mère responsable de son malheur ? De sa stérilité ? Nancy en est persuadée. Elle ressasse ces griefs dès que son moral n'est plus au beau fixe. Lorsqu'elle s'est réveillée de l'anesthésie pendant laquelle l'hystérectomie a été pratiquée, le chirurgien lui a demandé si elle

1. *Love from Nancy*, *op. cit.*

avait jamais contracté la syphilis. « Mais non », s'est-elle exclamée. Peu après, alors qu'elle racontait cet épisode à sa mère, lady Redesdale a soudain mentionné que la bonne d'enfants qui s'occupait de Nancy bébé avait souffert de la syphilis. Il n'en faut pas plus à Nancy, qui n'a pourtant jamais présenté aucun symptôme de la maladie, pour blâmer sa mère. Si elle ne peut pas avoir d'enfants, et si en conséquence elle a des amants, c'est à cause d'elle, qui a laissé une bonne syphilitique prendre soin de sa fille. Nancy n'en démordra jamais.

Pour dissiper son amertume, il suffit pourtant d'une visite, d'un appel de son Colonel. Elle chausse de nouveau ses lunettes roses. À Evelyn Waugh, elle affirme qu'elle en est désormais certaine : elle ne peut vivre qu'à Paris. Elle se rend aussitôt à Londres pour vendre la maison et les meubles de Blomfield Road. Une page est définitivement tournée : celle de sa vie avec Peter Rodd. Celle de son existence anglaise. Elle ne possède plus rien de ce côté de la Manche. Quand elle retourne à Paris, elle sait que c'est définitif. Sa mère, qu'elle a trouvée en effet déprimée et vieillie, vient la rejoindre quelques jours à la fin de l'année. Nancy organise, émue et anxieuse, un dîner avec Gaston Palewski. Très vite, lady Redesdale se rend compte que ce petit homme brun à la vilaine peau, mais aux manières parfaites, représente plus pour Nancy que n'importe lequel de ses amis anglais. L'éclat dans les yeux de sa fille, les gestes plus familiers, le rire plus épanoui : ces indices ne trompent pas. Lors du dîner, raconte Nancy[1] « ma mère a ôté toutes les truffes de son omelette et les a laissées dans l'assiette. Le Colonel en était ravi : "La plupart des gens avalent les truffes et laissent l'omelette, c'est très patricien de sa part." »

1. *Love from Nancy, op. cit.*

Début 1947, à Colombey-les-Deux-Églises, un petit groupe de fidèles se réunit discrètement autour du général de Gaulle. Il y a là André Malraux, Gaston Palewski, Jacques Soustelle, Jacques Baumel et le colonel Rémy. Leur but : convaincre de Gaulle de devenir le chef d'un rassemblement politique très large, le RPF, Rassemblement du peuple français. De Gaulle rechigne – il n'aime pas le monde politique – mais, persuadé qu'il lui faut néanmoins jouer un rôle dans une France affaiblie, il finit par accepter. Le climat, en ce début de IVe République, est extrêmement tendu. La France vit toujours dans la pénurie, les coupures de gaz et d'électricité se succèdent, il faut encore des tickets de rationnement pour le pain et le charbon. L'exaspération pointe. D'autant qu'il fait un froid de loup. L'année 1947 promet d'être terrible. Elle le sera. On frôlera la guerre civile.

C'est dans ce climat de tension extrême que Gaston Palewski apprend, par une de ses nombreuses relations, que *Le Canard enchaîné* s'apprête à publier un article sur la dédicace de *La Poursuite de l'amour*. Le titre doit être tonitruant : « La sœur de la maîtresse de Hitler dédie un livre osé à M. Palewski ». L'an passé, écarté du pouvoir, l'ancien chef de cabinet du gouvernement provisoire avait quelque peu oublié ses craintes. Maintenant, il panique. « Il avait absolument insisté pour que son nom apparaisse en entier, écrit Nancy, assommée, à Diana[1]. Je suppose qu'alors il se sentait suffisamment puissant pour que cela n'importât pas, mais maintenant, tout est en équilibre instable et les communistes s'attaquent à lui. Il dit que le général sera furieux. Heureusement, dans un sens, Peter est de retour [il se trouvait en Afrique] et veut passer l'été à Rome ce que, je suppose, je devrai faire également. Je n'ai pas encore vu le Colonel mais

1. *Love from Nancy*, *op. cit.*

il semble très déprimé et, bien que les hommes semblent moins sentimentaux que nous, je suppose que moi aussi je lui manquerai beaucoup. »

Sur l'ordre de son Colonel, Nancy part bientôt se cacher en Angleterre. Gaston Palewski craint que les journalistes ne la découvrent dans l'appartement du 20, rue Bonaparte qu'elle habite de nouveau, à deux pas de chez lui. Et qu'ils ne révèlent sa vie privée. Juste au moment où il participe à la création de ce premier parti gaulliste, le RPF. Mais, comme il l'a dit, ce qu'il appréhende le plus, c'est la réaction du très moraliste général de Gaulle si sa liaison avec Nancy, femme mariée et membre d'une extravagante famille, était étalée au grand jour. Il pourrait l'éloigner du cercle de ses proches. Ce serait une terrible disgrâce.

Le danger est bientôt écarté. Par un coup du hasard. Aucun journal ne paraît entre le 13 février et le 13 mars. Les ouvriers du livre sont en grève. Une grève sans merci, que désapprouve le parti communiste et même la direction confédérale de la CGT. Car c'est une grève menée contre les patrons de journaux, mais aussi contre un gouvernement où se trouvent des ministres communistes. Parmi eux, le ministre du Travail, Ambroise Croizat. La Fédération du livre a une longue tradition anarchisante. « Nous ne sommes pas de grands admirateurs de l'économie dirigée », affirme alors l'un de ses responsables. Sans le savoir, la Fédération du Livre CGT a, dans sa rébellion, sauvé le mondain Gaston Palewski d'un véritable cauchemar. L'article et son titre tapageur restent dans un tiroir.

À Londres, réfugiée chez sa sœur Diana, Nancy ressasse la consigne donnée par son colonel : il lui faut sauvegarder les apparences, vivre auprès de celui qui est son époux, Peter Rodd, afin que personne ne puisse jaser. Peter qu'elle retrouve à Londres. Et qui semble décidé à acheter avec elle une propriété en France, à Gif-sur-Yvette : le peintre Drian met en vente son moulin de La Tuilerie[1]. Nancy, qui affirmait il y a peu détester la campagne, se résigne à l'idée d'y vivre. « C'est une chose très raisonnable à faire, écrit-elle à Gaston Palewski[2]. Ce ne sera pas divin comme de vivre rue Bonaparte, mais ce ne sera plus compromettant pour vous. » Pour mieux simuler la vie conjugale, Nancy suit Peter en Espagne, ils séjournent à Séville et, malgré la beauté de la ville, Nancy s'y ennuie. Paris et son Colonel lui manquent cruellement.

Après moult hésitations, les époux Rodd finissent par renoncer à l'achat du moulin de La Tuilerie, bien qu'il soit bon marché, et si joli avec ses petits jardins murés et sa chute d'eau. Nancy est soulagée. Car Peter ressemble de plus en plus à la caricature qu'Evelyn Waugh a faite de lui dans ses livres, il se montre de plus en plus voyou, arrogant, sans scrupule. Vivre de nouveau avec lui ? Cela aurait été un cauchemar. Et c'est rue Bonaparte qu'elle veut être. « J'aimerais tant revenir à l'appartement, écrit-elle encore à Gaston Palewski[3], mais je vois que vos journaux ont reparu et je ne veux pas détruire le bien que mon départ a pu faire, aussi ai-je réservé une chambre à l'hôtel de Bourgogne. » C'est en fait à l'hôtel Madison, boulevard Saint-Germain, qu'elle se retrouve. Sans que les apparences soient sauves : Peter est resté en Espagne, et elle revoit son Colonel. En compagnie, certes, d'autres personnes. À ce dîner, par exemple, qu'elle organise avec son cousin Randolph Churchill. Le beau garçon s'est empâté et, de plus en plus violent et provocateur, il se brouille avec tout le monde. Dans le restaurant bondé, il hurle des injures à

1. En 1952, le moulin de La Tuilerie deviendra la propriété du duc et de la duchesse de Windsor.
2. *Love from Nancy, op. cit.*
3. *Ibid.*

l'encontre du général de Gaulle. Le silence se fait autour de lui. Randolph Churchill crie de plus en plus fort. Palewski tente d'abord d'en rire, puis s'assombrit. Nancy est effondrée. « Odieuse petite créature – crachant, suant, hurlant – oh, l'horreur », répète-t-elle, ressassant ses griefs à l'encontre de cet impossible cousin.

Le général de Gaulle, après plus d'un an d'effacement, revient sur le devant de la scène au printemps 1947. Le RPF est né, et Nancy, grande admiratrice, se rend à l'un des premiers meetings du parti gaulliste. « Il y avait un monde fou, quarante mille personnes, écrit-elle à Mark Ogilvie-Grant[1]. Et je me sentais affreusement semblable à mes sœurs. Ça a été un grand succès. »

En septembre, il lui faut, malgré elle, suivre son mari à Andorre. C'est la dernière trouvaille de Peter Rodd : un paradis fiscal. Leur couple doit s'y domicilier pour payer moins d'impôts. Sur le papier, leur union est plus solide que jamais. Aucune procédure de séparation, encore moins de divorce, n'a été entamée. Peter Rodd, très intéressé, trouve confortable d'être marié à une femme désormais riche : lui qui n'a presque aucun revenu dépense sans compter les traveller's chèques de Nancy. Ses énormes factures de téléphone sont payées par son épouse. Lorsqu'il s'endette, c'est Nancy qui, loi oblige, doit le tirer d'affaire. Elle s'en irrite. Gaston Palewski lui semble d'autant plus élégant et désintéressé que, l'an passé, il a refusé l'aide financière qu'elle lui proposait.

« Mon cher, cher Colonel chéri, la vie sans vous est si horrible[2] », s'enhardit-elle à lui écrire depuis la principauté.

L'écriture est une nouvelle fois sa planche de salut. Car, dans sa chambre d'hôtel d'Andorre, elle met au

1. *Love from Nancy, op. cit.*
2. *Ibid.*

point l'intrigue de son prochain roman. Enfin. Il y a plus d'un an qu'elle cherche à écrire. Pour la première fois de sa vie, elle vient de connaître l'angoisse de la page blanche. « Je ne peux pas écrire une ligne, confiait-t-elle en novembre 1946 à Evelyn Waugh[1], j'essaie et réessaie, je compose des débuts qui ne mènent nulle part et rien ne se produit ». Elle qui a écrit si facilement, en trois mois, *La Poursuite de l'amour*, elle n'arrive plus à concocter une histoire. Et elle a besoin d'argent. Elle a beaucoup dépensé, Peter Rodd encore plus. La petite fortune que lui a rapportée son roman sera bientôt épuisée. Mais, affirmait-elle encore à Evelyn Waugh en janvier 1947[2], cette panne d'écriture est « assommante, non seulement à cause de l'argent qui va manquer, mais parce que je commence à m'ennuyer sans rien à faire et je n'aime pas assez la vie mondaine (je ne l'ai jamais aimée réellement) pour en faire un travail à plein temps ».

Pendant tout le début de l'année 1947, ses efforts n'ont abouti à rien. Elle a écrit un premier chapitre qui lui a semblé prometteur jusqu'au moment où elle s'est aperçue qu'il ressemblait trop au début de *La Poursuite de l'amour*. Pour se distraire de cet échec et gagner quelque argent, elle a accepté d'aller en Angleterre écrire le dialogue d'un film. Puis, à Paris, elle s'est mise au service de Louise de Vilmorin, grande amie de Gaston Palewski, qui dirige alors une collection pour Robert Laffont. « Je traduis gaiement toute la journée, explique alors Nancy[3], c'est un travail parfait pour quelqu'un qui adore la langue anglaise mais manque de talent créatif. »

À Andorre, pourtant, son esprit créatif et insolent prend le dessus. Dans une lettre à Evelyn Waugh[4], elle

1. *Letters of Nancy Mitford and Evelyn Waugh*, *op. cit.*
2. *Ibid.*
3. *Love from Nancy*, *op. cit.*
4. *Letters of Nancy Mitford and Evelyn Waugh*, *op. cit.*

explique ses personnages: « Lord et lady Mondor, infiniment riches et grandioses, lui un ex-vice-roi, l'essence même de l'Anglais, elle une parvenue non sans ressemblance avec ma belle-mère. Ils ont une fille, Leopoldina, mais pas d'héritier. Ce qui ne les chagrine pas, car ils adorent leur fille. Ils imaginent qu'ils vont la marier, si ce n'est au prince de Galles, du moins à un splendide duc. Mais, à vingt-trois ans, elle ne l'est toujours pas (elle est très belle, mais bête)... » Nancy s'amuse. Mais s'angoisse encore. Maintenant qu'elle en a la trame, elle ne sait plus comment raconter son histoire. « Pardonne-moi de t'ennuyer, écrit-elle encore à Evelyn Waugh[1], mais je commence à être effrayée par les difficultés de la technique, une chose qui ne m'avait jamais, jusqu'ici, posé problème. » Bientôt, elle s'affirmera « torturée ». Peut-elle ou non raconter de nouveau son histoire en utilisant la première personne comme dans *La Poursuite de l'amour* ? Elle hésite. N'ose plus. Elle qui écrivait en riant sur ses grands cahiers d'écolier, la voici qui pose à sa mère mille et une questions sur l'étiquette, de crainte de commettre une erreur. Elle vérifie auprès de son amie Billa Harrod, épouse d'un professeur d'Oxford, le moindre détail de la vie universitaire. Nancy ne se sent plus libre comme avant. Il lui manque la petite étincelle de plaisir qui rendait sa plume légère. « Les romans ne sont-ils pas le diable à écrire ? écrit-elle à l'auteur Humphrey Hare[2]. Le mien est si assommant que je n'arrive pas à m'y plonger – mais qu'importe, je ne cesse de me répéter, les gens adorent les romans assommants. »

Nancy revient à Paris – sans Peter Rodd –, et tout devient plus facile. On lui prête un luxueux appartement du quai Malaquais. Là, tout en posant pour un nouvel ami, le peintre Mogens Tvede, elle écoute à la radio la retransmission du mariage de la princesse

1. *Ibid.*
2. *Love from Nancy...*, *op. cit.*

Elizabeth et du duc d'Edimbourg. « Il semble qu'elle avait l'air encore plus affreux que ce que l'on pouvait craindre[1] », commente-t-elle avec un malin plaisir. Nancy n'a perdu ni sa petite cruauté ni sa causticité. Elle va beaucoup mieux. Désormais le livre avance, drôle, et un peu méchant.

En décembre, malgré l'énorme pénurie de logements, elle trouve un « merveilleux, merveilleux appartement ». Après mille et un déménagements, de chambres d'hôtel en logements sous-loués, elle va se trouver enfin chez elle. Dans un endroit de rêve. Situé entre cour et jardin, l'appartement s'étend sur tout le rez-de-chaussée d'un hôtel particulier du XVIIIe siècle, à côté duquel s'est construite la pagode chinoise de la rue de Babylone. La plume joyeuse, Nancy signe un bail d'un an et demi. Elle habitera vingt ans 7, rue Monsieur, dans le VIIe arrondissement.

En Californie, Jessica vient également de déménager. Elle a traversé la baie de San Francisco pour s'établir à Oakland. C'est là qu'est installé le cabinet d'avocats auquel appartient Bob Treuhaft : à proximité du port, des chantiers navals, des usines. Depuis deux ans, l'époux de Jessica emprunte chaque jour le grand pont qui franchit la baie pour s'y rendre. Pourquoi ne pas aller y habiter ? suggère un jour Jessica. San Francisco, avec ses maisons victoriennes et ses intellectuels, est devenue un peu trop bourgeoise pour elle. Elle veut se trouver au sein d'un bastion ouvrier. Là où se dessine, pense-t-elle, l'aube d'un monde nouveau. Un monde où blancs et noirs cohabiteront. Oakland, ville industrielle, a accueilli, pendant la guerre, une très importante population noire. Des dizaines de milliers d'ouvriers agricoles y ont été amenés des régions rurales du sud

1. *Ibid.*

des États-Unis pour participer à la production de guerre. On les a logés dans des immeubles provisoires, bâtis à la hâte, qui sont devenus des taudis permanents. Car les nouveaux prolétaires ne sont pas repartis vers le *Deep South*, ils ont commencé, dans ce nouvel environnement industriel, à secouer la chape de soumission qui était nécessaire à leur survie en Alabama ou en Caroline. Mais ils deviennent vite la cible favorite d'une police entièrement blanche et raciste. En cette fin des années 1940, règne, dans l'ensemble des États-Unis, un effroyable racisme. De nombreux emplois sont réservés aux blancs : les noirs, par exemple, ne peuvent conduire des bus, ni travailler au péage du Bay Bridge, le long pont suspendu qui relie Oakland à San Francisco. Les hôtels et les restaurants refusent de les embaucher. Les vexations à l'encontre des noirs, et les passages à tabac sont monnaie courante.

C'est dans un quartier blanc et petit-bourgeois que les Treuhaft emménagent : difficile d'échapper à la ségrégation. Mais leur maison de Jean Street est modeste, tout juste suffisante pour la famille qui s'agrandit. Jessica vient de donner naissance à son second fils, Benjamin. En déménageant, elle a dû quitter son poste de trésorière de la section de San Francisco du parti communiste et, à Oakland, elle tente une fois encore de devenir une parfaite petite femme d'intérieur. Une fois de plus, ses efforts se révèlent vains. À cause, s'amuse-t-elle à dire, de son enfance culturellement défavorisée : elle n'a jamais appris à cuisiner ni à laver la vaisselle. Bob a beau lui apporter en souriant un énorme manuel d'organisation ménagère, elle finit par jeter l'éponge, et brandit les écrits de Lénine sur la question des femmes : ils confirment sa conviction profonde selon laquelle le travail ménager est improductif, barbare et ne contribue en rien au développement intellectuel.

Jessica a également essayé, en vain, de devenir une belle-fille modèle. Aranka, la mère de Bob, est une mère juive fidèle à la tradition, débordant d'amour pour son fils, d'autant plus étouffante qu'il est son fils unique et qu'elle est veuve. Partie de rien – elle est arrivée à New York avec juste une valise –, elle a grimpé l'échelle sociale et accompli le rêve américain. Sa boutique de modiste sur la prestigieuse Park Avenue de New York est le signe extérieur de sa réussite et Aranka, fière de son ascension, ne sort jamais sans ses fourrures, ses bijoux et ses larges chapeaux. C'est ainsi parée que, régulièrement, elle surgit à l'improviste en Californie. Et Jessica sent alors le regard désapprobateur d'Aranka qui s'attarde sur le désordre de la maison. Il y a toujours de nombreux invités, des familles ouvrières temporairement sans logement, des noirs de passage, des enfants en garde. Un jour, alors qu'Aranka débarque inopinément à Oakland, elle trouve son fils chéri en train de s'occuper de gosses mal coiffés. « Je n'ai tout de même pas envoyé mon fils à Harvard afin qu'il fasse le baby-sitter pour les enfants d'un docker ! » rugit-elle. Elle reproche à Jessica de ne pas suffisamment stimuler l'ambition de son fils, de ne pas le pousser à gagner de l'argent, beaucoup d'argent. « Quoi, il travaille encore pour le syndicat ? grince-t-elle. Il serait temps qu'il travaille enfin pour lui-même et sa famille. » Une grimace de désapprobation barre son visage chaque fois qu'elle entend Constancia, Nicholas et Benjamin appeler leurs parents par leur prénom. Forte personnalité, Aranka se heurte cependant à une tout aussi forte tête. Jessica rétorque aux lamentations de sa belle-mère en la titillant d'une très midfordienne manière. « Merci infiniment pour les si merveilleux manteaux de chez Best [un magasin très chic], lui écrit-elle. Ils vont tellement bien aux enfants, c'est exactement ce dont ils avaient besoin pour se rendre à la manifestation de soutien aux grévistes, samedi prochain. » Et Aranka, aux taquineries de Jessica, répond invariablement : « Decca, comment pouvez-vous me faire cela ? » Plus tard, devant les photos de l'immense château qu'habite Debo, Aranka ne peut s'empêcher de s'écrier : « Decca, pourquoi n'avez-vous pas épousé un duc, comme votre sœur ? – Mais, Aranka, réplique Jessica en éclatant de rire, je n'aurais pas eu le bonheur de vous rencontrer. » Ce qui, pense alors Jessica, devait être le rêve secret d'Aranka. « Avec les années, nous avons cependant fini par devenir très proches et nous aimer tendrement, constatera des années plus tard la belle-fille insoumise[1]. Peu à peu j'ai appris à apprécier son étonnante et débordante vitalité, cette étincelle supplémentaire de vie qui était une de ses qualités les plus attirantes. Peu à peu elle s'est réconciliée avec moi. »

Le lendemain de Noël 1947, Constancia, six ans, écrit d'une main maladroite une lettre de remerciements à son autre grand-mère. Celle qui habite si loin, qu'elle n'a jamais vue et imagine à peine. Lady Redesdale envoie régulièrement, pour Noël et les anniversaires, des cadeaux à ses petits-enfants : des livres, des pulls tricotés à la main, des jeux de cartes. Tout aussi régulièrement, chaque semaine, elle rédige une lettre à Jessica où elle lui parle du temps qu'il fait, de la famille, des naissances, des mariages, des deuils, des chevaux, des chiens. Jamais de politique. « Si j'avais su l'ampleur de sa conversion aux idées de Hitler, dira plus tard Jessica[2], je n'aurais pas pu lui adresser la parole. » Mais elle ne peut s'empêcher d'être attendrie par l'infinie détermination de sa mère à maintenir un lien avec elle. Constancia, ses yeux bleu cobalt concentrés sur sa feuille de papier, finit d'écrire son courrier : « Merci beaucoup. J'aimerais tant que tu viennes nous voir à Oakland. » Une semaine plus tard, le facteur sonne à la porte de la maison de Jean Street. Un télégramme d'Angleterre. Signé de lady Redesdale. « J'accepte l'invitation de

1. *A Fine Old Conflict*, *op. cit.*
2. *Ibid.*

Dinkie [le surnom de Constancia]. J'arrive dans deux semaines. »

Le voyage d'Angleterre jusqu'en Californie est à cette époque interminable. Près de cinquante heures en avion. Mais lady Redesdale ne se laisse pas rebuter par une telle épreuve. À l'aéroport de San Francisco, elle arrive fourbue. Est-ce l'effet de cette fatigue ? Entre la mère et la fille plane un silence embarrassé. Il y a huit ans qu'elles ne se sont pas vues. Jessica, pourtant bavarde et peu timide, ne sait plus que dire. Dans la voiture, seul le ronronnement du moteur se fait entendre. Soudain, Constancia s'écrie : « Mamy Muv, vas-tu gronder Decca parce qu'elle a fait une fugue ? » La mère et la fille éclatent de rire. Et leur complicité renaît.

Pendant son séjour dans la petite maison d'Oakland, lady Redesdale s'étonne à peine de ne pas trouver d'armoire dans la chambre, et de n'avoir pas de femme de chambre pour préparer le petit-déjeuner. Elle s'adapte avec une étonnante facilité. Et tait les différends qui l'ont opposée à sa fille. « Pendant cette visite, écrira plus tard Jessica[1], elle a commencé à faire preuve de cette loyauté impartiale qu'elle devait montrer envers tous ses enfants et qui devait devenir un des traits marquants de sa vieillesse. » Pour la distraire, Bob et Jessica l'emmènent voir un supermarché – chose alors inconnue en Europe. Et la grande surface enthousiasme tant lady Redesdale qu'elle s'empresse d'écrire au *Times* : il faut absolument en créer en Angleterre. Elle demande ensuite, au grand étonnement de sa fille, à voir une maison funéraire. Il faut dire que le désopilant roman d'Evelyn Waugh, *Ce cher disparu*, une satire des rites mortuaires américains, vient juste de sortir en Angleterre. Il est dédié à Nancy. Muv l'a lu avant d'entreprendre son voyage

1. *A Fine Old Conflict*, *op. cit.*

en Amérique et déborde de curiosité : que sont ces étranges endroits où l'on embaume et nie la mort ? Elle n'est pas déçue. Mais cette fois, elle n'écrit pas au *Times*.

À aucun moment, Jessica ni sa mère n'évoquent les noms de Diana ou Unity. Sauf à la dernière minute, à l'aéroport, au moment des adieux, quand Muv demande soudain : « Avez-vous un message pour Boud ? – Transmettez-lui tout mon amour. » Jessica a des larmes dans la voix.

Quelques semaines plus tard, le 28 mai 1948, Unity est transportée d'urgence de l'île d'Inchkenneth, où elle réside, à l'hôpital d'Oban, sur le continent. On la conduit au plus vite en salle d'opération. Les médecins constatent que la vieille blessure causée par la balle de son revolver a provoqué une méningite purulente et un abcès au cerveau. Unity meurt à vingt et une heures cinquante. Elle avait trente-trois ans.

X

Dans le petit cimetière qui entoure l'église de Swinbrook, toutes les sœurs de Unity sont présentes. Sauf Jessica. La tombe sous laquelle repose Unity, une simple pierre levée, porte cette inscription : *Say not the struggle naught avail*, « Ne dites pas que la lutte n'a servi à rien ». Lady Redesdale a voulu que ces mots soient gravés. Dans un ultime défi.

Jessica est restée en Californie, son chagrin soigneusement dissimulé. Comment expliquer à des militants communistes qu'elle aimait l'adoratrice de Hitler ? Comment le faire comprendre à son mari ? Avec sa rude autodiscipline, Jessica masque une fois de plus son deuil. Mais les questions résonnent dans sa tête, sans réponse. « Comment Boud, se demande-t-elle[1], une personne d'un immense goût naturel, une artiste et une poète depuis l'enfance, a-t-elle pu embrasser l'arrogant esprit bourgeois [des nazis] ? Elle qui a été excentrique toute sa vie, entièrement hors normes, irréductible [...] comment a-t-elle pu adopter avec enthousiasme la plus conformiste et la plus mortifère des idéologies ? » Elle tente de comprendre : « [Unity] a toujours été formidablement portée à la haine, comme nous tous sauf peut-être Tom, mais j'avais toujours pensé qu'elle haïssait intelligemment, et j'admirais sa capacité à réduire le

1. *Hons ans Rebels*, *op. cit.*

plus déplaisant des membres de notre famille à un état d'extrême nervosité grâce à un de ses regards fulminants. Pourtant quand elle déclarait gaiement à *Der Stürmer* : "Je veux que chacun sache que je hais les juifs", elle oubliait à quoi servait la haine et se mettait une fois pour toutes du côté des personnes haïssables. »

Comme ses sœurs, Jessica vit dans un monde de superlatifs où les sentiments ne peuvent être en demi-teinte. Pour elle, la haine est positive. En abhorrant les plus forts, pense-t-elle, elle est en train de construire un monde meilleur pour les faibles et les humiliés. Elle hait les châteaux de son enfance et adore sa vie à Oakland. Elle hait le gouvernement américain et adore les communistes. Elle hait la police blanche et adore les travailleurs noirs.

Lorsque le parti communiste américain lui demande de devenir permanente au Civil Rights Congress (CRC), un mouvement créé en 1945 dont le but était au départ de protéger les droits civiques à la fois des communistes et des noirs, mais pour lequel la lutte antiraciste devient la première raison d'être, elle accepte avec soulagement. Elle n'attendait qu'un signe pour se jeter dans une nouvelle bataille. Rester à la maison lui pesait. C'est ainsi qu'elle devient secrétaire-trésorière de la branche de l'East Bay du CRC et découvre le combat au jour le jour contre les discriminations dont sont victimes les noirs. Elle a déjà tout lu sur la question, elle sait le moindre détail concernant les différences de salaires entre noirs et blancs, sur les profits générés dans l'immobilier grâce à la ségrégation dans l'habitat. Maintenant, elle côtoie des militants, des pasteurs, des paroissiennes noirs. Bientôt elle est acceptée dans leurs maisons et leurs églises. Avec une dévotion et un courage aussi absolus que ses haines et ses adorations, Jessica se bat contre les violences policières. Chaque vendredi soir, à Oakland, les ouvriers, en majorité noirs, reçoivent leur paie hebdomadaire sous la forme d'un chèque. Mais la plupart n'ont pas de compte en banque. Alors ils vont dans des bars où, moyennant quelques boissons, ils échangent leurs chèques contre du liquide. Ils ressortent légèrement éméchés ou carrément ivres. Sur le trottoir, des policiers les attendent. Ils les embarquent sous le prétexte d'ébriété sur la voie publique et les rouent de coups dès qu'ils montent dans le fourgon, avant de les dépouiller des quelques dollars qui leur restent. L'impunité de la police est totale. Contre eux, Jessica lance une croisade. Elle passe des heures à visiter les hôpitaux, puis va de masure en masure dans le ghetto noir pour y découvrir les victimes les plus sérieusement blessées. Elles sont apeurées, à bout d'humiliation, le visage en sang, la mâchoire et les côtes cassées. Armée de leurs témoignages, Jessica harcèle le chef de la police. Celui-ci nie tout en bloc, de l'air le plus innocent du monde. Jessica déteste son visage placide. Elle le hait avec cette passion qu'elle pense salvatrice.

Bob intervient alors. Au nom de ces hommes tabassés, lui et son associé portent plainte auprès du procureur. Sans grand espoir. Car, aux États-Unis, les procureurs sont élus. Et l'élu d'Alameda County, un certain Frank J. Coakley, est connu pour ses prises de position d'extrême droite. Il classe les dossiers, sans les avoir même regardés.

À la fin des années 1940, l'heure n'est pas aux compromis ni aux négociations. La guerre froide bat son plein et les affrontements idéologiques sont féroces. En 1947, le Congrès américain adopte le *loyalty act*, le décret de loyauté, pour protéger le gouvernement des subversifs, c'est-à-dire des communistes. Les autorités craignent que les militants communistes soient tous des espions uniquement attachés à révéler à l'URSS les secrets atomiques américains. Elles ont peur d'une infiltration communiste au sein du gouvernement fédéral, des syndicats, de Hollywood aussi. En 1948, dix scénaristes et réalisateurs, parmi lesquels Edward Dmytryk, Abraham Polonsky, Dalton Trumbo, Herbert

Biberman, refusent de répondre à la question : « Êtes-vous communiste ? » Ils sont condamnés à un an de prison ferme. La chasse aux sorcières commence dont seront victimes non seulement des personnes célèbres comme Charlie Chaplin, Orson Welles, Leonard Bernstein, Joseph Losey, Dashiel Hammett, Lillian Hellman, Dorothy Parker, mais aussi des milliers d'ouvriers, de professeurs, de fonctionnaires. Tous perdront leur travail et un peu de leur âme. Quand éclate la guerre de Corée, en 1950, on parle de rassembler les communistes dans des camps de détention pour protéger la patrie en danger. Jessica est sur la liste des subversifs. Son mari aussi. Mais elle n'a pas peur. Au contraire : le danger, l'adversité la galvanisent.

Quand elle apprend qu'un noir de dix-huit ans, Jerry Newson, est accusé d'avoir assassiné un pharmacien blanc et sa vendeuse dans leur boutique de West Oakland, son sang ne fait qu'un tour. Il lui faut en savoir plus. Elle soupçonne qu'une fois encore il y a eu des aveux contraints, une expertise balistique truquée, des témoignages extorqués. Ses doutes sont avérés. Jessica engage alors la bataille avec le procureur Frank J. Coakley. Il a très vite conclu à la culpabilité du jeune homme. Cela devient l'« affaire Newson ». Le jeune orphelin n'est pas un ange. Laissé à lui-même, il a commis quelques larcins. Mais Bob Treuhaft, qui devient son avocat, est bientôt convaincu qu'il n'a pas tué. Jessica, cherchant des preuves, écume les bars les plus louches. Elle finit par découvrir un témoin capital, un homme à l'allure patibulaire surnommé T. Bone. Avec son accent distingué qu'elle n'arrive toujours pas à perdre entièrement, elle convainc ce gros bras de venir témoigner. Il se trouvait avec Jerry Newson à l'heure du crime. Loin de la pharmacie. La condamnation à mort de l'adolescent est annulée par la Cour suprême de Californie. Deux autres procès auront pourtant lieu pendant lesquels, en raison des convictions de Bob Treuhaft et de son épouse, l'argument d'un complot communiste sera sans cesse brandi par les avocats de la partie civile. Le jeune garçon finira par passer quinze années dans la prison de San Quentin. Pour de simples vols à la tire. Bob perd dix kilos à chacun des procès.

Jessica devient plus véhémente que jamais. Elle est bouleversée par les dénis de justice, révoltée par l'arrogance du procureur Coakley. Un jour, par hasard, elle parvient à lui jouer un tour qui la réjouit. Un couple noir est venu trouver Bob à son cabinet. Ce sont des entrepreneurs, ils ont de l'argent et veulent acheter une maison dans le quartier chic d'Oakland, près du lac Merritt. Mais le propriétaire leur refuse la vente sous divers prétextes. En fait, en raison de la couleur de leur peau. Reste à le prouver. Un jeune associé de Bob, originaire d'une riche famille blanche du sud des États-Unis, va donc jouer le rôle du futur acheteur et Jessica, celui de sa tante toute britannique. Devant ces deux blancs distingués, l'épouse du vendeur se confond en courbettes, leur offre le thé, leur parle des voisins, « des gens très bien, affirme-t-elle, des patrons, des banquiers, des cadres. Il y a même notre procureur, M. Coakley. » Jessica s'en étrangle presque. De rire. Et la vente se conclut rapidement.

Quelques jours plus tard, ainsi que le permet le droit américain, ce n'est pas le charmant jeune homme blanc qui emménage dans la jolie maison du quartier bien fréquenté, mais le couple noir. Jessica les accompagne pour appeler à l'aide au cas trop probable où des violences se déchaîneraient. Des dizaines de voisins regardent, dans un mélange de stupéfaction et de rage, ces *niggers* qui osent emménager dans leur zone préservée. La femme du vendeur bondit sur Jessica, l'accuse de l'avoir trahie, puis pleurniche. « Pourquoi m'avoir fait une chose si terrible ? » répète-t-elle. Et Jessica, de sa voix la plus coupante, lui assène qu'elle et ses voisins, ces gens si bien, ne sont que de méprisables esprits bornés. Peu après, elle apprendra que l'irascible procureur Coakley a mis sa maison en vente. Il ne pouvait supporter d'avoir des noirs pour voisins.

Bientôt une nouvelle affaire attire l'attention de Jessica. Un jour de 1952, lisant tôt le matin, comme à son habitude, le *San Francisco Chronicle*, elle tombe en arrêt devant un entrefilet, en bas de page. Une croix a été brûlée sur la pelouse d'une maison qui appartient à un ancien combattant. Comme par hasard, il est noir. Et le quartier, un nouveau lotissement de Rollingwood à une vingtaine de kilomètres d'Oakland, entièrement blanc. La croix brûlée porte la signature de groupes racistes d'extrême droite, tels que le Ku Klux Klan. Jessica ne finit pas son café, elle bondit dans sa voiture et se rend à Rollingwood où, au milieu de paisibles pavillons peints de couleurs pastel, une foule gronde et hurle : « Les nègres dehors ! » Des pierres sont jetées contre les vitres de la maison incriminée. La tension est énorme. La haine palpable. Deux policiers se tiennent à l'écart et regardent, patelins, sans bouger. Jessica est rejointe par un camarade du CRC, Buddy. Tous deux fendent la foule. La famille Gary, terrifiée, s'est barricadée par peur d'un lynchage. L'arrivée de Buddy, qui est noir, les rassure. Jessica, sans perdre de temps, élabore le plan de bataille : défense de la maison, délégations syndicales pour exiger une vraie protection de la part de la police, tracts à distribuer à Oakland et dans toute la région. Une heure plus tard, une dizaine de voitures arrivent, dans lesquelles se pressent des clergymen, des ouvriers, des militants communistes, noirs et blancs. Ils s'empressent d'aller monter la garde autour de la maison. Bientôt, grâce au bouche à oreille, et à une organisation communiste très efficace, plusieurs dizaines de personnes se relaient pour escorter les Gary lorsqu'ils conduisent leurs enfants à l'école ou se rendent à leur travail. Les pierres ne volent plus. La foule menaçante s'écarte, puis s'amenuise. Jessica, en faisant du porte-à-porte, parvient à trouver huit familles blanches qui, au sein du lotissement, s'opposent au départ forcé de la famille noire. C'est le début de la victoire. Plus de vingt ans plus tard, les Gary vivront encore dans leur petite maison du lotissement aux couleurs pastel.

Jessica, l'œil bleu vif et le verbe cinglant, est tout entière absorbée par ces luttes quand Debo vient lui rendre visite, au milieu de l'année 1950. Elles ne se sont pas vues depuis plus de dix ans. Mais, entre la militante communiste et la future duchesse de Devonshire, la complicité renaît, immédiate. Elles se parlent en boudledidge, entonnent les vieilles chansons cochonnes qui faisaient enrager les gouvernantes, se rappellent en riant les mille et un souvenirs de Swinbrook. Jessica loge sa sœur dans la petite chambre sans armoire, avec l'étroit lit coincé contre le mur. Au dîner donné en son honneur, elle a invité ses amis, tous des « camarades », en majorité noirs. Lorsqu'elle les présente à Debo, c'est comme une litanie : « Voici Daisy qui milite au mouvement des femmes, Charlie qui milite aux jeunesses, Johnny qui milite au CRC... » Debo serre les mains, ébahie mais parfaitement maîtresse d'elle-même. Quelques mois plus tard, de retour en Angleterre, elle envoie une carte postale à sa sœur. Elle y apparaît en grande robe d'apparat au côté de son mari en habit ducal. Au dos, Debo a écrit : « Andrew et moi, en train de militer. »

En novembre 1950, le beau-père de Debo, dixième duc de Devonshire, est mort. Il n'avait que cinquante-cinq ans. Son décès a été brutal. La dernière des sœurs Mitford devient donc duchesse de Devonshire à trente ans. Beaucoup plus tôt qu'elle ne l'aurait jamais pensé. Le décès de son beau-père clôt la longue série des tragédies qui, depuis la guerre, la frappe. Deux autres de ses enfants n'ont pas survécu. Sa belle-sœur, Kick, la fille de Jœ et Rose Kennedy, est morte dans un accident d'avion en 1948, en France, près de Privas, alors qu'elle se rendait avec son amant, le richissime Peter Fitzwilliam, sur la Côte d'Azur. Debo a beau s'étourdir dans les fêtes de la jet-set, adorer les chapeaux extravagants et les courses de chevaux, cette frivolité n'est qu'un exutoire. La petite fille à l'enfance protégée a perdu, en l'espace de quelques années, trois bébés, son frère, sa sœur, son beau-frère, sa belle-sœur et maintenant son beau-père. Semblable en cela à ses sœurs, Debo ne se laisse pas aller au chagrin. Mais ces face-à-face répétés avec la mort forgent en elle un puissant réalisme, et une grande volonté, qui ne la quitteront jamais.

En héritant de titres prestigieux et d'une fortune immense, les Devonshire se voient aussi contraints de payer soixante-quinze pour cent de droits de succession. Pour les acquitter, il faut vendre des terres, des tableaux, des maisons, des sociétés, des actions. Pas n'importe lesquelles. Debo et son mari Andrew font des choix avisés. Ils décident de sauvegarder le joyau des Devonshire, le symbole de leur histoire, le grand château de Chatsworth, le Versailles anglais, et aussi le château de Lismore en Irlande, qui, dit-on, a été construit au temps du roi Jean et où sir Walter Raleigh, le grand navigateur, a résidé. Chatsworth, dans le Derbyshire, compte parmi les plus belles bâtisses d'Europe. Mais elle n'a pas été habitée depuis la fin des années 30 et, pendant la guerre, a été transformée en pension. Des tableaux noirs pendent encore aux murs. Les peintures s'écaillent. Les meubles précieux et les tableaux sont relégués dans les caves. Il faut entièrement la rénover. Installer dix-sept salles de bains et le chauffage central. Refaire l'électricité et la décoration. Debo se transforme en une redoutable femme d'action et femme d'affaires. Elle veille à tout, décide, suit les travaux.

Nancy, de Paris, ne perçoit pas le changement survenu chez sa plus jeune sœur à qui, pourtant, elle rend régulièrement visite. Pour elle, Debo est toujours « ma chère 9 », ou encore « Miss » : allusions caustiques au fait que, selon Nancy, Debo n'a pas évolué depuis l'âge de neuf ans. Lorsque Nancy apprend qu'elle a demandé à Christian Bérard, le peintre et décorateur du tout-Paris, de faire son portrait, elle ne peut s'empêcher de ressentir une pointe de colère. Comme si Debo empiétait sur son territoire. « Je ne peux pas croire, écrit-elle à Mrs Hammersley[1], que Bébé [le surnom de Christian Bérard] ait vraiment eu envie de la peindre et je me demande pourquoi elle en a eu l'idée – cela lui ressemble si peu de choisir un bon peintre. » Et Nancy de rappeler aussitôt une anecdote selon laquelle Debo, bâillant d'ennui et de répulsion devant les dessins et gravures qui se trouvaient à Chatsworth, aurait laissé échapper : « J'aimerais tant avoir une gomme, ma main me démange. » Plus tard, Debo se fera peindre par Annigoni et par Lucian Freud. Deux grands peintres réalistes, très cotés.

Installée dans son appartement de la rue Monsieur, Nancy en goûte à peine la paix. Car Peter Rodd vient s'installer chez elle, « pour de bon » affirme-t-il. Nancy s'affole. Ils n'ont pas vécu ensemble depuis 1939, depuis que, sanglé dans son bel uniforme d'officier, il partait à la guerre. Amoureux de lui-même mais aussi de nombreuses femmes de passage, il ne s'est plus préoccupé de son épouse. Maintenant qu'elle se trouve à Paris, infiniment moins pauvre que pendant la guerre, il resurgit, pique-assiette sans scrupule, prêt à fouiller dans les tiroirs pour y trouver quelques billets. Pas amoureux. Intéressé. « [Sa présence] rend ma vie coloniale très difficile, confie Nancy à sa sœur Diana[2], car le Col refuse de le rencontrer. Et cela signifie qu'il faut que j'aille chez lui, ce qui est beaucoup moins agréable que de l'avoir ici. » Il est vrai que les incursions de Nancy chez Gaston Palewski res-

1. *Love from Nancy*, *op. cit.*
2. *Ibid.*

semblent des scènes de vaudeville ou à des séquences, reconnaît-elle, de films d'espionnage : « Je finis toujours par devoir me cacher dans un placard ou dans l'escalier de service, où la concierge me découvre – c'est si humiliant que j'en mourrais presque. Sans compter que tout son temps est pris par ses antiquités et que je ne passe que cinq minutes avec lui, et des minutes, hélas, agitées[1]. » C'est pourtant autour de son Colonel que sa vie demeure organisée. Si pressé et agité soit-il, il est le soleil autour duquel sa vie tourne. Son point d'ancrage.

Peter Rodd, lui, est le grain de sable qui grippe sa vie parisienne. Nancy a besoin d'écrire et la présence de ce mari oisif et pompeux l'empêche de se concentrer sur ses feuilles blanches. « Il n'a rien à faire du matin au soir et regrette Londres. J'en profite pour lui dire : pourquoi ne divorçons-nous pas ? Comme cela nous pourrions vivre chacun où nous le souhaitons. Mais il est absolument déterminé à ne pas divorcer et je n'arrive pas à comprendre pourquoi. Je ne peux pas croire qu'il m'apprécie encore étant donné que je me montre horrible envers lui tout au long de la journée. Tenter d'être plus gentille m'épuise. Mais je finis par avoir des remords et tout recommence. Je pense vraiment que le mariage est le piège le plus redoutable que les êtres humains aient inventé bien que, dans mon cas, je suppose que les neuf ans de notre rupture le rendent encore pire. Personne, si ce n'est mon mari, ne peut me faire pleurer de rage, ou simplement me faire pleurer. Et mes mouchoirs sont maintenant mouillés du matin au soir[2]. »

Soudain, alors que Peter est enfin retourné à Londres, un espoir se fait jour. « Une longue lettre de Peter [...] me dit qu'il est fatigué d'être cocu et que nous

1. *Ibid.*
2. *Ibid.*

devons divorcer. Bien. Cependant il parle d'un divorce devant un tribunal français, ce qui n'est pas bon du tout, mais je ne pense pas qu'il le fasse. Il lui faudrait des témoignages de concierge et même ainsi ce serait risqué car je n'ai jamais passé une seule nuit avec le Colonel, ni ne suis partie en vacances avec lui[1]... »

Il ne sera plus question de divorce pendant les mois et les années qui suivent. Nancy se sentira de nouveau obligée d'héberger cet homme qu'elle n'aime plus, mais qui demeure son mari. Elle continuera de signer tous ses courriers du nom de Mrs Rodd, et toutes les lettres, tous les cartons d'invitation lui seront adressés à ce nom. Nancy respecte trop les conventions pour oser les enfreindre et en France, beaucoup plus qu'en Angleterre, il reste très mal vu de divorcer. Pourtant ses romans sont signés Nancy Mitford, et cela, explique-t-elle, pour une unique raison : elle a commencé à écrire alors qu'elle n'était pas encore mariée. Nancy, à vrai dire, a une attitude ambivalente envers son mariage. A-t-elle vraiment envie de divorcer ? Elle y pense quand se lève le fol espoir d'épouser Gaston Palewski. Un espoir toujours déçu. Et elle sait trop bien que son statut de femme mariée rassure Gaston, car il sauve les apparences. Dans une interview qu'elle donne en 1950 à *Paris Match*, Nancy parle en long et en large de son mari Peter Rodd, journaliste, affirme-t-elle, parti à Rome rejoindre son poste de correspondant pour le *Picture Post*. Elle raconte qu'elle l'a vu revenir trois jours après son départ, en short, sale et barbu : on lui avait volé sa voiture et toute sa garde-robe. Évoquer Peter Rodd longuement, en riant, lui permet d'esquiver les soupçons et les questions des journalistes sur son amitié avec Gaston Palewski. Mais ce paravent est un piège. Au jeu du respect des convenances, Nancy se perd.

1. *Ibid.*

Sa vie, à la fin des années 1940, est aussi ambivalente que ses désirs, tissée de soucis, mais aussi de fêtes. La grande affaire qui l'occupe et occupe ce monde minuscule qu'on appelle le tout-Paris est le départ des Cooper de l'ambassade d'Angleterre. Le gouvernement travailliste a nommé un nouvel ambassadeur en France, sir Oliver Harvey, moins flamboyant que Duff Cooper, mais excellent diplomate. Diana Cooper prend cette nomination comme une offense personnelle, et quitte l'ambassade après un immense bal qu'elle surnomme le bal de Waterloo et des adieux aussi déchirants que théâtraux à la gare du Nord. Depuis la fin de la guerre, Diana Cooper, son beau visage pâle toujours surmonté de chapeaux excentriques, s'est entourée de ce qu'elle appelle, en français, « la bande ». Une bande dont elle est la reine et dont elle ne veut pour rien au monde se séparer. Régulièrement, dans le salon vert de l'ancien hôtel particulier des Borghese, elle a réuni Jean Cocteau, le peintre Drian, le pianiste Jacques Février, Francis Poulenc, Georges Auric et sa femme Nora, et bien sûr Christian Bérard dit « Bébé ». À la fois frivole et artistique, pétillant et génial, ce petit groupe a vécu des moments de grâce. On riait à l'unisson, on cancanait avec esprit, on se moquait de tout. Louise de Vilmorin, belle et incisive, était toujours là, troisième membre de la famille Cooper. N'avait-elle pas sa chambre à l'ambassade ? Maîtresse de Duff Cooper depuis 1944, elle avait aussi conquis Diana, peu regardante sur les nombreuses aventures extraconjugales de son mari. Leur trio intriguait et faisait jaser, ce dont ces aristocrates se moquaient parfaitement. Autour de la bande, gravitait le premier cercle, celui des amis intimes : Marie-Laure et Charles de Noailles, les mécènes de l'art moderne, Marie-Blanche de Polignac, fille de Jeanne Lanvin, Marie-Louise Bousquet, ex-petite dactylo de Bordeaux richement mariée et tenant salon, Margot de Gramont, héroïne de la Résistance. Gaston Palewski était presque toujours là, ami de tous, brillant causeur et son œil s'allumait dès que paraissait une jolie femme. De temps en temps, surgissait un membre du second cercle, plus lâche, l'Aga Khan, l'écrivain Somerset Maugham, le dramaturge Noel Coward ou encore Graham Greene, Violet Trefusis, Harold Nicolson. Et même Hamish Erskine Saint Clair, qui apparaissait de temps à autre à Paris et se liait d'amitié avec Louise de Vilmorin ou Nora Auric. Pour Nancy qui le croisait, ce dandy n'était plus qu'un fantôme du passé, un souvenir amer de « ces horribles années 1930 ». Nancy assistait souvent aux dîners de l'ambassade, invitée comme « chère amie » de Palewski, mais surtout comme romancière à succès et membre de la célèbre famille Mitford. Mais était-ce en raison des piques acérées qu'elle aimait lancer, lèvres pincées et visage impassible : Nancy n'a jamais vraiment appartenu à « la bande ». Le buste raide dans ses robes Dior, elle apparaissait sans doute trop dure, d'une insensibilité qui confinait à la cruauté. Un jour, elle expliquera à son vieil ami James Lees-Milne qu'on lui a appris à ne jamais montrer ce qu'elle éprouve. Il lui répliquera que cette éducation n'a que trop bien réussi. Invitée par le tout-Paris, appréciée même, Nancy n'y sera jamais entièrement acceptée.

Lors des fêtes de l'ambassade, elle savait parfaitement que plusieurs des femmes présentes étaient les maîtresses ou, pour le moins, les confidentes de son Colonel. Louise de Vilmorin, par exemple, est longtemps demeurée la complice de Gaston Palewski dans ses nombreux marathons amoureux. Elle l'invitait dans son château de Verrières et écrivait à sa place, en riant, ses innombrables lettres d'amour. Et n'oubliait pas d'en envoyer une copie à André, son frère bien-aimé, pour le distraire.

Margot de Gramont, l'héroïne de la Résistance, est une des conquêtes de Palewski. À cause d'elle, un soir, la jalousie que Nancy dissimule sous son masque parfaitement poli éclate. Violente. Flanquée de son insupportable mari et de neveux, Nancy va dîner dans le restaurant où l'emmène souvent son Colonel. Elle l'y trouve attablé face à Margot. « Une gentille fille, grosse et triste, expliquera Nancy avec dérision[1]. Amoureuse du Colonel depuis des siècles. » N'empêche qu'elle doit ravaler son dépit. Le dîner terminé, nerveuse mais encore maîtresse d'elle-même, elle emmène les jeunes neveux contempler le Louvre illuminé et là, sidérée, elle aperçoit l'homme de sa vie marchant, visage radieux, main dans la main avec Margot de Gramont. Soudain, plus rien n'existe que sa rage et son désespoir. Et s'il épousait cette femme ? Nancy ne craint rien tant que de le voir marié un jour. Rentrée chez elle, elle veut avaler les pilules supposées mortelles que Prod, en grand aventurier, emporte toujours avec lui. Mais sa colère la fait d'abord décrocher le téléphone. « Non, non, je n'étais pas heureux du tout, lui réplique tranquillement Gaston Palewski, j'étais très malheureux. » Et il ajoute, perfide : « Vous êtes mariée, après tout. » Peu importe pourtant ce qu'il lui dit. Le simple son de sa voix l'apaise. Sa colère s'évanouit. Quand, encore étourdie, elle le prie de l'excuser, il dit qu'il n'y a pas de quoi. « Les droits de la passion ont été proclamés par la Révolution française », lance-t-il d'un ton amusé et détaché. Nancy, dans cet état second qui succède au bouleversement des nerfs, ne peut que répéter : « Oh, l'horreur de l'amour ! » Mais comment se passer de son Colonel ?

Contrairement aux usages en vigueur dans le monde de la diplomatie qui veulent qu'un ex-ambassadeur ne s'installe pas dans un pays où il a présenté ses lettres de créance, Duff et Diana Cooper reviennent très vite en France et prennent résidence au château de Saint-Firmin, à Chantilly. Occupée pendant la guerre par le haut commandement allemand, cette

1. *Love from Nancy, op. cit.*

demeure du XVIIIe siècle, « d'une exquise dignité et d'une grande sérénité », selon les mots de Diana Cooper, appartient à l'Institut de France, à qui les Cooper l'ont louée à l'automne 1944. Diana veut y réunir de nouveau sa bande et monter une cabale à l'encontre de lady Harvey, l'épouse du nouvel ambassadeur. Quand la princesse Elizabeth, future reine d'Angleterre, se rend en visite officielle à Paris, Diana Cooper s'emploie à dénigrer le moindre détail de la réception organisée en son honneur, et lance une campagne de boycott. Nancy se joint à la curée, par amitié pour la déconcertante Diana, par snobisme aussi. Les Harvey ne sont-ils pas des parvenus ? Pourtant, petit à petit, les membres de la bande viennent de moins en moins à Saint-Firmin : trop éloigné de Paris. Et l'état de grâce qui les avait réunis au lendemain de la guerre se dissipe. Saint-Firmin deviendra dès lors l'annexe des salons londoniens, plus qu'un centre de l'esprit français.

C'est à Saint-Firmin, en cet été 1948, que Nancy finit d'écrire son roman. Loin de Peter qui, après un séjour à Rome et un départ en caravane vers Tombouctou, a de nouveau investi l'appartement de la rue Monsieur. « Mon héroïne ressemble de plus en plus à Diana Cooper, je suppose que cela doit être inévitable », remarque Nancy[1]. Fin août, elle met un point final à son livre, « à cette exception près, écrit-elle à Billa Harrod[2], que je dois le réécrire entièrement. Mais l'horrible tâche d'inventer des situations est terminée ». Comme elle l'a fait avec *La Poursuite de l'amour*, Nancy envoie le manuscrit, une fois révisé, à Evelyn Waugh. Il demeure son mentor, sa référence littéraire : n'a-t-il pas de nouveau récolté un immense succès avec son dernier livre *Ce cher disparu* ? Ce

1. *The Letters of Nancy Mitford and Evelyn Waugh*, *op. cit.*
2. *Love from Nancy*, *op. cit.*

roman, elle est fière qu'il le lui ait dédicacé. L'opinion de Waugh lui arrive par retour du courrier, sans appel : « C'était un vrai plaisir que de lire ton manuscrit, il est plein de drôlerie, d'esprit et de fantaisie. Le thème est original et prometteur. Il n'y a pas une seule phrase ennuyeuse, sauf p. 274. Mais ce n'est pas encore un livre. Il te faut travailler. Avec du sang, de la sueur et des pleurs. Si tu veux produire une œuvre d'art. Car il y a de l'art dans ce manuscrit, caché, visible à l'occasion par le bout de ses moustaches… Recommence[1]. » Nancy est découragée. « J'ai déjà tout réécrit une fois, lui répond-elle[2]. Et je me demande si je suis capable de faire mieux. Tu me cites Henry James, mais c'était un intellectuel. Rappelle-toi que je suis une femme sans éducation (regarde ma ponctuation déplorable) et j'ai fait de mon mieux, en travaillant déjà très dur… Tu vois, je crains que tes critiques ne visent que mes propres limites. Heureusement, tu trouves quand même quelque chose à admirer et cela me réconforte. Mais je suis sûre que je suis incapable d'écrire un livre tel que tu le souhaites – vraiment je ne peux que glisser sur la surface des choses car, d'une part, je suis plutôt insensible et, d'autre part, pas très intelligente. »

Son vieux complexe d'infériorité, Nancy le brandit comme une excuse ou un prétexte. En fait, son livre ne lui paraît pas si mauvais. Et puis elle écrit pour gagner de l'argent. Pas pour l'art. « Je dois [en] gagner tant que je peux, explique-t-elle[3], je n'hériterai jamais, autant que je sache, je ne possède rien sauf ce que je gagne et le grand âge se profile à l'horizon. Alors j'aurai besoin d'un petit feu auquel me réchauffer et peut-être d'une paire de lunettes cerclées et d'un dentier ou deux. Je ne pense à rien d'autre. »

---

1. *The Letters of Nancy Mitford and Evelyn Waugh, op. cit.*
2. *Ibid.*
3. *Ibid.*

L'Amour dans un climat froid paraît en juillet 1949. Nancy a juste procédé à quelques corrections mineures. Les critiques sont enthousiastes et le roman se vend comme des petits pains. Il devient en quelques jours un best-seller en Angleterre comme aux États-Unis. Parmi les innombrables lecteurs, rares sont ceux qui peuvent apprécier les quelques *private jokes* que Nancy y a glissées. Celle-ci, par exemple : « Les colonels français ne marchent-ils pas aussi ? » demande la narratrice à Cedric, le neveu homosexuel. « Certainement non, réplique-t-il. Quoique j'en connaisse un, à Paris, qui marche d'un antiquaire à l'autre. » Son Colonel accompagne désormais toutes ses œuvres.

Nancy est de nouveau riche et, en cet été 1949, elle a tout ce qu'elle souhaitait. Sauf Gaston Palewski. Il lui manque tandis qu'elle passe des vacances chez ses amis Dolly Radziwill et Mogens Tvede, à Montredon près de Marseille. Elle lui a demandé de venir la rejoindre, mais la réponse tarde. « Maintenant un peu de repos, le sermonne-t-elle dans une lettre[1], je m'inquiète pour votre santé. » Il finit par venir, en coup de vent. Il déjeune, pressé, peu attentif, l'esprit ailleurs. Puis il part. Le riche Mexicain Charlie de Beistegui l'a invité dans sa propriété de Cannes. Nancy en est mortifiée. Elle se faisait une fête de l'accueillir au soleil, pour quelques jours de vacances où il serait tout à elle. Une fois de plus, elle ravale ses larmes et sa déception.

Ose-t-elle alors confier son chagrin à Dolly Radziwill ? Princesse polonaise, Dolores née Radziwill s'est mariée en premières noces à un Radziwill, puis à un autre Radziwill, avant de prendre pour troisième mari un Danois, le peintre Mogens Tvede. Plus âgée que Nancy de dix-huit ans, elle est une autre des figures maternelles auprès desquelles Nancy cherche

1. *Love from Nancy*, *op. cit.*

assurance et réconfort. Gaston Palewski la lui a présentée : Dolly Radziwill est une personnalité du Paris mondain. Elle aime, raconte-t-on, les militaires, les artistes et les diplomates britanniques. Pour Nancy, la princesse est, à Paris, la plus fiable de ses nouvelles connaissances, sa meilleure amie. Très souvent Nancy marche depuis la rue Monsieur jusqu'au boulevard de la Tour-Maubourg où habite Dolly. Cela devient un de ses itinéraires préférés, elle y flâne en jetant un coup d'œil aux vitrines des antiquaires et aux étals des fleuristes. L'autre itinéraire sacré est celui qui mène à la rue Bonaparte, chez son Colonel.

Le cœur fêlé, Nancy retrouve avec plaisir sa sœur Diana qui, sur son voilier l'*Alianora*, fait escale à Montredon. Car Diana et Oswald Mosley viennent d'obtenir leur passeport et parcourent les côtes de l'Europe. Ils ont fait halte au Portugal où règne le dictateur Salazar. Puis en Espagne où ils se sont empressés d'aller rendre visite à Serrano Suner, gendre de Franco. Leurs fréquentations restent marquées par une commune idéologie d'extrême droite. En France, par contre, les Mosley présentent l'autre côté, mondain, de leur personnalité. Ils rejoignent Daisy Fellowes à Cap-Martin où elle a une somptueuse propriété, jettent l'ancre à Monte-Carlo ou à Antibes avant de descendre le long de la côte italienne. De retour en Angleterre, les élégants parias, au terme d'un procès perdu contre l'administration fiscale, décident qu'ils ne veulent plus payer d'énormes impôts à un pays qui les rejette. La solution : aller vivre à l'étranger, en Irlande ou en France. Mosley, l'ultranationaliste britannique, trouve un prétexte politique à ses adieux à l'Angleterre : installé sur le continent, il va travailler à son nouveau cheval de bataille politique : l'Europe unie. Une Europe, précise-t-il, au-delà de la démocratie et du fascisme.

Ils vendent leur voilier et leur domaine de Crowood. En France, Diana a un coup de foudre pour une demeure de style Directoire située à Orsay, près de Paris. Ce temple de la Gloire, avec ses hautes colonnes grecques et sa vaste salle de réception, devient le somptueux refuge des exilés. L'architecte Vignon l'a bâti en 1800 pour célébrer le triomphe du général Moreau qui venait, au côté de Napoléon Bonaparte, de gagner la bataille de Hohenlinden, et l'édifice est un hymne néoclassique à la grandeur. Les Mosley ont visité cette demeure sur les conseils d'une amie, Bettina, épouse de Gaston Bergery. Dans les années 1950, elle est une grande figure du tout-Paris. Son mari était ambassadeur à Moscou sous le régime de Vichy. Accusé à la fin de la guerre d'intelligence avec l'ennemi, il a été acquitté. Si Mosley, pendant les longues années qu'il passera en France, n'interviendra jamais dans la politique intérieure française, ses relations ne laisseront pas de doute sur ses positions idéologiques. Une autre amie du couple se trouve être Josée de Chambrun, fille de Pierre Laval, chef du gouvernement de Vichy, instaurateur du Service du travail obligatoire et de la Milice de sinistre mémoire. Pierre Laval a été fusillé en 1945.

Au début des années 1950, les Mosley passent leurs étés en France et leurs hivers en Irlande, autre paravent fiscal où ils ont acquis une belle demeure. D'Orsay, Diana lance, sur une idée de son mari, un mensuel à destination des intellectuels, *The European*. Sur sa première page, rien n'indique la couleur politique de la revue. Par contre, l'éditorial, toujours écrit par Oswald Mosley, ne peut tromper sur les opinions de son auteur. Le reste du mensuel est empli de critiques de livres ou de films, mais aussi d'attaques contre des écrivains jugés trop roses, ou trop rouges. Le poète Stephen Spender, qui s'est placé au côté des républicains espagnols et défend maintenant Israël, est l'objet de charges virulentes. Tout comme la romancière et critique de gauche Rebecca West, contre qui Diana, la plume caustique, lance une polémique. Car Diana prend désormais un grand plaisir à écrire et à vilipender. Nancy feint de ne pas lire la prose de sa sœur, elle préfère ne pas parler politique avec elle. Mais, dans une lettre à Evelyn Waugh, tout en affirmant qu'elle n'a jamais vu un seul exemplaire de *The European*, elle glisse cette phrase assassine : « L'écriture hargneuse est une mauvaise habitude contre laquelle il faut se prémunir[1]. » *The European* cessera de paraître six ans après son lancement : c'était devenu un jouet trop dispendieux pour Mosley.

Nancy n'aime toujours pas ce beau-frère qu'elle se plaît à surnommer sir Ogre. « Comme il est sinistre ! Est-il en train de préparer la liste noire ? » lance-t-elle[2] lorsqu'elle apprend qu'il reprend quelque activité politique, comme par exemple, quand il assiste à un congrès néofasciste en Italie en tant que délégué britannique. Pourtant l'arrivée de Diana à quelques kilomètres de Paris l'enchante. À Diana, elle dit tout. Avec elle, les rires sont plus cristallins, les confidences plus vraies. Chaque matin, les deux sœurs se téléphonent longuement. Nancy lui confie ses doutes, mais aussi les victoires qui jalonnent sa vie d'écrivain désormais célèbre.

Le *Sunday Times* lui a demandé d'écrire régulièrement des chroniques sur la vie en France. Nancy est aussi sollicitée pour faire des traductions. Elle adapte en anglais la pièce d'André Roussin, *La Petite Hutte*, un époustouflant vaudeville qui se déroule sur une île déserte. « La raison pour laquelle on m'a demandé de le faire, explique Nancy[3], c'est que je suis douée pour faire passer comme une lettre à la poste les situations les plus extravagantes. » Mise en scène en Angleterre par un tout jeune metteur en scène du nom de Peter Brook, la comédie reçoit un immense succès. Nancy

1. *The Letters of Nancy Mitford and Evelyn Waugh, op. cit.*
2. *Love from Nancy, op. cit.*
3. *Ibid.*

en sera étonnée, ravie, flattée. Tout ce qu'elle écrit se transforme en or: *La Petite Hutte* lui rapportera, pendant plusieurs années, un très confortable revenu mensuel. Puis c'est *La Princesse de Clèves*, qu'elle traduit pour la maison d'édition des Mosley. Tâche difficile, car, contrairement à ce qu'elle a fait pour *La Petite Hutte*, elle ne peut adapter ce classique de la littérature, lui donner sa musique à elle. Elle doit en respecter chaque mot. Lorsqu'elle tend son ébauche de traduction à Peter Rodd, il en parcourt les premières phrases et jette les feuillets sur le canapé. C'est, affirme-t-il, une des plus mauvaises traductions qu'il ait jamais lues. Comme au début de leur mariage, du haut de sa suffisance, il continue de la mépriser, de la rabaisser. Nancy, encore peu sûre d'elle, s'angoisse. Se déprécie une nouvelle fois. « Oh ! l'horreur de ne pas avoir reçu d'éducation quand j'étais jeune ! » Elle envoie tout de même le manuscrit à Evelyn Waugh. « Dis-moi franchement ce que tu en penses. » Nancy ne fera plus jamais de traduction.

Peter Rodd arrive toujours à l'improviste, barbu et dépenaillé, de mauvaise humeur et dominateur. En quelques minutes, il bouleverse le monde préservé que Nancy s'est créé. Elle a trouvé une bonne parfaite, une Normande plus toute jeune, Marie Renart. Bourrue mais rude travailleuse, Marie fait les courses, prépare les repas, ouvre la porte, fait le ménage, recoud les boutons. Entre Nancy et elle, s'instaure une relation d'intense dépendance, presque d'amitié. « Nous avons une poule, écrit Nancy à sa mère[1]. – Marie l'a rapportée de Normandie pour que nous la mangions, mais l'animal était si amusant que nous n'avons pu nous résoudre à la tuer. La poule vit donc dans le jardin, dort sous la table de la cuisine et pond chaque jour un

1. *Love from Nancy*, *op. cit.*

œuf. Nous avons eu vingt œufs en trois semaines. N'est-ce pas remarquable ? » Cette poule, incongrue à Paris, rappelle à Nancy un des traits marquants de son enfance : l'intimité des sœurs Mitford avec leurs volatiles. Et cette excentricité la ravit.

L'appartement lui plaît tant qu'elle veut y rester, mais elle n'a signé qu'un bail d'un an et demi. Et, au début des années 1950, la crise du logement est plus aiguë que jamais. Nancy engage des avocats pour étudier l'affaire, et finit par obtenir un bail à long terme. Le propriétaire reprend alors les meubles qu'il avait laissés dans ce rez-de-chaussée. Nancy peut enfin se créer un cocon bien à elle.

Elle fait venir d'Angleterre ses propres affaires, notamment le petit secrétaire Sheraton acheté au début des années 1930 et les paravents chinois, hérités de grand-père Redesdale, que lui a offerts son père. Emboîtant le pas de Gaston Palewski, elle fréquente avec assiduité les antiquaires de la rive gauche. Dans ses deux grandes pièces décorées avec soin, elle commence à écrire, à la fin de l'année 1950, un nouveau roman. « Je coupe le téléphone et je m'y mets, affirme-t-elle à Evelyn Waugh[1]. Si le livre est bon, je te le dédierai. » Ce récit, qui se passe entièrement en France, est une nouvelle et longue déclaration d'amour à Gaston Palewski et à une France libertine, toute en particules et en châteaux, qui sent presque la naphtaline. En se créant, rue Monsieur, un monde préservé, Nancy s'est aussi dégagée du présent, d'une France où les ouvriers se mettent en grève, où les manifestations sont violentes et où l'aristocratie, depuis longtemps, ne joue plus de rôle moteur. Son univers s'accroche à quelques vestiges du passé, comme la demeure d'une nouvelle amie, la comtesse

1. *The Letters of Nancy Mitford and Evelyn Waugh*, *op. cit.*

Costa de Beauregard. Nancy a fait sa connaissance grâce à Mrs Hammersley dont elle est la demi-sœur. Cette vieille aristocrate très catholique et tout aussi royaliste « *est super-gratin* », affirme Nancy en français, avec une pointe d'admiration. La comtesse, toute de noir vêtue, sévère mais accueillante, devient presque immédiatement une nouvelle figure maternelle. N'appelle-t-elle pas Nancy « ma petite » ? Loin de l'Angleterre, loin du berceau familial, Nancy se voit désormais protégée par une trinité de dames nobles et âgées, Mrs Hammersley la Franco-Anglaise, la princesse Dolly Radziwill et maintenant la comtesse Costa de Beauregard, chez qui elle se réfugie chaque automne. Son domaine, le château de Fontaines-les-Nonnes, près de Meaux, devient sa retraite préférée et représente dès lors l'essence de la France qu'elle aime. La bâtisse, est de facture classique, longue et blanche, « comme dans *Les Malheurs de Sophie*, précise Nancy[1], très élégante devant, mais derrière elle donne sur la basse-cour où les poules se perchent sur des tas de fumier. » À Fontaine-les-Nonnes, le temps s'est figé. « Dans le salon, poursuit Nancy[2], s'assoient rituellement quatre vieilles dames qui y passent tous leurs étés depuis qu'elles sont nées, et monsieur le curé, quatre-vingt-sept ans, qui y officie depuis plus de soixante ans. » Ce monde ressemble à celui, fragile, des pièces de Tchekhov, d'autant plus précieux qu'il va disparaître. Rappelle-t-il à Nancy ce temps dont elle a la nostalgie, celui de ses arrière-grands-mères Stanley d'Alderley ? Toujours est-il que, dans son nouveau roman, elle rend hommage à cette société charmante et oisive, pétrie de traditions et désuète. Gaston Palewski y apparaît sous le nom de Charles-Edouard de Valhubert, avia-

1. *A Talent to Annoy, Essays, Journalism and Reviews by Nancy Mitford*, Charlotte Mosley ed., Hamish Hamilton, Londres, 1986.
2. *Ibid.*

teur, colonel et héros de la guerre qui aime dire, l'œil brillant : « Et les jolies femmes ? » « Il vous ressemble trait pour trait », lui affirme Nancy. Paré d'une particule, du titre de marquis et d'un château provençal, Gaston alias Charles-Edouard est marié à Grace, une Anglaise naïve, qui passe par tous les stades de la jalousie face à un mari tendre mais infidèle. Nancy l'affuble de plusieurs maîtresses, dont une Parisienne qui ressemble beaucoup à Louise de Vilmorin : séductrice, intrigante et l'esprit vif-argent. Pour pimenter l'intrigue, le héros, un enfant, le fils de Grace et Charles-Edouard, utilise tous les stratagèmes pour éviter la réconciliation de ses parents.

Nancy écrit alors que ses relations avec son Colonel sont apaisées. « Il vient déjeuner quasiment chaque jour et je lui lis ce que j'ai écrit. Alors il me dit, comme il dit toujours : "Mais cela amusera-t-il le grand public ?" La chose étrange, c'est que oui, le grand public s'en amuse toujours[1]. »

Au cœur de l'hiver, pour peaufiner son travail en toute tranquillité, Nancy part sur l'île de Wight, chez Mrs Hammersley. Le roman est terminé en mars 1951 et elle le donne immédiatement à lire à Gaston Palewski. Ses critiques la glacent. Selon lui, le livre n'est pas assez rapide, son début souffre de longueurs et Nancy doit éliminer le personnage de la nounou tant il est ennuyeux. Elle est découragée. Ose à peine envoyer son manuscrit à son éditeur Hamish Hamilton. Celui-ci pourtant le lit avec enthousiasme. Mais Nancy doute encore. « Oh, ne me dis pas de le laisser dans un tiroir et de le réécrire dans un an, écrit-elle à Evelyn Waugh[2]. Je n'ai pas la force de caractère pour faire cela, mais j'effectuerai quelques corrections mineures si tu es assez gentil pour me les suggérer. » Il adore son roman, le meilleur qu'elle ait

1. *The Letters of Nancy Mitford and Evelyn Waugh, op. cit.*
2. *Ibid.*

écrit, affirme-t-il. Elle lui dédie *Le Cher Ange* et le livre, à peine paru, devient un nouveau best-seller. Le troisième qu'ait écrit Nancy. Peu lui importe que les critiques, cette fois, n'aient pas été favorables. Elle envisage désormais sa vieillesse tranquillement : elle possède assez d'argent pour vivre confortablement, « auprès d'un petit feu », jusqu'à la fin de ses jours.

Au printemps 1951, Gaston Palewski dispute la première campagne électorale de sa vie. Est-ce pour mettre ce mondain, cet homme de cabinet, en contact avec de plus rudes réalités ? Le général de Gaulle l'a sommé de se présenter devant les électeurs, et il se bat sous la bannière du RPF dans une des circonscriptions les plus difficiles de la région parisienne, celle de Saint-Denis et d'Aubervilliers. Ce bastion ouvrier, où les taudis jouxtent des usines dont les immenses cheminées crachent des rubans continus de fumée, représente un défi pour un esthète plus habitué aux salons élégants des beaux quartiers. Gaston Palewski, avec courage, se lance dans l'arène. L'homme de dossiers se révèle un excellent orateur, incisif, plein de passion, la voix juste et profonde. Face à lui, il y a Jacques Duclos et le parti communiste, très influent, parfaitement organisé. La bataille est sans pitié, souvent violente : c'est la guerre froide. Gaston Palewski est élu en juin. Le dandy libertin devient député de Saint-Denis et d'Aubervilliers, et bientôt vice-président de la Chambre. Nancy est fière de son Colonel. Son héros. Elle se glisse parfois sur les bancs du public, au Palais-Bourbon, pour l'admirer. La pompe qui entoure le vice-président, les tambours qui rythment son arrivée dans l'hémicycle, la haie d'honneur des gardes républicains, les plumes sur leurs casques la grisent. En les contemplant, elle se répète ce qu'elle dit inlassablement à ses amis : « Une des raisons pour lesquelles je vis à Paris, c'est que je ne m'y ennuie jamais. Ici, cet ennui dont j'ai terriblement souffert a soudain disparu. »

Chaque été, Nancy part au soleil. Non qu'elle ait envie de quitter Paris et son Colonel. Mais Marie prend son mois de vacances. Et Nancy est toujours incapable de se débrouiller seule. L'été 1951, elle est invitée chez Tony Gandarillas, une autre figure du tout-Paris. Ex-ambassadeur du Chili, ce petit homme sec et plein d'esprit, dont la passion à peine cachée est l'opium, possède une grande maison à Hyères, au-dessus des vieux toits de la ville, non loin de celle – très moderne – de Marie-Laure de Noailles. Nancy y serait parfaitement heureuse si son Colonel ne lui manquait pas. Elle tente de l'appâter en lui vantant les antiquaires d'Hyères, en insérant dans ses courriers des débuts d'anecdotes croustillantes sur Marie-Laure de Noailles et « sa cour de pédérastes américains et de fumeurs d'opium ». Il vient quelques jours. Agité. Fatigué. Nancy est à la fois heureuse, et frustrée.

Elle se replie de plus en plus sur elle-même. La vie mondaine l'intéresse moins, si ce n'est pour glaner quelques potins, et elle aime de plus en plus se coucher tôt. Surtout elle ne supporte plus, lors de soirées, voir l'homme qu'elle aime courtiser d'autres femmes. Elle se sent trop mortifiée et craint que son masque ne se craquelle. En septembre 1951, elle refuse de se rendre au grand événement mondain du milieu du siècle, le bal masqué que donne Charlie Beistegui à Venise, dans son palais Labbia. C'est la dernière des fêtes fastueuses du XXe siècle, et elle signe la fin d'une époque. Tout le « grand monde » d'Europe s'y rend. Debo y va. Tout comme Diana Cooper. Ou Violet Trefusis. Nancy prétexte, pour ne pas y aller, qu'il lui faudrait acheter un costume et que cela coûte trop cher. Pourtant l'argent ne lui manque pas. Nancy dit simplement adieu aux mondanités. Elle préfère rester à Paris, dans le calme de son appartement. Avec ses livres et Marie.

Elle vieillit. Peu avant de fêter ses quarante-sept ans, elle s'aperçoit que ses cheveux sont devenus gris.

Une petite bouteille de teinture l'aide à lutter contre les indices de l'âge, mais aussi des bandelettes qu'elle colle sur son front pour repousser les rides.

Bientôt des douleurs oculaires aiguës l'inquiètent. « J'ai l'impression de devenir aveugle. Je ne peux plus lire tout le jour comme je le fais d'habitude et écrire un simple article me donne mal à la tête… Oh, les heures d'ennui qui s'annoncent ! Il me faudra retourner aux bals et, en fait, maintenant je comprends pourquoi les personnes d'âge mûr aiment tant les bals[1]. » Mais ce n'est qu'une alerte. Nancy achète une nouvelle paire de lunettes et ses douleurs s'apaisent. En décembre 1952, elle annonce à Evelyn Waugh qu'elle met en chantier un nouveau livre. « Je travaille dur – une vie de Madame de Pompadour. Cela m'enchante, je n'arrête pas de lire[2]… » Trois mois plus tard, elle affirme avoir déjà dévoré vingt-neuf gros volumes qui ont trait aux années 1740-1764. « Les uns sérieux, les autres frivoles », ajoute-t-elle.

Déjà, adolescente, lors de sa première visite à Paris, Nancy s'était passionnée pour Versailles. Gaston Palewski, féru d'histoire et particulièrement d'histoire de l'art, lui a fait aimer les tableaux de Mignard, de Boucher, de Chardin, de Quentin de la Tour. Elle plonge avec délices dans les récits de la cour de Louis XV, au sein d'un palais de Versailles libertin et cancanier où, en pleine époque des Lumières, Jeanne-Antoinette Poisson, fille d'un bourgeois, devient la favorite du roi, mais aussi l'amie des philosophes. En faisant ses recherches sur la marquise de Pompadour, Nancy ne peut s'empêcher de s'identifier à elle. Et, dans son livre, laisse percer ses propres secrets. « [La marquise] est très froide physiquement, remarque-t-elle[3], ce qui explique sa grande fidélité : pas de tentations. » Nancy non plus n'a pas de tentations. Depuis

1. *The Letters of Nancy Mitford and Evelyn Waugh*, *op. cit.*
2. *Ibid.*
3. *Madame de Pompadour*, voir bibliographie.

dix ans, elle ne vit que pour son Colonel. Aucun autre homme ne l'a, ne serait-ce que l'instant d'une distraction, intéressée. Les relations avec celui qu'elle aime se limitent pourtant à des déjeuners rapides et des conversations téléphoniques. Mais le seul son de sa voix enchante Nancy pour plusieurs heures ; la parole et un intelligent badinage la comblent.

Face à Nancy-Pompadour, le Louis XV qu'elle peint ressemble étonnamment à Gaston Palewski, brillant et volage, homme du monde et homme d'État. Entre la favorite et le souverain, il n'y a pas de passion physique, mais une amitié faite de rires et de commérages partagés. « Elle connaissait cent histoires pour l'amuser, écrit Nancy[1], elle lui lisait les rapports de la police de Paris, l'équivalent de notre presse à scandales d'aujourd'hui, et lui en rapportait toutes les implications, elle lui lisait aussi des lettres soustraites à la poste et leur contenu donnait lieu à maintes plaisanteries. » Comme la Pompadour, Nancy demeure la Schéhérazade de son colonel, elle lui rapporte mille et un potins et s'inquiète lorsque, trop enfermée chez elle, elle n'a plus aucune anecdote croustillante pour le distraire. « Quelles sont les nouvelles ? » lui demande-t-il toujours en arrivant chez elle ou lorsqu'il l'appelle. Et il poursuit, le ton pressé et curieux : « Racontez, racontez ! »

Au printemps, Nancy se rend à Versailles. « Comme cela, je commencerai à connaître le château par cœur, ce qui me sera d'une grande aide. En même temps, on repeindra mon appartement[2]. » De sa chambre de la pension Maintenon, rue Lebrun, à deux pas de la Cour royale, elle écrit encore à Evelyn Waugh : « Si mon livre a un quelconque message, ou une signification, c'est de proclamer la valeur du plaisir. Ici, plus de mille personnes ne vivaient que pour le plaisir et jouissaient de

1. *Madame de Pompadour*, *op. cit.*
2. *The Letters of Nancy Mitford and Evelyn Waugh*, *op. cit.*

chaque minute. » Nancy est heureuse. Sous ses yeux, les *Mémoires* du duc de Saint-Simon, qu'elle a dévorés, revivent dans leurs moindres détails. Elle en oublie que la France est en train de vivre, pendant ces années 50, une de ses plus formidables transformations. Les paysans quittent les campagnes, les villes sont surpeuplées, l'électricité et bientôt le téléphone seront installés partout. Le vieux pays fondé sur l'agriculture a vécu. La France se modernise inéluctablement. Et se démocratise en même temps. Mais Nancy préfère contempler le passé tel qu'il demeure, figé, dans la ville royale. « J'adore Versailles, je voudrais vivre ici et je le ferai quand je serai vieille, je veux dire beaucoup plus vieille », écrit-elle à Billa Harrod[1]. C'est là, en effet, qu'elle finira sa vie.

Quand sa biographie est terminée, Nancy se sent toute vide. « Je pense vraiment que, si ce n'est en commencer un, la pire chose au monde est de finir un livre, écrit-elle à Evelyn Waugh[2]. J'ai perdu ma pauvre marquise, comme l'a dit la Dauphine quand elle est morte (en fait elle a dit : nous avons perdu) et elle me manque atrocement, elle a été ma compagne de tous les jours pendant presque un an. Et je crains la façon dont elle va être reçue… Quoi qu'il en soit, je n'ai pas besoin d'argent pour le moment et je serai très heureuse si seulement quelques-uns, tels que toi, l'aiment. »

Nancy doute toujours de son talent. Juste après avoir relu les épreuves de *Madame de Pompadour*, elle sombre dans une dépression passagère. « Je pense maintenant que le livre est très mauvais et mal écrit, et je suis plus perdue que jamais dans la ponctuation. Je crois qu'il vaudrait mieux que je cesse d'écrire, c'est trop difficile pour moi. Le seul petit rayon d'encouragement me vient de Peter [Quennell, critique et

1. *Love from Nancy, op. cit.*
2. *The Letters of Nancy Mitford and Evelyn Waugh, op. cit.*

directeur de journaux] qui a décidé de publier un chapitre dans *History Today*[1]. » Raymond Mortimer, le pape des critiques londoniens, lui envoie bientôt une lettre pleine d'éloges. Il lui suggère tout de même, en souriant, de ne pas écrire trois fois dans la même page que Louis XV était « parfaitement divin ». Evelyn Waugh avoue être entièrement sous le charme : « Il est très rare que je sois désolé à ce point de parvenir à la fin d'un livre. Je trouve que tu as arrangé ta masse énorme de documents de façon très brillante. Il n'y a jamais une page ennuyeuse, et jamais une page qui ne soit de toi. Les citations s'imbriquent parfaitement dans la narration et tu apportes un vrai sentiment d'intimité à cette période si compliquée. Tu n'as pas de craintes à avoir : ce livre sera un succès[2]. » Les autres critiques, cependant, sont contrastées. L'incursion de Nancy dans ce domaine réservé qu'est l'histoire est parfois raillée. Le Manchester Guardian assassine le livre : « Tous ceux qui ont admiré *La Poursuite de l'amour* seront ravis d'apprendre que ses personnages sont de retour, en costumes d'époque. Ils prétendent être de grandes figures de l'histoire de France. En réalité, ils appartiennent à ce merveilleux monde de fantaisie qu'invente Miss Mitford, qui s'appelle maintenant Versailles, comme auparavant il s'appelait Alconleigh. Bien sûr, aucun historien ne pourrait écrire de roman ne serait-ce qu'à moitié aussi bon que l'ouvrage historique de Miss Mitford. Il est vrai qu'il ne s'y essaierait même pas. »

Ces flèches font mal à Nancy. Son amour-propre est blessé. N'est-elle donc qu'une femme sans éducation ? Incapable d'écrire sur un sujet sérieux ? Une lettre vient pourtant la réconforter. Le Dr Cobban, grand spécialiste britannique de l'histoire de France, a adoré son livre. Qui, affirme-t-il, est très fidèle à l'esprit du

1. *The Letters of Nancy Mitford and Evelyn Waugh*, *op. cit.*
2. *Ibid.*

siècle des Lumières. « Ceux qui vous critiquent n'ont jamais lu un document du XVIIIe siècle... », lui déclare-t-il. Nancy se rassure. Et oublie, momentanément, ses profondes incertitudes.

La prédiction d'Evelyn Waugh se révèle juste : *Madame de Pompadour* devient un best-seller. À Paris, les deux librairies anglo-saxonnes de la rue de Rivoli, Galignani et W.H. Smith, se le disputent. « Galignani, raconte Nancy à Evelyn Waugh[1], contre toutes les règles en vigueur et bien que je les aie avertis, a mis en vitrine *Pomp* [*sic*] cinq jours avant que W.H. Smith ait reçu ses exemplaires... » Mais quelques jours plus tard, W.H. Smith surpasse son concurrent. « Son immense vitrine est tout entière emplie de *Pomp*, il y a des tableaux d'elle nue, et aussi un vieux chapeau de velours très sale surmonté d'une longue plume. Un vrai[2]. »

Triomphante, une fois de plus, soulagée après les angoisses et les doutes, Nancy part pour la Russie. C'est alors une grande aventure. Staline est mort un an auparavant, mais le dégel n'a pas commencé. Aller à Moscou en 1954, alors que la guerre froide érige une frontière presque infranchissable entre l'Est et l'Ouest, représente un défi. Il est très difficile, voire impossible, d'obtenir un visa. Nancy attend plus d'un mois une réponse du consulat d'URSS à Paris. En vain. Elle finit par s'y rendre, résolue à affronter une attente que tout le monde dit interminable. Étonnamment, on la fait passer immédiatement dans le bureau du consul, qui tamponne, signe son passeport et le lui tend en lançant : « Mais il y a un mois que je vous attendais. » Elle vient de plonger dans un univers à la Kafka.

1. *The Letters of Nancy Mitford and Evelyn Waugh, op. cit.*
2. *Ibid.*

Comme il n'y a pas de liaison aérienne directe entre Paris et Moscou, il lui faut passer par Helsinki. Le voyage semble sans fin. Et Nancy n'est pas une bourlingueuse. Loin de là. Quand elle sort de Paris, c'est uniquement pour se rendre chez des amis. C'est d'ailleurs un ami, William Haytner, ambassadeur de Grande-Bretagne en Union soviétique, qui l'a invitée à Moscou. L'attrait de la Russie d'*Anna Karénine*, avec ses grands bals et ses officiers aux uniformes rutilants, ce Moscou des romans russes qui a bercé son enfance, a vaincu sa répugnance à voyager, et sa crainte d'affronter les descendants des assassins du tsar Nicolas II. À peine arrivée, elle se trouve immergée dans les fastes glacés du communisme russe. Une grande parade révolutionnaire a lieu sur la place Rouge et elle y assiste au côté de son ami l'ambassadeur britannique. L'URSS célèbre le 300e anniversaire du rattachement de l'Ukraine à la Russie. « De chers, chers travailleurs, écrit-elle à Gaston Palewski[1], si semblables aux chers, chers gaullistes, passent en dansant, en chantant, couverts de fleurs. » Les marches militaires l'enchantent, tout comme les Mig qui survolent le Kremlin en rangs serrés. Nancy aime le décorum militaire. Et elle adore taquiner.

Au cours des deux semaines de son séjour, elle demande à rencontrer des écrivains soviétiques. « Ils sont tous à la campagne », lui répond-on. Mais une fonctionnaire qui travaille pour l'unique maison d'édition d'État accepte de répondre à ses questions. À combien d'exemplaires, demande Nancy, se vend un best-seller en Russie ? « Cent cinquante millions », lui réplique la dame. « Oh, s'exclame Nancy, pince-sans-rire, il faut que je vienne vivre ici. » Son interlocutrice lui glisse énigmatiquement que ces énormes tirages ont leur bon et leur mauvais côté. « Mais cela ne peut pas avoir un mauvais côté pour l'écrivain, s'étonne

1. *Love from Nancy*, *op. cit.*

Nancy. Dites-moi le titre des livres qui se sont si bien vendus. » « *Et l'acier fut trempé* et *Ciment* », laisse tomber la dame. Nancy étouffe difficilement une quinte de rire.

« Susan, n'es-tu pas jalouse ? » écrit-elle à Jessica de la résidence de l'ambassadeur dont les fenêtres surplombent la Moskova. Jessica l'est un peu. Pas trop. Elle n'est pas devenue communiste par admiration pour l'Union soviétique. Mais par rejet de l'establishment britannique. Ce qui l'intéresse, c'est de lutter contre : contre le fascisme, le nazisme, le capitalisme, le racisme. Jessica aime l'affrontement. Et n'adore pas béatement. Certes, l'immense portrait de Staline qui dominait toutes les grandes réunions du parti communiste américain ne la gênait pas. Mais Moscou est loin. Son combat à elle se déroule à ses pieds. Dans son environnement immédiat. Aux États-Unis. Et là, il y a des urgences, des vies à sauver. Celle de Willie McGee, par exemple. Ce camionneur noir de trente-six ans a été condamné à mort pour le viol d'une femme blanche et depuis cinq ans, malgré ses protestations d'innocence, il attend son exécution dans une prison du Mississippi. La date approche. Le parti communiste américain décide, en 1951, de faire de son cas une cause nationale. Militante dévouée, Jessica rédige des tracts et des résolutions, « mécaniquement, affirmera-t-elle plus tard[1]. Je croyais à la justesse de la cause mais il m'était difficile d'appréhender la situation réelle des noirs dans le Mississippi. L'horreur quotidienne de leur vie était trop éloignée de mon expérience pour me permettre de me mettre à leur place, de sympathiser avec eux, sinon par des slogans abstraits. » Mais l'épouse de Willie McGee, vingt-huit ans, frêle et vieillie avant l'âge, vient à San Francisco plaider la cause de son époux. Jessica

1. *A Fine of Conflict*, *op. cit.*

l'observe, l'écoute. Et soudain la réalité des relations entre noirs et blancs dans le « Sud profond » lui apparaît dans toute sa violence. « Mon neveu a été lynché par six voyous blancs et il en est mort, raconte Rosalee McGee, mon cousin germain est mort sur la chaise électrique. Si mon mari est lui aussi exécuté, ce sera la troisième victime de la famille. » Jessica décide immédiatement de faire partie d'une délégation de femmes blanches qui, pétitions à l'appui, vont aller demander au gouverneur du Mississippi d'accorder sa clémence au condamné. C'est la dernière chance de Willie McGee. « Méfie-toi, lui écrit Virginia Durr avant qu'elle parte. Un ami à moi, blanc et bibliothécaire dans une petite ville, a été couvert de goudron et de plumes avant d'être expulsé de la ville. Il avait permis à des noirs de prendre des livres à la bibliothèque. » Cet avertissement ne retient pas Jessica. Au contraire. Elle veut se rendre dans le repaire de l'ennemi. Et cette aventure, avouera-t-elle, arrive au bon moment, alors que la routine de sa vie l'assomme, alors qu'elle est fatiguée de ronéoter des tracts à longueur de journée et de passer, le week-end, l'aspirateur dans la maison. Accompagnée de trois camarades, blanches et femmes, Jessica prend le volant en direction de Jackson, la capitale de l'État du Mississippi. Leur mission, au bout de quatre semaines, se révèle vaine : les quatre femmes, au lieu de susciter un vaste élan de solidarité envers Willie McGee, ont soulevé une vague d'hostilité et de peur. Il leur faut partir sous peine d'être expulsées de force.

Mais Jessica décide qu'avant de déclarer forfait, elles doivent rendre visite à William Faulkner, qui habite dans la proche campagne. Au bout d'une longue allée bordée d'arbres, sa maison apparaît, blanche et altière, une maison de maître. L'écrivain leur ouvre la porte, en bottes de caoutchouc et pantalon de fermier. Le nom de Willie McGee suscite son intérêt et il fait entrer les quatre femmes chez lui. Pendant deux heures il parle, comme il écrit, en longues phrases sinueuses. Il discourt de sexe, de race, de violence. Puis finit par souhaiter bonne chance aux militantes californiennes encore abasourdies d'avoir écouté l'immense écrivain. À peine revenue dans la minuscule chambre meublée où elles ont trouvé refuge, Jessica écrit un compte rendu de l'entrevue. Il faut le publier largement, pense-t-elle, par tous les États-Unis. Dans le monde entier, même. Oui, mais, lui affirme par téléphone son responsable hiérarchique au Parti, il faut demander son aval à William Faulkner. Les quatre femmes reprennent la route qui serpente entre les saules, et parviennent à la grande demeure blanche. Faulkner lit en silence la feuille manuscrite, approuve, signe. Et puis murmure entre ses dents : « En fait, il faudrait mettre à mort à la fois McGee et la femme blanche. » Jessica se retire sans mot dire. Médusée. Peu de temps après, Willie McGee mourra sur la chaise électrique.

Bientôt, c'est Jessica elle-même qui affronte la justice de son pays. Le sénateur MacCarthy cherche à débusquer le moindre subversif et aucun communiste ne doit échapper au filet qu'il tend sur tous les États-Unis. Un matin, à Oakland, alors qu'elle sort de sa maison, un petit homme gris surgit de derrière une haie, un papier officiel à la main. Elle est assignée à témoigner devant le comité californien des activités anti-américaines et doit y apporter la liste des membres du Civil Rights Congress ainsi que sa comptabilité, avec les noms de tous les donateurs. Les Dix de Hollywood ont été jetés en prison l'année précédente. À l'appui de leur refus de répondre à la question : « Êtes-vous membre du parti communiste ? », ils ont invoqué le premier amendement de la Constitution des États-Unis qui établit le droit à la liberté de parole et d'association. Mais la Cour suprême a statué que ce premier amendement ne peut justifier leur refus de répondre. Reste, apprend Jessica, à opposer le cinquième amendement de la Constitution américaine : il permet de refuser de témoigner si ce témoignage peut tendre à incriminer le témoin. C'est celui qu'elle va invoquer, conformément à la nouvelle tactique juridique du Parti. Au fond d'elle-même, pourtant, elle y répugne. N'est-ce pas sous-entendre que l'on a pu commettre un crime en professant des idées communistes alors qu'il s'agit uniquement d'une divergence politique avec le gouvernement ?

À la veille des auditions de la commission, la photo de Jessica et de son mari Bob apparaît, une fois encore, à la une des journaux de San Francisco. Mais ce n'est plus de la fille d'un lord qu'il s'agit, ni de la sœur de la fiancée de Hitler. Cela est oublié, ou presque. Jessica apparaît en tant que pasionaria rouge, ennemie de l'Amérique, directrice du Civil Rights Congress de l'East Bay.

À son école, Constancia, dix ans, est apostrophée, moquée, chahutée par ses camarades de classe. La petite fille reste interdite : pour elle, il est évident que ses parents sont des héros. Le qualificatif de « rouge » ne la choque pas. Le soir, devant ses questions, Jessica réagit immédiatement. Elle a toujours traité sa fille en adulte et ne lui a jamais rien caché. Constancia va donc venir au tribunal avec elle. Si jamais Jessica se retrouve en prison, sa fille doit avoir vu de ses propres yeux le procès qu'on lui fait. Constancia, inconfortablement assise sur le banc de bois du tribunal, contemple sa mère qui, debout, derrière la barre, fait front à un flot ininterrompu de questions : « Êtes-vous membre du parti communiste ? » « Avez-vous entendu parler ou lu le *Peoples World*[1] ? » « Êtes-vous directrice du Civil Right Congress ? » Elle réplique presque docilement : « Je refuse de répondre car ma réponse peut tendre à m'incriminer. » Mais, en elle, la colère bout. Elle aimerait batailler, croiser le

1. Le journal du parti communiste américain.

fer avec le Comité des activités anti-américaines, crier que oui, elle est communiste, et qu'elle en a parfaitement le droit, elle en est même très fière. Mais cette audace ne servirait à rien. Elle ressort libre, frustrée d'un combat, mais étonnamment légère : les interrogateurs ont oublié de lui demander le livre de comptabilité avec les noms des donateurs.

Constancia n'a plus de doutes. Elle admire sans condition l'héroïne qu'est sa mère. La séance du tribunal ne l'a pas traumatisée. Au contraire. Elle en sort convaincue que ses petits camarades de classe, si infantiles, ne comprennent vraiment rien.

Deux ans plus tard, tout recommence. Le Comité est de retour à San Francisco. Les journaux font de nouveau leurs titres de la menace rouge. Jessica et son mari sont une nouvelle fois assignés à témoigner. Mais les suspects à entendre sont si nombreux, plus d'une centaine – des syndicalistes, des instituteurs, des professeurs, des fonctionnaires –, que Jessica, cette fois, n'est pas appelée à la barre. Faute de temps.

Quelques années plus tard, en 1959, alors qu'elle et Bob passent leurs vacances dans l'île d'Inchkenneth auprès de lady Redesdale, Bob, les yeux aussi noirs que malicieux, offre à sa belle-mère un opuscule très officiel du comité contre les activités anti-américaines. Son titre : *La Subversion légale communiste : le rôle de l'avocat*. Le nom de Bob Treuhaft y figure parmi ceux des trente-neuf avocats les plus dangereux des États-Unis. « Ma mère, écrira Jessica[1], toujours ravie d'ajouter une pièce à l'un de ses nombreux albums de famille, prit l'opuscule et le plaça entre l'invitation qu'elle avait reçue pour le couronnement de George VI et un laissez-passer lui permettant de rendre visite à lady Mosley à la prison de Holloway. »

1. *A Fine Old Conflict*, *op. cit.*

Bob, le gendre juif et communiste, vient d'entrer dans la légende des Redesdale.

Auparavant, lui et Jessica ont affronté la pire des tragédies. Un jour de 1955, leur fils Nicholas, dix ans, est percuté par un autobus alors qu'il fait du vélo dans une rue d'Oakland. Il meurt peu après. Il avait les yeux en amande de son père et une formidable énergie. Jessica refusera toujours de parler de sa douleur. De ce troisième deuil. Jamais, devant personne sauf sa famille la plus proche, elle n'évoquera le nom de Nicholas. Dans son autobiographie *A Fine Old Conflict*, elle passe même sa naissance sous silence. Pas un mot sur sa mort. Comme si l'enfant n'avait jamais existé. Elle s'enferme dans le mutisme par pudeur. Pour cacher son extrême vulnérabilité.

Bien plus tard, son amie Katharine Graham, devenue la célèbre directrice du *Washington Post*, lui demandera conseil lorsqu'elle se décidera à écrire son autobiographie : comment aborder le chapitre le plus noir de son existence, le suicide de son mari ? « Mets juste une note en bas de page », lui conseille Jessica. Chez elle, elle a pourtant précieusement conservé tous les cahiers d'écolier de son fils, ses photos, ses lettres. Ces souvenirs la feront souffrir longtemps. Mais elle n'en montrera rien.

Juste après la mort de Nicholas, elle décide de retourner en Angleterre. Seize ans ont passé et jamais elle n'a franchi de nouveau l'Atlantique depuis le long voyage en bateau avec Esmond. Tant de choses ont changé. Tom et Unity sont morts. Ses parents vivent séparés. De toutes ses sœurs, seule Debo habite désormais en Angleterre. Nancy et Diana se trouvent en France. Pam, qui a divorcé en 1950 de Derek Jackson, s'est installée en Suisse. Jessica a trente-huit ans, l'âge des premiers bilans, et elle ressent le besoin de renouer avec un passé qu'elle a longtemps cherché à effacer.

Quitter Oakland, c'est aussi s'éloigner de la tragédie.
Selon les règles alors en vigueur aux États-Unis, ni Jessica ni son mari ne peuvent obtenir de passeport : le voyage de ces deux communistes n'est pas considéré par l'État fédéral comme « dans le meilleur intérêt des États-Unis ». Pourtant, grâce à l'étourderie d'un employé, leurs passeports leur parviennent, flambant neufs, porteurs d'un enivrant parfum de transgression. Sans plus attendre, avant que l'erreur ne soit détectée, ils partent et emmènent Constancia, quatorze ans, ainsi qu'une autre adolescente, Nebby Lou, la fille d'amis, des intellectuels noirs. À New York, ils grimpent en courant la passerelle du paquebot français *Liberté*. Ils ont échappé à la suspicion des autorités.

Jessica, toute au rejet du monde de son enfance, se croyait à l'abri de la nostalgie. Pourtant, dès qu'elle descend la passerelle à Southampton, dès qu'elle entend l'accent cockney d'un marin, une vague à la fois de bonheur et de reconnaissance l'envahit. La rude combattante, l'adepte de la lutte de classes ravale ses larmes. À la douane, elle lutte pour refouler les sanglots qui brisent sa voix. Et soudain, dans cet effort, l'accent si anglais, si aristocratique, qu'elle a mis tant de temps à gommer, revient. Constancia demeure un instant stupéfaite d'entendre sa mère parler de façon si étrange. Dès lors, Jessica n'essaiera plus jamais de se séparer de son accent si mitfordien. Comme si elle pouvait enfin assumer son passé et son identité.

Debo les attend à Londres, puis les accompagne jusqu'à Inchkenneth : elle devient le trait d'union, la médiatrice entre les sœurs, et tient désormais le rôle que jouait Tom. Elle est proche à la fois de Diana et de Jessica, de Pam, dont elle partage la passion pour les animaux, et de Nancy dont les piques l'amusent plus qu'elles ne la blessent. Elle reçoit chacune de ses sœurs à tour de rôle dans ses châteaux et leur écrit régulièrement.

Quand Jessica, après le long voyage jusqu'en Écosse, pose le pied sur l'île qu'habite sa mère, elle se rappelle qu'elle a failli en donner un sixième au parti communiste britannique. C'était une idée saugrenue, elle le reconnaît. Dans la maison que lady Redesdale a meublée avec son goût parfait, Jessica retrouve les larges fauteuils aux hauts dossiers que son père gardait dans son bureau, elle revoit les portraits des six sœurs que William Acton a dessinés en 1934, elle reconnaît le piano sur lequel sont toujours posées les partitions des chansons que les enfants chantaient. Un pincement au cœur la saisit.

Pour ne pas se laisser aller à la nostalgie, pour l'expier même, Jessica, dès qu'elle retourne à Londres, se rend au siège du parti communiste, rencontre les journalistes du *Daily Worker*. Et se donne un but : lancer une campagne en faveur de Paul Robeson, le grand chanteur noir américain. Communiste, il ne peut obtenir de passeport. Mais si de nombreuses voix s'élèvent en Europe, si on le réclame de ce côté de l'Atlantique, peut-être les autorités américaines seront-elles ébranlées. Jessica parvient à voir lord Harewood, cousin germain de la reine et directeur du Covent Garden, qui s'affirme prêt à inviter le chanteur pour une série de concerts. Dans cet activisme, Jessica parvient à concilier son retour aux sources et sa course à la rédemption.

C'est ensuite en Hongrie qu'elle se rend avec Bob et les filles. Bob y est déjà allé, enfant, avec sa mère. Mais, plus que le berceau des Treuhaft, c'est la patrie des travailleurs qu'ils veulent voir, le pays dans lequel le communisme a triomphé. Ils affrontent une bureaucratie inerte, à Vienne, pour obtenir leurs visas. Pourtant, une fois le document obtenu et la frontière franchie, ils s'émerveillent, d'un enthousiasme naïf, des fermes collectives, des travailleurs modèles, de l'opéra où, affirment-ils, se pressent les ouvriers. Comme Nancy en France, Jessica chausse en Hongrie des lunettes roses. Tout l'exalte. Lorsque, dans un restaurant de Budapest, un serveur l'approche, le regard plein de détresse, et lui demande de prendre une lettre pour son frère aux États-Unis, elle lui demande d'un ton coupant: « Mais pourquoi ? Y a-t-il un problème pour envoyer du courrier à l'étranger ? » Le serveur bredouille, terrifié. Jessica ne prend pas la lettre: si jamais il était un espion, un agent contre-révolutionnaire ? Puis c'est une institutrice, croisée dans le hall de leur hôtel, qui leur demande de venir prendre un verre chez elle le lendemain à six heures: son mari aimerait visiter les États-Unis, et il a très envie de rencontrer des Américains. Dans sa voix, se rappellera Jessica plus tard, il y a la même détresse que dans le regard du serveur, la même urgence apeurée. Mais le lendemain, le réceptionniste leur tend un message: « Ne venez pas. Magda, l'institutrice. »

Un an plus tard, en 1956, la Hongrie deviendra le théâtre d'une révolte populaire contre le régime communiste. Les troupes soviétiques la noieront dans le sang. Jessica se souviendra alors de la voix pressante de l'institutrice, du regard fiévreux du serveur. Ce n'était donc pas le paradis des travailleurs ? Était-ce un mirage ? Une illusion ? Cette même année 1956, le rapport Khrouchtchev au XXe congrès du parti communiste soviétique lève le voile sur les exactions de Staline, les exécutions sommaires de militants, les procès truqués des dirigeants, les morts programmées de millions d'innocents. Les yeux de Jessica commencent à se dessiller. En Hongrie, apprend-elle, le dirigeant Laszlo Rajk a été forcé d'avouer des fautes qu'il n'avait pas commises, avant d'être fusillé pour « tendances titistes ». Elle est ébranlée. Profondément. Bien plus que jamais elle ne l'avouera.

Après sa brève incursion dans le monde du socialisme réel, elle s'arrête à Paris. Nancy, depuis des années, la presse de venir lui rendre visite. Et elle le fait avec emphase : « Oh, Susan, ce sera un vrai rêve que de te revoir[1]. » Elle répète qu'elle meurt d'envie de voir la jolie Constancia : « Mon héritière ! » s'exclame-t-elle, car elle répète qu'elle lui léguera ce qu'elle a de plus précieux : ses meubles. Nancy a même reçu à plusieurs reprises Aranka Treuhaft, la belle-mère de Jessica, qui se rend régulièrement à Paris pour assister aux collections : ne doit-elle pas vendre les chapeaux les plus nouveaux dans sa boutique de Park Avenue ? « J'ai pris le thé avec Nancy, rapporte alors Aranka à Jessica. Elle est si belle, si chic, si élégante : elle est habillée par Dior. » « Aranka pointait alors son nez dans ma direction, comme pour me faire honte de mes vêtements », s'amuse Jessica[2]. Bientôt, elle reçoit une lettre de Nancy. « Aranka. Je l'adore absolument, c'est un chou. Et elle est l'unique personne qui me donne des nouvelles de toi, alors je bois ses paroles quand elle me rend visite[3]. »

Devant tant d'intérêt et d'empressement, Jessica oublie le lointain et pénible épisode de Saint-Jean-de-Luz, la trahison de Nancy. Lui restent les souvenirs d'enfance, ceux de la grande sœur rebelle qui défiait leur père, amenait à la maison ses amis esthètes et homosexuels, et remplissait en riant les lignes d'un cahier d'écolier. Maintenant Nancy est un écrivain reconnu. Jessica a lu et relu ses livres. Elle admire son talent. Mais l'ambivalence de Nancy, la fluctuation de ses sentiments lui échappent. Au moment même où Jessica se prépare à d'effervescentes retrouvailles, Nancy écrit à Evelyn Waugh[4] : « Decca arrive avec enfants à la fin du mois. Je suis à moitié ravie, à moitié terrifiée : cela fait dix-sept ans que nous ne nous

1. *Love from Nancy, op. cit.*
2. *A Fine Old Conflict, op. cit.*
3. *Love from Nancy, op. cit.*
4. *The Letters of Nancy Mitford and Evelyn Waugh, op. cit.*

sommes vues. » Terrorisée, Nancy le devient de plus en plus. Et elle transforme sa frayeur en un très snob dédain. « Ma sœur communiste est arrivée en Angleterre avec mari, enfant et une répugnante[1] amie de l'enfant. L'enfant a entendu dire qu'Andrew Devonshire gagne son argent en vendant des esclaves. Quand Debo a entendu cela, elle s'est exclamée : "Mais si nous avions des esclaves, nous les vendrions pour rien..." Ils vont arriver bientôt, je ne suis pas vraiment enthousiaste : je déteste tant les Américains[2]. » En écrivant à Raymond Mortimer, Nancy dévoile un peu plus sa double personnalité : « Ma sœur communiste peut arriver d'un moment à l'autre – avec des cheveux à la garçonne, un pince-nez et des pantalons d'homme. Je ne suis pas si pressée de la voir que je le prétends quand je lui écris[3]. »

Jessica, depuis plusieurs semaines, ne lui a pas donné de nouvelles. L'attente des visas a prolongé le voyage en Hongrie. Et, habituée désormais à une très californienne absence de formalités, persuadée aussi que Nancy n'attend qu'elle, Jessica ne la prévient pas du moment précis de son arrivée. Tard dans la nuit, alors que la pluie balaie les pavés, la voiture qu'elle et Bob ont louée s'arrête devant le 7, rue Monsieur. La concierge finit par répondre en maugréant aux coups qu'ils donnent contre la grande porte cochère. Elle les conduit en traînant ses pantoufles à travers la cour, devant l'appartement de Nancy. Marie, les yeux déjà pleins de sommeil, les informe que « Mme Rodd est partie. Elle se trouve en Angleterre, chez sa sœur, la duchesse de Devonshire. Oh oui, elle attendait sa sœur. Mais, sans nouvelles d'elle, elle a décidé de quitter Paris. »

1. Nancy emploie-t-elle cet adjectif parce que Nebby-Lou est noire ? En vieillissant, elle ressemble de plus en plus à son père, avec la même peur, masquée de dédain, pour toute personne différente.
2. *The Letters of Nancy Mitford and Evelyn Waugh, op. cit.*
3. *Love from Nancy, op. cit.*

Les Treuhaft s'installent dans l'appartement. « Pourquoi ne pas téléphoner à Nancy ? » suggère alors Bob. C'est ce que l'on ferait aux États-Unis. La communication avec le Derbyshire est longue à obtenir. Après maints grésillements sur la ligne, Jessica finit par distinguer le son inimitable de la voix haut perchée de Nancy. « Où es-tu ? lui demande-t-elle. – Chez toi, à Paris, répond Jessica. – Tu téléphones de mon appartement ! Quelle grossièreté ! Sais-tu que c'est excessivement cher ? » Elle raccroche aussitôt. Les deux sœurs ne s'étaient pas parlé depuis dix-sept ans. Jessica réagit par un immense éclat de rire : n'avait-elle pas affirmé à Bob que sa famille pouvait se conduire de façon très étrange ?

Sans aucun embarras, les Treuhaft demandent à Marie de leur servir du cognac. Tandis qu'ils vident leurs verres, la sonnerie du téléphone retentit. C'est Nancy, rassérénée. Tout miel. Il est vrai qu'elle appelle de la demeure de Debo et n'a pas à payer la communication. Quelques jours plus tard, elle est de retour à Paris, au moment même où Bob et Nebby-Lou repartent pour les États-Unis. Nancy trouve pour sa sœur et sa nièce un hôtel bon marché proche de la rue Monsieur : pas question de les laisser troubler le calme de son appartement. Ces conditions posées, les retrouvailles entre les deux sœurs sont joyeuses. Légères. Pas question, bien entendu, de parler de ce qui fâche. Ni de fouiller au-delà de la surface des sentiments. Mais l'évocation de leur enfance les ravit. Elles retrouvent les surnoms qu'elles se donnaient, se rappellent leurs codes secrets, le fameux boudledidge, les gouvernantes et les colères de Farve. Les éclats de rire fusent. Constancia contemple ces adultes avec étonnement. Sa mère lui semble une nouvelle fois transformée. L'adolescente qui a grandi en Californie dans un milieu très modeste a l'impression d'être soudain plongée au cœur d'un monde d'extraterrestres.

Ces deux aristocrates qui lui font face, avec leurs mots de passe et leurs rires, lui paraissent aussi étranges que des Martiennes.

Nancy organise bientôt un dîner avec le Colonel, pour le divertir et lui montrer cette curiosité qu'est sa sœur communiste. Mais aussi pour répondre aux interrogations de Jessica qui, depuis la publication de *La Poursuite de l'amour*, ne cesse d'insinuer : « Comme tes romans sont tous très autobiographiques, je devine que tu vis une idylle avec un Français. » Nancy lui a toujours répondu de façon sibylline et Jessica, infiniment curieuse, a tenté de percer le mystère auprès de sa mère. « Ne serait-il pas, lui demande-t-elle, un croisement entre notre oncle le colonel Bailey, ce gentilhomme campagnard au teint rougeaud, badine toujours à la main, et Maurice Chevalier ? – C'est une description exacte », répond lady Redesdale sans rien ajouter. Quand elle rencontre le Colonel, Jessica pense immédiatement qu'en lui le côté Maurice Chevalier semble s'être effacé au profit des attributs du colonel Bailey. Mais cela, elle ne le dit pas à Nancy. Elle ne l'écrira qu'après la mort de sa sœur aînée[1].

Ses appréhensions apaisées, Nancy gardera un souvenir ému de la visite de Jessica : « Elle n'a pas changé et elle est si charmante, écrit-elle à Evelyn Waugh[2]. Et sa fille Romilly est une beauté. J'espère vraiment qu'elle l'enverra en France dans un an ou deux pour qu'elle apprenne le français et je lui trouverai alors un gentil mari français (c'est la recette du bonheur). » Rebelle en sa jeunesse, Nancy est désormais la plus fervente adepte de la tradition et, selon elle, Constancia, enfant d'aristocrates, se doit de suivre le chemin que des dizaines de générations de jeunes filles ont

1. *In A Fine Old Conflict*, *op. cit.*
2. *The Letters of Nancy Mitford and Evelyn Waugh*, *op. cit.*

parcouru avant elle. Mais la fille de Jessica ne viendra pas à Paris. Et n'épousera pas, selon le vœu de sa tante, un Français appartenant à la meilleure société. Le monde auquel s'accroche Nancy s'éteint irrémédiablement.

XI

Dans son appartement de la rue Monsieur, au milieu de ses meubles anciens, de ses objets précieux, des tableaux signés Longhi et Pellegrini, Nancy se protège de plus en plus des bouleversements du monde. Un mur élevé protège l'hôtel particulier de la rue, étouffe les bruits des voitures, les pas des passants. De ses hautes portes-fenêtres, Nancy ne regarde que le jardin, cet îlot de sérénité au sein d'une ville qui se transforme, qui gronde, se gonfle de milliers de nouveaux habitants. Un calme intemporel règne dans les deux grandes pièces aux longs rideaux roses. Peter Rodd s'est éloigné. Il vit désormais sur un bateau amarré dans le port de Golfe-Juan et joue au pirate, barbu, mal rasé, habillé de guenilles. « Les gens l'adorent », affirme Nancy. Il lui demande encore de payer ses factures, oublie de lui renvoyer des papiers qui lui permettraient d'obtenir un dégrèvement d'impôts, se comporte toujours, à cinquante ans, comme un gamin irresponsable. Mais, puisqu'il n'envahit plus son espace, Nancy sent de nouveau envers lui cette vieille tendresse, mêlée désormais de pitié. À Evelyn Waugh qui se moque rudement de Peter, elle répond avec fermeté : « Il ne fait pas de doute que Prod[1] est un peu fou, mais ce n'est pas une raison pour le ridiculiser et se montrer méchant envers lui. Je trouve que les vieux alcooliques, comme Brian Howard

1. Le surnom le plus courant de Peter Rodd.

et Prod, deviennent souvent des figures saintes. C'est étrange, n'est-ce pas ? ». Un peu plus tard, à un autre ami, Nancy affirmera : « Prod n'est pas n'importe qui. »

Elle a eu cinquante ans à la fin de l'année 1954. Et sa peur de vieillir se cache sous une autre crainte : celle, encore, de manquer d'argent. Malgré les grands succès de ses livres et celui, tout récent, de *Madame de Pompadour*, il lui semble qu'elle n'en possède pas assez, et ne peut pas assurer ses vieux jours. « Je n'ai pas gagné d'argent cette année, sauf celui du film, affirme-t-elle à la fin de l'année 1955[1], et j'essaie d'économiser. Quand j'aurai cent mille livres, je cesserai de m'inquiéter, mais, pour cela, il me faut encore écrire quelques livres. Si je pouvais être sûre de mourir à soixante-dix ans, j'aurais assez mais, de nos jours, tout le monde semble vivre jusqu'à cent ans. » Nancy a un rapport ambigu avec l'argent. Elle s'effraie du coût des appels téléphoniques vers l'Angleterre, déploie de grands efforts pour dépenser le moins possible en timbres, demande à des amis qui franchissent la Manche de poster ses lettres en Angleterre, n'envoie pas ses courriers par avion : « Mes sordides économies », reconnaît-elle. Mais au même moment elle donne un chèque de cinquante livres à Jessica, que cette générosité époustoufle. Nancy ne peut pas non plus résister aux robes hors de prix de Dior (« Après, je me sens coupable, il y a tellement de pauvres gens dans le monde. ») Et elle achète, chez les antiquaires, des cadeaux coûteux pour son Colonel.

Mais elle a toujours cette angoisse de manquer. Les années de guerre, quand son travail chez Heywood Hill lui permettait tout juste de manger et de payer son indispensable bonne, l'ont traumatisée. Et puis il y a, cause d'anxiété, son profond manque de confiance en elle. Alors, pour emplir ses comptes en banque, elle

1. *Love from Nancy, op. cit.*

accepte la plupart des tâches qu'on lui demande. Pendant l'année 1955, elle écrit le scénario du film *Marie-Antoinette*, qui sera tourné en 1956 par Jean Delannoy, avec Michèle Morgan et Richard Todd. Et ne refuse pas à la revue *Encounter* un article sur l'aristocratie.

En Angleterre, elle est devenue, grâce à ses ouvrages, une autorité aussi recherchée que facétieuse sur la question. C'est l'époque où les Britanniques découvrent les châteaux qui s'ouvrent au public et s'intéressent, comme à un spectacle, à cette classe sociale haute en couleur, et désormais sans pouvoir. Nancy a le don de parler des rites de sa tribu avec un mélange d'affection et d'ironie, de distance et de tendresse, et cela plaît infiniment. Le numéro d'*Encounter* dans lequel paraît son article, intitulé « L'aristocratie anglaise », est épuisé au bout de quelques heures. Il déclenche une avalanche de lettres, d'articles, de plaisanteries. Car Nancy a très habilement répertorié ce qui est « aristo » (en anglais : « *U* », pour *upper-class*) et ce qui ne l'est pas (« non-U », *non-upper class*), selon une classification déjà établie par un très sérieux professeur de philologie, le Dr Ross. Des mots tels que *mirror* ou *notepaper*[1] ne peuvent être prononcés sans classer leur locuteur dans la catégorie des horribles parvenus. Il faut dire *looking-glass* et *writing-paper*. Nancy répertorie aussi ce qui se fait et ce qui ne se fait pas. Par exemple, envoyer des lettres par avion est parfaitement vulgaire : un aristocrate ne doit jamais sembler pressé. Elle a trouvé là une formidable excuse à ses accès de pingrerie. Le retentissement de l'article est tel que Hamish Hamilton, l'éditeur auquel Nancy reste fidèle, décide de le publier l'année suivante sous la forme d'un livre, *Noblesse oblige*[2], il y joint une contribution du professeur Ross sur le vocabulaire des classes sociales anglaises, un poème de John Betjeman et une lettre ouverte d'Evelyn Waugh à Nancy. L'Angle-

1. « Miroir » et « papier à lettres ».
2. En français dans le texte.

terre entière ne parle plus que de *U* et *non-U*. Cela finit par agacer les « aristos ». Et Nancy. Elle a jeté en pâture à une meute de curieux les petits secrets de son monde. Et les voici qui s'en repaissent. Une horreur. Gloser sur ce qui est aristo ou pas devient dès lors, selon elle, le comble de la vulgarité.

Elle se jette dans un nouveau projet. Une biographie de Voltaire ou, plus précisément, le récit de ses amours avec Mme du Châtelet. Y travailler, c'est une manière de vivre de nouveau au siècle des Lumières, ce siècle qui l'éblouit et la rassure. Au début, pourtant, ces figures de l'histoire l'ennuient. « Je ne peux pas travailler, et cela ne me ressemble pas du tout, écrit-elle à Raymond Mortimer[1]. J'ai fait le vide autour de moi, refusé toutes les invitations, requis que l'on ne me téléphone pas, et me voici assise à écouter la radio tout en contemplant tristement *La Jeunesse de Voltaire* et d'autres volumes sans pouvoir m'y mettre. Bien sûr, je sais trop bien que Voltaire est repoussant – il lui manque le côté poétique de ce bon Louis XV, et pour du Châtelet, c'est encore pire. Je ne peux même pas dire qu'ils m'ennuient : ils ne m'inspirent tout simplement pas. J'ignore si je dois me forcer, ou tout laisser tomber. » Elle finit par s'atteler à la tâche à Venise. Car, a-t-elle remarqué, il lui est de plus en plus difficile de travailler chez elle. Par contre, dans un environnement nouveau, l'énergie lui revient et l'intérêt renaît. Dans la chambre de son hôtel, à Torcello, Voltaire devient comme par miracle « adorable », et Mme du Châtelet tout à fait extraordinaire. « Tous les livres français, écrit-elle à sa sœur Diana[2], font totalement l'impasse sur le fait qu'elle était si savante que même les physiciens modernes ont entendu parler de ses travaux. Elle a traduit Newton : imagine ! » De Venise, Nancy part à

1. *Love from Nancy, op. cit.*
2. *Love from Nancy, op. cit.*

Hyères, invitée, comme les années précédentes, chez Tony Gandarillas. « Je travaille comme une esclave », affirme-t-elle. Elle se rend ensuite près de Genève, aux Délices, l'ancienne maison de Voltaire, où elle rencontre le grand spécialiste anglo-saxon de Voltaire, Theodore Besterman, qui est en train de publier les lettres de l'écrivain. Là, soudain, des douleurs à la tête et aux yeux, lancinantes, l'étourdissent. Elles durent pendant des semaines, sans cesse. Nancy écrit pourtant. C'est une vraie torture. Mais, étonnamment, les pages s'accumulent très vite. Commencé à la fin décembre 1956, le manuscrit de *Voltaire amoureux* part chez l'éditeur cinq mois plus tard, en mai 1957. Hamish Hamilton lui envoie presque aussitôt un télégramme de félicitations.

Elle peut partir, l'esprit libre. En Irlande, chez Debo. Puis à Venise, comme elle le fait désormais chaque été. C'est là qu'elle apprend que Gaston Palewski vient d'être nommé ambassadeur à Rome. Elle lui envoie aussitôt un télégramme. Y sont écrits, en français, ces simples mots : « Ô désespoir, ô rage, ô félicitations. » Elle est anéantie.

La pire crainte qu'elle ait jamais eue, c'est que son Colonel se marie et ait des enfants. Tant qu'il papillonne d'une femme à l'autre, elle ne se sent pas mise à l'écart. Comme la Pompadour, elle demeure celle qu'il aime écouter et dont la présence le réconforte. Il lui téléphone régulièrement et ces conversations, si brèves soient-elles, sont pour Nancy le sel de la vie. Tout cela est désormais terminé. Dans les années 1950, on s'appelle peu d'un pays à l'autre : les liaisons sont difficiles et coûteuses. Et Nancy n'est pas sans deviner la raison fondamentale de la nomination de Gaston Palewski au palais Farnèse. Le général de Gaulle en personne a demandé cette faveur au gouvernement et c'est une des très rares requêtes qu'il se soit jamais abaissé à faire. Il l'a fait par fidélité envers son plus ancien compagnon. Car Gaston Palewski a besoin de s'éloigner de Paris. Il n'est plus député ni ministre. Il n'a plus de revenu. Nommé, début 1955, ministre chargé des Affaires atomiques, des Affaires sahariennes et de la Coordination de la Défense, il a démissionné quelques mois plus tard : selon lui, seul un gouvernement de salut public peut désormais résoudre les problèmes qui se posent au Maroc et en Algérie. Sans emploi, puisque le général de Gaulle a dissous le RPF en 1955, Gaston Palewski se trouve également confronté à un imbroglio sentimental. L'homme aux mille aventures est tombé follement amoureux. La femme qu'il aime est mariée et son mari refuse le divorce. Très belle, et bien sûr titrée, elle habite tout près de chez Nancy. Celle-ci fait semblant de sous-estimer leur liaison. Pauvre et désespérément épris, le Colonel ne veut pas faire jaser et tient à retrouver son prestige perdu. Il a demandé à de Gaulle de l'aider. Ce que le Général a immédiatement fait.

Son Colonel s'éloigne au moment où, pourtant, Nancy est enfin libre. Peter Rodd, toujours amoureux d'une nouvelle femme, a émis le souhait de se marier de nouveau. Nancy a simplement posé la condition que leur divorce soit le plus discret possible. À l'abri des regards et des investigations des journalistes. Le mariage a été dissous secrètement. Et Nancy demeure Mrs Rodd. Le lien qui l'étouffait tout en la protégeant est pourtant rompu. A-t-elle espéré que son Colonel souhaitât alors l'épouser ? Sans doute, dans un de ces rêves un peu fous que l'on fait avant de s'endormir. Le départ de Gaston Palewski pour Rome l'a vite dégrisée, et ramenée à une réalité qu'elle déteste voir.

Sans l'homme qu'elle aime, Paris perd de ses couleurs, de sa gaieté, de son intérêt. À son tour, Nancy cherche à quitter la capitale. Versailles lui semble le plus attrayant des refuges, avec la solennité de ses avenues et la magnificence de son château, avec les souvenirs à fleur de main d'une monarchie que Nancy voit légère et joyeuse. Bientôt, elle y trouve la maison de ses rêves, « construite, écrit-elle à Evelyn Waugh[1], par l'homme d'affaires de la Pompadour pour être son pied-à-terre à Versailles quand il venait la voir. Il s'appelait Colin et la maison s'appelle La Colinette ». Des désaccords entre les quatre propriétaires de la maison, dont trois veulent vendre et le dernier s'y refuse, l'empêcheront de l'acquérir. Mais Nancy s'attache désormais à cette idée : quitter Paris pour Versailles.

Du crève-cœur qu'est le départ de son Colonel, elle ne dit rien à personne. Et ne montre aucun signe de tristesse. Tous ses amis pourtant remarquent que ses plaisanteries sont plus acides, son humour plus cruel. « Si seulement elle nous confiait qu'elle est malheureuse, affirme alors son ami Victor Cunard[2], nous ferions tout notre possible pour la consoler. » Mais Nancy est incapable de se confier. Son masque de bonne humeur ne trompe personne.

Le 13 mai 1958, des chars d'assaut se postent aux principaux carrefours de Paris. L'état d'urgence est déclaré. Des généraux rebelles viennent de prendre le pouvoir à Alger et la capitale pourrait aussi tomber. Les Parisiens continuent de vaquer à leurs occupations quotidiennes, à faire la queue à la boulangerie, mais l'inquiétude est là, tangible. Aussitôt, le général de Gaulle sort de sa réserve et s'affirme prêt à assumer les pouvoirs de la République. Il sera investi le 1er juin par l'Assemblée nationale et ira immédiatement prononcer à Alger le célèbre discours qui commence par ces mots : « Je vous ai compris. » Nancy se sent très seule pendant ces journées incertaines et panique. Le nom du Général et celui d'Alger lui rap-

1. *The Letters of Nancy Mitford and Evelyn Waugh, op. cit.*
2. Nancy a rencontré ce parent d'Emerald Cunard à Venise où il s'est établi. Il a longtemps été correspondant du *Times* à Paris et à Rome.

pellent les souvenirs heureux de 1944, quand elle écrivait à son Colonel dans la ville blanche, lorsque la vie n'était qu'espoir. Maintenant tout est absence. En ces journées charnière de 1958, Gaston Palewski est brièvement rappelé de Rome par le Quai d'Orsay et Nancy l'apprend. Elle l'attend. Ne va-t-il pas l'appeler, passer en coup de vent ? Sa voix, sa présence lui deviennent vitales. Elle n'est plus qu'affût. Aguets. Elle a besoin de lui. Il ne donne pas signe de vie. « J'ai passionnément envie d'entendre votre voix, lui écrit-elle[1], et je ne peux imaginer qu'aujourd'hui je ne vous verrai pas – hier, je suis restée toute la journée enfermée à la maison dans l'attente de votre appel. Ah, Colonel, vous voyez, je suis dans un de mes états. Écrivez-moi une petite (et lisible) ligne si vous ne venez pas bientôt. Ne m'abandonnez pas. Peut-être avez-vous vous aussi changé – vous êtes trop riche, ou trop heureux ? bourgeois peut-être ? Ce n'est pourtant pas un mot que l'on associait avec vous. »

Au long de ces interminables heures d'attente, Nancy comprend une fois encore qu'elle compte peu pour l'homme de sa vie. Une ultime fois ? C'est, en cette belle journée de mai, son dernier appel au secours. Quelques jours plus tard, la raison et l'orgueil prennent le pas sur la supplique. Elle aime Gaston Palewski qui ne l'aime pas. C'est tout simple. Cruel. Douloureux. Mais c'est la réalité. Elle ne peut plus se bercer de nouvelles illusions. C'est une lettre de rupture qu'elle lui envoie. « Le motif de ma démission, lui écrit-elle en juin 1958[2], est que je ne vous sers plus à rien. Quand les choses vont mal, vous n'avez pas besoin de moi. Quand elles vont bien, vous vous tournez vers d'autres femmes, plus jolies. Donc je n'ai plus aucun rôle – *le portefeuille est vide*[3]. Nous sommes tous les deux pris au piège et frus-

1. *Love from Nancy, op. cit.*
2. *Ibid.*
3. En français dans le texte.

trés chacun à notre façon – je dois dire que nous le prenons bien, aucun de nous n'exhibe un visage affligé et nous ne sommes pas particulièrement amers. En ce qui me concerne, je ne pense pas que le Général puisse se passer de vous. Son chemin est semé de beaucoup plus d'embûches qu'il ne le pense... Je suis restée assise trois heures près de mon téléphone et j'ai alors appris que vous aviez eu une conversation avec Hoytie [Wiborg]. C'en était trop. »

N'est-ce pas, plutôt qu'à Gaston Palewski, une lettre que Nancy s'envoie à elle-même ? Pour se convaincre une fois pour toutes, enfin, qu'elle n'est absolument pas indispensable à cet homme si courtisé, si mondain, si libertin. Car, à Rome, l'ambassadeur célibataire collectionne les jolies femmes dans ses salons du palais Farnèse, ce qui lui vaut le surnom de « Monsieur l'Embrassadeur ». Nancy entend les ragots qui courent à son sujet. S'en étonne à peine. Pourtant sa lettre de rupture n'était encore qu'une vaine tentative. Elle ne peut pas se résoudre à ne plus le voir. S'il ne l'aime pas, elle l'aime encore. Et un simple geste suffit à rallumer sa passion sans retour. L'été 1958, il l'invite à venir à Rome, en cachette presque, au mois d'août, quand la ville est déserte et que tous les gens qui comptent – et peuvent cancaner – sont partis en vacances. Nancy quitte Paris quasi clandestinement. Mais le bonheur est revenu. Son Colonel a pensé à elle. Elle fait taire ses griefs. Si court, si discret soit-il, son séjour à Rome se révèle délicieux. Et son adoration pour le Colonel renaît, absolue.

L'autre homme de sa vie, son père, est mort le 17 mars 1958, à l'âge de quatre-vingts ans. Les années précédentes, Nancy lui a rendu régulièrement visite dans son cottage du village de Redesdale, dans le Northumberland, au nord de l'Angleterre. Il vivait toujours seul, avec pour compagnie celle de sa gouvernante et celle de ses chiens. L'ennui semblait lui avoir ôté toutes ses forces. Ce lord sans terres ne chassait plus ni ne pêchait. Il se rendait à peine à Londres. Dans sa maison si modeste comparée au château de Batsford, il tournait en rond, dépouillé de sa grandeur, perdu dans un monde bouleversé. La réconciliation avec son épouse demeurait impossible. Pourtant, raconte Diana[1], quelques jours avant sa mort, lady Redesdale lui a rendu visite pour son anniversaire. L'hiver avait été rude, et sa santé déclinait. Quand son épouse s'est approchée du lit où il était allongé, son visage s'est soudain éclairé d'un immense sourire. « Leurs différends se sont effacés, raconte encore Diana[2], et tous deux semblaient revenus vingt ans en arrière, à l'époque des jours heureux, avant les tragédies. Elle est restée plusieurs heures assise à côté de lui, tandis que Debo et moi allions et venions. Deux jours plus tard, Debo et Muv partaient pour l'Écosse et je retournais à Londres. Elles étaient à peine arrivées [à Inchkenneth] qu'un télégramme leur parvenait. Il leur fallait retourner voir Farve. Quelques jours plus tard, il mourait. »

Au cours de ses dernières visites à Redesdale, Nancy a déjà fait le deuil du père qu'elle aimait, de cet homme « étrange, violent et si séduisant ». La vieillesse et l'ennui ont émoussé à la fois ses qualités et ses défauts. Faible, presque totalement sourd, il ne ressemble plus au père qu'elle avait connu, à cet « oncle Matthew » facétieux et colérique, autoritaire et attachant dont elle a peint le portrait inoubliable dans *La Poursuite de l'amour*. Sa mort n'est pas un choc pour Nancy. Mais elle la fait entrer dans un temps nouveau, celui des séparations définitives. La mort de son père est le premier d'une très longue série de deuils.

Si affaibli fût-il, lord Redesdale n'a pas oublié, dans son testament, de préciser que Jessica ne devait hériter

1. *A Life of Contrasts*, *op. cit.*
2. *A Life of Contrasts*, *op. cit.*

d'absolument rien. Les facéties de sa fille communiste l'ont outré. Il ne lui a jamais pardonné. Lors de son voyage en Angleterre, en 1955, Jessica ne lui a pas rendu visite. Lady Redesdale lui avait auparavant confié que l'état de santé de son père déclinait et qu'il serait bien qu'elle aille le voir. « J'irais volontiers, répondait Jessica. Mais je veux être assurée qu'il ne hurlera pas des horreurs à l'encontre de Bob. – Tu poses des conditions impossibles », lui répliquait sa mère.

Jessica ne s'étonne pas de se trouver déshéritée. Mais Nancy crie à l'injustice, et décide, dans un élan de générosité, de lui donner sa part d'Inchkenneth. « J'espère que les autres (sœurs) feront de même, écrit-elle à sa mère. Cela me semble la moindre des choses, vu la façon dont Farve l'a traitée. »

Pourtant, quand en 1960, Jessica publie son autobiographie *Hons and Rebels*, la générosité de Nancy s'efface devant un mélange de dépit et de jalousie. Jessica vient d'empiéter sur son territoire, celui de l'écriture, et Nancy, piquée au vif, devient blessante. « [Le livre] est terriblement amusant, rapporte-t-elle à Evelyn Waugh[1]. Mais malhonnête, plein de mensonges, et mes sœurs s'en offusquent. Decca est une créature froide et sans cœur, elle l'a toujours été – une de ces femmes qui se préoccupent uniquement de leur mari et de leurs enfants. » Pendant ce temps, à Oakland, Jessica, ignorant tout de cette correspondance et des jugements de Nancy, attend l'avis de sa sœur sur son livre. Celui qui compte le plus pour elle. Car, en Jessica, il y a toujours la petite fille qui admirait sa grande sœur écrivain. Aucune lettre n'arrive. Jessica a beau guetter chaque matin le facteur, aucun timbre français n'attire son attention. La lettre lui parviendra longtemps après. Nancy, à son habitude, ne l'a pas postée par avion. La

1. *The Letters of Nancy Mitford and Evelyn Waugh*, *op. cit.*

missive commence par des louanges. Mais très vite cinglent les piques : « Tu ne sembles aimer personne, mais je suppose que ton but était de rendre le monde de Swinbrook horrible, afin d'expliquer pourquoi tu l'as fui[1]. » Et à la fin de la lettre, Nancy décoche une dernière flèche : « Esmond était le prototype du voyou, du blouson doré, n'est-ce pas, il était le pionnier de cette tendance moderne, mais il était beaucoup plus terrifiant que ses successeurs. »

Cette dernière phrase, Jessica la gardera longtemps en travers de la gorge. Pour elle, Esmond demeure un héros. Il est le garçon qui, à dix-huit ans, est parti combattre en Espagne. Le journaliste surdoué. Le rebelle à l'intelligence aiguë. Le mari attentionné et le père de Constancia. Le comparer à un mesquin voyou est une injure. Jessica a beau savoir que Nancy peut se montrer cruelle et faire preuve l'instant d'après d'une infinie gentillesse : elle est blessée. Mais, bien sûr, ne le montre surtout pas.

Pourquoi a-t-elle écrit à son tour son autobiographie, empruntant ainsi un chemin déjà largement parcouru par Nancy ? « Je n'aurais jamais entrepris d'écrire, explique-t-elle[2], si j'étais restée au parti communiste, puisque la discipline du parti impose le choix de leurs occupations à ses membres. » Jessica a en effet quitté le Parti.

À son retour d'Europe, à la fin de l'année 1955, ses camarades du Civil Rights Congress sont en plein désarroi. Le FBI a lancé une opération d'envergure contre le mouvement et tous ses membres et sympathisants sont victimes d'intimidations. Nombreux sont ceux qui se retrouvent sans emploi à la suite de la visite d'agents du Bureau auprès de leurs employeurs. Les autres, menacés, ont peur. Les effectifs du Civil Rights

1. *Love from Nancy*, *op. cit.*
2. *A Fine Old Conflict*, *op. cit.*

Congress s'amenuisent et le parti communiste finit par le dissoudre. Jessica n'a plus rien à faire. Réduite, une fois encore, à rester à la maison. Comment canaliser son énergie ? Que faire ? Elle caresse toujours le rêve de devenir journaliste et a posé sa candidature au *People's World*, le journal du Parti. La réponse arrive, négative : son manque d'expérience est invoqué. Elle a trente-neuf ans, ne possède aucun diplôme, et son curriculum vitae est un véritable repoussoir pour les employeurs américains : elle a été permanente du parti communiste pendant onze ans. Elle ne se décourage pas pour autant et compulse chaque matin les petites annonces. Soudain, deux lignes alertent son attention : « Aucune expérience nécessaire. Nous vous formons. » Elle se retrouve, un casque sur les oreilles, dans un étroit bureau du *San Francisco Chronicle*, face à une tâche exaltante : téléphoner aux annonceurs des journaux concurrents pour les persuader de passer au *Chronicle*. Jessica s'en tire parfaitement. Reçoit même les félicitations de ses supérieurs. Pourtant, au bout de trois mois, sa chef la retient un soir dans son bureau : « Vous n'avez pas la personnalité requise pour cet emploi. » Jessica se défend. Argumente. N'a-t-elle pas un fabuleux rendement ? La chef demeure inflexible : elle est licenciée. De retour chez elle, Jessica s'effondre. Et si vraiment elle s'était montrée incompétente ? N'est-elle vraiment bonne à rien ? Que peut-elle faire d'autre ? Bob la console : de toute évidence, le FBI est passé par là et a informé le *Chronicle* des très subversives activités antérieures de Jessica. En effet, Jessica apprendra par une secrétaire que des agents du Bureau fédéral sont allés trouver le patron du quotidien. Elle est sous haute surveillance. Aucun autre employeur ne voudra d'elle.

À la maison, les jours sont longs et vides. Pour passer le temps, elle écrit. Nancy lui a envoyé *Noblesse oblige* et, en le lisant, elle a une idée. Pourquoi ne pas écrire, à la manière de Nancy, un pamphlet ? Mais le sien portera sur la langue de bois des communistes. En frappant les touches de sa machine à écrire, Jessica s'amuse. Au bout de deux jours, elle a terminé. Elle ronéote son texte et agrafe les exemplaires. Saisie d'une immense énergie, elle les envoie aux librairies du Parti partout aux États-Unis. Les réactions sont, dans leur grande majorité, positives. Jessica fait rire. Et son pamphlet, disent certains, représente un apport majeur à la lutte contre le sectarisme de gauche. « L'idée que le parti communiste puisse rire de lui-même est très engageante », écrit même un militant dans le *Peoples World*.

1956 est l'année des remises en question. Khrouchtchev vient de rendre public son rapport au XXe congrès du parti communiste d'Union soviétique, et une onde de choc atteint tous les militants. Peu après, les événements de Hongrie les troublent un peu plus. C'est alors une véritable hémorragie que subit le parti communiste américain. Par milliers ceux qui, depuis huit ans, avaient résisté à toutes les intimidations de la part du gouvernement américain rendent leur carte. Leur idéal s'est révélé taché de trop de crimes.

Jessica ne se joint pas à cet exode. Pas encore. Elle est même déléguée au Congrès national du parti communiste américain qui se tient à New York, en février 1957. C'est, ressent-elle, un honneur exceptionnel. Les grandes questions débattues la passionnent : le parti doit-il entamer un tournant décisif vers plus de démocratie interne ? Doit-il tendre à plus d'autonomie par rapport aux partis communistes des autres pays ? Doit-il chercher une voie indépendante vers le socialisme en accord avec les réalités américaines ? La ligne rénovatrice du Parti, qui répond oui à toutes ces questions, est majoritaire au Congrès. Ses résolutions sont votées. Et Jessica pense qu'une nouvelle ère se lève pour le communisme américain. Le Congrès n'a-t-il pas approuvé, à une écrasante majorité, le transfert du siège du parti de New York à Chicago, et cela contre l'avis des vieux bureaucrates ? Ces dirigeants raidis dans leurs certitudes, asservis aux ordres de Moscou, n'ont pas du tout apprécié le pamphlet de Jessica contre la langue de bois.

Au cours des mois qui suivent, Jessica s'aperçoit qu'aucune des motions votées n'est mise en application. Le siège du parti ne déménage pas à Chicago. L'immobilisme des apparatchiks triomphe sur la volonté de la base. « Le parti était devenu une secte stagnante et inefficace, jugera-t-elle[1]. Impossible à bouger. » Ne vaut-il pas mieux lutter dans les mouvements qui sont en train de se créer, en cette aube des années 60, pour des changements radicaux dans la société ? Dans le mouvement noir qui lutte contre la ségrégation raciale ? Avec les étudiants qui commencent à faire entendre leurs voix sur les campus ? Jessica et Bob Treuhaft quittent en 1957 le parti communiste américain. Discrètement. Nombreux sont leurs amis qui font de même.

Toujours sans emploi, Jessica écrit de nouveau et tente de placer quelques articles. En vain. Un matin, elle décide de ranger les papiers et les coupures de journaux qu'elle accumule depuis des années dans de gros classeurs. Au fond d'une grande enveloppe, elle découvre les lettres qu'Esmond lui a écrites après son engagement dans l'aviation canadienne. Ces lettres qu'elle a lues et relues, et dont ses larmes ont effacé certains mots. L'écriture a pâli, le papier jauni. Jessica craint qu'un jour ces lettres ne deviennent illisibles. Alors, pour Constancia, pour que sa fille garde ce dernier témoignage d'un père qu'elle n'a pas connu, elle commence à les retranscrire à la machine à écrire. Tandis qu'elle presse les touches de sa vieille Remington, des questions surgissent : pourquoi ne pas les publier ? Mais il faudrait rédiger une introduction. Expliquer qui était Esmond. En quelles circonstances il a écrit ces lettres. Jessica noircit dix-

1. *A Fine Old Conflict*, *op. cit.*

neuf feuillets qu'elle donne à lire à Bob. « Mais il te reste beaucoup à dire, remarque-t-il. Ton enfance, tes parents, le boudeldidge, les chansons cochonnes, comment Unity et toi vous êtes trouvées si opposées politiquement. » Pendant deux ans, Jessica écrit. Tôt, chaque matin. Dès qu'un chapitre est terminé, elle lit sa production à un comité de lecture improvisé, composé d'amis qui, tous, se trouvent être des ex du parti communiste. Les feuillets raturés, corrigés deviennent un livre, qui intéresse un agent littéraire. Il envoie le manuscrit à toutes les grandes maisons d'édition américaines. Elles le refusent. Sans explication. Les récits de militants de gauche font très peur. Jessica range son texte dans un tiroir.

En 1959, elle décide de se rendre de nouveau en Europe, avec cette fois son fils Benjamin pour qui ce sera le premier voyage de l'autre côté de l'Atlantique. Constancia, en première année de fac, veut travailler pendant l'été et rester en Californie. Juste avant de partir, Jessica pense à glisser le manuscrit dans sa valise. Peut-être qu'en Angleterre, dans un climat politique moins tendu qu'aux États-Unis, il pourrait être accepté. C'est son dernier espoir. S'il est déçu, elle renoncera à l'idée de devenir un écrivain comme Nancy. À Londres, Jessica est hébergée par des amis qui partagent son engagement à gauche. Lors d'un dîner, la romancière Doris Lessing est là : elle a également appartenu au parti communiste, et se bat contre l'apartheid en Afrique du Sud et dans la Rhodésie où elle est née. Son fils Peter a le même âge que Benjamin et les deux garçons deviennent inséparables. Jessica admire cette femme de deux ans plus jeune qu'elle, qui a commencé à publier un grand cycle romanesque *Les Enfants de la violence*. Cette rencontre la fait douter d'elle-même : n'est-il pas présomptueux de prétendre au titre d'écrivain ? Jessica décide pourtant de jouer son va-tout : elle demande, avec un mélange d'audace et de gêne, à un avocat proche du parti communiste britannique s'il connaît un agent littéraire qui pourrait la représenter. Il lui suggère un nom, James McGibbon, qui travaille pour l'une des plus grosses agences anglaises. « Au fait, Mrs Treuhaft, lui demande négligemment l'agent quand elle vient le trouver, êtes-vous membre du parti communiste aux États-Unis ? » La question la fait sursauter, Jessica se croit de nouveau devant le Comité des activités anti-américaines. Pourtant le regard de James McGibbon n'a rien d'hostile. Il semble juste curieux. « Je l'étais, répond Jessica avec force. J'ai quitté le Parti parce qu'il me semblait inefficace. – Oh, moi aussi je l'étais, et je l'ai quitté pour la même raison. » Jessica demeure quelques secondes stupéfaite. Cette remarque serait impensable aux États-Unis où le mot de communiste tombe comme un couperet. Personne ne s'aventure à le prononcer devant un inconnu.

Peu après, Jessica signe un contrat avec deux grands éditeurs, Victor Gollanz pour la publication au Royaume-Uni, et Houghton Mifflin pour la publication aux États-Unis. Mais il lui faut retravailler le texte, peaufiner la fin. Elle s'y met à Inchkenneth, tandis qu'elle rend visite à sa mère, puis, après le bref séjour de Bob en Angleterre, elle traverse la Manche et s'installe dans un hôtel de Bormes-les-Mimosas. Le matin, Benjamin part seul à la plage où il se lie d'amitié avec de jeunes Français, et notamment avec une certaine Lisette près de laquelle il reste allongé des heures sur le sable. Pendant ce temps, Jessica écrit.

Le livre est publié au printemps 1960 sous le titre *Hons and Rebels* en Angleterre, et *Daughters and Rebels* aux États-Unis. Elle y raconte son enfance, sa fugue, le séjour à Bilbao, l'arrivée à Saint-Jean-de Luz et son parcours jusqu'à la mort d'Esmond. Jessica a la plume vive, l'humour acéré, et son éloignement de son milieu d'origine lui donne un regard détaché, une lucidité que ses sœurs prennent pour de la froideur et de la cruauté. Car elles réagissent violemment à cette publication. À l'attention d'Evelyn Waugh, Nancy signale encore que « d'un certain côté, [Jessica] a vu la famille, sans en être consciente, à travers mes livres – si elle ne les avait pas lus, le sien aurait été différent. Elle rend très mal mes oncles et mes tantes, Nanny, le Dr Cheatle et tous les personnages que je n'ai pas décrits et qui auraient pu paraître vivants, mais ne le sont pas... Esmond était l'être humain le plus abject que j'aie jamais rencontré. Je suis quasiment sûre qu'une grande partie du livre a été écrite par Treuhaft qui est un petit avocat malin et qui, certainement, l'a poussée à écrire. Le mot "dollar" n'est jamais loin de ses lèvres (je l'aime bien, mais oh, ces Américains)[1]. »

Ces dernières remarques, Nancy les taira devant Jessica. Ses autres sœurs garderont aussi le plus grand silence devant elle. Leurs critiques n'en sont pas moins vigoureuses. Pour Diana, révoltée de toute façon par cette sœur communiste, Jessica a écrit un précis d'une grande méchanceté. À la suite d'une critique de *Hons and Rebels* parue dans le *Times Literary Supplement*, Diana envoie au journal une lettre qui exprime tout son ressentiment : « Sans aucun doute l'auteur sait à quel point elle rend sa famille suprêmement déplaisante. Peut-être l'objet de son exercice littéraire était-il de mettre en valeur sa chance d'avoir échappé à cette famille et à son mode de vie... Les portraits de mes parents sont grotesques. Le livre de ma sœur a été probablement conçu pour amuser, mais non pour être sensé, loyal ou conforme à la vérité. » Cette vive réaction de Diana, Nancy, qui se révèle emplie à la fois de duplicité et de perfidie, l'explique ainsi à Jessica : « Elle n'est pas enchantée de se voir présentée comme une belle idiote, et elle démolit le livre, cherchant la petite bête et traquant la moindre inexactitude[2]. » Toujours selon Nancy, qui, au printemps 1960, demeure un mois

1. *The Letters of Nancy Mitford and Evelyn Waugh*, *op. cit.*
2. *Love from Nancy*, *op. cit.*

à Lismore, en Irlande, dans le château de sa sœur, « Debo déteste terriblement le livre et elle en est offensée ». Mais, très diplomate, la duchesse de Devonshire n'en dit rien publiquement. Pourtant, au sein de ce concert de désapprobations, Jessica garde une alliée : sa mère. Le livre lui a plu et l'a amusée, lui affirme-t-elle.

En 1959, Oswald Mosley fait un retour remarqué au cœur de la politique anglaise : il se présente comme candidat au siège de député dans la circonscription de North Kensington, à Londres. Depuis plusieurs années, une grande vague d'immigration, venue des Antilles britanniques, atteint la capitale et notamment le quartier de Notting Hill. Les îles, au bord de l'indépendance, connaissent une grave crise économique. Quelques rues de North Kensington sont désormais habitées par des Antillais dont les coutumes et la couleur gênent leurs voisins blancs. Oswald Mosley le sait, qui centre sa campagne sur la fermeture des frontières aux immigrés antillais et le retour chez eux de ceux qui sont déjà installés en Angleterre. Diana, sortie de ses belles demeures, fait du porte-à-porte à Notting Hill en compagnie de son mari, et découvre les taudis surpeuplés loués à prix d'or par des marchands de sommeil. Le projet politique d'Oswald Mosley est-il raciste, basé sur la volonté de sauvegarder une Angleterre blanche et sans mélange ? Non, affirme Diana dans son autobiographie *A Life of Contrasts*, c'est pour ces malheureux noirs que Mosley se bat. Ne demande-t-il pas leur retour « dans des conditions décentes » ? Son mari propose d'ailleurs d'apporter une importante aide économique pour le développement des colonies britanniques. Et puis les Antillais ne sont-ils pas affreusement déracinés en Angleterre ? Ils ne supportent pas le climat londonien, sont condamnés aux travaux les moins qualifiés, les plus pénibles, quand ce n'est pas au chômage. Ils seraient mieux chez eux, plaide Diana. Est-ce donc, comme elle l'affirme, un projet généreux ? Il suffit de remarquer qu'au même moment, les Mosley se rendent régulièrement en Afrique du Sud, un pays où règne l'apartheid, et ce n'est pas avec l'organisation interdite ANC (African National Congress) de Nelson Mandela qu'ils ont des contacts. Mais avec les dirigeants blancs et ouvertement racistes. Bientôt, ils se rendront en Rhodésie du Sud où Ian Smith, un suprématiste blanc à la tête d'un parti d'extrême droite prendra le pouvoir. Les intentions d'Oswald Mosley envers les Antillais sont-elles donc si humanistes ? Le jour de l'élection, il n'obtient que huit pour cent des voix. Pas assez pour récupérer la caution nécessaire à sa candidature.

Un an plus tard, Nancy, qui a rendu visite aux Mosley, rapporte à Mrs Hammersley que Diana lui a annoncé que son mari n'avait jamais été autant occupé. « Cela m'a donné la chair de poule, écrit Nancy[1]. Nul doute que nous serons bientôt tous dans des camps. J'ai d'ailleurs commandé un ensemble de camping chez Lanvin – le prix est si horrible que je m'en sens coupable et n'ose pas l'avouer… » Le fiel de Nancy s'enrobe de frivolité et d'ironie. Et de quelque déloyauté.

Quand, pour la première fois depuis la rénovation du château, elle se rend chez Debo, à Chatsworth, elle ne peut s'empêcher de critiquer. Elle qui se plaint depuis toujours du froid qui règne dans les grandes demeures anglaises, la voici qui trouve les pièces de la demeure ducale étouffantes. « Chatsworth est trop chaud, même pour moi, écrit-elle à Evelyn Waugh – il faut dire que je m'y trouvais alors qu'il faisait un temps très lourd. C'est une chaleur humide, pour ne pas abîmer les objets d'art. L'eau dans les baignoires est verte, ce qui est très joli mais les dents de la cuisinière sont devenues vertes et elle a donné sa démission. Rien n'est parfait, comme disait ma grand-mère[2]. »

1. *Love from Nancy, op. cit.*
2. *The Letters of Nancy Mitford and Evelyn Waugh, op. cit.*

Nancy est-elle jalouse et du château et de Debo ? Sa sœur cadette a mis au monde, en mars 1957, son troisième enfant, une fille, Sophia. La vie finit par triompher. Deux ans plus tard, les Devonshire déménagent à Chatsworth. Pour en assumer les frais d'entretien et le très coûteux chauffage central, ils ouvrent bientôt la demeure au public. Pour la première fois depuis quatre cent cinquante ans, ce palais, berceau de la famille Cavendish, voit défiler les plus humbles des Britanniques dans ses grands salons, devant ses tableaux de maîtres. Le parc, sublime avec ses étangs, sa cascade, ses parterres parfaits – une vingtaine de jardiniers y travaillent en permanence – est visité pendant toute l'année par des foules débonnaires. Debo y ajoutera, pour le plaisir des badauds, des boutiques, un restaurant, une ferme modèle et même un terrain d'aventures pour les enfants. Elle sera devenue entrepreneur. Avec un seul but : sauvegarder Chatsworth.

C'est dans l'autre château de Debo, à Lismore en Irlande, qu'au printemps 1959 Nancy finit d'écrire un nouveau roman. Comme d'habitude, elle doute d'elle. « Il n'est pas bon, écrit-elle à Evelyn Waugh[1]. Vraiment je me sens handicapée, ma vue est devenue si mauvaise – je ne peux me relire indéfiniment comme je le faisais auparavant. Et je crains que ce livre ne soit mal construit. » L'intrigue de *Pas un mot à l'ambassadeur* est librement inspirée de l'histoire de lady Diana Cooper, verte de dépit lorsqu'il lui fallut, en 1947, quitter l'ambassade de la rue du Faubourg-Saint-Honoré. Nancy transpose l'histoire à la fin des années 50, à l'époque des jeunes gens rebelles et des blousons noirs, au début des années rock. Mais les bouleversements de cette nouvelle ère sont vus à distance par la narratrice, quadragénaire et mère de

1. *The Letters of Nancy Mitford and Evelyn Waugh*, *op. cit.*

grands garçons : la Fanny de *La Poursuite de l'amour* et *L'Amour dans un climat froid* a vieilli. La voici épouse du nouvel ambassadeur de Grande-Bretagne à Paris, Anglaise mal attifée, un peu godiche, en butte à la cabale montée par une lady Leone magnifique et coléreuse, spirituelle et odieuse, entourée d'une cour éblouissante, semblable en tout point à Diana Cooper.

Nancy, qui a été très amie avec elle, qui l'a admirée et participé à sa vengeance contre la nouvelle ambassadrice, a en effet changé de camp par la suite et cessé de hurler avec les élégants loups. Après quelques dîners à l'ambassade d'Angleterre, elle est devenue amie avec Maud Harvey, moins flamboyante que Diana, mais plus fine, plus chaleureuse. Nancy a alors décidé que Diana Cooper était trop occupée, dans son château de Saint-Firmin, à dénigrer les Français. « Je déteste les gens qui vivent ici pour échapper aux impôts et détestent les Français, écrivait-elle à Evelyn Waugh[1]. Les Windsor en sont un autre exemple. »

Dix ans plus tard, Nancy s'amuse, dans son livre, de ces règlements de compte mondains. Le Tout-Paris y devient hypocrite, frivole et méchant. Mais Nancy, une nouvelle fois, clame son amour pour la France, pour son « perpétuel soleil d'automne », pour le château de Fontaines-les-Nonnes devenu, dans le roman, la demeure des Valhubert. Une fois encore, elle dit son attachement à un monde qui disparaît : « Il faut bien le regarder, écrit-elle dans son roman. Dans dix ans, il aura complètement changé. Plus de meules de blés, plus de ces petits tas de fumier éparpillés qui font dans les champs des taches d'ombre et de lumière, plus de paysans en blouse bleue, plus de chevaux ni de charrettes, rien que des mécaniciens au volant de tracteurs et de camions. » Un peu plus loin, elle poursuit son évocation nostalgique : « [À notre

1. *Ibid.*

âge], nous pouvons nous rappeler le monde d'autrefois, tel qu'il est resté, inchangé pendant mille ans, si beau, si varié. Il n'a pas fallu plus de trente ans pour qu'il s'écroule. » Au passage, Nancy lance un clin d'œil à son Colonel, devenu ministre atomique. De la même façon que Hitchcock fait des apparitions dans ses films, Nancy ne peut s'empêcher de faire surgir l'homme qu'elle aime dans ses livres.

Pas un mot à l'ambassadeur est publié en octobre 1960 et les critiques sont tièdes. Mais Diana Cooper, dont Nancy craint la réaction, se montre ravie de la publicité qui lui est faite et découvre avec plaisir qu'elle est dépeinte comme « la femme la plus belle du monde ». Evelyn Waugh affirme à Nancy que c'est là son meilleur roman. En deux mois, le livre se vend à cinquante mille exemplaires et devient, une nouvelle fois, un best-seller. Mais Nancy ne retient que les réactions hostiles des chroniqueurs littéraires. « Mon livre est mal reçu, écrit-elle à Evelyn[1]. Heureusement, je prévoyais que cela arriverait tôt ou tard et je crois que j'ai économisé assez pour survivre. » Elle n'écrira plus jamais d'autre roman.

Aux États-Unis, c'est *Daughters and Rebels* qui fait une apparition très remarquée sur la liste des best-sellers du *New York Times*. Cela confère soudain à Jessica, quarante-trois ans, une respectabilité à laquelle elle ne s'attendait pas. On veut l'interviewer, on lui demande de faire des conférences. On attend d'elle, bien sûr, qu'elle parle de l'aristocratie anglaise et révèle quelques détails croustillants sur cette tribu si fascinante. Mais Jessica, toujours militante, utilise ces occasions pour dénoncer ses vieux ennemis : le Comité des activités anti-américaines, le FBI, et Frank Coakley, le procureur d'Alameda county. Auteur reconnu, elle voit

1. *The Letters of Nancy Mitford and Evelyn Waugh*, *op. cit.*

désormais s'ouvrir des portes qui lui étaient restées longtemps obstinément fermées. Les articles qu'elle essayait en vain de placer sont désormais acceptés avec enthousiasme, les magazines l'appellent pour lui commander des papiers. Pour *Life*, elle rédige un récit de voyage à travers les États-Unis. Pour *Esquire*, elle part, en 1961, dans le Sud profond. C'est le moment où le pasteur Martin Luther King participe aux boycottages des autobus, un mouvement de protestation commencé le 1er décembre 1955 lorsqu'une passagère noire s'était assise à l'avant d'un bus de Montgomery, et non à l'arrière, comme le prévoit la loi. Elle avait été arrêtée et jetée en prison. C'est précisément à Montgomery qu'habite maintenant Virginia Durr, l'amie de Jessica, la compagne des rudes moments. Elle et son mari, avocat, font partie de l'infime minorité des blancs qui soutiennent les noirs. Armée de quelques adresses, Jessica parcourt pendant cinq semaines le Kentucky, le Tennessee, la Georgie et l'Alabama, et ce sont surtout les réactions naïvement racistes des blancs qu'elle guette et écoute. Elle décrypte leurs hypocrisies (« Oh, nous avons des amis noirs », affirme une dame: Jessica découvre que ce sont leurs domestiques). Mais elle souligne aussi le courage de certains, à qui leur lutte contre la ségrégation raciale vaut un ostracisme total de la part de la bourgeoisie blanche.

À Montgomery, un samedi matin, alors qu'elle se rend dans le centre en compagnie de Virginia, Jessica aperçoit une foule immense, tendue. Entièrement blanche. Elle comprend tout de suite: la marche de la liberté *(freedom ride)* vient d'arriver dans la capitale de l'Alabama. Cette marche a commencé à Washington, le 4 mai 1961, quand sept noirs et six blancs ont pris place dans des autobus en route pour le Sud.

Ils veulent savoir si la décision de la Cour suprême qui, l'année précédente, a déclaré inconstitutionnelle la ségrégation dans les autobus et les trains, est bien respectée. Très vite, les marcheurs se sont heurtés à une violente hostilité. À Birmingham, un bus a été brûlé et les protestataires roués de coups. À Montgmomery, une foule blanche armée de battes de baseball, plus de mille sudistes certains de leur supériorité, les attend. Malgré les injonctions de Virgina, Jessica saute de la voiture, et se trouve bientôt au milieu d'une effroyable mêlée. « Allez, vas-y, frappe les nègres », crient de respectables citoyens tandis que la police ne bouge pas. Jessica échappe de justesse aux coups. Mais elle est ravie : elle a de ses yeux vu une des plus grandes émeutes du Sud. Peu après, elle apprend que le pasteur Martin Luther King, l'apôtre de la non-violence et le pourfendeur du racisme, vient d'arriver et organise un rassemblement dans une église baptiste. Jessica s'y rend, habillée comme une parfaite dame du Sud, en robe verte, collier de perles, gants et chapeau assorti. Elle gare la Buick que lui a prêtée Virginia devant l'église tandis qu'une foule blanche, hostile, commence à entourer le lieu de prières. L'église est emplie de noirs de tous âges, des petites filles en robes du dimanche, des hommes en complet-veston, des femmes chapeautées. Il fait très chaud, on est à la fin mai, et bientôt, une odeur étrange emplit la salle. On tousse, on pleure. Ce sont des gaz lacrymogènes. Des grenades ont été tirées par la police pour écarter les émeutiers blancs, mais elles n'explosent pas toutes. Et les blancs ont saisi celles qui restaient intactes et les ont lancées dans l'église. Martin Luther King, très calme, explique que la foule dehors est hors de contrôle : une voiture vient d'être retournée et incendiée, et des policiers sont blessés. Il faut demeurer tranquille, résister pacifiquement. Dans l'église, personne ne panique. On chante des hymnes, on s'essuie les yeux et on attend. La journée passe, puis la nuit. Il est toujours trop dangereux de sortir. Jessica demeure là, chapeautée et gantée au milieu de cette assemblée sans haine mais déterminée, étonnamment patiente. À cinq heures du matin, les blancs lèvent le siège. Et Jessica, en franchissant le porche de l'église, voit, à la place de la Buick de Virginia, un tas de tôles calcinées. Enragés par la vue de cette blanche qui se mêlait aux noirs, les suprématistes ont brûlé sa voiture. Jessica racontera, non sans plaisir, l'épisode dans *Esquire*.

À Paris, Nancy livre une autre sorte de combat. Contre elle-même. Contre sa jalousie et son insécurité. Une rumeur s'est récemment répandue selon laquelle Gaston Palewski a eu un fils, d'une femme mariée. Quand Nancy lui écrit, il ne dément pas cette rumeur. Même si l'enfant, « ce gentil petit élément nouveau », dit-il, ne porte pas son nom. Nancy veut rompre, une fois encore. Mais le Colonel l'en dissuade, évoque « la grande affection » qu'il lui porte. Ces mots calment Nancy. Comme si elle n'attendait que cette planche qu'il lui tend. Pourtant, de la grande affection à l'amour, il y a un pas qu'elle ne peut plus espérer lui voir franchir. Même si, en avril 1962, son Colonel quitte définitivement Rome pour Paris. Le général de Gaulle est président de la République, élu au suffrage universel, et son Premier ministre, Georges Pompidou, vient d'appeler Gaston Palewski à ses côtés. Par fidélité, et reconnaissance : « C'est vous qui m'avez, en quelque sorte, fabriqué », lui dira Georges Pompidou quelques années plus tard. En 1944, un jeune intellectuel brun s'était présenté au cabinet du général de Gaulle. Gaston Palewski considérait alors avec quelque suspicion cet universitaire impertinent et désinvolte qui rédigeait des petites notes frondeuses. En 1946, quand de Gaulle se retirait du gouvernement, Gaston Palewski voyait soudain s'évanouir tout le petit groupe qu'il avait réuni autour de lui. Sans pouvoir, il devenait un homme seul. Pourtant, une personne restait à ses côtés : Georges Pompidou. « Vous l'avez vu, je n'ai pas toujours été d'accord, lui dit le jeune homme. Mais je tiens à ce que vous sachiez que vous pouvez compter sur moi. » Dix-huit ans plus tard, le pacte de fidélité entre les deux hommes tient toujours. Et Gaston Palewski accepte le ministère d'État qu'il lui propose : il est chargé de la recherche scientifique et des questions atomiques et spatiales. « Une tâche ingrate », affirmera-t-il plus tard. Il est vrai qu'il aurait préféré être ministre des Affaires étrangères. Mais, en dépit de leurs liens si anciens, le général de Gaulle ne peut faire pas confiance, pour ce poste clef, à un homme qu'il trouve trop léger, trop mondain. « Rien ne lui nuit plus dans mon esprit que cette manie de vouloir, par vanité, se mêler de tout et être partout », aurait confié le général à Georges Pompidou.

À peine nommé, Gaston Palewski panique. Comme lors des journées si froides de février 1947. Une rumeur est parvenue à ses oreilles selon laquelle un journal se prépare à publier une interview où Nancy parle de lui. Il craint le pire. Nancy ne pourrait-elle pas se montrer fielleuse ? Dévoiler leur vieille liaison ? Par vengeance ou dépit ? Il lui demande des explications. Elle se sent profondément offensée. « Colonel, lui répond-elle[1], l'Argus de la presse ne m'a pas encore envoyé l'article, et j'ignore ce que je suis supposée avoir dit, et à qui. Je suis totalement innocente. Depuis mon retour d'Irlande, j'ai vu peu de monde et aucune personne qui ressemble à un journaliste – je n'ai rencontré ni des éditeurs ni des fans littéraires de quelque sorte que ce soit. Je fais toujours très attention à ne jamais parler de vous. Si on me demande : "Que pense Gaston ?" je réponds que vous ne parlez jamais de politique avec moi et que je vous vois à peine (ce qui est trop vrai).

« Si j'ai bien compris ce que vous m'avez dit, il est terriblement humiliant que vous osiez penser que j'aie pu clamer que j'étais au mieux avec vous. Après tout, Colonel, je suis aussi une personne respectable. J'avais toujours cru que vous me soutiendriez quoi

1. *Love from Nancy, op. cit.*

qu'il arrivât. Vous ne faites que me blâmer, et vous avez tort. Si je suis supposée avoir donné une interview, il me faut la démentir, mais j'ignore de quoi il s'agit et vous restez silencieux.

Vous ne vous rendez pas compte que je suis seule ici, nerveuse, malheureuse et inquiète. Et je n'aime pas en parler (à qui le pourrais-je ?) Si ce n'était pas vous, j'irais immédiatement trouver Maître Richard. Mais je ne peux rien faire tant que vous ne donnez pas signe de vie. »

L'affaire se dégonfle toute seule. Ce n'était qu'un bruit. Un de ces ballons venimeux que « le monde », ce petit cercle parisien auquel Gaston Palewski demeure très attaché, aime lancer. Nancy en garde une nouvelle épine au cœur. Peu après, en juillet, cette épine s'enfonce un peu plus profond quand, en vacances à Venise, elle lit dans le *Daily American* que l'ancien ambassadeur de France à Rome va se marier. « Toute ma vie a semblé s'effondrer », lui avoue-t-elle dans une lettre où elle ne cache pas son affliction. Il dément une fois encore. Nancy, affirme-t-il, n'a aucune raison d'être jalouse. Pourtant sa blessure ne cicatrise plus.

Pendant ce temps, à Oakland, Jessica s'amuse du nouveau sujet de militantisme de son mari. Bob Treuhaft a créé, avec des membres de la Coopérative de Berkeley, la *Bay Area Funeral Society*, une entreprise funéraire alternative qui propose des enterrements simples et bon marché, s'opposant ainsi aux pompes funèbres privées qui, selon la Coop, profitent du deuil des familles pour leur extorquer des sommes extravagantes. « Nécrophile », plaisante Jessica quand elle voit Bob plongé dans des revues professionnelles de l'industrie funéraire. Et elle ajoute, plus sérieuse : « N'est-on pas dix fois plus volé par l'industrie alimentaire, par les agents immobiliers, par les fabricants de voitures ? » Quand, à son tour, elle se met à feuilleter ces magazines professionnels, l'imagination dont les croque-morts américains font preuve pour gommer l'idée même de décès la stupéfie. Ils vendent au prix fort des mises en scène dignes de Hollywood qui transforment les disparus, maquillés, grimés, costumés, en acteurs d'un dernier spectacle.

Peu après la publication de *Hons and Rebels*, grâce à sa respectabilité nouvellement acquise, Jessica est invitée à un débat télévisé dont le sujet se trouve être l'industrie funéraire. Elle s'y montre incisive, à son habitude, et les informations glanées auprès de Bob font mouche. Roul Tunley, un journaliste du *Saturday Evening Post*, demande peu après à la rencontrer. Jessica lui montre la collection de revues professionnelles que garde précieusement Bob, et ne mâche pas ses mots sur les turpitudes des croque-morts. Dans l'article qu'écrit Roul Tunley, intitulé « Avez-vous les moyens de mourir ? » Jessica devient une ménagère d'Oakland à la tête de troupes de choc en rébellion contre les barons du cercueil. L'article provoque un courrier tel que le *Saturday Evening Post* n'en avait jamais reçu. Puis des centaines de lettres sont adressées à cette simple adresse : Jessica Treuhaft, Oakland. Elle est devenue malgré elle la pasionaria des enterrements.

« Il faut en faire un livre, décide-t-elle, pour alerter le peuple contre les méfaits de l'industrie funéraire. » Elle téléphone aussitôt à Roul Tunley pour l'enjoindre de vite transformer son article en un ouvrage complet sur le sujet. Mais le journaliste n'a pas le temps, il est sur d'autres enquêtes, et n'en a pas vraiment envie. « Pourquoi ne le faites-vous pas vous-même ? » rétorque-t-il.

Pourquoi pas, en effet ? Mais Jessica ne se sent pas assez sûre d'elle pour entreprendre ce travail. Si Bob se joint à elle, elle s'y mettra. Si, ajoute-t-elle, un éditeur se montre intéressé. L'éditeur de *Hons and Rebels* leur propose un contrat et un à-valoir. Bob prend un congé sans solde d'un an.

Ils se partagent les tâches. Bob apprend tout, dans le moindre détail, sur les techniques d'embaumement tandis que Jessica visite des dizaines de sociétés funéraires, dont le fameux Forest Lawn Cemetery de Los Angeles, qui a inspiré à Evelyn Waugh son roman désopilant et cinglant *Ce cher disparu*. Elle s'y fait passer pour une cliente déjà préoccupée par ses propres funérailles. Les Treuhaft dissèquent le moindre journal professionnel et en décryptent le vocabulaire. Rien de ce qui concerne la mort aux États-Unis ne leur échappe. Et ils décortiquent les rouages de cette immense entreprise capitaliste qui fait d'énormes bénéfices en bernant des Américains rendus vulnérables par la perte d'un être cher.

Ils écrivent le livre à deux mains. Mais l'éditeur renâcle à ce qu'ils signent de leurs deux noms : cela se vend moins bien, affirme-t-il. Jessica le signera donc seule, du nom avec lequel elle a signé *Hons and Rebels*, son nom de jeune fille.

Quand le manuscrit arrive sur son bureau, l'éditeur soudain se défile : le sujet est vraiment trop sinistre et les passages sur l'embaumement trop crus. Bob et Jessica gardent leur à-valoir, mais sont consternés. Sans s'avouer vaincus pour autant. Ils frappent à d'autres portes. Soudain un jeune éditeur, Bob Gottlieb, se passionne pour le sujet et pour le manuscrit. *The American Way of Death*, jeu de mots intraduisible sur *The American Way of Life*, paraît en 1963, aux prestigieuses éditions Simon and Schuster. L'essai devient un immense best-seller. Il sera bientôt classé parmi les classiques du journalisme d'investigation. Aujourd'hui encore c'est un ouvrage de référence. À quarante-six ans, Jessica, qui n'en espérait pas tant, devient non seulement célèbre mais riche. Si elle est copieusement haïe par l'industrie funéraire, la nouvelle génération d'étudiants et de beatniks qui mettent en cause le « système » l'adule. Sur les campus, les années 1960 sont celles de la rébellion. Et Jessica Mitford en devient un emblème.

« As-tu lu le livre de Decca ? demande Nancy à Evelyn Waugh[1]. C'est *Ce cher disparu*, mais gonflé à en devenir un énorme ballon. Très drôle et effroyable. Il fait beaucoup de bruit aux États-Unis et d'énormes ventes, soixante mille exemplaires, ce qui est une bonne chose vu qu'ils ont peu de moyens. » Evelyn Waugh répond qu'il a très loyalement recommandé dans sa critique du *Sunday Times* la lecture de *The American Way of Death* et qu'il admire le travail de Decca. « Ou bien était-ce celui de son mari ? » ajoute-t-il beaucoup moins loyalement. Et Nancy renchérit, du même ton de fausset : « Il semble que les éditeurs préfèrent le nom de Mitford à celui de Treuhaft : je ne comprends pas pourquoi ! »

Jessica, après avoir été l'autorité à consulter sur l'aristocratie anglaise, devient l'incontournable experte ès funérailles. Lors de conférences à travers les États-Unis, elle croise le fer avec les représentants offensés de l'industrie funéraire. Ces derniers attaquent son athéisme, rappellent qu'elle a été communiste. Jessica répond qu'elle milite seulement pour des obsèques simples et dignes, sans simagrées dispendieuses. En 1964, le magazine de cinéma *Show* lui demande d'écrire un reportage sur le tournage de *Ce cher disparu*, l'adaptation au cinéma du roman d'Evelyn Waugh par le metteur en scène Tony Richardson, avec l'acteur Liberace en vendeur de cercueils. Jessica est l'unique journaliste autorisée sur le plateau. Elle en est très fière, et ne dédaigne pas de goûter au luxe du Beverly Hills Hotel où la Metro Goldwyn Mayer la loge. Les années d'ascétisme militant sont terminées.

Au moment où elle écrivait *The American Way of Death*, Jessica était venue voir sa mère en Angleterre.

1. *The Letters of Nancy Mitford and Evelyn Waugh, op. cit.*

Lady Redesdale, quatre-vingt-deux ans, est devenue très sourde et souffre de la maladie de Parkinson. Mais elle tient à passer tous ses étés sur l'île d'Inchkenneth, entourée, il est vrai, de six domestiques : une cuisinière, une femme de chambre, un marin et trois valets de ferme qui s'occupent des vaches, des chèvres et des moutons. Sa lucidité est intacte, tout comme sa capacité d'indignation. Contre Nancy. Cette dernière a écrit un article qui paraît dans le *Sunday Times*, le 26 août 1962, où elle brosse le portrait de Laura Dicks, la nounou qui a compté pour toutes les sœurs Mitford, et en profite pour raconter son enfance. « En ces temps-là, raconte-t-elle, une distance était toujours gardée [entre parents et enfants]. Pourtant, même dans ces circonstances, [ma mère] était anormalement détachée. » Si, jusqu'à présent, lady Redesdale a montré beaucoup d'indulgence envers les écrits de ses filles, cette fois, elle se fâche. Rudement. Elle a détecté dans ces mots « anormalement détachée » la cruauté qui, depuis toujours, lui déplaît en sa fille aînée. « En lisant cet article, il m'a semblé, écrit-elle à Nancy, que tout ce que j'ai pu faire pour chacun de vous n'a servi à rien ou a été mal pris. C'est une pensée horrible, et je ne peux y apporter aucun remède. » Nancy tente de se rattraper. « Oh, mon Dieu, je pensais que cela vous ferait rire ! répond-elle[1]. J'ai toujours l'impression qu'on devient, en vieillissant, une personne totalement différente de celle qu'on était, jeune, et qu'on peut donc rire de ce qu'on était – c'est du moins mon cas. Je ne pouvais écrire sur Nanny en laissant totalement de côté la mère et, pour le lecteur moderne, je devais expliquer cette grande différence des relations entre parents et enfants en ces temps lointains et maintenant. » Un peu plus tard, elle ajoute[2] : « Bien sûr, je suis torturée de culpabilité. J'ai été folle de ne pas vous

1. *Love from Nancy*, *op. cit.*
2. *Ibid.*

envoyer une copie de l'article – c'était par pure pingrerie, je l'avais fait taper en un seul exemplaire, sinon, c'est très cher et personne ne semble utiliser les copies. »

Moins d'un an plus tard, en mai 1963, lady Redesdale meurt à Inchkenneth, entourée de Nancy, Pam, Diana et Debo. Elle s'éteint sans souffrir, en ayant eu le temps de dire à ses filles : « S'il y a quelque chose dans mon testament qui vous déplaît, changez-le. – Mais nous irions en prison ! » s'est exclamée Nancy. La vieille dame a ri. Son dernier rire.

Des cornemuses sonnent tandis que son corps est emporté, sur le canot, vers l'île de Mull, puis vers le continent. Elle est enterrée à Swinbrook, à côté de son mari. Non loin de Unity.

« J'ai le sentiment que rien d'agréable ne surviendra plus jamais dans ma vie, écrit alors Nancy à Gaston Palewski[1], les choses iront de pire en pire, jusqu'à ma vieillesse et ma mort. » Il est rare qu'elle lui dévoile ainsi ses plus profondes angoisses. Mais elle n'a plus besoin de jouer un rôle devant lui. Inutile désormais de s'efforcer de ne montrer que son côté léger, amusant, frivole. Il est son ami, et n'est plus son amant.

Quelques années plus tard, en 1966, Nancy dévoile une nouvelle et rare fois son pessimisme. Ou bien est-ce sa lucidité ? Le jour de son soixante-deuxième anniversaire, dans une lettre qu'elle envoie à son très proche ami, Mark Ogilvie-Grant, elle écrit à côté de la date : « Un pas de plus vers la fin. ».

Mais, le reste du temps, elle présente son masque habituel. Toujours parfaitement coiffée, habillée à quatre épingles, elle offre cette surface lisse sur laquelle personne n'a de prise.

1. *Ibid.*

C'est cette Nancy parfaitement impénétrable qui se rend, au début de septembre 1963, au mariage d'Emma, vingt ans, la fille aînée de Debo. Elle épouse l'honorable Toby Tennant, vingt-deux ans. La cérémonie, grandiose, a lieu à Chatsworth. Debo a invité toutes ses sœurs et seule Jessica ne vient pas : elle ne tient pas à côtoyer Diana. Mais, pour la représenter, elle envoie sa fille Constancia. Pour que cette dernière fasse connaissance avec sa famille maternelle. Et qu'elle décide, maintenant qu'elle est adulte, si elle veut appartenir à son monde ou non.

Quelques jours avant le mariage, Constancia se trouvait à Washington, parmi les dizaines de milliers de manifestants rassemblés devant la Maison-Blanche. C'était le 28 août 1963. Face à cette marée humaine venue réclamer les droits civiques pour les noirs, le pasteur Martin Luther King prononce, dans un silence absolu, un long discours incantatoire. *« I have a dream »*, « J'ai un rêve », répéte-t-il. Il rêve d'égalité et de justice pour tous. Constancia vibre à ses paroles. Cette jolie jeune fille aux yeux pervenche veut changer le monde, et l'injustice criante dont sont victimes les Afro-Américains la révolte. Elle reprend le flambeau que brandissait sa mère. Ce 28 août, pourtant, il lui faut quitter précipitamment Washington alors que la manifestation n'est pas terminée. Elle attrape de justesse un bus pour New York. Puis un avion pour l'Angleterre. Debo et Nancy l'attendent à Londres. Une voiture les emmène à Chatsworth.

Entre Nancy et Constancia, l'incompréhension est immédiate. Élevée aux États-Unis dans les quartiers les plus modestes, la fille de Jessica ne comprend pas le langage emphatique et ironique de sa tante. Quand Nancy la questionne sur ses « chers noirs si charmants », les mots sonnent à ses oreilles comme une insulte. Pour Nancy, c'est simplement sa façon de voir le monde. Paternaliste. Ne dira-t-elle pas, quelques années plus tard, que l'esclavage n'était pas une si mauvaise idée ? Constancia se mord la langue et ne réplique pas : sa mère lui a fait promettre de bien se tenir et, surtout, de ne montrer aucune animosité envers qui que ce soit.

Installée dans une chambre immense où trône un lit à baldaquin, la jeune fille est nerveuse : les codes de la vie dans ce château lui sont inconnus. Sa mère lui a expliqué que, le soir, il fallait s'habiller, mettre une robe longue pour le dîner. Mais quels gestes avoir, quelles paroles prononcer, quelles réponses apporter ? Descendre l'escalier est une première épreuve. Puis il faut traverser l'immense hall où s'affairent quelques domestiques. Elle se sent infiniment petite. Un feu crépite dans le salon, elle y parvient de plus en plus crispée. Il n'y a encore personne. Sauf Nancy : assise très droite dans un fauteuil, la nuque raide, le cou serti d'un collier de grosses perles, impeccablement vêtue. Constancia se dirige vers elle, comme vers une bouée de sauvetage. Nancy n'est-elle pas la sœur préférée de sa mère ? Celle dont les idées sont le moins réactionnaires ? Sa tante la fixe un instant. Et lui tourne ostensiblement le dos. Constancia demeure quelques secondes interdite. C'est un affront. Un refus de lui venir en aide. Constancia n'appartient pas à son monde et ne l'intéresse donc pas. Gauchement, la jeune femme feint de regarder quelques bibelots. Diana entre alors dans la pièce.

Constancia redoute cette rencontre. La sœur que sa mère ne veut plus voir, va-t-elle également lui tourner le dos ? Diana s'avance vers Constancia, parfaitement sûre d'elle, souriante, les yeux bleus et immenses dans un visage devenu très fin, diaphane. Elle lui tend la main et lui pose quelques questions banales, histoire de mettre la jeune fille en confiance : Diana a des manières parfaites. Debo arrive alors. En hôtesse accomplie, elle passe son bras sous celui de Constancia et l'entraîne, lui présente les membres de la famille qu'elle ne connaît pas, la met à son aise.

Pam est là, discrète, souriante, heureuse de parler de ses chiens et de ses chevaux, et dans ses paroles il n'y a ni l'emphase souvent cruelle de Nancy ni la culture et la mondanité de Diana. Aristocrate campagnarde, elle est parfaitement satisfaite de son sort. Si elle n'était pas divorcée et avait des enfants, elle serait un modèle parfaitement conforme de sa classe sociale. Sa différence ne la gêne pourtant pas. L'esprit indépendant, riche grâce à la pension que lui verse son ex-mari, elle vit seule dans un manoir situé entre Gloucester et Cheltenham. Et, au volant de jolies voitures, elle fait régulièrement des voyages jusqu'à la maison qu'elle possède en Suisse, près de Zurich. De ce pays, elle a introduit en Angleterre une race de poules, les Appenzeller Spitzhaube, à la jolie huppe. C'est son titre de gloire. Tout comme Debo et parfois Nancy, Pam poursuit la vieille histoire d'amour des sœurs Mitford avec les gallinacées.

Juste après le mariage d'Emma, Gaston Palewski arrive à Chatsworth : il est resté un grand ami des Devonshire. Nancy est ravie. Sa présence l'illumine. Mais n'est-ce pas Debo et Andrew qui, dans leur splendeur ducale, intéressent le ministre français ? Il ne cherche d'ailleurs pas à glaner un moment d'intimité avec Nancy. Elle lui propose d'aller rendre visite aux écrivains Edith et Osbert Sitwell, dont le château familial est proche de Chatsworth. Ils y vont en compagnie de Debo. L'escapade est sinistre. Très âgés, le frère et la sœur ne sont plus que des ombres. La mort plane sur la vaste et vieille demeure de Renishaw.

Elle va continuer de planer sur les temps qui viennent. En janvier 1964, Mrs Hammersley décède après une brève maladie. Pour Nancy, c'est un arrachement. La fin d'une très filiale amitié. Bientôt, Nancy le sait trop bien, Mme Costa de Beauregard mourra à son tour, tout comme Dolly Radziwill. Elle sera alors seule au monde.

Est-ce pour mieux défier l'absence ? Nancy se plonge une nouvelle fois dans le passé : elle prépare un livre sur le Versailles de Louis XIV. Un livre qui paraîtra illustré de nombreuses photos, « un de ces livres que s'offrent les millionnaires pour Noël », plaisante-t-elle. Elle y travaille d'arrache-pied, lit des tonnes d'ouvrages, passe des journées entières à la bibliothèque du château dont le conservateur, Gerard van der Kemp, devient un ami. Ses yeux lui font toujours mal. Mais comment se passer de livres ? Comment vivre uniquement dans le présent ? Le xviie siècle l'enchante et l'arrache à ces années 60 qu'elle n'aime pas. L'avènement des Beatles, la rébellion de la jeune génération, son affranchissement du monde de ses aînés, ses codes vestimentaires lui demeurent parfaitement étrangers. Dans un mélange d'ironie et de crainte, elle appelle les jeunes gens aux cheveux longs des « égouts ». Comme le faisait son père lorsqu'elle amenait des garçons trop efféminés à Swinbrook, dans les années 20. C'est pourtant la même révolte contre un monde trop compassé qui agite les jeunes des années 20 et ceux des années 60. À une différence près : les Bright Young People étaient une poignée et appartenaient aux classes les plus privilégiées, tandis que, maintenant, c'est une classe d'âge entière, différences sociales confondues, qui affirme son besoin de changement. La société s'est, décidément, démocratisée.

À soixante ans, Nancy refuse d'être en phase avec ces bouleversements. L'histoire de Versailles est son refuge. « Louis XIV tomba amoureux en même temps de Versailles et de Louise de la Vallière. Versailles fut l'amour de sa vie », commence-t-elle à écrire. Avec bonheur, et une facilité sous-tendue par une connaissance profonde de l'histoire de France, elle raconte l'ascension de Mme de Montespan et la chute de Mlle de la Vallière, l'affaire des poisons, la tranquille conquête du cœur de Louis XIV par Mme Scarron devenue marquise de Maintenon. Elle raconte Molière et Racine. Et ne peut cacher son admiration éperdue pour le Roi Soleil. Elle aime son intelligence, son goût du divertissement et des plaisanteries, son très royal panache et sa main de fer. Sous sa plume, il ressemble, bien sûr, à Gaston Palewski. Le soleil de Nancy.

Nommé en 1965 président du Conseil constitutionnel, très occupé, toujours amoureux, il vient de moins en moins la voir. Mais il continue de l'appeler régulièrement. Pour lui, Nancy est, au sens littéral de ces mots, une très chère amie. Nancy s'est résignée : elle n'a plus besoin de vivre près de lui. Versailles l'attire irrésistiblement. « Le monde s'enlaidit de plus en plus vite, écrit-elle en 1966[1]. J'ai l'intention d'acheter une maison à Versailles quand j'en trouverai une et j'y mènerai la vie d'une autruche. Ma chère Mme Costa vient de mourir à l'âge de quatre-vingt-douze ans, je ne pourrai plus aller à Fontaines, hélas, et je ne peux vivre tout le temps en ville, même à Paris. À Versailles, on peut aller faire un tour dans le parc et prendre un peu d'air frais. » Le refuge qu'était son appartement est maintenant envahi par les cris aigus d'enfants qui jouent dans la cour et la perturbent, l'irritent. Elle a besoin de silence et d'éloignement. Si léger soit-il.

La maison qu'elle trouve à Versailles, au 4, rue d'Artois, est banale. Pas de moulures au plafond, pas de grande pièce de réception. « Elle ne possède rien d'intéressant d'un point de vue architectural, écrit Nancy[2], mais elle est ancienne, ensoleillée, pleine de lumière et parfaitement tranquille, avec un grand jardin et, quand j'aurai fini de la transformer, elle sera vraiment jolie. » Les travaux durent plusieurs mois. La maison sans

1. *Love from Nancy*, *op. cit.*
2. *Ibid.*

prétention se transforme en demeure de goût, avec de longs rideaux moirés, des meubles anciens, des fauteuils à médaillon tapissés d'un tissu à rayures. Comme sa mère, comme sa sœur Diana, Nancy aime la luxueuse simplicité. Le jardin la ravit, qu'elle convertit bientôt en jardin de curé, sans gazon surtout, sans cette pelouse anglaise qu'elle abhorre. Ce sont des bleuets, des marguerites, des coquelicots, des rosiers grimpants qui poussent en un savant désordre. « La vie ici est beaucoup plus facile que là-bas [à Paris], et à moitié prix, constate-t-elle[1]. Je suis heureuse d'avoir déménagé, jamais je n'ai rien fait d'aussi raisonnable. » Mais son raisonnable bonheur sera de courte durée.

1. *Love from Nancy*, *op. cit.*

XII

À peine publié, *Le Roi Soleil*[1] se vend à plus de cent mille exemplaires, en Europe seulement. Aux États-Unis, ce livre illustré, où Nancy a mis tout son amour du XVIIe siècle français, connaît un aussi grand succès. Il crée l'événement de la foire de Francfort, à l'automne 1966. Pour son auteur, c'est encore une divine surprise. « Il m'a coûté un grand effort mais je pense, j'espère, que je ne pouvais faire mieux », murmurait-elle juste avant de donner son manuscrit à dactylographier. Dès qu'il paraît en traduction française, *Le Roi Soleil* a pour lecteur le général de Gaulle, qui ne tarit pas d'éloges, et le recommande à ses proches. Gaston Palewski profite de l'occasion pour demander au président de la République de bien vouloir accorder la Légion d'honneur à Nancy Mitford, cette grande amie de la France. Le Général refuse. Son ton est sans réplique. Il y aurait de la légèreté à galvauder ainsi cette illustre récompense. Pour Nancy, cela n'a pas d'importance. Grâce au *Roi Soleil*, elle est plus riche encore et la crainte d'une vieillesse misérable est désormais totalement écartée. La solitude pourtant devient inéluctable. Le jour de Pâques 1966, Evelyn Waugh est mort. Brutalement, dans ses toilettes, à l'âge de soixante-trois ans. Avec lui, c'est toute une partie de la vie de Nancy qui disparaît. Ne l'a-t-il pas hébergée lorsqu'ils avaient une vingtaine

---

1. Traduit en français aux éditions Gallimard.

d'années et qu'elle cherchait à échapper à sa famille ? N'a-t-il pas trouvé le titre de son premier vrai roman, *La Poursuite de l'amour*, et celui de *Voltaire amoureux* ? Il avait, à un an près, son âge. Perclus d'ennui et de misanthropie, l'écrivain ne voyait quasiment plus personne. Il s'était rendu odieux à beaucoup. Il haïssait le monde dans lequel il vivait, et le faisait sentir. Depuis la victoire des travaillistes en 1945, il était persuadé que l'Angleterre, gouvernée par un prolétariat vulgaire et inculte, était retournée à des temps ténébreux. La démocratie lui répugnait. Il avait la nostalgie des grandes demeures, de cette époque qu'il imaginait flamboyante où le pouvoir était entre les mains d'une oligarchie héréditaire, et cette mélancolie le rendait grincheux. L'abus d'alcool et de nourriture n'arrangeait pas les choses. Nancy était une des rares personnes restées proches de lui. Il est vrai qu'ils se voyaient peu. Mais ils s'écrivaient beaucoup. Ses accès de mauvaise humeur ne la déconcertaient pas, elle appréciait en lui le grand romancier, le conseiller littéraire, l'ami avec qui elle pouvait parler de ses dernières lectures. Sa mort creuse un vide devant lequel elle reste désemparée. Changement douloureux d'habitudes : elle a dû faire relire les épreuves du *Roi Soleil* à Raymond Mortimer, l'autre vieil ami, l'autre grand lettré. C'est d'ailleurs à lui qu'elle dédie le livre, comme elle avait dédié *Le Cher Ange* à Evelyn Waugh. Mais ce nouveau mentor littéraire ne peut effacer l'hébétude qu'elle ressent le matin, quand, le stylo à la main, le dos calé contre ses oreillers, elle se rend compte qu'elle n'écrira plus jamais : « Très cher Evelyn ». Ils se sont échangés, au cours des décennies passées, plus de cinq cents lettres.

Alors, elle écrit beaucoup à Mark Ogilvie-Grant, son plus ancien ami, le jeune homme spirituel qu'elle aurait aimé épouser s'il n'avait été homosexuel. Tous les étés, Nancy le rejoint à Athènes où, diplomate, il vit depuis longtemps. Grâce à lui, la voyageuse réticente qu'elle est découvre avec bonheur les îles de la mer Égée, le Péloponnèse, Delphes et Spetsai. Mais elle n'aime pas Athènes, défigurée, affirme-t-elle, par une hideuse modernité. Nancy a besoin d'harmonie. Et de sécurité. Elle ne part jamais à l'aventure, ne se déplace que lorsque quelqu'un l'attend à son point de destination. En ces années 1960, moins désireuse qu'autrefois de demeurer à Paris, près de son Colonel, elle accepte plus d'invitations que jamais. Un voisin de la rue Monsieur, le comte Ostorog, lui propose de venir passer quelques jours dans la maison qu'il possède à Istanbul. Elle s'y rend immédiatement. Le comte possède, selon Nancy, « la dernière belle maison turque », au bord du Bosphore. Il lui fait emprunter des ruelles étroites bordées de maisons de bois, là où ne passe jamais aucun touriste. Elle est éblouie.

Juste avant, elle se trouvait en Libye. Une nouvelle amie, la princesse italienne Anna Maria Cicogna, rencontrée à Venise, l'a conviée à venir passer quelques jours dans la propriété qu'elle possède à Tripoli, un domaine au parc immense hérité de son père, le comte Volpi, gouverneur de Libye quand le pays était encore une colonie italienne. Nancy est déconcertée par cette Afrique musulmane qui hésite entre tradition et modernité. Le bazar grouillant de monde la surprend, tout comme les paniers en plastique qu'elle y trouve. Elle s'amuse d'apprendre que le muezzin, fatigué de monter cinq fois par jour en haut de son minaret pour appeler à la prière, diffuse désormais un disque relayé par de puissants haut-parleurs. À l'intérieur des murs du domaine, se trouve rassemblé le même petit monde qui se rencontre chaque été à Venise. Avec en plus, cette année-là, Pierre Cardin et l'« adorable » Jeanne Moreau, selon le mot de Nancy. Ce monde élégant l'intéresse plus que l'exotisme libyen. Elle regrettera à peine, quelques années plus tard, qu'Anna Maria Cicogna perde sa maison à la suite de la révolution libyenne.

C'est surtout à Venise que Nancy aime se rendre, pour retrouver cette assemblée de gens riches et insouciants. La princesse Cicogna, une femme, affirme-t-elle, « presque parfaite : calme, ponctuelle, affectueuse, intelligente et parfois très drôle », l'invite dans son palais et la dorlote, la cajole. Chaque été, son séjour dans la lagune devient sa respiration. Sa plongée dans un monde idéal. Dans la Venise qu'elle contemple, rien, sinon les moteurs qui poussent quelques gondoles, ne paraît avoir changé depuis le XVIIIe siècle. Et la contemplation de cette permanence, loin des turbulences modernes, lui est nécessaire.

« Je ne suis plus très sociable et je ne dîne jamais dehors, écrit-elle à Mark Ogilvie Grant[1], alors qu'elle vient de s'installer dans sa maison de Versailles. J'ai tant envie de voir les arbres en fleurs au printemps, les brumes et les fruits en automne, et de la neige blanche, pas grise, en hiver. Ma maison est si confortable, pleine de pièces. Je vais faire installer une troisième salle de bains, et je t'attendrai. » Elle évoque sans cesse devant Mark, botaniste émérite, son jardin, les rosiers grimpants qu'elle fait planter, la glycine et le jasmin, les roses trémières qui poussent à vue d'œil. Elle lui parle de la tortue qui hiberne et des petits hérissons qui viennent de naître. Mais, en 1969, Mark meurt d'un cancer. « Mon plus ancien et mon plus proche ami. Il savait tout de moi. Car il était l'unique jeune homme que mon père appréciait et que je pouvais inviter sans craindre de le voir malmené[2]. » Peu de temps auparavant, c'est Peter Rodd qui est décédé, à Malte, dans le petit appartement qu'il louait. D'une embolie. Il lisait une lettre de Nancy, un matin, quand la mort l'a frappé. « Je ne pouvais pas vivre avec lui, écrit Nancy à Debo[3] comme pour

1. *Love from Nancy, op. cit.*
2. *Ibid.*
3. *Ibid.*

tenter de s'excuser. Même une sainte ne l'aurait pas pu. » Randolph Churchill est mort lui aussi, trois ans à peine après son père, rongé par l'alcool et les excès. La génération de Nancy commence à s'évanouir.

Chaque 1er novembre, elle se recueille. Et se rappelle longuement Robert Byron, mort en mer au début de la guerre, celui dont, affirme-t-elle, la disparition lui est toujours la plus douloureuse. Elle évoque le souvenir de Tom, son frère. Elle pense à tous les autres, sa sœur Bobo, ses parents, Evelyn Waugh, Mrs Hammersley… « Ce sera bien de les revoir bientôt », murmure-t-elle.

Elle a un peu plus de soixante ans. Et elle cherche à apprivoiser, à rendre légère, presque futile, l'idée de sa propre mort. Avec Debo, elle en plaisante, depuis qu'elle a demandé à sa plus jeune sœur d'être son exécutrice testamentaire et d'organiser ses funérailles. Elle lui parle de sa tombe d'un ton ironique, distancié : elle veut, affirme-t-elle, une grande tombe ostentatoire, pleine d'anges, avec une inscription qui rappelle à quel point elle était charmante, et combien elle est regrettée. Elle veut être enterrée là où elle mourra, mais de préférence au Père Lachaise. Son testament, rédigé à la manière française, est déjà prêt, déposé dans son coffre-fort dont la combinaison est 7-7-8. Son notaire, Maître Richard, rue des Saints-Pères, est au courant de tout. Nancy, pour ce qui concerne son argent et ses biens, fait preuve d'un parfait sens pratique. Sa nièce Constancia n'est plus son héritière : Nancy a pris pour prétexte que ses précieux meubles du XVIIIe siècle ne supporteraient pas le chauffage central en Amérique. Et Jessica n'est-elle pas, entre-temps, devenue riche grâce à son livre et ses articles ?

Jessica rend désormais régulièrement visite à Nancy. Celle-ci trouve sa sœur mal fagotée, « horriblement provinciale », et l'emmène chez Dior. « Ma sœur a beaucoup d'argent », glisse-t-elle perfidement aux vendeuses. Jessica, qui accorde plus d'importance aux débats idéologiques qu'à son apparence physique, se retrouve avec une sublime robe de satin noir qu'elle osera rarement porter. À vrai dire, la pasionaria américaine s'est quelque peu embourgeoisée, comme le disent les étudiants des années 1960, depuis le succès de *The American Way of Death*. Elle et Bob habitent toujours à Oakland, mais ils ont emménagé dans une maison plus spacieuse que celle qu'ils avaient jusqu'à présent, une jolie demeure située Regent Street, tout près de Berkeley, une maison élégante avec des colonnes en bois et des bow-windows. Située, il est vrai, en bordure d'un quartier pauvre, et noir.

Jessica a également racheté les parts que détenaient ses sœurs dans l'île d'Inchkenneth (Nancy ne s'est pas rétractée : elle lui a bien donné la sienne), et elle est désormais la propriétaire de cette lointaine île des Hébrides. Chaque été, au mois d'août, les Treuhaft s'y rendent et habitent la grande maison de trois étages, élégamment meublée par lady Redesdale. Pour Jessica la rebelle, c'est une façon de renouer avec un passé qu'elle avait rejeté. C'est aussi un dernier acte de loyauté envers une mère qu'elle avait fini par profondément aimer. Conserver son île et sa maison, c'est rester fidèle à sa mémoire. Pourtant, à la fin des années 1960, Jessica se rendra compte que les frais d'entretien d'une île si éloignée de la Californie sont énormes, disproportionnés par rapport au temps qu'elle y passe. Si Constancia et Benjamin voulaient la garder, elle ferait un effort. Mais les deux jeunes gens, très engagés dans la vie politique américaine, plongés dans la lutte contre la guerre du Vietnam, préoccupés d'idées d'égalité et fâchés avec la notion de propriété, ne témoignent pas d'un vif intérêt pour Inchkenneth. Jessica met donc l'île en vente.

« Diana porte une broche baroque que tu lui as offerte et elle dit que c'est son trésor… » : Nancy, dans les lettres qu'elle écrit à Jessica, la taquine. Ressent-elle vraiment le besoin de rapprocher ses deux sœurs ? Toujours est-il que, pour Jessica, il est hors de question qu'elle rencontre Diana, cette sœur qu'elle continue de qualifier de « fasciste ». Cette sœur qui, selon elle, représente tout ce contre quoi elle se bat. Car Jessica continue de batailler. Quand, en 1964, les étudiants se révoltent sur le campus de l'université de Berkeley pour réclamer le *free speech*, le droit à la parole, elle se range immédiatement à leurs côtés. Elle proteste avec eux contre la guerre qui commence au Vietnam, contre le service militaire obligatoire, contre l'envoi des jeunes gens dans un conflit dont ils ne veulent pas. Bob Treuhaft devient l'avocat des déserteurs et des objecteurs de conscience. En 1966, ce mari aux yeux toujours espiègles et à l'humour décapant se présente devant les électeurs : il dispute le poste de procureur d'Alameda county à Frank J. Coakley, le vieil ennemi de Jessica, le représentant de la droite extrême, qui s'emploie en ce moment à jeter les étudiants réfractaires en prison.

La campagne électorale est rude. L'ancienne appartenance de Bob Treuhaft au parti communiste est brandie comme un épouvantail par son adversaire. Cela ne trouble pas le milieu associatif et étudiant qui appuie la candidature de Bob. Jessica transforme la maison de Regent Street en quartier général de campagne. Douée d'un grand sens de l'organisation militante, Jessica distribue les tâches. Les bénévoles partent faire du porte-à-porte. Constancia, qui habite New York où elle partage désormais la vie de James Forman, un leader du mouvement noir, vient sur la côte ouest apporter son aide à ses parents. Benjamin est aussi de la partie. Bob Treuhaft obtient un résultat remarquable pour un candidat qui ne masque pas son engagement à gauche : il remporte trente pour cent des voix. Dans la seule ville de Berkeley, il gagne la majorité des suffrages. « Si j'avais posé ma candidature au poste de maire, j'aurais été facilement élu », ironise-t-il. Il ne se lancera pourtant pas dans une telle aventure. Bob est un militant, entièrement dévoué à ses causes, mais pas une bête politique.

Les temps changent, comme le chante Bob Dylan. La jeunesse américaine se révolte contre l'étroitesse d'esprit de ses aînés, contre leurs préjugés et leur égoïsme. Jessica y reconnaît la rébellion de ses vingt ans. Et, à cinquante ans, participe à toutes leurs manifestations.

Ses reportages, s'ils contiennent toujours une part d'ironie combative, ne portent pourtant pas tous sur des sujets politiques. Devenue une célébrité, respectée et parfois haïe pour son regard sans complaisance, elle est très souvent appelée au téléphone par des rédacteurs en chef en mal d'idées. Le luxueux magazine féminin *McCall's* l'envoie dans un centre de remise en beauté, en Arizona, où des femmes d'âge mûr paient une fortune pour perdre quelques kilos, recouvrer un teint frais et des fesses fermes. Rien n'échappe à l'œil acéré de Jessica : la régression infantile que l'on fait subir aux riches clientes, les multiples suppléments à une facture déjà lourde, l'ennui des soirées où l'on joue au bingo, la vacuité d'un monde féminin uniquement préoccupé de son apparence. Dans cette atmosphère narcissique, Jessica se rappelle un épisode de son enfance anglaise. Un jour, la façon dont sa ceinture était nouée la préoccupait et la gouvernante, agacée, lui avait lancé : « Mais personne ne va vous regarder. » Comme, avant d'entrer dans la salle à manger, Jessica insistait, la gouvernante avait laissé tomber ces mots comme un couperet : « Écoutez, Jessica, rappelez-vous que vous êtes la personne la moins importante dans cette pièce. » Le centre de remise en beauté, où chaque cliente devient la personne la plus importante du monde, n'aurait certainement connu aucun succès en Angleterre, conclut Jessica. Elle oublie que, là-bas aussi, les temps changent.

La France bouge aussi. En profondeur. Commencée par la révolte des étudiants de Nanterre contre l'interdiction qui leur est faite d'aller dans les dortoirs des filles, la rébellion de 1968 se propage bientôt à toutes les facultés, au monde du cinéma, aux journaux, aux usines. C'est une vieille société figée et pleine d'interdits qui est remise en cause. Nancy suit les « événements », comme on les appelle déjà, à la télévision : elle a fini par acquérir un poste l'année précédente, « pour voir les hommes politiques », affirme-t-elle. De la même façon que son père ne pouvait comprendre que les filles se coupent les cheveux et s'habillent au genou au début des années 1920, Nancy se sent parfaitement étrangère aux bouleversements qui se produisent. Elle ne ressent aucune sympathie pour les étudiants, ils l'effraient, lui répugnent presque. Daniel Cohn-Bendit, qu'elle surnomme Cohn-Bandit, lui rappelle « ce voyou d'Esmond Romilly ». La comparaison est juste. Trapu, gouailleur, la fibre anarchiste et l'intelligence vive, « Dany le Rouge » partage de nombreux traits avec Esmond Romilly. Pour Nancy, ce n'est pas un compliment. La France qu'elle aime n'est pas celle des révolutions. Mais celle des pouvoirs absolus. Quand la grève générale paralyse le pays, en mai, Nancy, qui n'a pas de voiture, ne bouge plus de sa maison. Il fait très beau, elle reste dans son jardin. Bastion du conservatisme, ville ennemie de Paris la révoltée comme au temps de la Commune, Versailles la rassure. Les voisins, les commerçants se sentent comme dans un camp retranché, alors qu'à l'extérieur se déchaînent des hordes sauvages. Nancy, reprenant des propos entendus, est persuadée qu'il s'agit là d'un complot communiste. « Si je suis conservatrice, remarque-t-elle[1], c'est que je vois tant de belles choses à conserver dans la société française. C'est dommage de penser que tout puisse aller au bûcher

1. *Love from Nancy, op. cit.*

pour quelques réformes. » En fait, elle a peur. Les valeurs sur lesquelles elle base maintenant sa vie, le respect d'un passé grandiose, le besoin d'une société hiérarchisée, vacillent. Mais son cauchemar prend fin. Le 31 mai, une immense manifestation emplit les Champs-Élysées : la « majorité silencieuse » est descendue dans la rue pour affirmer son soutien au général de Gaulle. Nancy respire. Mais le pressent-elle ? La société française ne sera plus jamais comme avant.

Pendant la grève générale, elle a envoyé de l'argent à la Société d'assistance aux bêtes d'abattoir : des milliers d'animaux étaient immobilisés dans les trains, effroyablement serrés les uns contre les autres, sans rien à manger ni à boire. Est-ce son jardin où elle observe avec tendresse les merles, les mésanges et les martinets ? Est-ce la famille de hérissons nichée sous un de ses arbustes ? Nancy, en 1968, devient une avocate déclarée des droits des animaux. Dans un article publié dans *The Listener*[1], elle s'élève contre les expérimentations animales : « Il n'est pas besoin d'être une vieille dame sentimentale pour savoir que les chiens, parce qu'ils vivent depuis si longtemps avec les êtres humains, sont plus anthropomorphes que d'autres créatures, et qu'en conséquence ils souffrent mentalement à un plus grand degré. Ils souffrent terriblement de l'ennui, par exemple. En admettant que tant d'expérimentations sur les chiens soient nécessaires, je m'inquiète de la vie qu'ils mènent en attendant le pire. » Le combat de Brigitte Bardot la séduit : « Notre splendide Bardot se trouvait hier à la télévision et elle y a décrit très précisément ce qui se passe à l'abattoir. Cela a créé un émoi considérable. Trente mille personnes lui ont écrit et le ministre a été obligé de prendre des mesures. Je l'adore pour cela. » Pourtant Nancy est tou-

1. Repris dans *A Talent to Annoy, Essays, Journalism and Reviews by Nancy Mitford*, Charlotte Mosley ed., Londres, 1986.

jours prête à dénigrer ce qu'elle avait adoré, et se lasse de son propre militantisme. « Il n'y a pas de catégorie plus ennuyeuse que celle des amoureux des animaux, et en particulier celles des amoureux des chats, hélas », finit-elle par se plaindre à son ami Harold Acton[1]. Car, à la suite de son article dans *The Listener*, elle a reçu un déluge de lettres. Qui l'ennuient. Et il n'y a rien qu'elle déteste plus que la lassitude. Nancy tient pourtant à répondre à ces courriers elle-même. Elle refuse d'embaucher une secrétaire. « Je ne supporterais pas sa présence », explique-t-elle. Mais les excès de sentimentalité des défenseurs des animaux l'écœurent et l'exaspèrent. Au point qu'elle finit par les détester. Elle gardera désormais pour elle la tendresse qu'elle ressent envers les merles et les hirondelles de son jardin.

À peine la vie en France reprend-elle son cours habituel, Nancy part en vacances. Comme si Mai 68 n'avait pas existé. Elle se rend à Venise, selon un rituel désormais bien établi, chez la comtesse Cicogna. Elle veut ensuite aller en Allemagne. Car elle prépare une nouvelle biographie : celle de Frédéric II le Grand, roi de Prusse et ami de Voltaire. Pour plonger à nouveau dans le XVIIIe siècle. « J'adore Frédéric, écrit-elle à Hugh Jackson[2], il est tout ce que j'aime, brave, drôle, intelligent, intéressé par tout, avec un goût merveilleux et du bon sens. Il a eu une vie triste parce que, lorsqu'il a atteint l'âge de cinquante ans, tous les gens qu'il aimait étaient morts... » Nancy aime son côté batailleur, ses cavalcades à la tête de ses régiments, ses guerres. Car, à l'instar de son père qui aimait tant la vie militaire, Nancy se passionne pour les vies des généraux. Le récit des batailles la ravit. Sa rencontre, à l'ambassade de Grande-Bretagne en France, avec le célèbre maréchal Montgomery, vainqueur de Rommel à El Alamein,

1. *Love from Nancy*, *op. cit.*
2. *Love from Nancy*, *op. cit.*

commandant des forces terrestres lors du débarquement en Normandie, a été un des grands moments de sa vie. Elle a d'ailleurs pensé qu'il n'était pas sans ressemblance avec son père. Frédéric II la séduit tout autant. Mais, pour écrire sa biographie, un livre comme elle les aime, tout en légèreté et en sentimentalité, il y a un problème. Le roi de Prusse n'a pas eu de grande histoire d'amour. Comment écrire un livre sans ce ressort essentiel qu'est l'embrasement du cœur ? Il se trouve que Frédéric II était homosexuel et Nancy, qui a pourtant eu tant d'amis qui l'étaient, se sent désarmée, incapable de comprendre les ressorts de ses émotions. Avait-il seulement un cœur ? se demande-t-elle. « Je pense, finit-elle par avouer[1], que peut-être je n'arrive pas à comprendre la nature de l'homosexualité – je suis moi-même excessivement normale et je n'ai jamais eu le moindre penchant dans ce sens, même enfant... » Est-elle si normale qu'elle l'affirme, elle qui est restée de longues années éperdument amoureuse d'un homosexuel ? Elle qui, depuis plus de vingt ans, vit pour un homme qui ne la touche pas ? Lorsqu'elle se dit convaincue que Frédéric II était « asexué », pense-t-elle à sa propre chasteté ? « Je suppose que Monty [le maréchal Montgomery] l'est aussi – Napoléon était aussi asexué qu'un Corse peut l'être – ces gens sont uniquement intéressés par le pouvoir », ajoute-t-elle[2].

Néanmoins, pour mieux comprendre Frédéric II, Nancy, qui connaît mal la culture germanique, veut se rendre en Allemagne, et notamment à Potsdam où le roi a fait construire le palais de Sans-Souci. La ville qu'on surnomme le « Versailles prussien » se trouve, en cette année 1968, derrière le mur de Berlin. Comment le franchir ? À l'automne, Nancy tente une incursion, mais s'arrête à Bayreuth où elle rend visite

1. *Ibid.*
2. *Ibid.*

à une ancienne connaissance de la famille, Winifred Wagner. « Je l'ai adorée », affirme-t-elle en insistant sur le fait que son époux, Siegfried, était un ami intime de grand-père Redesdale. A-t-elle oublié que Winifred était aussi une grande amie de Hitler ?

En octobre, c'est à Prague qu'elle se rend : l'ambassadeur de France l'y a invitée. Elle visite une ville blessée, quelques mois à peine après que les chars soviétiques l'ont envahie. Partout, sur les murs, sur les trottoirs, raconte-t-elle, le mot « liberté » – en français – est écrit et l'on trouve des photos de Dubcek, le leader du Printemps de Prague, dans toutes les coupures de journaux. Mais Nancy préfère se plonger dans le passé, flâner dans les églises baroques, au milieu des ruelles de Mala Strana, sous le château de Hradcany. L'ancienne Europe centrale l'éblouit. Elle est celle des splendeurs architecturales mais aussi des répressions féroces et des pouvoirs absolus.

À la fin de l'année 1968, Nancy ressent une douleur extrême à la jambe gauche. Une sciatique, pense-t-elle, ou peut-être un rhumatisme. Cela va passer. Mais les semaines se succèdent et la douleur demeure. De plus en plus atroce, qui lui perce bientôt le bas du dos. Son médecin diagnostique un disque déplacé, peut-être les reins. Il lui recommande de rester allongée quinze jours. « Je suis bourrée de médicaments et peux travailler, ce qui est le principal, écrit-elle[1]. J'ai échappé jusqu'à présent à l'hôpital où les médecins voulaient m'envoyer, et je me trouve dans ma jolie chambre à moi. »

Elle souffre encore lorsque, à la fin du mois de mars, elle lit, dans le carnet du *Figaro*, ces quelques lignes : « Nous sommes heureux d'annoncer le mariage de

1. *Love from Nancy, op. cit.*

M. Gaston Palewski avec Violette de Talleyrand-Périgord, duchesse de Sagan. Le mariage a été célébré dans la plus stricte intimité le 20 mars». À personne elle n'avouera que la nouvelle l'a bouleversée, abattue, rompue. Même si elle s'est détachée de son Colonel, son mariage demeure ce qu'elle craignait le plus. Elle fait semblant de prendre l'annonce à la légère. Mais le dépit est patent. «Je les plains tous les deux», écrit-elle à Debo[1]. «C'est une histoire terriblement bizarre, affirme-t-elle à son amie Alvide Lees-Milne[2], que je raconterai un jour de vive voix. Elle est une sorte de personne amorphe, une anti-personne, toujours très gentille mais sans raison apparente de se trouver sur cette terre.» Nancy a le chagrin méchant.

Elle omet de dire que Mme Gaston Palewski est une femme très belle, blonde et mince, qui, à cinquante-quatre ans, en paraît dix de moins. Très titrée – n'est-elle pas l'unique descendante de Charles-Maurice de Talleyrand, prince de Bénévent? –, elle est riche de surcroît, grâce à son grand-père, le magnat du rail américain Jay Gould. Sa mère, Anna Gould, avait épousé, comme de nombreuses héritières américaines, un noble français qui cherchait à renflouer une fortune dissipée – Boni de Castellane. Elle lui apporta une dot de quinze millions de dollars qui lui permit de donner de somptueux bals costumés et de faire construire son célèbre Palais rose, une imitation en marbre rose du Grand Trianon. Mais il négligeait son épouse. Elle en divorça pour épouser un autre aristocrate, le duc de Sagan, petit-neveu de Talleyrand. Née en 1915, Violette fut leur unique enfant. C'est donc elle qui hérita du titre. Élevée au château du Marais, dans l'actuel département de l'Essonne, Violette de Talleyrand-Périgord épouse en 1937 le fils

1. *Ibid.*
2. *Ibid.*

du château voisin, James de Pourtalès. Elle a vingt-deux ans. Sa vie coule, facile. Elle possède un hôtel particulier à Paris, des châteaux en Île-de-France, le château de Valençay, et une fortune pour les entretenir. Trois enfants naissent. Tout demeure parfaitement traditionnel. Mais elle rencontre Gaston Palewski lors d'une réception à l'ambassade de Grèce et est immédiatement séduite. Son humour, sa conversation, sa culture la ravissent : ils rendent soudain les minutes plus délicieuses. Il est très amoureux, lui qui a attendu soixante-huit ans avant de prononcer le serment du mariage. Et il devient soudain ce qu'il avait toujours rêvé d'être : un gentilhomme. Alors chargé d'un des postes les plus prestigieux de l'État, la présidence du Conseil constitutionnel, Gaston Palewski se trouve à la fois plongé dans les ors de la République et dans les fastes d'un plus lointain passé. Maître du château du Marais, il en déguste, au milieu de chaque salon, au tournant de chaque escalier, au long de chaque couloir, l'histoire. Sully y a habité, tout comme Mme de la Briche qui y tenait, au XVIIIe siècle, un salon littéraire. Sainte-Beuve y a fait la cour à Mme d'Arbouville. Mais c'est surtout l'ombre du fascinant Talleyrand qui se glisse dans les recoins de la grande demeure classique. Gaston Palewski, fidèle parmi les fidèles en politique, ressent de la fascination pour le plus versatile des grands personnages historiques. Évêque d'Autun, le prince boiteux a tourné le dos à sa classe sociale en flirtant avec la Révolution française et en ordonnant des prêtres constitutionnels. Bientôt il aide le jeune Bonaparte à faire son coup d'État du 18 brumaire, avant de trahir l'Empereur et de se vendre à Metternich. Cela ne l'empêchera pas, plus tard, de devenir l'ambassadeur à Londres de Louis-Philippe. L'ancien ecclésiastique est aussi un libertin : le peintre Delacroix est son fils naturel. Tout comme le duc de Morny est son petit-fils. Ce mélange d'intrigues, de grandeur et de bassesses emplit d'admiration Gaston Palewski qui découvre des lettres inédites dans des malles. Il écrira sa biographie, *Le Miroir de Talleyrand*.

Marié, le Colonel demeure pourtant un ami loyal. Il continue de rendre visite à Nancy. Il le fait, comme toujours, en coup de vent, mais il ne l'abandonne pas, surtout dans ces moments pénibles où des pointes de feu lui vrillent le bas du dos. Pour elle, c'est cela qui compte : sa présence, sa voix. Son mariage devient, affirme-t-elle, une pure anecdote, un fait sans importance, une bizarrerie de l'histoire, la cause d'un léger bleu au cœur, anodin comparé à cette douleur physique qui ne cesse plus. Est-ce cette souffrance ? Ou un détachement encore plus accentué du monde contemporain ? Lorsque le premier homme marche sur la lune, en juillet 1969, l'événement l'indiffère. « La lune m'ennuie », commente-t-elle. Sans rien ajouter à ces mots.

Elle subit de nombreux examens, passe de multiples radios. Sur l'une d'elles, on découvre une tumeur. Et elle se demande si cette grosseur logée dans son ventre n'est pas un petit frère jumeau demeuré là, en elle, pour échapper au monde. Elle l'appelle « le petit lord Redesdale » et l'imagine qui éclate de rire lorsque les médecins le découvrent. Elle le voit, minuscule, avec une barbe blanche et un béret vissé sur la tête, semblable au vieil ami excentrique Ed Sackville-West. Il est son double masculin. Le garçon dont elle a pris la place. Celui qu'elle aurait aimé être.

En avril, elle se fait opérer à la clinique Georges Bizet, rue de Chaillot, dans le XVIe arrondissement de Paris, et ce n'est pas le petit lord Redesdale que l'on arrache à son foie, mais une tumeur de la taille d'un pamplemousse. Ses sœurs Diana, Debo et Pam sont là, et le chirurgien leur annonce que la tumeur est maligne. Nancy n'a que quatre mois à vivre. Elles décident de ne rien lui dire.

Amaigrie, Nancy retourne dans sa maison de Versailles, et, malgré la fatigue, un sentiment de légèreté, d'allégresse presque, la saisit : elle n'a plus mal. Aussitôt, elle veut se remettre au travail, continuer à écrire la vie de Frédéric II. Depuis sa maison d'Orsay, Diana lui rend visite tous les jours. Le Colonel fait régulièrement un détour par Versailles en retournant à son château du Marais. Venue d'Angleterre, Pam reste auprès d'elle, calme et efficace. Maintenant Nancy trouve merveilleuse cette sœur si longtemps mal aimée qui s'occupe de la maison, règle chaque détail avec efficacité, s'affaire discrètement et, de plus, trouve un compagnon à la tortue qui s'ennuyait.

Mais bientôt la douleur revient, plus atroce que jamais. On lui fait des piqûres de morphine qu'elle attend et redoute à la fois : elles lui brouillent la mémoire, affectent sa vivacité d'esprit.

Marie, impuissante devant la souffrance de sa patronne, n'en dort plus. À plus de soixante-dix ans, elle s'épuise à monter plusieurs fois par jour de lourds plateaux jusqu'à la chambre de Nancy. Ne supportant pas de la voir essoufflée, fatiguée, tremblante de crainte, celle-ci lui demande de prendre sa retraite, enfin, de retourner dans son village natal près de Chartres. Vingt-deux ans de bons et loyaux services se terminent et, pour Nancy, cette séparation, bien que nécessaire, crée un vide irremplaçable. Sa nouvelle bonne, Mlle Delcourt, cuisine pourtant à merveille et, un matin, elle affirme à Nancy qu'elle peut la guérir. « J'ai dit d'accord, mais ne me touchez surtout pas le dos. Elle a saisi mon dos et a littéralement sauté dessus. Trois jours après, je ne prenais plus aucun médicament. Il se trouve que c'est une masseuse expérimentée mais, étant belge, elle ne peut exercer ici[1]. » Aussitôt, Nancy se remet au travail, d'arrache-pied. Elle lit les œuvres de Frédéric II et

1. *Love from Nancy*, *op. cit.*

les volumes de la correspondance de Voltaire. Le XVIIIe siècle lui redonne sa joie de vivre. Lorsque Jessica lui rend visite, elle a retrouvé sa causticité et son humour. Le pronostic des médecins de la clinique Georges-Bizet était faux.

Nancy se sent suffisamment en forme pour entreprendre le voyage plusieurs fois repoussé à Potsdam. Pam l'accompagne, tout comme Joy Law, l'iconographe qui a cherché les illustrations du *Roi Soleil*, et son mari. Ils sont les invités officiels du gouvernement de la République démocratique allemande. Deux longues limousines russes les attendent à l'aéroport, ainsi qu'un traducteur officiel qui les suivra pas à pas. Ils vont de Potsdam à Dresde, contemplent les champs où Frédéric a livré bataille, visitent Berlin-Est. « Largement préférable à Berlin-Ouest qui ressemble à un immense Oxford Street, affirme Nancy[1]. Et les gens y sont beaucoup plus aimables. Ce que Pam appelle Check Point Charlie est trop sinistre : on vous pointe un fusil sur les fesses, où que vous regardiez. » Malgré le mur – et les douleurs qui reviennent –, ce voyage l'enchante.

Peu après son retour, le livre est terminé. Elle l'a écrit comme Frédéric aurait mené campagne. Avec bravoure. « Le grand chagrin de ma vie, affirme-t-elle alors[2], est de n'avoir jamais participé à une bataille. Je suppose qu'une charge de cavalerie doit être la chose la plus proche du paradis sur cette terre. Quand j'étais petite, j'enviais mon grand-oncle qui était mort au cours d'une telle charge [contre les Boers] – j'étais si méchante enfant, et je le suis encore. » Nancy oublie qu'en cette deuxième moitié du XXe siècle il n'y a plus de cavalerie militaire. Les chars d'assaut ont pris sa place, et l'arme nucléaire a ôté tout roman-

1. *Ibid.*
2. *Love from Nancy, op. cit.*

tisme à l'idée de guerre. Mais Nancy ne vit plus dans son époque. Elle est ailleurs.

La douleur, qui ne cesse plus, lui fait perdre plusieurs kilos et ride ses joues. Mais elle n'éteint pas son humour. « J'aimerais qu'on me repasse le visage, écrit-elle[1]. Cecil Beaton, la dernière fois que je l'ai vu, a remarqué qu'il n'était plus qu'un amas de rides, c'est trop vrai et j'aimerais tant pouvoir dire à Mme Guimont : "Donnez juste un petit coup de fer." » Nancy s'accroche à la vie avec toute l'énergie qui lui reste. L'idée lui vient d'écrire une biographie de Clemenceau (« Il est tout ce que j'aime : un homme d'action + un intellectuel + un plaisantin et il y a plein de documentation ! ») Au printemps 1970, elle commence à y travailler.

Mais il lui faut retourner à l'hôpital pour subir une nouvelle série d'examens de la moelle épinière « La semaine la plus infernale que j'ai jamais vécue », résume-t-elle à son retour. Elle a dû partager sa chambre avec une femme qui souffrait d'une maladie de peau, et les infirmières l'ont laissée allongée sur le dos, sans aucun oreiller pour la soutenir. Elle ne pouvait pas écrire ni même lire – véritable torture pour Nancy qui ne peut se passer de livres. Mais il y a pire : les examens médicaux ne donnent aucun résultat. « Je suis donc condamnée à cette horrible souffrance pour la vie, condamnée à ne plus jamais faire de promenades. Je suis au fond du désespoir[2]. » Les douleurs inexpliquées sont toujours là, lancinantes, invalidantes. Nancy refuse de prendre des analgésiques. « Il me reste un petit morceau de matière grise et je ne veux pas le gâcher avec des médicaments, ou des boissons, ou quoi que ce soit.

1. *Ibid.*
2. *Ibid.*

Mon horreur des médicaments est le plus ancré de mes préjugés[1]. »

Un séjour sous le soleil de Venise pourrait-il guérir cette mystérieuse maladie qui lui ronge la vie ? Nancy l'espère. Anna Maria Cicogna insiste pour la recevoir. Diana la conduit à l'aéroport d'Orly et pousse son fauteuil roulant jusqu'à la salle d'embarquement. À Venise, tout semble aller mieux. Nancy revit. S'amuse presque. Mais un soir, au Harry's Bar, la douleur devient si forte qu'elle doit se lever de table. Dehors, elle pleure de souffrance. Et sa démarche, qui autrefois était si souple, s'est transformée en une lente et pénible claudication.

De retour à Versailles, elle refuse la cortisone qu'on lui prescrit. Les médecins anglais pourraient-ils, eux, la guérir ? Elle se rend à Londres, animée d'un maigre espoir, vite déçu. Elle a encore plus mal. C'est à ce moment que *Frédéric le Grand* sort dans les librairies britanniques. Les critiques sont polies, mais peu enthousiastes. Nancy souffre trop pour s'en alarmer.

Terriblement inquiète, Jessica téléphone à sa sœur à partir des États-Unis – ce qui, en ce début des années 1970, est un geste exceptionnel. « Comme c'est gentil de te préoccuper de moi et même de téléphoner, répond Nancy dans une lettre[2]. Le traitement n'a pas marché et je suis dans le même horrible état, j'ai très mal en ce moment… Susan, je te tiendrai informée de ma santé, mais je semble me diriger vers la maison des incurables aussi vite que je le peux. » Malgré la douleur, Nancy continue de rédiger des courriers presque tous les jours. Son écriture est étonnamment régulière, plus appliquée que jamais. Tenir un stylo, tracer des lettres la raccroche à la vie. Pourtant, le projet d'écrire la biographie de Georges Clemenceau est oublié. « Je ne peux pas tra-

1. *Ibid.*
2. *Love from Nancy*, *op. cit.*

vailler, avoue-t-elle[1]. Je ne peux lire que Simenon. Je ne me suis jamais sentie si bas dans ma vie. »

Parfois elle pense au suicide. Mais la douleur s'estompe et elle reprend espoir. Puis la torture recommence. En janvier 1971, à bout de nerfs, elle accepte de retourner à Londres s'y faire opérer au Nuffield Hospital. Pam se rend à son chevet tous les jours, reste de longues heures à son côté, intervient auprès des infirmières. Debo est également là, ainsi que de nombreux amis. Le Colonel vient exprès de Paris passer une heure avec elle. Mais elle a de plus en plus mal, tandis que les médecins ne comprennent toujours pas d'où proviennent ses souffrances. Cette impuissance la plonge dans la plus profonde des dépressions. Il y a déjà deux ans qu'elle fait face, presque sans interruption, aux intolérables douleurs. Les rayons de cobalt n'ont servi à rien, non plus que l'ostéopathie. Elle est à bout. Épuisée. Perdue.

Mais à Versailles, au printemps, les roses de son jardin lui procurent des étincelles de bonheur. Tout comme les bébés merles dans le nid, près de sa fenêtre. En même temps que le goût de la vie, son sens de l'humour réapparaît. Elle s'amuse quand des amis lui envoient une guérisseuse (« Ce serait si drôle qu'elle me guérisse ! Je ne peux m'empêcher d'avoir un très léger espoir »), quand d'autres lui font parvenir de l'eau de Lourdes ou une médaille, ou encore font dire une messe. (« Hélas pour moi qui croyais si fermement en Dieu : je ne peux plus. ») Tous ceux qui lui sont proches tentent quelque chose, si dérisoire que ce soit, pour lui venir en aide. Elle est devenue si maigre qu'elle effraie ceux qui lui rendent visite : elle ne pèse que quarante kilos et ne peut plus manger. Son nouvel homme à tout faire, Hassan, un Marocain dévoué et sympathique, la

1. *Ibid.*

nourrit de minuscules bouts de fromage, la seule chose qu'elle puisse avaler.

Bientôt, elle ne veut plus voir personne, sauf son Colonel, qui lui rend visite régulièrement. Outre le cocktail de morphine et de cocaïne qui lui est prescrit pour atténuer ses souffrances, elle s'administre un autre remède très efficace : la lecture. Elle lit tout ce qui lui tombe sous la main, une vie d'Elizabeth Garrett Anderson, la première femme médecin, *Le Premier Cercle* de Soljénitsyne, un livre sur Napoléon, les mémoires de son ami Osbert Sitwell (« un grand classique anglais », affirme-t-elle), *D'Annunzio* de Philippe Jullian, qui lui est dédié. Quand elle souffre trop, c'est vers Sherlock Holmes qu'elle se tourne.

Au cours de l'été 1971, elle reprend du poids, va beaucoup mieux. De petites pilules vertes parviennent à dissiper sa douleur. Totalement, pour la première fois depuis si longtemps. Les amis sont de nouveau bienvenus et, parmi eux, Hamish Saint-Clair Erskine, son premier grand amour, qui passe deux nuits chez elle. « Il a dit : "Dire que nous pourrions être mariés depuis trente ans !" Au secours ! Il est très ennuyeux et j'aurais eu plus de mal à m'en débarrasser que du pauvre Prod. Je n'aime pas être mariée. Je suppose que je suis trop égoïste. De toute façon, cette maladie aurait été bien pire pour moi si un malheureux vieux mari avait rôdé ici, m'affirmant que tout cela n'était rien ou bien en me forçant à aller dans un tas d'hôpitaux[1]. » Nancy a retrouvé son humour et sa clairvoyance. Grâce à cette énergie toute nouvelle, elle met en route un projet : ses mémoires. « Mon livre commencera par le voyage de Londres à Paris (deux jours et demi, je crois) le 7 septembre 1945 et le Paris que j'ai trouvé. Bien sûr, Muv, Boud and Co joueront un

1. *Love from Nancy*, *op. cit.*

grand rôle et interviendront dans l'ouvrage, grâce à suffisamment de flash-back pour les rendre crédibles – si elles peuvent l'être », écrit-elle à Jessica[1]. Mais les pilules miracle finissent par l'étourdir. Elle ne peut se concentrer longuement. Jamais elle n'écrira cette autobiographie.

En mars 1972, l'agonie recommence. Les livres deviennent l'unique remède. Elle dévore *Les Misérables*, *Le Jour du chacal*, de Frederick Forsythe, le récit de l'attentat du Petit-Clamart contre le général de Gaulle (« Captivant »). Elle relit les œuvres de Trollope et de Henry James. Incapable de marcher, elle doit être soutenue par Diana pour descendre son escalier et recevoir, dans son salon, le 8 avril, l'insigne de chevalier de la Légion d'honneur. L'unique honneur auquel elle aspirait. Gaston Palewski le lui a finalement obtenu. Et c'est lui qui, à Versailles, accroche le ruban rouge sur sa robe. Nancy en a des larmes aux yeux. Mais elle ne peut rester debout. La cérémonie est écourtée. Quelques jours plus tard, elle apprend que la Grande-Bretagne l'a nommée Croix de l'Empire britannique. Elle est étonnée, flattée aussi. « J'ai accepté cet honneur avec plaisir, car il montre que le fait de vivre à l'étranger n'est pas considéré comme antipatriotique[2]. » Mais, dans l'océan de douleur où elle se noie, cette décoration est comme une bouée à laquelle elle s'accroche un moment, soulagée. Avant d'être engloutie par une nouvelle lame.

Pour ne pas hurler, elle s'enfouit le visage dans l'oreiller. Pour la première fois, elle ne peut même plus lire. En désespoir de cause, il lui faut se rendre une nouvelle fois au Nuffield Hospital. Les médecins prononcent enfin un diagnostic – certain, sans appel. Elle

1. *Ibid.*
2. *Ibid.*

souffre d'une forme rare de la maladie de Hodgkin, un cancer de la lymphe. La maladie qui tuera Georges Pompidou en 1974. « Ils espèrent me guérir, écrit-elle[1]. Sinon, ils me promettent de me laisser partir sans toutes ces horreurs auxquelles les médecins américains et, je crois, français, soumettent les patients. Après les quatre années que je viens de vivre, je regarde la mort d'une façon très différente. »

Elle est de retour en France pour le nouvel an 1973. Sa jambe gauche est horriblement gonflée. Elle souffre toujours le martyre. « Faut-il lutter ? J'aime tellement la vie, mais pas celle-ci. Le problème, c'est que je n'ai plus d'espoir. » La morphine ne fait quasiment plus d'effet. Elle avale en vain des poignées de médicaments. Et ses veines sont si difficiles à trouver que l'infirmière peine à lui faire ses piqûres. Nancy ne peut plus s'asseoir ni se laver. Autour d'elle, dans la maison de la rue d'Artois, s'affairent des aides-soignantes brutales et impolies qui l'appellent « Mamie ». Mais Nancy ne peut protester. Elle se laisse aller. Réussit quand même à lire un roman de Trollope qu'elle ne connaissait pas : *Framley Parsonage*, puis un livre de Christopher Isherwood, *Kathleen et Frank*. « C'est très curieux de mourir, écrit-elle à James Lees-Milne le 24 mai 1973[2], et cela aurait bien des côtés amusants et charmants si ce n'était cette douleur que les médecins essaient en vain de contrôler. Debo est restée ici quelques jours – sa présence est si agréable. Nous avons hurlé de rire à propos de mon testament. » Le 8 juin, elle écrit à Gaston Palewski : « *Je pense et j'espère mourir, mais le docteur ne croit pas ou pas encore – s'en est trop la torture.* [*sic*] *Vous ne savez pas*[3]. Je suis très faible et j'aimerais tant

1. *Ibid.*
2. *Love from Nancy, op. cit.*
3. En français dans le texte.

vous voir… Mon téléphone ne semble pas marcher, ou bien vous ne l'entendez pas et cela me contrarie car je déteste qu'on m'appelle. La douleur est si forte que je ne peux pas même penser à organiser les choses et je peux à peine écrire et si vous n'entendez pas le téléphone, cela rend les choses si difficiles. »

Ce sont les derniers mots que Nancy écrit. L'ultime lettre qu'elle rédige.

Le 13 juin, Jessica arrive à Versailles. Elle sait que ce sont les derniers jours de Nancy. À son chevet, elle rencontre Diana, la sœur qu'elle évite depuis trente-six ans. Elles se saluent froidement. Tandis que Nancy reçoit des soins, elles se retrouvent face à face dans le salon. Toujours très polie, Diana demande à sa jeune sœur ce qu'elle fait en ce moment. « Un livre sur les conditions de vie dans les prisons américaines », répond Jessica. Et Diana lui parle de la prison de Holloway, du matelas plein de vermine, de la soupe immangeable et de cette porte si étrange, si plate, sans poignée. Jessica évoque la prison de San Quentin où elle a rencontré, avant sa mort brutale, George Jackson, l'un des leaders des Panthères noires. Elles évitent les sujets qui fâchent. Jamais elles ne se reverront.

Le matin du 30 juin, Gaston Palewski se rend à Paris, venant de château du Marais. Soudain il demande à son chauffeur de faire un détour par Versailles. Un pressentiment l'a saisi. Il monte directement à l'étage, sa chienne Léa bondissant devant lui. Allongée, Nancy semble inconsciente. Il prend sa main. L'ombre d'un sourire éclaire le visage creusé par la maladie. Elle meurt deux heures plus tard. Apaisée.

Sa tombe n'est pas ornée de mille angelots, comme elle en avait émis le souhait en riant. Si le corps de Nancy est incinéré au Père-Lachaise, ce cimetière qui l'enchantait, ses cendres sont amenées en Angleterre, jusqu'à Swinbrook. Là, elles sont placées sous une pierre levée. Une taupe y a été gravée, sous laquelle on peut lire ces mots : « Nancy Mitford, auteur, épouse de Peter Rodd, 1904-1973 ». La taupe était, proclamait Nancy, l'emblème des Mitford. À la fin de sa vie, elle avait pris plaisir à le faire reproduire sur son papier à lettres et ses bagages, comme pour mieux renouer avec le long passé mythique de sa famille. Au cimetière de Swinbrook, protégée par ce totem, Nancy repose à côté de Unity, dont la tombe continue d'affirmer que la lutte n'a pas servi à rien.

À Versailles, sur la façade blanche de la maison qu'elle a aimée, le souvenir de Nancy perdure. Une plaque rappelle aux passants que « la célèbre romancière anglaise, Nancy Mitford, a vécu dans cette maison où elle est morte le 30 juin 1973 ». Est-ce son Colonel qui a rédigé le carton d'invitation à la cérémonie au cours de laquelle cette plaque est dévoilée, le 12 juin 1974 ? Le style lui ressemble : « Les admirateurs de l'œuvre de Nancy Mitford vous prient d'assister à l'inauguration de la plaque apposée sur l'immeuble, 4, rue d'Artois, à Versailles, où vécut cette très grande amie de la France, dont les ouvrages littéraires et le dévouement à la cause des Alliés en 1939-1945 font honneur à la Grande-Bretagne et à notre pays. » C'est l'hommage qui l'aurait le plus émue.

XIII

Des preux chevaliers qu'aimait Nancy, Jessica est la digne héritière. Certes, cette sœur cadette ne guerroie pas pour un roi ni au nom d'un Dieu. Mais elle fait preuve de la même bravoure, de la même constance, de la même foi absolue dans les valeurs qu'elle défend. Elle se bat contre tout ce qui lui paraît injustice. À la fin des années soixante, elle prend fait et cause pour les Panthères noires, le mouvement des noirs américains qui vient de se créer et se proclame révolutionnaire. L'assassinat de Martin Luther King, le 4 avril 1968, a radicalisé les révoltes des descendants des esclaves. L'apôtre de la non-violence, celui qui voulait imposer le respect des droits civiques par la persuasion et la négociation, a été abattu alors qu'il préparait une marche des pauvres sur Washington. C'est, affirment les plus rebelles, la preuve que la non-violence ne mène nulle part et qu'il faut répondre à la terreur qu'impose le pouvoir blanc par la même brutalité. Jessica les comprend, elle qui, dans les années 1950, trouvait la NAACP (National Association for the Advancement of Coloured People), le grand mouvement antiraciste auquel a appartenu Martin Luther King, trop légaliste, petit-bourgeois et anticommuniste. Elle n'est pas surprise quand les ghettos des grandes villes américaines se soulèvent, s'embrasent. Ces émeutes, les plus violentes qu'aient connues les États-Unis, font trembler l'establishment blanc campé dans ses banlieues résidentielles. À Oakland, la ville à laquelle elle demeure fidèle, une métropole presque entièrement devenue un ghetto noir, Jessica comprend la rage des plus démunis. C'est d'ailleurs à Oakland que Bobby Seale, George Jackson, Huey Newton ont fondé les Panthères noires. Un béret à la Che Guevara vissé sur la tête, un blouson de cuir ajusté aux épaules, les militants de ce mouvement théorisent leur combat en termes marxistes. La lutte des noirs est aussi, proclament-ils, lutte des classes. Dans son cabinet d'avocats d'Oakland, Bob Treuhaft devient tout naturellement leur défenseur : ils sont harcelés par la police, jetés en prison pour un rien – parfois, il est vrai, pour de réels délits – et toujours condamnés à des peines disproportionnées à leurs actes. Comme elle le faisait avec le Civil Rights Congress au début des années 1950, Jessica surveille attentivement les procédures.

Un jour de 1970, elle suit sans hésiter Bob à New Haven, dans le Connecticut : Bobby Seale et d'autres Panthères noires viennent d'y être emprisonnés. Ils auraient, selon la police, ourdi l'enlèvement et l'assassinat d'un retardé mental. Une accusation, protestent-ils, montée de toutes pièces afin de les réduire au silence. J. Edgar Hoover, le très réactionnaire et raciste directeur du FBI, ne vient-il pas d'affirmer que les Panthères noires représentent la plus grande menace pour la sécurité intérieure des États-Unis ? Il veut les éradiquer. Ne demande-t-il pas aussi au gouvernement de limiter les droits civiques qui viennent d'être accordés aux noirs ? Il reste à Bob Treuhaft et aux autres avocats à démonter la machination policière au cours du procès. Et à trouver de l'argent pour acquitter les frais de justice. Jessica, en ancienne militante rodée aux problèmes d'organisation, émet une idée : une grande fête à laquelle accourront les étudiants de l'université de Yale toute proche. Des fonds y seront récoltés. En effet, les étudiants arrivent en foule, venus du prestigieux campus. Ils appartiennent à une génération qui remet tout en question et bouscule l'Amérique. Parmi les jeunes gens qui participent au rassemblement de soutien aux Panthères noires, se trouve une étudiante en première année de droit. Elle a le visage sérieux, porte de larges lunettes et s'appelle Hillary Rodham. La fougue de Jessica, qui, avec son inimitable accent et son humour cinglant, assassine de quelques mots J. Edgar Hoover, impressionne la jeune fille. Le calme avec lequel Bob Treuhaft explique sa crainte que les Panthères noires ne puissent bénéficier d'un procès équitable, l'ironie espiègle avec laquelle il démonte les rouages de la machine judiciaire américaine, séduisent Hillary. Mais, réfléchie et réservée, elle ne répète pas aveuglément les slogans révolutionnaires à la mode.

Quelques mois plus tard, quand il lui faut trouver un cabinet d'avocats où effectuer son premier stage, la future Hillary Clinton se retrouve presque naturellement dans le cabinet où travaille Bob Treuhaft. Élevée au sein de la bourgeoisie blanche, elle n'a jamais côtoyé de noirs. La voici soudain projetée au cœur du ghetto d'Oakland. Elle accompagne à de nombreuses reprises un associé de Bob dans diverses geôles de Californie où sont emprisonnés ses clients. La répression contre le mouvement noir se poursuit sans merci. Hillary ne se laisse pourtant pas influencer par les plus intransigeants des militants : pour elle, il faut certes changer le système, mais de l'intérieur. Sans chercher à le détruire.

Hillary Rodham croise-t-elle Jessica au parloir de la prison de San Quentin ? Cette dernière cherche depuis plusieurs mois à interviewer George Jackson qui a récemment publié ses lettres de prison sous le titre *Le Frère de Soledad*. Jean Genet, qui en a écrit la préface, a salué « un étonnant poème d'amour et de combat ». Ce recueil est vite devenu un best-seller, traduit dans le monde entier. « Sociopathe hautement dangereux » pour les autorités américaines, héros pour la communauté noire, George Jackson, vingt-neuf ans, vient de passer quinze ans derrière les barreaux. Pour un vol de soixante-dix dollars. Placé dans un quartier de haute sécurité, il est maintenu au secret.

Le fait que le *New York Times Book Review* ait commandé à Jessica son interview n'ouvre pas plus facilement les portes du pénitencier. Obstinée, elle finit pourtant par obtenir gain de cause. George Jackson, considéré par les autorités pénitentiaires comme extrêmement dangereux, l'accueille avec un grand sourire : il a lu un article d'elle publié dans le magazine *Atlantic*, où elle démontrait minutieusement que la justice américaine n'est pas égale pour tous. Les deux révoltés se trouvent sur la même longueur d'ondes. Elle lui pose pourtant des questions strictement littéraires : « À quel moment de la journée écrivez-vous ? » « Vous corrigez-vous beaucoup ? » « Avec quoi écrivez-vous ? » etc. Dans son extrême simplicité, l'interview qu'elle publie est remarquable. L'univers du quartier de haute sécurité de San Quentin y apparaît clairement. George Jackson, gamin des rues autodidacte qui continue d'apprendre des mots dans le dictionnaire, enfant révolté et fugueur, délinquant juvénile qui dévore les livres de Jack London, y apparaît dans toute sa complexité. Trois mois après l'interview, il est abattu par un gardien alors qu'il tentait de s'enfuir. Pour Jessica, sa mort est, hélas, dans l'ordre des choses : celui d'une société basée sur la répression. Elle dénoncera la brutalité du système pénal américain dans un nouveau livre[1], *Kind and Usual Punishment : the American Prison Business*.

Elle s'emploie également à dénoncer, preuves à l'appui, les erreurs judiciaires commises lors du procès du célèbre Dr Spock. Ce médecin est depuis 1946 l'auteur le plus lu aux États-Unis. Son guide, *Com-*

---

1. Knopf, 1973.

ment élever son enfant, se vend, année après année, comme des petits pains : il est le livre le plus acheté en Amérique après la Bible. À la fin des années 1960, le doux Dr Spock défend les jeunes gens qui refusent de faire leur service militaire et de combattre au Vietnam, et prend bientôt la tête des manifestations contre la guerre qui se déroulent sous les fenêtres du Pentagone. « Pourquoi des médecins comme moi aident-ils les parents à rendre leurs enfants heureux et bien portants si ces derniers doivent être envoyés au casse-pipe pour une cause ignoble ? » répète-t-il avec conviction. Il finira par écoper de deux ans de prison pour avoir conseillé et aidé des jeunes gens à éviter la conscription obligatoire. Jessica prend immédiatement sa défense, décortique les minutes du procès qui l'ont condamné. Son livre[1] *The Trial of Doctor Spock* est un des piliers de la lutte contre la guerre du Vietnam.

Elle est devenue une diva de la gauche américaine, et une célébrité de la baie de San Francisco. Woody Allen l'inclut même dans le scénario du film *Tombe les filles et tais-toi* : elle doit y jouer son propre rôle. Tournée en 1972 sous la direction de Herbert Ross, cette comédie raconte l'histoire d'un critique de cinéma de San Francisco qui tente de ressembler à son héros, Humphrey Bogart. La scène où apparaît Jessica sera coupée au montage : on l'y aurait découverte le nez chaussé d'énormes lunettes rondes, derrière lesquelles ses grands yeux bleus, sous les paupières alourdies, ont l'éclat de l'acier trempé.

Bientôt la consécration lui est apportée par l'université de Californie à San Jose, qui l'invite à faire un cours sur le *muckraking journalism*, ce journalisme qui dévoile les scandales ou, dans une traduction plus litté-

1. *The Trial of Doctor Spock*, Random House, New York, 1969.

rale, remue la boue. Jessica n'a-t-elle pas été récemment désignée comme la reine des *muckrakers* ? Pour elle qui a longtemps souffert de n'avoir aucun diplôme, enseigner dans une université est une éclatante revanche sur les années où elle pouvait, au mieux, espérer devenir dactylo. Mais cette reconnaissance n'émousse pas sa rébellion. Au contraire. Elle refuse de donner ses empreintes digitales à l'administration de l'université, comme c'est l'usage, et de prêter le serment de loyauté. Ce sont là des méthodes dignes d'un État policier, s'insurge-t-elle. Pendant plusieurs semaines, elle s'obstine dans son refus. Une majorité des étudiants l'appuie. Elle donne cours sans se faire payer, et finit par triompher. « J'ai adoré chaque minute de cette bataille », confessera-t-elle plus tard.

Son entêtement ne lui est pas préjudiciable. En 1976, c'est l'université de Yale, sur la côte Est, qui lui demande d'assurer un cours pendant un semestre. On ne lui réclame pas, cette fois, ses empreintes digitales : on connaît ses susceptibilités. Entrée dans cette institution qui demeure un des grands temples de l'élite blanche américaine, Jessica profite de son séjour pour observer les luttes de pouvoir, et les jeux plus insidieux de la corruption qui se déroulent à l'abri des vénérables façades couvertes de lierre. Jamais son combat ne connaît de répit.

Un soir d'hiver, alors qu'elle passe par Manhattan, elle invite une amie qui travaille dans la mode dans un restaurant chic, The Sign of the Dove. La nourriture est infecte, l'addition astronomique. Pour ne pas faire preuve d'impolitesse envers son invitée, Jessica se retient de lancer une critique cinglante. Mais le serveur refuse le chèque qu'elle vient de signer : la maison n'accepte pas les chèques. Jessica n'a pas de carte de crédit ni suffisamment de liquide. « Nous garderons vos manteaux jusqu'à ce que vous nous donniez les quatre-vingt-cinq dollars *cash* », gronde le patron. Jessica et son amie sortent en chemisier dans le vent glacial. Le lendemain matin, Jessica appelle à la fois un avocat et un critique culinaire. Le premier lui affirme qu'aucune loi n'oblige un commerçant à accepter un chèque. Le second la gronde : qu'est-elle allée faire dans ce restaurant célèbre pour ses prix déments et sa mauvaise cuisine ? « Je commençais à me sentir comme la victime d'un viol à qui l'on affirme qu'elle l'a bien cherché », écrit Jessica. Car, pour se venger, mais aussi pour prévenir d'autres naïfs qui pourraient s'aventurer dans ce restaurant, elle relate son expérience dans un article bientôt publié par le magazine *New York*. Un déluge de lettres parvient au journal. La plupart félicitent Jessica du courage avec lequel elle dénonce ce restaurant. Mais quelques unes volent à la rescousse du Sign of the dove. Deux, notamment, sont adressées au rédacteur en chef de *New York*. L'une affirme : « Je me trouvais au Dove le soir que relate Miss Mitford dans son article. Malheureusement, elle ne mentionne pas l'état d'ébriété dans lequel elle se trouvait et la scène qu'elle a faite ». L'autre assure « J'étais assise à la table d'à côté, et je dois dire que Miss Mitford était soûle… » Jessica n'est pas du genre à se laisser injurier sans réagir. Elle demande à voir les enveloppes où ont été glissées les deux lettres. Remarque qu'elles ont été toutes deux oblitérées par une machine située au sein de la même entreprise. Et cette entreprise se trouve être le cabinet d'un dentiste, également propriétaire du restaurant. De fil en aiguille, Jessica comprend que l'attachée de presse du restaurant a écrit ces lettres. Avec un immense plaisir, elle relate son enquête dans un nouvel article publié dans *New York*. Pendant plusieurs semaines, le tout-Manhattan ne parle que de l'affaire. La télévision en fait ses choux gras. L'attachée de presse, trop docile ou trop zélée, est bientôt remerciée.

S'ils se révèlent pleins de bruit et de fureur, les passages de Jessica à New York sont pourtant peu nombreux. Cette « provinciale » préfère toujours vivre à Oakland, dans sa maison de Regent Street emplie de livres. On en trouve partout, dans les couloirs, dans les chambres, dans le salon, dans le bureau bien sûr. Sur la même étagère, des éditions de poche côtoient des exemplaires numérotés. Il y a de nombreux ouvrages d'analyse des États-Unis. Quelques romans. Des best-sellers. Comme Nancy, Jessica est une ardente lectrice. Et celle qui chantait « Du passé faisons table rase » aux meetings du parti communiste conserve précieusement les livres qui concernent sa famille. Les deux volumes reliés de cuir des *Mémoires* de son grand-père, lord Redesdale, sont là, proches des œuvres de Marx. Jessica garde également les ouvrages et les biographies de tous ceux qui ont compté pour les sœurs Mitford, Evelyn Waugh par exemple, ou John Betjeman, ou encore Brian Howard. Si elle a mis un océan plus un continent entre elle et sa famille, Jessica n'en demeure pas moins attachée aux siens.

Dans sa maison, des objets dispersés çà et là rappellent le passé des Mitford. Dans l'escalier, une gravure représente son grand-père dans toute la splendeur et l'autorité d'un lord. Dans l'entrée, un magnifique portrait de Giuseppe Garibaldi porte la dédicace, signée du patriote italien, « à lord Redesdale » : le diplomate lui avait rendu visite dans sa retraite de l'île de Caprera, au nord de la Sardaigne.

Après la vente de l'île d'Inchkenneth, Jessica a fait transporter jusqu'en Californie les deux hauts fauteuils en chêne patiné qu'elle avait toujours vus dans le bureau de son père, ainsi qu'une bergère tapissée de velours vert qu'aimait sa mère. Contrairement à Nancy et Diana, très attentives à la décoration, Jessica se moque du raffinement avec lequel on peut agencer une maison. Mais elle demeure attachée à ces meubles de famille, dernière trace de son enfance.

Sans doute aussi s'amuse-t-elle à imaginer la réaction de ses parents s'ils voyaient s'asseoir sur leurs précieux sièges Maya Angelou, la poétesse noire – une de ses plus proches amies, ou Paul Robeson, le chanteur de negro-spirituals.

En 1980, Ronald Reagan est élu président des États-Unis et les années qui suivent seront celles du fric et de la frime. Tout ce que Jessica hait. Elle a plus de soixante ans mais son esprit n'en est que plus combatif. Elle est de toutes les manifestations de soutien aux peuples du Guatemala, du Salvador ou du Nicaragua, pays où se déroulent de sales guerres que manipule la CIA. Bientôt Jessica se livre à une longue enquête dans les salles d'accouchement des hôpitaux, et le résultat en est un livre, son dernier, *The American Way of Birth*[1], où elle dénonce les naissances trop médicalisées, trop chères, souvent déclenchées selon le bon plaisir de l'obstétricien qui ne veut pas être dérangé un soir où il a un dîner.

Mais la Jessica Mitford aux démonstrations claires et sérieuses laisse bientôt la place à une vieille dame qui veut s'amuser. À la fin de sa vie, elle entame une nouvelle carrière : chanteuse. Est-ce la nostalgie des soirées passées à chanter en compagnie de ses sœurs et de sa mère, autour du piano ? Avec des amies musiciennes, elle fonde le groupe « Decca and the Dectones[2] ». Elle chante faux, sa voix chevrote : cela ne l'empêche pas, grâce à son absence totale d'inhibition et à son extravagance, de se produire dans les bars de la baie de San Francisco. Son répertoire est constitué des chansons réalistes et sentimentales de son enfance, dont sa préférée demeure « Grace Darling », la ballade de la fille d'un gardien de phare qui part à la rescousse d'un équipage naufragé. L'album qu'elle enre-

---

1. E.P. Dutton, New York, 1992.
2. Decca est, rappelons-le, son surnom.

gistre se vend à… cinq cents exemplaires. Jessica est devenue une vieille dame indigne et cette dernière pirouette l'enchante.

En 1994, elle se fracture la cheville et doit être hospitalisée d'urgence à Berkeley. Au même moment, les infirmières se mettent en grève. Comme c'est l'usage lors des conflits sociaux aux États-Unis, elles font le piquet de grève, c'est-à-dire qu'elles marchent en rond devant la porte de l'hôpital en brandissant des pancartes. Jessica demande immédiatement qu'on la sorte de sa chambre et qu'on la descende sur le trottoir. Son ton est impérieux : on lui obéit. Peu après, assise dans un fauteuil roulant, elle se joint à la ronde des grévistes. Il lui faut militer, encore.

Son fils Benjamin, que tout le monde appelle Benj, lui fournit bientôt son dernier motif d'indignation. Il est accordeur de pianos et travaille pour Vladimir Horowitz et d'autres solistes de renommée internationale. Avec son éternel bandana sur la tête, ses Birkenstocks aux pieds et l'immense sourire qui lui barre le visage, Benj Treuhaft proclame, comme sa mère, un rejet rieur des conventions. Un jour, cet Américain décide de se rendre à Cuba. Est-ce pour ne pas faire comme les autres ? Toujours est-il qu'il tombe amoureux de l'île, de sa musique, de son peuple. Et il découvre que, depuis la fin de l'Union soviétique, les pianos cubains ne sont plus réparés, faute de pièces de rechange. De plus, ces instruments importés pour la plupart par les Russes, fabriqués dans un bois de mauvaise qualité, pourrissent, mangés par les termites. Pourquoi ne pas donner aux Cubains les pianos dont les Américains ne veulent plus ? En 1995, Benj Treuhaft crée son association « Send a piana to Havana ». Il brave l'embargo américain sur Cuba en y faisant parvenir un immense container empli d'instruments de musique. La justice américaine le met en examen : il a fait du commerce avec l'ennemi. Il doit payer une amende de dix mille dollars. Il s'y refuse. Jessica mène le combat avec son fils. Contre l'administration américaine. Contre l'embargo. Pour les musiciens cubains.

C'est sa dernière bataille. Elle est en train de préparer une version actualisée de *The Americain Way of Death* lorsque les médecins lui annoncent qu'elle souffre d'un cancer. Très avancé. Le face à face avec la mort sera bref et elle l'accepte en combattante. Dans la maison de Regent Street, elle commande du champagne, du caviar, du foie gras. « Il n'y a rien de trop beau pour la classe ouvrière », explique-t-elle. Tous ses amis lui rendent visite, et, pendant un mois, elle fait la fête avec eux.

Mais elle s'affaiblit inexorablement. La veille de sa mort, ne restent plus autour d'elle que ses proches : ses enfants, ses petits-enfants, les amies Maya Angelou et Marge Frantz, et bien sûr Bob, le doux et souriant compagnon. Tout au long de la nuit, ils chantent les vieilles chansons sentimentales qu'elle adore. « Ma mère ne pouvait plus chanter, elle parlait à peine, mais elle nous corrigeait si nous nous trompions de paroles », se rappellera Constancia.

Jessica Mitford meurt chez elle, entourée des siens, le 23 juillet 1996. Elle avait soixante-dix-huit ans.

À un journaliste qui lui avait demandé comment elle souhaitait être enterrée, le célèbre auteur de *The American Way of Death* avait répondu en riant : « Je veux un corbillard tiré par six chevaux noirs ornés de plumes blanches. » Le 29 juillet 1996, à San Francisco, près des docks, six chevaux noirs aux toupets de plume emportent Jessica Mitford vers le cimetière. Et un orchestre de cuivres, dirigé par son amie la saxophoniste Lisa Pollard, précède le flambant corbillard. Plus de six cents personnes sont là pour rendre un dernier hommage à la plus rebelle des dames des lettres américaines. Les faire-part de deuil précisent que tous les dons devaient être envoyés à l'association « Send a piana to Havana ». Par-delà la mort, Jessica Mitford demeure une militante.

Aujourd'hui encore, elle a de nombreux admirateurs dans le monde entier. Parmi eux, se trouve J.K. Rowlings, la créatrice de *Harry Potter*, qui a prénommé sa fille Jessica en hommage à Jessica Mitford. « Elle avait du courage, explique l'écrivain britannique. Pas seulement en paroles. Mais en actes. »

Sa fille Constancia vit aujourd'hui à New York où elle est infirmière. « Dans un hôpital public, précise-t-elle, là où sont accueillis les plus défavorisés des malades. » Si elle est demeurée plus effacée que sa mère, elle n'en milite pas moins. Très engagée au cours des années 1960 et 1970 dans le combat des noirs pour leurs droits, elle a partagé la vie d'un militant, James Forman, dont elle a eu deux fils. James Robert Lumumba Forman (Robert en hommage à Bob Treuhaft, Lumumba, en hommage au dirigeant congolais assassiné), né en 1967 à New York, et Chaka Esmond Fanon Forman (Esmond en hommage au père de Constancia, Fanon en hommage au théoricien antillais des luttes du tiers-monde), né en 1970, n'ont jamais connu leur arrière-grand-père lord Redesdale. Cet aristocrate persuadé de la supériorité de la race blanche, et notamment des Anglais, aurait-il fini par accepter d'avoir des descendants métis ? James Forman est aujourd'hui professeur de droit dans une prestigieuse université américaine et son frère Chaka, acteur, poursuit la tradition familiale en se battant pour une meilleure intégration des comédiens issus des minorités raciales dans l'industrie du spectacle.

Benjamin Treuhaft continue, malgré l'embargo américain, à apporter des pianos aux musiciens cubains. Parfois il s'aperçoit que de magnifiques instruments disparaissent des conservatoires de La Havane pour aller orner, sans doute, la maison d'un dignitaire communiste. Il s'insurge aussi contre cela. Combattre les injustices et s'élever contre tous les privilèges: sa mère lui a donné le goût de ces batailles-là.

XIV

Pour Nancy, l'écriture était un plaisir, un mode de vie et aussi un rempart contre un monde qu'elle n'aimait plus. Pour Jessica, c'était une arme dans le combat permanent qu'elle menait. Lorsque Diana commence, à son tour, à écrire, elle se livre à un exercice traditionnel dans l'aristocratie anglaise : ses mémoires. Elle les peaufine pendant de longues années et, en 1977, *A Life of Contrasts* est publié. Elle y évoque son enfance à Asthall et Swinbrook, et le fait avec infiniment plus de diplomatie que ses sœurs, même si, souvent, le même humour affleure derrière les phrases policées. Mais, dès qu'elle aborde son âge adulte, l'ironie s'efface et son monde devient parfaitement lisse, sans aspérités. Tous ses amis sont riches et cultivés, vivent dans de belles demeures, ont des manières parfaites et donnent de délicieux dîners : leurs quelques extravagances sont des bulles de champagne qui apportent un peu de piquant à leurs privilèges. Son second mari, Oswald Mosley, avec son goût pour la grandeur et la théâtralité, s'intègre parfaitement à cet univers. Tout comme Hitler qui, affirme-t-elle, était un véritable homme du monde, poli envers les femmes, parfaitement bien élevé, et offrait à ses invités de délicieux repas, commandés chez « Waterspiel, l'un des meilleurs restaurants de la terre ». Il n'avait pas, précise-t-elle, de mèche folle sur le front, et se montrait, au cours des longues conversations qu'il avait eues avec elle, cultivé et intelligent. Pourtant, quelques pages plus loin, l'auteur de *A Life of Contrasts* s'indigne : cet homme si charmant a fait tuer des millions de personnes. « Des prisonniers », précise-t-elle en s'empressant de rappeler qu'elle connaît la souffrance d'être enfermé dans une geôle. Et elle cite une phrase rédigée par son époux : « Tuer des prisonniers de sang-froid, qu'ils soient juifs, gentils ou tout autre être humain, est un crime odieux. » Les millions de juifs raflés et amenés dans les camps de concentration étaient-ils donc des « prisonniers » ordinaires ? Les insupportables mises à mort ordonnées, planifiées, exécutées dans les camps et les chambres à gaz en Allemagne étaient-elles juste des bavures commises dans des prisons ? Diana Mosley ajoute que, « en ce qui concerne les atrocités, Hitler n'était pas un être unique ». Elle cite à l'appui de sa démonstration les crimes de Staline, ceux de Mao Zedong et les millions de morts qu'ils ont ordonnées. Certes. Mais n'est-ce pas pour Diana Mosley un astucieux moyen de dédouaner le monstre nazi du crime de génocide ? Aujourd'hui[1], on peut se procurer des opuscules ouvertement révisionnistes imprimés à Londres : ils reprennent des textes d'Oswald Mosley publiés pour la première fois en 1947. Dans *Atrocities : the Moral Question*[2], l'ex-leader des fascistes et nationaux-socialistes britanniques insinue que l'horreur des camps de concentration était surtout le résultat des bombardements alliés et des épidémies qui s'ensuivaient. Une note en bas de page précise d'ailleurs qu'« Anne Frank est morte à la suite d'une épidémie de typhus à Bergen-Belsen, en 1945, après avoir été évacuée d'Auschwitz par les Allemands ». Mais pourquoi cette enfant se trouvait-elle à Auschwitz ? Quel crime avait-elle commis, sinon celui d'être juive ? Sous ses dehors d'homme du monde, Oswald Mosley a-t-il fait partie de ceux qui continuent de nier que des atrocités aient été commises dans les camps de concen-

1. Au moment où nous écrivons, en 2001.
2. Réédité en 1999 par Steven Books.

tration nazis ? En s'abritant derrière lui, en reprenant ses idées, en le défendant corps et âme une fois de plus dans ses mémoires, Diana est-elle aveuglée par l'amour, elle qui par ailleurs peut se montrer si intelligente, si sensible au bon goût, à l'harmonie et à la beauté ?

Le monde dans lequel elle vit, impeccable, raffiné, est, il est vrai, bien au-dessus de ces horreurs-là. À Paris, elle s'habille régulièrement chez Hubert de Givenchy dans les salons duquel elle retrouve sa sœur Debo et la duchesse de Windsor, clientes régulières, elles aussi, du couturier. Après la mort du duc de Windsor, en 1972, Diana est restée très proche de Wallis Simpson. Elle dîne souvent chez la duchesse, admire l'« hôtesse parfaite » qui « collectionne les gens intéressants » et donne des dîners « si réussis, si agréables, dont les plats sont unanimement louangés ». À la fin des années 1970, un ami de jeunesse, Frank Pakenham, devenu lord Longford, demande à Diana d'écrire une biographie de la duchesse. Elle accepte immédiatement. « Tant de mensonges ont été écrits à son sujet », explique-t-elle, et elle se fait fort de redresser les torts. *La Duchesse de Windsor*[1] est un récit lisse comme le monde dans lequel Diana évolue. Elle tait tout ce qui peut déplaire et détonner. Le fait que Wallis Simpson soit née hors mariage est passé sous silence, tout comme ses relations troubles avec le fascisme et le nazisme. Par contre, Diana insiste sur le monde de beauté dans lequel évolue la future duchesse. Excellents cuisiniers, manières parfaites, conversations « où elle réussissait à être amusante sans montrer de ressentiment » : aucune aspérité n'apparaît dans le portrait qu'elle en fait. Elle ne signale pas que leur commune admiration pour le Troisième Reich les a rapprochées, et le même attachement à leur richesse et à leurs privilèges.

1. *The Duchess of Windsor*, Sidgwick and Jackson, Londres, 1980.

Cette même année 1980 où est publié *La Duchesse de Windsor*, sir Oswald Mosley meurt à l'âge de quatre-vingt-quatre ans. Il souffrait depuis plusieurs années de la maladie de Parkinson. Depuis quarante-huit ans, la vie de Diana tournait autour de lui. Pendant les mois qui suivent son décès, elle semble ne pas pouvoir lui survivre. Évanouissements à répétition, lourde dépression : Diana finit par se faire examiner au London Hospital et les médecins diagnostiquent une tumeur au cerveau. Importante. Elle est opérée avec succès. Pendant sa convalescence, elle reçoit les visites régulières de ses sœurs Debo et Pam. Mais aussi d'anciens militants fascistes anglais dont la flamme ne s'est pas éteinte avec la fin de la Seconde Guerre mondiale.

De retour en France, amaigrie, mais en pleine possession de ses moyens, Diana se met de nouveau à écrire. Pour évoquer les amis qui lui manquent. Elle brosse le portrait des fortes personnalités qu'elle a côtoyées, évoque Lytton Strachey et Carrington, Evelyn Waugh, Mrs Hammersley, Derek Jackson, Gerald Berners et, bien sûr, l'homme de sa vie, Oswald Mosley. Réunis sous le titre *Loved Ones*[1], ses récits expriment une fois encore son amère nostalgie d'un monde disparu, du temps où l'Empire britannique dominait la planète et l'aristocratie se prévalait du monopole du bon goût et de la culture. Un monde dont elle se plaint qu'il soit aujourd'hui « démodé ».

Tout change, en effet. Le village d'Orsay par exemple, qu'elle avait découvert au début des années 1950, se métamorphose. Les champs où poussaient fraises et primeurs se transforment inexorablement en lotissements, des immeubles poussent, des routes se construisent. Diana en a des haut-le-cœur. La vieille France rurale, jolie comme une carte postale, n'est plus. Dans son temple de la Gloire, sa demeure préservée du

1. *Loved Ones, Pen Portraits*, Sidgwick and Jackson, Londres, 1985.

temps, Diana se sent comme dans une fragile oasis. Assiégée par un monde qu'elle trouve infiniment laid et qui l'effraie.

La maison de Pamela, dans le Gloucestershire, a échappé aux atteintes de la modernité. De ses fenêtres, s'émerveille Diana, on a une vue « à la Beatrix Potter : pas une seule chose laide dans le champ de vision ». C'est la vieille Angleterre telle que voulait la conserver l'aristocratie terrienne. En parfaite *gentlewoman farmer*, Pam ne fait pas un pas sans son labrador, passe ses journées dans son jardin, s'occupe de ses poules et de ses chevaux. « Elle fait partie de ces gens qui préfèrent les animaux aux êtres humains », note Diana. Pique ou simple constatation ? Pam ne s'est jamais remariée après son divorce d'avec Derek Jackson. Cette femme aux pieds bien sur terre est, des sœurs Mitford, celle qui se rappelle leur enfance avec le plus de précision. Elle peut évoquer le goût des soupes à Swinbrook, la couleur d'une robe lors d'un bal à Londres, le nom du premier teckel de la famille, celui des poneys qui se sont succédé.

Elle meurt en 1994 aussi discrètement qu'elle a vécu. À Swinbrook, dans le cimetière où elle est enterrée non loin de Unity et de Nancy, trois mots gravés sur sa tombe cherchent à la résumer : « Un cœur brave ».

Plus les années passent, plus il s'avère qu'en en ce XXe siècle, c'est l'argent et la célébrité qui confèrent le pouvoir – et non la classe sociale. Les titres aristocratiques appartiennent désormais au folklore. Au château de Chatsworth, Debo invite parfois la famille royale. Mais aussi le richissime et célèbre Mick Jagger. Dans les journaux anglais, les carnets mondains de l'aristocratie ont laissé la place à la chronique de la vie des stars de la télévision ou de la musique. Debo tient à être de son temps. Elle continue de transformer son château en entreprise rentable. Outre les restaurants, elle a installé des boutiques où elle vend le produit de ses terres, des meubles de jardin. Et aussi des livres : les siens. Si elle s'est parfois vantée de ne jamais en lire, elle s'est mise à en écrire. Mais, aurait remarqué Nancy avec perfidie, ce sont des livres illustrés. Avec beaucoup de photos. Le premier de ses ouvrages *The House : a Portrait of Chatsworth*, raconte l'histoire du château et devient un best-seller. Le deuxième exploite la même veine : *The Estate : a View from Chatsworth*. En 1999, alors qu'en Europe on s'intéresse de plus en plus aux jardins, son dernier livre en date est publié : *The Garden at Chatsworth*[1]. C'est également un grand succès. Jamais, y affirme Debo, elle ne sort dans ses jardins sans un sécateur. Certes, elle aime tailler, pincer, rabattre. Mais une équipe de vingt-trois jardiniers s'occupe également en permanence de l'immense domaine.

Femme d'affaires et dirigeante d'entreprise, la duchesse de Devonshire fait pourtant preuve, parfois, de très mitfordiennes excentricités. Un jour que Peter Lindbergh, grand photographe de mode, vient photographier sa petite-fille Stella Tennant à Chatsworth, Debo accepte de poser pour lui. Elle le fait en majestueuse robe du soir, mais un seau et une longue cuillère à la main : elle se trouve au milieu de ses poules qu'elle nourrit. Cette duchesse extravagante est aussi une fan d'Elvis Presley dont elle collectionne les *memorabilia*, même les plus kitsch. Ils sont rassemblés dans une pièce du château où, près d'un lit à baldaquin, est posé un téléphone en forme de guitare électrique.

Le téléphone est un outil qui, depuis leur plus tendre enfance, n'a cessé d'accompagner la vie des sœurs Mitford. Adeptes de la tradition, mais sensibles au confort fourni par le progrès technique, lord et lady Redesdale

1. Duchess of Devonshire, *The Garden at Chatsworth*, with photographs by Gary Rogers, Frances Lincoln Limited, Londres, 1999.

avaient fait installer des lignes téléphoniques dans toutes leurs demeures. À Asthall, raconte Nancy, le combiné était placé dans une cabine d'où toutes les conversations pouvaient être entendues. Est-ce pour cette raison que les six sœurs ont toujours gardé l'habitude d'écrire des lettres, plus discrètes, plus intimes ? Des lettres que l'on peut garder et relire. Nancy ne passait pas une journée sans écrire à un ami, ou un membre de sa famille. Unity a envoyé d'Allemagne de très nombreuses lettres à sa famille. Jessica détestait les conversations téléphoniques qui s'éternisent et préférait, chaque matin de bonne heure, s'installer devant sa machine à écrire pour rédiger son courrier. Diana a toujours beaucoup écrit, notamment pendant le séjour qu'elle a fait à la prison de Holloway. Aujourd'hui, elle envoie presque chaque jour une lettre à sa sœur Debo. Mais, effet des temps modernes : elle le fait par fax. Debo lui répond tout aussi régulièrement. Par fax également.

Une grande partie de ces si nombreuses lettres a été conservée.

La volumineuse correspondance de Nancy a été publiée grâce au travail effectué par Charlotte Mosley[1], la belle-fille de Diana, épouse de son fils Alexander.

Les lettres de Jessica, nombreuses, vont être prochainement publiées[2] : un universitaire américain, Peter Sussman, travaille à leur édition.

Bientôt cinq cents lettres inédites échangées entre les sœurs Mitford seront rendues publiques. Charlotte Mosley vient d'être chargée par Diana et la duchesse de Devonshire de travailler à leur édition. On y découvrira notamment, dans le détail, les lettres de prison de Diana et les lettres de Unity. Selon la presse anglaise, la

---

1. *Love from Nancy, the letters of Nancy Mitford*, Charlotte Mosley ed., Hodder and Stoughton, Londres, 1993. Traduction de l'auteur.
2. Au moment où nous écrivons, en 2001.

maison d'édition Fourth Estate a payé plus de trois cent mille euros le droit de reproduire cette correspondance qui était, depuis longtemps, conservée par l'efficace Deborah au château de Chatsworth.

Le temps où lord Redesdale, dépassé par un siècle qu'il comprenait mal, s'empêtrait les pieds dans des investissements financiers désastreux, est bien révolu. La dernière des sœurs Mitford a parfaitement compris que deux des principaux ressorts du pouvoir, en ce XXIe siècle qui commence, sont l'argent, et une publicité bien maîtrisée.

Épilogue

Au cours de l'année 1959, se produisait un événement qui mettait fin à une tradition établie depuis des siècles. Il ne bouleversait pourtant pas l'Angleterre. La famille royale décidait de supprimer la présentation à la Cour des débutantes. Plus de plumes d'autruche accrochées aux robes, plus d'attente dans les couloirs, plus de pots d'aisance cachés derrière des paravents, plus de révérence devant le couple régnant. Ce rituel que l'aristocratie observait scrupuleusement génération après génération était soudain devenu désuet. La monarchie britannique voulait se moderniser, se mettre au pas d'un siècle où toutes les valeurs ont changé. Les jeunes héritières ne vont-elles pas à l'école, ne travaillent-elles pas ? Diana Spencer, la future princesse de Galles, était employée dans une crèche avant d'épouser Charles. Stella Tennant, petite-fille de la duchesse de Devonshire, est devenue top model.

Quarante ans après l'abolition de la présentation à la Cour, les pairs du royaume voyaient, dans la même indifférence générale, leurs derniers pouvoirs leur échapper. Le 28 octobre 1999, la Chambre des lords se dissolvait elle-même. Une majorité de ses membres votait l'abolition de leur pouvoir héréditaire, pouvoir qui se transmettait aux fils aînés depuis le Moyen Âge. En cette fin du XXe siècle, les aristocrates anglais comprenaient que leurs droits et leurs coutumes étaient devenus anachroniques. « Une chambre haute héréditaire est indéfendable, déclarait le duc de Westminster. Nous ne sommes plus un groupe politique acceptable. » Le duc de Devonshire constatait que ses châteaux et les courses de chevaux étaient « beaucoup plus intéressants que la Chambre des lords ».

Son fils, Peregrine, marquis de Hartington, ne siégera donc pas automatiquement dans cette vénérable assemblée, où sont désormais nommés, par les gouvernements, des citoyens qui ont rendu de grands services à leur patrie, des médecins, des chercheurs, des écrivains, des artistes, des hommes d'affaires... Une nouvelle aristocratie se crée en Angleterre, celle du mérite, celle aussi, peut-être, des services rendus aux différents gouvernements. Mais cette nouvelle élite, si elle obtient des privilèges à vie, ne peut les transmettre à ses enfants.

Peregrine, marquis de Hartington, occupe cependant une fonction honorifique au sein de l'aristocratie britannique, survivance de l'époque où monter à cheval était un des privilèges de cette classe : il est président du très élitiste Jockey Club. Son cousin Max Mosley, le plus jeune des fils de Diana, s'intéresse, lui, à un sport de vitesse où il exerce un rôle majeur : il est président de la Fédération internationale automobile (FIA), qui organise les Grands Prix de formule 1.

Le fils aîné de Diana, Jonathan Guinness, journaliste et banquier mais aussi candidat très conservateur aux élections locales, est devenu la mémoire officielle de la famille Mitford. L'épais volume qu'il a écrit avec sa fille Catherine, *The House of Mitford*[1], retrace avec précision, et beaucoup de révérence, l'histoire de sa famille maternelle. Dans le point de vue qui s'en dégage sur l'Allemagne nazie et la Seconde Guerre mondiale, on peut discerner l'influence de sa mère.

1. Hutchinson, Londres, 1984.

Son frère Desmond Guinness se tient à l'écart des vieilles passions politiques familiales et s'intéresse à l'architecture irlandaise du XVIIIe siècle. Il a fondé l'Irish Georgian Society, une association qui se donne pour but la préservation des grandes demeures irlandaises et des vieilles rues de Dublin. De son propre château de Castletown, il a fait un musée.

Diana Mosley, au moment où nous écrivons, vit toujours en France, au cœur de Paris, dans un bel appartement lisse et blanc. Au salon, est accroché un unique tableau : un superbe portrait peint par Helleu représente la jeune fille aux yeux bleus et rêveurs qui allait devenir lady Redesdale. Entourée de livres et de journaux, l'esprit alerte et le goût toujours parfait, Diana Mosley continue cependant d'affirmer que la Grande-Bretagne n'aurait jamais dû déclarer la guerre à l'Allemagne en 1939. Pour éviter les milliers de morts britanniques. Mais cela ne signifiait-il pas laisser les mains libres à Hitler sur tout le continent européen ?

En l'an 2000, la duchesse de Devonshire, organisait de grandes fêtes pour fêter ses quatre-vingts ans, les quatre-vingts ans de son époux, en même temps que le quatre cent cinquantième anniversaire de l'installation des Devonshire au château de Chatsworth. Toutes les informations sur les événements proposés et les visites de la demeure historique étaient disponibles sur un site Internet. Le château, dont les portes avaient été soigneusement closes aux manants pendant des siècles, devenait soudain accessible à chacun, où qu'on se trouve sur la planète. La dernière des sœurs Mitford venait de faire entrer une des plus vieilles familles d'Angleterre dans l'ère de la mondialisation.

Remerciements

Je tiens tout d'abord à rendre hommage à Bob Treuhaft, décédé en novembre 2001. Il m'avait reçue avec une grande gentillesse dans la maison d'Oakland où il avait vécu de longues années avec son épouse, Jessica Mitford. Deux mois avant sa mort, il répondait encore avec humour et précision à mes courriers électroniques.

Je remercie vivement lady Diana Mosley qui m'a reçue chez elle avec beaucoup de courtoisie et a répondu avec célérité à mes télécopies.

Constancia Romilly m'a été d'une aide précieuse. Tout comme Charlotte Mosley, dont le travail d'édition des lettres de Nancy Mitford est remarquable.

Mme Gaston Palewski a eu la gentillesse de me parler de son époux.

Pierre Lefranc, fondateur de l'Institut Charles-de-Gaulle, m'a brossé un portrait sincère de Gaston Palewski.

Jacques Brousse, récemment décédé, était le traducteur des romans de Nancy Mitford, et il m'a longuement parlé d'elle. Je lui rends hommage.

La librairie Heywood Hill, à Londres, a toujours trouvé très rapidement les ouvrages épuisés que je cherchais.

Véronique Boudier-Lecat, lectrice des premières ébauches de ce livre, m'a encouragée à continuer.

Maren Sell m'a immédiatement fait confiance.

Enfin, *last but not least*, je remercie tout particulièrement et chaleureusement Françoise Ducout, sans qui ce livre n'aurait pas vu le jour.

Bibliographie

Œuvres de Nancy Mitford :

Dernières parutions en français :
La Poursuite de l'amour, éditions 10/18, 1994.
L'Amour dans un climat froid, éditions 10/18, 1994.
Pas un mot à l'ambassadeur, éditions 10/18, 1994.
Le Cher Ange, éditions 10/18, 1997.
Le Roi Soleil, Paris, Gallimard, 1968.

En anglais :
Highland Fling, 1931.
Christmas Pudding, 1932.
Wigs on the Green, 1935.
Pigeon Pie, Londres, Hamish Hamilton, 1940.
The Pursuit of Love, Londres, Hamish Hamilton, 1945.
Love in a Cold Climate, Londres, Hamish Hamilton, 1949.
The Blessing, Londres, Hamish Hamilton, 1951.
Madame de Pompadour, Londres, Hamish Hamilton, 1954.
Voltaire in Love, Londres, Hamish Hamilton, 1957.
Don't tell Alfred, Londres, Hamish Hamilton, 1960.
The Water Beetle, Harper and Row, 1962.
The Sun King, Londres, Hamish Hamilton, 1966.
Frederick the Great, New York, Harper Collins, 1970.
A Talent to Annoy (ouvrage posthume), Charlotte Mosley ed., Londres, Hamish Hamilton, 1986.
Love from Nancy : the Letters of Nancy Mitford, Charlotte Mosley ed., Londres, Hodder and Stoughton, 1993.

The Letters of Nancy Mitford and Evelyn Waugh, Charlotte Mosley ed., Hodder and Stoughton, 1996.

Œuvre de Jessica Mitford :

Hons and Rebels, Victor Gollanz Ltd, Londres, 1960, publié aux États-Unis sous le titre *Daughters and Rebels*, Houghton Mifflin, New York, 1960.
The American Way of Death, Simon and Schuster, New York, 1969.
The Trial of Doctor Spock, Random House, New York, 1969.
Kind and Usual Punishment, Knopf, New York, 1973.
A Fine Old Conflict, Knopf, New York, 1977.
Poison Penmanship, the Gentle Art of Muckraking, Knopf, New York, 1979.
The American Way of Birth, E.P. Dutton, New York, 1992.

Œuvres de Diana Mosley :

A Life of Contrasts, Londres, Hamish Hamilton, 1977.
The Duchess of Windsor, Londres, Sidgwick and Jackson, 1980.
Loved Ones, Pen Portraits, Londres, Sidgwick and Jackson, 1985.

Œuvres d'Evelyn Waugh :

Dernières parutions en français :

Hiver africain : voyage en Éthiopie et au Kenya (1930-31), Payot, 2002.
L'Épreuve de Gilbert Pinfold, éditions 10/18, 1999.
Hommes en armes, éditions 10/18, 1998.
Officiers et gentlemen, éditions 10/18, 1998.
La Capitulation, éditions 10/18, 1998.
Ces corps vils, éditions 10/18, 1996.
Hissez le grand pavois, éditions 10/18, 1996.
Retour à Brideshead, éditions 10/18, 1992.

La Fin d'une époque, Quai Voltaire, 1989.
Une poignée de cendres, éditions 10/18, 1988.
Le Cher Disparu, éditions 10/18, 1984.
Scoop, éditions 10/18, 1983.
Diablerie, éditions 10/18, 1982.
Grandeur et Décadence, éditions 10/18, 1981.

Livres de la duchesse de Devonshire :

The Estate, a View from Chatsworth, Macmillan, Londres, 1990.
The Garden at Chatsworth, Londres, Frances Lincoln, 1999.
Chatsworth : the House, Londres, Frances Lincoln, 2002.

Livres sur les sœurs Mitford :

ACTON, Harold, *Nancy Mitford, a Memoir*, Londres, Hamish Hamilton, 1975.
DALLEY, Jan, *Diana Mosley, a Life*, Londres, Faber and Faber, 1999.
GUINNESS, Catherine & amp ; Jonathan, *The House of the Mitford*, Londres, Hutchinson, 1984.
HASTINGS Selina, *Nancy Mitford, a Biography*, Londres, Hamish Hamilton, 1985.
MURPHY Sophia, *The Mitford Family Album*, Londres, Sidgwick and Jackson, 1985.
PRYCE-JONES, David, *Unity Mitford, a Que*, Londres, Weidenfeld and Nicolson, 1976.

Bibliographie sélective :

CANNADINE, David, *The Decline and Fall of the British Aristocracy*, New Haven, Connecticut, Yale University Press, 1990.
–, *Aspects of Aristocracy*, Yale University Press, 1994.
CARPENTER, Humphrey, *The Brideshead Generation : Evelyn Waugh and his Friends*, Londres, Weidenfeld and Nicholson, 1989.

Fondation Charles de Gaulle – Centre aquitain de recherches en histoire contemporaine, *De Gaulle et le R.P.F.*, Paris, Armand Colin, 1998.

HASTINGS, Selina, *Evelyn Waugh, a Biography*, Londres, Sinclair-Stevenson, 1994.

HIGHAM, Charles, *Wallis, the Secret Lives of the Duchess of Windsor*, Londres, Sidgwick and Jackson, 1988.

HILL, Heywood & amp; Anne, *A Bookseller's*, Jonathan Gathorne-Hardy ed., Michael Russell, Wilby, 1997.

HOLBROOK-GERZINA, Gretchen, *Carrington, a Life*, W.W. Norton and Company Ltd, Londres, 1989.

INGRAM, Kevin, *Rebel: the Short Life of Esmond Romilly*, Londres, Weidenfeld and Nicolson, 1985.

KARNOW, Stanley, *Paris in the Fifties*, New York, Times books, 1997.

KERSHAW, Ian, *Hitler* (deux volumes), traduit de l'anglais par Pierre-Emmanuel Dauzat, Flammarion, 1999 et 2000.

LEES-MILNE, James, *Another Self*, Londres, John Murray, 1970.

PALEWSKI, Gaston, *Hier et aujourd'hui*, Paris, Plon, 1974.

–, *Mémoires d'action* (autobiographie posthume), Paris, Plon, 1988.

–, *Le miroir de Talleyrand*, Paris, Perrin, 1976.

TOYNBEE, Philip, *Friends Apart, a Memoir of the Thirties*, Londres, Macgibbon and Kee, 1954.

ZIEGLER, Philip, *Diana Cooper*, Londres, Hamish Hamilton, 1981.

6246

Achevé d'imprimer à Barcelone
par CPI BLACK PRINT
le 12 septembre 2021.

Dépôt légal : septembre 2021.
1er dépôt légal dans la collection : août 2003.
EAN 9782290262757
OTP L21EPLN002704N001

ÉDITIONS J'AI LU
87, quai Panhard-et-Levassor, 75013 Paris

Diffusion France et étranger : Flammarion